U0607594

魔女恩恩◎著

三年二班

上

谁的青春没迷茫过，没任性过，没做过一两件虽然荒唐可让你之后回忆起来却觉得美好的事儿？

山东人民出版社·济南
国家一级出版社 全国百佳图书出版单位

图书在版编目（CIP）数据

三年二班/魔女恩恩著.--济南：山东人民出版社，2019.10

ISBN 978-7-209-12413-3

Ⅰ.①三… Ⅱ.①魔… Ⅲ.①长篇小说－中国－当代 Ⅳ.①I247.5

中国版本图书馆CIP数据核字(2019)第226891号

三年二班

SANNIAN ERBAN

魔女恩恩　著

主管单位　山东出版传媒股份有限公司
出版发行　山东人民出版社
出 版 人　胡长青
社　　址　济南市英雄山路165号
邮　　编　250002
电　　话　总编室（0531）82098914
　　　　　市场部（0531）82098027
网　　址　http://www.sd-book.com.cn
印　　装　山东新华印务有限责任公司
经　　销　新华书店

规　　格　32开（145mm×210mm）
印　　张　21.5
字　　数　400千字
版　　次　2019年10月第1版
印　　次　2019年10月第1次
ISBN 978-7-209-12413-3
定　　价　55.00元（上下册）
　　　　　如有印装质量问题，请与出版社总编室联系调换。

目 录

CONTENTS

第一章 盛满青春的日记

在顾小满的人生字典里，有两件至关重要的大事：一件是睡觉睡到自然醒，另一件就是左岸。

“嘭”的一声，绿墙之后花瓣凋零，草叶纷飞，野猫慌不择路，撞上树干险些折断脖子，随后一个女孩儿从花草碎屑中蹿了出来，跳上石板路，冲前面大声喊着：

“你们两个，给我站住！”

石板路的面前，一高一矮两个男生跑得要断气了，眼看女孩追上来了。

“顾小满，你中邪了？你已经追了我们三条街了！”

高个子的男生汗流浃背，气喘吁吁地回头责问：“你一个女生，和两个男生拉拉扯扯的，像什么话？”

“展越，许志友，东西是不是你们拿的？快还给我！”顾小满追上来，一把揪住了展越的后衣领，抬脚一个利落的狠踢，将正要逃跑的许志友踢了一个跟头。

“我什么都没拿！”

“昨天放学后，有人看见你们两个在我书桌附近晃悠，不是你们还能是谁？快点交出来！”顾小满瞪着眼睛伸出了手。

“什么东西这么重要？我们真没拿，不信你搜！”

展越甩了一把臭汗，挺直了身体，顾小满不客气地扯住了展越的衬衫，一路搜了下去，展越的俊脸一红，紧张地护住裤裆。

“你一个女孩子家家的，还要不要脸了……”

“还我！”

“顾小满，别搜了，别……喂，你看，左岸来了！”展越指着后方瞎喊了一声。

左岸？

顾小满惊慌回头看去，展越趁机一把推开她，拔腿就跑。

发现被骗，顾小满飞身跃起，张开五指小爪，用力一拽，只听“嗤”的一声，什么东西撕裂了，她一个趔趄退后了好几步，稳住身一看，手里竟然抓着展越的一截裤子。

展越夹住了大腿，蓝内裤在阳光下格外显眼。

“顾小满你……”

如果时光可以倒流，他一定会苦口婆心地说服父母，不要搬到这里来，不要和这个野丫头做邻居，和她毗居七年，他就没翻身过。

不远处一棵大树下不知何时多了一个男生，单肩挎着一个米色的书包，一双波澜不惊犹如黑海的眼睛望着这里，他就是左岸，三年二班唯一一个可以让顾小满安静下来的人。

顾小满的手快速藏在了背后，然后手指一松，半截裤子落在了地上，她满脸通红，气焰全消。

在顾小满的人生字典里，有两件至关重要的大事：一件是睡觉睡到自然醒，另一件就是左岸。

左岸是R高级中学的学霸。

用顾小满的话说，左岸吸天地之精华、集日月之光辉，此人成精了，不但学习好，钢琴弹得精湛，萨克斯也很牛。从小严格的家教和自身修养，让他从小学、初中到高中，都是学霸，加上个子高，长得清秀英俊，走到哪里都鹤立鸡群，可以说很多同学都是在他的阴影下长大的。

而顾小满呢？R高级中学的“一姐”，她的“一姐”地位不是因为学习好，而是功夫高，打架猛。如果不是身材娇小，用女汉子形容她一点都不过分，和左岸相比虽不是两个极端，却也差不多了。

傲，是左岸的代名词，却也是这份傲，让小满一直仰视着他。

大树下，左岸提了一下书包，漠不关心地朝学校的方向走去，学霸的时间是按照既定计划进行的，不会在琐事上浪费一分钟。

左岸走后，顾小满立刻满血复活，将展越和许志友翻了一个底儿朝天，连书包都被清空倒在了地上，没找到她想要的东西，她才肯放过他们。

展越的裤子破了，狼狈地跑回了家，第一节物理课缺席。

R高级中学的物理课，很少有人敢迟到缺席，不是因为物理老师课讲得好，而是他的脾气很怪，时而温和，时而暴躁，还有一项让三年二班所有同学折服的本领，就是能精确地指东打西，每次粉笔头都会偏离他眼睛瞄准的方向，目标却总是对的。

“展越呢？又逃课？”物理老师盯着展越的空位。

“老师，展越在上学的路上裤子破了。”

许志友举手说明，全班哄堂大笑，除了左岸之外，所有目光都齐齐地看向了顾小满，顾小满的脸涨得通红，瞪着眼睛，有什么好看的，破了裤子，不是还有内裤吗?

“好了，上课了，都给我打起精神来。”

物理老师掂量了一下手里的粉笔，转过身在黑板上写字，今天讲牛顿的第二定律。

牛顿的三大定律，将大家折磨得死去活来，云里雾里，每次讲课的时候，下面叹息声一片。

顾小满没心情听课，老师才写了一行字，她就哈下腰，窸窸窣窣地开始翻找书桌，她丢了一样要命的东西，找不到，就死定了。

“生虱子了？”

物理老师突然转身，粉笔头急速飞来，不过这次他失手了，顾小满一缩脖子，粉笔头差点打在后面陈杰的头上。

“我没生虱子。”陈杰委屈极了。

“老师，偏离目标1.5厘米……”毛永伟提示着物理老师，物理老师的下一个粉笔头直接打在了他的脑门上。

“这次偏离多少？”

“正中红心！”

毛永伟摸着脑门儿，缩了一下脖子。

展越、许志友、毛永伟是三年二班的“三剑客”，总是一起下球场，一起玩，可顾小满却叫他们“三贱客”，一个厚脸皮学渣，一个贪吃死胖子，一个欠嘴瘦猴子，他们三个联合起来，总能将班级搅得鸡犬不宁。

顾小满立刻坐正了身体，眼睛斜了一下左前方的左岸，他仍旧直视前方，任何事情都不能打扰他上课的注意力，顾小满坚信，总有一天，会出左岸第四定律。

物理老师翻了一下眼睛，警告大家最好别在他的课堂上讲话，不然别怪他手下无情，然后转过身继续上课了，顾小满这次小心了，好像打游击一样找了一个上午都没找到，本打算趁着午休再好好翻找一下书桌，学校的大广播却突然响了。

“三年二班的左岸、顾小满到教导处来一下，重复一遍，三年二班的左岸、顾小满，听到广播到教导处来一趟。”

顾小满刚捡起掉在地上的物理书就听到广播里喊她的名字，好像还有左岸？她实在想不出教导处有什么理由叫她和左岸一起去。愣神的时候，左岸已经走出了教室的门，顾小满赶紧扔下物理书追了出去。

走廊里，左岸走在前面，顾小满跟在后面，不快不慢，始终保持着两三米的距离。

到了教导处，教导主任正坐在办公桌前翻看文件，架在鼻子上的老花镜几乎要掉下来了，他还有一年的时间就退休了，却仍旧干劲儿十足，被大家称呼为“老夫子”。

顾小满拘谨地站在门口，老夫子先将左岸叫到了办公桌前。

“左岸，这次学校决定让你代表R高级中学参加全国的数学竞赛，想征求一下你的意见。”

“我爸已经安排我参加下个月的钢琴比赛了。”左岸的声音很低沉。

“钢琴比赛要参加，全国数学竞赛也要参加，我给你爸爸打个电话，他一定同意的，拿了名次考大学会有加分，学校对你也有信心。”

老夫子欣慰地拍了拍左岸的肩膀，比赛的任务就这么落在了左岸的身上，一个只要考试就遥遥领先的学霸，学校对他期以厚望。

“左岸啊，你爸和学校对你的期望都很高，你要加油啊。”

“我会的。”左岸点点头。

和左岸谈完之后，老夫子的目光绕过了左岸直直射向了顾小满，刚刚还一副和蔼可亲的表情，在看顾小满之后立刻变得严厉起来。

“顾小满，你过来。”

顾小满走过去，站在了左岸的右侧，老夫子愤怒地拍了一下桌子，眼镜直接掉在了鼻尖儿上。

“亏你还是个女孩子，怎么可以粗鲁地撕烂男生的裤子？知道这事传出去，多败坏校风吗？如果不是你爸爸也是我的学生，多次找我说情，你还能站在这里吗？顾小满，现在已经高三了，不能再随着性子想干什么就干什么了，能不能收点儿心，别到最后和你爸爸一样……”

老夫子轻咳了一声，下面的话没说下去，让顾小满回去好好想想，花点心思在学习上，辛苦读书十二年，还不是为了最后这一搏，不能再蹉跎下去了。

苦口婆心不过如此，老夫子口水横飞，五官扭曲，就差掏心窝子给小满看了，她怎么就不争气呢？

顾小满就知道没好事儿，丧气地耷拉着脑袋，眼角的余光瞥着身边的左岸，恨不得找个地缝儿钻进去，她的缺点每次遇到左岸都展现得淋漓尽致，毫无保留。

好在左岸只待了一会儿便以去准备数学比赛为由离开了，给了顾小满一点点喘息的空间。

左岸一走，顾小满低垂着的脑袋抬了起来，老夫子刚歇口气喝水的空当儿，她小声地插了一句：

“王主任，我爸是你学生的那会儿，是不是学习特好？”

噗，老夫子刚喝到嘴里的水直接喷了出来。

“这个问题回去问你爸去！”

“王主任……”

“顾小满，不是王主任唠叨，你看看你，浑身上下哪里有一点女孩子的样子，男生的裤子能随便撕吗？在过去撕烂男人的裤子，那是什么……”

整整被教育了大半个小时，顾小满的耳朵快磨出了腦子老夫子才放过了她，离开教导处时，距离上课还有二十几分钟了。

中午的太阳格外火辣，热得人透不过气来。几个男生顶着大太阳在球场踢球，小卖铺的雪糕又卖光了，连冰镇水都没剩多少了，展越好像猴子一样从小卖铺里跳出来，用水在身上浇着。

一见展越，顾小满就气不打一处来，这小子长胆子了，竟然敢去教导处告状。

“展越，你站住！”

“顾小满？”

展越下意识地夹住了双腿。

“给点面子，小满，怎么说都是朋友，又是邻居，裤子就这么一条了。”

“胡说什么？”

顾小满白了展越一眼，质问他是不是到教导处告状了，撕烂他的裤子，她又不是故意的，大不了赔他一条，至于到处宣扬让她丢脸吗？

“我没告状啊，你什么时候见我干那种不是男人的事儿了？”展越被顾小满欺负从来不会记仇，告状这种事儿，他更不屑去做。

“真不是你？”顾小满的火气消了许多。

“当然不是，我才换裤子回来。”说到裤子，展越一脸难堪，回家的时候，他好像做贼了一样，躲一会儿，走一会儿，回到家刚好他妈出门买菜了，不然一定会被追问到底怎么回事儿。

顾小满凑近了展越，压低了声音问：

“展越，你老老实实地告诉我，我书桌里的东西，你到底拿没拿？”

“日记本吗？”

展越神秘一笑，捏着矿泉水瓶，又在头上洒了一些水，然后将剩下的水都喝了。

“真是你拿的？”

顾小满一拳头打了过去，展越闪身躲开小满的拳头，嬉皮笑脸地拉她到了一棵大树下，抹了一把脸问：

“左岸不过就是一个书呆子，你至于那么崇拜吗？我还真不服。”

“你偷看我的日记，展越，想死是不是？快点还给我！”

顾小满急了，又是一顿拳脚，若不是前几天老妈要装修她的房间，她怎么可能将日记本藏在学校里，展越这个混蛋，竟敢乱翻她的东西。

展越拱手求饶。

“姑奶奶，日记本掉在地上了，如果不是我捡到，你的秘密，保证一个晚上全校都知道了。日记本我收好了，晚上一定还给你，不过……我真想不通，左岸比我好在哪里了？你怎么不多写点儿我呢？看我……不是也挺帅的吗？”

展越甩了一下头发，汗珠子碎了一地。

顾小满骄傲地掐着腰，细数起了左岸的优点。

“他多才多艺，聪明，有主见，学习好，无论怎么看都高大上，至于外貌，你得回炉再炼炼。”

左岸的优点，顾小满一天一夜也说不完。

“得得得，别说了。”

展越转身要走，顾小满一把揪住了他的衣领子。

“你敢把日记本的事儿说出去，信不信我……我让你变成太监。”

“在你眼里，除了左岸，全班男生都是太监，不多我一个。”

展越拉开了顾小满的手，大步走向了球场。原本属于顾小满一个人的秘密，现在成了两个人的。

虽然日记本没丢，顾小满的心里也不踏实，日记本一分钟在展越的手里，一分钟都是不安全的。

回到教室的时候快上课了，许志友和几个男生坐在桌子上，比比画画地说着什么，说到开心的时候，一起哈哈大笑起来。

“看，谁回来了。”一个男生瞥见了顾小满，从桌子上哧溜滑了下来，刚才还围聚在一起的几个男生也哗啦啦散开了，只剩下许志友满嘴唾沫星子坐在那里。

顾小满眯着一双丹凤眼，径直走到了许志友的面前，拉过了旁边的一把椅子，一只脚不客气地踩在上面，居高临下盯着许志友。

她在想，展越会不会将日记给许志友看过了，这小子天生的三八大嘴巴守不住秘密，说不定日记本的事已经在三年二班散播开了。

今天不收拾一下这个贱嘴，她就不叫顾小满。

“顾小满，我错了……”许志友举起双手做出了投降状。

“你刚才和他们说了？”

“说了……”许志友的屁股在慢慢下滑，随时做出钻桌子的准备。顾小满手疾眼快，一把将许志友提了起来，举起了拳头。

许志友吓得用双手护头，大声求饶。

“我错了，早上进校门刚好遇到老夫子，他问我的腿怎么了，我是被逼无奈才说的，顾小满，我下次一定不敢告状了。”

“告状？”

小满愣了一下。

“展越……没给你看什么？说什么？”

“看什么啊，一早就被你追，他连口气都没喘，还没等到学校就不得不回家了。”

“那你们……刚才聚在一起笑什么？”

“他们笑你……看到男生的内裤了。”

“许志友！”

顾小满的拳头又抡了起来。

“轻点儿，别打我脸。”

许志友吓得双手护头，决定接受顾小满的一顿好揍。可等了一会儿，顾小满的拳头不但没落下来，还意外地放开了他，她快速回了自己的座位，拿起一本书，好像没事儿人一样看了起来。

许志友以为是老师来了，抬头一看，左岸拿着两本书进来了，身后还跟着满头大汗的展越。

展越进来后，径直走到了许志友的面前，在他的头上狠狠地打了一下。

“神经啊，三剑客的脸都被你丢尽了，竟然去教导处告状！”

“哎，展越……哥们儿是为你好啊。”

“滚……敢欺负小满，有你瞧的。”

展越推了许志友一下，许志友哭丧着一张脸，肥嘟嘟的嘴张合了好几下都没说出话来。展越警告了许志友，双手插兜走到了顾小满的书桌前。

“明天下午两点，来篮球场看我打球。”

“没空。”

顾小满的头扭向了一边。

“你一定会来的，因为左岸也来，我会让你看看学霸是多么的不堪一击。”

听说左岸也去球场，顾小满立刻将头转向了展越，还不等开口问清楚，上课铃声就响了，展越摇摇晃晃地向后座走去。

大家刚坐好，班主任赵锦华走了进来。

赵老师今年四十岁，带过很多届高中毕业班，经验丰富，当然也很严厉。这次拿了全校的奇葩班，最好的学霸、最差的学渣都在这个班里。她是一直倡导学校分快慢班的，但学校迟迟没有推行。

赵锦华站在讲台上，习惯地撩了一下头帘儿。

“上课之前，我说些题外话，下周五我们班和五班进行足球决赛，到时候校长和书记都会到场，大家注意下言谈举止，平时爱说脏话的同学，都忍忍，球赛争取打败对手，为班级争光。当然了，娱乐的同时，也不能放松了学习，月末有个大综合摸底考试，平时成绩好的同学不要骄傲，一般的同学再接再厉，每次排名都在后面的，要注意了，如果这次再不及格，我就要访问一下你们的家长，谈谈你们一天都在干什么。不想被访问的，这段时间做好复习，有什么不会的知识点来问我，也可以向左岸请教……”

一提左岸的名字，噼里啪啦，教室的后面发出了一连串响声，什么东西掉在了地上，老师的话被打断了，大家纷纷回头看去。

最后一排桌位上，展越懒洋洋地哈下腰，捡着地上散落的书。

展越是个留级生，确切地说是落榜生，去年他就该上大学了，却因为学习不上进高考失利留下来了，虽然他算不上真正的学渣，却也差不多了，每次排名都倒数。

赵锦华老师对展越没办法有爱，看着地上的书本，皱着眉头。

“展越，你能不能好好听我讲话。”

“能。”

“怎么我每次讲话，你都掉书？”

“是我每次掉书，都刚好赶上老师讲话。”

“…………”

赵老师翻了一下眼睛，将手里的文案在桌子上用力一摔，盯了展越好一会儿，才转过身开始上课了。

展越捡起书，冲着回头看他的顾小满挤了一下眼睛。顾小满赶紧坐正了身体，目光不自觉地看向了左岸，她就在他的右后方，每天只要抬头就能看到他线条俊美的侧脸，上课走神是常态。

赵老师讲完课，发了卷子，希望大家回家认真做好，明天讲题。

和往常一样，放学后，展越和顾小满一起回家，他们两家是邻居，离学校也不远，结伴同行方便一些。左岸虽然住得也不远，却每天都由专车接送，据说这样可以让他学习不分神，免得结交损友。

今天开车来的是他父亲左院长，左院长是中心医院的一把手，在国外拿过医学博士学位，很有威望。左岸的母亲也很厉害，是国内一所知名大学的教授，难怪左岸次次都拿第一，这样的家庭，没有不优秀的理由。

左岸上了车，系了安全带，和他父亲说了几句话，车便开走了。

“被保护好的温室小花儿，有什么好看的？”展越推了顾小满一下，顾小满立刻回神。

“我怎么觉得你对左岸有意见呢？赵老师说到左岸的时候，你是不是故意将书弄掉在地上的？”

“说什么呢，还想不想要日记本了？”

提到日记本，顾小满立刻掐住了展越的脖子。

“你敢不给我……”

“想要日记本还不赶紧走？万一我妈收拾房间发现了，还以为你暗恋的是我呢。我妈说了，不准我早恋。”

“你有毛病吧……”

顾小满气得追打起了展越，这样一追一逃，很快到了家。顾小满着急要日记本，连家门都没进就等在展越家的门口。展越进去后磨蹭了好一会儿才出来，将一个粉红色的小本子递给了顾小满。

顾小满伸手去拿，展越将日记本举过了头顶，坏笑道：

“你说……若是左岸知道了，会不会笑你？我敢保证，他才不屑搭理你呢！”

“展越，你要死啊！”

顾小满一跳，将日记本抢了下来，脸红得好像猪肺子一样。秘密就是秘密，左岸当然不会知道，他一直高高在上，怎么会在意她这个只知道打架的女孩子呢。

拿着日记本，顾小满心情是复杂的。她应该忽略左岸，就好像左岸忽略她一样，可她努力了很久，也没法格式化自己的大脑。

“明天别忘记来篮球场，我向左岸下了战书。”展越的声音在耳边响起。

“好好的，你又发什么神经啊？”

“你不是说他样样都好吗？这次就让你看看，在球场上，他屁都不是。”

“有本事，你考个第一我看看？”

顾小满专挑展越的弱点下手，展越很尴尬。

整个三年二班的同学都知道，展越的理想是唱歌，几次要参加市摇滚乐队当主唱，都因家人反对放弃了。展伯父认为那是不务正业，还因为考大学的报志愿问题和展越闹得不可开交，最终的结果是，展越落榜了。复课后，他的成绩一直没什么起色，小满这么戳他的伤疤，展越自然火冒三丈。

“不就是考试第一吗？看把你羡慕的，告诉你，将来左岸能考上的大学，我也能考上。”

展越气恼地关上了房门，顾小满站在门外，抓了一下头发，平时说什么展越都无所谓的，今天怎么生气了？

展家和顾家门对门，阳台接着阳台，回家不过是一转身，展越生气，也就一夜，第二天见面就好，顾小满懒得和他道歉，转过身走到自家门前，拿出钥匙打开门，脚才迈进客厅，就听见妈妈和爸爸在谈论左岸。

每次听到家里人说“左岸”两个字，小满就心惊肉跳，生怕爸爸妈妈知道她的秘密，这次也不例外，脚直接缩了回去。

妈妈前天去医院拿化验报告，见到了左岸。

“上次在医院见到左岸，那孩子主动和我打招呼，真有礼貌。”

“可不是嘛，从小的家庭教育就严格，不但品行好，学习也一直名列前茅，清华、北大随便考，我们小满有人家一半就好了。”

小满的爸爸顾建城在医院里管物业，对左院长家的情况很了解，也很羡慕，每次说到小满的学习一定会提到左岸。

“小满要是考不上，就来葡萄园帮我忙……”

“你这种思想，怎么可能培养出像左岸那样高素质的孩子，从小你就教育女儿不能受气，要以牙还牙，还送小满去学散打。现在可好，你女儿从小学打到高中，打遍天下无敌手，都东方不败了，现在是什么年代？不是出苦力就能活命的时期了，没文凭，就是文盲，就算种葡萄也得有个科学的种法儿，打架也不能打来钱，还伤钱……”

顾建城不赞同妻子的看法，给孩子自由，不等于纵容。

“学散打，也是你同意的，怎么现在数落起我了？不过你说的也对，学习很重要。老顾，小满现在努力还来得及吧，你和左院长也算在一个单位工作了，不如问问他，让左岸帮帮咱小满不行吗？补课的效果也不明显啊。”

“咳咳。”

小满没办法让这个话题继续下去了，用力咳嗽了几声，顾建城这才发现女儿回来了，招呼着吃饭。

顾家的气氛一直很和谐，顾建城的工作收入少，主要依靠妻子的葡萄园养家，所以家里家外的活儿他都包下来了，顾家典型的阴盛阳衰。

饭菜都端了上来，顾建城给小满夹了最爱吃的菜，让小满多吃点儿，不然营养不够，学习也上不去。

“上次见到你们班主任赵老师，她建议你报考体校，这样机会能大一些，将来毕业，当个体育老师也挺好。”

赵老师为了升学率，现在就开始安排大家的未来了。小满才不想报考什么体校，她的理想是当一个高级服装设计师，走时尚高端路线，跻身在国际名人行列。

“爸，你觉得我再多吃点儿，直接当相扑手是不是更好？”

“你这孩子……”

顾建城翻了一下眼睛，“这叫什么话？”

“我刚才和你爸商量了，看能不能让左岸……”

不等妈妈说完，顾小满立刻放下了筷子，表示反对。她绝对不会让左岸帮他的，每次看到左岸她都会变成结巴，小鹿乱撞，平时的威风都没了。

“左岸学习分秒必争，哪里有时间帮我？不知道你们怎么想的，吃饱了，写作业去。”顾小满噘着嘴巴回房间去了。

顾建城和妻子对望了一眼，奇怪地问：

“怎么小满这么不喜欢左岸呢？”

“不会的，一定是小满自尊心太强了。”

“这点像我。”顾建城呵呵笑了起来。

房间里，小满守着台灯出神地盯着手里的日记本，从高一到现在，这本日记一直陪伴着她，承载了她太多青春的秘密……

看着那些文字，小满的心是暖的。

×××2年8月21日　星期二　晴

今天，在高中门口，我遇见一个男生，个子很高，眼眸乌黑平静，给人一种波澜不惊的感觉。他单肩背着一个米色的书包，一手插在兜里，别人都三三两两地结伴同行，他却一个人，很沉默。说不清是什么原因，门口站着那么多人，我第一眼就看到了他，他有着和别人不同的气质。

很巧，我和他分在了同一个班，他叫左岸，做自我介绍的时候，我觉得他的声音也格外清冷，让人不易亲近。班主任说，他是本次初升高的状元，我忍不住暗暗地想，他是不是吸收了天地之精华、集合了日月之光辉，成精了？不然怎么做到的？

他的座位靠窗，在我左前方……

×××2年8月22日　星期三　多云

今天的新生才艺表演大会，左岸就坐在我身边，我竟然莫名地紧张，可他一直目视着前方坐得很端正，偶尔鼓掌。我以为他和我一样，只是来充当看客的，却没想到他也有节目，在同学们的掌声中，他走到了舞台上的钢琴前，一首贝多芬的第十四钢琴奏鸣曲“月光”彻底征服了我，我这才知道，他不但学习好，钢琴也弹得这么出神入化……

×××2年8月23日　星期四　阴

全班大清扫，我和左岸还有两个同学分在了一组，负责擦走廊里的玻璃，玻璃窗实在太高了，我踩在椅子上面还是够不到最上面的那几块，他在后面叫我下来，然后上去将我负责的玻璃都擦了，我本要说声谢谢的，可他下来后提着水桶就走。满满的一桶水，两个男生提着都吃力，他提着也不轻松，我追上去要帮他，他却不知怎么不小心将水桶打翻了，生气地看回头看着我……

不知为什么，我觉得他讨厌我，自那以后都不敢和他说话了。

×××2年8月24日　星期五　晴

今天开始军训了，终于轮到我出风头了，连教官都说我表现好，射击项目中，我拿了一个第一，得意地用眼角余光看着左岸，他就站在男生的队伍里，一眼都没看过来，我在他的眼里，只是一个野蛮小女生。

哼，我为什么要他关注我？我就是我，独一无二的我。

…………

×××3年9月24日　星期一　晴

今天真倒霉，我和外校的学生打架，被左岸看到了，我想，他一定很鄙视我，哪里有女孩子动不动就和人打架的。可事情真的不怪我，王小月来求我，说几个外校的总欺负她，我气不过才出手的。

我知道我不像女孩子，可我改不了……

×××3年9月25日　星期二　晴

今天公布考试成绩，左岸全校第一，我只考了班级二十七，学校排名几百之后了，这次是我表现最差的一次，可能因为我最近分心了，连续几个晚上都梦到左岸，可能得了花痴病，不知道这病吃什么药才管用。

…………

合上日记本，顾小满拿起了书架上的一本服装杂志，神往地看着上面的照片，她的梦想是成为一名服装设计师，为此她在绘画方面下了不少苦工，这可能也是影响学习成绩的原因之一。

写完作业收拾了书包，顾小满觉得肚子一阵扭痛，这个月大姨妈又准时来了，抽屉里就剩下最后一片卫生巾了。

平时都是妈妈买好了卫生巾放在抽屉里，一定是最近葡萄园里太忙了，妈妈把这件事给忘记了。

跑进了客厅，只有爸爸坐在沙发上看电视，妈妈又去葡萄园了。最近她的记性很差，不但忘记帮她买东西，还忘记锁仓库的门，已经好几次了。

“爸，我去超市一趟，马上回来。”

“买什么？爸爸去吧。”顾先生抬头询问小满。

“不用，不用。”

顾小满穿上鞋，头也没回就跑了出去，买卫生巾这种事儿，她怎么好意思劳烦老爸呢。

顾家距离超市很近，只隔着一条街，小满一口气跑到了那家超市，推门进去后，发现了一个意外的状况，左岸竟然也在……他穿着一身阿迪的蓝色运动装，一双白色的运动鞋，正低着头挑选钢笔，一缕浓黑的发丝搭在额前，泛着晶亮的光泽，在顾小满的印象里，左岸不管做什么，都很专注，就算买钢笔也是如此。

小满悄然退了出去，关门打算离开，可想着明天还要上学，妈妈去仓库锁门回来就太晚了，一旦超市关门就麻烦了。探头朝超市里看了几眼，卫生巾摆放在距离钢笔货柜很远的位置，她必须速战速决。

做贼一样溜进了超市，小满跑到了卫生巾货架前，手刚摸到想要的牌子，超市王阿婆的声音就传了过来。

“小满，来买东西啊？”

“嗯……”

小满皱着眉头，僵持地站在货架下，手想缩回来已经来不及了。左岸刚好看了过来，他的目光扫过了货架，立刻低下头，继续挑选钢笔了。

顾小满飞快拿下了小包卫生巾，尴尬地走到收银台前，扫了码，要付钱的时候才发现一分钱没带。

“九块钱。”收银的王阿婆伸出手，等着收钱。

“我，我没带钱……”顾小满抿着嘴，难为情地说。自此她相信了一个真理，只要遇到左岸，她的生活就会乱套，包括买卫生巾。

“阿婆，一起结吧。”左岸走了过来，放在收银台上一支钢笔和五十块钱。

顾小满紧张到几乎痉挛了。

王阿婆结算完了，她还戳在原地不敢抬头。

“我先走了。”左岸拿起钢笔和零钱大步向超市外走去。

听到超市门关上的声音后，小满才捞起卫生巾追了出去。超市外，左岸已经走远了，夜色中只能看到一抹高挑的身影。

回到家，小满扔下卫生巾，心还怦怦地跳着。

“太丢人了！”她直接将自己丢在了床上，用被子将头包了一个严实。

左岸帮她付钱的时候，一定将她笑死了，哪有女孩子像她这样的，除了会打架，什么都做不好，连买卫生巾都忘记带钱。不知是在被子里憋的，还是觉得丢人，脸一直烧得难受，顾小满跑出去洗了把脸，回来后才感觉好了一些。

折腾到很晚，她才抱着被子困倦地睡了。

顾小满睡觉，没几个闹钟叫不醒，关一个响一个，一直到她忍无可忍从床上跳起来，才结束这种被吵醒的痛苦。

人生一世，谁不做几件丢脸的事儿呢，再了不起的人物也会掉链子。睡醒了，顾小满恢复了什么都无所谓的心态，背上书包和爸妈打了个招呼出门了。

小区门口，展越无聊地踢着地上的小石头。

平时上学的路上，顾小满总是叽叽喳喳地说个不停，今天都到校门口了，她也没吭一声，一直低着头。展越以为她还生日记本的气，逗她几次，她也没搭理他。

顾小满到校已经很晚了，可左岸更晚。兜里揣着九块钱，她怎么也不好意思走过去还给他。

第一节课是数学课，数学老师最欣赏的是左岸，左岸作为R高级中学的代表，在各种数学竞赛中取得了不少好成绩，他作为指导老师，名字也经常出现在大赛的颁奖大会上。

“左岸，你来给这道题做解答，左岸……”

左岸走神了，数学老师一连喊了三声，他才站起来。可学霸就是学霸，就算走神也能解答无误，站到黑板前，随便看了一眼题目，便写了解题过程和答案，然后回到了座位上。

“这是一道去年的高考难题，左岸能这么快解答出来，说明他已经掌握了这种题型。同学们，想把数学写好，没有精明的头脑，就必须使用题海战术，熟练各种题型，在这方面你们都要向左岸学习。”

每次老师表扬左岸，都会让某些人不爽，搞小动作传字条，私底下偷笑。毛永伟的瘦脸都笑出褶子来了，展越一个字条扔过来，打在毛永伟的脸上，弹到了顾小满的桌子上。

顾小满看了一眼，字条上写着：“学霸等于书呆子死脑筋榆木疙瘩。”

小满将字条捏在手里，皱着眉头咬着唇瓣。

每次来大姨妈，肚子都疼得要命，小满不知道女人生孩子是不是也这样疼，就差用头撞墙了。

好不容易熬到了下课，她想趴一会儿，可想想左岸昨天看到她买的东西了，一定知道她为什么趴在桌子上。咬了咬牙，小满硬着头皮出了教室，回来时发现展越站在左岸的桌子边，一副轻视鄙夷的表情。

“书呆子，两点，操场见！”

左岸头都没抬一下，自顾自地看着书，展越有些急了，用力地拍了左岸的桌子一下。

“缩头乌龟！你聋了！”

“你说谁是缩头乌龟？”

左岸突然站了起来，握紧了拳头，额头青筋直冒。第一次看到左岸发火，展越吃了一惊。

学霸生气了，看样子要打架了，所有同学都围了上来，有劝解的，有帮腔的，也有看热闹的。三贱客还是很有人气的，大多数的同学都站在展越一边，在学霸左岸的阴影中，他们都想找这么一个机会让左岸难堪。

顾小满强忍着肚子疼将展越拉了出去，在教室里打架，小则记过，大了可能被开除的。

展越没再冲上去，却扔下了狠话：

“不是缩头乌龟，就两点见！大家都听见了，两点篮球场，左岸敢不来，就是乌龟！”

顾小满推走了展越，很多同学都出去帮展越打气去了，她回到教室时，只剩下左岸一个人坐在那里，脸色很难看。

学霸是不是天生注定就是孤单的？

他的孤单和他父亲左院长的教育方式有莫大的关系，上学车送，放学车接，周末还要练习钢琴和补课，日程被安排得满满的。顾小满猜想，左院长是不屑左岸和他们这些人做朋友的，会影响左岸的学习。

顾小满走过来，站在左岸的桌前，掏出九块钱轻轻地放在了他的桌子上，手指收回来纠结地搓着。

“你别理展越，也别去。”

左岸的俊脸紧绷着，将钱抓住，捏在了手心里，没回应她。

顾小满不知道左岸会不会去球场和展越比篮球，但她一定不会去，她的出现只会助长展越的气焰，最重要的，她不想看到左岸输。

下午两点，展越出去了，左岸也出去了，除了顾小满，整个三年二班几乎都空了，其他几个班好事儿的学生也去了，一个是全校出名的学霸左岸，一个是讲哥们儿义气的学渣展越，大家都当这是一次特殊的“决斗”。

决斗需要理由，可展越和左岸“决斗”的理由是什么？

写了一会儿作业，看看时间，已经过去半个小时了，顾小满向窗外看了一眼，大家怎么还没回来？她有些坐不住了，放下笔起身正要去篮球场看看的时候，教室的门外，许志友气喘吁吁地跑了进来。

“顾小满，不好了，展越和左岸打了一会儿篮球，不知为什么一言不合，打起来了。咱们班，还有其他班级的同学也都参与进去，打成了一团。”

“打……打架？”

顾小满惊得瞪圆了眼睛，左岸和展越打起来了？

“现在三十几号人都在教导处呢，老夫子说一定严惩，还说……”

没等许志友说完，顾小满就冲了出去，还没跑到教导处，就看到教导处的走廊里站了一大排，一个个耷拉着脑袋，有的脸上挂了彩，有的衣服破了，大多数是三年二班的，还有四班、五班的，竟然还有七八个女生。

教导处里，左岸和展越站在老夫子面前，老夫子在大声训斥着，左岸的脸上青了一块，校服袖子被撕开了，展越的嘴巴出了血，裤子边开了一个小口。

老夫子在两个人面前来回走着，气得眼镜又掉在了鼻梁上。

“打群架？这要是传出去，还以为我们学校教育无方，没组织，没纪律呢。展越，你说，是不是你先动手的？”

“不是我！”展越大声地否认着。

“展越，看看你现在的样子，都复课一年了，怎么还没长进？知道你爸爸对你抱有多大的期望吗？希望你考个正经的二本大学……你可好，和顾小满混在一起，好的没学，净学她打架了，不是你先动手的还能是谁？”

老夫子三句话没说完，就殃及池鱼，扯到了顾小满的身上。

第二章 两张桌子的距离

她要好好学习，缩小和左岸之间的差距。两张桌子的距离还是太远了。

顾小满尴尬地回头看了一眼身后站成一排的闹事分子们，他们都窃窃地笑着，还有人冲她竖起了大拇指。

“王主任，你怎么不先问左岸，是不是有点太偏心了？”展越歪着脖子，反问老夫子，老夫子翻了一下眼睛，目光转向了左岸。

“左岸，你说，是不是他先动手的？”老夫子很明显在偏向左岸，连问话的方式都不一样，在他的心里，左岸这么品学兼优，怎么可能先动手打架呢?

可让老夫子感到吃惊的是，左岸竟然袒护了展越。

“是我先动手的。”

左岸的声音刚落，走廊里便响起了一片热烈的掌声。

老夫子吹胡子瞪眼地呼喝了好一会儿，掌声才停下来。

“不像话，太不像话！”

一时之间老夫子不知道怎么处理了，这次打架恶性事件由左岸一个人担当了下来，校领导也很头痛，他们怎么可能因此开除左岸呢？可不给左岸惩戒，又说不过去，必须以儆效尤。

下午三点，左院长被请来了学校。

左岸整个下午都没在班级里出现，顾小满也一个下午没理展越。

快放学了，左岸才回了教室，脸上贴着创可贴。赵锦华随后黑着脸进来，目光好像刀子一样在每个人的脸上疯狂切割着。

“真没想到，你们竟然用这种方式让我在全校出名了，三年二班，成绩名列前茅，打架也远近闻名……”

成绩名列前茅，说的是左岸，打架远近闻名，指的是顾小满。小满的头快抵在桌面上了，她没参加这次打架事件，却比打架还遭罪。

“这次你们竟然在操场上打群架，还捎带了其他几个班级？厉害，真是厉害，这就是带头模范作用吗？左岸，展越，你们两个，记过一次，打扫全校一楼走廊的地面一周。所有参与打架的同学，今天放学后要围着学校操场跑十圈，顾小满，你也跑！”

“老师，我没打架啊？”小满抗议。

“这次是王主任下的命令，你不跑，去教导处找他说去！我不管了，气死人了。”赵老师火气很大，随时会歇斯底里地爆发，小满不敢再反驳了。

老夫子这是新账旧账一起算了，顾小满哭丧着一张脸，她现在的状况跑十圈，不是要命吗？

赵老师说完之后，左岸回头看了顾小满一眼，手里还拿着昨天刚买的那只钢笔，犹豫了片刻之后，他突然站了起来。

“我去找王主任说，这次不关顾小满的事儿！”

左岸站起来就要向教室外走，赵老师叫住了他。

“左岸，你站住，你现在还是留校察看期间，别让我替你操心了。”赵老师将左岸拉了回来，左岸只能回到座位又坐下了。

顾小满羞涩地用手挡着脸，总觉得哪里不对劲。

处理了打架事件后，赵锦华开始安排班级的工作。

“下周五的足球决赛，周凯的脚扭伤了，需要一个替补，谁合适大家推荐一下，要有取胜把握的。”

“顾小满！”许志友和毛永伟异口同声地推荐顾小满，顾小满虽然是女生，却跑得很快，每次下足球场奋勇拼杀，不比男生逊色。

“顾小满是女生，不行。”展越是队长，他坚决反对小满参加，这丫头一进足球队，他这个队长就没法当了，什么都得听她的。

“是班级决赛，没说不能有女生的。”

“对啊，五班也有一个女生，我们班再出一个，公平了。”

大家一致推荐顾小满，赵老师最终敲定，就顾小满了。

放学后，学校的操场上很热闹，堆了一堆书包，好几个班级的学生要接受惩罚，围着操场跑十圈，左岸和展越也在其中。

如果是平时，十圈对顾小满来说不算什么，可今天她跑得很费力，肚子拗劲儿的疼，汗珠子一颗颗滚落下来，头晕得要命。展越几次跑到小满的身边，都被她推开了，若不是展越非要和左岸比篮球，她至于这么倒霉吗？

跑到第五圈的时候，顾小满落后了，她觉得恶心，想吐，当开始跑第六圈时，她终于坚持不住了，膝盖一软，无力地倒在了跑道上。

意识模糊的时候，她好像听见左岸喊了一声，接着有人将她背了起来……

医院里，赵老师一直向顾建城夫妇道歉着，说不知道孩子正处于生理期，不然一定不会让小满围着操场跑的，老师这么道歉，顾建城也不好说什么了，好在小满没什么大事儿，他们也就放心了。

离开医院，回到家里后，妈妈责怪小满怎么这种情况下还忍着，跑坏了可怎么办。

“我没事儿……”小满噘着嘴巴。

“怎么会没事，这个时候，要保护好自己。”

妈妈非让小满躺在床上休息不可，又煮水，又吃药，第二天还给她请了假。

躺在床上，顾小满在猜想，她晕倒时，背起她的不会是左岸吧？如果真是他，是不是表明他也在意她？胡思乱想后，顾小满狠狠地打了自己一下，做什么白日梦呢，谁见同学晕倒了，都不会袖手旁观，那不能代表什么，不过……她大姨妈来了的事，不会大家都知道了吧？

晚上，展越敲击旁边的阳台墙，顾小满跑到了阳台里，看到展越探头过来，冲她笑着。

“怎么跑几圈还晕倒了？这可不像你。”

听展越这么说，顾小满终于放心了，看来没人知道她为什么晕倒了。

“我中午没吃饭，虚脱了。”

“跑步的时候，你总推我干吗啊？不然你晕倒的时候，我一定给你垫背，让你摔得软乎乎的。”

噗！顾小满被逗笑了，展越憨实地抓了一下头发，也跟着笑了。

“别开玩笑了，我问你，谁背的我？是赵老师吗？”

“不知道！”提到这个，展越拉长了脸，说困了，回去睡觉。

“喂，展越……”

顾小满想喊住展越，可展越已经转身离开了阳台，随后传来了关阳台门的声音。

“莫名其妙，不告诉算了，又生气。”

顾小满努了一下嘴，踮着脚，趴在了阳台的栏杆上，看着夜色中的点点灯火，陷入了遐思之中，想得出神时，还忍不住傻笑一下。

“小满，几点了，还不睡觉？”房间里传来了妈妈的喊声，小满赶紧跑回了房间，躺在床上，她又拿起了日记本。

6月3日　周三　晴

今天是全校运动会，我短跑五十米、一百米都是第一，跳高也得了第一，广播里一直喊我的名字，就好像他考试第一的时候，都在喊左岸的名字一样风光。领奖的时候，我特意看了一眼台下的他，他静静地坐在那里，低着头看书，心无旁骛。

此时，我若手里有三尺桃木剑，誓要将此妖孽降服，压在我的五指山下。我几乎是全校人尽皆知的体育精英，他敢忽视我？

那时，我觉得自己好像一只不起眼的丑小鸭，可丑小鸭总有一天会变成白天鹅。

…………

她会变成白天鹅吗？合上日记本，顾小满抬头看了一眼日历表，距离高考又近了一天，关于左岸，她是不是该放下了。

顾小满的梦想，是成为像唐娜·卡伦那样的服装设计师，不但人美丽，设计的服装也十分优雅，很多好莱坞当红的影星都穿过她设计的服装参加戛纳电影节，除此之外，她还热衷美容和香水，无处不体现出华贵、性感的现代气息来。

唐娜·卡伦是顾小满人生的终极目标。

睡时，日记本还握在手里，一大早，闹铃久闹不醒，差点被进来的妈妈发现。顾小满从床上跳起来，洗漱，吃饭，然后匆匆上学去了。

左岸和展越被惩罚打扫学校一楼的走廊，一个在走廊东尽头，一个在走廊西尽头，擦到中间的时候，展越没好气地甩了一下拖布，左岸的裤子上瞬间多了几个水点儿。

“虽然这次你帮了我，可我也不会说谢谢，更不等于以后可以和你做朋友。”

“我不需要朋友。”左岸放下了拖布，拎着水桶去了水房。展越翻了一下眼睛，也拎着水桶去了另一个水房，中间剩下一块没有擦过的地面。

风雨之后，总能见到彩虹。打架事件很快被人遗忘了，周末全校举行了高三班的篝火晚会，学校希望同学们在最后一年的时间里重新思考，重新定位，想想该如何挥洒自己的青春。

“你们一定要发动所有的力量，飞起来！”赵锦华振动着双臂，极具蛊惑力，为大家加油，还是她常说的那句话：虽然是最后一年，可什么都还来得及。

黄昏的篝火燃烧得旺盛，噼噼啪啪作响，烟火绚丽耀眼。

顾小满和展越坐在第二排，左岸在第一排，每个人的脸都红通通的。

左岸作为全校最出色的高三学生，第一个走了上去，站在熊熊燃烧的篝火前，他整个人看起来都不一样了，可说出的话，却让全校高三的学生都感到意外，简短、明了甚至有些匆忙。

“我会成为一名医生，就这些。”

左岸从容地回到了自己的座位上，目光从火苗上移开，看向了那些随风飘散的烟尘。

成为一名医生对于左岸来说，并不困难。他的父亲不但是中心医院的院长，又是医学博士。他有深厚的根基和资本，目标一旦明确，就不必彷徨，在小满的心里，左岸是果断坚定的人。

接下来，许志友大大咧咧地上去了，他喝了一口水，挺了挺胸膛，大声地宣布他的理想：

“整个三年二班的同学都知道，我是一个地地道道的吃货，什么美食都来者不拒，所以我将来一定要当厨师，开饭店。我已经想好了，我的饭店就叫三剑客，等我真的成功了，大家都来免费吃大餐。总之一句话，我的志向是餐饮管理专业，励志成为一名吃货大帅哥。”

许志友的话引起全场的一阵哄堂大笑，连赵老师都被逗笑了，给他鼓掌加油。许志友很自励，说完自己还拍了几下巴掌，为自己喝彩。

又上去了几个，有说要当飞行员的，有说要当教授的，还有要当农场主和明星的，真是五花八门，轮到展越的时候，他没好气地看了左岸一眼，大步地走了上去。

“老爸和老妈说，如果我将来当混混，唱摇滚，就打断我的双腿，所以我的青春理想没等起步奔跑，就华丽地摔倒了。第一次高考失利，我不承认是我没实力，那是因为我不知道该要什么，也不知道该做什么。现在我想通了，为了将来能健全地做人，不做啃老族，不给父母的脸上抹黑，我决定也成为一名医生，虽然这个目标有点远大，可赵老师也说了，还来得及，我会努力的，头悬梁，锥刺股，彼不教，自勤苦，请大家监督我。”

左岸说了要当一名医生，展越也要当一名医生，顾小满听着这话有些不对劲，好像之前展越也说过，左岸能考上的大学，他也能考上……

“顾小满，轮到你了！”王小月推了小满一下，小满这才回过神来，站起来后，她抓了一下头发，慢吞吞地走到了篝火前。

站在大家的面前，顾小满是矛盾的，她一直都有一个理想，却也有一个心愿，这个理想和心愿是背道而驰的，顾此失彼，她的人生可以不睡到自然醒，却不能放弃那个心愿。

飞毛腿、跳高健将、打架高手顾小满的理想是什么，大家还真想知道。

“顾小满，说吧，你下一个目标想打倒谁？”毛永伟嘴巴贱，当着这么多人的面，让她难堪，顾小满现在就想一拳打倒他。

“你别捣乱。”展越踹了毛永伟一脚，毛永伟嘿嘿地笑了起来。

顾小满深吸了一口，勇敢地说出了自己一直追求的梦想。

“我想当唐娜·卡伦那样的人……”

“好！”

还不等小满说完，展越就鼓掌叫好，惹得小满瞪了他一眼，这个时候叫什么好，没看赵老师直翻白眼吗？赵老师想让小满报考体校，她却说什么服装设计，远远偏离了老师的预期，估计过不了今天，赵老师就得给她爸打电话商量这事儿了。

“顾小满，你的体育成绩可以加分了，能考个不错的体育学校，设计师，还是不太现实。”

赵老师一点面子都不给小满，至少也得听她说完唐娜·卡伦的事迹啊，再不切实际的理想，也有人成功过，为什么就不能是她。

小满沮丧地回到座位上，屁股才落在座位上，许志友的声音就传了过来。

“我觉得你最适合当女拳击手，保准打一个趴一个。”

毛永伟也跟着起哄，周围的同学都掩嘴笑着，如果不是赵老师拍拍手打断了他们，顾小满不能保证她不会出手。

展越曾经说，顾小满是赵老师肚子里的蛔虫，她的一举一动都逃不过小满的火眼金睛。果不其然，顾建城一早起来就提报考体校的事儿，赵老师的影响力比病毒蔓延还快。

“妈，我将来帮你种葡萄算了。”小满趴在葡萄架上，托着下巴说。

“种葡萄多辛苦，我希望我的宝贝女儿，将来有口轻松的饭吃，还不受气。”

“这就是你让我学散打的原因吧，妈，你听说过一句话吗？慈母多败儿，我会被你惯坏的。”

“你又不是男孩儿，不能吃亏，也不用那么累，将来找个好婆家，嫁人了，家庭幸福，比什么都强。”

妈妈的话，让小满红了脸，她看着悬挂着的一串串绿油油的葡萄粒儿发呆了好一会儿，才又开了口。

“妈，你说我考医学院，当医生好不好？”

“啊？”

妈妈的音调都变了，小满立刻从梯子上爬了下来，搂住了妈妈的脖子。

“小满胡思乱想，仅供参考。”

“你见血就晕，这个不能参考。”

“还是妈了解我。”

顾小满亲昵地贴着妈妈的脸撒娇着。

医院消毒水的味道会让她呼吸困难，血会让她恶心眩晕，可左岸选择了医学，她如果不选同一所大学，高考之后，她必须和他分开了，那个侧影可能会成为她永远的回忆。

“叫上你爸，吃烤鸭去，然后回家学习加把劲儿，不喜欢体校，就考一个更好的让大家看看。”

“好嘞。”

有了妈妈的支持，小满的心情好了许多。

回到家后，小满发现家里来了一位特殊的客人。

左岸从沙发里站了起来，礼貌地打着招呼。

“小满，阿姨。”

“哎呀，左岸怎么来了？”

顾建城赶紧解释。

“昨天，我和左院长说了，让左岸帮一下小满，没想到这孩子这么快就来了，还带了不少学习资料。”

茶几上放着一摞备课本，下面还有三本参考书。

“这是我做的笔记，还有几本不错的参考书，小满可以看看。”左岸目光抬起，浅浅地笑着。

小满的妈妈邀请左岸一起去吃烤鸭，左岸以学习为由拒绝了，他起身告辞，顾建城让小满出去送送。

“不用了。”左岸快步走到了门口，推门出去了。

等小满穿好鞋追出去的时候，左岸已经出了楼洞，身影掩映在夕阳的余晖下。

还没听她说声谢谢就走了，小满无聊地抬起脚，用力一踢，一个小石头突然弹跳而起，在空中划了一个完美的弧线，掉在了一辆停靠在路边轿车的挡风玻璃上，尖锐的报警声吓得小满跑到墙角躲了起来。

一个纸团从天而降，打在了她的头上，小满抬头看去，展越正趴在阳台边朝下面看着。

“打坏车窗要赔钱的。”

“关你什么事儿？”她瞪了他一眼。

“怎么不关我的事儿，你打的是我爸公司的车。”

顾小满仔细一看，果然是展伯父单位的车，于是难为情地一笑。

“我不是故意的。”

“人都走远了，还傻站着，又踢石头闯祸，你真是不可救药了。”

“你说什么呢你？”

“还狡辩，我一直看着你呢。”

“你敢说……”

小满正要发火，爸爸和妈妈从楼洞里走了出来，见女儿在楼下和展越说话，就客套地问展越要不要一起去吃烤鸭。

“行！”

“不行！”

展越爽快地答应后，却被顾小满拒绝了，她不悦地拖着爸爸和妈妈就向前走。

“你这孩子，展越说去……”顾建城不知道女儿哪根筋不对了。

“他吃饱了，去什么去？”顾小满回头又瞪了展越一眼，展越在阳台龇牙笑着，还冲她挥了挥手。

香喷喷的烤鸭端上来了，顾小满瞬间变得没心没肺了，吃得五饱六撑才肯罢休。

晚上带灯学习，顾小满仔细阅读左岸送来的备课本和参考书，每个知识点都整理得精辟简洁，看过之后，有醍醐灌顶的作用，相比小满记录的那些东西，简直叫人脸红。

接下来的几天里，顾小满每天都能遇到左岸，却找不到机会说谢谢，他在准备数学竞赛，分秒必争，又恢复了心无旁骛的样子。

“今天下午三点，我们班和五班进行足球决赛，大家都来助阵。”毛永伟拍手吆喝着，左岸仍专注手中的书，周围的嘈杂丝毫没有影响到他。

下午两点的时候，队员们集合了，顾小满精神抖擞地做着热身运动，展越走过来，拿出了队长的姿态。

“顾小满，好好做准备，别到时候腿抽筋。”

“你才抽筋呢！我这次要踢影锋。”

“你中场，我是队长，我说了算。”

展越瞪大了的眼睛，硬被顾小满瞪了回去，就这样，她成了三年二班足球队的影锋，队长展越守门，毛永伟为前锋，许志友为啦啦队长。

三年五班的女生是个充数的，他们知道二班的女生顾小满是影锋，立刻表现出一副胜券在握的样子。

顾小满换了衣服，做着热身运动，在体育场上和高大威猛的男孩子争，已经不是第一次了。

三年二班的同学都来了，左岸是最后一个到的，他双手插在衣兜里，将运动服拉拽得很紧，坐在了最靠左边的看台上。

“顾小满，加油！顾小满，加油！”

毛永伟这个啦啦队长不是虚的，比赛还没开始，就开始为二班的体育女神加油了，五班的女生发出了一阵嘘声。

“三年二班，永不言败！Oh，Yeah！”

顾小满做了一个极其漂亮的跳跃动作，引来全场的一片掌声，她骄傲地环视了一周，发现所有人都在看她，只有左岸还在看书。

也许一直以来，左岸就不是特别的，他表现出的与众不同，只是对周围的事物缺乏一种关心，作为射手座的顾小满天生就有一种征服欲，岂能允许这种特别的存在?

比赛开始了，哨声一响，三年五班的队员好像疯了一样跑动了起来，他们事先已经商量好了怎么对付体育极强的三年二班，每人钉死一个，绝不放松。

开场还不到五分钟，五班就组织了三次精彩的射门，这太危险了。

“顾小满，冲，冲上去！”展越急了，怎么才开踢就处于下风了。

“顾小满，速度，速度！”

顾小满不敢有半点怠慢，当足球被五班一个球员传过来时，她急速插上，断下，掌控，带球飞奔，显出了她的速度优势，后面有人想追上她，简直就是做梦。

就这样，她在对方后卫不能救急的情况下进了一球。

全场沸腾，连赵锦华也站了起来，唯独左岸静静地坐在台阶上，用波澜不惊四个字形容他再合适不过了。

一个进球，让五班的男生关注到了顾小满，他们凑在一起密谋着什么，小满则得意扬扬地冲展越挥动着手臂，展越虽然竖起了大拇哥，却还是叮嘱小满别太得意了。

足球比赛再次开始后，场地上形势有些不妙了，顾小满被钉死了，不管她怎么跑位，都找不到合适断球的机会。

虽然五班看得紧，小满还是找到了机会，见缝插针，当足球从她两米之外飞过时，她闪电般地冲过去，可还没等她碰到球，有人突然冲撞了过来。

顾小满摔了一个人仰马翻，手肘擦过地面，火辣辣地刺痛。

耳边传来展越的一声怒骂，随后有人从她的身边飞奔了过去，扑了她一脸的草屑。展越打架，三贱客自然不能少了，二班其他几个球员冲了上来，接着是五班的，草坪上人影攒动，裁判吹了几声口哨都没管用。

五班的班主任和赵老师见势不妙跑上来，将两个班级的球员分开了，还没等裁判做出判决，五班的班主任马老师就指责展越先动手打人，一向以和为贵的赵锦华这次当仁不让，厉声反驳了马老师。

“老马，是王磊依仗人高马大故意撞顾小满的，展越动手也情有可原，王磊必须向小满道歉！不然我代表三年二班宣布放弃这场比赛！让你们得一个耻辱的冠军！”

第一次看到赵锦华公然站出来维护学渣展越和班级利益，三年二班沸腾了，原来赵老师的心里也满满的都是爱啊。

大家都顾着打架辩理去了，顾小满作为受害者被冷落了，就在她噘着嘴巴，吃力往起爬时，一只大手伸了过来。

左岸？

顾小满失神了，连怎么被左岸拉起来的都记不清了，她只感觉他的手很大，很热，很有力。

球场风波很快平息了，因为双方都有错，以王磊被黄牌警告当面向顾小满道歉告结，赵老师让小满离场休息，找其他人上场，可周凯生病，一时没什么人可以顶替了。

“这点伤不算什么，我可以的。”

顾小满拍拍胸膛，要求继续上场。

“谁要是敢再撞我，我让他以后听了顾小满的名字都吓得哆嗦。”

她的这句豪言壮语不知影响了多少届的高二生，后来回到母校的时候，说起来还啼笑皆非，她当时简直就是一只迅猛龙。

这场足球比赛踢得很过瘾，三年二班一共进了四个球，小满自己一个人就进了两球，五班刷了一个零蛋。

放学后，展越带着三贱客找王磊的麻烦，若不是小满及时赶到，展越又要闯祸了。王磊一连三天都没敢上学，一定是被吓到了。

足球决赛胜利之后，小满的烦恼也重了，赵锦华老师更坚定了一个信念，顾小满不考体校就是浪费。

“我说了，我不想考体校，你们不要再说了好不好，赵老师不能决定我将来做什么，你们也不能！”

很少发脾气的小满，在爸爸和妈妈唠叨不休的情况下大发雷霆，筷子摔得啪啪响。

“不吃了，绝食抗议！”

顾小满为了表明立场，当天晚饭没吃，第二天早餐也没吃，到了学校之后，饿得肚子都瘪了，看什么都好像大鸡腿一样。

晚上回家前，小满和展越去超市偷偷买了两块面包，吃完之后回家继续绝食，顾建城终于妥协了。

“小满，来，吃鸡腿，爸特意给你做的。”

顾建城故意将鸡腿端到了小满的鼻子边儿，鸡腿利诱效果明显，她的鼻子跟着鸡腿转了好几圈。

“你喜欢考什么就考什么。”

“真的？”

“真的，我和你妈商量过了，只要你喜欢就行。”

“谢谢爸！”

顾建城以为小满一定会扑上来搂住他的脖子，可她一把扯过了鸡腿，狼吞虎咽了起来。

从那次闹绝食之后，连赵老师也不提考体校的事儿了，只是她明显对小满放任自流了，她认为这样的学生不考体校，基本没什么希望了。

一周以后，就是全国数学竞赛了，左岸去了省里，几天都没看到他的影子，可一些不确切的消息却在同学之间传开了，都说左岸没考好。第八天，是个星期一，左岸回来了，和往常一样，进入教室后认真看书。

“听说他这次比赛考得不好。”展越的声音传了过来，带着讥讽的口吻，小满回头瞪了他一眼。虽然她也听说了，可没证实的事儿，不能拿来胡说。

“瞪眼也没用，只拿回了一个优秀奖，连季军都不是。”

“长江后浪推前浪，前浪扑在沙滩上，哈哈！”

…………

小满实在听不下去了，起身走到展越桌子前，冲他歪了歪脑袋，示意他出去一下。毛永伟缩了一下脖子，许志友打一个哈欠，都不吭声了。

走廊里，展越懒洋洋地倚在栏杆上，一副欠揍找死的模样。

“我昨天做了一个梦，美梦，所以没睡好。”

“今天想做噩梦吗？”

小满一把扭住了他的胳膊，还没使劲儿，他就怪叫了两声。

“本来就没考好，怪人说吗？你放手，顾小满，我不打女生的。”

“你打我？”

“我打不过你。”

让展越闭嘴很容易，可让全校都闭嘴就没那么轻松了。左岸没考好是真的，只拿了一个优秀，连老夫子都觉得意外。

那天放学，左岸背着单肩包走在前面，破天荒地，左院长没开车来接，似乎每个人都不能原谅他的不优秀。

左岸走在前面，小满和展越跟在后面，展越好像打了亢奋剂，一个接着一个讲笑话，有些笑话根本就没笑点，他却笑得人仰马翻的。

小满实在看不下去了，故意说渴了，将展越支走了，然后紧走几步追上了左岸。

“左岸。”

他转过身看向了她，眼眸闪着幽暗的光。

“谢谢……谢谢你上次的备课本。”

小满不知道该怎么开头，竟说了一句已经过时很久的谢谢。

“不用谢，我留着也没什么用。”

他拉了拉单肩包，继续朝前走，小满硬着头皮跟在了他的身后，低声劝慰着。

“考试有失误是正常的，谁能保证每次比赛都拿第一啊，我要是去了，准倒数第一！”

“不是失误。”他的回答让小满很吃惊。

左岸告诉顾小满，这次省里的数学竞赛，他故意答错了两道题，至于为什么要这样做，他没说原因。

放弃两道题，还能得到优秀奖，如果都答出来，还不得拿全国第一？

左岸从书包里掏出了几个新的备课本给了小满，说是他这几天整理出来的，是上次漏掉的知识点。

“你带课本去参加比赛？”

“不需要，我能背下来。”

在左岸的身上，小满总能发现异于常人的发光点，能将整个高中的课本都背下来，不是什么人都可以做到的，但左岸可以。

“我不信！”

为了证明他没这个能力，小满在书包里一通乱翻，找出了一本课外书《浮士德》，顾小满之所以看这本书，不是因为它好看，而是因为根本看不懂。挑战自己，才能证明自己的文学细胞还没完全死掉。

翻开一页字数最多的，顾小满要考考左岸的记忆力。

左岸很有兴趣和小满讨论超强记忆的问题，他接过书，看了两遍，然后将书还给小满，随后一字不差地背了下来。

“你知道什么意思吗？”

“没看过全部，不知道。”他很诚实。

左岸完全可以不用理解意思，就可以机械地背诵任何文章，这和他从小受到的教育方式有关，所以在小满的眼里，他就是一个神话。

“你太让人佩服了。”

“没什么，如果你从小和我一样，你也可以。”

左岸又沉默了，小满也不知怎么调节气氛，感觉怪怪的。在石板路的尽头，一辆车开了过来，开车的人是左院长的助理。

左岸走后，展越拿着冰激凌气喘吁吁地跑来了，他埋怨小满为什么不在原地等他，不会买冰激凌是调虎离山之计吧。

“你是老虎吗？”

小满接过冰激凌，吃了一口，展越帮她擦着嘴角，笑她吃东西完全没有形象。

数学竞赛的秘密只有左岸和小满知道，左院长因此很生气，连医院的会议都临时取消了，回家专门质问儿子到底为什么没考好，左岸的解释是考题太难，不会做。

学霸就算全国数学竞赛没考好仍是学霸，月末的大综合考试，他还是全校第一，甩了第二名好几十分。小满的成绩也让人意外，进入了全校一百名之内，连大家公认的学渣展越也不是全班倒数了。

按理说，全班考得好，赵锦华应该高兴才是，可一早进了教室，脸好像长白山一样拉得老长，双臂支撑在讲台上，一双眼睛犀利地扫过了每一个人的脸。

“我不希望在马上临近高考的时候，出现任何让大家分心的事，特别是早恋！”

早恋两个字从赵老师的嘴里说出来后，整个班级鸦雀无声。

顾小满并不心虚，只是感觉有点不对，为什么赵锦华的眼睛一直盯着她呢？

“知道什么叫责任吗？你们所理解的责任又是什么？青春，不是让你们这样挥霍的，更不是让你们想做什么就做什么。你们还没成熟到可以将每一件事都处理很好的程度，所以我在这里规劝一些同学，收收心，管管自己，别做一些毫无意义的事情，当然，老师的规劝，你可以不理，却不能影响了别人。”

“赵老师，能不能别这样，谁早恋了？难道男生和女生不能说话吗？说句话就是早恋，全校的男生和女生不是都在早恋吗？”

展越翻了一下眼睛，他一向是刺头，不喜欢莫须有的罪名。

“是啊，赵老师，我们是不是都有嫌疑啊。”许志友举起了手，毛永伟表示支持，不如说出来是谁，不然大家互相猜疑，不是更影响学习。

赵锦华的脸阴沉着，她捏着手里的一张纸，犹豫了片刻之后还是扬了起来。

“我截获了一封情书，是我们班一个女生写给一个男生的，谁写的，放学后，没人的时候来找我，我不想在这里公开，上课！”

那是一张蓝色的信纸……

到底是谁给谁写了情书，成了三年二班的一个谜。

下课的时候，全班乱成了一锅粥。

“刘颖四眼妹，是不是你写的？”

“你有病啊。”

“胡珊珊，是你吧？”

“想屎吗？去厕所。”

啪，一本书飞了过去，顾小满笑得要岔气儿了，觉得赵锦华老师上课前的一番话不但没起什么作用，反而成了全班取笑的笑柄，直到物理老师走进来，拿起了粉笔头，全班才老实下来。

虽然谁都没问，但每个人都想知道放学后，谁去找了赵老师，也很想知道那封情书，是她写给谁的？

放学的路上，展越、许志友、毛永伟和顾小满嬉闹了一路。

“顾小满，情书不会是你写的吧？”

“我只会写恐吓信，不然你试试！保证吓得你屁滚尿流。”

小满将毛永伟摔了一个大跟头，许志友立刻吓得跳开了，展越的脸皮最厚，大声嚷嚷着：

“她要写，一定是写给我的，是不是，小满？”

“那你就等吧，等不及，我会烧给你的。”

许志友、毛永伟发出了一阵怪笑，展越抓了一下头发，白眼不知翻了多少，回到家的时候，小满脸上的爆笑褶子还没舒展开呢。

顾小满一直觉得和她没半毛钱关系的事儿，却偏偏和她扯在了一起。她笑了一路，一回家，脸就僵住了，赵锦华老师竟然坐在她家的客厅里，正在和爸爸、妈妈说话，妈妈一副很难堪的样子，爸爸的脸色也不好看。

“我还是希望你们多关注一下小满，这个年龄出现这样的问题也是正常的，青春期的少男少女需要正确引导的，她放学没来找我，我想……可能是我处理的方式不好，在全班所有同学面前提这件事儿，也是希望大家都注意一下，不要在临近高考的时候再出现这样的问题，不好意思，打扰了。”

赵老师站了起来，说还有作业要批改，先走了。

顾小满站在门口，眼看着赵锦华老师从她的身边走了过去，心瞬间冰凉。

还用问吗？写情书的女生就是她。

“她来干吗？”

顾小满鼻子酸酸地看着顾建城。

“老师来也是好意，事儿，我们都知道了，小满……”

“她跟你们说是我写的？”

“我们刚开始不能接受，现在能……”

“连我自己都不知道的事情，你们竟然能接受？好吧，随便你们。”小满气恼地回了房间，嘭的一声将房门关上了。

顾小满满头雾水，趴在床上，她从来没觉得这么窝囊过。

客厅里，顾建城皱着眉头，他没想到女儿会出现这样的问题。听赵锦华老师登门说了情况，他和妻子才觉得问题有些严重，两个人都做了自我反省，决定以后小满上学放学，至少抽出一个人来接送，不能让她再和男孩子混在一起。

“小满能出这样的问题，都怪我，不该让左岸帮她的。”

“不知道怎么引导这孩子，她一向固执，不听劝的，老师说学习成绩才上来一点，就闹出这样的事情，我都不知道怎么办好了。”

“青春期过了就好了。”

…………

听了他们的对话之后，小满才知道，情书是写给左岸的，老师之所以那么激动，是因为她影响了班里的优等生，幸好情书还没到左岸的手里就被老师截获了。

因为问题太敏感，顾建城夫妇生怕小满因为这件事儿自暴自弃，第二天早上起来，两口子说话都小心翼翼地。

“我吃饱了，去上学。”

小满背上书包要去上学，妈妈追了出来。

“小满，妈妈送你。”

“你们两个太紧张了，情书不是我写的。假若有一天我真的写了，也不会笨到被老师截获。”

顾小满没等展越，也没等妈妈，一路飞奔去了学校，到了赵老师的办公室，然后伸出了手。

“我要看我写的情书。”

“小满，老师希望这件事儿就这么过去了，你知道问题的严重性就行了。”赵锦华被弄得很尴尬，其他几个高三班的老师也来了，她不想班级里的丑事被外人知道，可小满很固执，手一直伸着。

“好吧。”

赵锦华将那封情书拿了出来，小满三下两下展开了，题头是左岸的名字，末尾是顾小满的落款，她几乎不敢相信，谁这么有心情，写这种东西出来调侃她。

“不是我写的，不是我的笔迹！”

顾小满从老师桌子上的一摞作业本里翻出了自己的本子放在

了赵老师的面前，用力地点了点封面上的名字，虽然有人尽量模仿了她的笔迹，可还是不同。

赵锦华很吃惊，她只顾着急了，没对过笔迹，情书确实不是小满写的。

不管是谁模仿了顾小满的笔迹，做了恶作剧，赵锦华想将这件事平息下来已经不可能了。很快情书的事情传遍了整个学校，虽然赵老师一再替小满解释，也没人相信，甚至展越也相信了。

那段时间顾小满过得很煎熬，到处都是奇怪的目光，好像她是癞蛤蟆，要吃了左岸这块天鹅肉一样。

情书事件后，一向走路扬着下巴的顾小满学会了低头走路，每天上学，她都磨蹭到很晚才到学校，放学，也是溜得贼快。

“小满，等我查出来是谁干的，揍得他满脸开花。”放学的路上，展越扬言要报复。

“找到又怎么样？全世界都知道你和我关系好，谁会相信你？别给我添乱了。”

顾小满拔腿就跑，展越追得上气不接下气也没抓到顾小满的影子。用他的话说，只要顾小满想跑，他一辈子也别想抓住她。

小满回到家，第一件事就是进屋写作业，闷头一直写，写了老师留的，再写测试题，话都不多说一句。

厨房里，小满的妈妈有些担心了。

“一连半个月了，除了学习，她什么都不干。”

“不学习你担心，学习了，你还担心。要高考了，她这样也正常。”顾建城不觉得有什么异常。

在大人的眼里，孩子们的事情都是小事儿，没什么的。

“说的也是，我们小满一向心大的。”

一直到晚饭好了，小满才磨磨蹭蹭地出来了，吃了饭之后，又进屋关了门。顾建城怕女儿憋坏了，拿了零钱让小满帮忙买烟。

“小满，帮爸爸买包烟去。”

“自己去，我学习呢。”

“哎哟，肚子疼。”

爸爸的伎俩奏效了，小满拿着钱去超市了，让她感到尴尬的是，在那家小超市，她又遇到了左岸。

左岸在选钢笔，他的钢笔好像用得很快。

顾小满故意装作没看见，低着头绕了过去，可爸爸要的那种烟，偏偏摆在货架的最上方，她踮起脚尖儿也够不着。

左岸走过来，将香烟拿下来递给了她。

“给你爸爸买烟？”

“是啊，你钢笔又用完了？”

顾小满想到上次在这里相遇的尴尬，脸微微发红，左岸转了一下手里的钢笔说这里的钢笔不太好用，上次的那支很快就坏了。

“不好用还来这里买？”

“近。”

他笑着回答。

一起结账之后，左岸没有马上离开，而是将一张字条塞在了小满的手里。

“市图书馆有几本书，汇集了最近几年的高考真题，还有详尽的解释，挺不错的，这是书号，你有空去看看。”

只是一些书号吗？顾小满捏着字条，心里莫名的有些失望。

出了超市，左岸双手插兜，慢条斯理地向外走去。

小满还是和以往一样，站在那里，看着他的背影。只是这次和以往不同，左岸走出了不远，好像想起来什么，突然转过了身。

小满猝不及防，香烟差点掉在了地上。

“顾小满，快高考了，加油吧。”左岸举起了手里的那支钢笔，冲小满挥了一下，然后大步向回走去，身影很快消失在夜色之中。

“加油……”

小满一手拿着烟，一手拿着字条，良久才想起回应一句，左岸已经听不到了。

心情莫名地好了起来，小满开心地回了家。

房间里，小满将左岸的所有备课本都拿了出来，一一摆好，发呆了大约半个小时后，调节一下台灯的亮度开始学习。

她要好好学习，缩小和左岸之间的差距。

两张桌子的距离还是太远了。

周六，顾小满去了市图书馆，将字条上所列的书都借回家了，她白天不出门，晚上带灯夜读，用小满妈妈的话说，这孩子怎么好像变了一个人一样。

“这孩子不对劲啊，不行看看心理医生吧。”躺在床上，顾建城越想越觉得不放心，半夜带灯学习不是小满的性格啊。

“你说的，高考进入冲刺阶段了，她拼命也算正常吧？”

“这事儿搁在别的孩子身上正常，搁在咱家小满身上，就不正常。”

顾建城折腾了一个晚上都没睡好，第二天起来做早餐的时候，还不住地打瞌睡。

小满收拾了书包出门时，发现爸爸妈妈看她的眼神不对。

“我脸没洗干净吗？”小满摸了一下脸。

顾建城冲妻子使了个眼色，让妻子先说。

“小满，爸爸有个朋友是研究心理学的，明天上午，他来我们家做客，你晚点儿上学。”

“爸的心理出问题了？”

小满的一句话，让顾建城拉下了脸。

“爸看起来像不正常吗？小满，爸爸知道你压力大……”

“我压力不大，爸，你朋友来正好，给我妈看看，她最近好像得了强迫症，每天离开葡萄园，都要跑去看三次仓库的门，让人很担心。”

顾建城和妻子互相对望一眼，一时哑然，孩子现在不是很正常吗？

小满龇牙一笑，背上书包上学去了。

昨天睡得晚，起得却早，出门小满一口气跑到了学校，教室里空空的，一个人都没有，她抿着嘴巴走进去，经过那个熟悉的座位时，停留了片刻。

两张桌子的距离，到底有多远？

一米，两米……小满跨着步子量着，当教室门外响起脚步声的时候，她飞快地跑回了自己的座位。

不到三米，只有不到三米的距离。

“顾小满，来这么早干吗？不会又给谁写情书吧？”毛永伟进门就开顾小满的玩笑。

“写给你的，接着！”

顾小满随手抄起了一本厚厚的书，劈头扔了过去。

毛永伟早有准备，肥胖的身子一矮，书从他的头上呼啸而过，打在了刚进门的一个人身上。

赵锦华脸色难看地站在门口，良久，她才俯身捡起了地上的书，目光严厉地看向了小满。

“顾小满，你过来！”

“老师，我错了。”

顾小满瞪了毛永伟一眼，乖乖地走到了讲台前。

赵锦华将书还给了她，书上还放着一张票，这是……

唐娜·卡伦在本市时装周展演的门票？顾小满的目光一下子定格了。

“你学习成绩进步很大，老师收回上次在篝火晚会上说过的话，这张票是给你的奖励，顾小满，加油，你会是下一个唐娜·卡伦！”

“老师……”

顾小满激动地捏着那张门票，鼻子一下子酸了。

赵锦华又交代了一些话，让小满好好学习，然后转身出去了。

老师一走，顾小满接着收拾毛永伟，数学书从教室的前面飞到后面，后面又飞到前面，随后又有同学加进来，空中呼啸而过的也不知是谁的书，算起来有七八本。

三年二班就是这样，不管什么时候，都是一锅热乎乎的粥。

意外获得唐娜·卡伦时装周展演的门票，顾小满整个上午都激动不已，时不时拿出来看看，笑得合不拢嘴。可一个状况让她有些担忧，左岸不知出了什么状况，第二节课才来，情绪也不高，闷了一天没听他说一句话，放学的时候，他早早就走了，甚至连他的背影都没看到。

唐娜·卡伦时装周展演非常精彩，这是顾小满第一次脱离了电视、杂志，看到了唐娜·卡伦本人，她的光彩映照着整个展演会场。展演结束之后，她好像打了鸡血一样亢奋。

那张票根，永远地珍藏在了小满的日记里。

最近几天，不知发生了什么事，左岸来得很晚，脸色也很疲惫。

毛永伟私底下猜测，左岸相继几次比赛失利，导致左院长和儿子之间有了矛盾。他这种猜测也不是没有可能，因为顾建城也说，左院长这几天来得也不早，情绪不好，都是因为他的儿子。

一连大半个月的时间，小满晚上都出去散步，几次经过超市，都没看到左岸的影子。

那天小满在日记里记下了这样一段话：

“情书事件之后，什么都不一样了。我能猜出左岸和他父亲之间的矛盾很可能是因为我。左院长是个传统的人，认定我这个不良少女影响了他的儿子，虽然赵老师一再澄清，仍旧没人愿意相信那是假的。大人们的世界，我们理解不了，我们的世界，他们也不想懂……我没有早恋，也不想影响左岸，心里藏着的秘密会一直只是一个秘密，毕业之前不会改变……”

时间过得很快，紧张的高考提上了日程，大摸底考试，左岸虽然还是第一，却和第二只差了十分之遥，倒是小满的成绩一下子进了全校前三十名，这种飞跃的进步，在历届学生中都是少有的。

“喂，小满，你打鸡血了。”展越自认已经很努力了，却才进了全校前一百，要想考上医学院，还得加一大把劲儿。

“我有动力。”小满哼了一声。

“唐娜·卡伦？”

“算是吧。”

顾小满的动力不仅仅是唐娜·卡伦，还有那两张桌子的距离。

第三章

奔跑在路上的青春

顾小满最近很勤快，只要家里缺日用品，她就自告奋勇地充当跑腿儿的，目的就是为了和左岸不期而遇，可让她失望的是，左岸始终没有出现，倒是每次都能碰见展越。

顾小满最近很勤快，只要家里缺日用品，她就自告奋勇地充当跑腿儿的，目的就是为了和左岸不期而遇，可让她失望的是，左岸始终没有出现，倒是每次都能碰见展越。

展越殷勤地买雪糕给小满，两个人一边吃一边聊天。

“小满，打算报考哪个设计学院了？实在不行，我也考你的大学算了，以后你吃雪糕，都我请了。”

“得了吧，展越，你不是说，左岸能考上的大学，你也能考上吗？”

顾小满觉得展越太不靠谱了，马上高考了，还举棋不定，若他今年再落榜，他爸非撸死他不可。

展越烦恼地皱着眉头。

“说气话而已，我考他的大学干什么？我最烦那小子了，跩得二五八万似的，不就是家境好、学习好吗？你崇拜他，我可不崇拜他。”

“你还没下定决心啊？”

小满有些急了，他不能再像去年那样，进了考场就发呆。

“我如果考不好，你会不会笑话我？”展越问。

“不但笑话，还鄙视你……”

顾小满在展越的肩头打了一拳：“考不好，绝交吧！”

“不至于绝交吧，不就是考试吗？我行的。”

“吹牛皮谁都会。”

顾小满嘲笑着展越，考试可不是吃雪糕，不努力什么都没有。

可这次展越没吹牛，他一反常态地努力，下课也不出去打球了，中午还盯着书本，学校的小卖铺也很少看到他的身影。

高考前夕，除了展越变了，许志友和毛永伟也很用功，大家都想在最后一刻，拼出点成绩来。

左院长更是紧张，要求左岸每天上学晚到、早走，亲自车接车送。

那段时间，左岸的背影换成了左院长轿车的尾气。

在难闻的尾气之中，小满能深深地体会出左院长的担心，他不想让左岸有任何机会和顾小满接触。

就是这个在左院长眼里的不良少女，在接下来的考试中表现突出，一跃进入了全校前十。

“三年二班的小霸王疯了，第九名。”

全校的同学都在大榜前议论着，不敢相信一直打架闹事的顾小满，竟考了全校第九。

两张桌子的距离拉近了吗？

似乎并没有，小满轻叹了一声，正准备离开时，肩头被人轻轻地拍了一下。

“你可以考喜欢的大学了。”

左岸？

小满惊喜地回过头，发现左岸就站在她的身后，脸上的微笑好像和煦的阳光笼罩着她。

“你还是第一？”

“第一的人不一定比第九的人快乐。”

留下这样奇怪的一句话，左岸退后，身影没入人群之中。

左岸才走，展越便满头大汗地挤了进来，扬着脖子问他有没有考倒数第一。

“第七十九名，被我远远地拍在了沙滩上。”

小满的调侃，招来展越一个响亮的弹指。

“距离高考还有一个月呢，别太得意了。”

“拭目以待。”

“不会吧，你第九啊，这么厉害，我怕要追吐血了。”展越看到了小满的名次，脸上显出了难色。

高考前的一个月，没人能做到备考心态的平和，老师的题海战术，让他们的生活节奏一度混乱。学校拉出了一个大横幅，为莘莘学子加油，前所未有的紧张气氛笼罩了高三整个学年组。

一些高三学生之前设立的高考目标，随着每次成绩的起伏变化，发生了改变，他们不得不正视自己的前途了。

三年二班整体状况还好，隔壁三年三班一个女生好像出了问题，顾小满总能看到她一个人在走廊里絮絮不止地低语，后来确定她得了忧郁症。

马上要报高考志愿了，顾小满很彷徨。

她把唐娜·卡伦时装展演的票根从日记本里拿出来，看了一会儿，又放回去，再拿出来，反反复复很多次，却没法下定决心。

顾建城这几天也没闲着，女儿的成绩一次比一次好，他激动得睡不着觉，用他的话说，老顾家的祖坟冒青烟了，要出高才生了。

“小满，爸昨天打电话和老师商量了，觉得你报DH大学就行，它的服装设计专业全国有名。”

“去年DH大学的分数线，和你现在成绩差不多，小满，高考发挥正常，你就能如愿以偿了。”妈妈红光满面的，说以后自己的女儿当了服装设计师，她可是长脸了。

“我女儿以后走时尚路线了。”

“爸，妈，如果我突然改变主意，考别的大学，你们会不会觉得吃惊啊？”顾小满咬了一口苹果，试探地问了一句。

“除了医学院，爸妈都支持你。”

“哦。”

小满默默地啃着苹果，晚餐很丰盛，鸡鸭鱼肉样样都有，顾建城说要给女儿加强营养，这样才能考出好成绩。

日子就这么一天天过去了，高考也来势汹汹。

赵锦华老师发了招生简章，让大家提前看看。

“明天要填报高考志愿了，大家都回家静下心来，好好思考，也和家长商量一下。老师还是原来的意见，一定要十拿九稳。”

厚厚的招生简章拿在了手里，沉甸甸的，顾小满的心境是复杂的。

老师将最后一份招生简章放在展越的桌子上时，他扬起了招生简章，阴阳怪气地说：

“理想是饱满的，现实是骨感的，人和咸鱼有什么区别？”

“展越，别扯没用的，赶紧看招生简章！”

“Yes Madam！”

他滑稽的一句之后，引发了同学们一阵大笑，只有顾小满怎么也笑不出来，她愁容满面。

放学后，校门口的树荫下，顾小满目送着左院长的车离开后，才心事重重地向回走去，展越追上来，拍了一下她的肩头。

“怎么没精打采的，你还愁考不上大学吗？顾小满的理想高大上，目标明确，成绩优异，未来一片辉煌！”

展越的手臂扬过了头顶，慷慨激昂，顾小满狠狠地瞪了他一眼，都什么时候了，大家都在为报志愿发愁，他却还是那么吊儿郎当的。

“别说我了，你报什么，是不是……和左岸一样？”

听到左岸的名字，展越很不爽。

“逗大家玩的，你也信？”

“没个正经的。”

小满继续向前走去，懒得理会展越了。

饭桌上，顾建城和妻子一直热聊着报志愿的事，他们一致认为DH大学最合适，其他几个服装设计的学院放在后面的几个志愿里，就算考试失误，也不会落榜。

小满默默地吃完饭回了房间，招生简章几乎要被她翻烂了，还是理不出什么头绪，她控制不住自己的眼睛，看的都是医学院。

“他到底能报哪一个？”

顾小满进入了阳台，趴在栏杆上，伸长脖子朝展越家的窗口看去。

展越房间的灯还亮着，他好像也很烦恼，推开窗户探头出来透气，当看到顾小满站在阳台里时，立刻跑进了阳台。

“干什么呢？”展越问。

“请你吃雪糕啊，怎么样？”小满眯着眼睛，笑得好像花儿一样，展越鄙夷地撇了一下嘴巴。

“你没事儿才不会请我吃雪糕呢，说吧，什么事？”

被识破了心思，小满也不想隐瞒了。

“你知道左岸报的是哪个医科大学吗？”

“我又不是他肚子里的蛔虫，怎么可能知道？”展越翻了一个白眼，竟然又是左岸，顾小满和他之间就没别的话题吗？

“顾小满，你病了吧，打听这个做什么，你不会……想报医学院吧？别逗了，你还不把医学院解剖室里的尸体都吓跑了。”

“展越，你找揍吗？”

顾小满扬手过去，却因为隔着墙壁，拿展越没办法，只能悻悻地回了房间。第二天一早，她才从家里走出来，就看到展越得意地站在那里，这小子真是神通广大，竟然一夜之间就打听到了左岸的报考志愿。

TX医科大学，临床医学本硕连读。

“他真的报考了医科大学？”

小满张合了一下嘴巴，虽然在意料之中，却还是有些失望。

磨蹭了一个上午，顾小满才将志愿表交了上去。

办公室里，赵锦华查看了所有人填报的志愿之后，气冲冲地来到教室，直接走到了顾小满的面前，直接将一张志愿表扔在了她的桌子上。

“顾小满，你想干什么？第一志愿为什么没填？”

“我不想填。”顾小满抬了一下头，又快速垂下了，所有同学诧异地看向了她，包括和她只有两张桌子之遥的左岸。

顾小满为什么不填报第一志愿，任谁都不相信是她漏掉了。

“你说什么？不想填？”

赵锦华以为自己听错了，她怎么能说出这样的话来？第一志愿没填，不是她漏掉了，而是故意的？

“顾小满！”

赵锦华厉声地喊着小满的名字，好像看怪物一样看着她，她知道这孩子主意正，倔脾气，一般人的话都听不进去，却没想到她竟然这么任性。

第一志愿不填意味着什么？意味着失去一次最好的机会，以顾小满现在全校前九的成绩，考上一个好一点的重点大学绝对没有问题，老师要气得肺都要炸了。

“顾小满，我给你五分钟的时间，马上把第一志愿填上！”

“我不想填。”

顾小满不需要老师的理解，路是她自己走的，她会为此负责。

早上从展越嘴里得知左岸要报考的大学之后，小满的心情是矛盾的。她最想填报的第一志愿是TX医科大学临床医学专业，走进左岸的大学，让两张桌子的距离延续下去，可她有严重的恐血症。

与其说顾小满空了第一志愿，不如说是她为心里的感觉做最后的缅怀。

第二志愿是DH大学，小满的理想学府。

赵锦华铁青着一张脸，在顾小满的书桌前至少站了七八分钟，才拿起了那张志愿表，沉声道：

“我尊重你的决定，但希望你不要后悔。”

转过身，赵锦华僵直着脊背走了出去，作为老师，她很伤心，小满没有一次听了她的话。

赵锦华走后，教室里仍旧很静，没有一个吭声的，一直到放学，也没听见一个起哄的。

同学们陆续收拾东西走了出去，只有顾小满坐在座位上一动没动，展越几次起身想叫小满，想想还是坐下了，拿起一本书无聊地翻看着。

左岸修长的手指压在书包上，在其他同学都走出去之后，才慢吞吞地站了起来，书包往肩头一甩走出了教室。可没到一分钟，他又折返回来，在教室的门口站了片刻径直走到了小满的桌子前。

顾小满诧异地抬起头看向了他。

左岸的嘴角一挑，露出了一个看似轻松的微笑。

“你不该浪费十二年仅有一次的机会，就算我们报考的不是想要去的大学，却还得坚持下去。”

“坚持？”

顾小满皱起了眉头，思索他这话的意思，左岸继续说：

“不管怎样，我们都不能为错失而后悔，明天一早去教导处填报第一志愿还来得及，十点多才存档。”

左岸说完后，松了口气，然后习惯性地将书包往肩头上拉了拉，退后一步，转过身大步向外走去。他才走出教室，展越就抓起了书包飞奔着追了出去。

“左岸，等等，我有话要和你说。”

“我现在没时间。”

左岸木然地迈开步子，从展越的身边绕了过去。

“左岸，你行了吧，别总拿没时间搪塞我，说几句话，能死吗？”展越伸出了手臂，态度恶劣地挡住了左岸的去路。

左岸的眸色一冷，突然一把揪住了展越的衣领子，将他推了出去。

“展越，我已经忍你很久了！”

走廊里传来了激烈争执的声音，什么东西掉在了地上，待顾小满起身奔出教室后，只看到了左岸的一个背影，展越站在走廊里，羞恼地握着拳头，地上散落着他的书包和几本书。

虽然小满不知道左岸和展越为什么起了争执，却能看出来，刚才的冲突中，展越没能占据上风，嘴角隐见一丝乌青。

“展越，你在干什么？”

小满问了一声，她记得左岸和展越之间的矛盾不是已经化解了吗？怎么这家伙还找左岸的麻烦？

展越见小满出来，气哼哼地捡起书本扔进了书包，没好气儿地说：“我只想问他几句话，他是不是有毛病啊？”

左岸突然出手，让展越猝不及防，也被打愣住了。一直到左岸走，展越也没反应过来，平素安静的学霸左岸竟然也这么暴脾气，他小看了他。

“你问了什么过分的话，他怎么会动手打你？”

“疯狗，你见过人和疯狗说话吗？疯狗心情不好，咬你不需要理由！”

展越说话够阴损的，一甩书包，他也来了脾气，头也不回地走开了。很快，整个高三班的走廊里只剩下了顾小满一个人。

似乎今天不正常的不仅仅顾小满一个人。

熟悉的青石板路上，小满耷拉着脑袋，一个人拎着书包往回走，偶尔踢起一个石子，倍显无聊。

“小满，你妈说你报考的是服装设计大学，还是名牌呢，有出息，有出息。”同小区的王大妈迎面走来，高兴地夸赞着小满。

顾小满尴尬地笑了一下，想着爸妈见人就说自己女儿多么多么学习好，多么多么有出息，她就觉得难受。如果回到家，爸爸和妈妈知道真相，一定会很失望的。

事实的确如此，小满回到家的时候，虽然饭菜已经摆好了，可顾建城和妻子的脸色却不太好，坐在饭桌前，几次互相对望，欲言又止。赵锦华老师的电话打过来了，他们知道小满没有填写第一志愿。

对于女儿这样极端的行为，他们实在难以接受。

小满放下书包，洗了手，刚坐在饭桌前，顾建城就冷着脸放下了筷子，质问她：

“小满，你说，你到底怎么回事儿？”

“老顾……”

妻子推了顾建城，有话要好好说，发脾气也解决不了问题。

啪，顾建城拍了桌子。

“都是你惯的，从小就这么任性，想做什么就做什么，不想做的事情，十头牛都拉不过去，初中以前怎么样都行，无关痛痒，现在是报考志愿的关键时刻，第一志愿决定她今后的命运，怎么可以空着？”

“你这是吼我吗？孩子又不是我一个人生的！”

小满妈妈的心里也不好受，被丈夫这么一吼，也变了脸。夫妻两个眼看要因为这事儿吵起来了，小满立刻制止了他们，主动承认了错误。

“爸，妈，这次是小满不对，让你们失望了。”

小满从来没有服软过，这次却极为乖巧，眸光暗淡。

“小满……”

顾建城和妻子一下子怔住了，这孩子怎么了？情绪低落，声音萎靡，眼睛还红红的，不会出了什么事儿吧？刚才两个人几乎濒临爆发的火焰瞬间熄灭了。

“小满，你怎么了？没事儿，没事儿……你爸和我也是着急了。”

“是啊，小满，你有什么话不能憋着……”

“我没事儿，也不饿，回去学习了。”小满落寞地站了起来。

“小满，你还一口没吃呢，多吃点儿……”顾建城后悔刚才发火了，应该好好问清楚的，一连两天了，这孩子都没怎么吃饭。

“就吃几口，不能不吃啊。”

虽然顾建城夫妇一再让小满多吃点儿，小满也只是吃了几口就回房间了。

这个夜晚很难熬，小满托着下巴，拿着一支钢笔，至少半个小时维持着这个姿势，好像灵魂出窍了一般。

×××5年6月19日　星期三　晴

老师生气了，爸爸发火了，妈妈也很难过，他们不明白我为什么要这么任性，拒绝填写高考的第一志愿。

我成了他们眼里被惯坏的孩子。

只有我自己清楚，我的第一志愿为什么是空白的。

有人说过，坚硬无比的岩石，风过之后，不会留下一点尘埃。左岸虽然不是一块石头，可他的世界里没有我的影子，而我却固执得不肯放手。

他报考了TX医科大学临床医学专业，对于我来说，是一个全新的高度，也是一个艰巨的考验，成绩我可以努力，可晕血却怎么都克服不了。

本以为空着第一志愿就能得到心理的安慰，可他放学后对我说的那句话，让我到现在也没法平静下来。

“不管怎样，我们都不能为错失而后悔。”

我错失了什么吗?

…………

放下钢笔，起身漫步进入了阳台，小满趴在栏杆上看着笼罩在浓浓夜色中的小城，闪烁的霓虹，摇曳的树影，还有夜空中忽亮忽暗的星光，让她陷入了沉思之中。

不管怎样，都不要为错失而后悔，一个声音一直在她的耳边回荡着，引发了她对未来更多的思考。

这一夜，顾小满躺在床上翻来覆去睡不着，过了十二点，才稍稍有了睡意。

才睡了一会儿，又惊梦醒来，睁开眼睛后，发现房间还是黑的，摸索着打开灯一看，才后半夜三点多，距离起床还有三个半小时。盯着墙壁上的日历牌看了好一会儿，她突然猛醒一般跳下了床，穿上了衣服，收拾好书包，摸着黑蹑手蹑脚地出了房间，离开了家，飞快地向学校跑去。

大半夜的，大街上一个人都没有，偶尔有夜猫蹿出来，吓得她毛骨悚然。

一口气跑到学校，天边才有一点微亮。

学校值班的保安还在睡觉，没法从正门进去，顾小满只能翻越了围墙，爬上学校办公大楼的三楼，气喘吁吁地停在了教导处的门口。

看到“教导处”三个字，小满才松了口气，放下书包，坐在了走廊的长椅里，等老夫子上班。

因为一夜没睡好，又起得太早，等了一会儿之后，她开始犯困。虽然一直坚持着，还是在打了几个哈欠之后蜷缩在长椅上睡着了。

顾小满睡得很香，好像还做了梦，又好像是真的。她走进了一个空旷的房间，房间四壁都是白色的，只有一张床，床上躺着一个人，她一步步走了过去，发现躺在床上的是一具尸体，身上蒙着白色的床单，只留出一个脑袋。

顾小满很害怕，想转身跑出去，却发现房门被人从外面锁上了，不管她怎么躲避，尸体总是横在她的眼前，她的手里不知何时还多了一把手术刀……

“顾小满，将她的心脏拿出来！”

一个看不清脸面的人走过来，对她下了命令。

为什么要将这人的心脏拿出来？顾小满拼命地摇头，后退，想扔掉手术刀，可手术刀好像长在了手上，怎么也扔不掉，还拖着她向尸体而去……

“不要，不要！”

小满吓得大叫出来，惊恐地闭上了眼睛。随后她闻到了血腥的味道，看到了殷红弥漫。她浑身战栗，无法呼吸，双腿越发酸软、无力……

就在顾小满几乎摔倒的时候，耳边传来了老夫子的声音。

“顾小满，顾小满，你睡在这里做什么？”

一个激灵，小满睁开了眼睛，看到了老夫子那张担忧而满是皱纹的脸。

小满恍惚地坐起来，发现自己睡在了长椅里，刚才不过是一个梦而已。可那个梦太真实，尸体似乎还隐藏在某个角落里，随时会横空出现在眼前。

“你为什么睡在这里？”

老夫子见小满一脸冷汗，声音轻缓了许多，高考前夕，很多孩子都紧张，小满不会出了什么问题吧？

小满擦了一下脸上的汗，乖巧地站起来，垂眸回答了老夫子的问话。

“我是来填报第一志愿的。”

“第一志愿？顾小满，你……别开玩笑了，赶紧回去上课，马上考试了。”

“我真的是来填报第一志愿的，我……我漏掉了。”

顾小满手里拎着书包，耷拉着肩头，一副做错事的模样，说她疏忽大意，晚上才想起来好像第一志愿是空的。

“真的？”

老夫子半信半疑地打开了教导处的门，翻找出了三年二班的志愿表，果然顾小满的第一志愿是空的。

“哎呀呀，顾小满，你得多没心肝，多糊涂啊，幸亏没封存呢，若是封存了，你就辜负了我和老师的期望了，来来，填上，主任看着你填好。”

“谢谢主任。”

顾小满终于舒了一口长气，拿出了钢笔，犹豫了片刻，在第一志愿的空白上写上“TX医科大学临床医学”。

为了万无一失，她在后面勾选了“服从”。

老夫子的眼睛透过瓶底子一样的镜片看了过来，满意地点点头。

“嗯，有出息，主任祝你考试成功，回去专心复习吧。”

顾小满谢过了老夫子，走出了教导处，站在操场上的一刻，她整个人都轻松了，阳光直射在她的身上，暖洋洋的。

在别人的眼里，这只是一个小小的插曲，可对于顾小满来说，却是一个重大的决定。

进入教室时，她故意放慢速度从左岸的身边走了过去，他一条大长腿斜伸在桌子边，另一条腿在桌下弯曲着，姿势惬意轻松。他好像在看一本参考书，手指压着页面，肩头歪着，书页打开的位置是第一页的目录……

当他抬起眼眸的时候，小满立刻加快了步子，回到了自己的座位上，这时赵锦华老师走了进来，宣布下午照毕业照。

“下午两点，操场东南角集合，我们班照毕业相，要准时参加，不能请假。”

要拍毕业照了，大家都很兴奋，填报志愿表的烦恼情绪很快被抛到九霄云外了。

展越表现得最积极，到了操场后，帮赵锦华老师安排人员站位。

在他的安排下，三贱客站在了小满后左、后中、后右三个位置，小满左右两边，也是和展越关系不错的女生，左岸被安排在了最后靠边的位置，照片拿到手里的一刻，还能看到展越嘴角微挑得意的表情。

六月，如火如荼的高考开始了，为了考出好成绩，顾小满专门佩戴了眼镜，希望能“超常发挥”。

TX医科大学历年分数线都很高，全国最好的医学类大学，临床医学专业是该校最好的专业，若说小满不紧张是假的，她全身的细胞都处于紧绷的状态。

顾建城和展越的爸爸坐在树荫下等待，一边扇着扇子，一边望着考场的大门，每考完一科，展叔叔就第一个冲到大门边，问展越考得怎么样。

“不怎么样！”

展越每次都这么回答，小满不晓得他是不是故意这么说的，展叔叔被打击得满脸暗红，暴跳如雷，就差脱鞋抽他几鞋底子了。

“展越，你再考不好，回家跟我学开车，看你爸一辈子怎么活的，你就怎么活！”

“行！不就是开车吗？”

展越倚在大树下，撇着眼睛看着考场的大门，顾小满随着人流出来了，左岸走在她的后面。

出了考场后，左岸上了左院长的车，小满则朝这边走来。

考场外很热闹，虽然听不清大家在说什么，却能猜出来，这个时候只有一个话题，考没考好？

高考结束后的最后一天，彻底解放了，那是三年二班的最后一次聚会，只有左岸没出现，听说那天他父亲带着他去TX医科大学去拜访一位德高望重的教授。

展越岔开两腿，一只脚踩着一张桌子，怀抱着吉他，疯狂地唱歌，三贱客鬼哭狼嚎，整个走廊都能听到。赵锦华进来了，她不但没有训斥展越的放肆，还在曲末为展越鼓掌喝彩了。

中午，三年二班的同学正式和老师告别，毕业了。

离开学校后，顾小满、展越、毛永伟、许志友还有几个关系好的同学骑着自行车去了海边，他们将零钱拿出来，组织了一次户外烧烤，玩得别提多放松、多开心了，展越和许志友还喝了好几瓶啤酒，有些醉了。

晚上送小满回家时，展越还嘟嘟囔囔地提及了那本日记。

“什么了不起，看不起我们？最后一天，也不来学校见见大家，装得好像自己是火星人一样。”

“他不是解释过了吗？是他爸爸……”

“得了，顾小满，他算什么东西？你觉得他怎么好，怎么厉害，他还不是照常不搭理你，日记本烧了吧，没什么意思。”

“展越，你能不能不提这事儿！”

小满推了展越一下，展越一把抓住了她的手，眼里满是醉意的微红。

“我告诉你顾小满，我真的……报考了TX医科大学，服从，什么专业无所谓了，我这么做不为别的，就为了你的那本日记，我不服，真的不服……凭什么啊，我对你……”

“你喝多了。”

小满尴尬地将手抽了回去，刚好展叔叔推开了门，展越说到一半的话咽了下去，抹了一下鼻子回家了。

展家的门关上了，顾建城也听见声音推开了门。

“小满啊，你这一天跑哪里去了，也不打个电话回来，我和你妈急得差点报警了。”

“那怎么不报警？正好我能坐警车回来，公交都挤死了。”

小满调侃的话，让顾建城翻了几下眼睛，妈妈扑哧笑了出来，顾建城也笑了。

很快高考成绩下来了，小满的成绩让全校咋舌，她考了全校第三，第一仍旧是左岸，遥遥领先第二的同学四十分，展越的成绩也不赖，二十二名。

录取通知书下达的那一天，顾小满躲进了妈妈的葡萄园里，借口是帮妈妈干活儿，委托爸爸去学校领取通知书。

“小满，别紧张，你的成绩已经够重点大学的了，服装设计大学没跑了。”妈妈修剪着葡萄枝，安慰着发呆的顾小满。

“谁说我担心了。”

小满揪着葡萄，刚刚变紫的葡萄，被她一粒粒地揪了下来。

妈妈皱着眉头，觉得奇怪，小满报考的DH大学，不是第一批录取本科院校最好的大学，十拿九稳的事儿，她没必要这么紧张吧？

中午，顾建城来了葡萄园，脸色不太好看。

“老顾，怎么了？是不是……”刚才还很放松的妈妈差点从梯子上掉下来，怎么丈夫这般为难的表情，莫非小满没考上？

顾建城掏出了录取通知书，不可置信地展开给妻子看。

“小满被TX医科大学录取了！”

这样的一句话，让小满妈妈的脸直接僵住了，石化了。

葡萄架上，小满兴奋地爬了下来，抢过了爸爸手里的通知书，上面清晰地写着，TX医科大学临床医学专业，通知书拿在手里，她仍旧不敢相信她成功了。

一连三天，顾建城夫妇也没理清头绪，为什么女儿的志愿表里会有医科大学，小满怎么可能填报这所大学？

TX医科大学是全国重点大学，小满的通知书下来的那一天，顾家恭喜的电话就没断过，顾建城却怎么都笑不出来，觉得天要塌下来了。

那一天，展越的父亲敲开了顾家的门，送来了很多家乡的土特产，高兴得嘴都合不拢了。

“老顾，我儿子……展越考上了一本，一本啊。”

展叔叔激动得快哭了，去年儿子连个专科都没考上，名落孙山，今年竟然是一本，他看了几次录取通知书，一字一句地读出来，才相信是真的。

“哎呀，真的，什么大学啊？”顾建城替老邻居感到高兴，随口问了一句。

“TX医科大学，中药学专业。”

“又是TX医科大学，我女儿小满也考了这个大学，不过是临床医学专业，他们不会是商量好了吧？”

“真的啊，老顾，说不定我们以后可以做亲家呢。”

展越的父亲呵呵地笑着，对小满这孩子，他还是很满意的，可顾建城却没那么开心了，他冷着脸关了门，将一篮子土特产气恼地扔在了门口，满脸的不悦。

“说的什么话，就他儿子那副吊儿郎当的样子……中医药是TX大学分数最低的专业，怎么和我们小满的专业比？”

“怎么了？”

小满妈妈觉得丈夫脸色不对，刚才好像是邻居老展来报喜了，展越也考上了。

“没事儿，他一定是兴奋过头了，胡言乱语。”

第二天，顾建城就给小满买了机票，送她去澳大利亚的姑妈家做客，他之所以这么做，就是为了避免展越假期约小满出去玩，展越父亲的话，让顾建城耿耿于怀。

去澳大利亚，让顾家破费了一大笔。

小满哪里知道爸爸的目的，一听说要去澳大利亚，兴奋得一个晚上没睡着，第二天乘坐最早的航班飞去了姑妈家。

除了带一些换洗的衣物，小满还带了那本日记。

×××5年7月15日　星期五　晴

收到录取通知书的那天，我跑去了超市，等了左岸一整天，想把这个“好消息”第一时间告诉他，可惜他没出现。第二天，我又去了，第三天，我放弃了。

兴奋只维持了三天，我就冷静了下来。

也许左岸并不关心我考取了什么大学，他有他的生活，他的人生目标，在对未来的宏观规划中，并没有我的位置，一切都是我一厢情愿。

看着窗外一朵朵沉落在脚下的白色云彩，我的心也渐渐沉淀了下来，一个月后，我将踏进大学的校门，不管和左岸会不会有发展，我都要面对一个现实，我并不合适学医。

…………

飞机降落在异国他乡的一刻，小满将所有烦恼都抛在了九霄云外。

整整一个暑假，顾小满都和姑妈家的姐姐在海边玩，原本雪白的皮肤被晒得乌漆墨黑的，头发也长了。假期结束后，她回到了国内，因为穿了澳大利亚当地人的服装，加上皮肤有点黑，顾建城差点没认出自己的女儿来。

“爸，听说展越也考上了TX医科大学，你就不用送我了，我买和他一起的火车票。”小满一边收拾东西一边说。

“老展找我一起订火车票的时候，我已经订了机票，你早去一天，爸送你。”

“爸，你给我订机票啊？”

小满很诧异，爸爸这是怎么了？送她去澳大利亚玩，还给她订机票上大学，这和爸爸勤俭节约的生活作风严重不符啊。

后来妈妈说漏了嘴，小满才知道爸爸这是防着展越，怕他的女儿被不良青年拐跑了。

好像展越这样的男生，很多家长都无法接受，梳着半长的头发，散着领子，偶尔街头遇见了，还拖着一双拖鞋，整个假期，就没见他正经穿过鞋子。他的随性，在大人的眼里，这就是堕落，特别是他抱着吉他狂嚎的样子，用顾建城的话来说，不忍直视。

展越几次来小满家找人，都被顾建城找借口推掉了，临出发前一天，展越差点从阳台那边翻过来。

“你不要命了，三楼掉下去，不死也残了。”小满听见声音跑进阳台，发现展越半个身子都探过来了。

“你回国这几天，去哪里了？”展越问。

“一直在家里啊。”

“你爸说你……哦，我明白了，他什么意思啊？怕我把你拐跑了？”

“我爸那是担心，怕你把我带坏了。”

小满掩嘴笑了起来，展越不悦地翻了一下眼睛。

“你不把别人带坏就不错了，顾小满，我改签明天的火车了，你记得坐飞机早到学校，在门口等着我啊，不然你那么多行李，谁帮你拿啊。”

“这就不用你操心了，听说很多高年级的学长没事儿可干，专门给新生拎包呢。”

“那得长相好的女生，你这样的假小子……”

“展越！”

顾小满瞪圆了眼珠子，为了大学相见，给左岸不一样的感觉，她特意留了长发，现在差不多过肩了，怎么就像假小子了。

这家伙越说越让人讨厌，小满决定回去睡觉了。拉开阳台门的时候，展越还在外面喊着，让小满一定要等他，许是声音大了，顾建城穿着睡衣出来了，展越的头一缩，不见了踪影。

第二天，顾建城因为医院物业临时有会议要主持没办法同行，小满一个人带着行李去了TX医科大学报到。

上了飞机，她就开始紧张，想象着和左岸相见的情景，他会不会吃惊呢？或许他也知道她考上了他的大学，正在校园里等她呢。

下飞机后，她打车去了TX医科大学，还没等下出租车，就看到TX医科大学的门口彩旗招展，红幅高悬，马路上停靠的都是车辆，偌大的校门，都是人影，一个大学生上学，好几个家长相送。

拖着两个大行李下了出租车，小满仰望着这所让她“心惊肉跳”的高等学府，想着今后的七年要在这里度过，漫长的时间里，她不知道日子该怎么熬过，好在还有左岸，希望她的付出能有所回报。

“抓住它，抓住它！”

突然校门口传来一阵骚乱，几个女生尖声大叫着，什么怪物在人群中横冲直撞，白色的，圆滚滚的。

一个染了黄头发的男生哈着腰一边追赶，一边大声地呼喊着。

“我的囧妞，囧妞！”

什么囧妞？

还不等顾小满搞清楚状况，一只白色的小猪从人群中冲出，直接将她扑倒在地，剩下的鸡米花散了一地，小猪哼哼唧唧地拱着。

这是谁啊？还带猪上大学吗？

顾小满四脚朝天地眨巴眼睛，小白猪吃着她身上的鸡米花。

“对不起，对不起同学，囧妞，快下来！”

黄头发的男生跑了过来，将小猪抓住，不断地向小满道歉着，说他叫沈晨阳，囧妞是他的宠物，因为新生报到，人多囧妞有点兴奋，不小心跑掉了。

“囧妞，还不向学妹道歉？”沈晨阳打了小猪的脑袋一下，小猪哼唧一声，算是道歉了吧。

顾小满狼狈地看着翻倒的行李和散落的鸡米花，不知道说什么好了，这就是她一直期待的，能帮她提行李的学长？

“同学，你没受伤吧，我带你去医务室看看，我负责到底。”

谁要他负责？

顾小满噘着嘴巴爬了起来，手肘擦破了一下皮，不是很严重。

沈晨阳抱歉地走过来，伸出手。

小满将手缩了回去，不是她保守，是爸爸临出门的时候千叮嘱万嘱咐，千万注意不老实的男生，特别是那种流里流气的，沈晨阳算是爸爸嘴中的流气男生了吧。

沈晨阳的个子很高，足有一米八五，生得白净净的，眼眸狭长，眉毛浓密，高鼻梁薄嘴唇，好像女生一样好看。特别是他抱着囧妞的那双手，修长白皙，小满下意识地将手藏了起来。

沈晨阳不但头发染成了黄色，还有一个耳洞，戴着一个水晶的耳钉，怎么看都不像学医的学生，倒像搞艺术的。

小满一手拉了一个行李，打算绕开沈晨阳的时候，左前方有人喊了一声她的名字。

“顾小满，是你吗？”

这个声音，好熟悉。

是左岸……

顾小满抬眼看去，左岸正拨开人群走了过来。蓝白相间跃动的颜色，好像承揽了整个TX医科大学的阳光，朝气蓬勃，充满了活力。

他一直走过来，停在她的面前，小满还处于呆愣之中。

经过一个漫长的假期，他看起来更成熟了。

“你怎么来了？是来看朋友，还是……”他疑惑地询问。

这样的相遇，让小满兴奋的同时，也当头被他泼了冷水，左岸竟然还不知道她考取了TX医科大学，和他是同一个专业。

“你看我像来看朋友的吗？”

小满将两个行李拖到了左岸的眼前，心里有点生气。

左岸看着两个大行李，表情略显吃惊，他确实不知道小满报考了TX医科大学。毕业后，在父亲的安排下，他就来了这座城市，录取通知下来后，还没来得及回去看看就开学了。

“你不是报考服装设计大学吗？你的梦想……”

“我的梦想在这里。”

“我真的……很意外，你住哪个宿舍？我帮你提行李。”

左岸走上来，脸微红，正要接过小满手里的行李，一边站着的沈晨阳一手抱着猪，一手夺过了小满的一个行李，吆喝了几声，随后三四个男生出现了，拉行李的拉行李，扛背包的扛背包，竟然一个都没给左岸留。

“顾小满，女生1号楼，408宿舍！”

行李被人拉走了，小满也没法再留在校门口和左岸说话了，只能匆忙说了一声再见，便追了上去。

左岸颀长的身影伫立在学校的门口，望着小满的背影，她竟然考取了TX医科大学？

“喂，顾小满，你什么专业？”

待左岸反应过来的时候，小满已经报了名和那些男生走远了，他快速拨开人群，去新生接待处去了。

“麻烦，我找一个人，顾小满，是哪个专业的？”

“临床医学专业的。”

“哦，谢谢。”

左岸退后了一步，转身刚要走，一个穿着白色连衣裙，身材细高，长相甜美的女生迎面走了过来。

“你是左岸吧，我叫孙安宁，这次高考，咱们临床医学专业，你是状元，我是榜眼，后天的新生大会，我们要代表新生发言，导员让我们碰一下稿子。”

孙安宁，临床医学专业的才女，在后来的大学生活，让顾小满深恶痛绝到了极点。

第四章

大学，我们新的旅程

「我叫顾小满，来自渤海边的一座小城，这座城市却是第一次来，环境不熟，我们可以一起慢慢了解它，还有……谢谢你们将最好的床位留给了我。」

沈晨阳将顾小满送到1号楼408宿舍之后，没有马上离开，而是自我介绍说他在男生3号楼，201宿舍，是临床医学专业二年级的学长。

“需要什么帮助，一定要打电话给我，内线3201，随传随到，一定为各位学妹提供最温馨最体贴的服务。”

嬉皮地留了电话，沈晨阳拍了不老实的囧妞脑袋一下，笑呵呵地对小满说：

“如果你喜欢囧妞，可以留给你玩几天。”

“算了吧。”

顾小满可没时间照顾这么一头调皮的猪，刚才擦破皮的地方还疼呢，她让沈晨阳赶紧将囧妞带走。

沈晨阳看了一下时间，说过后找小满聊，他得接下一批新生去了，带着他的宠物猪还有那班兄弟呼啦啦地出去了。

沈晨阳一离开，宿舍里的两个女生忍不住笑了起来，听说过一些TX医科大学的奇人趣事，却没听说过有人带着宠物猪上大学的，难道TX大学不管吗？还是他有什么特殊的办法，让宿管的老师纵容了他。

“我叫周丽娜，上海的，以后有什么事，请多多关照。”

上海来的周丽娜主动进行自我介绍，看她浑身穿的名牌，就知道她家境很好，说话也很得体，她住在右手靠门的位置。靠窗的女生好像出去了，东西都收拾好了，只剩下一摞书没有整理。

“我叫刘丹，蒙古来的，第一次走出家门，不太会说话，有什么不妥的，多原谅一下我。”

刘丹看起来有些怕生，坐在左手靠门的床边，很是拘谨。

小满的床铺在左手靠窗的位置，按理来说，她是后来的，靠窗的位置应该没有了，可她们却留给了她。

“我叫顾小满，来自渤海边的一座小城，这座城市却是第一次来，环境不熟，我们可以一起慢慢了解它，还有……谢谢你们将最好的床位留给了我。”

小满说完了这句话，发现周丽娜和刘丹神色都有些怪异，当时她也没多想，开始铺床收拾东西，对于右手靠窗的女生是谁，她并不关心。

“知道吗？我临床的女生叫孙安宁，了不得，在我们这个专业新生里的总成绩排行第二，她爸是咱们大学的副院长孙学军，家就住在大学西面的家属区，所以这床，基本就是闲着，她不会回来几次。”

周丽娜好像江湖百晓生，才来一天，就将一些人的底细都打听清楚了。

刘丹随口问了一句：

“第一的是谁啊？”

“一个叫左岸的男生，好像……也是来自海边小城的。嘿嘿，我来的时间见到了，长得又高又帅的，听他们说，他有点冷，不太喜欢和人说话。”

听到左岸的名字，小满的动作稍稍停了一下，然后继续整理被子，周丽娜继续说：

“后天的新生大会，孙安宁和左岸代表新生讲话，到时候你们就能看到了，我说的绝对没错。”

说不清心里什么滋味儿，顾小满竟然有些嫉妒那个叫孙安宁的女生了，能和左岸一起发言，该有多好，只可惜小满的成绩不争气，只抓住了临床医学专业的一个尾巴。

“对了，你们都有男朋友吗？”周丽娜突然问了一句，刘丹的脸红了，头摇得像拨浪鼓一样。

“男朋友是件奢侈品，我可没有。”

“我也没有。”

周丽娜说她高中的时候有一个暗恋的男生，只是考大学的时候，分别考了不同的大学，原本就是一厢情愿，分开了就更没可能了。

“我想，他可能也知道我对他的感觉，只是大家都觉得不可能罢了。”

“顾小满，你呢？”周丽娜问小满。

小满将被子叠好，转身坐下来，摇摇头说暂时没有。

“什么叫暂时没有啊？”周丽娜有些迷糊了。

“我是说……将来会有。”顾小满很尴尬，不知道左岸会不会成为她的男朋友，但她早晚会有男朋友，这是事实。

“废话，我们将来都会有，除非性取向有问题。”

问了一小圈，三个人都没有男朋友，周丽娜觉得这个话题没什么意思了，开始碎碎念地说一些高中的事情。虽然大家来自不同的地方，可经历却是相似的，勾起了顾小满不少无法抹去的记忆。

去大学生活超市买了生活必需品之后，小满便躺在床上拿出了那本日记，逐页地翻了起来……嘴角噙着淡淡的微笑。

不管怎么样，已经走到了今天这一步，她会坚持下去。

快两点的时候，隔壁407的一个短发女生送来了半个西瓜，她叫王小雨，一看就是个大大咧咧的女生，若不是长得秀气，乍一看那头短发和着装，还以为是男孩子呢。

“我请客，大家吃西瓜！”

吆喝了一声，她开始分西瓜。

“苦熬七年呢，不好熬啊，咱们是邻居，以后有福同享有难同当！”

搞得好像绿林大盗集会一样，她很豪气地将一块西瓜递给了顾小满，小满说了声谢谢，接过西瓜吃了起来。才咬了两口，窗外就传来了一个男生的喊声。

“顾小满！顾小满！”

顾小满直接被西瓜汁儿呛着了，这声音怎么听着像是展越?

放下西瓜，她跑到了窗口，探头一看，展越正站在女生宿舍下的绿化带里，冲她挥动着手臂，让她下去。

“还说没有男朋友，他是谁啊？”周丽娜、刘丹、王小雨一起挤在了顾小满的身后，踮脚翘首向窗外看着。

顾小满的脸一红，忙解释说：

“不是男朋友，是邻居。”

“还青梅竹马呢，真羡慕。”周丽娜羡慕地说。

“我跟他……”

小满哼了一声，展越对她来说，就是一个无话不谈、偶尔欠揍的男闺蜜，跟男朋友三个字搭不上半点关系。

她转身推开她们，擦了擦嘴一口气跑下了楼。

女生宿舍下，展越正伸长了脖子朝上看着，见小满从楼里跑了出来，立刻迎了上来。

“就知道一喊，你肯定下来。”

“对啊，你这么大的嗓门，整个宿舍都听到了。”顾小满白了展越一眼，懊恼一会儿回去怎么解释呢，这若是被当真了，她可怎么办啊。

展越不是不好，只是作为男朋友，有点怪怪的。

“饿死了，我们出去吃饭，我请你。”展越确实饿了，下车一口水都没喝，收拾了东西就来找顾小满了。

“我请你吧，以后别在宿舍下乱喊了，大家都误会了……”

顾小满噘着嘴巴，低头向外走去，展越回头看了一眼挤了几个脑袋的四楼窗口，瞬间明白了什么。他得意一笑，大喊了一声：

“小满宿舍的吧，都下来吧，我请客！”

顾小满没想到展越竟然让大家都下来，她想出言阻止已经来不及了，呼啦啦，刘丹、周丽娜、王小雨都奔了下来。

“我们去吃牛肉面吧，学校东门外的大街上有一家，价格公道，味道也不错。”

“好啊，去吃牛肉面！”

王小雨就是一个不嫌乱的，竟然第一个起哄向东门跑去。

顾小满不情愿地跟随在周丽娜她们身后向东门走去，展越断后。

虽然周丽娜她们没再说什么，但是心照不宣，大家已经当展越是顾小满的男朋友了，她想解释也解释不清了。

出了东门，大街的对面确实有一家牛肉面馆，周丽娜才跑进去，就低低地惊呼了一声：

“看，那不是第一的左岸吗？”

顾小满没法描述当时的心情，左岸坐在牛肉面馆里面的位置吃面，他的对面坐着一个穿着奶黄色裙子、长相清秀的女生。

至少几秒钟，她僵愣在面馆的门口，若不是展越碰了她一下，她一定会在周丽娜等人的面前出尽了洋相。

左岸挑起目光看了过去，发现小满进来了，没什么惊讶的神情。

他早就料到她会来吗？还是她的出现对他来说，无须关注？

“看，那就是孙安宁……我们专业考得最好的女生……”周丽娜在小满的耳边小声地介绍着，眼里既有羡慕也有嫉妒。

其实那个女生是谁，对小满来说没那么重要。

她固执地坚信，左岸和孙安宁坐在一起，只是一个意外，可事情似乎没她想得那么简单。

左岸吃完了，站了起来，孙安宁也站了起来，左岸结账，孙安宁没有争抢。

结账之后，他向门口走了过来，顾小满不自在地站在那里，心几乎要跳出来了。

他停住了步子，忽略了门口的所有人，只对顾小满说话了。

“我没想到你会放弃梦想，报考医科大学。”

她诧异地抬起了眼眸看向了他，没料到他开口说的竟然是这句话，难道他看不出来吗？她做这个选择有多艰难，左岸，这个名字，代表的不仅仅是三年二班的榜样，还是她青春的一份寄托，他能不能不要这么快让她感到挫败。

“现在后悔，不知道还来不来得及？”她反问他。

“来不及了。”

左岸回答得很直接。

孙安宁站在一边，看了一眼左岸，又看了一眼顾小满，若不是左岸停下来和这个女孩说话，顾小满的存在是被孙安宁忽略的。

事实的确如此，论长相，她胜小满；论学习，她还胜小满，像顾小满这样只知道打架的女生，怎么和一直优秀的她相比？

可顾小满就是不服气。

“你们认识？”孙安宁问了一句，连声音都那么好听。

“她是我……高中同学。”

左岸回应了一句，从顾小满的身边大步走了出去，孙安宁哦了一声，随后跟了出去，他们一前一后消失在大学东门的入口处。

小满的心也变得凉飕飕的。

“你和他是高中同学？”

周丽娜诧异地问了一句，展越立刻痞气地接了过去：

“我也是，有什么好奇怪的，吃面，吃面！”

他们围着一个桌子坐了下来，展越要了五碗牛肉面，让小满趁热吃。周丽娜完全看不开眼色，继续说着左岸和孙安宁的事儿，恨不得挖出什么天大的新闻来。

“真想不到，孙安宁这么本事，才几天啊，就将我们专业的学霸追到手了。”

“谁说的？说不定是偶遇，难道我和展越一起吃面，就是追展越了吗？”王小雨哼了一声，展越没好气地白了她一眼。

“什么偶遇，你看孙安宁看左岸的眼神，和看我们的一样吗？那么帅的男生，谁不喜欢啊，如果换我，天天我请客吃面，我都愿意。”周丽娜酸溜溜地说。

展越看了顾小满一眼，小满故作无所谓地耸耸肩，可吃面的时候，却怎么也尝不出牛肉面的味道了。

那顿饭吃了一个多小时，周丽娜一直喋喋不休地说着，返回宿舍的时候天已经黑了，趴在床上，顾小满的脑海中一片空白，抬起笔却一个字都写不出来。

写他的好，她一个晚上都写不完，可那些不好的方面，她都好像自动筛选机，下笔之前已经筛掉了。

第二天一早，顾小满睡了一个自然醒，睁开眼睛后，发现宿舍里空无一人，想了一下，她立刻一个激灵跳了起来：今天上午是新生大会，周丽娜和刘丹太不仗义了，怎么不叫醒她就走了。

匆匆梳洗出门，到了大学礼堂的时候，已经人满为患了。

顾小满伸长了脖子，正努力寻找周丽娜和刘丹时，不知谁在背后用力撞了她一下，手肘的麻筋儿撞在了过道的椅子上，痛得她半晌动弹不得。

那么宽的路，谁不长眼睛，瞎呼呼地往她身上撞。

揉了几下手肘，顾小满气恼地回头看去，发现孙安宁拿着稿子站在她身后，斜眸看着她。

“对不起啊。”

这声对不起不但一点儿诚意都没有，听在耳朵里还有股子挑衅的味道，道歉之后，孙安宁扬起了下巴，傲慢地向前走去。

顾小满从小学到现在，都是欺负人，没被人欺负过，怎么可能吃这个亏，本想要追上去找孙安宁理论，可想想人家已经说对不起了，若纠缠下去，大家还以为她顾小满小心眼儿呢。

快速从人群中钻过去，小满几步冲到了孙安宁的前面，找一个靠边空位一坐，脚伸了出去。

和她预料的一样，孙安宁的眼皮抬得太高，光环感太强，直接绊在小满的腿上，“哎哟”一声，摔了一个前趴子，手里的稿子都撕破了。

“哎呀，对不起啊。”

小满给了孙安宁一个抱歉的微笑。

孙安宁趴在地上，整张脸憋得通红，却一句话都说不出来。

不过小满伸腿绊倒孙安宁的动作，被随后走过来的左岸看了个满眼，他皱着眉头走过来，俯身将孙安宁扶了起来，孙安宁好像受了委屈一样抽了两下鼻子，若不是马上要代表新生讲话，她一定会在左岸的面前哭得稀里哗啦。

男人最怕的就是女人的眼泪，就算没有眼泪，这般楚楚可怜的表情，男人的骨头也酥了。

顾小满猜想着左岸会不会为了孙安宁指责她，如果他真这么做了，为了一个牛掰到尾巴翘上天的女生，放弃他们多年的高中同学情，她会控制不住伤心，但一定不会哭，不会让左岸看到她脆弱不堪一击的一面。

顾小满可以为了左岸来医科大学，但不等于她什么尊严都可以不要。

她盯着左岸，一直盯着他，等着他说出一番将她打击得体无完肤的话。

“左岸！”

前面指导员喊了一声，让他快点到前面去，左岸应了一声，然后匆匆扫了一眼小满的脚说：

“你的鞋带开了。”

说完，他大步流星地向前走去。

顾小满完全错愕没有准备，低头一看，鞋带竟然真的开了，长长地拖在地上。她看了一眼鞋带，又看了一眼左岸的背影，开始怀疑他是不是真看到她绊倒孙安宁。

不知为何，小满抿嘴笑了。

小满一边胡思乱想，一边低头系鞋带，孙安宁抿着嘴巴，小脸由红变白，从这天开始，她们的梁子算结下了。

找到了周丽娜和刘丹的时候，大会就要开始了，小满埋怨她们怎么不叫醒她，周丽娜说她叫了，小满也应了，她哪里知道小满在她走后又睡着了。

她这么一说倒让小满有些不好意思了，她一向如此，闹铃不响个七八次，是不会睁开眼睛爬起来的。

新生大会开始了，左岸随众人的目光走了上去。

看着那个熟悉的背影，小满的内心十分骄傲，好像走上台的那个人是她一样。

左岸不管走到哪里，都光彩夺目，在小满的眼里，永不褪色。

他的演讲稿不长，却很精彩，倒是孙安宁显得做作了一些，自我表扬如何努力，如何奋进了很久，让下面的人听得都困恹恹的。

不是大家不愿听励志的东西，只是这种励志太过满满的时候，就会让人觉得有种要溢出来的感觉。

散场之后，顾小满揉着脖子走出礼堂的大门，周丽娜和刘丹在后面时不时地窃笑着，也不知道说的是什么，那么神秘、开心，听着好像和孙安宁有关。

走下礼堂门外的台阶时，沈晨阳出现了，他穿着一件白衬衫，提着一个袋子跑了过来，没了囧妞宠物猪在怀中，他看起来没那么疯癫了。

“学妹们，天太热，我请吃雪糕，吃雪糕了。”

“真的……”

周丽娜第一个冲了上去，伸手就要接雪糕，沈晨阳将袋子一拉，拿出一根雪糕先递给了顾小满。

这个举动有很明显的偏袒，小满的脸一红，周丽娜似乎明白了。

“学长，你是请我们吃，还是请顾小满吃啊？”

沈晨阳咧嘴笑了，他买雪糕过来，主要是请顾小满吃，其他人只是沾光而已。

小满很尴尬，将手里的雪糕递给了周丽娜。

“这么多，我能吃得了吗？先给你。”

“我可不敢要……”

周丽娜抿嘴笑着。

沈晨阳好像也不怎么在乎别人说什么，挨个热情地分发雪糕，少说也买了三十多根，先出来的女生，见者有份儿，很快一袋子雪糕发完了。

“改天，我请客，你们都去，百味居火锅！”

沈晨阳可真大方，请了吃雪糕，又要请吃火锅，这招确实讨人喜欢，不少女生都对他刮目相看，送来一堆堆菠菜。听说沈晨阳的父亲是某房地产集团的董事长，他是标准的富二代，在学校还有一辆宝马车，除了学习，其他各个方面都牛到了极点。

顾小满没有清高到视金钱如粪土的程度，也知道爸爸和妈妈为了生活拼搏得很辛苦，可沈晨阳这样的男生就算有金钱的光环，也不吸引她，她更欣赏左岸那种类型，踏踏实实的，依靠自己的能力，走适合自己的路。

也许那时顾小满还年轻，可后来她一直坚持着这个信念。

沈晨阳一边吃雪糕，一边问她们什么时候有时间，周丽娜说马上军训了，最近怕不行了。

“那就等军训之后。”沈晨阳比比画画地说着。

顾小满听得有些心不在焉，眼睛时不时地瞥着礼堂的门口，左岸和指导员一起走了出来，孙安宁跟在一边。说实话，这一幕让她心里很不爽，怎么感觉孙安宁好像跟屁虫一样，左岸走到哪里，她就跟到哪里，论及谁的脸皮厚，她还真是望尘莫及。

孙安宁这个女生，顾小满拿不出一点儿喜欢的心情来。

左岸走下台阶的时候，看了过来，小满下意识地将雪糕藏在了身后，每次见到他，她都是这般慌张，好像做错事的孩子，被大人抓住了一样。

沈晨阳还在热火朝天地和周丽娜她们聊天，说得海阔天空，云里雾里，好像这个世界没他没到过的地方一样，偶尔还会问小满一句，小满总是有一句没一句地应着。

左岸朝这边走来了，小满更加不安了。

沈晨阳好像觉察出来小满的心不在焉，拍了她的手臂一下。

“我请吃饭，可是为了你，你怎么不表态呢。”

“啊……”

顾小满回神过来，脸一红，这家伙在说什么，请吃饭干吗为了她啊，这三十几根雪糕也不是她一个人吃的，其他女生也有份。

左岸还在朝这边看着，连孙安宁在后面喊他，他都没听到。

偏偏这个时候，展越跑了过来，说食堂的餐卡他还没搞定，中午饭要在外面吃一口，让顾小满陪着他去。

平时看展越挺能办事儿的，关键时刻，连个餐卡都搞不定，让小满有些怀疑他说的不是真的。

沈晨阳好像听出了什么门道，直接插了一嘴：

“我请客啊，走，一起去啊。”

沈晨阳一开口，展越才注意到了这个穿白衬衫的男生，眉头一皱，有些不高兴地问：

“你是谁呀？我请顾小满吃饭，关你什么事儿啊，一边儿去。”

展越在高中三年二班的时候，最不喜欢别人多嘴多舌的，尤其像沈晨阳这种看起来爱出风头的家伙。

展越在这么多女生面前不给沈晨阳的面子，惹火了他。

“你又是谁？顾小满男朋友吗？”沈晨阳问。

“是，又怎么样？”

展越不知道是不是气火了，直接承认是小满的男朋友，周丽娜更加夸张，捂着嘴巴都能叫那么大声，刘丹也诧异地瞪圆了眼睛，王小雨的嘴巴直接是“O”形的。

去吃牛肉面的时候，小满煞费苦心让周丽娜她们相信展越只是她的朋友，不是男朋友，现在可好，展越这么一承认，她解释不清了。

只有小满知道，这是展越的气话，如果不阻止他们，怕要发生不愉快的事情了。说好听的，是起了一点点摩擦，难听了，还以为他为了顾小满才来TX医科大学，传出去这七年怎么过啊。

就在小满要出手阻拦两个抖毛要掐架的家伙时，左岸走了过来。

这种时候，左岸不走开，过来做什么，难道还嫌她不够狼狈吗?

“顾小满、展越，昨天我们不是说好了吗？一起出去聚聚，趁着休息，还有时间，走吧。”

左岸的口吻很冷静缓和，好像根本没看到这里要发生冲突一样。

展越虽然生气，却不想打架，开学第一天就闹事，很容易成为大学狠抓的典型，大学入门券得来不易，他不能让爸爸再觉得丢脸了。

左岸的话，让大家都有了台阶，顾小满松了口气，立刻接下了左岸的话。

“一个城市走出来的，还是一个班的，是该聚聚，说好的事儿，怎么忘记了，展越，走吧，走啊。”

小满推了展越一下，这家伙的坏脾气就不能改改吗？

展越退后了一步，回头看了左岸一眼，转身向外走去。

左岸和沈晨阳礼貌地打了一声招呼，沈晨阳作为学长，这么多人看着，也不好说什么了，只能对小满说：

“顾小满，下次我请客，你也得来。”

“下次再说吧。”

小满不喜欢沈晨阳说话这么霸道，有钱怎么了，有钱请吃饭，也得她愿意去啊。她已经暗暗下了决心，他请客，她一定不会去，找各种理由推掉。单凭她和展越多年的朋友关系，就不会给嚣张富二代这个面子。

三个人是老同学聚会，孙安宁也没有理由跟来了，只能悻悻地站在台阶上，已然没了台上演讲时的精神头了。

小满的心里还是挺得意的。

一顿饭，没能缓解展越和左岸的紧张关系，气氛十分压抑，展越摆明了要整左岸，丝毫不领刚才的人情，进了牛肉面店，就要了最贵的牛肉面，还点了三盘最贵的菜。

“小满，你想吃什么？来盘牛肉吧。”左岸没搭理展越，转过身问小满。

“行啊，我喜欢凉拌牛肉。”

她的话才说完，展越就白了她一眼，说女孩子太贪吃，早晚要吃亏。

顾小满气恼地抿着嘴巴，恨不得拿起筷子敲碎了展越的脑瓜壳子，他这话是说小满贪吃沈晨阳的，还是左岸的？她可不是那种见到吃的就挪不动腿儿的女生，倒是他自己，点了那么多，不知道吃不吃得下？

凉拌牛肉上来了，左岸还点了几个菜，要了两碗牛肉面。

见过老同学相聚，吃饭一句话都不说的吗？现在就是，展越一直闷头吃饭，左岸也不出声。

顾小满起得晚，早饭还没吃，这会儿真饿了，左岸才坐下，她就大口地吃起了面和牛肉，吃了几口觉得不对，红了脸。昨天孙安宁好像也是坐这个位置的，她吃相斯文，很优雅，相比来说，顾小满的吃相简直就是山上下来的强盗。

放慢速度吃，斯文地吃，让小满觉得气氛更加沉闷了。

吃了一会儿，顾小满实在忍不住了，打算解释一下沈晨阳的事。

“我和沈晨阳不熟的，昨天刚进校门，他的宠物猪，撞倒了我，因为这事儿他觉得不好意思，才叫我去吃饭的，我也没答应他……”

末了，小满又追加了一句。

“展越，你也是的，以后别随便和人动手打架，这又不是我们高中，你爸临走的时候还叮嘱我好好看着你呢，臭脾气总也改不了，还有……你别乱说是我的……男朋友，不然我真的……生气了。”

说完，小满难为情地看了左岸一眼，他低头吃着东西，似乎对这个话题没那么在意。

左岸的沉静让小满有些失望，她期待刚才的一番话之后，他给她一个特别的表情或暗示，让她觉得拼全力为他考进这所大学，是值得的，可惜……

“你教训够了吗？”展越嘟囔了一句。

“当然没有了，你爸说了……”

“好了，我爸把你安插成奸细了？”展越白了小满一眼，低头继续吃，他的胃口奇好，吃得特别多，一会儿工夫，眼前的面和菜都扫光了，他不怕撑死吗？

其实小满也挺能吃的，眼看凉拌牛肉没了，她也不好意思动筷子了，左岸伸手叫服务员过来，又要了一盘。

大家都吃饱了，左岸去柜台结账，展越冲过去，扔下一百元头也不回地走掉了，展越这是不想给左岸机会，让自己欠他太多人情。

“找机会还给他。”

左岸将钱给了小满，然后结账走了出去。

一起站在牛肉面店的门外，展越已经不见了踪影，左岸看了一下手表，说时间还早，能不能随便逛逛。

顾小满没想到左岸会这么说，激动得心几乎跳出来了，别说和他随便逛逛，一直这样逛下去，一辈子都愿意啊。

左岸没什么目的性，随便朝前走着，小满走在他的内侧，保持着半米的距离。风迎面吹来，拂动了小满的衣裙和发丝，她的心境，比任何时候都像一个娇羞的女人。这算不算是一种开始，谁都没说什么，心照不宣地改变了关系？

也许他真的也喜欢她？

小满莫名地兴奋着，可兴奋的同时，又觉得自己可能多心了，他说不定真的只是走走，没什么目的。

“顾小满，我有件事想和你说……”

他停住了步子，突然面对了她，阳光从他的发丝上倾洒下来，越发显得他高大俊朗。是的，左岸已经长成男人了，不再是顾小满日记里的小男生，他可以承担得更多。

小满的脸莫名地红了，不知道他要对她说什么。

左岸看着她，眼睛里有让她能看懂的炙热。

“小满……”

“左岸，左岸！”不远处传来一阵喊声。

顾小满真的讨厌孙安宁，恨不得一脚将她从地球上踹出去，这么关键的时刻，她竟然出现了，远远地跑来后，告诉左岸，他妈来学校了，正在校长室里等他，让他快点回去。

讲述完了，孙安宁看向了顾小满，脸上明显有着得意之色。

听说母亲来了，左岸眼中的光亮一闪即逝，移开了目光。

“我得回去一下。”

左岸的母亲是一所知名大学的教授，很有威望，更是桃李满天下。左岸的生活学习规划，是左院长和妻子联合打造的，他们一直以此为豪，每逢朋友聚会，就会将左岸的成功当作经验介绍出去。

才开学第二天，左岸的母亲大人就来了，还是孙安宁来通知的，这不能不让小满怀疑，孙安宁和左岸之间有着某种特殊的关系。

左岸终究没说出那句话，跟着孙安宁离开了。

顾小满一个人站在大街上，满心的悸动化作了空荡，绞尽脑汁也想不出左岸要对她说什么。

回到学校，系里开了会，小满没见到左岸，只有孙安宁一个人回来了，一脸清傲地坐在了前面，好像打了什么胜仗一样。

随后指导员老师进来了，听说他是本专业的留校生，不到三十岁，有着年轻人的朝气，他主要帮助解决本届大学生学习生活上的一些问题，名叫梁一舟。

“明天开始军训了，大家都回去准备一下，有什么需要帮助的，来办公室找我，或者让孙安宁转达也可以。”

才开学没几天，孙安宁就巩固了她在本专业的地位，班长或副班长的职务非她莫属了。

后来左岸回来了，他径直走了进来，没再找过小满，那句要说出的话是什么，一直让小满耿耿于怀。

他给了她希望，又破灭了这个希望，她的心里好难受。

×××5年9月12日　星期三　晴

今天，我彻底厌恶那个叫孙安宁的女生了，她当街叫走了左岸，摧毁了我所有的期待，如果换作我在高中的脾气，一定将她打得满地找牙。

恍惚了小半天了，我冥思苦想，各种假设，也想不出左岸要对我说的话到底是什么。

也许是……

“顾小满，我早就看出来了，你暗恋我，但我不喜欢你，你还是死了那条心吧。”

可他当时的表情没那么无情，眼神也不一样，或许我应该这么想……

“顾小满，我喜欢你，做我女朋友吧。”

想想，又没这么乐观，我心目中的左岸说话不会那么直接，他很有涵养。

会不会是……

“顾小满，我喜欢的是孙安宁，以后你别太针对她了。”

如果是这个，我想我要崩溃了。

吃过晚饭之后，大家开始收拾明天参加军训的日用品，已经下了通知，军训要实打实地去部队，时间是半个月，部队的条件不比学校，少一样东西，都没法出去买。

“袜子，我的袜子放到哪里去了？”

周丽娜的东西乱糟糟的，翻找一双袜子，扔得满床都是，连孙安宁的床也占了，偏偏这个时候，一直没在408出现过的孙安宁推门进来了，目光不悦地落在了堆满东西的床铺上。

周丽娜赶紧将放在孙安宁床上的东西搬走了。

“还以为你今晚不回来了。”

“以后我会经常回来的。”

孙安宁清冷地回应了一句之后，走了进来，眼睛瞥了一下顾小满，扫了扫自己的床，将一个小箱子放在了上面。

“学校分的东西，我都帮你弄好了。”刘丹讨好地告诉孙安宁，是她帮她整理的东西，都放在她的柜子里。

有个当副院长的老爸，就是不一样，孙安宁走到哪里，都有一票女生拍她的马屁，刘丹就是一个，周丽娜也没闲着恭维，只有顾小满没吭一声。

收拾好军训要带的必需品之后，已经很晚了，统一熄灯之后，大家都上床休息了。顾小满侧卧在床上，盯着孙安宁的床，黑暗中，什么都看不清，只能听到刘丹好像小猫儿一样的呼噜声。

军训开始了，顾小满的优势也显露出来，她跑得快，耐力好，出手也敏捷，在军中好像一朵铿锵玫瑰，屹立不倒，英姿飒爽；相反，清高气傲的孙安宁就逊色多了。

小满替她数过，仅仅军姿一个项目中，孙安宁一天下来就晕倒了三次，每次站立都没超过二十分钟，更倒霉的是，在擒拿项目中，孙安宁和顾小满分在了一个小组，她使出了吃奶的劲儿也摔不倒顾小满，却屡次被顾小满摔得四仰八叉。

“教官，我不和顾小满一组了！”

孙安宁满脸委屈，跑到教官的面前告顾小满的状。

刚开始教官还以为是孙安宁娇气，叫她回去继续训练，后来观察了一会儿觉得不对，顾小满一直站着，孙安宁却一次次倒在地上，摔得几乎爬不起来了。

训练场里，顾小满抱着肩膀，居高临下地看着孙安宁，冲她勾了勾手指，让她站起来，孙安宁气恼地将脸颊扭到了一边，眼睛红红的。

见孙安宁这副可怜的样子，小满心里的火气也没那么大了，她承认倚强凌弱不够光明磊落，可孙安宁也没好到哪里去，昨天左岸的母亲为什么突然来访，孙安宁在其中--定没起什么好作用。

“你到底起不起来？”顾小满瞪圆了眼睛，等得有些不耐烦了。

“不起来！”

孙安宁趴在地上，固执地摇摇头，在擒拿项目训练结束之前，她绝不给顾小满机会再将她摔倒。

不远处，李教官又观察了一会儿，才大步走了过来，他叫孙安宁站起来，孙安宁没有办法，只能噘着嘴巴爬了起来。

“教官……”

“你站到一边去。”教官让孙安宁去旁边站着，然后他走上来，站在了孙安宁的位置上，冲着顾小满招招手，让她和他一起训练如何擒拿。

李教官二十二岁，皮肤较白，偏瘦，职位是排长，主要负责训练临床医学专业的女生。他眼睛小，长相一般，但是穿上了军装，平添了几分帅气，格外吸引女孩子的目光，私下里，很多女生就当李教官是军旅男神，只有顾小满丝毫不将他放在眼里。

“来吧，顾小满。”李教官示意顾小满不要客气。

顾小满出手了，后果很严重，李教官狼狈地摔倒在了地上，周围立刻传来一片哗然。孙安宁不知道是不是苦头吃多了，心里一直憋着，看到李教官倒下后，她竟然哈哈大笑了起来。她这一笑，让李教官觉得很没面子，接下来整整一个下午，顾小满都站在操场上罚军姿。

军队大院里，男生拉练的队伍从外面一队队地跑了回来，经过训练场的时候，都奇怪地看着站在空地里的女生。

“那不是顾小满吗？”有人低声问了一句。

“好像是，看不出瘦瘦弱弱的，还能将教官摔倒，罚站军姿一个下午了。”

“听说那姑娘从小就练习散打、跆拳道什么，有两下子，教官是中途才当兵的，和她交手怎么会不吃亏，作为男人，真没面子，不罚她才怪。”

低低的议论声引起了后面队伍里一个男生的注意。

左岸扭头向训练场看去，阳光下，顾小满一身绿色的迷彩服站在那里，额前垂下的一缕发丝湿透了，贴在脸颊上，她看起来很疲惫，却倔强地抬着下巴，就好像曾经在三年二班一样，没有什么可以让她折服，她也不会轻易低头认输。

蓦然，左岸笑了，对于小满被罚站，他一点儿都不觉得吃惊，一向不肯安分的顾小满若安静下来，就不是她了。

军训才进行不到一个星期，顾小满这个名字就在整个临床医学专业人尽皆知了，相反被吹捧极高的孙安宁好像霜打了的茄子，没了精神，处处躲避着小满，就连在水房不期而遇也是赶紧收拾脸盆溜掉。

因为男女生的训练是分开的，部队的管理也很严格，顾小满没机会见到展越和左岸，听一些女生私下里偷偷议论，说男生那边都在研究顾小满，还有一些男生打算回去专门认识一下她。

仅仅几天的时间，她成了TX医科大学临床专业的女魔头，孙安宁还给小满起了一个恶心的绰号叫“梅超风”。

梅超风也好，女魔头也好，小满的原则一向是人不犯我，我不犯人，大家都相安无事，这个军训就不会起什么大波大浪。

“小满，你出名了，说不定以后咱们408宿舍门外，男生得一排排请求接见。”周丽娜调侃着，刘丹也趁机起哄，说她负责筛选。

顾小满正趴在床上写日记，听她们这么调侃，轻笑了一声。

“我这是成香饽饽，还是成笑柄了？”

“当然是香饽饽了。”刘丹十分肯定地点点头，小满无奈地摇摇头，如果是这样的香饽饽，她宁可不要。

“你们听说过哪个男生喜欢看梅超风和女魔头的吗？”

“哦，说的也是……”

刘丹抓了抓头发，龇牙笑了，周丽娜也没那么八婆了。

顾小满写完了日记，提着水壶去打水了，站在水房外，心里说不清是什么滋味，好好的，谁愿意当女魔头啊，这话传到左岸的耳朵，不知道怎么看她呢。

展越说过，一般的男生都喜欢温柔似水、小家碧玉的女人，像顾小满这样的，若一直任意发展下去，最终的结果就是“陈年老醋”“骨灰级剩斗士”。

顾小满不想当“剩斗士”，她想和左岸在一起。

扭开阀门，热水咕噜咕噜地流进了暖瓶，若不是旁边的女生提醒了一句，她一定被溢出的开水烫了手。

小满提着水瓶往回走的时候，还能听见身后两个女生低低地议论着。

“刚才接水的，就是顾小满。”

“她就是顾小满啊，看不出来，长得那么瘦……”

“李教官好像要被撤掉了，就是因为她。”

…………

李教官因为被学生摔倒，没面子惩罚了学生，本就是不对的，被撤掉也极有可能，被两个女生这么一议论，好像错在小满的身上一样。

第二天的军训，李教官果然没出现，来了一个高个子的教官，相比李教官来说，他的身材魁梧了许多。

“我叫周建新，以后大家就叫我周教官好了，接下来的一周，由我来接替李教官训练你们，今天的安排是，先跑一个五公里，然后站军姿，午休之后，进行搏击训练！”

他的声音很响亮，将小满一早的困意都震没了，大家齐声欢迎新教官的到来，当然也有喜欢李教官的人暗暗咒骂顾小满的。

周教官踱着稳健的步子走了过来，停在了顾小满的面前。

“你是顾小满？”

“是！周教官。”小满挺胸抬头地回应了一声，心里猜测着，这位周教官是不是替李教官教训她来了。

“出列！”

周教官表情严肃地让小满出列，所有的女生都看了过来，和小满猜想的一样，他们也认定这次女魔头要倒霉了。

小满迈开步子走了出去，眼睛直视前方，对于任何惩罚她都有心理准备的，大不了再多站几个小时的军姿，多踢一段时间正步，一觉起来，照样满血复活。

周教官上下打量了几眼顾小满，然后点点头。

“你来当队长，组织大家训练，传达教官命令。”

“我？”

小满眨巴了几下眼睛，很诧异，他叫她出列不是要教训她吗？

“有什么异议吗？”周教官问顾小满，小满忙摇摇头，除了意外，没有异议。

“没有异议就这么定了，做热身运动，准备五公里。”他拍了拍手掌，鼓励大家一定要坚持到最后。

虽然大家按照要求做了热身运动，可五公里负重跑不是每个人都能坚持下来的，不少人掉队了，顾小满前前后后地数人，数到孙安宁的时候是最后一个。

“你能不能快点，蜗牛都比你跑得快。”顾小满没好气儿地说，周教官让她跟住每个掉队的，现在看来，跟住孙安宁就可以了。

“我告诉你，顾小满，你现在……别神气，等回……回学校，咱们学习上见。”孙安宁满头大汗，一步一趔趄，真的跑不动了。

“学习、跑步，我都不惧你，你快点。”

小满有些不耐烦了，现在是军训，提学习做什么，大学是一个新的开始，以前的成绩只能代表过去，将来还不见得谁比谁强呢。

“你催什么……我……”

孙安宁的小脑绝对是有坑的，路上那么大一块石头没看到，绊了上去，小腿一扭，摔得很实在。

“我的脚……”

她抱着脚大叫了起来，一张脸憋得通红，看样子真的扭伤了。

马上到中午了，她竟然扭了脚，小满生气打开了她的手，俯身检查了一下，确实扭伤了，脚踝都红了，很快就会肿起来，无论如何都跑不了了。

看了一下时间，前面还有很远才能追上大家，只能原路返回了。

扶着孙安宁站起来，才走一步，她就大叫了起来。

“顾小满，你故意的是不是？我好痛啊……叫人，叫我爸开车来。”

“我现在回去叫人，你一个人留在这里吗？”

小满质问孙安宁。

孙安宁一听这话，立刻抓住了小满的手臂，警觉地前后看了几眼，大部队已经跑远了，周围一个人都没有，路的两边都是荒草地，还有一片不大的树林子……好像小说里写的充满了凶险的不毛之地。

“别走，顾小满，我好怕啊……”

“就知道你这样，试试，能不能走？”

看她可怜兮兮的样子，顾小满有些心软了。

“不行，不行，我一动就痛！”

孙安宁抱着小满的手臂死死不放，她担心小满一生气扔她一个人在这里，万一遇到坏人怎么办。

顾小满无奈地看了一下周围，现在谁都指望不上了。作为队长，她有责任照顾每一个队员，孙安宁楚楚可怜的样子，对她也很好用。

小满俯下身，将孙安宁背了起来，不指望回去后，她能感激她，只希望以后她别再缠着左岸，让她看着顺眼一些就好。

土路不好走，加上天气热，又负重，顾小满累得汗流浃背，走一段休息一段，孙安宁坐在石头上，脚踝已经肿得很高了。

“顾小满，虽然你帮了我，可不等于以后我什么事儿都会让着你。”

“我用得着你让吗？”

顾小满嗤笑了一声，就凭孙安宁，怎么是她的对手？顾小满想做的事情，没有做不成的，包括学医。

孙安宁翻了一下眼睛，不屑地炫耀着：“我爸和左叔叔是同学，我妈和周阿姨年轻的时候是最好的闺蜜，当初还是我妈介绍左叔叔和周阿姨认识的，上大学之前，他们碰过面，希望我和左岸一起上大学，一起考博士，一起出国。”

就差接下来的一句“一起生活了”。

顾小满听得耳朵都生了刺，想到了大学校园里，左岸走在前面，孙安宁跟在后面的情景，心里就犯堵。

“你还想回去不？”小满站了起来。

“回……回啊……”

孙安宁吃力地挣扎起来，生怕小满真生气不管她了，不敢再继续得意地炫耀她和左岸的关系了。

孙安宁絮絮不止地说了一路，却始终没敢问小满是不是暗恋左岸，是不是准备和她争。她也很有自知之明，知道有些事情戳穿了，就不好收场了，或许对左岸，她也没什么把握。

顾小满当然会和她争，坚持不懈地争，她要让左岸认识到，孙安宁有的，她都有，孙安宁没有的，她也有。

将孙安宁背回去后，顾小满受到了周教官的表扬，为此小满的军训成绩加了不少分，孙安宁却很倒霉，住进了部队的医务所，不能再继续训练了。

看她坐在病床上一直哭，小满既不耐烦也有些于心不忍。

“哭什么，又不是残废了。”

“说得轻松，又不是你扭伤了，我军训没成绩了。”孙安宁噘着嘴巴。

“你本来成绩就不咋样……”

顾小满低低地嘟囔了一句，孙安宁哭得更厉害了，说顾小满这是趁机打击她，落井下石。

“我落井下石，就把你扔路上了。”

小满讥讽孙安宁不识好人心，孙安宁无言以对，只是用手揪着被子，委屈地抽泣着。

门外，左岸走了进来，他穿着迷彩服，戴着军帽，身材凭空高大了许多，将一室的阳光都聚拢在了身上。军训让他的脸黑了一些，却因此显得更加有骨感，成熟了。

顾小满不承认自己是花痴，可看到他走进来的那一刻，心怦然狂跳，这一周，看过不少军人装束，他是最帅的。

左岸是来看孙安宁的，顾小满觉得自己站在这里很多余，她转身要出去的时候，他叫住了她。

“一会儿孙院长开车来，你帮我扶她出去。”

“哦。”

顾小满当然愿意留下来了，孙安宁抹着眼睛，说她的脚好痛，怕还是走不了。

“我可以背你的，回来的时候，不是我一路把你背回来的吗？”

小满已经累得腰酸背痛了，可还是将这个破差事揽了下来，只要她在，累死都不会让左岸背孙安宁。

孙安宁的如意算盘被打破了，眼睛瞪得溜圆，已经有几次用眼神挖坑将顾小满埋了。

不过后来顾小满没背孙安宁，左岸也没背，孙院长来了，亲自将女儿背了出去，到了车边，和左岸说了几分钟的话，就开车离开了。

“你把孙安宁从三里之外背回来的？”车开走之后，左岸回头问顾小满。

“背背，停停，要累趴了。”

顾小满不好意思地理了一下头发，装出一副累到不行的表情。在他面前，她尽量维持小女生的娇柔，好像孙安宁那样，男生一看，就想保护。她也是女生，也需要安慰和保护，只有他不在的时候，顾小满才是女汉子。

“中午饭没吃吧？”他又问。

“没吃，回来太晚，连汤都不剩了。”

“时间还早，我和教官说一下，带你出去吃饭。”

小满不晓得左岸是怎么说服教官的，军训的规定是严禁出去吃吃喝喝的，仅几分钟，他就获得了周教官的批准，带着小满去了部队外的一个农家小饭店。

第五章 愿日月永辉心永恒

直面左岸，他的五官近在眼前，顾小满不能否认，她还是喜欢他，一直喜欢他，喜欢到了不敢表白的极致，她怕说出那句埋藏已久的话后，连这样面对面的机会也没有了。

饭菜都是农家饭，虽然卖相一般，却很好吃。

不过这顿饭只有小满一个人在吃，左岸在食堂吃过了。

饭菜很香，小满心里也美滋滋的。他坐在她的面前，比任何时候都让她觉得踏实，而且小满有种感觉，他是在意她的，假若她现在大胆表白出来，他会接受她吗？

他会不会继续那天没有说完的话呢？

男朋友，女朋友……换一种关系，不知道会是什么样的？

顾小满低头默默地吃饭，心里充满了各种期待。左岸沉默了一会儿，终于说话了，可惜说的话不是她想听的，还很打击她。

“谢谢你背孙安宁回来。”

他竟然谢了她，为了孙安宁？

刚刚高高飘扬的心一下子沉落下来，放下筷子，顾小满整个人都感觉不好了。

他这样感谢她，是想说明他和孙安宁的关系不一般吗？就算不一般，有必要这样在她面前说出来吗？左岸不知道，这话说出来，有多伤她的心，顾小满傻乎乎地暗恋了他那么久，相比来说，不比孙安宁少在乎他。

“如果有下次，我一定会扔下她！”

小满放下筷子，站了起来，冷漠地看着左岸，谁在乎，谁去背，她在中间这样花费力气，有什么意思？

直面左岸，他的五官近在眼前，顾小满不能否认，她还是喜欢他，一直喜欢他，喜欢到了不敢表白的极致，她怕说出那句埋藏已久的话后，连这样面对面的机会也没有了。

左岸，他明白她吗？不管他如何对她冷漠，她还是喜欢他。

但愿日月永辉，她的心也会永恒。

“谢谢你带我出来吃饭。”

小满低下头，闷闷地说了这么一句不痛不痒的话。她说了谢谢的话后，他的脸色也不好看了。

“走吧。”

他绕过了她，大步走了出去。

饭店的老板热情地送了出来，让他们下次再来，下次一定有优惠。

下次是什么时候，顾小满不敢期待，也许军训结束之后，再没有下次了。

回到部队大院，他们就分开了，看着左岸远去的背影，小满竟然有些后悔了。不就是一句谢谢吗？也许什么都代表不了。

接下来的一周里，小满没能再见到左岸，每次男生的队伍来了，也很快匆匆地过去了。在加强训练中，周教官和小满做了搭档，他明显比李教官出色很多，顾小满被掀倒了很多次，搏击技巧也增进了不少。

尽管半个月的时光，人被累得半死，脸被晒得很黑，可到了最后一天要结束的时候，大家竟然难以割舍了。周教官带着大家唱歌，和其他小队比赛拉唱，小满的声音最响亮，女汉子形象在走出部队的大门时也一直屹立不倒。

听说过顾小满，没见过本人的，都觉得她应该是一个五大三粗的女生，可顾小满一直都是偏瘦的。

拉唱那天，不少人都盯着她，她却浑然不觉。

军训所有科目，顾小满都得了优秀，周教官临走的时候，还送了她一支钢笔，说是给军训优等生的奖励。

后来小满才知道，只有她一个人有。

回到了大学的宿舍，周丽娜非说那支钢笔是周教官给小满的定情信物，气得小满将钢笔塞在了箱子底下，以后都不打算拿出来用了。

后来再遇到周教官，是小满工作以后了，钢笔的事情，她早就忘记到九霄云外了

军训回来的第二天是周末，可以连续修整两天才开始上课，一早所有人都起来了，只有顾小满抱着枕头呼呼大睡。

“顾小满！”

窗外传来一声大喊，整个宿舍楼都被惊醒了，顾小满一个激灵坐了起来，迷迷糊糊地问了一句：

“谁喊我？”

“沈晨阳……”刘丹指了指窗外。

“让他去死……”

顾小满直接摔在了床上，蒙头大睡，若不是宿管的老师火了，冲进来兴师问罪，顾小满一定睡到天黑才能醒来。

匆匆洗了一把脸，换了衣服，小满跑了出去，看到沈晨阳穿

着一身利落的休闲装站在花坛边，手圈在嘴边，一副准备继续喊的表情。

“你没完了！我好困啊。”小满要被气疯了，一连半个多月了，好不容易挨到军训结束，想睡个自然醒，就那么难吗？

“都几点了，还睡？小满，我带你去兜风。”

沈晨阳说他的车就停在不远处，开车出去兜风，想去哪儿就去哪儿。

能在校园里开车的没几个，沈晨阳来接顾小满出去兜风，不知道多少女生羡慕嫉妒恨呢。听说这家伙从进入大学就开始追女生，过去式女友一大票，最短的只维持了几天。

花心大萝卜，顾小满暗暗地运了口气，如果不是看在他是学长的份儿上，她一定要让他出尽洋相。

“我不想兜风，我饿了。”

小满绕过了他，向食堂走去，他随后跟了上来。

“我请你出去吃。”

“我不出去，我要去食堂吃。”

“我陪你去食堂。”

“随便你。”

顾小满以为沈晨阳只是一时心血来潮，没想到他真的跟着她去了食堂，排队打了饭，就坐在小满的身边，谁过来要坐，他都将腿不客气地伸出去，不让别人坐，整个一张桌子就他们两个人。

小满闷头吃饭，沈晨阳一个劲儿找话题和她搭讪，表现得十分热络。小满尴尬地应付了几句，然后抬头四顾了几眼，刚巧看到左岸正在一个窗口排队，一会儿他打完饭过来，一定能看到她和沈晨阳坐在一起。

顾小满默默地端起了饭盒，换了一张人多的桌子，结果沈晨阳又跟了过来，将其他几个女生都赶跑了。

“你躲着我干吗？”沈晨阳问她。

“那你跟着我干吗？”

“我喜欢你啊。”

“你干吗喜欢我啊？我错在哪里了，我改，真的改。如果是我一不小心得罪了你的囧妞，惊吓了她，我向你道歉还不行吗？沈晨阳，你仔细看看，睁大眼睛看看，我不是你的菜。”

“怎么看，都是我的菜。”

“你还真不挑……”

顾小满服了他了，沈晨阳的喜欢能不能别这么直接，她不是那些拜金女孩儿，一辆破车就能让她跟他到天涯海角，海枯石烂，做梦吧。

“不是因为囧妞……是因为我……”

沈晨阳的表情，又准备说让顾小满难堪的话了。她眼角的余光瞥见左岸好像过来了，他朝这个方向走得很快，若沈晨阳说出那些肉麻的话来，他一定听得一清二楚，说不定会误会她和沈晨阳的关系。

不行，不能让沈晨阳再说出那两个字。

“小满，我很……”

“别说，求你别说了，好不好？”

顾小满实在急了，也不好捂住他的嘴，情急之下她挥拳了。

结果可想而知，沈晨阳瞪圆了眼睛，一抹血从他的鼻子里流了出来，她竟然打了他的鼻子！

“顾小满！”

沈晨阳捂着鼻子站了起来，脸一窘，转身跑了出去。

很多人聚在周围看着顾小满，连饭都忘记吃了。小满不好意思地站了起来，冲他们硬挤出了一个笑脸，随后低下头，端着饭盒跑回宿舍吃去了。

自从小满将沈晨阳的鼻子打破之后，周日他没再来窗下疯喊，小满睡了一个自然醒，耳根子也因此清静了一阵子。

黄昏的时候，小满和展越在操场上打了一会儿篮球，他问小满打破沈晨阳鼻子的事，小满谎称不是故意的。

“你还能不是故意的？”展越根本不相信。

“我说不是故意的，你不信拉倒。”

扔下了篮球，顾小满不高兴地向回走去，展越抱着篮球在后面追了上来，一同走出了操场，他才慢吞吞地开了口：

“你是不是觉得挺烦的？”

“是啊，当然烦了。”

“既然很烦，我有一个让你不烦的办法。”

“说说看。”

小满现在就想着怎么才能让沈晨阳知难而退，展越这么一说，她倒想听听是什么好办法了。

“你告诉他，我是你男朋友，他就不会纠缠你了。”展越狡猾地笑了一下。

“展越，不如我送你去医务室吧？有病不能不治，你知不知道，你现在和沈晨阳差不多了，也很烦啊！”

小满一把将展越推开了，觉得这家伙出了一个糟糕透顶的馊主意。

展越抓了一下头发，手臂夹着篮球又凑上来。

“开玩笑的，又不是真的，你紧张什么？”

“谁紧张了？不过你若是再胡说，我就给你爸打电话，说你在学校不好好学习，净胡闹。”

“你提我爸干吗啊？”

这句话果然好用，展越闷哼了一声，心情一下子不好了。如果让他爸知道他在大学不好好学习，光想着这些没用的事儿，展叔叔一准能跑来TX大学，不打死他才怪呢，上次高考失利，若不是展阿姨拦着，他早就被打得皮开肉绽。

展越没能说服顾小满，不悦地拍了几下篮球，又跑回操场打篮球去了。

孙安宁脚扭伤了，不能回宿舍住，周末宿舍里只有她们三个女生。王小雨跑过来神侃，侃着侃着就扯到了沈晨阳的身上，说沈晨阳今天已经让人放话出来了，说顾小满是他的女朋友，谁都不能追。

“太霸道了，这是上演的什么戏码啊？”周丽娜惊呼出来，说沈晨阳太酷了，太霸道了，太男人了，若换成是她，不用追，她就臣服了。

“若换作是你，沈晨阳也不来追啊。”

王小雨的讽刺，把周丽娜噎够呛，刘丹不知死活地追问细节，王小雨才继续神乎其神地说：

“听说小满打了他的鼻子，他不但没生气，从医务室回来，叫了几个好哥们到处传播，说他大学接下来的六年，只有一个追求，就是顾小满，一直追到手为止，谁敢打顾小满的主意，他一定让那人好看。”

“真的啊……”

刘丹的嘴巴张成了一个大大的“O”字，不知道是羡慕还是惊恐，好像408宿舍将成为临床医学所有男生必争之地。

除了王小雨，大家的表情都很失望，为什么沈晨阳不追她们呢？顾小满这个傻丫头，哪辈子修来的福气，沈晨阳可是真正的富二代啊。

小满用被子将头盖了一个严严实实，想着食堂里的那一拳一定打得轻了，让他还有胆子到处造谣。

喜欢一个人没有错，可这样无赖喜欢一个人，采用极其卑劣的手段逼迫人，让人没法接受。顾小满是不会妥协的，就算不能赢得左岸的心，她也不会成为沈晨阳的女朋友，他激怒她了。

可生气归生气，躲着沈晨阳，好过面对他，总不能每次都打破他的鼻子，让人觉得她是女疯子吧。

第二天，小满起床洗漱后，像做贼一样探头探脑地出了宿舍，没发现沈晨阳的身影，才一溜烟跑去了食堂。

可她坐下没到两分钟，沈晨阳就出现了。他身后几个男生挤眉弄眼地朝小满看着，不用猜也知道，顾小满的行踪被人出卖了。

沈晨阳走过来，不客气地坐了下来，鼻子还包着纱布，样子有些滑稽。

“吃饭呢？”

这不是废话吗？小满瞪了他一眼，知道换地方也没用，索性低头喝粥不理他。

“你信不信，三个月，只要三个月，你就能成为我沈晨阳的女朋友。”沈晨阳伸出了三个手指头，向小满示威。

“自恋。”

顾小满将脸扭到了一边。

“整个临床医学，多少女生想成为我沈晨阳的女朋友，你知道吗？”

“不知道，也不想知道。”

小满将汤匙一甩，沈晨阳下意识地躲避一下，小心提防着。

“顾小满，你又没有男朋友，咱俩试试怎么了？说不定很适合呢！”

“谁告诉你我没有男朋友的？”小满扬起了下巴。

“说，谁呀？”

沈晨阳有些急了，追问小满的男朋友是谁。小满被问得急了，想都没想，直接朝那边的打饭的人群一指。

她发誓她真的只是随便指指，那边有两三排队伍，七八十人呢，可偏偏这个时候，左岸很配合地从人群中走了出来。

她的手指刚好指向了他。

当小满发现状况不对，想收手的时候，已经来不及了。沈晨阳缓缓站了起来，歪着脖子看着左岸，左岸也看到了他，他扫了几眼周围的餐桌，竟然径直走了过来。

糟糕了，小满晓得自己闯祸了，于是低下头，恨不得将自己的手指切了。

“你是左岸吧？”沈晨阳不可一世地质问着左岸。

左岸皱了一下眉，点点头，然后将饭盒重重地放在了桌子上，坐在了小满的身边，低头开始吃饭。他的漠视，让沈晨阳的脸都绿了。

“起来，这里只有我能坐。”

沈晨阳一只脚踩在了椅子上，活脱脱一个恶霸，小满最初对他的那点好印象被消磨得一点儿都不剩。

左岸抬眸看了沈晨阳一眼，对他的无礼要求没什么太大的反应，而是端着饭盒站了起来。

左岸的妥协，让小满稍稍有些失望。作为男人，他就这么怕沈晨阳吗？话真被展越说中了，书呆子就是书呆子，在关键的时候，派不上什么用场的。

在顾小满倍感失望的神情中，左岸拉住了小满的手臂。

“我们到那边吃。”

“到那边？哦，好啊。”

小满转失望为兴奋，立刻听话地端起了饭盒，跟着左岸去了另一张桌子。

坐下来后，顾小满的脸不自觉地红了，猜测左岸是不是进入食堂就看到她了，也看到了沈晨阳，才这样走过来帮她的。

左岸做事的方法和别人不同，能和平解决，就绝不会起冲突。

沈晨阳气得脸发青，做了几次深呼吸后，一甩手转身离开了食堂。

左岸在慢吞吞地剥鸡蛋皮，丝毫没有被沈晨阳影响了心情。吃完了，他擦了擦嘴，抬起目光看向了小满，若有所思地开了口："沈晨阳不适合你。"

"我没有和他……"

小满想好好解释一下，她和沈晨阳之间什么都没有，校园里疯传的都是沈晨阳胡编出来的。可左岸似乎没想听她的解释，提醒完了，站了起来，径直走开了。

这种无所谓的表情，彻底打击了顾小满。

为了避免再被沈晨阳纠缠，小满故意磨蹭不出门，快上课了，才抱着书包溜进了教室。没抢到好位置，只能坐在最后一排，放下书本，习惯地抬头寻找左岸，他还坐在左前面，只是身边多了一个孙安宁。

第一节课是医用高等数学，前十多分钟，小满没法集中精神。

顾小满托着下巴，感觉她的人生就是在奔跑，就算累得上气不接下气，也没办法追上，始终保持着不远不近的距离，他没甩掉她，也没曾等过她。

有时候小满觉得左岸是有点喜欢她的，有时候又觉得，他不过是碍于老同学的面子帮助她，没什么特别的。

下课后，刘丹凑到了小满的面前。

“小满，真的假的，左岸是你男朋友……”

“你说什么呢？”

小满装好书，准备离开，周丽娜也凑了上来。

“外面传疯了，说左岸为你和沈晨阳闹了起来，不会吧？”

“你们听谁说的？”

顾小满吓了一跳，立刻反问刘丹和周丽娜，随后从她们的嘴中听到了三个版本的狗血故事。

第一个版本，顾小满在食堂吃饭，沈晨阳和左岸争同一个女生，这个女生就是顾小满，后以沈晨阳暂时放弃告终。

第二个版本是沈晨阳追顾小满到了食堂，被左岸知道了，左岸随后怒气冲冲进入食堂，宣布所属，然后将顾小满拉走。

第三个版本更加狗血，顾小满脚踩两条船，导致学霸左岸和学长沈晨阳相斗。

冷汗瞬间流下来，顾小满抱着书包，灰溜溜地跑出了教室。

一连好几天，都似乎相安无事，沈晨阳没在小满面前再出现过。她长长地松了口气，觉得事情应该过去了，很快会被大家淡忘。

可是一天晚上，孙安宁突然回来了，她一瘸一拐地进了宿舍，径直走到了小满的床前，表情愤怒。

“顾小满，你什么意思？脸皮怎么那么厚呢？”

“孙安宁，你说谁脸皮厚？”

小满从床上跳了下来，瞪视着孙安宁，不明白她干吗跑回来冲她发火，已经一周多了，每天上专业课，她都坐在左岸的身边，小满连和左岸说话的机会都没有，怎么就脸皮厚了？若比较起来，她的脸皮更厚。

顾小满已经一忍再忍了，孙安宁还这么咄咄逼人，有些过分了吧。

孙安宁的肩头在微微颤抖，很是激动。

“沈晨阳天天纠缠左岸，你别装不知道，叫你男朋友离左岸远点。”

“他不是我男朋友！”

顾小满气恼地推了孙安宁一下，她哎哟了一声，摔倒在地上。周丽娜赶紧过来将她扶了起来，刘丹觉得气氛不对，躲避在床里不出来了。

难怪沈晨阳好几天没出现了，原来找左岸的别扭去了，这个混蛋富二代，他到底想怎么样？

顾小满咬着唇瓣，大步走到了电话前，拨打了沈晨阳的电话。

接电话的是沈晨阳的死党，一听是顾小满找沈晨阳，立刻怪叫了起来：

“沈晨阳，你的野蛮妞儿找你！”

野蛮妞儿，是沈晨阳宿舍里的那帮哥们儿给顾小满起的绰号，甚至附近两个宿舍的男生也这么叫，电话里传来了一阵吵嚷声，接着沈晨阳接电话了。

“小满，你找我。”

“沈晨阳，学校操场西面的篮球场见！”

“好，我马上就去。”

沈晨阳好像很兴奋，立刻挂断了电话。

小满也将电话挂上了，抿着嘴巴，用力地摇晃着手腕。刘丹缩了一下脖子，小心地伸出手碰了她一下。

“小满，你干吗去？”

“揍他！”

顾小满不想在大学校园里使狠，可沈晨阳惹火了她。现在天差不多黑了，篮球场没人，她这次不收拾得沈晨阳服服帖帖，她就不是顾小满。

篮球场上，沈晨阳早早来了。他穿了一套名牌西装，头发梳得十分整齐，双手插兜，倾斜地倚在篮球架上，嘴里还叼着一支玫瑰花。顾小满本憋着一肚子的火，可见到他这副模样，忍不住扑哧一声笑了出来，真佩服他别出心裁的创意。

“顾小满，你看我怎么样？”沈晨阳将玫瑰花从嘴里拿了出来，在小满的眼前转了一圈，说是今年新款，好几千大元。

顾小满直接泄气了。

“沈晨阳，我服你了。”

“打算做我女朋友了？”

“做什么女朋友，你有那精力，现在一打女朋友都找到了。我告诉你，不管你怎么努力，我们之间都没有可能。”

顾小满直接摊牌，说她有喜欢的男生，只要天不塌，地不陷，他还单身，她就不会改变。

这话让沈晨阳很是震惊，他将玫瑰花一扔，质问小满，那个男生是不是左岸。

顾小满犹豫了片刻，否认了，说不是左岸，让沈晨阳别再纠缠人家了，这让她觉得很没面子。那天在食堂，她只是无心指指的，一切都是巧合。

刚开始沈晨阳还半信半疑，最终还是相信了。在他的眼里，左岸是个书呆子，话也少，怎么可能讨女孩子欢心，和他这个风流倜傥的富二代更是不能比。当他询问小满那个男生是谁时，小满撒谎他不在这个大学。

篮球场没发生什么战争，可男生宿舍的水房却十分热闹。沈晨阳的哥们儿老凯高调宣布沈晨阳终于追到了他的野蛮妞儿，晚上约会去了。

“就是那个顾小满吗？沈晨阳还真重口味啊。”

“你懂什么，那是爱情。”

老凯打了一下那哥们儿的脑袋，说他黄毛未褪，别随便讨论别人的伟大爱情。

“那是你这种智商所不能领悟的。”

“沈晨阳真的假的？才来大学两年，女朋友一大堆了吧，这个野蛮妞儿早晚也是过去式。”

…………

水房里传来一阵不和谐的叮当声，左岸将盆子放在了水龙头下，哗哗地放水，水几乎接满了，又倒出去一些，才转身端着盆子出去了。

水房里还是那么热闹，富二代沈晨阳的事总是能掀起一阵子的热门话题。

沈晨阳回来后，老凯追问细节，沈晨阳哪里肯说还没追到手，立刻吹牛，小猴子怎么可能跑出他的五指山。

“女孩子嘛，得有点矜持，不然就没意思了。”

“对，对，矜持。”

宿管响铃，灭灯，男生宿舍还没消停下来，闹了大半夜。

第二天太阳仍旧爬出地平线，跃然升起，顾小满的绯闻犹如中午的日头，炙热火辣。她成为TX大学的名人，根本不需要炒作，几乎一个月，她都是男生宿舍的热门话题。

可不管顾小满有多少热门话题，她的目标只有一个，成为左岸身边的那个女孩儿。

沈晨阳虽然不再找左岸的麻烦了，可左岸也没来找过小满，就算在食堂相遇，他也和几个男生坐在一起吃饭，偶尔在教室里碰面，也变成擦肩而过。

不知为何，顾小满总觉得左岸在回避她。

展越还是那么大大咧咧的，每次见到小满在食堂吃饭，都会坐过来。对于沈晨阳的事情，他也不细问，用他的话说，沈晨阳不是顾小满的菜，不管那家伙怎么努力，都进不了顾小满的餐盒。

“小满，我怎么听说……左岸和你们系一个女生挺好的啊，每天上课都坐在一起，就是白白净净、个子不高的那个。”

“她叫孙安宁。”小满直接说出了孙安宁的名字。

“那你还不死心？”

“我干吗要死心？她跟他只不过是他们的父母关系好，又不是他们两个好。我和你还很好呢，时常一起走，能说明什么问题？没到最后，什么都不算数。”

顾小满承认她属于那种一条道跑到黑的执着狂，没到死胡同，绝不回头。孙安宁不过是她奔向目标的一个小小绊脚石，她能做的，就是把她一脚踢开。

乐观、坚持，是顾小满一直秉承的，偶尔失落只是人生的小插曲而已。

“你还真想得开啊。”

展越好像认识了一个全新的顾小满，这种固执的自欺欺人，散发着某种说不出的魅力，让他刮目相看。

“你知不知道，因为你这句话，整个TX大学的女生都黯然失色了。”

“行了，别拍我马屁了，又没前途，吃饭。”

顾小满继续低头吃饭，吃了一会儿，觉得左眼角的余光处突然一亮，好像左岸出现了。第六条敏感神经告诉她，他来了。

左岸果然来了，可惜他没走过来，而是端着饭盒坐在了不远处的桌子边，打开饭盒低头吃饭。不知道是不是饿了，他吃得很快，一会儿工夫吃完了，站起来，转身刷饭盒去了。

“我吃饱了。”

小满飞快地吃了两口，饭菜还含在嘴里便起身端着饭盒跑了过去，等她跑到洗碗处，左岸已经离开了。

顾小满气恼地打开了水龙头，也许是开得太大，水太急，落在饭盒上竟然飞溅了出去，旁边的男生大叫了一声，湿了个透。

当他看到干坏事的是顾小满时，原本愤怒的神情顷刻间缓和了，抹了一把脸上的水，冲着她笑了。

这就是顾小满，才到TX医科大学不到两个月，已经全校有名，就算闯祸，也值得原谅。

匆匆赶到教室时，小满又坐在了最后一排，刘丹也来晚了，老实地坐在了小满的身边，教授在上面讲课，她在下面低声讲男生宿舍的趣闻，说到开心的时候，还捂着嘴巴闷笑一阵子，小满提醒了她几次，她还是没法将兴奋点降低，直到教授的目光看了过来。

教授点了刘丹的名字，刘丹憋着笑，站了起来。

“人体血液的新陈代谢周期是多少？”教授问刘丹，刘丹一愣，不加思索地回答。

“28天。”

顷刻间，一阵哄堂大笑，连顾小满的脸都红了，28天是女生来大姨妈的时间，刘丹的回答还真够丢人的。

“旁边的女生，你来回答一下。”教授点了小满的名字。

顾小满刚才被刘丹缠着听小道新闻，也没听教授的课，她站起来低着头，正偷偷翻书想找到答案时，不知谁作怪地喊了一声：“大约一个月吧。”

教授很生气，用力地拍着桌子，让顾小满坐下。

顾小满坐下后，孙安宁扭头过来，用讥讽嘲笑的眼神看着她，让她大大地折损了面子。刘丹一副不服气的样子，伸手悄悄地推了小满一下，低声问："不是28天吗？"小满彻底无语。

孙安宁用什么眼神看顾小满，顾小满根本不在乎，她在乎的是左岸。

此刻，左岸正低着头，眼眸弯曲，嘴角上挑，他在笑吗？

左岸确实在笑，顾小满懊恼地耷拉下了脑袋。

也许事情真的很好笑，让左岸这样一向不爱笑的人也笑了。刘丹不经大脑的回答，将成为TX大学临床医学专业的经典问答了。

刘丹还不以为然，翻了好一会儿书本，才查到了答案。她用力地拍了一下脑袋，说她一直以为是28天呢。

顾小满顿觉天雷轰轰，真不希望大家觉得408宿舍的女生智商都停留在刘丹这个层次上。

教授又讲解了心脏的结构，让大家准备一下，下午有一节解剖课，让大家亲手解剖一颗心脏，真实地看看心脏的构造。

一听说有解剖课，很多女生都紧张了。下课后，她们三三两两走在前面，低声议论着：

"我最怕解剖课了。"

"我也是，不知道怎么办呢。"

"学姐说，很多女生都因为解剖课，选择退学了，我不知道能坚持多久。"

"我也是，忐忑不安，担心中……"

她们一脸的愁眉不展，担心下午的解剖课怎么度过。会不会将吃的午餐都吐出来啊？听学长说初次上解剖课，很多人好几顿饭都吃不下，后来上久了，旁边放着一具尸体，也能吃得很香。

小满走在她们的后面，听得毛骨悚然，想着第一次在医院晕倒的情景，心里就发慌。她不知道进入解剖室内会发生什么，但她发誓，一定不看那些冒血的东西，只要不看，就不会晕倒。

解剖课，是顾小满的硬伤。

吃了午饭后，小满劝自己镇定，再镇定，至少不能在左岸的面前出洋相。可偏偏那么不凑巧，她和左岸分在了一组，共同“享用”一颗新鲜的牛心。

一进入解剖室，福尔马林和来苏水味儿冲鼻而来，顾小满浑身的细胞都绷了起来，她故意慢吞吞地走在左岸的身后，就差一把揪住他的衣服瑟瑟发抖了。

解剖室里，每张桌子上都有一颗牛心，听说是新宰杀的牛，血还没凝固呢。

顾小满没敢多看，目光尽量回避，直到左岸拿起了手术刀，沾染了牛心的一滴血……

她连口气都没来得及喘，便觉得胸口窒闷，眼前影像模糊，伸了一下手，什么都没抓到，随后“扑通”一声倒在了左岸的脚下。

“她怎么了？”前排的一个女生见有人倒下，吓得脸色苍白，声音都变了。

左岸也很吃惊，立刻扔下手术刀，蹲下去，一条手臂托住小满的头，另一只手用力掐着她的人中。

解剖课没上成，顾小满进了医务室，医生很确定这位同学患有严重的“血液恐惧症”，不可能成为一名医生，给她的建议是退学。

顾小满落寞地离开了医务室，一路低着头，盯着自己的脚尖。她好不容易考进了这所大学，怎么可能轻易离开，一定有办法的，血液恐惧症来自她的心理，而不是生理，应该可以克服的。

“到底怎么回事儿？”一个声音突然响起，顾小满慌忙抬头，发现左岸已经近在眼前了。

“什么怎么回事儿？”顾小满停住了步子，回避他的审视。心里明明知道他问的是什么，却不想直面回答。

“你有血液恐惧症，为什么要报考医科大学？顾小满，你的理想是服装设计，唐娜·卡伦不是你的理想吗？凭你的成绩，你可以很成功，成为一个优秀的设计师，可你现在在做什么？”

左岸的眼睛深邃，闪着幽暗的光芒，眸中含着一丝难以言表的不安，他在担心什么？

“我喜欢，可以吗？”顾小满低低地回应了一句。整个三年二班的同学都知道，顾小满很任性，很固执，所以做出什么荒唐的决定，也不稀奇。

左岸紧绷着一张脸，好像钉子一样钉在小满的面前，气氛沉闷。

顾小满很想告诉左岸，事实如他猜想的那样，她是为了他才报考了这所医科大学。为了他，做了一个任性的决定。

可面对他，却没法说出来。与其让左岸背负一个包袱，为了这个原因接纳她，还不如她一个人承受。

在小满的心里，有一杆天平，不管她和左岸各居在哪一边，都应该是同等的分量。

左岸皱着眉头，站在那里，良久才开了口，语气缓和了许多。

“我帮你克服血液恐惧症。”

“你帮我？”

“对，我打过电话了，你是心理问题。”

“等等，你打电话问了谁？”

“我爸爸，他查了一下，你五岁的时候，和奶奶一起出了车祸，当时奶奶流了很多血，过世之后，你患了血液恐惧症。”

“你……”

顾小满很诧异，左岸竟然查出了当年发生的一场车祸。小满那时只有五岁，和奶奶一起坐公交车去妈妈的葡萄园，下车的时候一辆私家车突然冲过来，奶奶为了救她，被卷入了车轮。在小满的记忆里，到处都是血，猩红刺眼，奶奶在送医院的途中去世。

如今记忆已经模糊，但血成了顾小满最害怕看到的东西。她害怕去医院，甚至害怕看到手术刀。

可她最终还是选择了医学，顾小满的眼睛微红，低下了头。

“学会放松，不在意，转移注意力，你才能克服对血液的恐惧。”左岸安慰小满，第一次感觉他的声音那么温和。

顾小满摇摇头。

“我一直在尝试，也一直在失败。”

“每一次？”左岸对此表示怀疑，应该有一次是例外的，而且就在最近，她忽略了。

顾小满不明白左岸在说什么。左岸提醒她，她最近是不是打破了谁的鼻子。

“沈晨阳！”

顾小满顿悟一样惊呼出来。上次在食堂，她一时情急出手，打破了沈晨阳的鼻子，当时那家伙出血了，她并没有晕倒。

竟然还有例外？顾小满欣喜若狂，她竟然也有见血不晕的时候。

“你当时的注意力不在他的身上，他也只是流了一点儿血。”左岸替顾小满分析，她不是不可救药的。

“对啊，我当时……”

顾小满话说了一半，脸红了。她当时的注意力在左岸的身上，根本没关注沈晨阳的鼻子，这就是她没晕倒的原因。

左岸似乎不想深究顾小满当时注意力的问题，他让顾小满回宿舍之后，先集中精力想象那颗带血的牛心，想象牛心在流血，想象牛心被切开，一直想，想到她觉得并不可怕为止。明天的解剖课，他会和她一个组。

顾小满点点头，正想问明天随机分组，他们怎么才能分到一组时，展越气喘吁吁地跑了过来。左岸抬眸看了一眼，说他还有事，然后转身离开了。

展越跑过来，猛喘了几口气问道：

“王小雨说……你晕倒了，怎么回事儿？”

“只是晕血，现在没事儿了。”

“血？你竟然晕血，我以为女生每个月……”

展越还不等说完，顾小满就狠狠地给了他一拳头，又踹了他一脚。都这种时候了，他还开玩笑。

展越吃痛，嘿嘿一笑，让顾小满找学校领导谈谈，干脆转到他的专业算了。中药学虽然不是最好的，至少不用每天面对那么血糊糊的场面。

“天天看到你，我也晕。”顾小满数落展越，七八年的邻居了，他打算这样嬉皮到什么时候。

展越自顾自地嘟囔了一句，他至于这么招人烦吗？不过开玩笑归开玩笑，展越还是很关心，小满不愿转系，接下来的解剖课怎么办。

“左岸说了，帮我克服，我想试试。”小满回答。

“左岸？他？”

展越哼了一声，竟然又是左岸，他一副不服气的表情。事实上，每次和左岸较量，展越都没占什么上风，心里火着呢。

从高中到现在，一直以来都是展越找左岸的麻烦，可不知为何，顾小满总觉得左岸在和展越暗暗较劲儿，其中的原因是什么，她不得而知。

和展越在操场分开后，顾小满回到宿舍，躺在床上，按照左岸说的，她极力地想象那颗牛心。

血，她仍旧觉得呼吸困难，却没有看到实物那么惊恐了。

孙安宁回来了，她的腿好了很多。可能是因为小满上次帮助过她，这次回来，她没对小满落井下石，而是询问她感觉怎么样了。

“我好多了。”小满回答。

“你竟然有血液恐惧症，那是很难克服的，有人一辈子都这样。我回去和爸爸说了，我爸爸建议你重新考虑一下，现在马上离开大学，回到你们高中，还有机会重新来过，医科大学不适合你。”

孙安宁说得很中肯，可听在顾小满的耳朵，却十分刺耳。孙安宁一直都巴不得顾小满倒霉，怎么突然变得这么关心她了？

很明显，孙安宁的目的不纯。

顾小满淡淡一笑，不痛不痒地回应了一句。

“我能报考这个学校，就有心理准备。对血液的恐惧，也不是第一天了，孙院长的建议没错，也很好，可学校的规章制度上没有一条规定，学生在解剖室晕倒，必须退学的。”

“我也是为你好，你该明白自己在做什么，就算你混到毕业，也不会是一名合格的医生。”

“孙安宁，我把这话放在这里，我顾小满毕业之后，一定会成为一名合格的医生。”

顾小满站了起来，她无法测量今天说的话，在未来会不会实现，可她想做的事儿，就一定会坚持不懈，一定要成功。

孙安宁抿着嘴唇，深吸了一口气，冷冷地扔了一句：

“那我就看着，你是怎么从地上爬起来，成为一名合格医生的。”

气氛实在不友好，孙安宁斜着眼睛看着顾小满，顾小满也没回避她。刘丹试图缓和气氛，掏出一袋子瓜子放在了桌子上，让孙安宁和小满吃瓜子，这是她姥姥家的特产，油瓜子，贼香。

“我不吃。”

孙安宁极高傲地抬起了下巴，告诉周丽娜和刘丹，学校的学生会正在招新，如果她们有兴趣，可以跟她说，她可以帮忙介绍她们两个进学生会。

谁都知道TX医科大学的学生会办得有声有色，竞争也十分激烈，能进入学生会的新生都是凤毛麟角，孙安宁能这么说，明显是依仗他父亲的权利，拉拢周丽娜和刘丹，孤立顾小满。

果然，刘丹睁大了眼睛，周丽娜也十分兴奋。

“想啊，可怎么进啊？”

“提交你们的特长清单给我，周三下午面试，我会帮你们的。”说完，孙安宁傲慢地转向了顾小满，说若顾小满想进，她也可以帮忙。

“谢谢，我没什么兴趣。”

顾小满就因为这句话，到毕业，也没有进入TX医科大学的学生会。实际上，以她的能力，在学生会里担任一个重要职务不成问题，但她不喜欢孙安宁的傲气，孙安宁在的地方，是顾小满的雷区。

生牛心几乎被想成了烤牛心，顾小满才迷迷糊糊地睡了过去。

第二天的解剖课，教授读了分组名单，左岸没能如愿和小满在一起，倒是孙安宁和顾小满分在了一组，这不得不让小满怀疑孙安宁无时不刻在利用她爸爸的关系以权谋私。

进入了解剖室，孙安宁作为组长，要求顾小满第一个解剖牛心，展示右心室的构造。

顾小满原本就绷着的心，更加紧张，她一步步走向了解剖台上的手术刀，无法遏制呼吸的急促，就在她的手指快要触碰手术刀的一刻，手术刀竟然被人拿走了。

“我第一个来。”

有人拿走了手术刀，顾小满憋闷的胸口再次顺畅了起来，视线也由模糊变得清晰，她看到左岸晴朗高大的身影挡住了她。

那一瞬间，顾小满畏惧的心变得勇敢起来。

孙安宁咬着唇瓣，问左岸怎么跑到这组来了，左岸清冷地看着她。

“我和王承义换了一下。”

“王承义……”

孙安宁抿着嘴巴，不吭声了。

右心室展示出来时，已经没有多少血迹了。

顾小满立在左岸的身边，看得真切，这次她没有晕倒。

轮到孙安宁的时候，她拿起了手术刀，不知道是不是故意让顾小满难堪，几刀下去，血从牛心的血管里溢了出来，沾染在她的手上，一滴滴流了下来。

顾小满虽然在极力坚持，却还是觉得呼吸困难，眼前一黑倒在了地上。

这次晕倒引起了院校的注意，辅导员梁一舟亲自找到顾小满。谈话的主要内容是，校方经过一番深入的讨论和研究，得出中肯的结论，为了顾小满的前程，建议她退学，或者转系。TX医科大学注重每个学生的成长，希望走出校门的大学生都能成为国家的栋梁之材。

显然，顾小满以目前的状态发展下去，不可能成为一个好的医生。

“评价好医生的标准是什么？是敬业、坚定，还是她在大学时曾有过晕血的经历？”

“你为什么要这么坚持？如果你不能克服血液恐惧症，别说当一个好医生，你连毕业都很难。”梁一舟诚恳规劝小满。

“给我一个月的时间，就一个月。”

顾小满伸出了一个手指头。

“顾小满，你的个性我很欣赏，但这样坚持，根本是浪费时间，不过……我尊重你的决定，一个月之后，我们再谈。”

梁一舟叹了口气，只能结束今天的谈话，他希望顾小满利用这一个月的时间好好思考，不要对自己的前途不负责任。

离开了梁一舟的办公室，顾小满走在校园的林荫路上，沈晨阳迎面开车过来，按了几下喇叭，她都没搭理他。

“嘿，顾小满，二十六号，我生日，来不来？”沈晨阳掉转了车头，缓慢地跟在了小满的身边。

顾小满停住步子，皱眉看着他。

“我好像听周丽娜说，你不是才过完生日吗？”

“上次阳历，这次阴历。”沈晨阳打了一个响指，他已经请了408所有女生，顾小满也在列。

“如果你能对外澄清，我不是你女朋友，我就去。”

顾小满不满意沈晨阳传扬他们之间根本不存在的关系，自从上次操场一见之后，有不少学姐来问她是不是真和沈晨阳在一起了，这些学姐多半是沈晨阳的过去式。

沈晨阳踩了刹车，皱着眉头。

“我真想不通，我哪里那么差，让你看不顺眼。好，好，我澄清，二十六号，你来。”

“先澄清了再说。”

小满扬起了下巴，从车边绕过，向女生宿舍走去。

沈晨阳手搭在方向盘上，一脸无奈地看着小满的背影，他确实想不通，在这种拜金的年代，还有这么视金钱如粪土的女孩儿。

食堂的晚餐有炒牛心，顾小满站在窗口犹豫了好一会儿，才让食堂师傅打了一份炒牛心，然后坐下来大吃特吃。有人说，你越怕什么，就越要接触它，例如吃掉它。

刘丹打了饭坐在了小满身边，才吃了几口，小满就若有所思地夹起了一块牛心问刘丹：

“你说，这颗牛心是不是解剖室里的那颗？”

“顾小满……”

刘丹捂住了嘴巴，一阵作呕，然后端着饭盒远离了顾小满。

小满故作漫不经心，将牛心放在了嘴里，咀嚼了两下，竟然也觉得有点恶心。她的想象力不是一般的丰富，猜测刚才吃下的可能是左心室。

刘丹跑到周丽娜的身边坐了下来，抱怨了一句：

“顾小满不是疯了吧？刚才……炒牛心，说是解剖室里的。”

“我也觉得。昨天晚上，我起夜，听到她说梦话，一直嘟囔牛心，牛心的，吓死人了。听说有血液恐惧症的人，若是不能克服，长期面对流血，精神会出问题的。”

周丽娜许是说话的声音大了，顾小满看了过去，她立刻低下头不吭声了。

顾小满觉得自己确实疯了，一个月的时间对于她来说太短了，一连吃了两片牛心，仍不能让她觉得有什么改观，咬牙切齿之后，她决定做一件大事。

黄昏，顾小满捧着日记，躺在床上发呆，刘丹走进来，看了顾小满一眼。

“小满，沈晨阳二十六号过生日，你去不去？去吧……你若不去，大家都去不了，谁都知道，沈晨阳想请的是你。”

刘丹说了一句，停顿了片刻，顾小满却没什么反应。她又补充了一句：

“你不想要，干吗不做个顺水人情，给大家创造一个机会？”

顾小满还是没有回应，刘丹忍不住凑上去，悄悄将头探到了小满的枕头边，眼睛瞄向了她的日记，一个字，一个字地念了出来：

“今天，在高中门口，我遇见一个男生……”

顾小满一个激灵坐起来，赶紧将日记本合上，瞪视着刘丹，问她为什么偷看她的日记。

“什么都没看到，你这么紧张干吗？不会是……”刘丹眨巴了一下眼睛，欲言又止。

“胡说什么。”

顾小满尴尬地把日记收了起来，刘丹又提了沈晨阳的事情，小满说她考虑一下，若是沈晨阳能改变目标，她倒是清静了。

“你说沈晨阳喜欢我什么啊？从小到大，没一个男生说我像女孩子的，我都没收到过情书。”小满嘟囔了一句。

“得不到的，就是最好的。”刘丹回答。

“原来是这样，好，我去。”

顾小满撇了一下嘴巴，得不到的，就是最好的，沈晨阳还真是犯贱啊，软的不行，硬的也不行，她就学刘丹他们，对他的敬仰之情如滔滔江水，说不定他就烦了。

刘丹听说小满决定去了，有些兴奋，自言自语着要穿什么衣服去，一副孔雀开屏、要钓金龟婿的表情。

顾小满将日记锁好，想着今天晚上的那件大事。

天黑之后，顾小满撒谎要去见一个高中同学，然后拿着手电离开了宿舍，匆匆去了临床医学的解剖室实验室。实验室在二楼，顾小满轻松地顺着管子爬了上去，从窗户跳了进去。

实验室内很幽暗，只有一点儿月光从窗外照射进来，几副骨头架子悬挂在那里，黑森森的两个窟窿瞪着她。

顾小满虽然不信鬼神这种东西，可这样的环境下，还是吸了一口冷气。

“打扰两位休息，抱歉，抱歉。”

小满嘟囔了几句，绕过了骨头架子，用手电小心地照射着周围。后排玻璃柜里摆放着一排人头骨，好像检阅一样看着她。

第六章

为了爱情克服所有

顾小满鼓起勇气，拿出镊子，查看残留血迹的血管。左岸说得对，一点点尝试接触，分散对血的关注，恐惧的心理自然会慢慢消失。

小满脊背发冷，一步步走向了三个冰柜，两个冰柜内放的是待解剖的尸体，另外一个里面放着一些剩余的牛心。

顾小满打开了冰柜，一股子冷气直喷出来，她禁不住打了一个冷战。

在电筒的照射下，牛心在黑暗中包围着一点点的鲜红，顾小满闭了一下眼睛，稳定了一下心神。

虽然还心有余悸，却没之前那么强烈了。

“我只想……只想知道心脏的结构，只这一个目的……”

顾小满鼓起勇气，拿出镊子，查看残留血迹的血管。左岸说得对，一点点尝试接触，分散对血的关注，恐惧的心理自然会慢慢消失。

就在小满看得专注时，走廊里传来了说话声。

“听见什么声音了吗？”

“好像……声音从解剖室里传出来的，还有光亮。”

“不会吧，今天新运进来两具尸体……”

顾小满立刻关掉了手电，合上冰柜，蹲在了角落里。果然，教学楼传达室的两个保安上来了。

“你去看看……”

“你怎么不去？”

两个保安在门口执拗了一会儿，其中一个推开门，打开了灯，匆匆看了一眼，又关上了。

“没，什么都没有。”

“一定是听错了，走吧，这么晚了。”

“不会闹鬼吧？”

一个鬼字出来，两个保安互相对望了一眼，心照不宣地下楼去了。

顾小满没被什么尸体吓到，倒叫两个保安吓了个半死。她站起来，等了一会儿，才又打开了手电，继续解剖那些心脏，直到心里的畏惧越来越少，能够看清心脏结构之后，才从窗户爬了出去。

顾小满以为她在接下来的解剖课上一定会表现突出，至少不会晕倒，可她没有想到，三天后的实验课竟然是解剖小白鼠。

当看到小白鼠被开膛破肚时，顾小满坚持了一会儿，倒了下去。

不过她这次昏迷的时间不长，维持了两分钟又睁开了眼睛。左岸蹲在她的身边，还有孙安宁，实验室助教皱着眉头，见她醒来了，才松了口气。

“我没事儿，真的没事儿。”

顾小满站了起来，身体摇晃了两下，左岸让她回去休息，别勉强自己，顾小满摇摇头。

“我可以的。”

“逞强。”

孙安宁白了顾小满一眼，转身继续做实验去了。

左岸捡起地上的小白鼠，拎着尾巴离开了。

实验室的一角，小满坐在椅子上，垂着头，空气中还弥漫着小白鼠被切开腹腔的味道，她不得不戴上了口罩，费力地喘息着，一张脸比纸还要白。

为了避免这种突发的事件，小满将一学期的解剖课和实验课都看了一遍：第二天会有人体骨骼讲解，第三天就是人体骨骼的解剖课。她怕自己再出状况，天一黑，又去了解剖室。

第三天上解剖课的时候，刘丹站在解剖室的门口，战战兢兢地不敢进去，孙安宁问她怎么了，刘丹抿了一下嘴巴，哭丧着一张脸。

“他们说，解剖室里闹鬼……”

“闹鬼？是不是学长吓唬人的。”

孙安宁问刘丹从哪里听来的，以前有学长说解剖室里闹鬼，说得神乎其神的，后来才知道都是吓唬女生的，大家刚开始还觉得害怕，时间久了，都当笑话了。

“保安说的，已经好几天了，解剖室里有声音，还有光……”

闹鬼的消息越传越甚，很多女生私底下议论纷纷，去解剖室也战战兢兢，学校责令彻查，让保安一连几天坚守解剖室。

顾小满不敢再去解剖室了，睡了几个晚上的好觉。闹鬼的传闻在接下来的几天里，衍生了不同的版本，什么诈尸，怨恨不散，等等，听得小满都毛骨悚然。

仅几个晚上的锻炼，不能让顾小满克服心理负担，上实验课的时候，偶尔还会晕倒，只是维持的时间越来越短了。每次实验课的老师都是叹息一声，没刚开始那么夸张了，甚至小满晕倒时，只是将她扶到一边，课照样讲解。

距离梁一舟给的期限，只剩下不到十天了，顾小满很苦恼。

26日下午，408和409宿舍的女生都在挑选衣服，要去参加沈晨阳的生日会。像沈晨阳这样的多金富二代，吸引了不少女生的目光，顾小满是唯一一个不够热情的，托着下巴坐在窗口，想着明天的试验和解剖课怎么办。

“小满，走啊。”周丽娜激动地催促顾小满赶紧出门。

“你们先走吧，我随后就到。”小满一点儿兴致都提不起来，周丽娜等不及了，告诉小满出门坐17路，四站地下车，街对面就是酒店，让她一定准时出现，不然没法和沈晨阳交代，然后拖着刘丹跑了。

“内奸。”

顾小满嘟囔了一句，单凭沈晨阳这三个字，就可以在她身边安插无数内奸，周丽娜就是其中之一。又磨蹭了一会儿，太阳渐渐西斜，天边出现了彩霞，顾小满没精打采地出了宿舍。

17路公交车距离学校后门大约有两百米的距离，需徒步走过去。顾小满走出后门，一直耷拉着脑袋，步伐缓慢，眼看走到17路车站的时候，突然听见一声沉闷的撞击声，随后她觉得脸上一热，血腥味儿冲鼻而来，还不等顾小满搞清楚是怎么回事儿，有人大喊了一声：“撞人了！”

她惊魂未定，摸了一下脸，竟然是血。低下头，一个十三四的小男孩儿倒在她的脚下，血从孩子的大腿处流了出来。

血，顾小满吓呆了，恶心、眩晕、胸闷，一切晕血症状出现了，可她没有晕倒，而是战栗地蹲下来，看着地上的男孩儿，他在抽搐，他要急救。

“顾小满，止血！”

有人喊了一声，顾小满恍然回头看去，左岸大步飞奔了过来，用力压住男孩儿大腿腹股沟，然后抬头看向了小满。

“按住这里，他身上多处出血，我们不能眼睁睁看着他死去！”

左岸抓住了小满的手，毫不犹豫地按压在了男孩儿的腹股沟处，让她一定要坚持住。

血从小满的指缝间流了出去，就好像当年奶奶躺在血泊之中一样，虽然记忆已经模糊，可刺眼的血红一直留在她的脑海里。

“你干什么呢？用力，使出吃奶的劲儿！”

正在对孩子施救的左岸冲小满吼了一声，小满立刻回神，两只手交叠用力按压下去，血终于止住了。

有人打了120，可现在正是下班高峰期，最近的救护车也要十分钟才能赶到，一些私家车害怕惹上是非，都绕路走了，连肇事的司机也逃得不见了影子。

只有左岸在坚持，他满头大汗，目光一刻都没有离开过孩子的身体。

看到他如此凝重的表情，顾小满心头眩晕憋闷的感觉渐渐消失了，心里只有一个念头，这个孩子不能死。

救护车赶来后，左岸和顾小满跟随孩子一起上了车，孩子因为救治及时，保住了性命。

事后，小满才觉得这是一次十分冒险的行为。肇事司机逃逸，目击者都离开了，路口没有监控，若孩子不幸死了，左岸会惹上大麻烦，可当时的状况，左岸的心思纯净，以一个医者的冷静心态置身其中，这不是什么人都可以做到的，这就是顾小满崇拜左岸的原因。

听说孩子有救了，顾小满长长地松了口气，开心地看向了左岸。

“你成功了。”

“是你成功了，你看看你的手。”左岸轻声提醒着小满。

顾小满这才注意，她的双手几乎是血红色的，衣服上也都是血点儿。

“我的手……”

顾小满看了一眼自己的手，又看了一眼左岸，尝试呼吸了两下，胸口一点儿窒闷的感觉都没有。难以置信，她竟然克服了。

“我成功了，我真的成功了吗？”

顾小满跳了起来，用力地抓住了左岸的手臂，当觉得这个动作有些过分时，立刻尴尬地放开了。

“我实在太高兴了。”

“去洗洗，你的样子看起来有点……吓人。”

“哦，是得洗洗。”

小满抿着嘴巴低下头，向卫生间走去。照了一下镜子，她才发现自己是够狼狈的，连头发都乱糟糟的，好像遭遇了抢劫一样。

将手洗干净，擦了擦衣服，顾小满又回到手术室的门口，左岸也清洗干净了，又恢复了清清淡淡的模样。

左岸嘴角微挑，笑得十分自然。

“以后解剖室不用闹鬼了。”

左岸的话，让顾小满瞪大了眼睛，他竟然知道吗？

“你那么黑爬进解剖室，不怕吗？”他似乎很好奇。

“怎么不害怕，你不知道那些尸体、骷髅都是怎么看我的？鄙视，嘲笑……”

话说到一半，顾小满抓了一下头发，有些不好意思了。每次她偷偷夜入解剖室，都会胡思乱想，将尸体和骷髅当作活人，和它们说话，这样才能不害怕，偶尔想到它们的鄙视和嘲笑，还能给她一点儿动力。

左岸瞥着小满，若有所思地笑着。

孩子送监护室后，他的父母赶来了，听说是两个大学生救了他们的孩子，激动地跪在地上，除了哭泣，一句话都说不出来。

左岸将孩子的父母拉了起来，告诉了他们一个车牌号码，虽然只是一瞬间的，他很确定没有错。

“路口没有监控，赶紧报警，也许还能找到证据。”

“谢谢，谢谢。”

孩子的父亲报警了，将肇事车辆的车牌号告诉了警察，没出二十分钟，肇事车辆就被找到了，车头没来得及清洗，残留着血迹，司机不敢抵赖，只能承认。

左岸协同警察做了笔录，警察十分佩服左岸，肇事司机撞了人，一脚油门就跑了，他是后跑来的，竟然能在那么远的距离和短时间内记住车牌号。

“他的记忆超好。”顾小满骄傲地说明着，好像警察表扬的是自己一样。

“你女朋友很勇敢啊。”警察赞许小满，小满红了脸，刚要解释她和左岸不是那种关系，可左岸却站了起来，说时间不早了，他们得回去了，不然宿舍关门了。

其实不解释也无所谓，今后和警察见面的机会也不会多。

出了警察局，左岸问顾小满为什么天黑不在宿舍里待着，却要跑到17路车站去，一提及出门的目的，顾小满立刻惊呼出来，她好像忘记了一件大事，沈晨阳的生日……

时间已经差不多九点了，现在就算去，也散场了。

“你有事？”左岸皱起了眉头。

“没，没有。”

顾小满摇摇头，撒了谎。

从警察局到TX医科大学至少有七八里路，左岸几次拦出租车都没拦到，只能搭乘29路公交车，入夜的公交车上没几个人，大片的空座。

小满有些举棋不定，坐得离左岸太远，怕要暴露心里的秘密；坐得近，却又紧张得不行。公交司机很着急赶路，还不等小满想好，他就发动了车子，很倒霉的一个前扑，小满差点扑进左岸的怀中，他抓住了她的手臂，让她快点坐下，没的选，小满坐在了左岸的身边。

一时间，不知道该说什么，气氛有点沉闷。

顾小满以为左岸会打破这个僵局，没想到他也一句话不说，憋了好一会儿，小满才开了口。

“好像快十点半了，宿舍要关门了。”

“去我小姨家吧。”

左岸回应了一句。

“啊？”

一听说要去左岸的小姨家，小满立刻摇手。

“也许来得及。”

“现在十点二十分，如果车开得快，到了宿舍应该是十一点零五分，也来不及了。”左岸看着手表，话音才落，公交车就停住了，遇到了红灯。

在了第三站，左岸和顾小满下车了，换乘了504路，去了左岸的小姨家。

左岸的小姨很热情，大半夜的，给小满和左岸做面条，还一个劲儿问小满是哪里人，父母做什么的，有什么爱好，好像调查户口一样，一双眼睛将顾小满前前后后都看了一个遍。

左岸吃了两口面条，问他小姨是不是改行查户口了，小姨这才有些不好意思了。

顾小满睡在阁楼里，和左岸的小表妹一个房间，突然换了环境，有点睡不着，翻来覆去到了半夜才沉沉地睡了过去。

让顾小满感到难为情的是，竟然没人来叫她，她一口气睡到了中午，睁开眼睛的时候，小表妹蹲在她的身边，瞪着一双水灵灵的大眼睛说：

“你好能睡啊。”

“我的天。”

小满跳了起来，小表妹将一套衣服拿了过来，说是她妈妈的，小满的衣服让她妈妈给洗了。

小满有些无地自容了，想着左岸知道她这么懒，一定背后偷偷笑死她了。

穿了小姨的衣服，小满匆匆跑下楼，左岸正在客厅看电视，小姨在厨房将午餐一样样端到了桌子上。她跑过去帮忙，小姨说年轻人就是能睡，她每天五六点钟就醒了，今天是周末，也睡不着。

“妈妈每天也起得很早。”小满说。

“是啊，女人一旦结婚了，有了家庭、孩子，就睡不了那么多的觉了，你将来也是。”

小姨的这句话，让顾小满的脸红了。虽然她无法想象未来，但是心里有一个坚定的信念：就算嫁，她也要嫁给左岸；就算生，也要给左岸生孩子；不睡懒觉，也是为了给左岸做可口的早餐。

心里想着美事儿，却没注意左岸已经走了过来。

“快点吃，我们还得回去。”

“哦。”

吃过午餐之后，小满帮小姨洗了碗，然后换回了自己的衣服，回了学校。

在学校的门口，他们就分开了，一个向左，一个向右。顾小满想不通左岸往右拐去做什么，他连书都没带，不会去上自习吧？

仔细想想，多半他是怕被人误会吧。

回到宿舍，小满遭到了刘丹和周丽娜轮番攻击。第一，她昨天为什么没在沈晨阳的生日宴上出现；第二，昨天她竟然夜不归宿；第三，她和谁在一起。

随便编造了一个听似还算合理的理由，刘丹和周丽娜虽然半信半疑，却不再穷追猛打了。顾小满随口问起了昨天晚上的生日宴，周丽娜告诉小满，沈晨阳真可怜，大家都在吃东西，只有他坚持等着小满出现，散场的时候，也没吃一口，开车回来，一路都没说话。

“沈晨阳对你多用心啊，一个劲儿问我们你爱吃什么，白费心思了。”

“你不来怎么不说一声啊，真伤人。”

刘丹和周丽娜你一言我一嘴的，说得顾小满好像犯了什么大罪一样，可当时的状况很危急，根本没法打电话，等孩子抢救过来了，大约生日宴也散场了。

“我觉得沈晨阳很有诚意，不如小满你打个电话过去，解释一下吧。”

“算了，也许这样更好。”

小满摇了摇头，没有什么拒绝比这个更直接的了，如果沈晨阳能因此彻底打消念头，也不算坏事。

可沈晨阳似乎不打算这么偃旗息鼓了，中午的时候打电话过来，非让顾小满、刘丹、周丽娜去他们宿舍打扑克，还准备了好吃的。

放下电话，周丽娜喊着顾小满：

“顾小满，这次你不能不去了，我已经打了包票，你不走，我绝不出现。”

“那你别出现好了。”

小满翻了一个身继续睡，却没想到周丽娜和刘丹竟然扑上来，拉胳膊的拉胳膊，拽腿的拽腿，将顾小满从床上拉了下来。

随后沈晨阳又打了几个电话，顾小满没办法只能同意了。

沈晨阳在3号楼201宿舍，左岸的宿舍也在这栋楼的302，展越在513。平时3号楼偶尔也有女生出没，都是某某的女朋友，宿管的阿姨很识趣，除了晚上之外，基本都给开绿灯。这次顾小满、刘丹、周丽娜、王小雨四个人来，沈晨阳提前打了招呼，宿舍老师没有盘查。

才进入3号楼的大堂，顾小满就意外看到了一个熟悉的身影，孙安宁穿着一条白底儿蓝花的连衣裙好像在等什么人。

“那不是孙安宁吗？”刘丹低呼了一声。

“有情况。”

周丽娜拉了刘丹一下。

虽然她们在极力躲避，想偷看孙安宁的情况，却被孙安宁发现了，她优雅地转过身，脚上穿着一双淡蓝色的半高跟鞋，衬着身上的裙子，淡雅清凉，看起来很舒服。

周丽娜龇牙笑了一下。

“我们来男生宿舍打扑克的。”

“我等左岸。”孙安宁回答得那么自然、轻松，却让顾小满猛地一颤。

刘丹轻轻地碰了小满一下，低声重复着孙安宁的话。

“听见了吗？她等左岸……”

“我听到了。”

顾小满抿着嘴巴，移开了目光，她不想看到孙安宁眼里那份骄傲。

男生宿舍里，左岸下来了，他看到了大堂里的顾小满有些意外，稍稍蹙眉停顿一下之后，走向了孙安宁。

孙安宁冲左岸笑了一下，两个人一起走了出去。

刘丹张大了嘴巴。

“真没想到，他们两个……”

“只是一起走，你以为是什么？”

顾小满让刘丹别大将小怪的，难道一起走就是男女朋友吗？若是那样，她一打男朋友都有了。

阿Q的精神，顾小满一直都有。

蹬蹬蹬，小满飞快地跑上了二楼，沈晨阳已经等在宿舍的门口，穿戴整齐，看起来没周丽娜说得那么沮丧。

201宿舍果然摆放了不少好吃的，巧克力、果脯、爆米花、糕点、瓜子、牛肉干、烤鱼片，还有几个猪蹄子，一大堆饮料。

周丽娜最喜欢吃了，大呼有口福了。

除了沈晨阳，201宿舍一共四个男生，其中一个是外援，隔壁

202的，据说都是打扑克的高手，从顾小满进门开始，一个个都表情怪怪的，特别是沈晨阳，刚才电话里还苦苦哀求的语气，这会儿竟然抱着肩膀站在宿舍门口，一副谁想出去，就得打倒他的模样。

事情没有周丽娜和刘丹想得那么乐观，有人因为昨天的生日宴记仇了，今天这是鸿门宴。

“今天咱们玩斗地主，带输赢的。”沈晨阳的死党拿出了一副扑克。

“什么输赢，不就是玩玩吗？”

周丽娜觉得有些不对劲，辩驳了一句。沈晨阳伸出了一条腿，漫不经心地晃动着脚尖儿，说他昨天很有诚意，叫大家出来玩玩，可有人不给面子，今天他也不想给别人面子，输赢一定得有。

顾小满走到了沈晨阳的面前，低声对他说：

“你觉得站在这里能拦住我？”

“顾小满，我知道你有两下子，我当然拦不住你，可你今天若就这么走了，就是瞧不起我沈晨阳，以后你在TX医科大学会不会好过，还真不好说，但是……你今天若是有本事赢了，我保证以后都不烦你，怎么样？”

这点顾小满相信，沈晨阳很有钱，有钱能使鬼推磨，何况在大学里一点点小钱就能收买一大票人，顾小满还想在TX医科大学混到毕业，不能得罪了他。

“你说话算话。”顾小满问沈晨阳。

“当然算话。”沈晨阳很肯定地点点头。

“好，玩吧。”

顾小满转过身，将扑克从盒里拿了出来，搬来一个小凳子坐了下来。

沈晨阳没想到顾小满能答应得这么痛快，好像她很自信一定能赢一样，他离开了房门走了过来，低头对顾小满说：

“别以为你一定会赢，你若是输了呢？我可是有要求的。”

“说吧。”

小满眼睛都没抬一下，沈晨阳气不过地叫嚣着：“你可别美，我不会让你做我女朋友的，我让你每天给我洗臭袜子，一周答应我三个要求。”

“随便你。”

顾小满洗了一下扑克，问他们谁要来，如果再不玩，就算弃权了。

不知谁传出去的，一会儿工夫201宿舍的门口聚集了不少男生，议论纷纷的，很多人都觉得沈晨阳有点欺人太甚了，沈晨阳走到了门口，用力地捶了一下房门，那些男生都低下头散开了。

斗地主需要三个人，顾小满让他们男生两个，沈晨阳更觉得没面子，坐在桌子的一个角上，大口地啃着猪蹄子。

周丽娜没心情吃了，刘丹打开了一袋子牛肉干也放下了，沈晨阳将好吃的都推到了她们的眼前。

“没你们两个什么事儿，吃！”

“沈晨阳，还是算了吧，小满昨天晚上真有事儿了，连宿舍都没回。”

“是啊，一早才回来的。”

虽然周丽娜和刘丹替顾小满说情了，可沈晨阳正处于气头上，又骑虎难下，只能硬撑下去。

“一把定输赢！”

正要摸牌的时候，顾小满突然将手按在扑克牌上，征求着两个男生的意见。

“一把？”

两个男生对望了一眼，觉得这女生是不是有点太自以为是了，一把定输赢，他们可是两个人啊。

顾小满已经很豪气地提出来了，两个学长级的男生也没什么理由不同意。

“一把就一把。”

“好，我们开始。”

顾小满才松开了手。

牌一张张抓到了手里，两个男生笑了，他们两个一人手里一个王，地主要不要已经无所谓了，游戏的结局似乎已经定了。

顾小满看着手里的牌，皱着眉头。

刘丹小心地凑上来，低声数落顾小满，怎么可以一把定输赢呢，给男生洗臭袜子，什么面子都没了，何况还有三个根本不知道什么内容的要求，不管怎么样，女孩子都是吃亏的。

顾小满捏着手里的牌，抬眸看了两位学长一眼，突然笑了，慢慢将牌放在了桌子上，告诉他们，他们已经输了，然后起身，拿起来一袋烤鱼片，叫周丽娜和刘丹走。

眼看小满走出了201，沈晨阳不服气将腿伸了出来。

“牌还没开，你怎么就知道赢了？”

“你让他们看看。”

顾小满撇了一下嘴巴，牌桌上，两个学长互相看了一眼对方的牌，神情微变，当他们将顾小满的牌展开后，直接摇了摇头，说他们确实输了，顾小满一条高级龙，三个二,一个低级龙，很干净利落的一副牌。

“这牌，没得玩。”牌扔在了桌子上，他们认输。

“怎么样？我可以走了吧？”

顾小满冲着沈晨阳摇了一下手里的烤鱼片，谢谢他的零食，沈晨阳铁青着一张脸，虽不甘心，却也只能让顾小满离开了。

眼看顾小满走到了楼梯口，沈晨阳在她的身后喊了一声：

“我开玩笑的，顾小满。”

“我可没和你开玩笑。”

顾小满将一块烤鱼片放在了嘴里，很确信沈晨阳不会再难为她了，男生宿舍整个二楼的男生都出来了，若言而无信传出去，沈晨阳的面子往哪里搁。

出了男生宿舍楼，刘丹问顾小满怎么做到的，是不是好像电影里那样出了老千啊，真看不出顾小满还有这两下子。

“什么老千，你电影看多了吧。”顾小满白了刘丹一眼，明知道赌局不是输就是赢，还不如来一把痛快的，大不了丢人一次，也不能让沈晨阳看扁了。

“你不会是……”

周丽娜吐了口气，觉得顾小满实在太冒险了。

“是有惊无险，以后我轻松了。”

顾小满觉得今天实在是太走运了，怎么会抓了那么一手好牌，怕赌王看了都得羡慕吧。

绕过了男生宿舍楼，远远的，展越跑了过来，跑到顾小满面前，哈下腰喘着气，费力地问：

“我刚才，刚才打球去了，沈晨阳是不是难为你了，这家伙欠揍……”

“已经没事儿了。”顾小满不想将事情闹大，展越的臭脾气，真可能找沈晨阳的麻烦，能和平解决的问题自然好过使用武力。

“没事儿就好，那个……”

展越看了刘丹和周丽娜一眼，好像有什么话不好说，刘丹和周丽娜很识相，嚷嚷着要回去洗衣服，然后绕过展越，一前一后向女生宿舍走去。

刘丹和周丽娜走了，展越才犹豫着开了口：

“我刚才看到左岸和孙安宁一起坐着车离开了，你……是不是该放弃了？”

“也许有什么急事……”

“什么急事？他们两个一起走也不是一天了，顾小满，你醒醒吧，高中的那些日子什么都代表不了，现在我们考上了大学，是成年人，玩的是成年人的游戏，你还像过去一样默默坚持有什么意思？他根本就不知道你喜欢他，难道你非要等着左岸毕业和孙安宁结婚才肯死心吗？”

“我不想和你说这些。”

顾小满觉得尴尬，转身要走，却被展越拉了回来，他很郑重地看着她。

“与其这样憋着，不如说出来，去告诉他，让左岸知道你暗恋他，我敢保证，左岸会给你一个明明白白的答复，你没戏！”

展越的话虽很伤人，却很中肯。

顾小满懊恼地向宿舍走去，回到宿舍后，她坐在床边，再也没办法释然了。洗漱的时候，刘丹在水房一直说着今天在男生宿舍打扑克的事儿，将顾小满说得神乎其神，小满叼着牙刷，谁跟她打了招呼，问了什么都没听到。洗好之后，她早早上了床，翻来覆去地睡不着，月光从窗外透射进来，洒在宿舍的地面上，好像镀了一层霜，清冷极了。

刘丹在打呼噜，周丽娜在说梦话，孙安宁的床上空空的。

枕头下放着那本日记，顾小满几次伸手摸出来，又放回去，终于觉得有了困意，才睡了一会儿便又醒了。

这样一直折腾到了月亮落下，太阳升起，晨光代替月光之后，才又打了几个哈欠，就在她眨巴了两下干涩的眼睛准备入睡的时候，床顶挂蚊帐的吊环处，有什么东西吸引了她的目光，好像是一个纸卷，很小，塞在缝隙里，只露出了一点点。

顾小满站了起来，伸出手，刚好拿到那个纸卷，抽出来，掉落了一些灰尘，这纸卷藏在这里已经很长时间了。

重新坐回了床上，小满慢慢将纸卷展开，发现这是一封没有送出去的简短情书，题头是“梁一舟”，梁一舟不是他们专业的指导员吗？

小满立刻对这张字条充满了兴趣，仔细看着字条上的内容，猜测出这是一个暗恋梁一舟的女生写的，因为没有勇气，写了这张字条后，便塞在了蚊帐环的空隙里，落款是一个叫肖文樱的女生。

肖文樱是谁啊？

顾小满的睡意一下子全无了，想着这封情书的背后隐藏着一个什么样的故事，圆满的，还是悲剧的，据说梁一舟已经订婚了，和他的一个女同学，会不会就是肖文樱？

天大亮之后，刘丹和周丽娜都起床了，周丽娜吵着今天要去逛街，刘丹则要去图书馆，当她们扭头看到顾小满精神地坐在床上时，都觉得诧异，贪睡小满猪什么时候周末起得这么早了？

“顾小满，还以为你会睡到中午呢。”

“有这个打算，不过睡之前，我很想知道一个人是谁。”小满歪着脑袋看着刘丹和周丽娜，猜测她们有没有可能知道肖文樱这个人。

字条就在小满的手里，她实在太想知道其中的秘密了。

“谁啊？”周丽娜问了一句。

“肖文樱！”

一听到肖文樱三个字，周丽娜的眼睛一下子睁大了，刘丹叠被子的动作也停止了，两个人齐齐地看向了顾小满，好像发生了什么大事儿一样。

“怎么了？你们认识？”小满又问了一句。

周丽娜愣了一会儿，突然奔过来，抱住了小满。

“小满，对不起啊，我们不是故意的。”

刘丹也跑过来，双手合十向顾小满请罪，说大人不记小人过，早知道顾小满这么厉害，当初给她们胆子也不敢啊。

顾小满被她们搞糊涂了，不明白她们两个唱的是什么戏，先将周丽娜推了出去，又把刘丹的手打开，问她们是不是吃错药了。

“小满，肖文樱……四年前住过你这张床。”

“四年前……”

不知为何，一听她们这么说，小满立刻脊背冒了凉风，以前听说过某某大学女生因为想不开在宿舍里上吊自杀，这个肖文樱不会……

周丽娜意识到小满误会了，立刻解释。

“不，不是的，肖文樱……四年前得忧郁症退学了。”

“大喘气啊你。”

顾小满憋着的一口气终于出来了，伸手狠狠地给了周丽娜一下，说话能不能不要这么吓人，她还以为肖文樱死了。

“对的，肖文樱确实退学了，忧郁症发作的时候，差点跳楼。”

经过一番了解，顾小满才知道，这张床在TX医科大学女生宿舍叫作暗恋魔咒床。四年前，肖文樱暗恋上了同系的某个男生，而那个男生却爱上了别人，她承受不了打击，得了忧郁症，经常半夜起床自言自语。最夸张的是，她有一次爬上了教学楼的天台上，差点跳下来，后来家里人来了，办理了退学，将肖文樱领走了。

“自从肖文樱出事后，这张床，一连三年，都没消停过。”

据说之后连续三年，凡是住过这张床的女生都因为暗恋出了问题，其中一个还闹得割腕了，虽然没死，也挺吓人的，所以这一届先来的女生都避开了这张床，顾小满是最后来的，床位自然就留给了她。

“我还以为你们怎么这么好心，把这么好的床位留给了我，原来你们……”

顾小满眯着眼睛看着周丽娜和刘丹，顿悟一般用手指指着她们，好姐们都是用来坑的。

刘丹很难为情，低下了头。

“你又没暗恋，所以不用怕了。”

“是啊，那么多男生追你，你都没同意，应该不会的。”周丽娜补充着。

两个人一唱一和的，倒让顾小满的心里犯了嘀咕，她们两个还不知道她的秘密，若是知道了，怕就不会这么说了，难道这真是一张暗恋魔咒床？

“你们两个看我，像能得忧郁症自杀的吗？”

顾小满斜着眼睛问周丽娜和刘丹，周丽娜和刘丹的脑袋摇得像拨浪鼓一样，说顾小满看着像能将别人弄成忧郁症自杀的。

“这就对了。”

顾小满将字条捏在了手心里，打了一个哈欠，不管这是什么床，先睡一觉再说，躺下后，没一会儿工夫，就见周公去了。

周丽娜和刘丹太佩服小满，明明知道床有问题，还睡得那么香，整个TX医科大学，也就顾小满有这样的气魄了。

字条从顾小满的手里脱落，掉在了床下，刘丹扫地的时候，一起当作垃圾扫走了。

顾小满醒来的时候，连晚饭都没了，她只能泡了一盒面大吃起来。

周丽娜回来了，大包小裹的提了不少衣服，刘丹陪着周丽娜逛了一天，提回来一小袋猕猴桃。

“刚才看到孙安宁，好像心情很好的样子，这不，猕猴桃是她给的，她今天不回来住了。”

“她不回来住，也不稀奇。”

小满嘟囔了一句，又不是第一天不回来住，这次没必要特别说明一下。

刘丹将猕猴桃放在了桌子上，小心地提醒着小满。

“孙安宁让我转达你，明天校长、副校长，还有几位主任要旁听实验课，对于一些不适合在临床医学专业继续学习的新生进行评测，初期要进行一次大调整，实在不行的，就劝退。”

刘丹的话一说完，一根面条直接从小满的嘴里掉了出来。

第二天对于顾小满来说是个未知数。

她破天荒地起了一个大早，第一个走出宿舍，第一个进入食堂，第一个到了教室，选择在第一排坐下，她决定从今天开始，让她左前方成为空白。

左岸来得也不晚，环视了一下教室，绕过了和孙安宁经常坐的位置，在小满身边放下了书本。

“准备得怎么样，下午的实验课？”他问她。

顾小满满不在乎地笑了一下。

“如果我再晕倒，就可以回家了，帮我妈种葡萄或者复读。”

“你不会的。”

“万一呢？”

“没有万一。”

左岸说了一句后，翻开了书，告诉顾小满下午的实验活体是兔子，会见血，只要这几节实验课熬过去了，接下来的解剖课就没有难度了，人体解剖一般是看不到血的。

顾小满默默地点了一下头，眼角的余光瞥着他。她在想一种可能，假若这种可能是真的，她来TX医科大学，就算将热血都洒在这里，也值得了。

教室门外，孙安宁走了进来，很不悦地看向了顾小满，在门口停顿片刻之后，破天荒的，选择较远的位置，在刘丹的身边坐了下来。

下午的实验课，顾小满和刘丹分在了一组，活体果然是兔子。

校长和副校长都来了，孙学军坐在最前面，后面是指导员梁一舟，不用猜也知道，今天要考察的学生不是在场的所有人，而是顾小满，梁一舟宽限的时间到了。

神通广大的孙安宁总能和左岸分在一组，看来想讨好这位副院长千金的人比比皆是，暗自勾结的伎俩一定不少。

实验课一开始，每组分了一只兔子，做“蚓突”手术。

刘丹自告奋勇第一个做实验，拉着顾小满做助手，走到试验台之前，孙安宁朝这边看了好几眼，刘丹看起来稍稍有些紧张。

顾小满只专注实验台上的兔子，想着自己晕倒的概率有多少，却没注意到刘丹的手在微微颤抖，动作迟疑，鼻尖儿上的汗水都冒了出来。

一个“蚓突”手术是不会出很多血的，而且是一个很小的手术。

顾小满深吸了几口气，慢慢镇定了下来。

可她做梦也没想到，刘丹下的第一刀位置根本不对，对准了兔子的股动脉，这种错误是致命的，一旦刀下去，兔子岌岌可危。

顾小满试图阻止，惊呼出来，问刘丹在做什么？

刘丹的手一抖，没有切到兔子，却将她的大拇指割到了，血一下子流了出来。

刘丹为什么会犯这么低级的错误，顾小满不知道，她只知道当时的状况，要止血，所以她几乎连想都没想，捏住了刘丹的手指，消毒、包扎，一系列很麻利的动作完成之后，才看到自己的手上也沾染了血迹。

实验室里很静，大家没有任何动作，都怔怔地看着顾小满，包括孙安宁也傻了眼。

校长和副校长站了起来，询问梁一舟：

“这是顾小满吗？”

“是。”梁一舟尴尬地回答，校长皱了一下眉头，看向了副校长，副校长点了一下头，得出了如下的结论：

“她看起来没什么问题，很适合当一名好医生，我们可以走了。”

校长先走出了实验室，副校长跟了出去，孙学军看了一下手表，也匆匆离开了，只剩下梁一舟有些丈二和尚摸不着头脑。

实验老师让刘丹靠边站，他再次强调，手术的时候一定不能慌，一个小小手术，若做成这样，绝对是医疗事故，要承担一定的责任。刘丹的脸白白的，咬着唇瓣看向了孙安宁，孙安宁好像没事儿人一样，低头做实验。

回到宿舍之后，顾小满才反过味儿来，为什么刘丹要对准兔子的股动脉下手？只要动脉被碰，一定血流如注，而她最怕的就是血，不能排除刘丹是故意的。

猛然一拍桌子，顾小满想到了上午孙安宁为什么选择和刘丹坐在了一起，原来这个臭丫头要陷害她。

刘丹做了亏心事儿，扭扭捏捏地闪进来，顾小满的眼睛盯着她，刘丹有些毛了，才支吾地解释着。

“我有点紧张，因为……兔子，我不忍心下手。”刘丹有些语无伦次。

“你主动要求第一个做实验的。”

“是的，可能……”

“孙安宁给你什么好处了？”

“你说什么，孙安宁为什么给我好处？”刘丹目光闪烁，手足无措，具备撒谎心虚的所有特质。

“兔子股动脉割开，一定会出不少血，你猜我会不会晕倒？会不会被学校劝退？”顾小满恨不得将刘丹的衣领子抓住，像高中时教训那些找麻烦的臭小子一样，踹上几脚，可她这次很冷静。

刘丹的脸色难看，手指还包着纱布，她似乎没想到就这样被揭穿了，显得有些神经质。

“顾小满，我知道我这么做不对，割到手指是我活该，可你不是也没晕倒吗？校长和副校长还表扬了你，倒是我，成了全班的笑话。”

“你觉得委屈？”

顾小满站了起来，实在不理解，刘丹合谋孙安宁要陷害她，竟然觉得委屈？

刘丹抽了一下鼻子，红着眼睛看向了顾小满。

“我知道是我不对，不该答应孙安宁，可我没得选择。在TX医科大学，我和你们不同，你们都是在大城市里长大的孩子，家境好，有特长，有好的前途，只需一点点努力就可以，可我呢？我自小就生活在农村，全村十年也出不来一个这种名牌大学的大学生，我希望能做得更好，在学校里能凤毛麟角……”

“凤毛麟角？”

顾小满差点笑出来，这就是刘丹委屈的理由，讨好孙安宁就是她认为能成为凤毛麟角的办法，现在不脚踏实地的人实在太多了。

虽然小满来自城市，可她的家境也一般，若不是妈妈在郊区种植葡萄园，凭借爸爸那点工资，可能连学费都拿不出，和刘丹相比，她是优越了一点儿，可这种优越和周丽娜、孙安宁相比，又变得微不足道，但她不会因此自卑，更不会觉得委屈。

顾小满想好好讥讽一下刘丹，但见她哭得那个可怜样子，突觉讥讽都很无趣。

周丽娜从外面进来，看了刘丹一眼，又看了看顾小满，轻笑了一下，问怎么了，见两个人都没有说话，才告诉顾小满，辅导员叫她去一下办公室。

顾小满走出宿舍的时候，刘丹还在床边抽泣，让人觉得受了委屈的是她，而不是顾小满。

到了辅导员办公室的门外，小满才平复了情绪，敲门之后，梁一舟来开了门，搬了一把椅子给顾小满。

“真没想到，你能这么快克服血液恐惧症，我很吃惊，所以很想知道，你是怎么做到的？”

“只是……突然就不害怕了。”

顾小满也说不清为什么，对血有了新的认识，就好像左岸说的那样，她成功了。

梁一舟耸耸肩，对这种“突然不害怕”的说法有些难以理解，又和顾小满聊了一会儿之后，时间差不多了，两个人一起离开了办公室，出教学楼的时候，小满突然停住步子，问了梁一舟一个问题。

“梁老师，您还记得肖文樱吗？”

“肖文樱？我们这个专业的学生吗？没什么印象。”

梁一舟摇摇头，顾小满提醒了一下，他才顿悟一般记得了，一个得了抑郁症的女生，后来退学了，当时闹得沸沸扬扬。

看着梁一舟与己无关的表情，顾小满的心是酸楚的，他至今都不知道肖文樱暗恋的男生就是他。

当梁一舟问顾小满为什么突然说到了肖文樱，顾小满摇摇头。

“没什么，只是听说她和梁老师是一届的，才随便问问。”

“哦。”

梁一舟蹙眉笑了一下，随后电话响起，他接通了电话，从梁一舟幸福微笑的表情可以看出，是他的未婚妻打来的。

顾小满和梁一舟道别，走出很远，回头看时，梁一舟还站在那里和未婚妻泡电话粥。

看着梁一舟，顾小满突然有种感悟，假若肖文樱鼓起勇气向梁一舟表白，也许一切都会不一样。

顾小满深吸了口气，决定不能再这样默默等下去，就好像展越说的那样，左岸会给她一个明明白白的答复。

第七章 爱之心切口难开

展越仰望着顾小满，阳光从梧桐树的叶片间倾洒下来，照射在他的脸上，顾小满斜视着他，从高台上跳了下来。

顾小满在寻觅机会，一次不需要多浪漫、多优雅，却适合表白的机会。一连四五天，她都在张望，除了经常在教室和食堂遇到左岸之外，其他适合说悄悄话的地方，几乎看不到他的影子。

左岸和其他人不太一样，不会在校园的树林里晨读，更不会一个人在夕阳的操场上做孤独的狼，想和他有个合适的不期而遇还真难。

周六，顾小满穿着牛仔裤，T恤衫，坐在排球场的裁判台上，长腿垂下来一踢一踢地来回摇动着。

“你现在成了整个TX医科大学的活动大字报了，变戏法儿一样，先是见血晕倒，现在简直就是无所畏惧的奥特曼了。”

展越仰望着顾小满，阳光从梧桐树的叶片间倾洒下来，照射在他的脸上，顾小满斜视着他，从高台上跳了下来。

“展越，我有件事想和你说。”

顾小满想趁今晚夜黑人静，让展越将左岸约出来，这样就不必每天坐在这里等待机会了。

“刚好，我也有件事想和你说。”

展越一改往日散漫的神情，皱着眉头，样子很严肃。

顾小满有点不耐烦，这小子是不是故意的，为什么偏偏选择她有事的时候，他也有事呢。

“你先说。”

“小满……”展越有些支吾。

“说啊！”

展越什么时候变得这么婆妈了，扭捏得好像小女生一样，一句话说得比便秘还难，小满催促着他，让他快点说，展越憋了好一会儿，才说：

“小满，我……我，我喜欢你，你信吗？”

这句话之后，至少一分钟的沉默、僵持，展越的脸微红，窘迫。

顾小满一双乌黑的眼睛盯了展越好一会儿，突然扑哧笑了出来。

“当然不信了。”

她直接给展越一拳，他开这种玩笑也不是一次了，七年邻居到现在，这家伙的行事模式已经固定了，懒散，胡闹，没正事儿，一个十分严肃的话题，到了他的嘴里都能说成笑话，搞到你吐血为止。

“哈哈，就知道你不信。”展越哈哈大笑了两声，听起来怪怪的。

看他怪笑的样子，顾小满刚才冲动想求展越办的事儿也犹豫了，这么重大、要命的事情，托付给展越，怕要所托非人啊，他和左岸命里犯冲的，弄不好一言不合，又要搞出什么战争来。

“现在，你说吧。”他收敛了笑容。

“算了，我自己办好了，回去了。”

顾小满看着展越，摇了一下头，又看一眼，又摇了一下，叹息一声后，向回走去。

走出了很远，展越还戳在原地，在她的身后大喊了一声：

“什么事啊？神秘兮兮的，不行我帮你摆平啊。”

摆平？

这件事除了顾小满自己，没人可以摆平。

头都没回地向后面摇了摇手，小满继续向回走。

回了宿舍，她趴在窗口，向东看着，窗外是一个小花园，穿过花园是大学生俱乐部，隔着俱乐部是宿舍食堂，食堂再往东才是2号楼，她根本什么都看不到，只是想象那边的情景。

“小满，我请客，吃瓜子、牛肉干。”周丽娜进来了，买了一大堆零食，庆祝她成功进入学生会宣传部。

顾小满回过头，看到刘丹跟在周丽娜的身后，一脸的沮丧。

“刘丹，行了，这批不行，还有下一批呢，愁眉苦脸的做什么。”周丽娜劝解着刘丹，刘丹委屈地点点头，坐在床边，心情低落。

顾小满很诧异，刘丹为了讨好孙安宁，不惜下了狠手，竟然还没能打动副院长千金？

看来事实的确如此，刘丹手下得太狠，以至于失手，惹得孙安宁不高兴了，所以进入学生会的事泡汤了。

只在那一刻，小满有点同情刘丹了。

“进不进学生会，并不能妨碍我继续优秀，来，吃瓜子。”

翻身下床，顾小满为周丽娜庆祝，刘丹抬起头，走过来拿起来瓜子，抽了几下鼻子之后笑了起来。

和刘丹和解之后，顾小满一边吃瓜子，一边研究目前的形势。要和左岸表白，有几个途径，大约黄昏后，通过男生宿舍传达室的胖阿姨，叫左岸出来，也可以打电话约他，或者干脆在2号楼门口等。

2号楼宿舍传达室的胖阿姨好像正处更年期，顾小满受不了她的白眼。打电话？万一接电话的不是左岸，不是要炸开锅了，看来只能用第三个办法了。

顾小满一直等到太阳下山，才挑选了一条自认很淑女的连衣裙，重新梳了一下头发，在脑后扎了一个马尾，照照镜子，觉得十分得体了，才起身离开。

顾小满走出去后，周丽娜奇怪地问刘丹，今天觉不觉得顾小满很奇怪。

“有点奇怪，这么晚了，穿裙子，弄头发……”

“难道有情况？”

顾小满从来没想到会这么倒霉，才屁颠颠地跑去男生宿舍，还不等站稳脚跟，一个胖墩墩的傻姐妹儿飞奔了过来，肥厚的肩膀用力一撞，她一个趔趄，差点扑倒在旁边的花丛里，还没搞明白是怎么回事儿的时候，傻姐妹儿放开喉咙冲302宿舍的窗户大喊了一声：

“左岸，我爱你！”

至少80分贝，达到了人类尖叫的最高值。

这是顾小满所见过的最登峰造极的表白。

那一刻，所有宿舍的窗口都探出了脑袋，小满和傻姐妹儿之间的距离只有不到十厘米，被误会的概率是百分之百，几乎无暇思索，她一个飞蹿，钻进了旁边的矮树丛中，那傻姐妹儿还戳在那里，执着地抬头向上看着。

顾小满无暇顾及左岸有没有出现，更不知道那傻姐妹儿是哪个专业的，猫着腰顺着矮树丛逃离了男生宿舍，一口气跑到了图书馆的门口，呼呼直喘，脸热得好像被蒸熟了一样。

几个女学生从图书馆里出来，看到顾小满，立刻窃窃私语起来。

像顾小满这样的人物，惊人听闻的事件一桩接着一桩，不知道她的，真挺少。

顾小满低下头，匆匆走上台阶，图书馆三个大字在灯光下格外显眼。

TX医科大学的图书馆是本市骨灰级图书馆，不但历史悠久，建筑面积也很大，有三千多平方米，藏书量达七百多万册，这里的医学典籍十分全面，从古到今，可谓是“汗牛充栋”。

顾小满很少来这里，不是对图书馆不感兴趣，而是恐血这段时间，她几乎都在解剖室里“闹鬼”了。

耷拉着脑袋进入了图书馆，一直爬上顶层，顶层是一些历史文献，追溯起来，都是明清之前的，很久远，来看的学生不多，顾小满躲在一个书架的下面，手指在一排书上来回划动着。

好不容易下定决心的表白，就这么被人抢了，暗恋左岸的女生还真不少，顾小满不知道这条长长的队伍中，她能排在第几位，应该不会比那个傻姐妹儿好到哪里去。

怎么办？是继续下去，还是维持现状？

以目前的形势看来，顾小满若再跑到302宿舍的窗下喊一嗓子，绝对能成为TX医科大学的最大笑柄。

手指仍旧在书籍上划动着，书架的另一端有人走了过来，她侧了一下身，将路让出来，可那人并没有走过去，而是在她的面前停了下来。

“要看什么？”

声音很熟悉。

小满心里一震，抬头看去，左岸不知何时鬼使神差地站在了她的面前，手里拿着一本书。

“你……”

看什么？顾小满来这里根本不是看书的，一时之间答不上来了。

顾小满抬头看着左岸，皱起了眉头，他竟然一直在图书馆吗？那么，那个傻姐妹儿……扑空了？

蓦然之间，顾小满意识到了一个尴尬的情形，她寻寻觅觅几乎一周，找各种机会和左岸邂逅，都毫无结果，却在不经意之间，他就站在了她的眼前，两边是几乎一人半高的书架，除了浓烈的陈书味道，几乎空无一人。

这个时候适合表白吗？

当然，这里比教室、食堂更合适。

好像曾经在三年二班一样，只要面对左岸，顾小满就会变得口齿不灵，紧张过度，现在依旧如此，她心慌意乱地从书架上抽出了一本书，翻看了几页，都是不太认识的古文字。

“你每天都来图书馆吗？”

“差不多这个时间都会来。”

“每天？”

顾小满有些诧异，左岸竟然都在图书馆吗？

高中紧张的三年备考，一年365天的巨压下，很多学子在考上大学后都会选择放松一段时间，只有他，那根紧绷着的弦儿一直没有松开过，他不累吗？

“除了到图书馆看书，我不知道还能做什么。”

左岸的目光停留在小满的连衣裙上，片刻移开，然后转过身，向看书区走去。

望着他的背影，顾小满连连猛喘了几口气，血冲头顶，大脑一热，话冲出口，叫住了他。左岸停住了步子，转过身，看向了她。

“有事？”

“是的，有，有事。”

表白的话还没说出来，顾小满的脸就涨红了。

似乎每次正面左岸，她的智商都直线下降，现在几乎是零了。

“你不舒服？”左岸蹙眉走了回来。

“啊，是，有点，有点肚子疼，我，我先回去了。”

顾小满将书塞了回去，不等左岸走过来，便匆匆地转过身向楼梯走去，一直走到了楼梯口，左岸还站在那里，不解地看着她的背影。

楼梯上，迎面几个男生走上来，斜着眼睛看着她，其中一个是沈晨阳同宿舍的死党。

“这不是顾小满吗？”

“就是上次打扑克，把你赢得惨兮兮的那个女生？”旁边的男生这么一说，让那家伙脸上有点挂不住了。

“再玩一次，她就没那么幸运了。”

沈晨阳的死党向左迈了一步，刚好拦住了顾小满的去路，顾小满看着伸出来的脚，不悦地抬起头，瞪视着他，让他快点儿让开。

“我哥儿们沈晨阳被你折磨毁了，你不觉内疚吗？”

“你到底让不让开？”

“不让怎么了？”

他干脆直接晃了过来，和顾小满面对了面，顾小满咬着唇瓣，再次警告了他。

“数三个数，让开！”

“你能撞过去？撞不过去，干脆投怀送抱好了。”他歪着脑袋看着顾小满，样子可恶极了，旁边的男生劝解他算了，他却没一点儿打算放过顾小满的意思。

顾小满握紧了拳头，威胁地数了起来。

“1，2……”

3还没等出口，楼梯上，图书馆的管理员老师出现了，喊着那个男生。

“别站在楼梯上！”

“OK！”

沈晨阳的死党立刻向老师举手示意，并老实地让开了路，顾小满白了他一眼向楼下走去。

顾小满走了，另一个男生问：

“沈晨阳说她有两下子。”

“女生嘛，你让着她，她就有两下子，当你不让着她的时候，她一下子都没有。”

…………

顾小满一直走到了一楼，穿过大堂出了图书馆。

站在图书馆的台阶上，顾小满叹了一口气，抬头仰望着天空，月亮正从云层中探头出来，高高地瞭望着她，稀落的几颗星星陪伴在一边。

“我是不是没用……”

顾小满低下了头，终于能体会到肖文樱的心情了，就是这样一次次相遇，一次次错过，痛苦中怀着一份希望，直到这份希望破灭。

回到宿舍的时候，周丽娜正穿着睡衣，卷着一本书，放在嘴边，鬼哭狼嚎地唱着，扭臀送胯，不知道什么事让她如此兴奋。

小满走进来，周丽娜和刘丹立刻扑上来，向她汇报一个天大的新闻。

“小满，你猜，护理学的秀逗妹儿今天干了什么，在2号楼的楼下。”

秀逗妹儿？2号楼的楼下？不会是那个傻姐妹儿吧？

顾小满有点脸白。

“很轰动，整个2号楼的窗户都打开了，场面空前宏大。”

“哈哈，她向男生表白，你猜那个男生是谁？你一定猜不到。”周丽娜浑身的细胞都亢奋了，嘴上说是让顾小满猜，却一直在自问自答。

看着周丽娜故弄玄虚的样子，小满一点儿都笑不出来，若说别人猜不出，她怎么可能猜不到，那姐妹儿大喊的时候，她距离她不到十厘米。

虽然秀逗妹儿表白的方式有点过激，却比顾小满勇敢，精神可嘉，有什么好笑的？小满闷声爬上床，躺下来。

周丽娜和刘丹很诧异，为什么这么轰动的事情，顾小满却一点儿兴趣都没有呢？

“左岸，你的高中同学左岸啊。”刘丹补充着。

“哦，是他啊。”

顾小满嘟囔了一句，翻身脸朝向了床里。

“你怎么不吃惊？”周丽娜追问。

“喜欢他的女生那么多，有什么好吃惊的。”

顾小满的语气酸酸的，想着以后成为左岸女友的难度有多大，先不说副院长千金孙安宁，就是本校这些痴情的姐妹儿，追求的猛招儿，她都不是对手，这层纱不知会被谁捅破。

“说的也是，其实我也很喜欢。”周丽娜抿嘴笑了起来。

“只是秀逗妹儿太搞笑了。”

…………

一直到半夜，周丽娜和刘丹都好像打了鸡血，情绪高涨，顾小满却打着电筒照着那本日记，越想越觉得自己没用。

冥思苦想了一个晚上，顾小满决定做一件事：在左岸的身边发展一个奸细。

所谓知己知彼，百战百胜，远程无法操控，就打近身仗。

302宿舍的王承义，属于那种贪吃贪睡不干活儿的主，顾小满拉拢他只需要十根香肠和两盒午餐肉。

太容易拉拢的人，往往也容易叛变，很久很久以后，顾小满才知道，王承义两面三刀，收取的好处不仅仅只有十根香肠和两盒午餐肉。

“顾小满，你说，需要我做什么，我一定两肋插刀。”

王承义信誓旦旦，那会儿顾小满哪里会想到，就这么一个憨得好像武大郎的家伙，也能干出人神共愤的缺德事儿来。

“不用你两肋插刀，你帮我关注一下左岸就行。”

“他啊，他怎么得罪你了……”

好像顾小满在TX医科大学，不树两个敌人，很不正常。顾小满白了王承义一眼，找了一个听似合理的借口，她的一个铁到不能再铁的姐们儿喜欢左岸，找到了她的头上，她不能不帮。

“我明白了。”

王承义用力点点头，悄声告诉顾小满，只要左岸有任何动向，他都会第一时间向她汇报。

因为十根香肠和两盒午餐肉的好处，王承义时不时向小满汇报一些关于左岸的事儿，渐渐地，顾小满掌控了左岸的生活规律：左岸每天五点半起床，出去晨跑，六点回来去食堂，然后上课，晚餐之后一定会去图书馆，一直看到图书馆关门，回宿舍洗漱睡觉，每周的周三、周六下午三点以后打篮球，周日中午孙安宁准时来找，去副院长的家里吃午饭。

所有这些，最让顾小满感到头痛的是左岸竟然周周去孙安宁家里吃饭，待遇绝非一般。她甚至有些怀疑，孙副院长这是有意招左岸为上门女婿。

顾小满该嫉妒吗？她到目前为止，都没嫉妒的资格。

按照王承义说的，顾小满那位铁到不能再铁的姐们儿基本没戏。左岸喜欢孙安宁，这是显而易见的结论。

没有什么比这个结论更打击人的了，顾小满想不通，左岸怎么会喜欢孙安宁呢？孙安宁比她好吗？

顾小满懊恼地踢着地面，闷声嘟囔着：

“孙安宁有什么好？我就没看出来，他喜欢她，简直就是没眼光。”

“是啊，真没眼光。”王承义随声附和着。

虽说人家没眼光，可事实摆在眼前，顾小满不得不承认她要出局了。

一连一个月，顾小满都好像霜打了的茄子，没什么精神，做事说话总走神，即便进入解剖室，面对那些带血的器官也没表现得好像之前那么畏惧了。相反，她看起来有些麻木。

原来恐血症除了“脱敏”疗法，还有一种办法可以根治，就是“失恋”。

还没开始恋爱，就尝到了失恋的滋味儿。现在就算顾小满的身边血流成河，她也没什么心情理会了。

“顾小满……你在干什么……”刘丹指着顾小满，露出狰狞的表情，随后捂住了嘴巴，头扭向了一边，不忍直视了。

同组的几个女生看了过来，瞬间都忍无可忍地哈下腰，干呕了起来。

顾小满猛然回神，不解大家这是怎么了，待她看向自己的手时，立刻惊呼出来。她一手拿刀，一手按着牛心，那颗牛心几乎千疮百孔，被她蹂躏得不成样子了，血水流了一桌子，连顾小满自己看到了，都禁不住吸了一口冷气。

好在解剖室的老师出去了，顾小满赶紧换了一颗牛心，转身尴尬洗手去了。

当然，这还不是顾小满失魂期间最惊人的壮举。接下来的一周，学校展开了人体器官遗体捐赠宣传活动，顾小满和王小雨等几个女生在学校右门的小区门口发传单，倡导器官遗体捐赠。三个流里流气的男人走过来，询问顾小满他们是不是挂羊头卖狗肉，贩卖人体器官的。

“这年头，小女孩儿都出来骗人了，大家别信啊，一个肾现在都卖六十万了。”

“别捣乱。”王小雨上前驱赶他们，却被一个男人挥手推倒，手肘碰了一边的栅栏，出血了。

“你们怎么打人？”刘丹冲上来，又被推开了。

“打人？我们还报警呢。”一个男人趾高气扬，好像喝了点儿酒，根本不看桌面上的旗子和标示，蛮不讲理。

这可惹火了顾小满。她扔下宣传单，走上来，让几个男人向王小雨道歉，在他们拒不认错的情况下，顾小满动手了。

这是她上大学之后，第一次打架，吓坏了王小雨和刘丹几个女生。

一时之间，桌子翻了，椅子倒了，宣传单飞的到处都是。三个男人没想到一个小丫头这么厉害，一时被打得没了招架之力，连连躲闪，顾小满也没那么轻松，衣服不知什么时候被撕破了，却仍旧不肯放弃，非打得这三个家伙道歉不可。

学校那边来人了，梁一舟带着几个男生闻讯跑了过来。

“不要打了，不要打了！”梁一舟大喊着。

顾小满见自己衣服破了，王小雨还在流血，火气更大了，哪里管谁来阻拦，一脚踢了出去，直接踢中了一个家伙的大腿。那家伙闷哼一声倒在地上，她随后扑上去要补上一脚时，有人拉一下她的衣袖，让她快点住手。

顾小满衣袖突然被拉，直接一个本能反击。只听身后闷哼一声，好像什么人被打中了。她觉察不对回头看时，发现左岸红着脸，捂着胸口，懊恼地看着她。

“打够了吗？”

到了TX医科大学之后，顾小满一直努力着，想在左岸的面前维持她良好的淑女形象，却没想到这次不但被左岸看到她打架，她还失手打了他。

左岸弯着腰，脸色不好看。想必小满刚才给他的一下，让他很吃不消。

“你没……没事儿吧，我不……不是故意的。”

顾小满一脸窘迫地看着左岸，有些手足无措，不知该检查他哪里才好，心中生了重重懊悔，她在左岸面前一贯的矜持、乖巧，这次全都搞砸了。

淑女啊，她的淑女形象啊。

该死的，都怪这些可恶的家伙，好好的，招惹她做什么。正心烦意乱的时候，一个男人从地上爬起来，“义愤填膺”地奔过来。顾小满不客气地伸出脚，毫无悬念，那家伙扑通一声趴在了地上。

嘴巴青了，脸肿了，脚也扭了，他干脆坐在地上不起来，拿出电话要报警。

“报警，我受伤了，这丫头是疯子！”

梁一舟不想事情闹大，走上去搀扶那男人，向他解释，这些都是医科大学的新入学大学生，年轻无知，有什么误会解释清楚就行了，没必要报警。

梁一舟的话才落，那家伙就嗷嗷喊了起来：

“你们医科大学是培养医生，还是打手的？你看看我，都破相了，这次我一定要报警！”

“我是她的老师，有什么不周，我代替她向你道歉。”

一听梁一舟要道歉，顾小满急了。

“为什么要道歉？明明是他们找碴儿来的，说我们是贩卖人体器官的，还推了王小雨，太欺负人了。”

“听听，这就是你们培养的医生，简直就是杀手，如果你们不来，我就横尸街头了，哼！让你伶牙俐齿，这次你死定了，我们身上有伤，不管什么理由，她都犯了伤害罪。”

另外两个男人一听，立刻做出痛苦呻吟状。

顾小满知道，她今天遇到无赖了。若是蒙面打一顿跑掉也就算了，现在青天白日的，她身份摆在这里，哪里跑啊。看来不进警察局，这事儿是不能解决了。

梁一舟急得满头是汗，事情处理不好，学生进了派出所，传到院长耳朵里，他不但要被批评，顾小满也得受罚。

两难之时，左岸缓了过来，他看了看倔强的顾小满，突然一把抓住了她的手臂，将她拉到了那个男人的面前。

“道歉！”

“你让我向这流氓道歉？”顾小满以为自己听错了，吃惊地看向了左岸。

左岸牢牢地抓着顾小满的手臂，森冷的目光直射着她。不容置疑，这若是别人，顾小满一定火冒三丈，拂袖而去，可他是左岸啊，不是别人。小满皱了一下眉头，噘了一下嘴巴，执拗地转向了那个男人，含糊其词地说了一句：

“对不起……”

“没听清啊，她说什么啊？声这么小，鬼能听见啊？”男人耸耸肩，一副吊儿郎当的样子。

左岸推了小满一下，示意顾小满再说一遍。小满抿着嘴巴，气哼哼地看着那个男人，突然爆发一样大喊出来：

“对不起！”

“哎哟……”

男人吓了一跳，耳膜差点被震破了，随后冷哼一声说：“我们哥们儿几个被你打得不轻，一句对不起就想解决问题，没门儿。”

“我就知道，你还让我道歉……”顾小满咬牙切齿，却不敢对左岸发火，只能闷声地抱怨着。

左岸放开了顾小满，问那个男人想怎么样。

“医药费啊，我们三个，X光，CT，少说得花一万啊。”

没见过这么厚脸皮的，没伤及筋骨，做什么CT，就算做CT也用不着一万啊，根本就是无耻的敲诈。顾小满让左岸让开，她嚷着要打得这三个家伙住院，再赔偿医药费，不然吃亏了。

顾小满的一句话，让那男人连连退后，摸了一下嘴巴，有点畏惧。

“实在不行，就……就……就五千吧。”

“两千！就这么多，不行，报警吧。”

左岸拿出了钱包，掏出了两千元，递给了那个男人。那家伙一看有钱，虽然有些犹豫，还是收了，然后回头叫着另外两个同伴，一瘸一拐地走了。

看到左岸给钱，顾小满忍不住了，这是助长坏人的歪风邪气吗？报警就报警，大不了蹲几天局子。

“为什么给他们钱？”

“不给钱，你进了警察局，一旦检查出三个人中有一个是轻伤，你就别想上学了。”左岸目光严肃，转身向回走去。

左岸说的是事实，学生涉案，如果真定了伤害罪，学籍就保不住了，顾小满下手不轻，有一个家伙摔倒时手指被玻璃瓶碎片割开了，若是割断了手筋，事情就麻烦了。

几下拳脚，就打出去两千元？顾小满真是不甘心，她抿了一下嘴巴，随后追了上去。

“钱，我现在没有，等我回家想办法和我爸解释，会还给你的。”

“不用。”左岸瞥了顾小满一眼，继续朝前走。

“不行，两千元太多了，你怎么和家里人解释？实在不行，我这个假期不回家了，在这里打工，赚了给你。”

“我说不用了。”

左岸停住了步子，有些愠怒，一双俊目瞪着顾小满。他告诉她，期末有奖学金，只要拿到奖学金，就可以将这个窟窿填平了，他不需要和任何人解释。

奖学金？

顾小满皱起了眉头，左岸说得好轻松，以他的成绩，很容易拿到，可她就够呛了。到头来，她还是欠了他的。

一直跟着左岸回了学校，事情就这么不了了之了。顾小满发誓，以后再也不打架了，她一定要当好一个淑女。

从那以后，左岸成了债主，顾小满欠了债。

她猜想，“贩卖人体器官”事件之后，她在左岸心目中的形象已经大打折扣了，就算再怎么努力，也修复不了。

相反，孙安宁还是那么文静，等在左岸宿舍的门口，风吹动她的裙子和长发，撩拨人的心弦。

孙安宁凭借特权，不管做什么实验，总能和左岸分在一组，顾小满能看到的也只是左岸的一个背影。

除了这个烦恼之外，顾小满还遇到一个小小的麻烦，消停了一段时间的沈晨阳突然活跃了起来，天天带着他的新女友，开着车在她面前晃悠。不知是顾小满倒霉总能遇到沈晨阳，还是沈晨阳故意向顾小满炫耀，就好像一场周播剧，周一带的新女友，周日肯定就换了。初步估算一下，等沈大公子大学毕业了，校园里遍布的都是他的前女友了。

这就是富二代的魅力。

当然，不管沈晨阳的目的是什么，周播剧也不能影响顾小满，只会让她觉得更加无聊。

孙安宁到男生宿舍找左岸的次数越来越频繁了，据王承义的汇报，孙安宁甚至还去了左岸的宿舍。

“左岸说什么了吗？”顾小满急迫地问。

“我跟他零交流，就算旁听，他都很少说话。”王承义嘟囔着。

“哦，我知道了。”

和王承义分开之后，顾小满回了宿舍，翻来覆去睡不着的时候，担心她的暗恋要无疾而终了。

学期的期末，左岸一举拿下本学期本专业的第一名，并打破了几位高才生学长创的高分记录，获得一等奖学金；而顾小满什么都没拿到，仍旧是欠债的；孙安宁不负众望，得了二等奖学金；虽然展越的成绩不算理想，只拿到了及格，但是他的音乐特长受到了青睐，成功进入了校学生会的宣传部。

周丽娜进入学生会之后，就有了男朋友，是一位高年级的学长，很帅的一个男生，连刘丹也有人关注了，只有顾小满还单着。

期末，展越帮小满预订了火车票，到最后一天的时候，离校的人很多，也有个别留下来勤工俭学的，刘丹就是其中一个。她要利用这个假期，将下个学期的学费赚出来，包括回家过年的车票。

像刘丹这样的家境，她应该申请特困生的，可她却没有。强烈的自尊心，让她不允许别人用怜悯的眼神看她。

顾小满也想留下来勤工俭学，可老妈死活不同意，看来这笔钱，她得找别的途径赚到手了。

顾小满和展越的火车是一点多的，十一点在校门口集合，展越因为少拿了东西，又急三火四地跑回宿舍去了，只剩下小满一个人坐在行李上无聊地等待着。

很碰巧，左岸斜挎着一个背包从校园里走了出来，和顾小满打了一个照面。

“几点的飞机？我叫了出租车，一起走吧。”左岸问。

“我没订机票，和展越一起坐火车回去。”顾小满迎着阳光，光线很足，晃得她有些睁不开眼睛。

“我没抢到火车票。”左岸补充。

“你抢火车票？”

顾小满有点意外，印象里，左岸的家境很好，怎么会选择火车这种廉价又浪费时间的交通工具？左院长恨不得儿子的分分秒秒都用在学习上。

左岸对顾小满干笑了一下。

“火车除了时间长，也没什么不好，我不喜欢飞机，坐在上面，有种很孤单的感觉，但却很快。”

“确实快。”

顾小满垂了一下眼眸，有些心跳加速。看到左岸，她莫名地想到了那个晚上，她冒失地站在302的窗下，还有那个傻姐妹儿……

一时之间，左岸没有说话，顾小满也沉默了。

校门外，一辆吉普车开了过来，停在了门口，随后车窗落下，孙安宁的脑袋露了出来，喊着左岸：

“左岸，上车。”

“刚好我去机场接个朋友，上来吧，左岸。”

孙学军从驾驶室探头出来，副院长的邀请，左岸不好拒绝。他叮嘱顾小满，一会儿出租车来了，她和展越乘坐吧，不然现在学生多，叫车也不容易。眼看着左岸上了孙家的车，小满的心里说不出是什么滋味儿。

左岸才走，出租车就来了，展越也呼哧呼哧地跑了过来，两人将行李装上车，去了火车站。

回到家里，顾建城和妻子早早就回来了，做了一桌子好吃的，让小满什么都别做，就坐在饭桌旁让他们看着。顾小满被看得有些不好意思了，良久才开口，商量假期打工的事情。

“我和你爸赚的钱够花了，你打什么工？来葡萄园陪着妈。”顾建城的妻子做好了规划，小满这个假期哪里都别去，就在葡萄园，她要天天看到宝贝女儿。

“听你妈的，实在闲得无聊，就帮你妈，现在天冷了，葡萄园东南角弄了英国樱桃大棚，可得需要个人好好照顾呢。”

“是啊，留在家里，没人照看你，净和那些浑小子瞎混。”

最后这句话，顾小满好像听出了什么门道，她看了看爸爸，又看了看妈妈。顾建城和妻子低头吃饭。

就这样，顾小满一个假期，几乎大半的时间都被妈妈缠着，帮她打理樱桃树。除了学费和生活费，她一分钱都没多拿，欠左岸的两千元，还没着落，却又不敢和他们实话实说。

过年的时候，外面总是很热闹，一天到晚地鞭炮齐鸣，连个觉都睡不好，小满终于不用去葡萄园了。顾建城却特意请了年休假，天天没事儿好像侦探一样看着她。不知道是不是顾建城对展越有偏见，耻笑展家的小子一个假期都在外面胡混，参加了一个什么摇滚乐队。

“多亏我们看着小满了。”顾建城虽然声音小，还是被顾小满听到了，她这才明白老爸这样看着她的目的了，就怕她被展越带坏了。

“这个年龄最危险了，老周家的丫头，昨天说是去了医院……”

他们两个压低了声音，顾小满伸长了脖子也听不清，不明白人家去医院关他们什么事儿，这么神秘兮兮的。后来等小满当了医生，才明白爸爸和妈妈担心的是什么。

“啪”，玻璃被打了一下，顾小满立刻跑向了阳台，看到展越探出半个身子冲她招手。

顾小满赶紧拉开阳台的门，展越冲她喊着：

“要开学了，订车票，你哪天走？”

“我爸……”

不等顾小满将后面的话说出来，房间里，顾建城便大声地喊着她的名字，让她去超市买点东西回来。

顾小满赶紧离开了阳台，展越也缩了回去。

顾建城一脸的阴沉，让小满去买洗衣皂。

“家里不是有很多吗？我妈才买了十块。”顾小满接过钱，嘟囔了一句。

“让你买，你就去买！”

“好，我去买。”

顾小满穿上羽绒服出了门，跑去了那家超市。王阿婆见小满来了，立刻堆了笑脸，夸赞小满半年没见，出落得更漂亮了。小满的脸一红，有些难为情了。

“对了，上次帮你付钱的是你同学吧，那个高高帅帅的男生，他前段时间几乎每天晚上都来，还问起了你，可你好久没来过了。”王阿婆对小满说。

“你说……左岸！”

顾小满的眼睛一亮，左岸竟然问起了她吗？她浑身的细胞都亢奋了起来。

“别瞒着阿婆，小满，你谈恋爱了吧？姑娘大了，真是不中留了，呵呵。”

“阿婆，你别误会，也许他只是随便问问。”

顾小满的脸更红了，买了洗衣皂，又在超市的门口磨蹭了好一段时间，没等到左岸，却等来了展越。

展越穿得很少，一件套头的灰毛衣，冻得倍儿精神。

“你到底哪天走？我订火车票，一起走。”

“我爸说他给我订。”

顾建城到现在也没给小满车票钱，她没法和展越一起订。

展越皱了一下眉头。

“你都多大了，还让你爸订票？”

“我能怎么办？”

小满双手插在羽绒服的兜里，踮着脚。天气太冷，冻得她鼻尖儿都红了。

“不对啊，小满，我怎么觉得你爸防着我呢？”展越好像反过味儿来了。

“哪有。”

虽然觉得这可能是事实，顾小满也不愿意承认，她和展越之间什么都没有，有什么好防着的。

展越揉了一下鼻子，有些不服气。

“你说你爸，有什么好担心的，就算我有什么非分之想，也得有那个本事撂倒你啊。”

“你说什么呢你。”

顾小满抬脚踢去，展越跳着躲避，哈哈大笑着。

顾小满歪着脑袋看着眼前的展越，他已经不再是当年那个鲁莽的高中生了，不但个头儿高了，身材魁梧了，就连五官都融合了成年男人的韵味儿，少了几分稚气。

“再有一个三八妇女节，你就可以过节了。”展越看着小满，仍笑着。

“谁过节？”

小满噘了一下嘴巴，向回走去。

三八妇女节，是小女生都不太喜欢的节日，妇女两个字，在她们的眼里意义和女生完全不同。或许只有成年了，她们才不得不接受“三八”这个节日，不知为何，总觉得好像骂人一样。

虽然展越一直问小满车票的事儿，小满也没得到老爸明确的答复。眼看开学了，顾建城才将机票放在了小满的手里，这次她是真的相信了，老爸防备着展越。

展越坐火车，顾小满却又是飞机。

那天一早，小满收拾了行李，老爸亲自送她到了机场才肯离开。不知道是不是开学的缘故，机场的人特别多。小满排队领登机牌，才站了一会儿，后面就传来一阵抱怨声，好像有人插队了。

这年头，什么人都有，时间来不及，怎么不早点儿来，却要插队？顾小满盘算，等那家伙到前面来，她一定不给他让，让他长长教训，下次就知道紧张了。

“不好意思，不好意思，我朋友在前面。”

那人从一片抱怨声中挤了上来，却站在小满身后不动了，小满等了一会儿，那人还没动，感觉是个男人，个子很高……

轮到小满了，她拿出了身份证，手续完毕，服务人员给了她登机牌，她刚把登机牌拿在手里，身后的男人立刻将身份证送了上来。

“我和她一起的。”

一起，他和谁一起？小满瞥了一眼服务台上的身份证，看到了身份证上的熟悉照片，名字是左岸。

竟然是左岸？

难怪声音听着……顾小满惊喜回头，左岸正拿起登机牌，向工作人员连声道谢着。

“你怎么和我一个航班？”

“很巧啊。”

左岸还是那个双肩包，这样的冬天，很少看到行李这么少的，他扯过了顾小满的行李，向安检口走去。

跟在左岸的身后，顾小满一度兴奋得差点跳起来。上学期孙安宁给她心灵造成的极度伤害，现在都烟消云散了。

只要左岸在她十米的范围内，她就很容易忘乎所以，好像变了一个人一样。

过了安检，左岸只是坐着看书，也不说话。有几次小满想开口问他怎么这么巧买到这个航班的，又觉得多此一问，碰巧就是碰巧，有什么好解释的呢？

飞机晚点一个小时，顾小满无聊得伸脚拉腿，左岸偶尔看过来，她又立刻规规矩矩地坐好。

旁边有个男的，不知怎么回事儿，一直盯着小满的脸看，手臂还故意往这边蹭，碰了小满一下，她立刻缩了手臂，他又蹭过来。

很明显，这货无聊，玩揩油呢。

若是平常，顾小满一定暴起，将他踹出去，可左岸在，她不能，只能忍着，忍着，实在忍无可忍了，她站了起来，左岸竟然也站了起来。

“我带你去喝咖啡。”

“好啊。”

顾小满听话地应着，眼看左岸绕过座位离开之后，小满瞪圆了眼睛，不客气地对准那个男人的皮鞋，狠狠地踩了下去，随后飞快地追上了左岸，乖巧地走在了他的身边。

身后，男人龇牙咧嘴地叫着，估计踩得不轻。

顾小满不管走到哪里，都是个惹祸精，源于她的个性如此，从不吃亏。左岸的那套理论，她接受不了，什么叫作忍一时风平浪静？她宁可惊涛骇浪。

相比来说，左岸有着和年龄不相符的成熟，甚至世故。

“我欠你的钱，到了学校，想办法打工还你。”顾小满喝了一口咖啡，很抱歉这个假期没能将两千赚到，还要他请喝咖啡。

“不要打工还我，拿到这个学期的奖学金。”债主还计较钱的来路吗？左岸的要求还真高。

“我试试。”

好不容易克服晕血，差点被退学的她，能拿到TX医科大学的奖学金吗？对于顾小满来说，那是一个绝对至高的顶峰，可这个顶峰是左岸的要求，就算难，顾小满也得去攀登。

喝咖啡的时候，进来一个人，比比画画地不知和服务生表达什么，服务生看不懂，那人急得团团转。

“等我一下。”

左岸起身，走过去，帮忙解围。

那会儿，左岸在小满的心里又瞬间高大了，他竟然会手语。解释之后，服务生才知道聋哑人在这家店里丢了墨镜，墨镜找到了，聋哑人和服务生都感谢左岸，作为答谢，咖啡店的老板免费给他们多加了一杯拿铁。

“你会手语？”小满太诧异了，她不知道在左岸的身上，还有多少她没发现的闪光点。

“人若是只囚禁在书的世界里，就会去关注一些稀奇古怪的东西，我只是初中时研究了一些。”

他用了“囚禁”两个字，很奇怪的用词。

到时间了，小满和左岸一起登机。他坐在中间，小满坐在了里面，最外面是一个肥胖的男人。

刚刚起飞的时候，有些颠簸，左岸看起来脸色很差，他可能晕机。

和左岸同乘飞机后，顾小满才知道这个世界是公平的，金无足赤，人无完人。

左岸身高足有一米八五，却有一个致命的弱点——害怕坐飞机。当飞机遇到强气流颠簸的时候，他变得紧张，神色凝重，很快脸色苍白。当震动加剧时，他突然一把抓住顾小满的手，牢牢不放。

“你……没事儿吧？”小满低声问了一句。

“没事儿。”

左岸微微地喘息着，飞机已经平稳了，他还没放开顾小满，手心里都是汗水。

这算他们的第一次亲密接触。小满有些羞涩，目光转向了窗外，心怦怦地跳着，却没将手收回来。一般这种情况，女孩子都会认为被占了便宜，可顾小满却不一样，她乐在其中。

左岸将手松开，有些尴尬。

小满忍着笑。窗外，云海尽在脚下，一团团一簇簇，如棉花，如堆雪，衬托着蓝蓝的天，美得让人窒息。

顾小满和左岸再没有说话，外面的胖子好像睡着了，打着呼噜，肥墩墩的身体逐渐倾斜，歪在了左岸的身上，左岸推了一下，他抬头吧嗒了一下嘴巴继续睡，最后干脆睡死了，任左岸怎么推，就是推不醒。左岸不得不歪着身子，极力避开，却拉近了和小满的距离。

他的肩头紧贴着她，她的心好像小兔儿一样乱跳着。

如果有人说，女生这样太不矜持，顾小满却不这么认为。不管是谁，暗恋了三年，能这么近距离接触男神，都会和她一样，想入非非的。

三个人就这么歪斜着，一直到飞机降落。胖子终于醒了，不等他拿下行李，左岸便气恼地一把推开他，拽着顾小满冲到了过道上。从未见他这么急躁过，想必这一路，他很吃不消。

坐上出租车的时候，左岸还在闻自己身上的衣服，皱眉抱怨胖子流口水。

在小满的印象里，左岸是一个很干净的人，穿的衣服几乎都是一尘不染。其实不难想象，一个医生教养出来的孩子，怎么可能没有洁癖。

左岸的洁癖在顾小满的眼里仍是优点，连畏惧飞机、吓得脸色苍白，也成了左岸与众不同的可爱之处。

顾小满没救了。

一起下车，左岸很绅士地将小满送到了女生宿舍楼下才离开。看着他渐渐远去的背影，小满更加确信一件事儿，她喜欢他。

这学期，孙安宁破天荒地回宿舍住了，理由是要和大家沟通感情。

顾小满哼了一声，将行李扔到了床上，她才不屑和副院长千金沟通什么感情呢。

“小满，你过来。”刘丹将小满叫了过去。

“什么事儿啊？”小满放下手里的衣服，跟着刘丹出了房间。

刘丹好像做贼一样，四下看了一眼，凑近顾小满的耳朵说：“孙安宁要向左岸表白了。”

“你怎么知道？”小满皱起了眉头，觉得这个问题很严重。

“我听到的，她一个人在宿舍里打电话，也许是打给她的闺蜜，或者什么亲戚，当然打给谁不是重点，重点是她说……”

一个女生走过去了，刘丹立刻闭嘴，待那个女生走远了之后，她才压低了声音继续说：“她说，她喜欢左岸，想这学期找个机会和左岸挑明了，我绝对没听错。”

“挑明？”

顾小满虽然极力表现得很不在乎，却还是变了脸色。

“什……什么时候，她说了吗？”小满急问。

“这周，明天开学，后天，或者大后天，这周没剩几天了。”

“是，没剩几天了。”

今天是周二，明天开学是周三，接下来就是周四周五，是不是太快了。顾小满哑然。

顾小满很焦虑，在过去的几分钟里，孙安宁已经由一个招人讨厌的女生，破格升级为顾小满的情敌，警报拉响，顾小满不能坐以待毙，绝不能让孙安宁抢在她的面前。

蓦然，小满想到了在左岸窗下表白的傻姐妹儿，她是不是该向她学习？

坐下来沉思，想着敌我的实力差别：孙安宁长得不错，学习好，家境也好，老爸还是大学的副院长，无论怎么比，小满都不是对手。所以她必须先搅和了孙安宁的表白，听起来这是一个不错的主意。

顾小满铁了心，决定抢在孙安宁之前表白，鹿死谁手，这周就能见分晓。

只是顾小满没想到，她精心编排了一个晚上的各种表白场景，却都没实现，而是在那样一个窘迫尴尬的情况下说出了口……

那次的表白实在太壮烈了，以后很多年小满回想起来，都觉得很彪，想用头撞墙。

第八章 我给你做女朋友好吗

『左岸，我给你做女朋友好吗？』

不是那句我喜欢你，也不是我爱你，更不是做我的男朋友吧，而是一句可怜巴巴的询问——我给你做女朋友好吗？

刘丹之所以向小满透露这个秘密，是有个人私心的。上次实验室兔子事件之后，刘丹不但割破了手，还没能进入学生会，偷鸡不成蚀把米，心里怎能不记恨孙安宁。而孙安宁一直站在荣耀的最前端、瞧不起刘丹。刘丹没胆子和孙安宁对抗，她认定在TX医科大学能收拾得了孙安宁的只有顾小满了。

谁都能看得出来，孙安宁对顾小满有所忌惮。

“对了，她还提到了你，说你处处和她作对，让她在大家面前没面子，让她难堪……”刘丹喋喋不休地说着一些后来自己编造的瞎话，意图激发顾小满的斗志，可顾小满根本没听，她只想着怎么抢在孙安宁之前破坏掉她的表白。

说够了，刘丹进了宿舍，喝了一大杯水。

顾小满倚在宿舍外的墙壁上，沉思着：明天是周三，开学上课的第一天，一定很忙，孙安宁是学生会的，抽不出太多的时间，左岸也有很多事情要做，所以周三不太可能。

有没有可能是周四呢？顾小满皱着眉头，周四一连两节大课，下来就是一小天，也挺累的；相比之下周五就很轻松，第二天休息。如果换作是她，她也会选择周五下手，事成之后，孙安宁就可以名正言顺地和左岸在周六压马路了。

由此得出结论，顾小满一定要在周五之前使出撒手锏。

孙安宁回来了，拿着盆子去洗漱，她看起来心情不错，一边走，还一边哼着歌儿。随后展越打来电话，抱怨火车晚点了三个小时，他到学校天都黑了，下次一定让老爸买机票，和小满一起坐飞机来。

顾小满心里想，等展越买了飞机票，她那个固执的老爸一定买火车票。

安慰了展越几句，小满挂了电话，早早上了床。

熄灯了，顾小满翻来覆去睡不着，想着左岸周四一定会去图书馆，假若他在图书馆顶层出现，她碰到他该怎么说？我爱你这种话，顾小满说不出口；做我男朋友吧，显得有点太女汉子了；那就是我喜欢你，大多人表白都会这么说吧，虽然软绵绵的没什么力量，却也能将就着用……

她暗恋三年的男神啊，难道就这样匆匆表白吗？顾小满心有不甘，却也没有办法。

这一夜，她失眠了。

从凌晨四点到六点，顾小满只睡了两个小时，第二天早起，整个人的状态都不好了。因为是开学的第一天，大家格外混乱，参加不完的会，表彰、活动、照相、舍务整理，一天下来，顾小满虽然身体不错，也困乏得不行了，刘丹干脆躺着不动。

“周丽娜哪里去了，怎么不见人啊？”刘丹问了一句。

她这么一说，小满还真注意到了这个问题，从舍务整理完之后，周丽娜就不见了。

“见她男朋友去了吧，一学期不见了。”

小满抿嘴笑着，刘丹也跟着笑。

“小满，你说，有男朋友是什么滋味儿啊？接吻有那么销魂吗？看小说写得浑身起鸡皮疙瘩。”

“我又没有男朋友，怎么知道？”

小满的脸有些发烧，假若她明天表白成功了，左岸就是她的男朋友了，那么接吻的滋味儿……小满摸着自己的唇瓣，突然笑了出来，笑得刘丹有些发毛，一个劲儿问小满是不是有情况，小满死都不承认，孙安宁哼了一声：

“她？男人婆，能有什么情况？”

“你说谁是男人婆？”

顾小满有点火，孙安宁自己躺在那里好好看书得了，乱插什么话儿。

“还以为你喜欢当男人婆呢，算了，当我没说。”孙安宁一缩脖子，钻进了被窝，书也不看了。

刘丹撇嘴笑了笑，果然孙安宁是怕顾小满的，只要顾小满一瞪眼睛，她立刻没电。

顾小满倒了一杯水喝了下去，眼睛还瞥着孙安宁，就在她放下水杯，要躺回床上时，周丽娜回来了。她进门就一屁股坐在了床上，随后哇的一声大哭了出来。

“你怎么了？”顾小满问周丽娜，好好的，哭什么？

“我男朋友要和我分手……”

周丽娜抹着鼻子抽泣着，眼泪一对一双，好不可怜。她说不知道自己犯了什么错误，才开学见面，男朋友就提出分手，一点征兆都没有。

“他没病吧？人是他追的，好都好了一个多月了，怎么说分就分啊，是不是便宜占够了，要始乱终弃啊？”刘丹嚷嚷着。

“你说什么呢，始乱终弃也不能用在这里啊。”

顾小满让刘丹别说话了，完全是用词不当。她让周丽娜先别哭，不就是一个可能成为前男友的家伙吗？有什么了不起的。

“你没尝试过喜欢一个男生，怎么体会我的心情？我好难过啊。”周丽娜哭得两个眼睛跟桃子一样。

顾小满抿着嘴巴，真想告诉周丽娜，她才喜欢那个男生一个多月而已，她喜欢左岸整整三年啊，难过，悲伤，绝望，她什么没尝过，付出的感情不比周丽娜少一分。

“我没同意分手，所以明天，还会再见一面，在学校外的咖啡厅，你们一定要帮我啊，小满，刘丹，帮我啊。”

周丽娜哭成了泪人，孙安宁突然掀开了被子，不耐烦地说：“于鹏有女朋友，你又不是不知道。”

“可他们已经分手了。”周丽娜委屈地回应着。

“人家骗你的，你也信？”

“行了，别说了，我最讨厌这种脚踩两条船的男生。好了，丽娜你别哭了，明天我和刘丹下午给你撑腰去，就算分手，也得有个说法。”

顾小满让周丽娜洗漱睡觉，明天要漂漂亮亮地去见于鹏，让他知道，离开他，地球照样转。

周丽娜点头，拿着盆子去洗漱了。

因为周丽娜闹了这么一通，晚上还断断续续地哭，害得顾小满又是一夜没睡好，周四早上起来的时候，感觉整个世界都要颠倒了。

“上课，上课，上午全是课，下午还有两节，这一天都忙的，完事儿要去帮周丽娜。”刘丹让小满别磨蹭了。

顾小满皮笑肉不笑地牵动了一下嘴角，刘丹倒是睡得很好，打了一夜的呼噜，现在她比谁都精神。

这种状态，顾小满不敢想象她的表白是不是还能发挥正常。

顾小满匆匆赶到教室的时候，又是最后一排。左岸坐在前面，认真地记着笔记，孙安宁坐在左岸的身边，双手托着下巴，歪着脑袋，用可爱来形容她的样子？顾小满撇了一下嘴巴，也许别的男生觉得孙安宁可爱，可她却觉得难看死了。

你若不喜欢一个人，不管她做什么，都觉得碍眼。现在顾小满和孙安宁就是这种互相看着碍眼的关系。

开始上课之后，顾小满一个劲儿打瞌睡，教授的声音有如洪钟，时不时提醒睡觉的，小心这个学期的学分。小满打了一个激灵，尽量睁大眼睛，一直坚持到下午最后一节课，下课铃声一响，她便进入了半昏睡的状态。

“小满，快点，半个小时，得去咖啡馆，别忘记你答应了周丽娜。”刘丹推了小满一下。

“好，好，你先走，我去方便一下就来，在校门口集合。”

顾小满打发了啰唆的刘丹，收拾了书本，却忍不住又打了一个哈欠，实在睁不开眼睛。她觉得半个小时还早，先小趴一会儿，就闭一下眼睛，别见了于鹏之后没力气做周丽娜的后援。

小满这一趴就趴了二十分钟，睁开眼睛一看，偌大的教室里一个人都没了，距离和周丽娜约定的时间就差十分钟了。她惊呼着从桌子上翻了过去，走两步，便捂住了小腹，真是该死，得去趟厕所。

就这样，顾小满迷迷糊糊地走出了教室，迷迷糊糊地推开了学校厕所的门，迷迷糊糊地走了进去。还不等她看清眼前的景象，就听见一阵惊诧的喧哗之声，顾小满睁大眼睛一看，竟然都是男生。

眼前，至少有七八个男生提着裤子一起扭头看向了她。

终生难忘的一幕，让顾小满成了这些男生记忆里一道不可磨灭的阴影。之后的日子里，一出现尿频尿急尿不尽的问题，就统统归结在了顾小满的身上。

顾小满无法呼吸了，惊呆在原地，她竟然进了男厕所吗？最糟糕的是，她的男神左岸也在其中。左岸刚如厕完在洗手，看到顾小满闯进来，洗手的动作停止了，蹙眉回头看着她。

那是她最出糗、最窝囊的一次，很多男生都给顾小满贴上了重度花痴患者和自恋人格的标签。

其实男生也怕被看光的，他们惊叫的声音不比女生小。

“顾小满，你干吗啊你？”王承义提着裤子，一副吃了大亏委屈要哭的样子。

“我……我找……找左岸……”

走错厕所就承认走错好了，顾小满却在情急之下，说了这样冒失的话。

有见女生找人，进男厕所找的吗？那得多虎，多大的胆子啊？

顾小满说完了，就觉得不对，却收不回来了。

“你找我？”

左岸的脸黑了，他大步走上来，直接将小满拉了出去。

一直走到了距离男厕所很远的地方，左岸才停下来，问顾小满在搞什么鬼，那是男厕所，不是宿舍，也不是食堂，她有什么着急的事，也得等他……

下面的话，左岸说不下去了，他是个斯文人。

“说……说吧，找我什么事这么急？”

“那个……”

顾小满真想说，她太着急了，又太困了，没看太清，或者干脆没看，直接走错了厕所。可刚才的话已经说出来了，她又不知道怎么圆回去，被左岸问得急了，顾小满突然抬起头，鼓起勇气，放大声音问了左岸一句：

“左岸，我给你做女朋友好吗？”

不是那句我喜欢你，也不是我爱你，更不是做我的男朋友吧，而是一句可怜巴巴的询问——我给你做女朋友好吗？

左岸愣住了。

从他的表情可以看出，他被震慑了，惊住了。

显然，左岸没准备好，小满的话比晴天霹雳就差了那么一点点。

终于说出口了，不管是什么方式，什么场合，够不够浪漫，顾小满终于表白了。

心跳加速，血压迅速直升到一千二百毫米汞柱，达到爆血管的程度。

左岸很沉默，沉默得没有一点回应，顾小满的血液在沸腾，他却能那么冷静？

“不……不……不用着急回答我，左岸，我知道太突然了，不如这样，你想一想，晚上……晚上八点来图书馆，我们老地方见，我等你……”

顾小满和左岸在图书馆只见过一次，不算什么老地方，可她知道，左岸一定明白那个老地方在哪里。她的表白有点太突然了，别说他难以接受，连小满自己都要晕倒了，所以她也需要一点时间恢复一下。

至少左岸没有直接拒绝，就是好兆头。

顾小满转过身，松了口气，然后低着头，健步如飞地走掉了。

进错厕所，再方便完，小满到了校门口，早就没人了，她匆匆跑到了咖啡馆，只看到了周丽娜和刘丹两个人。

“对不起，我来晚了，我急，所以上厕所了……”

顾小满向周丽娜道歉，解释她真是太急了，不然一定准时到这里。她连声地道歉，周丽娜却缓慢地摇摇头，刘丹也跟着摇摇头。

“你没来更好，不然一定会气死的。”

“怎么了？”小满问。

“于鹏带着那个女生来的。”

“是于鹏和丽娜分手，还是那个女生和丽娜分手啊？于鹏怎么这么没风度啊？”顾小满火很大，没见过男生这么龌龊的，就不能给别人一点尊严吗？

“人家是原配嘛。”

“原配算什么，这种男人，早晚还得一脚踩翻船。”

顾小满让周丽娜别难过，坏的不去，好的不来，这花心萝卜坑，她们还懒得占呢。

虽然话是这么说的，可周丽娜还是一直哭，顾小满和刘丹送她回了宿舍，都不知道怎么劝好了。失恋这种事儿，别人怎么劝解都没用，得当事人自己想通了，这需要的是时间。

晚上六点半不到，顾小满就跑去了图书馆，还很郑重地穿了棉裙子，站在书架的后面，心不在焉地翻着书。楼梯口上来一个男生，她就走过去去看看，见不是左岸，又回到原位，紧张得手都发抖了。

一直等到八点半，左岸也没出现，顾小满有些着急了。

或许有什么事情让左岸脱不开身，小满相信左岸一定会来的。

可图书馆的时钟指向九点了，左岸还是没来。九点一过，顾小满的汗就冒了出来，到九点半的时候，她已经跑到楼梯口等待了。

迟到没关系，她不是个计较的女生，只要他能来，可惜……顾小满一直等到图书馆关门，左岸也没来。

顾小满站在茫茫星空之下，失措了。

她曾经无数次设想过这种局面，做了最坏的打算，只是没想到这么快就来了。她很自责，责备自己太着急了，不该这样表白的，更不该和孙安宁争强好胜，也许再等一等结果会不一样。

一切都变得很糟糕。

顾小满不知道是怎么走回宿舍的，途中遇到谁，都好像失忆了一样，只知道她回宿舍，孙安宁却没回来，空空的床铺代表了什么，顾小满猜错了吗？孙安宁的表白计划也许是周四，不是周五。

顾小满捂住了脸，左岸没有接受她。

失魂落魄地坐在了床边，她连哭的意识都没有了，无力地躺下来，盯着床顶挂蚊帐的吊环处，感觉肖文樱在耻笑她。那个得了抑郁症的女生好像在说，这张床，没人能够打破魔咒，顾小满也一样。

“天气预报，今晚有台风。”刘丹关好了窗户，上了锁，仰面看着夜空，自言自语着，这漫天星光灿烂的，哪里像有台风的样子？

“天气预报哪里有准的时候，只是预警，不会真来的。”周丽娜的眼睛还肿着，但情绪平稳了许多。

“台风，来吧，来得猛烈一些吧！”

刘丹张开了手臂，做出了一副迎接台风拥抱的表情。

一直到熄灯，孙安宁也没有回来。

刘丹自言自语着，孙安宁今晚不会不回来了吧？

“公主的身子，怎么受得了宿舍这样的环境，才坚持了两天，就打道回府了。”

“说的也是，宿舍和家里怎么比？”

又闲聊了一会儿，刘丹先睡了，周丽娜也发出了均匀的呼吸声。只有顾小满，连续失眠两个晚上，现在还精神着，只是她的头很痛，痛得好像裂开了。

癞蛤蟆想吃天鹅肉，她就是那只癞蛤蟆，左岸是天鹅，不管什么时候，这都是一个很冷很冷的笑话。

半夜，外面刮起了大风，飞沙走石，打在窗户上噼噼啪啪作响。大树在幽暗中摇晃，咔嚓一声，宿舍窗外一棵碗口粗的树折断了，只有那棵有百年历史的大树还在坚持着，枝杈却也纷纷断裂，周围被连根拔起的小树，一连三四棵。

顾小满爬了起来，趴在窗户上，这种天气还真配合她现在的心情，糟糕透了。

一夜肆虐，清晨大风才平息下来。

顾小满凌晨三点才上床躺下，许是太困了，很快进入深度睡眠。

“我的天，看那儿。”刘丹推开窗户探头出去，周丽娜问怎么了，不就是倒了几棵树吗？没什么好奇怪的，台风天气就是这样的。

“不是，不是的，丽娜你来看，你看啊。”刘丹招呼着周丽娜，让她到窗口来，周丽娜抓了一下乱蓬蓬的头发，放下木梳走到了窗口，才看了一眼立刻惊呼了出来。

“那是……谁的红内裤啊？”

台风之后，女生宿舍门前那棵百年大树上，挂了一条男生的红内裤。为什么那么肯定是男生的，因为有男生的特征。刚好那个位置挂在了一个断裂的树杈上，很滑稽，也很尴尬。

“哈哈……”刘丹哈哈大笑起来，谁这么倒霉啊。

为了让小满看到这样雷人的一幕，周丽娜和刘丹联合将昏睡中的小满拖下了床，小满睡眼蒙眬，哼哼唧唧地抱怨着。

“我两天没睡好了，求求你们，饶了我吧，有什么好看的？”

“快看，不然没机会了。”

小满被推到了窗口，她吃力地睁了一下眼睛，看到了大树上的那条红内裤。

“不就是一块布吗？”

“你看清楚了，那是男生内裤，睁大眼睛。”

“你们两个女流氓，男生内裤有什么好看的，色女啊……我要睡觉，再叫醒我，我让你们两个今晚没的睡。”

顾小满太困了，转身要去睡觉，却又被刘丹拉了回来，她让顾小满看，谁来了。

顾小满被迫转过身，向外看去。

百年大树下，展越出现了。他抬头看着大树上的红内裤，看起来有点烦恼，大树太高，内裤挂得也太标准。

“看看，你高中同学展越的红内裤，哈哈！”刘丹大笑着。

顾小满立刻趴在了窗户上，展越是不是有毛病啊，好好的内裤挂在室外干吗？这条内裤一定经历了很多，才会飞到了这里。

“嘿，小满！”展越冲小满打招呼。

顾小满觉得真难堪，这种时候，打什么招呼，她恨不得不认识他。

“神经……”

小满低语了一声。

窗外，展越开始爬树了。几乎所有女生宿舍的窗口都打开了，惊呼声一片，因为大树很粗，他爬得很快，一会儿工夫就到了大树的树干分枝处。

当展越拿到了那条内裤的时候，冲大树下的兄弟摇动了两下，顾小满咒骂了一声，正要关门，展越喊了一嗓子：

“顾小满，等等！”

听见喊声，顾小满停住了步子，懊恼地抿着嘴。这个混蛋小子，来女生宿舍门前爬树拿内裤，为什么一定要喊她的名字，难道这种事儿很光彩吗？

“顾小满，顾小满！”

窗外传来了很多男生的喊声，顾小满皱着眉头，一个急转身冲到了窗口，刚要喊都闭嘴，却看到展越将手伸到了衣服中，在左胸部位掏着什么，随后拿出了一个红色的小圆球，冲小满摇动着。

小满气恼地皱着眉头。

“你叫我做什么，我很困，有话明天说。”

“等等，小满！”

红色的小球扬了起来，他一扭，什么东西从球体里冒了出来，迅速变大，膨胀，最终成了一个心形的气球，上面写着：顾小满，做我女朋友吧！

女生宿舍沸腾了，尖叫声、呼喊声一片。

“顾小满，答应他！”

“展越好样的！”

“展越，她不答应你，我答应了，我做你的女朋友！”

隔壁王小雨摇动着手臂，跟着添乱。

顾小满站在窗口，不知道说什么好了。图书馆白等了一个晚上，又起了台风，红内裤上树了，接着展越出现了，将心摘了出来，向她表白？

一把吉他被送上了大树，展越对着408女生宿舍深情地唱了起来。大风肆虐之后，能听到这样柔美、愉悦的歌声是一种安慰。

顾小满看着展越，女生们也都没有关窗。不远处的那条被树枝石头覆盖的小路上，左岸走来了，还有孙安宁。

左岸停下来，朝这边看着，他的头发略显凌乱，精神状态不佳，好像什么事情让他严重睡眠不足。待他看到展越吉他上飞扬的红心时，眉头微蹙。孙安宁伸手朝这边指着，告诉左岸，有人追求顾小满啊。左岸很快移开目光，神色黯淡，遂加快了步伐向男生宿舍走去，孙安宁在后面连喊了他几声，他也没有回头。

和展越关系要好的几个哥们儿还在有节奏地打着拍子，等待顾小满答应展越的追求。

顾小满懊恼地深吸了一口气，换衣服，梳头发，飞快地冲下楼来，站在大树下，掐着腰朝上看着。

“展越，你下来！”

“嘿，小满，这首歌是我特意为你写的，喜欢吗？”展越停止弹唱，在大树上摆了一个很酷的姿势。

“你到底下不下来？”

顾小满跺了跺脚，再次让展越快点下来，不然她上去了。

“好好，我下来，你以为我爬上来轻松吗？”

展越一点点爬了下来，落地之后，将吉他递给了身边的一个哥们儿，还不等开口说话，就被顾小满一把扯住了衣袖，让他马上跟她离开这里。

“小满，等等，你还没回应我呢？”

“回应什么？展越，你想让我谢谢你吗？跟我走。”

顾小满扯着展越就走，展越让跟随的哥们儿先回去，等他的好消息，那几个家伙又起了一会儿哄，才离开了。

顾小满将展越拽到了教学楼后的一个小亭子里，才松开手，当看到他手里的红心时，气恼地将他的那颗红心抢过来，捏吧捏吧成了一团，塞在了展越的衣服里。

“收好你的心，还有你的红内裤。”

“不是的，小满，红内裤不是我的，是我们宿舍老幺的，他白天把内裤晾在了窗口，刮大风，刮到你们宿舍这边的树上，我帮他拿下来。但这颗心是我的，怎么样？喜欢不？”

展越的眼睛烁烁放光，说话的时候还紧张地观察顾小满的表情。他这次是来真的，台风之后，热烈地表达他的心意，为邻七年，他的身份该转换一下了。

“展越，我知道你这么做是为了我好，也很感谢你，可我现在心情真的不好，别再闹了，你的行为一点都帮不了我。”

顾小满一屁股坐在了石凳子上，垂头丧气地耷拉着脑袋，连老天都不作美，在她表白之后的夜晚，狂风肆虐，这是她做了什么逆天的事了吗？

展越听糊涂了，小满谢他什么啊。

“等等，小满，你干吗谢我啊，我刚才……”

“你是不是知道左岸的事了？”小满低声问，展越愣了一下。

“左岸的事？”

“我失败了，就好像你说的那样……”顾小满抹了一下鼻子，真想大哭一场。三年多的时间，她的暗恋好比空气，一直弥漫着，漂浮着，始终看不到，也摸不着，一旦空气散去，就有种马上窒息死亡的感觉。

展越似乎听出了什么门道，追问小满：

“你什么时候……和他说的？”

“昨天，我说了，之后约他在图书馆见，一直到图书馆关门，他都没来。”

“哈哈！”

展越突然笑了起来。

“你笑什么？”顾小满被惹毛了，她这么难过，他竟然有心情笑，怎么说这件事儿听起来都是伤心事，有那么好笑吗？

“表白之后，就大风肆虐，顾小满，你还真是个怪胎，连老天都怒了。”

就知道他会这么说，顾小满站了起来，白了他一眼，转身就走，才走出没几步，展越便追上来，拦住了她。

“好好，我不笑，不笑总行了吧？”

“展越，你真可恶，我们绝交。”

顾小满推了展越一把，展越立刻求饶，态度也变得严肃了起来。

“这么说来，我今天这么做，还挺及时的，怎么样，不考虑一下？”

“考虑什么？”

“临时用一下？”

“我还没那么卑鄙，自己伤心绝望，就抓住别人当挡箭牌，这种事情我利用不来，也不会做。”

顾小满宁愿一个人窝在宿舍慢慢舔舐伤口，等待伤口的痊愈。至于展越，属于那种没心没肺的，利用一下也未尝不可，可小满真的没心情。

不管将来如何，有什么样的男神再降临到小满的身边，她的心里都多了一份遗憾，就是左岸。

也许她多少年后，能忘记了那张脸，那个背影，却永远不会忘记曾经暗恋过的感觉。

展越很无奈，问小满接下来想怎么样。对左岸失望，不代表她该对所有男生都失望，不如挪开目光看看她的身边，可能没有比左岸优秀的，但一定有比左岸真心的。

“别废话了，饿了，出去吃饭，你去不去？”顾小满问。

“去去，当然去了，吃什么？不如吃川菜吧，你现在的心情，适合吃火爆辣椒。”

“你说什么呢？你才适合吃火爆辣椒呢，我吃清淡的，这次我请。”

虽说要吃清淡的，可到了饭店，又点了一桌子重口味的。

“小心你的青春痘……”展越提醒着。

“你才有青春痘呢。”

…………

化伤心为食欲，顾小满闷头吃着，她的心情仍旧不好。展越问了小满一个问题：他在小满的心里像什么？可能成为男朋友的人？好像哥哥的人？或者什么其他的？

“男闺蜜！”

这是小满给展越下的定论。

展越撇了一下嘴巴。

“还真是一个新型物种，你知道这个词汇还有一层意思吗？”

“什么？”

“垃圾桶。”

…………

不管是男闺蜜也好，垃圾桶也好，顾小满都很感激展越，至少在最不开心的时候，有人陪着她，听她说话。

之后，顾小满才知道展越那次上树，并不是因为顾小满表白失败，而是一个完全独立的事件。

没能做成左岸的女朋友，生活还得继续。食堂，上课，路上，小满发现她看到左岸的次数变多了。

因为小满闯进了男厕所，成了全校的热门话题，有好事儿的家伙很想知道，顾小满在那一刻都看到了什么？

顾小满嗤之以鼻，不该看到的都看到了，该看到的，却啥都没看到。

“不就是那么点事儿吗？初中就上生理卫生课了。”

顾小满说得轻描淡写，内心却将那些好事之徒都咒骂了一个遍。她就不信，他们这一辈子都能不进错厕所，常在河边走哪能不湿鞋？厕所可是天天都要去的。

“小满，你可真壮烈。”

“壮烈？那天我的确很壮烈的。”

两种壮烈的意义不同，顾小满做了一件比进男厕所还壮烈的事情，向左岸表白，左岸以沉默回绝了她。

若说顾小满不后悔是假的，有时候她想，假若那天不说，再拖久一点，会不会不一样？也许吧。

小满趴在床上，拿出了日记本，想着该不该找个风水好的地方，举行个仪式，将这几本日记本埋葬了，连同她这颗不肯安分的心一起埋了。也许展越说得对，她关注了左岸太久，以至于忽略了太多她本该关注的东西。

手指轻轻地抚摸着日记本，小满很不舍，如果扔掉了日记，就是扔掉了懵懂的那份感情。

“这是什么？”

一只手突然伸来，猝不及防地将小满手里的日记本拽了出去。

小满一声惊呼，抬头看去，发现孙安宁不知何时进了宿舍，站在了她的床边，还抢了她的日记本。

“孙安宁，你过分了！”顾小满跳起，将日记本抢了过来。

“什么啊，乱七八糟的，你紧张什么？”

孙安宁诡异地笑了一下，顾小满怒不可遏，一把将她推了出去，孙安宁一个趔趄，差点坐在了地上，立刻火了。

“顾小满，我知道你在想什么，别癞蛤蟆想吃天鹅肉，歇歇吧。”

“你说谁是癞蛤蟆？”

小满又将孙安宁扯了过来，周丽娜赶紧上前解围，孙安宁趁机挣脱出来，一张脸白白的，却不敢再和小满针锋相对了。

顾小满瞪视着孙安宁。

“孙安宁你听着，我早就看你不顺眼了，你给我小心点儿，总有一天，我会收拾你。”

“你敢？”孙安宁眼神里流露出对小满的畏惧，人也退后了几步。

“你这么自信，要不要试试。”顾小满上前一步。

“我……先回家。”

孙安宁慌张地拿起了床上的包，转身跑出了宿舍，晚上都没敢回来住。顾小满吓到了她。

孙安宁走后，刘丹笑得手舞足蹈，问大家刚才看到孙安宁的样子了吗，实在太滑稽了，好像老鼠见了猫。

顾小满白了刘丹一眼，真不喜欢她这种表面一套，背后一套的伎俩。刚才孙安宁回来，她一副讨好的样子，人家一走，就开始幸灾乐祸，周丽娜也不悦地看着她，让刘丹别表现得这么明显好不好，刘丹这才不笑了。

吓走了孙安宁，第二天梁一舟就找顾小满谈话了，狠狠地将她批评了一顿，让她重视一下校园的和谐气氛，学会怎么和宿舍里的同学相处，要互相帮助，互相扶持，而不是互相拆台，动不动就握拳头，吓唬同学，这种行为是不可取的。

“孙安宁告状了？”顾小满问。

梁一舟虽然没有承认，却也没有否认。事实是，孙安宁回家之后，向父亲孙学军控诉了顾小满，孙学军觉得问题很严重，又不好自己出面，才找了梁一舟，好像顾小满这样的女生，比男生都凶，是害群之马。

梁一舟觉得孙副院长有点言重了，顾小满平时很讲义气的，敢作敢为，还热心肠，如果不是孙安宁说了什么，做了什么，他坚信顾小满不会无缘无故吓唬孙安宁的。可碍于孙副院长的面子，又不能不找顾小满谈话，给出一个结果来。

“现在孙安宁都不敢回宿舍了，小满你得写检讨，深刻检讨。”

“不回来更好。”

小满嘟囔了一句。

“你这样的态度就不好了，我也很难做人的，你得让我有台阶下啊。”

在梁一舟软硬兼施、恩威并加的情况下，顾小满妥协了，答应以后不再吓唬孙安宁了，当然前提条件是孙安宁不能再招惹她。

写了一份不痛不痒的检讨之后，梁一舟才让小满回去了。

晚上，孙安宁回来了，带了一大堆好吃的，破天荒地，她给了小满一袋话梅。

顾小满奇怪地接了过来，说了一声谢谢。

像孙安宁这样的女生，从骨子里就不喜欢顾小满，怎么会委屈地给她买话梅吃？小满一边吃话梅一边看着孙安宁，想着她到底怎么了。

“我过去有什么事做得不好，说话不得体的地方，大家多多原谅，这是我特意去超市买的，大家吃，吃吧。”

拿人的手短，吃人的嘴软，明明知道是这个道理，却又不好意思不吃。顾小满猜想，孙安宁一定是发现她最近树敌太多，影响期末评估，才改变了策略。可事实上并非如此，孙安宁这么讨好大家，竟然别有目的。

“明天是周末，我带大家去唱歌。”孙安宁才分了小食品，又要请客唱歌，让人有些接受不了。

“唱歌啊，真的啊。”周丽娜最喜欢嗨歌了，一听要出去唱歌，第一个举手赞同。

刘丹伸了一下手，见顾小满没什么回应，立刻将手缩了回去。

“小满，你还生我气吗？一起去吧，给个面子。”孙安宁走过来，用极其温柔的语气劝着小满。

“去吧，小满……”周丽娜冲小满眨了一下眼睛。

“好吧。”小满勉为其难地点了头。

“好啊，明天放学，跟我走，就我们几个。”

孙安宁说到做到，第二天放学，孙安宁带着顾小满、周丽娜、刘丹去了K歌量贩，大家一顿鬼哭狼嚎，玩得别提多开心了。

孙安宁的歌儿唱得不错，声音很柔，完全是美声唱法，这和她从小学习美声有很大关系。

周丽娜还能唱出个调调，刘丹简直就是乱喊，跑调跑得让人心痛。

顾小满唱歌喜欢唱有激情的那种，声音也不赖。

那天她们玩到晚上十点多，回去的时候学校都关门了，孙安宁利用个人关系，让保安大叔开了门，到了半夜大家都还很兴奋。

几乎半个月的时间，孙安宁都是按时回来，按时睡觉，生活很规律，对大家的态度也出奇好。渐渐地，大家不再戒备她了，关系也改善了不少，连刘丹都没之前那么恨她了。

顾小满虽然一直有些怀疑，却万万没料到，孙安宁会趁着大家不备，都出去看男生打球的时候，叫人偷偷撬了小满的柜子，拿走了她的日记。

篮球场上热火朝天，展越一个人就进了十个球，场上的形势已经很明了了，蓝队因为有了这么个厉害人物所向披靡，稳操胜券。

红队越打越丧气，几次失误，让对方又得分，小满怀疑他们可能会中途放弃。

刘丹碰了小满的手肘一下，神秘兮兮地问小满，上次展越在大树上的表白，她想得怎么样了？

“你要考虑到什么时候？看看展越，多潇洒啊，你不同意，可有人要出手了。”

“他是哥们儿，纯纯的哥们儿，明白吗？那天上大树，也不仅仅是为了我，他们宿舍老幺的内裤在上面，他是乐于助人。”

“什么乐于助人，心都掏出来了，你装什么傻啊。”

“心？你还没看到他掏肺出来的时候呢，看到就明白了。行了，刘丹，别跟着瞎操心了，我和他三年高中同学，七年邻居，要有感觉，早就有了，他这么开玩笑也不是第一次了，别小鹿乱撞了，还是看球吧。”

“谁小鹿乱撞了。”刘丹脸红了。

“还说不是，脸都红了。”

顾小满笑了一下，继续看球，中场休息哨声一响，红队的队员一个个坐在了地上，队长要求换人。

这种局面，换谁上场结果都是一样，下半场没人能将局势扭转。

只是让小满没有料到的是，左岸走进了球场，拿起篮球在场地上拍了几下。

“看哪，左岸，书呆子来了……”

书呆子是学霸的代名词，左岸因为少言寡语，总腻在图书馆，很多人将他定位为书呆子，可他似乎并不在意这些，拍了几下球之后，站在了篮球场中间，等着开场。

展越慵懒地走过来，站在左岸面前，讥讽地笑着：

“手下败将，来干什么？”

“上次没有结果，还没定输赢。”左岸淡然地回应，高中的时候，那场他和展越之间的篮球比赛因为全场混乱而被迫结束，没有结果。

“有什么区别？别以为上大学了，你就不一样了。左岸，你还是手下败将，还是去图书馆啃你的书吧。”

面对展越的言辞挑衅，左岸退后了一步，向红队队长打了一个响指，比赛开始，瞬间场地上活跃了起来。左岸刚上场，很快出其不意地进了三个球，极大地鼓舞了红队的士气。展越的脸色不好看，回头冲自己的队员发火，让他看紧点儿，眼睛怎么都好像长在脑瓜顶了。

“看紧了他。”

展越让人看紧左岸，继续飞速奔跑，篮球在空中飞动着……

顾小满皱着眉头，按照王承义说的，这个时候左岸应该在自习室复习或者图书馆看书，生活那么有规律的人不该出现在这里。

距上次表白到现在已经过去一段时间了，小满虽然决定放弃了，却仍没法做到心如止水，看着健步如飞的左岸，她血管里的血液再次沸腾了起来。

“进了，又进了！”

惊呼声不断，左岸又进球了。

展越气急败坏，下半场开场十分钟，左岸进了五个球，红队的分数在上升，就算最终无法挽回失败的局面，却也给蓝队很大的打击。

“真看不出来啊，以为他是书呆子呢。”

“我有时候看他一个人在这里练球，没想到打得这么好。”

“不过下半场的时间已经过去一半了，他很难挽回局面了。”

看球的，都在低声议论着，只有小满的脸色难看，她低垂了目光，尴尬地退后了一步，转过身，向外走去。

刘丹追上来，问她干吗不看了，正打得激烈呢。

“我想回去休息，要看，你自己看吧。”

顾小满走得更快了，刘丹回头看了一眼球场，犹豫了一下，还是决定和小满一起回去了。

回到宿舍，小满倒水喝水，刘丹还在议论篮球比赛，猜测着比赛结果，其实不用猜也知道，两队之前的分数相差太悬殊，就算左岸再怎么努力，也不可能力挽狂澜。

“小满，我发现了一个问题。”

“什么？”

“你高中同学左岸，这个人，做什么事情都很冷静，就算刚才打球，也不急躁，他怎么做到的？”

“是嘛。”

小满放下水杯，故意装出毫不在乎的表情。

刘丹说的是事实，左岸就是那样的人，冷静得让人觉得不真实，就连那天她进错了厕所出来向他表白，他也没表现得像其他男生一样激动、惊讶，反而很沉静，沉静得让顾小满有些生气，甚至丧气。

在过去的三年多时间里，她欣赏左岸的这种冷静沉默，现在却觉得很懊恼。

心情没法平复，小满决定收拾柜子转移注意力，当她走到柜子前时，再次皱起了眉头，柜门竟然没锁，锁头挂在外面。

“我记得我出门时锁上了啊？”小满自言自语着。

“可能你忘记了，我经常忘记锁柜门，却还以为自己锁了。这叫健忘症。”

“我很少……我几乎都锁，怎么这次……”

小满迟疑了一下，随后快速打开了柜门，发现整齐放在柜子里的日记本不见了，脸色顿时大变。

“我的东西不见了！”

一句东西不见了，刘丹一下子跳了起来，以为遭贼了，赶紧检查自己的柜子，她和周丽娜的都好好锁着，没出什么问题。

“丢什么了，钱吗？”

“不是，我的日记本。”顾小满急得满脸通红，怕自己记错了，是不是放在别的地方了。她陆续翻找床铺、柜子，连地面都趴着看了，一本日记都没发现。

没丢衣服，没丢钱财，只丢了日记本。

“有人从你的柜子里拿走了日记本？这不科学。”刘丹皱着眉头，这算是进贼了吗？贼可没这么大方，放着钱不拿，拿女生的日记本？

周丽娜从外面走了进来，发现小满的柜子和床被翻得乱七八糟，吓了一跳。

“这是遭贼了吗？”

“是啊，小满丢了日记本。”刘丹替发呆的小满回答。

“不会吧，我的日记……”周丽娜迅速打开柜子，看了一眼之后才放了心，她的日记本没有丢。

“为什么唯独拿了小满的？”刘丹有点想不通。

“孙安宁……”

顾小满似乎此时才反过味儿来，为什么孙安宁最近变化这么大？她在接近小满，也在观察小满。

不能确定日记是不是孙安宁拿的，顾小满也不想轻易冤枉了别人。她又仔细翻找了柜子、床铺，没放过一个角落，直到孙安宁从门外走了进来。

进门后，她没有走向自己的床铺，而是看向了正趴在地上搜索床下的顾小满。

“顾小满，我有话单独和你说，你们两个，麻烦先出去一下。”

顾小满抬起了头，蹙眉看着孙安宁。

刘丹和周丽娜互相对望了一眼，觉得气氛不对，立刻起身，走了出去。

宿舍的门重新关上了，只剩下了顾小满和孙安宁两个人。

孙安宁看着顾小满几乎都翻出来的东西，撇嘴笑了。

“你在找你的日记本，对吗？”

她开门见山，毫不避讳地提及了顾小满的日记本，现在不需怀疑了，日记本就是孙安宁拿的。

一听这话，顾小满的脸色变了。

“孙安宁，果然是你！”

她冲上来，一把揪住了孙安宁的衣领子，直接将她按在墙边，一双眼睛因生气而发红，充满了愤恨的光芒。

孙安宁鄙夷地轻笑了一下，提醒顾小满。

“不错，你的日记本确实在我这里。”

“你卑鄙……”

顾小满气得肩头都颤抖了，孙安宁趁着大家不在，撬开了她的柜子，拿走了日记，这是什么行为？小偷，强盗，都不能形容她的卑劣。

“卑鄙？呵呵……”

孙安宁笑了，一点都不觉得自己的行为有多可耻，而是讥讽着顾小满：

“顾小满，你还真敢啊……若不是看了你的日记，我真不敢相信。”

“孙安宁，我不想打人，现在拿出来，我也许可以忍忍，既往不答。如果晚了，我一定不会因为你是副院长的女儿而有所顾忌。”

“打我？”

孙安宁扑哧笑出了声，没有任何畏惧的神色，她很有底气，顾小满一定不敢出手，在大学里打架，特别是同学之间，处分很严厉的，弄不好就得退学。

“三年，你还真有勇气。”她语气轻蔑。

“孙安宁，你已经惹火我了！”

顾小满将孙安宁擒住，脸朝下按在了床上，急迫地翻找她的衣兜，找到了一串钥匙，随后将孙安宁推开，打开了她的衣柜。小满一股脑将里面的东西都掏了出来，扔了一地，却仍没找到自己的日记本。

顾小满不甘心，又将孙安宁的床翻了个一塌糊涂，还是一本都没找到。

孙安宁竟然将日记带出了学校吗？真是可恶。

“在哪里？”顾小满将钥匙狠狠摔在地上，一步步向孙安宁走来，她已经忍无可忍了，如果她再不拿出来，她就不客气了。

孙安宁慢慢从床上爬了起来，收敛了笑容。

“像你这种女生，也不看看自己的条件，要家境没家境，要长相没长相，竟然敢暗恋左岸整整三年，简直就是……癞蛤蟆想吃天鹅肉。这样的形容，你是不是觉得也很恰当？”

“啪！”

一个耳光打了出去，孙安宁不敢置信地捂住了脸，顾小满竟然打了她。

第九章

日记曝光的爱情

左岸出现了，他穿得很随意，还是那身运动服，却披着浑身的阳光向她走来。他一直走到小满面前，大方地伸出了手，小满犹豫的时候，却被他一把握住了手，然后将她从公告板前拉了出来。

当第二个耳光打来时，孙安宁立刻尖叫了起来。

“顾小满，你敢打我，我一定让你好看。”

“啪！”

第二个耳光又落了下来，孙安宁的脸上出现了红色的手印，她这才有些怕了，捂着脸躲避，在门口又被顾小满踹倒了。

“顾小满，顾小满，你敢……救命啊！”孙安宁无法站起来开门，只能蜷缩在墙角里。

刘丹和周丽娜听见孙安宁的喊声闯了进来，发现情况不妙，赶紧拦住了盛怒中的顾小满，孙安宁趁机爬起来，踉跄着奔了出去。

“孙安宁，你给我回来！”顾小满要追出去，被刘丹和周丽娜一边一个拖了回来。

“姑奶奶，你打了副院长的千金，就不怕倒霉吗？重则开除，轻了也是一个大的记过处分。”

“是啊，你这脾气怎么忍不住呢，谁都敢打！”

“孙安宁偷了我的日记！”

顾小满气恼地喊了出来。

周丽娜愣住了，刘丹也很意外，想不通孙安宁怎么会做这么无聊的事情。窥视别人的秘密，简直就是卑鄙无耻，没有底线。

宿舍里，很快安静了下来，三个人一声不响地坐在床边，都没精打采地耷拉着脑袋，不知道该怎么处理这个状况。

周丽娜率先打破了这种沉默，用很低很委屈的声音说：

“我最讨厌别人偷看我的日记了，高中的时候，我妈偷看了我的日记，我一周都没和她说话。”

“我也是，自从被我爸偷看了日记，我从那以后，再也不记日记了，秘密都藏在心里。”

这次，刘丹和周丽娜都站在了顾小满这一边，帮她重新翻找了孙安宁的东西，还是没能找到小满的日记。

“现在怎么办？孙安宁回去一定告状，孙副院长原本就对小满印象不好，这次会不会借机逼小满离开？真缺德，看人家的日记，算不算犯法啊。”

“孙安宁表面看着斯斯文文的，心眼儿还真坏。”

“都想想，明天孙副院长来找，小满要怎么说。”

“不行，等孙安宁回来，我找她谈谈，别干了损人的坏事儿，还咬人一口。”

周丽娜决定代小满向孙安宁说情，可她一直等到天黑，孙安宁也没有回来。周丽娜将孙安宁的东西收拾收拾重新放回了衣柜里，锁上了。大家都在等待明天的到来，不知道迎接顾小满的会是什么惩罚。

顾小满觉得胸口憋闷，便独自出了宿舍，默默地走在校园里的青石板路上，风迎面吹来，已经没那么冷了。算算时间，快四月了，又要到春暖花开的时候了。

暗恋没了，日记本也没了，顾小满看着高高的教学大楼，现在可能连她的大学也没了。

“嘿，这不是顾小满吗？”

一辆宝石蓝的宝马MINI在顾小满的身边停了下来，沈晨阳从车里探头出来。副驾座上坐着的是同专业的一个女生，名字记不得叫什么了。

顾小满没有搭理沈晨阳，继续朝前慢悠悠地走。

沈晨阳挂了倒挡，慢慢倒退。

“顾小满，怎么了？心情不好吗？”

顾小满现在和任何人都不想说话，她不明白沈晨阳为什么就不能装作没看见她呢？

沈晨阳身边的女生有点不耐烦了，催着沈晨阳快走，干吗停在这里不动？沈晨阳扭头瞥了那个女生一眼，突然推开了车门，让她下去。

“沈晨阳，你想好了，现在让我下车，以后想让我上来……”

“下车！”

沈晨阳怒喊了一嗓子，女生肩头一抖，脖子一缩，灰溜溜地下车去了。待女生跑掉之后，沈晨阳再回头找顾小满，顾小满已经离开了。他愤怒地打了一下方向盘，一脚油门踩下去，MINI呼啸着冲了出去。

眼看着树缝之中沈晨阳的车离开了，顾小满才找了一个长椅坐下来。她垂着头，鞋尖儿蹭着地面，有一下没一下地踢着凸起的小土包，有些后悔刚才在宿舍里的行为了。或许她应该放低姿态，恳求孙安宁，将她的日记本还给她，至少将自己窘迫的状况先解除了。可现在的状况是，她动手打了她，以孙安宁的性子，挨了耳光，绝不会善罢甘休，到孙副院长那里告状事小，万一拿她的日记做文章就麻烦了。

哎，真烦恼，日记本一天在孙安宁的手里，她就一天别想睡好觉。万一孙安宁利用她的日记做什么出格的事情，她该怎么应付……

隐私被人揭穿的感觉不好受，希望孙安宁能想得周全一些，不要做出什么荒唐的事来。

虽然顾小满极不情愿，可第二天还是到来了，她满心忐忑，出门都防备着什么大事发生，连刘丹和周丽娜的表情也极不自然。

孙安宁照常来上课，照常坐在左岸的身边，照常和周边的同学说话，没有任何异常的表现。梁一舟没来找过顾小满，连孙副院长也没出现，顾小满有点猜不透孙安宁的心思，她就打算这么收着小满的日记，还是有什么其他的打算？

“她竟然没告状？”刘丹有些不确信。

“我觉得这种安静有点儿不对劲，好像有一场狂风暴雨即将来临。孙安宁一定会爆发的，只是她还没想好爆发的形势。”

顾小满赞同周丽娜的分析，孙安宁脸上的微笑、和蔼的语气都是一种假象。她的内心在酝酿着，酝酿着一场可能将顾小满击垮的风暴。

“什么风暴？”刘丹追问。

“我要是知道，就不用在这里猜了，总之，感觉不好。”

周丽娜让小满做好准备，就算孙副院长不来找她，孙安宁早晚也会还击的。

“我知道……”

顾小满思索着要不要找个机会，和孙安宁好好谈谈，大家也没有什么深仇大恨，没必要闹成这个样子。若她觉得挨两个耳光太吃亏，可以打回来，只要将她的日记本还给她。

至于左岸……

顾小满叹息了一声，孙安宁根本没有必要害怕，她已经出局了。

孙安宁似乎不想给顾小满任何机会，只要下课，就不见了影子，放学就更别说了，直接离校回家去了。

这样的状态一连持续了三天，安静得让人喘不过气来。顾小满吃不香，睡不好，几乎崩溃了。

到了第四天，孙安宁终于爆发了，爆发得那么彻底，那么无情，将顾小满打击得体无完肤。

周四，对于顾小满来说，是个灾难日。那天她抱着书从教室里走出来，经过学校的公告板时，发现很多人都围在那里，里三层外三层，好像各专业、各年级的同学都出来了，黑压压一片，一个个伸长了脖子，好像蚊子见了血一样，盯着公告板，生怕少看一眼。当他们看到顾小满走过来时，立刻将目光都投向了她。

“那是她写的吗？”

“好像是，和左岸高中三年是同学，不是她还能是谁，真没想到，她竟然……暗恋……”

声音压低了，有些听不清，但那些鄙夷、轻视、嘲笑的表情却那么清晰。顾小满手里的书脱落下来，掉在了地上，她似乎意识到了什么。

刘丹从人群中挤了出来，走到了顾小满的身边，俯身将地上的书本捡了起来，然后拉了一下顾小满的手臂。

“走吧，别看了……真想不到，孙安宁这么卑鄙。”

“我的日记，是吗？”

小满用力将刘丹的手拽开了，她不敢相信，孙安宁竟然将她的日记在全校公开了。

她一步步走了过去，围观的人自动将路让开了，一个个好像看怪物一样看着她。正如她猜想的那样，公告板上张贴着她的日记。孙安宁将几篇有代表意义的日记撕了下来，在全校搞了一次别开生面的展出，还镶嵌了好看的花边儿。

××× 3年5月16日　星期五　雨

快放学的时候，外面打了几个响雷后，便哗哗地下起雨来。左岸收拾好书包，搭在肩头走了出去。我也立刻起身，小心翼翼地跟在了他的身后。他走得不快，我的步子也放慢下来，眼睛一直盯着他的鞋跟儿，觉得就算他迈步落脚的方式，也和别人那么不同，好像芭蕾舞演员一样轻盈。

他走到教学楼外面，抬头看着天，雨淅淅沥沥，没有要停下来的意思。

这样默默地跟踪左岸，已经有很长一段时间了，我搞不清自己的这种行为算什么。变态，花痴，还是神经病？明明知道这样不对，可我就是控制不住自己。从第一次在学校大会上看到他，到现在，我已经习惯了用目光搜索他、关注他，只要他出现的地方，我总能第一眼看到他。

他一口气跑到了学校的大门口，停了下来，探头向外看着。左院长今天没来接他，他看了几眼手表，显得有些着急。

左岸有个习惯，从来不带伞，这是我观察许久才发现的。这可能和他父亲经常来接他有一定的关系。

我拿着伞，心跳得厉害，思索着要不要现在走过去，借着这个机会，和他同撑一把伞……

我这么想了，却没这么做，因为我没那个胆子。

他还在校门口等待着，我也没动一下，直到他好像感觉到了什么，回头看过来。我立刻低下头，紧张地撑着伞急速向外走去，从他身边经过时，竟然一句话都说不出来。

顾小满，你好笨啊，这是多好的一次机会，你就这么错过了。

这是高一第二学期时，顾小满试图和左岸搭讪写的日记。一字一句都暴露了她对左岸的倾慕，不仅仅只有这一篇，还有更多……

看着公告版里熟悉的字迹，小满的呼吸几乎要停止了，眼睛刺痛难忍。曾经专属于她的秘密，现在整个TX医科大学的人都知道了。她暗恋左岸的事实，将不再是秘密。

第二篇日记，是高二那年……

×××3年12月25日　星期五　晴

今天是圣诞节，我发起号召，三贱客组织，要在班级举行一个小型音乐会，想参加的同学放学后自动留下来。破天荒地，左岸放学后没有走，参加了我们的私人派对，他还弹唱了苏永康的歌曲《我愿等》，真是出人意料。他的嗓音浑厚而富有磁性，干净清透得让人吃惊。这首《我愿等》，就好像是对着我唱的，我几乎没有移开过目光。

遇见你，让我该感谢天感谢地，却忍不住想，你是否也和我一样，在我关注你的时候，也关注过我……

这是我过得最特别的一个圣诞节，如果未来的圣诞节里，没有他的出现，将再也无法逾越今日。

×××5年9月2日　星期三　晴

真没想到，上大学的第一天，竟然能遇到左岸。他刚好从门里走出来，我被该死的迷你猪撞倒，拖着行李狼狈走进去，和他打了一个照面。他看着我，我也看着他，这算不算是一种缘分？应该算吧，当时激动的心情无法形容。

他永远都是那样阳光耀眼，光彩照人，无论周围有多少人，我都能一眼认出他来。

算起来，我们有一个假期没见了，他长高了，休闲的运动装穿在身上，充满了活力和动感，那么与众不同。

他见我拖着行李走进来，有些吃惊。

显然，他没有任何准备，甚至不知道我也考取了这所大学。

我有种冲动，想奔过去告诉他，我是为了他，才克服万难走进了医科大学。可面对他，我还好像在高中一样，竟然一句话都说不出来，支支吾吾地站在那里，脸颊发烫。他走过来，和我说话，我已经紧张得语无伦次。

他要帮我提行李，可几位学长跑过来，将我的行李都拿走了，一件也没留给他。一直到我离开，他仍站在那里，相信他和其他人的想法一样，认定我应该成为像唐娜·卡伦那样的人，可我却选择了医学。

…………

每篇日记，每一字每一句都是顾小满的血泪暗恋史——就这么被公开了。

“真可怜，暗恋一个男生整整三年多，还为了他，考进医科大学，听说她晕血的……不知道该感动还是觉得荒唐……如果换作是我，我肯定不干，万一不成，不是白白浪费时间？”

“说什么都没用，真丢脸……”

“喂，还有没有下文？怎么才张贴了十几篇，我真想看到整本日记，文笔不错，明天有连载吗？”

“你当这是故事吗？不知谁这么缺德，将她的日记贴出来了。”

周围有同情，也有讥讽，大多数的人都在看热闹，觉得新奇、刺激。

顾小满站在那里，好像石化了一般。外布芳菲虽笑日，中含芒刺欲伤人。孙安宁好绝，这是逼她在学校里抬不起头！短时间内，顾小满就是一个天大的笑话，所有人都觉得她是个顶级大花痴。

“左岸，就是那个优等生吧，她也真敢想……”

“明显不登对，自作多情。”

…………

“小满，别看了，走吧。”

刘丹甚能体会被人鄙视的滋味，她挤进人群将麻木的小满拖了出来。

顾小满任由刘丹拉着，拽着，咽喉哽咽咸涩，连声音都发不出了，却始终没掉落一滴眼泪。

如果有人要耻笑她，就尽情地笑吧。她没做错什么，只是在那个年龄，奋不顾身地喜欢上了一个男生。虽然那个男生没有接受她，可她不会后悔。

如果孙安宁认为这种报复会开心，就尽情开心吧！将别人的秘密这样无耻地揭穿出来，获得一时的快乐，不能代表她终生的快乐。总有一天她会受到良心的谴责。

只是左岸会怎么想她？这才是顾小满最担心的。

她不敢想象，左岸知道这件事之后，会怎么看她？会不会和那些人一样，认为她是痴心妄想？

才进了宿舍的门，一群女生就围了上来，趴在408门口向里张望，王小雨一脸阴冷地驱赶着她们。

“看什么看，有什么好看的？再看，小心长针眼了。”

嘭的一声，宿舍的门关上了，王小雨将那些人堵在了外面，没什么可看的了，那些女生都悻悻地散开了。

周丽娜和刘丹都不知道怎么劝解顾小满了。这事儿搁在谁的身上，谁都不好受，劝解的话说出来，都是苍白的。

“原来……你真的喜欢左岸……”周丽娜低低地自语了一句，刘丹推了她一下，让她别说了，这个时候提这个，不是在小满的伤口上撒盐吗？

“孙安宁，太过分了！”

“是啊，真想不到，她能这样。”

…………

顾小满躺在了床上，用被子盖住了头。她什么都不想听，只想一个人静静，想想接下来要怎么办，是装作什么都没发生，还是狠狠反击？从目前的形势来看，天已经塌了，没有女娲的补天石，怕是无力回天了。

孙安宁已经豁出去了，要将顾小满彻底打败。

被子里，顾小满紧紧地握着拳头，牙齿都要咬碎了。

刘丹和周丽娜不再怒责孙安宁了，宿舍里安静了下来，可宿舍的外面却在沸腾。消息一传十,十传百，校园的公告板获得了空前高的收视率。人头攒动，大家都生怕少看了一眼，还有人刚从昏睡中爬起来，连拖鞋都没来得及换。

惊诧声、议论声此起彼伏，顾小满更出名了。左岸也因为小满的日记成了最佳男主人公。

砰砰砰，408宿舍外面传来一阵急促的敲门声。周丽娜小心地将门拉开一条缝隙，王小雨直接闯了进来，气喘吁吁地说：

“左岸……左岸刚才出现了，不知哪里找来的人，用钥匙将公告板的玻璃窗打开了，日记都被他揭下来了，拿走了。”

“左岸？”

周丽娜吃惊地喊了一声，刘丹也跳了起来。顾小满将被子从头上掀了下来，面红耳赤，左岸竟然去了吗？

作为事件的男主角，左岸当然会很快得到消息，因为大多数人是不怕事态发展到失控的地步的。这样他们无聊的生活，才有戏可看。

顾小满无法想象，左岸知道之后，第一反应是什么？震惊，还是生气，抑或是什么其他心情？

“然后呢？”周丽娜猴急地问。

“然后就没了，他拿着那几篇日记，就走了。”王小雨耸耸肩，就这么简单。

“走了？”

“是的，走了，什么都没说。”

王小雨的目光瞥向了顾小满。顾小满丧气地垂下头，她就知道会是这样的，左岸那么清高的一人，一定觉得丢人，才将日记都拿走了。虽然男生被女生喜欢是件很光荣的事，可哪个男生都不愿意像猴子一样被众目睽睽地盯着。特别是这样，一点心理准备都没有的情况下。

王小雨话说完了，大家没兴趣再问了，气氛一时变得有些窘迫，王小雨决定再出去看看，也许事情有了新的发展。

顾小满抿着嘴巴，这帮人，把这事儿当电视连续剧看了，新的发展？还能有什么发展，都走到死胡同了。

双手用力地捶着床板，顾小满只想找个缝儿钻进去，做个茧包裹起自己，再也不出来了。

一会儿，王小雨回来了，说事态竟然真的有了新发展，让顾小满赶紧出去看看。

“又怎么了？”周丽娜追问。

“去看看，去看看就知道了。”

王小雨好像土匪下山一样，连拉带拽地将顾小满从床上拖了下来，拽出了女生宿舍，一直拉到了公告板前。顾小满耷拉着脑袋，恨不得将王小雨打死，这些损友，还让不让她看到明天的太阳了？

“你抬头看看，不一样了。”

王小雨硬把小满的下巴抬了起来，当小满看清公告板里的内容时，整个人呆住了，心里瞬间像是升起了无数的小火花儿，激动、亢奋地舞动着、飞溅着。

公告板里的内容换了，是一张大大的信纸，上面只写着简单的几个字，就是这样简单的几个字，让顾小满低落的心境完全转变了。

“天哪，这是左岸写的？”

“太有爱了，小满好幸福啊。”

似乎在某一个瞬间，顾小满这个被人人视作倒霉孩子的可怜妹子，一下子成了全校最让人羡慕的女生。

小满不敢置信地捂住了嘴巴，先是笑了一下，随后激动地啜泣了起来。她真没出息，最难堪的时候，她没哭过，现在情况好转了，她竟然控制不住了，泪如雨下。

公告板里，是左岸的字迹，很大很工整，也很简单。

“顾小满：我给你做男朋友好吗？一个井底之蛙对天鹅的渴望。左岸。”

前半句是她对他说过的话，那天，从男厕所里出来，她说：“我给你做女朋友好吗？”可后半句呢，他竟然自喻是井底之蛙，她是天鹅吗？

这是左岸真心要对她说的话，还是为了替她解围而不得不说的话？

不管是哪种可能，顾小满都很感动。

“小满……我要哭了，好感动啊。”刘丹鼻子酸了，站在小满身边，呜呜地哭了起来，好像公告板的表白，是写给她的一样。

“快看，男主角来了。”

有人喊了一声，人群散开了。左岸出现了，他穿得很随意，还是那身运动服，却披着浑身的阳光向她走来。他一直走到小满面前，大方地伸出了手，小满犹豫的时候，却被他一把握住了手，然后将她从公告板前拉了出来。

在大家的目光中，他大步朝前走去，小满机械地跟着他，人处于一种无法相信现实的梦幻中。

这是真的吗？真的吗？

顾小满一边自问，一边看着她的手，她的手被左岸紧紧地握着，如果不是梦，就是真的。她偷偷伸出手，狠狠地掐了自己一下，竟然很痛。

是真的……

她暗自窃喜，完全忘记了孙安宁张贴她日记带来的愤怒了。

不知过了多久，左岸带着顾小满几乎走了整个校园大半圈，无数过往的同学都送来注目礼。

很显然，左岸的目的，就是让全校的学生都看到，他和顾小满在一起，是事实。

“你不用……不用替我解围……”

小满支吾地开了口，她觉得现在的状况虽然很糟糕，可她还能挺住，不会被曝光的日记击垮，至少不会像肖文樱那样得了抑郁症。

左岸停住了步子，转眸向她看来，说了一句让小满很吃惊的话：

“那天我想去图书馆，可出了一件事。”

“你说……你想去？”

小满有些不确信，左岸说的是真的，还是骗她开心的。她那天一直等到图书馆关门，也没看到左岸的影子，甚至一个传信的人都没有。

“我……”

左岸有些尴尬，俊脸微红。他说他去买花了，想偷偷带进图书馆，结果中途遇到了小偷，他想帮助失主将小偷追回来，结果……

“有人偷钱包，我去追，结果小偷将钱包扔给了我……就这样，我被带去了警察局。”左岸干笑了一下，他一直觉得顾小满做见义勇为的事情很得心应手，可到了他这里，却这么难。

“我跑得没你快，不然小偷一定跑不掉。”

“你那天，竟然被带去了警察局？”顾小满惊讶地看着左岸。

左岸让小满小声点儿，这事没几个人知道的。虽然事情最后澄清了，可他却浪费了一个晚上。回到校园的时候，看到展越掏出了那颗“心”。

“我让警察打电话给孙安宁的爸爸，才证明我不是不良青年，差点有了不良记录。”这就可以解释，为什么那天清晨，孙安宁和左岸会一起出现了。

左岸的话说完，顾小满扑哧笑了出来。

“抓贼要人赃并获的，像这样……”

顾小满一个利落的擒拿手，将左岸的手臂按住了，左岸挣扎了几下，都没挣扎出来。他懊恼地提醒顾小满，他现在是她的男朋友，不是贼，赶紧放开他。

小满立刻松手，抓了一下头发，说她只是示范一下。

左岸舒展了一下筋骨，小满小心地凑上去，低声问：

“公告板里的话，是不是真的？我已经当真了。”

“当然是真的……”

他倚在树干上，抱着肩膀，浓密的眉毛稍稍向上扬起，眼眸微眯，嘴角的弧度上弯，他在看她，带着一种审视和琢磨，至少三分钟的时间里，保持着这种姿势，这种神态。

小满被看得有些尴尬，手下意识地摸了一下脸，作为人生至关重要的第一次约会，目前的形象略显不够正式。王小雨拖她出来的时候，太匆忙，早知道会是这样的，至少应该化一个得体的淡妆，穿一套得体的衣服出来……

他还在看她，很专注。

小满别扭地扭动着身体，问左岸今天不去图书馆吗，按照平时的习惯，他现在应该已经在看书了。

“我可以陪你一起去。”

小满羞涩地垂下了眼眸。

“今天不去……”

左岸淡淡地说了一句，随后伸出手来，指尖轻轻拂过小满的脸颊，眼神变得扑朔迷离。

瞬间的触碰，让小满本能地肩头一颤，好像被电击了一般，电流窜行全身，满脸绯红。

上一秒，她还是一个苦苦暗恋，被人捉弄的小女生，下一秒，她就有了男朋友。他近在咫尺，触手可及，还用炙热的目光烤着她，让她浑身燥热，心猿意马。

接下来发生的事情，若说突然，也是自然。怦然心动的感觉在很长一段时间里都没法淡去，只要她一闭上眼睛，就能感受到左岸长长的一吻。

他吻了她，湿漉漉的唇覆盖上来。好像干涸许久的河床，突然润雨倾降，充盈，流淌……顾小满沉浸其中，无法呼吸。

月光下，他的眼睛是闪亮的，充满了四射的活力。

“我以为，我会一直按照他们给我定好的规矩、方向走下去，却没想到，我还是脱离了轨道，我没法抗拒，没法装作没看到……因为在我的面前，盛开着一朵让我向往的太阳花。”

如果把女孩子比喻成花，她就是一朵太阳花，热情、快乐、善良、有毅力、不畏艰难。

她不管身在何处，都不会放弃光明，不能停止热爱生活。他一直这样关注着她，仰望着她，羡慕着她，为了消除和她的差距，他在努力，争取，却永远也做不到像她那样一直向着朝阳欢笑。

她坦率、真诚，有着永不言败的热情，不卑不亢，不屈不挠，将背影留给黑暗，笑靥朝向光芒。

她就是这样一个女生，好像太阳花一样让他着迷，同时也让他感到自卑。

他从小就生活在一个中规中矩的环境里。从他拿起笔的第一天开始，就被束缚着，学习，成绩，特长，小学，初中，高中……他所谓的优秀，是以丧失了更多仰望太阳的机会为代价，他可以将任何一篇文章倒背如流，却不能感受到文章里描写的那些风吹雨打和鸟语花香。他可以在任何一场考试里得到高分，却不能体会到摔倒爬起的乐趣。

直到他遇到这朵太阳花，心意开始凌乱。

高一下半年，身材娇小的她在街头替朋友出气，大打出手，他才知道她是散打高手。

从那以后，一旦她走在他的身后，他就会加快步子，心里期待，又很忐忑。

当顾建城提及女儿需要课堂笔记时，他精心准备一整套，连夜将欠缺的地方补齐，还找了借口，亲自送去顾家。

第一次上课走神，是为了她。

第一次和人打架，是为了她。

甚至那些黄昏，他跑去那家超市，买了一支又一支钢笔，到现在还堆在房间的抽屉里。

他被父母郑重警告，在完成学业之前，不能谈恋爱，不能分心，他的目标是成为和他父亲一样知名的医学博士，甚至要超越他的父亲，成为一个更受尊重的人。

TX 医科大学，并非左岸的理想。只能说，他走出的每一步，都不想让父母失望，不想看到他们皱起的眉头。

左岸一直是一个听话、让父母放心的孩子。

“左岸，那个顾小满，你离她远一点。”

“等你成了医学博士，再考虑终身大事，男人成婚，不怕晚，我们会提前给你安排的。”

左岸的生活，是被规划好的。学习、事业，甚至婚姻。

但事情的发展往往不会那么顺风顺水，更不会按照人定的计划一步步走出去。顾小满走进了 TX 医科大学，是让左岸无论如何也不能无视的事实。

太阳花走在哪里，都是惹眼的，左岸的内心更加焦躁。

沈晨阳、展越，还有那些一直观望的。除了成绩，左岸不觉得自己有任何可以脱颖而出的优势，直到顾小满鲁莽地冲进了男厕所，局面发生了巨大的改变。

左岸很激动，也很矛盾。一边是即将改变的崭新生活，一边是殷切盼望的父母，他不想错失，也不想辜负。

左岸不是懦夫，他只是需要时间思考。

公告板上，张贴了顾小满的日记。严峻的形势让他不得不站出来，当玻璃板打开的那一刻，他下定了决心，至少爱情，应该是他自己的选择。

顾小满的脸是红的，眼神微醉，脚尖儿一直蹭着地面，扭捏着。刚才的吻已经将她层层剥离，小女子的羞涩尽显无遗。

那一刻，她真想对天狂喊，左岸现在是她的了！

不过她没敢喊，如果喊出来，左岸的脸一定是青的。

此时，左岸的脸是红的。

“我不太擅长……谈恋爱。”

“我也不擅长，不过我饿了，一天都没吃东西了。”

被孙安宁折腾的，顾小满错过了好几顿饭，肚子瘪瘪的，这会儿开始咕噜噜地大闹了。左岸微笑着，握住顾小满的手向外跑去，说他最近发现了一家饭店，做的湘菜很正宗，这学期的奖学金还有很多，可以去好好吃一顿。

这顿饭，顾小满吃得很开心，因为她对面坐着的是左岸。

顾小满要了一个大大的冰激凌船，一边吃，一边笑，激动得鼻子、脸上都沾满了冰激凌。左岸一连帮她擦了好几次，自言自语，他以后要忍耐一个十分邋遢的女朋友了。

“我改，我一定改。”

顾小满不承认自己邋遢，她是故意将冰激凌弄到脸上、鼻子上的，就是为了享受左岸帮她擦拭的那种感觉，很温柔，很舒服。

就在小满满心洋溢着幸福的时候，饭店的门被推开了，孙安宁走了进来。

孙安宁几乎将唇瓣咬破了，表情千变万化，肩头都在微微地颤抖着。服务员走上去，不等开口，就被她推开了，她的一双眼睛直勾勾地盯着顾小满。

顾小满扭过头去，刚好将孙安宁的愤怒看了满眼，不知该笑她，还是可怜她？精心策划了一天，辛苦地张贴那些日记，就是为了看到顾小满怎么痛哭流涕，怎么没脸见人，然后灰溜溜地滚出TX医科大学。现在可好，想看到的没看到，不想看到的，却看到了。

这一幕对于孙安宁来说，太刺激，太扎眼。

她的花招儿，不但没打击到顾小满，还促使左岸做了一个决定，无形之中推了犹豫不决的左岸一把。

孙安宁一向的淑女形象终于崩溃了，她呼呼地喘息，两眼赤红，肌肉抽搐，就差歇斯底里地喊出来了。

小满以为只有她才时而虚伪地装装淑女，原来身边虚伪的人更多，虚伪的时间更长。她觉得可笑。

左岸看到了孙安宁，放下了餐具，让小满先坐着，自己起身走了过去。

“左岸，我有话和你说。”

孙安宁闷闷地说了一句，然后转过身推开饭店的门出去了。

饭店的门外，孙安宁面红耳赤地和左岸争辩着什么，手还不断地指着饭店里的顾小满。如果顾小满就在她眼前，相信孙安宁一定将小满的鼻梁戳塌了。

左岸看起来有些冷漠，孙安宁说十句，他也就回应一句。孙安宁说着说着开始抹眼泪，一副被人迫害委屈的表情。

顾小满有些沉不住气了，好像整整一天，被折磨的人是她吧。孙安宁一直躲在暗处看她的笑话，现在可好，竟然恶人先告状了。

她站了起来，抓起了餐桌上的叉子，气势汹汹地走了出去。

“孙安宁，还我日记！”

顾小满推开了饭店的门，直接愤怒地喊了一句。没办法再佯装心态平和，小满整个人看起来怒发冲冠，还手持凶器，有点骇人。

左岸立刻转过身，将小满手里的叉子抢了过去，让孙安宁先回去。

“干吗让她走？她卑鄙无耻，偷了我的日记，还到处张贴，真当我顾小满是纸糊的了，好欺负？”

顾小满不客气地抬脚踢了出去，却被左岸拦腰抱住。

孙安宁看着被左岸抢下来的叉子，吓得面色苍白，连连后退，随后转身就跑。

“别跑，别跑！”

小满还用力地挣脱着，试图抓住孙安宁，直到左岸哎哟了一声，好像又被打到了。小满一惊，立刻放弃了所有挣扎，老实地放松了身体，小心地看着他，问他怎么样了。

左岸见小满不嚷着要追孙安宁了，才直起了腰，说了一句没事儿，便大步流星地走进了饭店。

顾小满错愕地站在原地，无法相信，左岸竟然装痛骗她？

再想追孙安宁的时候，孙安宁已经跑得没了影子，她只能悻悻地返回饭店，坐在了左岸的面前。左岸将叉子插在了冰激凌里，神色有些不悦。

“有话好好说，怎么动不动就要打人，还带凶器？”

“这不是凶器，是叉子，老师说过，要善于利用身边的任何东西，不但可防身，也可制敌。”

“哪个老师这么和你说过，我怎么不记得？”左岸反问。

“武术老师……”

顾小满嘟囔了一句，随后舀了一勺冰激凌放在了嘴里，低了头。

她刚才拿叉子出去，不过想吓唬一下孙安宁，没真的想动手。

不过想想孙安宁张贴她的日记时，那种暗自得意，要看小满出糗的龌龊心理，小满真想用叉子将她戳得浑身都是窟窿。

“你爸爸该送你去华山……”左岸自言自语了一句。

“干吗去华山？”

“好去论剑啊。”左岸笑了出来。小满顿悟，脸立刻红了。

吃过了饭，左岸带着小满在街头闲逛。小满问左岸，为什么要袒护孙安宁，是孙安宁偷了她的日记，张贴出来，让她一整天都这么难堪，于情于理，左岸都该帮她出气的。

“孙家和我家的关系很好，我和孙安宁很小的时候就认识。”

“两小无猜？”

小满酸酸地嘟囔了一句，左岸用力地握住了她的手。

“我妈是有这个意思，但我想要的却不是孙安宁那样的女孩儿。一起长大，不等于将来可以一起生活。”

左岸将目光抬起，落在了小满的脸颊上。小满转眸看向了他，虽然只是短暂的一瞬，小满也能感受出左岸眼中的异样。正如他说的，不一定是两小无猜、青梅竹马就能成为爱情。素未谋面的两个人，也会在某个时间，某个地点，某个瞬间，相遇相识相爱，并厮守一生。

多余的质问和埋怨，都没有了。顾小满甚至因为孙家和左家的关系，而原谅了孙安宁的偏执。

“我想要回日记。”小满可以既往不咎，但日记不能留在孙安宁的手中。

“我帮你要回来，只不过……可不可以给我？”左岸的手指用力，毫无缝隙地封锁了小满的手指，小满无声地点点头。

别说日记给他，她一辈子给他都可以，小满怎么会不愿意呢。

这个晚上，左岸没有去图书馆，一直陪小满逛到宿舍铃声响起，才在宿舍门口分别。临别时，左岸让小满早点起来，一起到食堂吃早餐，一起去上课。

顾小满的心里装载着满满的甜蜜，回了宿舍，宿舍已经熄灯了，她以为大家已经睡了，便小心翼翼地推开了房门，脚才迈进去，三把雪亮的手电一起照向了她。周丽娜、刘丹、王小美扑上来，将小满团团围住，让她老实招供，她和左岸去了哪里。

“吃饭，逛街，聊天，就这些，然后他就送我回来了。”小满抿嘴笑着，难以掩饰心中的喜悦。

“哎？我觉得不对啊，你们两个……有没有那个……”

王小美盯着小满的脸，想从小满的脸上看出什么蛛丝马迹来，小满让她们别没事儿八婆，都几点了，赶紧睡觉去。

“一定有，小满的脸红了，真没想到，书呆子的胆子还真不小啊，第一次约会就亲了。”

“他才不是书呆子。”

小满辩驳，左岸不呆，只是朋友少，说话少。若比语言表达能力，没一个男生是他的对手，他可以从盘古开天地一直说到当代改革开放。什么经典名著、人物传记，就算浪漫文学，也可以讲解自如。每次辩论会，败阵吐血的数不胜数，他总是那个屹立不倒，走上颁奖台的人。

没有一个男生及得上左岸这么优秀。

“看看，这才开始，就袒护上了，哈哈。”周丽娜笑顾小满，角色状态进入得很好。

“不理你们了，我要洗漱睡觉。”

小满拿着洗漱用品和盆子去了水房。

站在水房的镜子前，她的脸不自觉地红了，手指轻轻触碰湿润的嘴唇，脑海里浮现的还是左岸温柔眷顾的一吻。

原来他也一直喜欢她，一直都是……顾小满兴奋得握了一下拳头。

这一夜，顾小满睡得很香，很沉。醒来的时候，浑身舒畅，紧绷了好几天的弦儿终于松懈了下来。她伸了一个懒腰，看了一下时间，立刻翻身下床，好像今天约了左岸在食堂见面的。洗脸、刷牙、换衣服，觉得浑身上下都得体了，才匆匆出了宿舍。

清晨的空气格外清新，阳光也很明媚，几只麻雀在树杈上叽叽喳喳地欢唱着。小满的心里洋溢着温馨，她深吸了一口气，迈开大步向前走去。

经过校园公告板的时候，小满发现公告板前围着不少人，经历了昨天那场风波，公告板的喧闹似乎没有停歇下来。

“这是谁干的？”

“真是太过分了。”

大家比比画画地议论着什么，好像出了什么大事，小满踮着脚尖儿看了一眼，当她看清里面的状况时，不觉吃了一惊。公告板的玻璃不知被什么人砸碎了，散落了一地，左岸的那张大字表白也被人撕掉了，只剩下残破的一小块随风摇动着。

“昨夜我有点失眠，听见外面好像哗啦一声，还以为哪个宿舍的玻璃碎了，想不到是公告板。”

“保安来了。”

不远处，几名保安闻讯赶来了，让同学们都散开，吩咐清扫人员收拾地上的玻璃碎片。他们打算调监控录像出来，抓住肇事者，绝对严惩不贷。

小满低头退后，急匆匆去了食堂。

食堂里，左岸正在门口站着，见小满来了，立刻迎上来。

许是因为昨天公告板表白事件闹得太大，很多人都知道了左岸和顾小满的关系，都不约而同地送来了注目礼。

“过来。”左岸让小满站在了他的前面，手很自然地搭在了她的肩头上。曾经习惯盯着他背影生活的顾小满，现在将背影给了他，还真有点不适应。

“你不觉得，大家都在看我们吗？”小满扭过头，低声对左岸说。

“他们在羡慕我。”左岸一点尴尬的表情也没有，似乎引以为豪。

“我怎么觉得他们是在羡慕我？你可是全校都出名的高才生。”

“你在学校的名声也不差。”

左岸轻笑着，小满尴尬地白了他一眼。她能有什么名声，无非是在实验室里晕倒，偶尔女汉子形象表现得淋漓尽致。

“到你了。”左岸拍了小满一下，小满立刻回神，盛了粥和菜，想要一个煎鸡蛋饼，却已经没有了。

待左岸和小满找到位置坐下来时，展越端着饭盒过来了，不客气地坐在了左岸和小满的中间，将饭盒一放，发出了嘭的一声。

“狼来了。”他慢吞吞地说了一句，一缕头发搭在额前，动作和表情看起来有点痞。

左岸蹙眉看了展越一眼，继续低头吃饭，没有打算和展越搭腔的意思。

“什么狼来了？你说什么呢？”

小满觉得他有点莫名其妙，大白天的，有狼也不敢出没啊，何况大城市，哪里来的狼。他这话另有深意。

“我想说，若不是我喊狼来了的次数太多了，怎么会成全了某些人。”

展越一边说，一边不服气地看着左岸，随手夹起一块煎鸡蛋饼放在了小满的餐盒里。说他多买了一个，来晚的，都没煎蛋吃了。

左岸看了一眼小满餐盒里的煎鸡蛋，还是没说话，冷静之中蕴含着什么冰冷的东西。

小满想调和一下现在的气氛，一个是男朋友，一个是好朋友，小满希望他们能由衷地接受对方，别再互相看着不顺眼，她夹在中间会很为难。

“展越，左岸……”

不等小满解释完，展越就打断了小满的话。

“我听说了，他现在是你的男朋友了，果然计划不如变化快啊，这小子早就打算在公告板里来那么一下子吧？还真绝，我怎么没想到呢？”

展越的话里明显带着火药味儿。

“展越，你说什么呢？不会公告板的玻璃……”小满大惊失色，难道是展越砸了公告板的玻璃？

记得高中的时候，展越就和左岸不对付，处处找左岸的麻烦，还因为小事儿大打出手，现在不会老毛病又犯了吧。如果监控录像被调出来，证明玻璃是他砸的，学校一定会勒令他退学的。

展越怎么可以这么鲁莽？

“展越，走，马上找梁老师解释清楚去。”小满急速站了起来，让展越立刻自首，也许学校看在他态度诚恳、真心悔过的份儿上，会放他一马。

“什么跟什么？我砸公告板的玻璃干吗？看这小子不顺眼，完全可以揍他一顿，没用的书呆子……”

展越冲左岸哼了一声，书呆子三个字一出口，左岸突然将筷子扔在了桌子上，慢慢起身，目光里透射出愤怒的冷光。

顾小满可不想他们两个在食堂打起来，只能拉住了左岸的手臂。

“吃饱了，该去上课了。展越，你的时间也快到了。”

一直将左岸拉出了食堂，他的眉头才舒展开来，小满懊恼地松了口气。

“你们两个，高中是同学，大学又是同学，每天抬头不见低头见的，就不能和平相处吗？展越也真是的，今天好像吃错药了，真担心公告板的玻璃是他打的，万一被抓住，怕学籍难保了。”

“你担心他？”左岸蹙眉看着小满，突然问了一句。

小满回望公告板的方向，有些心不在焉，没领会到左岸话中的深意，点点头。

“他那性子，总是容易闯祸。”

“其实……你和他很像。”左岸慢条斯理地说。

小满回神，诧异地看着他，琢磨这句话的意思。细想想，确实是这样的，她和展越有很多相似的地方，只是她没想过这个问题罢了。

左岸微笑，继续向前走。顾小满迟疑片刻，追了上去，抢在前头，转过身面对着左岸，一边快速倒退，一边问着：

“你好像不高兴？”

“怎么会？”

“看你的眼神就知道了。”

“我的眼神？”

左岸停住了步子，眉头皱起。他从来不知道自己的眼神暴露了那么多的情绪，每次他都自认伪装得很好。

“你能看出来？”

“当然，我研究你都研究三年了。你生没生气，开不开心，我一眼就能看出来。”小满很自信，盯着左岸的眼睛。左岸尴尬地移开了目光，俊脸微微发红。

“你经常这样研究别人吗？”

“不，除了你。”

顾小满可不是什么人都愿意花大把时间研究的，左岸是个绝对的例外。他的表情不多，动作也很简单，一般人很难揣摩他的心情，可小满却能轻易看出他的情绪变化。就好像现在，某一瞬间，他的心情很不佳，因为展越吗？似乎每次提及展越，遇到展越，他都是这样冷冷的。

“中午我会去保安室看看，如果真是展越砸了公告板的玻璃，也许能提前找院长谈谈，帮他一下。”左岸让小满别担心，展越一定会没事的。

“帮他干吗，砸公告板，亏他能做得出来……”

虽然小满的嘴上这样抱怨着，心里却希望左岸能出个面，至少院长和副院长，都会给他一点面子。

“走吧，时间快到了。”

“嗯。”

小满应了一声，扭捏地挽住了左岸的手臂，才走了几步，又不得不慌乱地放开了，满脸绯红地看着走过去的几个同学。她还有点不太适应现在的角色，左岸的女友，一个盼了很久，很奢侈的名词。

陆陆续续地，上课的学生多了起来。小满和左岸进入大教室的时候，已经坐了一大半的人。

顾小满和左岸的出现，很快成了焦点，大家都忍不住朝他们看，有羡慕的，也有嫉妒的。

左岸表现如常，在窗口的位置坐下来，小满坐在了他的身边。

孙安宁来得很晚，看起来没精打采的，眼圈发黑。进门后，她先抬头向里面瞭望了一眼，看到左岸和顾小满之后，神情明显一变，目光很快移开了，在靠门口的位置坐了下来，一直低着头。

不知为何，看到孙安宁那样难堪的表情，顾小满有种抢了人家男友的罪恶感。虽然左岸从前和现在都不是孙安宁的男友，可以左家和孙家的关系，孙安宁应该早已芳心暗许，只是左岸喜欢的人不是她，这是一种何等的无奈。

第一节课是组织学和胚胎学，授课的是一位资深老教授，头发已经花白，却很能接受新鲜的事物。

坐在学霸的身边是有压力的，仅仅那几本摆放着的工整笔记，就显露出他和别人的极大差距，甚至钢笔的放置都很规矩，不似小满那样随便歪斜着。扭头看他，他目光如炬，鼻梁高挺，下巴坚毅，不管从哪个角度欣赏，都是个精致的男生，这是小满在其他男生的脸上看不出来的。

情人眼里出西施，小满不知她这样的心理，是不是也遵循了这个道理。

“顾小满，你来回答一下，人体各器官根据结构分为哪两种？”

不知是不是顾小满走神被教授发现了，他站在讲台上，点了小满的名字，并抛出了一个问题让小满回答。

顾小满站了起来，手无措地放在了桌子上，眉头紧皱。刚才光顾着分析左岸的五官了，根本没听教授在讲什么，她哪里知道人体各器官根据结构分为哪两种啊。

大家都在看她，小满戳在那里很尴尬。她用脚踢了左岸一下，左岸不动声色，拿起钢笔，在笔记本上写了一行字，小满瞥了一眼立刻回答：

“中空性器官和实质性器官。”

“嗯。”

老教授点点头称赞着：“你有一个很优秀的男友。”

尴尬，顾小满懊恼地低下了头，显然昨天公告板的事情，老教授也知道了。而刚才的问题是谁回答的，已经很明显了。

有时候，有太优秀的男友，也很忧伤。

“坐下吧，以后上课别走神了。”

“哦。”

顾小满抿着嘴坐了下来，扭头再看左岸时，他竟然在笑，似乎她刚刚为什么走神，他已经知道了。

“下课之后，让你随便看……”左岸歪了一下身子，看似整理笔记，却在小满的耳边低低地说了一句，小满的脸更红了。

接下来的时间里，小满没敢再走神，渐渐地进入了状态。

下课后，左岸和小满去另一个教学楼上微生物学，经过教学楼间的过廊时，看到孙安宁迎面走了过来，手里拿着三本日记。

“那是……我的。”小满指着孙安宁手里的日记本，眉梢扬起，刚要走上去要回自己的日记，左岸却拦住了她。他让小满在这里等着，然后迈开大步走向了孙安宁。

孙安宁将日记本给了左岸，急切地解释着什么，从她的口型可以判断，孙安宁没有道歉，而是在强辩。

真是可恶，到现在还不肯悔过，偷了别人的日记本到处散播，她还有理了？

左岸接过了日记本，多余的话都没说一句，转身返回了小满身边。

“她说什么了？是不是找借口推脱？”

“都过去了，走吧。”

左岸握住了小满的拳头，将她的手指舒展开来，然后拉着她进入了教学楼。孙安宁还站在那里，没动过一下。

孙安宁到现在也没想明白，事情怎么会发展到这种地步。她张贴顾小满的日记，也是经过一番思想挣扎的，看着一篇篇痴心的文字，她鄙夷轻视，最终决定，让顾小满在全校面前颜面扫地。她自认对整个事情是有掌控的，却没想到左岸会突然做出那样的举动。

得到消息后，她跑到学校的公告板处，看到左岸留下的文字后，惊呆了。

第十章

心中有朵太阳花

人心是贪婪的，暗恋他的时候，只希望能多看他一眼，哪怕他的目光只是一瞬间的驻留也好。现在得偿所愿地拥有了他，顾小满想要的东西更多了。她希望和左岸的恋情能够天长地久，海枯石烂，在他那颗跳动的心脏里，永远只有她一个。

作为一直出现在左岸身边，被大家公认是左岸准女友的孙安宁，输掉的绝对不仅仅是一份爱情，还有她作为副院长千金的颜面。

将日记本放在左岸手中的那一刻，孙安宁让左岸想清楚了，顾小满绝对不是那个能陪他走到最后的女孩儿，他现在的举动只是在浪费时间，如果传到左伯伯和伯母的耳朵里，他们一定会伤心的。孙安宁希望她这番话能触动左岸，让他好好想想，可左岸只是拿走了顾小满的日记本，一句多余的话都没和孙安宁说。

“你会被顾小满毁掉前途的！”

孙安宁看着左岸走回了顾小满的身边，愤怒地喊了一句。她脸色发青，眼神激动。

“我们走。”

左岸拽着发愣的顾小满向教学楼里走去。

微生物课，孙安宁没有出现，顾小满坐在左岸的身边，有些不安。孙安宁喊的那句话一直回荡在耳边，她会毁掉左岸的前途吗？

今天似乎让人忐忑的事儿不少，微生物学的老师也点了顾小满的名字，好在她这次没有走神，对答如流。老师对她的评价是，果然近朱者赤。这句话的含义十分深刻，顾小满扭头看了左岸一眼，坐在他的身边，有极大的压力，做他的女朋友，要时刻警惕被老师点名。

中午左岸有事先走了，小满一个人去了食堂，帮左岸一起打好了饭，在食堂的角落里托着下巴等待着。等了大约二十分钟，展越端着饭盒走了过来，一屁股坐在了她的旁边。

“当学霸的女朋友，感觉怎么样？是不是很光荣？”

“别酸了，我问你，公告板的玻璃窗是不是你砸的？”

小满质问展越，展越耸耸肩，塞进嘴里一大口米饭，一边咀嚼一边笑呵呵地看着小满。

“是我砸的，我已经做好准备离开这所该死的大学了。”

“你说什么？你花费了那么多汗水和精力才考到了这里，怎么可以说出这样丧气的话来？”

“你知道这不是我的理想！”

展越又舀了一勺汤，慢条斯理地放在了嘴边，不等喝，就被小满打掉了。勺一歪，汤洒了出来，溅了展越一身，他皱起眉头，怒视小满：

“我都要走了，你就不能好好和我吃一顿饭吗？至少让我喝了这口汤。”

“为什么砸公告板的玻璃？”小满深吸了一口气，坐直了身体，让展越正经一点回答她的问题，不然她让他这顿饭都吃不下。

展越扔下汤勺，一副很是无奈的样子：

“我看他不顺眼，就这么简单。”

“不顺眼？”

顾小满真是理解不了，左岸的样子不丑，闲事也很少管，连话都不怎么说，只是闷头学习，他怎么就看左岸不顺眼了？展越处处找左岸的麻烦，左岸该看他不顺眼才是真的。

“想知道原因吗？”展越反问。

“想。”

“因为你放弃了和你一起七年的邻居，却和那个连话都不会说一句的书呆子在一起了，就这么简单。”

展越很直接，也很懊恼。当他看到公告板里左岸的那句话之后，心里就憋着一股火，半夜实在睡不着，他从窗户爬了出来，将校园的公告板玻璃砸了。

“放弃？我什么时候……你不会……”

顾小满瞪圆了一双乌黑的眼睛看着展越，试探地问了一句：“你不会吃醋吧？”

“谁吃醋。”

展越白了小满一眼，表情有些窘迫。

小满掩住嘴巴呵呵笑了起来，展越这个家伙，还是老毛病不改，说话冒冒失失的。

“我就知道，你怎么可能？不过，我要声明一下，不管我和谁在一起，我们的友谊都没变，展越永远都是顾小满最好的哥们儿、大哥。至于左岸，我得纠正你一个用词，他不是书呆子……”

“好了，TX大学最后一顿午餐，咱们能不能不提他。”

展越打断了顾小满的话。说到左岸，顾小满总是滔滔不绝，听得他心烦意乱，忍不住想发火。

“你不会真打算离开吧？”小满觉得问题有些严重，这家伙好像不打算为自己申辩，一副听天由命的样子。

“是啊，东西都收拾好了，回去后，我也不想复读了，回到原来的摇滚乐队或者跟着我爸去开车。”

展越设想着回去的计划，笑说到了寒暑假，如果小满需要，他可以开去车站接她回家。

“谁要你接我回家，你敢这样离开这所大学，我们就绝交！”

小满端起了她和左岸的饭盒，转身就要走，展越却拉住了她：

“我已经尽力了，小满。”

“你没尽力，你一直都没用心过。”

小满气恼地打开了展越的手，这样没出息的家伙，不配做她的朋友，简直就是个懦夫。

就在顾小满愤怒转身走开的时候，食堂的门口，左岸走了进来。小满还处于盛怒之中，一双眼睛红红的。左岸走过来，接过了小满手中的饭盒，转身放在了展越的桌子上。小满僵持着站在那里，被左岸拉过来，一起坐下了。

“我不想和这个人说话！”小满将脸颊扭到了一边，吃饭的心思都没有了。

左岸打开了饭盒，将勺子塞在了小满的手中。

“公告板的事情我已经处理好了。”

“处理好了？”

顾小满立刻扭头看向了左岸。他简直神了，好像什么事儿到了他的面前，不需要花费多大力气和精力，他都能迎刃而解。这么说，展越不用离开学校了？

左岸点点头，让小满赶紧吃饭，一会儿时间到了，还有解剖课。

展越有些不敢相信，左岸午餐来晚了，竟然是为了公告板的事情。

“左岸，我想知道怎么回事儿，展越是不是不用退学了？”小满忍不住好奇心，碰了左岸的手肘一下，他也太能沉住气了吧，她猴急地想知道事情的经过。

“没那么复杂，公告板的玻璃我已经答应给换上了，展越明天写一份检讨就可以了。”左岸简单地说了这么一句，中间如何说服保安的过程却没提及，相信以他的雄辩能力，一定会给保安和学校一个听似合理的理由。

“写检讨？”展越将餐具放下了，眉宇间显露丝丝不悦。

左岸冷静地看着展越，已经料到展越会是这样激烈的反应，丝毫不觉得意外。

“如果你不写，我来写。”

“和你没关系，为什么你写？”

展越更加怒火中烧了，他讨厌左岸这种平和的态度。从高中到现在，永远都是一副运筹帷幄之中，决胜千里之外的表情。相反，他和左岸却全然不同，分处于两个极端之中，他越是着急，事情越是处理不好，越是处理不好，就越没头绪，现在仍旧是如此。

“你心里很清楚，公告板到底和我有没有关系，如果不想将事情变得复杂，就写一份检讨送上去。”

左岸反驳的话很不客气，让展越珍惜现在来之不易的处理结果。一旦走出这个大门，后悔莫及。

展越憋了半天，愤然起身，一双赤红的眼睛盯着左岸，怒道：

“左岸，别以为你这么做，我就会感激你。”

“我不需要你的感激。”

左岸低头继续吃饭，不再理会展越。

展越握着拳头，突然一把将左岸的餐盒打了出去。饭盒当啷一声掉在了地上，饭菜洒得桌子上、左岸身上和地上到处都是，十分狼藉。

突发的变故，让顾小满很吃惊。她不敢相信展越能干出这种事来，实在太过分了。她站起身要和展越理论，却被左岸用力地按住了手。

“展越，你的力气可以用在学习上，而不是针对我。退学，你可以无所谓，背上行李离开，可难过的是谁，你的心里比谁都明白。”

左岸站了起来，抖了抖身上的污渍，将饭盒捡了起来，转身走向了清扫工具。

展越皱着眉头，突然迈开大步，抢在左岸的前面拿到了清扫工具，一声不响地返身回来收拾残局。

看到展越落寞地清扫地面的样子，顾小满的心里也不好受。她想帮展越，却被展越推开了。某一瞬间，展越的眼里含着泪水。

左岸将餐盒放在了桌子上，蹙眉坐下来，等展越都收拾完了，才和小满离开了食堂。

自从这次事件之后，展越和左岸的关系变得有些微妙，小满也说不清楚，在某个时间节点上，他们不再互不相容。

可能是左岸说的一句话触动了展越，也触动了小满。

“TX医科大学，虽然不是我们三个的理想，可满载了父母的希望，既然已经走进来了，就要将学业好好完成。”

第二天，展越写了检讨。学校因为他主动认错且态度好，又属个人纠纷，在赔偿了学校的损失之后，学校做出决定：留校观察。

“左岸，展越没事了。”

顾小满高兴地将学校的处理结果告诉了左岸。说完之后，才有些不好意思了，这事儿是左岸出面解决的，他怎么会不知道结果呢。

左岸笑着将七八本笔记塞在了小满的手里。

“他没事了，你也该收心了，下午没课，你去自习室把这些笔记都复习一遍。”

“又看？能不能……”

“不能，别忘记了，你还欠我两千元。”

左岸伸出了两根手指头，得意地在小满眼前晃着，好看的眼眸中透着狡诈的光芒，顾小满不情愿地嘟囔着。

“我已经是你女朋友，还算得这么清楚……”

“这是两回事儿，不仅如此，公告板玻璃窗的钱，也算在你的头上，拿到奖学金后还给我。”左岸俨然一个要威风的债主，不但一分不让，还加了码。

展越的账，也算在她的头上？实在有些过分，顾小满的嘴巴几乎可以挂油瓶了，可她一时拿左岸没办法，只能点点头。

“好吧，黄世仁，我一定拿到奖学金连本带利还给你，不过……你不陪着我一起学习吗？”顾小满勾了勾手指头。

左岸看着小满带着诱逗的眼神，尴尬地清了一下嗓子，让小满先自己去。

“今天下午不行，我得去孙院长家一趟。”

“去孙安宁家？”

一听左岸要去孙安宁家，小满的手立刻垂下了，心里犯着嘀咕。左岸明知道孙安宁的心思，怎么还去孙家？作为他的女友，她怎么可能不吃醋，不嫉妒？

“吃醋？”左岸瞄着小满的眼睛，小满立刻反驳：

“才没有，我是谁呀，顾小满啊，怎么可能吃醋？”

小满故意环顾四周，回避左岸的目光。左岸扳过小满的身体，让她直视着他。

“孙院长一直对我很好，又和爸爸是多年的朋友，我不能因为有了你，连面也不露的。何况孙安宁已经几天没上学了。”

左岸希望小满明白，有些朋友注定要一直关照的，友谊和爱情并不冲突。

“我才没那么小气呢，也希望孙安宁能和我们坦诚相见。去吧，我等你。”小满表现出了她大度的一面，并决定原谅孙安宁犯下的错误。

“晚上图书馆，我去找你。”

“不见不散。”

小满伸出手，在左岸的掌心里轻轻击了一下，让他快点去，这样能早点回来。

虽说很大方地让左岸离开了，可小满的心里并没那么释然。孙安宁几天不来上课，一定是在闹情绪，她料定这个举动一定会触动左岸去孙家。从这个角度分析，孙安宁并没有因为左岸选择了小满而放弃。

青梅竹马的感情一般都很牢固，左岸和孙安宁算是了吧。

耷拉着脑袋去了自习室，自习室里的人不少，小满选了一个角落坐下来。为了“黄世仁”的债务，她得专注一下，开始研究那些笔记，顾小满发誓期末一定考出好成绩，不仅仅因为那笔钱，她还希望得到大家的认同：顾小满和左岸是一对金童玉女，般配的一对。

一个下午过去了，左岸没有回来。到了晚餐时间，还是不见他的影子。顾小满猜想，他一定是被孙家留下吃晚饭了。

图书馆的四楼还是那么安静，小满倚在书架上，抽出一本书，心不在焉地翻着，这是她第二次在这里等左岸了，真怕和第一次一样，一直等到图书馆关门。

人心是贪婪的，暗恋他的时候，只希望能多看他一眼，哪怕他的目光只是一瞬间的驻留也好。现在得偿所愿地拥有了他，顾小满想要的东西更多了。她希望和左岸的恋情能够天长地久，海枯石烂，在他那颗跳动的心脏里，永远只有她一个。

玫瑰代表的爱情并不是永恒的，在花期凋零之后，剩下的只是残瓣的回忆。

顾小满手里拿着书，眼睛却一直盯着楼梯口。就像上次那样，上来一个人，她的心便会一阵猛跳，直到这种跳动渐渐趋于平缓。已经八点了，他还是没有来。

将书放了回去，顾小满面对着书架站了一会儿，想离开，又怕左岸来了找不到她。她苦闷地用脑门儿轻撞着书架，脚尖蹭着地面，眼睛盯着手表，还有一个半小时图书馆就关门了。

他不会来了，他一定还在陪着孙安宁。

柔柔弱弱的小女生，仅仅一滴眼泪就能让男生的整个心都融化了，何况左岸还是那种不算铁石心肠的人。

她不该让他去的，只要她坚持，左岸一定会让步。

顾小满觉得自己好傻，傻到了相信左岸是最特别的那个。

唉。她轻叹了一声，知道今天要白等了。就算左岸回来了，图书馆也闭馆了，也许现在离开，还能在图书馆的门口遇到他。

慢慢转过身，小满无奈地迈开了步子，却险些撞在一个人的身上。她惊慌抬头，刚要道歉，却看到了左岸那双幽暗深邃的目光，他不知何时站在了她的身后……

“我没来，你怎么能走？”他捉住了她的手。

“我以为……”小满的脸一红，话到了嘴边，也没法说出来，没看到的事实，她不能随便猜测。

“我说了会来，就一定会来。”

“可上次……”

“上次我可没答应你。”

左岸微微一笑，拽着小满，绕过书架，向里面走去。

“你带我去哪里？”

“一个别人不知道的地方。”

左岸的步子跨得很大，小满小跑着跟在他的身后，什么别人不知道的地方？图书馆里，除了这里，还有什么地方是秘密的？

左岸一直朝里面走着，穿过了一个长廊，在一个小铁门前停了下来。

“这是什么地方？”小满张望了一下，好像是一个仓库。

“图书馆的库房，我经常一个人在这里看书。这里的书，外面没有。”左岸的手指放在了锁头上，轻轻一拽，锁头便开了。他告诉小满，图书馆的书架空间有限，老师会把一些学生很少翻阅的书籍收藏在仓库里。锁头只是挂在这里，不会上锁。

门被推开了，仓库里很大，很幽暗，却真的堆放着很多书。

“这里的光线不太好，怎么看书？”小满走了进去，回头问左岸。

“我有这个。”

左岸从书包里掏出了一把手电，打开了，一道强光照射在书籍上，看得清清楚楚。他随手将身后的门关上，带着小满向仓库里走。

“这儿以前是专属我一个人的空间，很静，不被人打扰。”

“可现在属于我们两个。”

“是的，你和我。”

一直走到仓库的尽头，左岸才放开小满的手，从木箱里拿出了一本书，书的中间还夹着一个书签。他看了一半的，是一本关于物理学的书。

“你对这种书感兴趣？”小满很诧异。

“医生的儿子就一定喜欢医学吗？我喜欢物理学，航天航空，小时候还梦想着成为一名航天员，可惜现在离梦想越来越远了。”

左岸坐在了木箱子上，小满坐在了他的身边，他用手电照了一下书页，光线还算足。

“左院长知道吗？”小满好奇地问。

“他没兴趣知道这些，从小我就被爸爸带着去医院，一直到现在。我在他的眼里，将来只能成为一个医生。”

左岸笑了一下，眸光挑起看向了小满。

“这就是我和你不一样的地方，不管喜欢与否，你可以自己选择一条想走的路，我却不能，反对和异议，只会让爸爸生气，妈妈失望。我的时间几乎充斥着课外班，没有周六周日。这不是抱怨，是遗憾。”

“我不知道该不该同情你……可很多人羡慕你，你是学霸。”

“学霸并不快乐，除了现在这一刻。”

左岸的目光深切地看着小满，有着让她没法抗拒的忧郁，一种情丝不自觉地随之流淌着。

“我看看还有什么其他的书……可能是我喜欢的。”小满尴尬地移开目光，站起来，向上看着。

左岸的手电向她照来，问她想看什么方面的，有些书这里并没有。

“只要喜欢就可以。”

小满解释着，目光在那些书里搜寻着。这里的书果然是很少见的，都是一些阅读量不高的书，当她看到最高处一摞书时，立刻惊呼出来。

“我找这本书很久了，竟然这里有，只是太高了。”

“在哪里？”左岸站了起来，小满指着最高处的一个柜子，看起来那书在上面放了很久了，蒙了一层灰尘。

“这里有一个小梯子，我上去帮你拿下来。”

左岸从角落里拿来了一个梯子，梯子看起来已经很旧了，一动就吱呀吱呀地发出响声来，不太结实。

“还是我来吧，我灵巧一些。”小满觉得左岸个子太高，体重也太大，梯子不一定能承受得住。

“我是男人，自然由我来拿，放心，我上过很多次了。”

左岸将梯子支好，一点点爬了上去，爬到一半警告小满让开。

“你站远一点。”

“你怕掉下来，压瘪了我吗？”小满调侃着。

左岸站在梯子上，回头看着小满，突然诡异一笑。

“不然压压试试？”

“讨厌，认真点儿，我要那书。”小满白了左岸一眼，脸微微发红。

左岸爬到了梯子最高处，用力向上伸出了手臂，书被夹得太紧，用力一拽，其他的书籍也都倾斜下来。左岸试图将那些书推回去，梯子突然一晃，顾小满完全一个本能的动作，奔了上去，伸出手臂。

梯子歪斜，左岸无法稳住身体，跌了下来，顾小满被严严实实地压在了下面。

“我叫你站远点儿了。”他俯视着她，微微喘息着。

“我怕你摔了……”

小满的脸好像熟透了的柿子，她明显能感受到左岸身体的轮廓。

“我得起来……”

顾小满羞涩地动了一下，试图爬出来，可左岸却没有起身的意思，仍保持着这个姿势，目光牢牢地锁着她，鼻息里的热量扑在她的脸上，麻麻的，她和他彼此怦怦怦的心跳声，听得那么清晰，隐藏在心底深处的东西在不安地骚动。

左岸深邃的眼眸不曾眨动一下，黑瞳中的迷光在凝聚，修长的睫毛低垂之时，唇也轻落而下，一触之后，所有压抑的，含蓄的都迸发出来……

“咔咔……”

仓库的门外传来了响声。

左岸一把将小满抱起，翻身而起，躲避在角落里，随后关闭了手电。

仓库的门被打开了，有光亮向里面照射进来，有人在门口驻留片刻之后，又关门离开了。

小满整个人被圈在左岸的臂弯中，能清晰听到左岸重重的心跳声，刚才他们很凌乱，手指摩挲肌肤的热力还残存着，顷刻间爆发的异样感觉，让小满心里欢愉，却又有些害怕。

左岸迟疑地松开了小满，转过身去。

那人走时，关闭了外面的一盏灯，仓库很黑，什么都看不见。

“手电呢？”

小满摸到了手电，刚要打开，就左岸按住了，他说等一等，有一个很窘迫的情况，现在不方便打开手电。

“你怎么了？是不是刚才摔伤了。”小满转向了左岸，左岸别扭地推着她，解释他没受伤。

“那为什么不让看啊？我非要看！”

小满固执地转到左岸面前，左岸实在拗不过，尴尬地凑近了小满的耳朵，说了一句什么，小满立刻羞涩跳开，捂住脸，不敢再嚷嚷着看了。

“我们都是学医的，你还难为情？生理卫生课，溜号了吧？”左岸竟然还能调侃小满，让小满更加难为情了。

“没敢听。”

“下节课，你就要看到实物了，不如……先让你看看？”左岸突然抓了小满的手，将她拉了过去。

小满一声惊呼，她还没准备好呢，左岸怎么可以……

人类天生就有对未知事物的好奇心，小满更是如此，很小的时候，她就问过爸爸妈妈，为什么男生和女生会不一样，为什么要分开上卫生间，等等，顾建城经常被女儿问得哑口无言。随着渐渐长大，她似乎明白了，似乎又不明白，懵懂中，仍有好奇心。

现在竟然……

顾小满的心都要跳出来了。

可当她的手被按在书架的横木上时，耳边传来了左岸低低的笑声，小满立刻醒悟，气恼地挥拳打去，却被左岸擒住。

“还以为顾小满的胆子很大呢。”

“我胆子是大，却不虎……你还笑？”

小满压着左岸的手臂，他还是笑得停不下来，小满抿着嘴，眯着眼睛，突然来了主意，她打开了手电，对着左岸傲慢地扬起了下巴。

“脱下裤子……”

“干，干什么？”左岸笑声停止，愣了一下。

“不是让我看吗？本小姐现在准备看了。”

“别闹了，开玩笑的。”

左岸的脸白了白，收敛了笑容，懊恼高三的时候，顾小满一个女孩子，怎么可以拽掉了展越的裤子？那时他很生气。

“还有内裤呢，又没真看到……”

“以后矜持一些。”

左岸将小满拽了起来，表情还是那么严肃，小满不好意思地垂下了头。

“是你先说让我看的……”

“那不一样……”

左岸有些结巴，十分郑重地对顾小满说：“等到大五实习的时候，我给你看，而且……你必须整个人都是我的。”

“谁要是你的？你是我的才对。”小满不服气地扬起了下巴。

“都一样，到时候，你别逃才好。”

“是你别逃才对！”

顾小满害羞地挣脱了左岸的手，转过身，拿起了那本书，手指恍惚地抚摸书的封面，想到刚才的情景，脸颊一阵阵发热，大五实习的时候，是不是规划得太远了，莫名地有点失望，要到那个时候才能看到。

顾小满，你在想什么呢？尴尬，她竟然又犯了花痴病。

不过有些事情可以规划，现实会不会是那样的，就不好说了。

左岸拿起了手电，重新握住了小满的手，向仓库门走去。

“明天早点来，但你一定不能再站在梯子的下面，不然再摔下去，我可不能这么好的控制自己，别忘记了，我是男人……”

他故意将男人两个字说得很重，小满噗的一声笑了出来。

“还是我上梯子吧，你这男人太笨了。”

“笨？下次试试？”

“不试。”小满将头摇得好像拨浪鼓一样。

左岸今天的心情不错，话也多，总是调侃开玩笑，没什么正经，每说一句话都让小满脸红脖子粗。小满暗暗猜想，左岸应该算是个有着双重性格的人，一个冷静，一个火热，若火热的性格表现出去，定是TX医科大学备受欢迎的多情美男。

不过，顾小满希望，左岸的火热只对她一个人就好了。

“糟了，我们出来晚了，门打不开了。”

左岸推了一下门，外面什么东西卡住了，应该锁头被人挂上了。

小满环视了一下四周，好像没有另外的出口了。

“忘记时间了，老师总是在这个时间挂上锁的。”左岸抓了一下头发。

“不如我们喊吧？”小满提议，左岸立刻捂住了她的嘴，她现在喊出来，一定被老师抓个正着，不但书以后看不成了，传出去，也不好听。

顾小满点点头，觉得左岸考虑得很周到。

左岸指了指上面，气窗是敞开的，一个人从那里爬出去，门就可以打开了。

“这次我来爬。”小满低声说。

“不行，我是男人，我来爬。”左岸还是很坚持，他搬来了梯子，冲小满故意眨了一下眼睛，让她站远点，如果这次摔下来，他再压住她……

小满立刻抱住了肩膀，退后了数步，发誓左岸掉下来摔成肉泥，她也不管。

“你这个女人……”

左岸皱了一下眉头，抬头看了一下气窗，还真挺高，摔下去一定不好受。

“真不用我？”小满又问了一句。

“真不用，我可以的。”

左岸爬了上去，翻出了气窗，还不等小满跑到梯子前，就听见外面扑通一声，随后传来闷哼一声，不用猜也知道，左岸摔在了仓库外面的地上，他确实没顾小满那么灵巧。

“左岸，你怎么样？没事吧？”

“还好……”

左岸支撑着站了起来，脸发红，腿发抖。

仓库的门从外面打开了，小满走出来时，发现左岸的腿已经瘸了，眉头紧皱着。

“好像扭到脚了。”左岸吃痛坐在仓库外的长椅上，脚踝不敢动了。

“我说我来爬的，你这么笨，快让我看看。”

小满俯身下来，摸了一下左岸的脚脖子，说是骨头错位了，左岸脸色难看，额头上汗珠子直冒。

“去医务室吧？”小满觉得状况不好。

“不用，是关节错位，你用力扳……”

“我不行的。”

“你行的，你是医生。”

左岸训斥小满，连这点小事儿都做不来，将来怎么治病救人。

“我又不是真的医生，只是学生……”

小满嘟囔了一句，手上用力，左岸的脚踝骨处发出了嘎嘣一声，恢复了原位。

“好了吗？”小满抬起头，发现左岸的脸好像白纸一样，刚才的一下应该很痛吧。

“好像还行。”

左岸支撑着站了起来，活动了一下，脚可以落地了。

一起下楼梯的时候，图书馆的老师开始清人了，左岸扯着顾小满离开了图书馆。

虽然他的脚扭了，却还是坚持送小满回了宿舍，临分开时还调侃小满，以后都不能站在他的梯子下面，因为他一定会掉下来。

一直到宿舍，小满还忍不住笑着，周丽娜和刘丹感叹，恋爱中的女人智商基本是零，傻笑绝对是标志性表情。

事实的确如此，躺在了床上，顾小满还处于离魂发呆中，她的脑海中不断浮现图书仓库里左岸掉下来的情景，还有手电关闭，不让打开的尴尬，也许她应该看看，错过了这次机会，不一定要等到什么时候了。

龌龊，实在龌龊的念头，顾小满捂住了脸，双颊发烫滚热，羞涩的感觉挥之不去，她的龌龊在左岸的身上总是表现得淋漓尽致。

这一夜，小满断断续续做了几个乱七八糟的梦，其中不乏一些不太健康的内容，但都是关于左岸的，她急需心灵净化。

第二天的状况更让她难堪，左岸说得没错，下午有一堂尴尬的解剖课，大家看的是人类最原始的需要，赖以生存，繁衍不息的重要人体器官。

实物就摆在眼前，真实得不能再真实了。

临床医学的女生不多，属于弱势群体，在这种情况下，没有一个女生的脸不是红的，包括顾小满。这不是一般女生可以磨炼出来的，见到这东西脸不红气不喘，应该需要一个十分漫长的过程。

顾小满抓耳挠腮，看也不是，不看也不是，她的脑海里总能闪现左岸的表情，偶尔还会忍不住产生幻想。

老师在讲解，顾小满听得头脑发胀，待她偷偷看向左岸的时候，左岸竟然冲她瞪眼睛，她立刻移开目光，脸更红了。

当周丽娜发出不自然的笑声时，解剖室里立刻安静了下来，老师不悦地问周丽娜笑什么。

周丽娜半掩着嘴巴。

“那上面有颗黑痣。”

所有同学都错愕地瞪大了眼睛，大家都想不明白，有颗黑痣有什么好笑的，可周丽娜一直笑到解剖课结束。

有时候为什么笑，真的说不出个所以然来，就好像周丽娜，过后问她，她也不知道为什么会笑到不能自制。

中午回宿舍休息，周丽娜和刘丹好像开了眼界一样，大张旗鼓地议论。

“我第一次见到，好震惊啊。”

“我也是，小满你呢？不对，小满应该不会震惊了吧，她暗恋了左岸那么多年，左岸也喜欢她，两个人一定干柴烈火，这几天人影不见，一定没少看吧？”

周丽娜是个贫嘴王，话匣子打开就收不住，顾小满赶紧制止了她。

“别那么龌龊好不好，我和左岸很纯洁。”

“有多纯洁啊？”

刘丹继续调侃，一时之间，宿舍里热闹了起来，周丽娜和刘丹逼问顾小满和左岸到底发展到哪一步了。

“看了，看了又怎么样？左岸是我男朋友，他的就是我的，羡慕嫉妒恨吧。”

小满故意说得很大声，很得意。而她的话刚落下，宿舍的门开了，孙安宁站在了门口，一张脸别提多难看了，周丽娜和刘丹立刻闭嘴，小满也尴尬得满脸通红。

孙安宁走了进来，眼睛瞥着顾小满。

“现在的女生还真不自爱，为了迷惑男生，什么都干得出来。”

“你说谁呢？孙安宁！”

顾小满的脸青了，刚才大家只是开玩笑而已，谁都能听出来不是真的，孙安宁这么断章取义，分明就是故意耻笑她。别说顾小满和左岸之间没发生什么实质关系，就算有，也是你情我愿的，关孙安宁什么事儿？

“我想，很多年之后，左岸回想起来，不知道还记不记得他曾经睡过这么一个贱女生了。”

孙安宁绝对是回来找碴儿的，顾小满气得浑身发抖，可她没办法出手打孙安宁，孙家和左家的关系很特殊，一旦孙安宁受伤，左岸就会出面，小满不会给孙安宁任何让左岸去怜悯她的机会。

“也许会是这样，多年之后，当我穿着婚纱嫁给左岸，他成为我丈夫的那一刻，不知道他还记不记得这么一个让人讨厌、妄图破坏他幸福的贱女生！”

“你不会得逞的！”孙安宁有些气弱，脸更白了。

“会的，至少我是他的初恋，初恋，你懂吗？”

顾小满冷笑着，初恋两个字是致命的，相信孙安宁知道这两个字代表了什么。

果然孙安宁坚持不住了，她的身体摇晃了一下，竟然晕倒在了地上。

“小满，她，她晕倒了……”周丽娜喊了出来。

小满当然也看到了这个情景，看起来不是装的，孙安宁的身体发直，有些僵硬，小满顾不得两人的私人恩怨了，立刻蹲下来，按住孙安宁的人中。

孙安宁低吟了一声，醒了过来，眼睛微张，看起来还很虚弱。

不知道孙家的电话是多少，小满只能给左岸打了电话，左岸很快赶来了，孙安宁低声啜泣着，让左岸送她回家，随后委屈地看了顾小满一眼，任谁都能看出来这一眼的含义，以顾小满这么强大的气势，欺负孙安宁是理所当然的。

“她生病有几天了，你让着她点儿。”左岸嗔怪地看了小满一眼。

即使顾小满知道左岸这么做，是为了和孙安宁之间的友谊，可她仍觉得心里好像打翻了五味瓶，不是滋味儿。

孙安宁靠在左岸的肩上，一副虚弱无力的样子，刘丹靠在床边不吭声，周丽娜也瞥着眼睛，对于这种状况，谁都不知道说什么好。

“过来帮一把。”

左岸扭头看向了小满，发现小满的脸色不好，示意她过来，小满慢吞吞地走了过来。

“我能帮什么？”

“帮我扶着她。”左岸竟然让小满扶着孙安宁。

“哦。”

小满应了一声，不情愿伸出了手，还不等摸到孙安宁的手臂，就被孙安宁一把推开了。

“不用！我自己可以走。”

孙安宁黑着脸走出了宿舍，顾小满僵持在原地，又尴尬又生气，小脸一阵阵发青，孙安宁太自以为是了，如果不是左岸让她帮忙，她才懒得扶她呢。

左岸皱了一下眉头，对小满说："我送了她就回来，等我。"

左岸蹙眉走了出去，和孙安宁一起离开了。

左岸和孙安宁走了才没一会儿，周丽娜便替顾小满鸣不平。

"孙安宁还真厉害啊，小满，不用拳头，你根本不是她的对手，瞧刚才那样，恶心死了。"

"我不用拳头，一样能对付她。"

不就是要小女人的伎俩吗？孙安宁以为她挺厉害的，顾小满更厉害，只是……要怎么厉害，寻找什么样的机会厉害，小满还没想好。

和顾小满预期的一样，左岸一去就不见了影子，整整一个下午，小满都好像失了魂儿一样在校园里游荡，不得不承认，孙安宁确实厉害，左岸又没法脱身了。

小满渐渐有些怀疑，到底她和孙安宁谁能成为最后的那个贱女生，还真不好说了。

初恋虽然美好，却总是容易成为过去。顾小满不希望她会成为左岸的过去，她希望永远都停留在现在。

抬头仰望天空，四月末，桃花缤纷飘落，遍地粉红，偶尔有落在小满脸颊上的花瓣，害得她不断地打着喷嚏。

手上沾了一些粉泥，痒痒的，小满起身去教学楼的卫生间，洗了手之后，转过身，突然一盆凉水迎面泼了过来。

随后笑声四起，八个女生走了过来，为首的女生，长发披肩，表情讥讽，手里还拎着一个空盆子。

“这就是让沈晨阳神魂颠倒的女生？听说她最近新闻不少啊，还搞了一个学霸男生，真有本事啊。”

“瞧瞧，小小年纪的，就湿透了，好湿啊，哈哈！”

长发的女生“咣当”一声扔掉了盆子，岔开了腿，鄙夷地看着顾小满，其他几个女生大肆地议论着小满穿得是什么内衣，不如扒光了让全校的男生都看看。

顾小满握紧了拳头，盯着她们，慢慢走了上来。

“小心点儿，听说她会两下子。”

“我们人多，怕什么？”

长发女生哼了一声，拍了拍自己的胸膛。

“顾小满，睁大眼睛看清楚了，我是你学姐，沈晨阳是我男朋友，想和我抢，你没资格！”

又是沈晨阳，这个烂桃花，已经给她惹了不少麻烦了。顾小满浑身上下都在滴水，她愤怒地抹了一下脸，突然一个飞腿踢了过来，长发女生没来得及躲避，被踢倒在了地上。

“她，真会功夫……”

“我们一起上，就不信她能一起对付了我们八个。”

长发女生爬了起来，和其他七个女生一起冲了上来，顾小满抓起了旁边的拖把抡了起来，冲在前面的几个女生被击退了，甩了一身水点子。后面的女生发现情况不妙，开始寻找可以进攻的武器，什么水桶，扫把，水盆都用上了，叮叮当当，卫生间里打得一片狼藉。

当八个女生都趴在了地上的时候，顾小满气恼地扔掉了拖把，从卫生间里走了出去。

她的形象也不太好，从头到脚都湿透了，四月中旬的天还很凉，风迎面吹来，冷瑟难忍，她抱着肩膀，一连打了好几个喷嚏。

校园的路上，大家都用奇怪的眼光看着顾小满，她耷拉着脑袋，瑟瑟地走在小路上，一片片桃花飘落下来，粘在了她的头上、身上，不肯落去。

沮丧，懊恼，悲伤，是顾小满此时心情的写照，她期盼左岸快点回来，至少可以借她一个肩膀……

“那不是……顾小满吗？她怎么了？”

不远处，沈晨阳正在和几个要好的哥们儿在车边闲聊着，其中一个看到了顾小满，立刻提醒沈晨阳。

“你的野蛮妞儿怎么都湿了？”

沈晨阳扭头看来，立刻从车上跳了下来，飞快地跑到小满的面前，将外衣脱下，披在了顾小满的肩上。

“怎么搞的？你大冷天，还玩这个？”

顾小满气恼地将外衣脱下，扔还给了沈晨阳。

“以后，你离我远点！”

“吃枪药了？火气这么大，赶紧穿上，不然感冒了。”

沈晨阳将外衣继续往小满的身上搭，小满急了，一把将他的衣服扯下，扔了出去，随后用力一推，沈晨阳站立不稳摔倒在地上。

“我说了不用了！叫你的那些过去式女朋友离我远点，真是混蛋！”

咒骂完了，小满抹了一下微红的眼睛，向前继续走去。

“等等，小满，哎哟……”

身后传来了沈晨阳低吟的声音，小满走了几步，觉得状况不对，便停住了步子，回头看时，沈晨阳已经倒在地上，捂着左胸，表情十分痛苦。

顾小满皱着眉头一步步走了回来，俯身看着沈晨阳，他脸色苍白，额头冒着豆大的汗珠子，好像不是装出来的。

“你哪里不舒服？”

“担心我了吧？”沈晨阳撇嘴笑着。

“你有病吗？”

小满起身要走，沈晨阳却拉住了她。

“好了，我真有点不舒服，把衣服先给我，里面有药。”沈晨阳指着他的衣服。

小满不知道沈晨阳哪句话是真的，只能转身将他的衣服拿起给了他。沈晨阳在衣兜里翻找了一下，拿出了一个小药瓶，倒出一片药塞在了嘴里。大约一分钟后，他的脸色缓和了过来，很快又变成了之前轻佻的模样。

“我这是老毛病了，没关系，吃药就好……不过你担心的样子，我还真喜欢，怎么？不打算拉我起来？”他甚是得意地向小满伸出了手。

“你自己不能站起来吗？”

顾小满瞥着沈晨阳的手，怀疑这家伙用的是苦肉计，平时活蹦乱跳的，开着车到处招风，怎么突然就倒在地上起不来了呢？

“顾小满，你不会吧，一点同情心都没有？我可是病号啊。”

沈晨阳见小满没有拉他的意思，只能无奈地耸耸肩，支撑着站了起来，他的脸色看起来确实不太好。

“衣服给你。”

沈晨阳将外衣又披在了小满的肩头，慵懒地舒展了一下手臂，回头看向了教学楼。

“她们还真麻烦，看来以后不能随便交女朋友了，就你一个怎么样？”

“沈晨阳……”小满倍感气恼，沈晨阳是真的不明白，还是装糊涂？她已经有男朋友了，整个学校都知道了。

“我知道，你有男朋友了，不过没关系，我等着你和他分手，只要最后的那个人是我，其他的都无所谓。”

沈晨阳摊摊手，样子有些搞怪。

小满彻底被他打败了，方才涌起的同情心瞬间被抹除得一干二净。

“你确实需要好好看医生了。”

小满重新将衣服扔给了沈晨阳，飞快地向宿舍跑去，沈晨阳在后面还大声地喊着，让她小心别感冒了。

一口气跑回了宿舍，顾小满几乎冻僵了，匆匆换了衣服，缩在被窝里，打了几个哆嗦之后，开始头疼，流鼻涕。

刘丹和周丽娜看着躺在床上可怜兮兮的顾小满，开始责备左岸，自己女朋友都生病了，却留在孙家不回来。

“丽娜，你说，左岸不会两个都喜欢吧？小满，孙安宁……爱慕这个，又舍不得那个？”刘丹压低了声音，不希望顾小满听到。

“你有毛病吧，哪有这样的理论。”周丽娜斥责刘丹，“别火上浇油了，小满这会儿心情一定不好受。”

“我说的……真有可能。”

刘丹将周丽娜拉到了一边，阐述自己的理论。

“我一直不太了解男人是一种什么生物，自古到今，男人就没安分过，三妻四妾，家花儿，野花儿，你看古代的皇帝，后宫佳丽三千，他哪里会专注喜欢一个？”

“左岸又不是皇帝，你胡说什么？”

“男人都一样，不好说……”

刘丹和周丽娜的争辩，让小满更加心烦意乱，咳嗽得也越发厉害了。

晚饭时，小满开始发烧，吃了药之后睡了，醒来时，已经快七点了，不知左岸是去图书馆等她了，还是仍在孙安宁家？她想起来，却一点力气都没有，只能躺在床上，望着宿舍的电话。

也许左岸还没回来，也许他忘记了和小满的约定。

八点多的时候，宿舍的电话突然响了，小满整个神经都紧绷了起来。

刘丹接了电话之后，回头看向了顾小满，小声说：

“是左岸……”

顾小满爬了起来，晃晃悠悠地走过去，拿起了听筒，还不等说话，就打了一个喷嚏。

“你感冒了？”电话那边传来了左岸担忧的声音。

“孙安宁没事儿吧？”

小满没有说明自己的状况，却问及了孙安宁，某种委屈自然而然在言语间流露了出来，左岸还能想起顾小满这个女友吗？

“你的声音听起来不对劲，我带你去医务室看看，有夜间急诊。”左岸无暇回答小满的问话，说他马上过来，随后电话就挂断了。

顾小满皱了一下眉头，嗓子有些干涩，头疼得厉害，喝了水之后，情况更严重了。

大约过了五六分钟，传达室的老师来通知，有人找顾小满。

刘丹和周丽娜催促小满赶紧下去，这种时候，她一定要在左岸面前表现出娇柔病弱的一面来，绝不能输给孙安宁。

生病竟然成了争夺男友的利器？小满觉得很是无奈。

穿了厚厚的衣服，顾小满跑下了楼，左岸正站在宿舍外的花坛边，焦虑地来回走动着，当他看到顾小满出现后，立刻走了上来。

“我七点去了图书馆，一直在等你……不知道你生病了。”

“图书馆？”小满抬了一下眼皮，他竟然七点才回来吗？应该又在孙家吃饭了，孙安宁没让他离开。

左岸走上一步，伸手要摸小满的额头，小满却避开了。

“我没事。”

“别闹情绪，你的脸都烧红了。”

“我说了，没事了。”

顾小满第一次对左岸发了脾气，左岸皱了皱眉头，强行将她拉过来，摸了一下脸颊，低声说：

“怎么烧得这么厉害，白天不是好好的吗？”

“我不小心淋了水。”

小满的眼睛湿润，她被几个女生泼冷水的时候，左岸却在孙家照顾孙安宁，男人有这样坚强的女友，应该无须担心吧，可她偏偏就感冒了。

左岸的脸上现出了为难的神色，他握住了小满的手。

“现在去医务室打针，明天能好一些。”

“不用了，我可以的，我真的可以……”顾小满用力抽着手，左岸却没放开她的意思，拽着她向外走，小满一时着急，又咳嗽了起来，憋得满脸通红。

“打一针就好，听话。”

“我不去，左岸，我真的不想去。”

顾小满实在被拖得急了，只能喊了出来：“我怕打针！”

“怕打针？”左岸停住了步子，没想到小满不去医务室竟然是这个理由。

小满低下了头，忸怩地盯着脚尖儿，说她很小的时候就怕打针，爸爸带她去医院，她为了逃避打针，趁大人不备，跑到医院的仓库躲起来，害得爸爸以为她被人拐走了，差点报警。

“能不能不去，好痛……”

“不能！”

左岸再次将小满的手握住，自语不可思议，顾小满竟然也怕痛。

“怎么，顾小满就一定是铁打的吗？”

“打针就痛一下，放松心里就好了。”

左岸将小满拖到了医务室，一量体温，三十九度多了，肺部听诊有杂音，若不是她身体好，早就坚持不住了。值班的大夫要求打个点滴，留在医务室观察一个晚上，防止高烧不退，烧成肺炎。

大夫打针的时候，顾小满一直紧闭着眼睛，幸好左岸没有放开她的手，针头刺入肌肤，破天荒地，没那么痛。

“疼吗？”左岸问。

“不疼。”

小满摇了摇头。

“有我在，你怎么会疼呢？”他嘴角微挑，淡淡地笑着。

第十一章 心中有理想就要憧憬

夜色深沉，静寂幽暗，左岸靠在椅子里，垂着眼眸，好像睡了，又好像清醒地思索着什么，小满仿佛能感觉得到，他在极力呼喊着孙安心的名字，随后奋不顾身跃下池塘，在水中挣扎，逐渐没入水中的情形。

夜沉了，左岸守在小满的身边，眼眸低垂，双指交叉，神情间流露出的凝重和成熟是高中时期所没有的，这种情景让小满联想到了很久以后，他会一直守在她的身边，直到两个人都鬓角斑白……

小满闭了一会儿眼睛，又睁开了，刘丹和周丽娜的话在耳边轻响着，在左岸的心里，真的除了她，还有孙安宁吗？或者他一直喜欢的都是青梅竹马的女生，只是傻傻分不清，受到小满日记的蛊惑而已。

“左岸，你想过吗？你可能……”

话到了嘴边，小满却不知如何表达出来，如果她这番话说出来，会将左岸推向孙安宁，她会落得一场空梦。

可顾小满不想要心口不一的左岸，宁愿他只存在在她的日记里。

“什么？”

左岸的目光挑起，看向了小满，让她别说话，好好休息，小满动容地垂下眼眸，用极低的声音说：

“有时候，人会被经常出现的人或事蒙蔽了眼睛，不知道自己真正需要的是什么，你认定在乎的，其实并不是你需要的，而那些被你忽略的，却往往是你人生中最重要的，也许……你没那么重视一个人，就好像我……”

顾小满的鼻子发酸，头扭向了一边，不想看到左岸猛然醒悟的神情。

“你烧二了吧？”

左岸摸了一下小满的头，自语，烧已经退了，怎么还胡言乱语。

“不是这个。”

小满拉下了左岸的手，说她还没烧糊涂，头脑很清醒，左岸皱起眉头，问小满是怎么了，好好的，为何说出这么一番深奥的话来，他听懂了她的话，只是不明白，在顾小满的眼里，谁是小满认为重要的，谁又是那个不重要的。

“你今天很奇怪。”

“是吗，可能一些事情让我不得不思考，我能……感觉出来，你很在乎她。”

“你的感觉？”

“是的，我的感觉，也许是错觉，不管那是什么，我觉得是这样的。”

小满把心里一直憋着的话都说了出来，心里好受了许多，接下来就等左岸给她答案了。

“你认为孙安宁是那个比你还重要的人？”

左岸反问，小满默默地点了一下头。

“也许是吧……”

左岸的叹息，让小满的心头猛然一震，他竟然承认了吗？孙安宁真的是那个重要的人，既然是这样，为什么他要接受顾小满，那些暗恋的日记并不能成为他和她在一起的催化剂，这对她、对孙安宁都是不公平的。

“有些事情能够忘记是一件好事，若是忘不掉，便一直是梦魇……”

左岸将椅子搬近了一些，靠在床边，给顾小满讲了一个在他很小很小的时候发生的事，那种痛楚就好像伤疤，他一直不愿说出来，却是不能忘却的事实。那时他才六岁，孙安宁五岁，和她的双胞胎姐姐在一起。

“双胞胎姐姐？”

顾小满皱起了眉头，好像听说孙家只有孙安宁一个女儿，没听说还有一个姐姐。

“那一年，爸爸带我去孙伯父家做客，介绍了孙安心和孙安宁两姐妹给我认识，希望在聊天的时候，我们三个小孩子能一起玩；可我不喜欢和女孩子在一起，特别是缠人的那种，在看到孙家柜子里的航模之后，越发不想搭理她们。”

左岸回忆着，当时孙安心一直缠着他，问这问那，走到哪里，她跟到哪里，好像十万个为什么，左岸专心研究航模，被孙安心纠缠，情绪有些烦躁，偏偏孙安心坚持不懈，缠着让左岸陪她出去玩，左岸发了脾气，孙安心哭了，跑去左岸父亲那里告了左岸一状。

回家之后，左院长训斥了左岸，让他以后到孙家，不要乱发脾气。

“那时候，我从心里不喜欢孙安心，也排斥去孙家，可两家的关系太好，孙家总是邀请，我只能跟着父亲去做客。”

左岸的脸色有些落寞，顾小满倾听着，能感觉出来左岸语气中的无奈，还有一种说不出来的忧伤。

“虽然那时很小，却记得很清楚，每次去孙家，孙安心都会寸步不离地跟着我，我没有自由，回答了一个又一个问题，有些问题甚至不知道答案是什么，她却非要坚持让我给一个答复。那天，我们一起去了花园，我满脑子里想着什么时候回去，什么时候我的耳边才能清静下来，心里不痛快，孙安心说什么，我都不理她，她拉着我去看荷花，我实在太生气了，就推了她一下，她脚下没站稳掉进了池塘里……”

小满吃惊地瞪圆了眼睛，鼻翼扇动着，热气好像火焰一样喷了出来。

左岸说得十分平静，事情已经过去了很久，他一直想忘记，却怎么都忘记不了。

“我吓坏了，跳下去救她，可我们都不会水，等孙安宁跑回去找来大人的时候，已经晚了，孙安心溺水时间太长，没能救过来，我也昏迷了几天……”

左岸长长地出了口气，仿佛人仍旧没在水中，缺少氧气一般。

“如果我可以代替她，我宁可救不活的那个人是我。”

“所以你一直觉得亏欠了孙家，亏欠了孙安宁？”

“不是觉得，是一直欠着，他们认为那是一场意外，不怪我，因为我也差点因此丧命，可我心里有一个疙瘩，假若我当时没那么烦躁，没出手推她，她现在还活着，和孙安宁一样，走在校园里。”

左岸捏了一下额头。

“从那以后，我很少说话，也不想说话，他们让我做什么，我都会去做，没有反驳，没有抗议，也一直没让他们失望过，就算是一些我不情愿做的事，仍旧坚持着，似乎只有这样，才能弥补我犯下的过错。”

左岸笑了一下，抬眸看向了顾小满，顾小满很尴尬，心里有着无法抹去的自责，甚至为过去和孙安宁起的争执感到愧疚。

“我真不知道是这样的，对不起……如果我知道，我一定不会对孙安宁……”

“那是我的错误，不是你的。”

“可现在我知道了。”

小满希望左岸明白，他能宽容孙安宁的，她也可以。

听了左岸讲述的往事之后，顾小满的心情也变得沉重了起来，她同情孙安宁，也替左岸难过。

相信这件事放在谁的身上，都不会释然，随着年龄的增长，认知的成熟，负罪感会越来越强烈，她希望能帮左岸分担，却不知该从何分担而起。

也许她能做的只是原谅孙安宁所犯下的错误。

夜色深沉，静寂幽暗，左岸靠在椅子里，垂着眼眸，好像睡了，又好像清醒地思索着什么，小满仿佛能感觉得到，他在极力呼喊着孙安心的名字，随后奋不顾身跃下池塘，在水中挣扎，逐渐没入水中的情形。

房门开了，小满看了过去，左岸也抬起了头，大夫走了进来，替小满量了体温。

“烧退了，明天再观察一个上午，应该可以回去了。”

“谢谢许医生。”

左岸站了起来，眼里布满了血丝，大夫轻轻拍了拍他的肩膀，告诉他在走廊的右手边有个休息室，有床，有被子，若是累了，可以去睡一觉。

“我在这里坐着就好。”

“如果冷了，可以穿上我的白大褂。”大夫交代了左岸几句，离开了，左岸重新坐了下来，发现小满还睁着一双大眼睛看着他，便催促小满赶紧睡觉，若休息不好，明天怕又要在这里待一天了。

小满听话地点点头，闭上眼睛后，整个脑子里虽然还是乱的，却因发热不舒服，混沌了一会儿之后才沉睡过去。

第二天一早，展越来了，这位老兄的一贯作风，人到哪里，哪里就热闹。

“周丽娜说你病了，我还以为开玩笑呢。真没想到，顾小满，你这样的女汉子也能生病？也躺在病床上起不来了？”

“展越！”

顾小满最讨厌别人说她是女汉子，这个名词在她的感觉里，代表着强壮、粗大、野蛮、样貌粗犷的女子，虽然事实并非如此，可听得久了，难免有些排斥。

“生病容易小心眼儿，好，我不说了。”

展越从袋子里拿出了一个苹果，坐在床边旁若无人地削了皮，切割成小块，送到了小满的嘴边，小满将脸扭到了一边，她现在哪里有胃口吃水果。

“听话，吃吧……这可是我亲自给你削的。”

“我不想吃。”

“干吗生气？我一听说你生病了，着急得连早饭都没吃，就跑去超市买了水果，你还不领情？”

展越举着苹果，态度不再那么散漫，一脸坚持，小满这才看向了他，勉为其难地张开了嘴，还不等展越将苹果送到小满口中，左岸站了起来，将展越推开了。

“她说了不想吃，你没听见吗？”

“喂，左岸……她是你女朋友没错，可也是我的朋友，我也有责任照顾她的。”

“这里不需要你，你回去吧。”

“什么意思？别惹我发火啊，她还没嫁给你呢！”

展越变了脸色，左岸也皱起了眉头，才缓和了两天的关系，到了顾小满的面前，又变得水火不容。

似乎这样的状况还不够热闹，沈晨阳不知何时出现了，慵懒地倚在门框上，朝顾小满笑着，左岸和展越停止争吵，一起抬眸看向了他。

“你来干吗？”展越不悦地问了一句。

“你来干吗的，我就来干吗。”

说完，沈晨阳朝身后打了一个响指，陆续地，几个女生排成了一条队走了进来，为首的就是那个在卫生间泼了小满一身冷水，还被小满狠狠揍了一顿的女生，脸上还带着一抹淤青，她身后跟着的七个是一起欺负小满的同伙。

她们垂头丧气地走到了小满的床前，支支吾吾地说不出句完整的话来。

“还不道歉？”沈晨阳催促着，俨然一个混世魔鬼，仅仅那表情就够人花点心思琢磨的。

八个女生极不情愿地向小满道歉。

“对不起啊。”

“下次不敢了。”

道歉之后，她们立刻转过身，好像解放了一样，一股脑儿冲出了病房，沈晨阳也没再多说一句，转身迈着散漫的步子离开了。

这家伙兴师动众地来了，又这么默默地离开了，实在让人难以理解沈晨阳的脑袋里装着什么让人搞不懂的逻辑。

“这个神经病，他不出现比什么都好。”

展越撇了一下嘴巴，在高中的时候，他就瞧不起这种大脑缺钙的富二代，到了大学，这种痛恨的情绪似乎更强烈了。

“你别这么说人家。”小满责备展越，刚才沈晨阳出于一片好心，叫那些女生来道歉，就算小满不领情，也不会任由展越这么在背后诋毁人。

“怎么，你还真对这个富二代有意思啊？”

“你说什么呢！”

顾小满拿起切成一小块儿的苹果，甩手就扔了过去，展越低头一躲，苹果从他头上飞过，刚好打在了走进来的许大夫身上。

小满惊呼了出来，捂住了嘴巴。

左岸皱着眉头走了上去，向许大夫道歉，许大夫摇摇头，说没事儿，然后走过来替小满检查。

“力气也不小，精神头也很足，应该没什么问题，可以回去了。”

“对不起啊，许大夫，我刚才那下不是打你的。”

小满红了脸，一边道歉，一边不安地瞥向了左岸，左岸站在床边，嘴角微挑，怎么看着好像在笑？顾小满用力眨了一下眼睛，他确实在笑，当发现小满看向他的时候，笑容渐渐收敛了。

展越站在医生的身后，低着头，不敢胡言乱语了。

许大夫好像没生气，和蔼地笑着。

“呵呵，这可比吃你的拳头轻松多了，我早就听他们说了，你的拳脚挺厉害，几个男生都不是你的对手。”

“哪里有？”小满的脸更红了，心里暗气，这是谁造谣的，她来TX医科大学，还没真打过几架呢！

“好多了，回去注意多喝水，多休息，再吃几次药，左岸，你来，跟我拿药。”

许大夫招呼左岸跟他出去拿药，展越这才松了口气，责怪小满。

“你就不能老实点儿吗？”

“是你招惹我的。”

“好了，服了你了，起来吧，我送你回去。”

“不，我等左岸。”

顾小满让展越先走，她要等左岸一起回去，展越瞪圆了眼睛。

“没左岸的时候，一直是我照顾你的。”

“别扯了，分明是我照顾你……”

不管在高中的时候，谁照顾了谁，展越现在都有一种难以言表的失落感，顾小满有了左岸，成了别人的女朋友，不会再像从前那样和他一起上学，一起放学，一起骑单车，一起吃冰激凌，一起嬉闹了，邻家女孩儿已经长成了亭亭少女，他却没能像小说里写的那样，和邻家女孩携手同行，一个不小心，失去了曾经几乎拥有的某种权利。

这一切都是因为左岸，顾小满迷恋上了他。

“我走了！”

展越阴着脸转过身，向外走去，到了门口，又忍不住停了下来，回头看向了顾小满。

“下个月，有个摇滚音乐会，我的乐队也会参加，到时候希望你能来，如果你自己不方便，带着左岸也行。”

“摇滚音乐会？你的乐队参加？”顾小满很诧异，一直以为展越已经放弃了理想，却没想到他组织了自己的乐队，还要参加演出。这小子，当对他刮目相看。

“去吗？”展越不确信地追问了一句。

“去，当然去了。”

“那好，到时候通知你时间。”

展越终于露出了笑容，牙齿白白的，有点憨厚，转身向外走时，和从外面走进来的左岸打了一个照面，破天荒地，展越冲左岸也笑了，随后飞快地走了出去。

“好像有什么事，让展越很高兴？”左岸一边回头看展越，一边走了进来。

“嗯，他成立了乐队，还有机会在摇滚音乐会上演出，怎么能不高兴呢，下个月我们一起去，好不好？”

小满收拾了一下自己的东西，试探地问左岸。

左岸将几瓶药塞在了小满的手里，轻笑了一下。

“我想，他希望你一个人去。”

“没有，他说可以带着你。”

“带着我？”

左岸皱起了眉头，小满立刻觉得这话不对，羞涩抿嘴笑着，声音也低低的。

“你带着我，也一样，去不去啊？”小满轻轻地用肩头撞了左岸一下，做出了一副小女人的姿态，如果左岸能答应一起去，当然好，若是不答应，小满软硬兼施，也得让他去，难得和展越有缓和的机会，她一刻都不愿放过。

“你就这么希望我去？”左岸问。

“是啊，你去了，我才开心呢。”

“那好吧，我去。”

左岸勉强地点点头，小满就知道他不会拒绝。

虽然有些时候，展越处处和左岸作对，可到关键时刻，左岸还是愿意帮助展越，毕竟大家曾是一个高中走出来的，捧捧场还是应该的。

今天是个艳阳天，阳光很足，天气也很暖，地上都是散碎的桃花瓣，纷纷扬扬，香气四溢。

“真正的春天来了！”

顾小满伸了一个懒腰，闭着眼睛深吸了一口气。昨天还觉得几乎要烧死了，今天就浑身舒畅，四肢有了力量，正如许大夫说的那样，她身体素质好，只要用了药，就会很快好起来。

“没有来苏水，没有针头，只有花香，还有左岸……”

小满觉得肺部充盈了氧气，才慢慢睁开了眼睛，扭头看向了左岸，左岸也看着她，神情间略带些许琢磨。

“就算生病，顾小满的心情都能这么好。”

“为什么不呢？如果我们总沉溺在过去的不愉快中，快乐就不会找上门，你也应该笑一下，好像我这样。”

顾小满伸出了手，手指将左岸的嘴角轻轻上挑，他被迫笑了，俊朗的眼眸好像弯月一般，被感染了快乐的气息。

“嗯，左岸同学，你这样笑很迷人。”

“有人看到。”

左岸尴尬地将小满的手拽了下来，看了一下周围，待见没人经过之后，才挑了一下嘴角，露出了很自然的笑容。

“好饿啊，我要吃牛肉面，不，吃火锅，不，吃……大排档。”顾小满摸着肚子，扯着左岸的手臂向外走。

“许大夫让你休息。”

“许大夫还说让我增强营养呢，走吧，我请你。”

顾小满挽着左岸的胳膊，飞快地向学校外跑去，路边频频投来羡慕的眼光和小声儿的议论，俨然，她和左岸成了校园里的典范，最佳情侣，小满也因为有左岸走在身边，倍感骄傲，她昂首挺胸，喜形于色。

待她拖着左岸跑到学校大门口的时候，一辆黑色的越野车由东向西开了过来，在左岸和小满的面前突然停了下来，随后车门被人推开了，一个穿着很职业的中年女人下了车，戴着一副斯文的眼镜，她下来后，没有直接进入学校，而是将目光向左岸看来。

小满还开心地挽着左岸的手臂，左岸却僵直了身体，表情有些不自然。

“我想好了，就吃火锅，这个季节吃火锅最过瘾了。”

顾小满拉了左岸一下，左岸没有动。

“怎么了？”

小满顺着左岸的目光看了过去，这才发现那个中年女人的存在，她拎着一个皮包，表情严肃，似乎和左岸认识。

“她是谁？干吗这样看着你？”

“是我妈。”左岸低声回答。

“阿姨？”

顾小满惊呼出来，将手从左岸的臂弯里抽了出来，拘谨地站在左岸身边，好像做错了事的孩子，有些手足无措。

这就是左岸的妈妈吗？传闻中的女强人，自小就对左岸十分严厉，LK大学的知名教授，瞬间，小满觉得站在眼前的不再是一个中年女人，而是一座大山，瞬间就能倾倒下来，将她和左岸砸得粉身碎骨。

“你怎么不早说，你妈会来？”小满压低了声音，很焦虑，她还不想这么早让左岸的妈妈知道她和左岸的关系，那样会让他们的感情承受巨大的压力。

从某种角度来说，顾小满畏惧这个女人，很早的时候就开始了。

左岸有些茫然。

“我也不知道……她会来。”

“连你也不知道？”

这下糟了，突然袭击，一定是什么事情让左岸的妈妈着急了。

“这是顾小满吧？”左岸的妈妈走了过来，态度十分和蔼，好像对于小满和左岸在一起的事实没那么吃惊。

有人通知她来的吗？

不知为何，顾小满很容易就联想到了孙安宁。

“阿姨，我是顾小满。”

小满点了一下头，觉得这种介绍有些别扭，左岸的妈妈应该早就认识顾小满的，在高中三年二班的时候，只有顾小满不认识的人，哪里有不认识她的，何况爸爸和左院长还是一个相关单位的。

“叫我周教授好了。”左岸妈妈的声音很刻板，听起来对顾小满没什么兴趣，却也不排斥。

“周教授……”

小满干笑了一下，脸上的肌肉都要麻木了。

周教授将目光从小满的身上移开，看向了自己的儿子。

“怎么？左岸，你好像不太高兴妈妈来。”

“没有！”

左岸的回答很僵硬，从周教授下车到现在，他没动过半步。

周教授似乎也没打算走上来，给儿子一个拥抱，母子两个只是这么面对着面，互相对视着。

顾小满轻轻地碰了左岸的手肘一下。

“我要不要先回避一下？”

之前，小满就听左岸说过，左院长和周教授对左岸提出了明确的要求，高中、大学绝对不能谈恋爱，必须将全部精力放在学习上。

可现在呢，左岸有了女朋友，相信周教授得知这个消息后，一定吃不消吧？一直听话的好孩子，突然有了自己的思想和决定，让左院长和周教授，有些措手不及。

顾小满的脚慢慢向后移动，想伺机溜之大吉，让左岸一个人摆平他老妈，好过左岸在她的面前难堪。

“别走！”

小满才退出一步，手就被左岸突然抓住了，他将小满强行拉到了身前，向周教授介绍说：

“妈，她是我女朋友。”

这样的一句话，气氛明显不同了，周教授拎着皮包的手逐渐收拢，握紧，她的威严没有震慑左岸，脸上显出了一丝丝失望。

“我知道。”

“您来学校，就是为了这件事吗？”左岸又问。

“不完全是，我来你们大学开个研讨会，大概能待上一周，顺便谈谈你们的问题，左岸，我能和顾小满单独聊一下吗？”

周教授捏着皮包的手又渐渐放松了，指节恢复了血色，她深吸了口气，露出了一个和蔼的微笑，这种极力平复情绪的表现，小满看得一清二楚。

有一种隐藏的矛盾，虽然谁都没提及，却由来已久，一直压抑着，周教授不愿触及，左岸也不愿意。

“可以，我刚好有时间。”小满欣然地点了一下头。

左岸却仍握着她的手，没有放开。

顾小满皱起眉头，抽了两下，左岸才慢慢松开了手。

“妈，我和你谈，让她回去。”

“不，左岸，我要和她谈。”

没见过这么坚持的母亲，周教授脸上的严肃，带着一种不容置疑的权威，这种神情，是永远不会在小满的妈妈脸上找到的。

“左岸，你先回去等我，回去吧……”小满的声音带着恳求，希望左岸不要和周教授这样对峙下去了，虽然他们之间没有发生争吵，神情都很平和，却不如争吵来得痛快。

周教授看了一下手表。

“我和她只谈半个小时，你信不过妈妈吗？”

“不是。”左岸摇头。

“好了，帮妈妈把皮包送到招待所里，我半个小时就回来找你。”

周教授的态度变得和蔼了起来，将皮包交给了左岸，左岸接了过去，抬眸看了顾小满一眼，小满故作轻松地露出了一口整齐的白牙，笑得倒还算自然。

左岸提着皮包转身离开了。

周教授又看了一下手表。

“时间不算多，你想吃点什么？”

“不，我不饿。”

“那就随便喝点什么？冰激凌，怎么样？”

周教授似乎很迁就顾小满，小满点了点头，两个人一起向大门外走去。

TX医科大学对面街道的拐角处，有一家冷饮店，因为天气的原因，人并不是很多，刚好适合静下心来谈话。

周教授出手很大方，给小满点了冷饮店最好的冰激凌。

“吃吧，女孩子都喜欢这东西，我牙齿不行，胃口也承受不了。”周教授让小满别客气。

“谢谢周教授。”

不知道是不是错觉，顾小满觉得周教授并没有想象的那么不可亲近，她在试图用一种很慈爱的方式和小满沟通。

顾小满吃了一口冰激凌，心里暗想，是先开口解释最近发生的事情，还是等周教授询问，主动会不会比被动好一些？

目前看来，主动并没有任何好处，周教授的经验丰富，如何对付不了她一个小小的黄毛丫头？

“我们家左岸，一直很优秀，很吸引女孩子的目光，是不是？”

就知道周教授来者不善，第一句话就让小满觉得懊恼，感觉自己就好像一只嗡嗡叫唤的蜜蜂，和其他的小蜜蜂一起，无休止地围绕着左岸飞旋，侵扰着左岸的生活，她该回答是，还是不是呢？

回应的最佳方式，是含蓄的笑，可小满的笑有点牵强。

“我和左岸的爸爸一直以左岸为豪，对他充满了信心，寄予厚望，他也很听话，很争气，从小到大，没让我们操心过，只是没想到，大学的第二个学期，他就谈恋爱了……”

周教授喝了一口水，稍稍停顿了一下，似乎要压制什么情绪，随后解释。

“顾小满，我没有责备你的意思，只是很意外，很难接受，你明白我的意思吗？他让我们失望了……”

“只是因为他有了女朋友，还是我这个女朋友让周教授和左院长失望了？”

“我得承认，两种成分都有。”

周教授看着小满，语速很缓慢。

“我没那么差吧……”

顾小满低声自语了一句，她在爸爸和妈妈的心里，可是高高在上的白雪公主，不知道多受宠呢，怎么到了周教授眼里，就这么配不上左岸呢？

“我不是这个意思，小满，是我们的心理预期，和你不太一样，你也很好……”

这一句解释简直就是废话，顾小满猜测周教授这样妥协的说辞，一定是担心顾小满到左岸那里告状，影响他们母子关系，可小满却不是那样的人。

“我不期待周教授能接受我，但也不会因为您的话，就放弃左岸，除非他自己先退出。”

“你很固执。”

“这不是固执，是我的选择。”

顾小满的脸上绽放出灿烂的笑容，这种笑，让周教授的表情越发地不自然。

谈话的内容虽不算愉快，可周教授一直保持着平和的语气，慈祥的神情，试图说服什么，却又有些力不从心。

“小满，你和左岸还那么小，不成熟，真的明白选择这两个字的意义吗？你说得太轻松了，有一天，你会明白作为一个母亲的心情。”

“我是无法体会一个做母亲的心情，但我们已经不小了。”

“不小？小满，你还不到十九岁吧？”

“我十八岁了。”

“十八岁，对于我们来说还是孩子。”

“周教授，法律规定，我们已经是成年人了，可以承担法律责任了。”顾小满不喜欢周教授一句孩子、一句孩子的说教，好像他和左岸是未成年的早恋，做了什么不道德的事情一样。

“可这也不能表明，你的决定就是对的……”

周教授的语气微变，有些沉不住气了，严肃道：“你知不知道？你的决定已经影响到左岸的学业和前途了，他是我的儿子，我必须管。”

随着谈话内容的深入，周教授不再避讳此行的目的，她就是为了左岸来的，听说儿子谈恋爱了，她立刻坐立不安了，一直拉紧的缰绳突然因为马的狂奔而断开了，这种断裂，让她觉得从小辛苦培养的儿子要前途尽毁了。

小孩子没有经验，大人怎么能听之任之呢？

周教授希望能通过一种和平的方式解决儿子谈恋爱的问题，不伤害他的自尊，也能让小满明白，她并不适合左岸。

面对周教授的质疑，小满感到有些气馁，左岸到底需要什么，这个母亲真的知道吗？从小循规蹈矩，按部就班，仅仅因为五岁时那个不能挽回的错误？负罪感？让左岸一直这样坚持着，走上了一条他根本不想走的路，如履薄冰，没办法回头，那些遗憾和脆弱，周教授真的懂吗？

太阳花，左岸这样形容顾小满，就是因为在小满的身上，他看到了自己所不能达成的东西。

“周教授觉得恋爱是洪水猛兽，瘟疫病毒？”顾小满反问。

“顾小满，你想表达什么？”

“您也从这个年龄走过，不是吗？”

有针对性的话语，让周教授的脸色瞬间变得难看，事实的确如此，她也从这个年龄走过，也有懵懂的爱情，只是她的青春……没有小满的勇气。

心底的神经被触动，周教授耿着脊背，隐隐地有些明白，为什么左岸会和顾小满走在了一起。

“你影响了他……”

“他也影响了我……不然……我不会坐在这里和周教授谈话的。”

“可你对他的影响更多。”

“周教授，你怎么知道，我对他的影响更多？”小满咬住了唇瓣，孙安宁说的吗？可以想象，顾小满成了左岸永争上游的绊脚石。

“小满，和他分开吧。”

“您这是命令，还是请求？”顾小满蹙眉反问。

“你不是我的女儿，我没法命令你，算是请求吧，你不能和左岸再这样下去了，你们这样胡闹，已经让我和他的父亲几夜没睡好了。”

周教授的眼睛发红，难过的情绪涌了上来。

“一直以来，我和他爸爸都很爱左岸，视他为我们的生命，所有的拼搏和努力都是为了他，这么多年，我们和左岸之间没发生过任何矛盾冲突，连争吵都没有，他一直做得都那么好，让人满意，只是这次……他竟然为了你提防我？我很担心，我们母子的关系会因为你，急转而下。”

“周教授……”

“你先听我说……”

周教授捏了一下额头，试图平复一下激动的情绪。

“左岸必须出国深造，必须取得博士学位，现在，还不是谈恋爱的时候，还有一个……本不该说，却又不得不说的理由……你的性格，留在他的身边，不适合，所以趁着现在感情还没那么深，你受的伤害也没那么多，分手吧，阿姨求你。”

周教授的声音终于控制不住了，已经发颤，她竟然开口恳求小满，这让小满很意外。

本要说出辩驳的话，小满又吞咽了下来，她没法马上给周教授答案，苦苦暗恋三年多，做梦都在幻想，现在终于迎来了曙光，和左岸走在了一起，却就这样要失去了，她的心好像被扯碎了一般。

“答应我，小满……”周教授希望小满给她确切的答复。

“周教授，我暂时不能……”

“你可以的……”

“时，时间到了……”小满快速地站了起来。

“等等，小满。”

周教授抓住了小满的手，说她没想过要伤害她，来之前，她酝酿了很久，希望能委婉地表达她的情绪，只是没想到，会这样激动。

“你还年轻，也漂亮，会有男孩子追求你的。”

“我真的该走了。”

顾小满急迫地挣脱了周教授的手，在桌子上放下了一张五十元钞票。

“这是我冰激凌的钱，再见！”

快速地跑出了冷饮店，站在大街上，顾小满深吸了一口气，心境还是凌乱的，鼻子酸酸的，很痛，如果周教授的态度强硬，也许她还能坚持，还能言辞犀利，一直对抗下去，可那个女强人在哀求，以一个母亲的语气在求小满。

不知是阳光照射了她的眼睛睁不开，还是里面混了泪水，小满站在马路边良久，眯着眼睛。

马路的对面，左岸出现了，一辆辆车从他们中间的路面上飞驰而来，他在寻找机会要过来。

顾小满吸了一下鼻子，左右看了一眼，见没什么车了，便飞跑了过去，突然一辆红色的轿车迎面冲了过来。

“小满！”

左岸大喊了一声。

一阵紧急刹车的声音响起，轿车停住了，小满也跑了过来，司机气恼地探头出来，大声地咒骂着，然后发动了车子离开了。

左岸的脸色惨淡，责备小满过马路怎么不看车。

“我看了，只是……”

“急什么，等我过去不行吗？”

左岸将小满拉到了马路旁边，嗔怪她做事能不能谨慎点儿，总是这么鲁莽，万一被撞了……

“万一被撞了，你会不会一辈子记得我？”小满调侃地看着左岸，左岸一把将她的手扔开了，气恼地说：

“不会！”

左岸的语气冰冷，神情严肃，即便小满笑了再笑，他也没有露出一丝笑容来，许久之后，小满才知道，左岸最不喜欢的就是这种玩笑，他所爱的，想保护的，绝不能受到一点伤害，他宁愿付出自己的生命，也不会因死亡而一辈子记住那个人。

“我妈跟你说什么了？”他转移了话题。

“也没说什么……就是问问学校的情况。”

小满违心地摇了摇头。

站在某个角度思考这个问题，周教授是一个很爱儿子的母亲，向小满提出的要求虽然不够合理，可出发点是为了左岸。

状告周教授的不是，并不能解决任何问题，还不如将这次谈话的内容敷衍过去。

小满闪烁的眼神和不确定的语气，让左岸将目光投向了那间冷饮店。

“我了解她……”

视线中，周教授走出了冷饮店，穿过了马路，神情如常，看起来仍那么高贵慈祥。她让左岸跟她去孙院长家一趟。

“我已经答应了孙院长，会和你一起去吃晚餐。”

“我还有功课没完成，就不去了。”

左岸低声拒绝了，周教授的脸色微微一变。

“安宁病了，你也不去看看吗？”

从安宁这样的称呼可以看出来，周教授对孙安宁有着一种格外的疼爱，这种疼爱不仅局限于两家的关系，还有更深一层的含义。

左岸沉默了片刻，当周教授再次询问的时候，他点了头。

“小满，你要不要一起去？”周教授转向小满，礼貌地询问着。

这种不落俗套的客气，让小满的心里一阵阵发凉。

“不了，周教授，我还有事。”

顾小满退后了一步，硬挤出了一个看似感激的笑容，迅速转过身，向校园里走去。

她一直没有回头，走到学校的门口，才扭头看去，左岸跟在了周教授的身后，一双大长腿走得很懒散、缓慢，周教授不知说着什么，征求左岸的意见，左岸只是机械地点着头，她可以感受出来，他在极力地压抑着什么。

左岸的脸上，又显出了他从前的标志神情，在三年二班的时候，小满就经常看到，淡漠、无所谓，却极具强烈的反抗。

左岸一直都不开心。

当左岸的身影消失在高墙的拐角处，小满才收了目光，走进校园时，发现展越正拿着一个篮球，岔着腿，歪着脑袋看着她。

顾小满沮丧的神情，低落的心境，任谁一眼就能看出来，她从他的身边走了过去。

展越拍了两下球，跟在了小满的身后。

“你不会没看到我吧？”

“没看到。”小满的眼睛都没抬一下，哼出了这三个字。

“怎么了？世界末日了？”

展越绕到了小满的面前，故意低下头来，怪异地看着她的脸，诊断着她，小满的脸青青的，就差一嗓子吼出来：我已经很不开心了，不要来烦我好不好？

“走开！”

顾小满一把将展越推了出去，他不但不生气，反而哈哈一笑。

“还真是世界末日了。”

“展越，我心情不好，你看不出来吗？没人性……”

“好，好，不闹了，怎么了？”

展越收敛了嬉皮的表情，问小满怎么了？什么事儿能让顾小满这么不高兴啊，在他的眼里，这个世界对于顾大魔头来说，根本没有难题。

顾小满有这么厉害吗？也许曾经是，可随着年龄的增长，对这个世界的认知越来越多，渴望越来越多的时候，她才知道，原来有些困难是没解的，就算拳头硬，也无济于事。

她并不是真正无所不能的小霸王，有时候也很脆弱。

“展越，十八岁，真的还是孩子吗？”顾小满想知道一个答案，到底是他们不够成熟，太幼稚，还是周教授太顽固，太守旧了。

“十八岁，在法律上，已经是成年人了，具有完全民事行为能力，可以独立进行民事活动，不再享受未成年人保护法，具有选举权和被选举权。”

展越陈述这些之后，做出一个总结。

“当然不是小孩子，谁质疑这个年龄，就是质疑中国的法律。”

“扑哧！”

小满被他逗笑了，挺起了胸膛。

“对，我不是小孩子了，等毕业之后，我要化妆，穿上七厘米高跟鞋，穿超级性感的低胸礼服，C罩杯，不，D的，傲人耸立，让所有人都投来羡慕嫉妒恨的眼光，没人再敢说我是小孩子、不成熟了……”

“嘘……你现在……是A吧？看起来，距离目标还很远，同志尚需努力。”

展越的目光落在了小满的胸脯上，小满顺着他的目光看了下去，不觉眉头一皱，抬手便打了他一拳，展越吃痛，立刻避开目光，尴尬地笑了。

“说到事实，你就接受不了了？”

“我现在才十八岁，距离二十八岁还有十年，你怎么知道那个时候不会到……”

话到嘴边，小满瞬间满脸通红，似乎这个问题不该在她和展越之间讨论，十年后，她会变成什么样子，也许B都没有。

“我很期待……”

展越抿嘴笑着，把篮球扬起用力拍在了地上，发出了嘭的一声，弹射得很高，很远……他迈开长腿跑了出去，捡起篮球后，转过身来，一边退跑，一边对着小满笑，当他将篮球扔给小满的时候，小满稳稳接住，随着笑了起来。

“饿了，一起吃饭！”

小满摸了一下肚子，点点头，病刚好，这肚子还真有些空了。

晚饭的时候，食堂里很热闹，破天荒地，大家都来了，周丽娜、刘丹、展越，还有展越的几个哥们，就连墙头草王承义也来了。

“来，来，我这里有一些特产，大家随意品尝。”

王承义可真大方，拿出了一袋子口水鸭，让大家品尝。这家伙平时出了名的抠门儿，今天竟然大方起来了。

他格外关照了刘丹，将一条鸭大腿扯下来送到了刘丹的餐盒里，刘丹闹了一个大红脸。

周丽娜冲刘丹挤了挤眼睛，刘丹更加尴尬了，直接将鸭子腿给了周丽娜。

“我讨厌吃鸭肉。”

一听说刘丹讨厌吃鸭子肉，王承义又拿出了一袋酱牛肉，这货是豁出来了，明显在追求刘丹，值钱的家底儿都翻出来了。

刘丹也不好推辞，只能接受。

“王承义，你哪来的钱买这么多好吃的？”

“这还用花钱吗？凭我的人品，有的是人送。”

王承义很炫耀，当目光看向顾小满的时候立刻避开了，有做贼心虚之嫌。

谁这么大方？一下子送了王承义这么多好吃的，排除沈晨阳那个富二代，对于我们这些没有收入的大学生来说，吃这些东西，算很土豪了。

王承义笑嘻嘻地坐下来，闭口不谈这东西是谁送的，还让刘丹尝尝味道好不好。

“刘丹多吃点儿，好吃，下次我再拿点来。”

刘丹啪的一声将酱牛肉的袋子扔还给了他，眼神十分鄙夷。

“你不说是哪里来的，我才不吃呢，说不定是偷来的。”

“是啊，没见你有什么土豪的朋友，一定有问题。”

周丽娜赞同刘丹的说法，想讨好她们宿舍的姐们儿，怎么都要身家清白，人品杠杠的，这种来历不明的东西，可不能随便接受。

王承义的脸一阵红，一阵白，憋了好一会儿，只能承认，这些好吃的都是孙安宁送的。

“孙安宁？”

刘丹和周丽娜齐声惊呼了出来，怎么会是孙安宁？根本就是八竿子打不到的两个人。

心虚的人，怎么说话都拿不出底气来，王承义的目光一直回避着顾小满，低声解释着。

“她……求我办点事儿……”

孙安宁能求王承义办什么事儿?

瞬间，顾小满觉得一阵头皮发麻，呆呆地坐了一会儿，她端起饭盒无声地站了起来，漠然地转过身走向了很远的一张桌子，她没有质问王承义更多，却已经完全明白了，孙安宁用了反间计，本是顾小满收买的内线，现在成了孙安宁的。

孙安宁很厉害，既了解左岸的动向，又了解顾小满的，而顾小满却自鸣得意地以为掌控了一切，沾沾自喜的时候，却不知被孙安宁背后耻笑了多少次了。

懊恼，羞愧，顾小满内心纯纯的恋情，已然有了太多的杂质掺和了进来。

米饭一点点塞在了嘴里，小满吃得索然无味，难以下咽，心里都是涩涩的感觉，耳边，周丽娜还在声讨王承义的人品，刘丹也很气愤，说以后只要是王承义的东西，就不要拿给她。

“算了，大家也没什么损失不是吗？”

展越第一次当了和事佬，让大家都息事宁人，他已经看出来了，顾小满现在的心情很糟糕，今天这事儿最好马上翻篇。

“对，对，别让他影响了大家的心情，吃饭。”

展越的几个哥们嚷嚷着吃饭，最后那个“饭”字才落，突然什么东西从空中急速飞了过来，一个夸张的空中回旋之后，啪的一声，打在了其中一个男生的脸上。

“啊？那是什么？”

大家都惊呼出来，男生羞恼地将脸上的东西拿了下来，竟然是一块薄薄的五花肉片。

“谁扔的？”男生气得将肉片往桌子上一扔，站了起来，朝肉片飞来的方向看去时，一个场景让大家顿时惊呆了。

就在几秒前，食堂还井然有序，片刻不到，就乱成了一团。

顾小满也吃惊地站了起来，前面打饭的地方好乱，都是撕扯的人影，饭盒飞了、筷子掉了、汤匙摔得叮当响，空中飞舞的何止是五花肉片，还有红烧土豆、大白菜、小白菜，刹那间，食堂里的墙壁、地面五颜六色，说不出的惊心动魄。

“打架了？”

是的，打架了，至少几十人参与了，有男的，有女的，主要武器就是饭盒、菜盆，他们的脸上、身上、地上，一片狼藉。

食堂里负责分菜的大师傅，都矮了半截，生怕哪一下也被打到。

展越张大了嘴巴，感叹着。

“比我们在三年二班时，篮球场那次群架壮观多了，这是谁跟谁啊？”

“是，谁跟谁啊？刚才还好好的。”

“那个女生？看着眼熟……”

顾小满伸长了脖子，仔细地在人群中辨别着，没错，是那个将她堵在卫生间，往她身上泼水的女生，其他的七个女生也在，她还看到了沈晨阳，沈晨阳一贯的散漫劲儿没了，两眼通红，雪白的衬衫成了酱黄色，一伙人在他的带领下，顽强抵抗着，另一伙人可能是为了那个女生来的，为首的男生体格健硕，一下子就推倒了三四个人。

顾小满无暇顾及他们因何起了起了冲突，只看到沈晨阳的脸色苍白，额头冒汗，呼吸有些不对劲儿。

此时，小满确定，沈晨阳的身体不健康，他可能有某种疾病。

“不能让他们打下去了。”

小满绕过了桌子，就要冲上去，却被展越拽住了。

“你想干吗去，不关你的事情。”

“可能是因为上次到医院道歉的事，我不能不管！”

顾小满推开了展越，飞奔了上去，就在那个男生一脚踢向沈晨阳的时候，她及时格挡，将沈晨阳护住，那个男生一个趔趄没站稳，摔在了地上，小满不敢怠慢，一套利落的拳脚，将两帮打架的人分开了。

“行了，不要打了！”

菜叶、肉片、汤水沾了顾小满一脚，她嫌恶地皱了皱眉头，扭头看向了沈晨阳。

“打什么架？以为你是富二代，学校就不敢开除你吗？”

“开除也得打……”

沈晨阳虚弱地回应了一句，嘴角一挑，挤出了一丝奇怪的笑容后，身体突然向后一仰，倒了下去。

这次群架以沈晨阳倒下而终结。

没人知道沈晨阳怎么了，只有小满蹲下来，急迫地翻找着他的衣服，那个药瓶还在，药他却吃不进去了。

“叫救护车！”

顾小满冲着周围的人一边大叫，一边给沈晨阳做心脏复苏，他没有一点回应，直挺挺躺在那里，好像死了一样，一张脸白得吓人。

有人叫了救护车，沈晨阳被医院的人拉走了。

很快学校的领导出面了，打电话通知了沈晨阳的家人，顾小满和展越随后打车去了医院，赶到医院的时候，只看到了一个大约三十出头的女人站在医院抢救室的门口，嘴里叼着一支没有点燃的香烟，身边站着七八个穿着黑色西装的男人，据说这是沈晨阳的姐姐。

后来沈晨阳的死党告诉小满，沈晨阳的父母在他小时候遇到了飞机事故，扔下了他和姐姐走了，他的姐姐沈夕月十分疼爱这个弟弟，几乎要什么给什么。他们宿舍的人都知道，沈晨阳身体不好，心脏有毛病，至于多严重，没人知道，若不是今天出事了，大家还没当回事儿。

魔女恩恩◎著

三年二班

下

谁的青春没迷茫过，
没任性过，没做过一两件居然荒唐
可让你之后回忆起来却觉得美好的事儿？

山东人民出版社·济南
国家一级出版社 全国百佳图书出版单位

目 录

CONTENTS

第十二章 和他一起的美好时光

买票，进入地铁，随便登上了一辆车，他们并不在乎车要开去哪里，停在哪里，只想着脱离那些繁杂，享受这特别的一刻。

当沈晨阳的同学在低声议论沈晨阳的病情时，急救室的门边，沈夕月的目光瞥了过来，嘴里叼着的烟微微颤动着，眼里透着一种情绪，焦躁，忧虑，又有些不耐烦……

顾小满很确信，沈夕月一直盯着她，眼光将她层层剥离，似乎能看到骨髓里。

当展越走过来时，小满故意移动了一下位置，让展越的身体遮挡住了沈夕月如芒刺一般的目光。

十分钟过去了，二十分钟过去了，整整一个小时后，急救室的门被推开了，沈夕月立刻抢上前，询问医生沈晨阳的病情，医生的表情很沉重，虽然情况没那么糟糕，却也不能轻视了。

“你知道他这个病，不能太激动了，以后一定要小心，再小心。”

“我知道了。”

沈夕月点着头，医生离开了，她将嘴里的香烟抽了出来，脸色仍没任何好转，阴郁得好像冬月里的冰霜。

医生走后，沈晨阳被两个护士从急救室里推了出来，他带着氧气面罩，虽然不能说话，却睁着一双眼睛，看着在场的所有人，当顾小满走过来的时候，他的手指抬了一下，又无力地放下了。

沈夕月冲身后的人使了一个眼色，两个男人直奔顾小满走了过来，还不等她开口说话，就被大力拉到了沈晨阳的面前，那架势绝非什么善类。

沈晨阳看着顾小满，手指又抬了一下，看似简单的动作，让他额头冷汗直冒。

“晨阳，别说话了。”

沈夕月握住了沈晨阳的手，安慰着她。

“病人还不能被打扰，你们就不要跟进监护室了，里面有医生照看着，不会出事的。”护士叮嘱沈夕月等人。

沈夕月立刻放开了手，停住了步子，伸出了手臂，跟随的人都停了下来，她好像有着某种权威，让人不敢违抗。

知道沈晨阳已经脱离危险了，小满才松了口气，看了下时间，差不多八点了，现在离开医院，坐公交车回去还来得及。

顾小满正要和展越等人向医院外走的时候，沈夕月在后面叫住了她。

“你是顾小满吗？”

“我？”

顾小满停了下来，转过身，不安地看着身后这个表情傲慢的女人，说实话，她有些怕这个女人，不是因为她有多厉害，而是她眼中流露出来的那种神情。

“我有话和你说。”

她又将烟放在了嘴里，指了指前面走廊的拐角处。

“回学校的时间可能来不及了。”顾小满想找一个可以不必和沈夕月面对面谈话的借口，可她却冷漠地撇了一下嘴巴。

“我叫人开车送你回去。”

借口被堵住了，顾小满只能走了过去，想着她们即将展开的话题是什么。

走廊的拐角处，沈夕月将香烟点燃了，用力地吸了一口，烟雾直接吹了出来，扑了小满一脸，她呛得一连咳嗽了好几声。

“我想让你知道，晨阳想要的，我都会满足他，钱，物，还有女人。”

“我不太明白……”

顾小满试图回避这个话题，可沈夕月却傲慢地打断了她。

“你明白的。”

“你这样会惯坏他的。”

“惯坏？”

沈夕月尖声笑了出来，烟雾从她的嘴里不断吹出，升起，她眯起了眼睛，低声自语着：“如果他的心脏注定只能跳动三十年，我愿意惯他三十年。”

“三十年？”

“听着很长，却就这么过来了，沈晨阳都二十一岁了，情况越来越不好。”

“他的心脏……”

只在这次，和沈夕月的谈话之后，顾小满才知道沈晨阳的心脏病很严重，医生已经宣布了他的死期，活不过三十岁。这对于早早失去双亲，和弟弟相依为命的沈夕月来说，她宁愿拿出全部换取弟弟幸福的三十年，她努力工作，拼命赚钱，一直走到今天，已经三十七八岁了，还没有结婚，却创造了一个奇迹般的商业王国。

可这些仍旧不能让沈夕月感到充实，她渴望找到一个办法，让弟弟活过三十岁。

“小姑娘，不要依仗着青春和脸蛋儿，就随意玩弄别人的感情，你会后悔的。”

“我没有。”

顾小满否认了沈夕月的猜测，从头到尾，她都没玩弄过沈晨阳的感情，更对他没一点好感。她心中的男神，从高中的三年二班开始，就永固了，只有左岸一个。

“现在拜金的女孩儿很多，你算不算是一个？说吧，要多少？”沈夕月的口气，好像在谈一笔交易，她的利益所在是她的弟弟。

顾小满很尴尬，惊愕中不知道说什么好。

沈夕月又吸了一口气，烟雾吸入口中，一个回旋之后，从鼻孔喷了出来。

小满不喜欢吸烟的女人，特别这种吞云吐雾的，豪放得让人心有余悸。

“没想好？还是需要一点时间想？”

“我……有男朋友了。”

“我知道，沈晨阳说了，那个叫左岸的男生，一个书呆子。”

沈夕月对左岸的评价，让顾小满很不高兴。

“我应该礼貌地叫你一声姐姐，请您……能不能不要叫他书呆子，他比任何人都懂生活，一点都不呆。”

“呵呵……”

沈夕月笑了，笑得极其不自然。

“懂生活？你们知道什么是生活吗？别标榜得那么清高，小姑娘……如果晨阳还那么坚持，我一定会再找你的，那时，就没这么舒服了。”

沈夕月扔掉了烟蒂，冷漠地转过身，鬓角处隐显一丝白发。

不知为什么，顾小满觉得这个女人有着一种不择手段成功的能力，就好像她现在拥有的，怕十个男人也不如她。

沈夕月走了之后，展越跑了过来，问小满刚才和沈夕月都谈了些什么。

“没什么，她因为弟弟的病情，有些胡言乱语了，时间差不多了，我们回去。”

拖着展越出了医院，拦住了一辆出租车，顾小满好像逃命一样，逃离了医院，回到TX医科大学，一共花了二十多元。

展越觉得顾小满有点奇怪，躺在医院里的是沈晨阳，又不是左岸，她的脸色怎么这么差。

一句话都没说，顾小满低着头就往宿舍疾走，到宿舍楼下时，差点撞在了迎面走来的左岸的身上。

和左岸一起坐在操场的台阶上，顾小满抱着膝盖，眼睛盯着脚尖儿，有一下没一下地晃动着脚踝。身边，左岸虽近在咫尺，触手可及，可感觉上却是那么朦胧遥远，似乎他一直就不是她的，是顾小满的一个不愿醒来的梦境。

左岸的目光迎上了顾小满，顾小满的脸红了，藏着的心思好像一下子都被抖了出来，遮掩不住。

此刻，他的眼眸在月光下晶亮，透着黑曜石的光芒。虽深奥，却清澈、坦诚，和以往的深不可测完全不同。

“你一直在等我吗？”顾小满感到很抱歉，她应该早点回来的，可惜被沈夕月耽误了。

“沈晨阳怎么样？”左岸没有正面回答顾小满的问题，而是问起了沈晨阳的病情。

“很严重的先天性心脏病。”

顾小满告诉左岸，沈晨阳一直都很清楚他活不过三十岁，这就是他玩世不恭、游戏人生的原因，而他的姐姐沈夕月，也因此付出了很大的代价，希望在弟弟短暂的三十年里，能得到最好的。

小满自觉过去那样对待沈晨阳，有些过分了，如果早知道他的病这么厉害，至少不会动手推他的。

“他在食堂里打群架，也是因为之前我的事情，他逼迫那几个女生到医务室道歉，她们怀恨在心，纠结外校的大学生来找沈晨阳的麻烦，沈晨阳的心脏病突发，几乎没了性命。”

“你打算怎么办？”左岸问小满。

“不知道，他姐姐的话说得挺狠的，好像我是一个玩弄她弟弟感情、不负责任的小女生，我虽然解释了，可她并不相信。”

顾小满叹息，她不知道沈夕月会不会找她的麻烦，可有一点，小满可以肯定，沈夕月对小满有很大的成见。

“我找机会和她解释一下。”

“算了……”

顾小满觉得左岸出面不妥，沈夕月在那种环境下长大，对弟弟娇纵放任，怎么会听得进去左岸的话，何况她对左岸没什么好印象。

顾小满向左岸介绍了沈夕月的状况和现在的心态，左岸皱起了眉头。

“明天我们抽时间去看沈晨阳。”

“下课以后，展越也去。”

“晚上……展越陪你回来的？”左岸问。

“沈晨阳晕倒后，他们叫了救护车，我和展越随后也赶去了医院，天晚了，就一起回来了。”

“我应该在你身边的。”左岸的声音带着歉意和内疚，顾小满却摇了摇头。

“没关系，我才没那么小气呢，孙安宁呢？病好了吗？”

小满歪着脑袋看向了他，周教授带着左岸去孙家做客，时间可不短，算起来到现在有五个小时了。虽然心里酸酸的，可话说出来，听着却很自然。

“我去看她的时候，她已经好了。”

左岸虽然没有明说，可孙安宁装病却是事实，顾小满看着左岸，想在他提及孙安宁三个字的时候，找到一丝厌恶和不耐烦，可惜没有，他的眼里有的只是一丝丝淡然，照顾孙安宁已经成了他的一种习惯。

小时候的那场意外，在左岸的心里生了一个根，那种深藏的负罪感，并不是小满努力就能拔除的。

而孙安宁呢，是不是利用了小时候的事故在牵制左岸，无法猜测，毕竟小满不是孙安宁肚子里的蛔虫。

“现在觉得，生病真可怕，还是健康好！”顾小满伸了一个懒腰，深吸了口气，夜晚的景色可真不错，月亮圆圆的，好像一个巨大的银盘挂在天空。

当一颗流星从天空划过的时候，顾小满握住左岸的手。

“我们一起许愿，流星先生，祝我周边的人都身体健康，学业有成吧！”

“哈哈。”

左岸听完小满的祈祷，突然笑了起来，小满诧异地看着他，这么神圣的时候，他怎么可以这样发笑呢?

“你怎么知道，这颗流星是先生，不是女士？”

“这个……”

说到这个，可要追溯一下了，很小的时候，在小满的眼睛里，太阳、月亮、星星都是有性别的，太阳是男人，月亮是女人，恒星是男人，行星是女人，那些会动的流星因为好像猎豹一样迅猛，自然也是男人。

“什么理论？”

左岸的眼睛微眯着，他只看过一些文章将月亮用“她”字来替代，却没想过太阳和星星的性别。小满羞涩，偷偷告诉左岸，她的眼里，数字也是有性别的，例如3、4、7、9和10都是女性。

“这，太搞笑了。”

“没什么好笑的，那对我来说，就是事实。”

小满站了起来，对着星空喊了一声：“流星先生走好，别忘记我许下的愿望，一定要实现啊！”

她那执着、诚恳的呼喊，在夜幕中回荡着。

左岸抬头看着她，一直看着，她整个人笼罩在星光月晕中，让他迷茫失神，她的脑袋里装着很多新奇的东西，让他捉摸不透，受到吸引。

耳边，宿舍的铃声响了，顾小满回头看着宿舍的灯光，时间过得好快，她该回去了。

“明天见。”

“明天见……”

左岸迟疑地伸出了手，小满飞快跑了出去。他站起来，伫立在台阶上，一直目送着小满的身影跃入女生宿舍的大门，才转身向男生宿舍慢慢走去。

顾小满推开了宿舍的门，孙安宁正端着水盆从里面走出来，两个人打了一个照面。

孙安宁愣了一下，小满也错愕了，她眨动了一下眼睛，猛然间，好像醒悟了一般，想到了一种心痛的可能，刚才和左岸在女生宿舍楼下不期而遇，并不是左岸在等她，而是他送孙安宁回来，刚好遇到了小满。

心中顿生的失望，让小满脸色很难看。

孙安宁嘴角撇了一下，绕过了小满，走了出去，刘丹立刻将小满拉了过去。

“还以为你晚上和左岸出去了，没想到，他竟然和孙安宁在一起，还亲自送她回宿舍来，好多人看到了。作为姐妹，我问你，到底你和孙安宁，谁才是左岸的女朋友啊？你有没有这么大方啊？”

小满被刘丹问得哑口无言，周丽娜躺在床上，慢条斯理地补充了一句：

“我算看出来了，孙安宁早晚会打败你的。”

“顾小满，你怎么不说话啊？”刘丹气恼地推了顾小满一下，小满后退了一步，不知道该说什么。

周丽娜见顾小满还是没什么回应，也有些火了。

“你刚才没看到，孙安宁怎么炫耀她脖子上的项链的，说是左岸的妈妈送的，那神气的模样……好像她将来一定能嫁给左岸一样！”

“那没什么，只是一件小礼物。”

顾小满的声音很小，说得也没什么底气。

“一件小礼物？你怎么可以说得这么轻松？”

“可不是，怎么没见左岸的妈妈送你一条呢？”

面对刘丹和周丽娜的质问，顾小满感到无地自容。

“你不应该担心点什么吗？”

“我觉得，我要担心的不是这个……”

顾小满担心的不是孙安宁，更不是她脖子上的项链，而是左岸……

与其说是左岸无法对抗他父母的安排，不如说是他的内心摆脱不掉罪恶感，童年的往事一直纠缠着他，原本他可以安安静静地藏在自己的世界里，可自从有了小满这个女朋之后，他的生活平添了诸多的烦恼。

她是左岸的烦恼吗？看起来是的。

“睡觉！”

顾小满低低地说了一句，然后快步走到了自己的床边，坐下来，甩掉了鞋子，双臂一伸大字排开地躺在了床上。

“睡觉？”

刘丹发出了一个长长的怪音，难以接受小满这种满不在乎的反应，周丽娜也瞪圆了眼睛，以为自己听错了，这种时候，怕也只有顾小满能这么心安理得地嚷嚷睡觉了。

“你现在还有心情睡觉？”

“不睡觉，难道要这样瞪着眼睛到天亮吗？好累啊，你们不睡，我可要睡了。”

顾小满翻了一个身，脸颊朝向了墙里，虽然在极力控制情绪，不要胡思乱想，思想还是有些动摇了。

等孙安宁洗漱回来的时候，宿舍里已经没了动静，刘丹发出了鼾声，周丽娜蒙着头，顾小满蜷缩成了一团。没能看到顾小满懊恼生气的场景，孙安宁感到有些失望，她放下了盆子，呆站了好一会儿，才上床躺了下来。

熄灯之后，顾小满缓缓地睁开了眼睛，一向崇尚睡觉第一的她再一次失眠了。

第二天，大家都破天荒地起了一个大早，顾小满也没有因为失眠多赖一分床。

“今天，周教授会听咱们专业的课，知道周教授是谁吗？”孙安宁爬起来，洗了脸之后，对着镜子一边擦脸，一边说。

周教授？

顾小满愣了一下，孙安宁瞥着眼睛看了她一眼，微微一笑。

“小满应该已经认识了吧，周教授是左岸的妈妈，优秀的大学讲师，很权威，好多篇论文还在海内外获得过大奖。”

“左岸的妈妈？”

瞬间，刘丹和周丽娜将目光都投向了顾小满，好像一切都是针对她来的。

“是啊，原本周教授只打算开了研讨会之后就离开的，没做听课的计划，却因为一些事情，临时改变了主意……”

“临时改变了主意？为什么？”刘丹的脑子一向不爱转弯，她多余的这一句问，正好让孙安宁找到机会将矛头指向了顾小满。

“你问顾小满啊。”

“我哪里知道？”

小满不悦地翻身下床，穿上拖鞋，拎着盆子跑去了水房，以史上最慢的速度刷牙洗脸，回到宿舍的时候，她们已经等不及都离开了。

坐在宿舍的椅子里，顾小满无聊地晃动着双腿，满肚子的排斥，不想去上今天的课，想到周教授看她的眼神，她就觉得别扭，凭直觉，周教授这次要求听课，是有目的的，就算不会让顾小满当场难堪，也不会让她好受的。

一直磨蹭到上课的时间了，顾小满才慢悠悠地从宿舍里走了出来。

好像霜打了的茄子，她耷拉着脑袋，盯着自己的脚尖儿，走两步，退一步，好像蜗牛一样缓慢，索性这会儿路上也没什么人了，闭着眼睛走路也不会出什么问题，绕过了大道，心不在焉地穿越花园的小径时，突然有人拽了她一把，还不等顾小满反应过来是怎么一回事儿的时候，人就被拉近了小树林里。

“谁？”

顾小满本能地挥拳打去，那人好像很了解她接下来的动作，用书包一挡，喊了一声：

“小满，是我！”

“左岸？”

顾小满很意外，现在几乎是上课的时间了，左岸不在教室里，怎么躲在这里？

左岸单肩挎着书包，伸出手腕，看了一下时间。

“我在这里足足等了你半个小时了。”

“傻帽吗你，在这里等我上课？怎么不去教室？”

“不是等你上课，是逃课！”他很自然地纠正着。

“什么？逃课？你没发烧吧？”

小满伸出了手，触碰左岸的额头，想知道他哪里不对劲了，逃课这种事情无论如何也不是他这样的男生能做出来的。左岸尴尬地将她的手从额头上打开了。

“你和展越以前不是经常逃课吗？我逃课一次，有什么奇怪的？”

“可你是学霸啊……”

“学霸也是人，走……”

左岸甩了一下书包，伸出手，拉住了茫然无措的顾小满就向外跑去。

“等等，今天，周教授听课。”顾小满提醒着他，这种行为会激怒周教授的，他就不怕老妈过后收拾他吗？

“就是因为她听课。”

左岸跑得很快，没有停下来的意思。

“你会惹她生气的。”

“就算不逃课，她也不会高兴的。”

一口气跑出了校门，左岸才停了下来，用力地喘了两口气，问顾小满：

“想好了去哪里吗？”

顾小满的脑袋摇得好像拨浪鼓一般，她可不知道这样的一整天的时间去哪里才好，何况事发突然，没事先计划一下。

“去地铁！”

左岸拉着顾小满向地铁站跑去。

“坐地铁去哪里？”

“随便什么地方……”

买票，进入地铁，随便登上了一辆车，他们并不在乎车要开去哪里，停在哪里，只想着脱离那些繁杂，享受这特别的一刻。

站在车厢的一角里，左岸看着窗外，顾小满看着他。

“你逃课是因为我？”

“不是！”左岸否认了。

“我知道，一定是这样的，你怕周教授上课的时候让我难堪，所以才会等在我上课的路上，拽着我逃课，让我避免尴尬，如果不是这样，凭借左岸那么认真，那么有责任感，绝对不会逃课的！”

“我理解妈妈的个性……”

左岸终于承认了。

虽然顾小满很希望能和左岸这样无拘无束地待上一天，可事情仍旧存在，不能用这种方式解决。她握住了左岸的手，在下一站，车停的一刻，冲了下去。

“我们回去。”

“小满，只此一次！”

“不，听我的。”

小满用力地摇了一下头。

“我们应该用行动向你妈妈证明，左岸和顾小满在一起，不会耽误学业和前途，反而会越来越优秀。”

“你肯定，这样就能改变她吗？”

“能！”

没有任何事情，好像现在这样，让顾小满如此坚定，她必须做到。

他们毅然地坐上了返程的地铁，回到学校时，刚好第一节课上了一半。

中途进入教室，全班同学都看他们，马教授挥挥手，示意他们赶紧找到座位坐下。

左岸和顾小满坐在了教室的右后方，左后方坐着的正是左岸的母亲周教授，从小满和左岸进入教室到落座，她的脸色就很难看，握着笔记本的手在微微颤抖。

孙安宁坐在教室的前面，低着头，钢笔在本子上写着什么，似乎对于左岸和小满的突然出现，她并没有放在心上，副院长的千金，怎么会在这种场合失态？

第一节课结束了，马教授和周教授打了一声招呼离开了，周教授缓缓站了起来，面色严肃地向外走去，顾小满立刻放下书本，追了出来。

走廊里，顾小满喊住了周教授。

“周教授，我有话和你说。”

“现在？”

周教授停住了步子，转过身不冷不热地看着顾小满。

“是的，可以吗？”顾小满诚恳地点了一下头。

“好吧。”

周围有学生看着，周教授只能点点头。

“我们去那边吧，盆景边，不会浪费您太多时间的。”

顾小满开心地笑了起来，周教授仍旧面无表情，跟在小满的身后，向放置三盆盆景的窗口走去。左岸从教室里走了出来，小满冲他挥挥手，让他在那里等着她，她说一句话就回来。

窗外，阳光斜照进来，三棵铁树长得郁郁葱葱，在地面上投下了影子，顾小满站在其中，身体刚好被挡住，周教授则稍稍高了一些。

“说吧。”周教授停住了步子。

“这个学期的期末，我一定能考得很好，拿到奖学金，所以请周教授相信我，我不会耽误左岸学习的。”

似乎顾小满的话，并没有打动周教授，她只是看着她，让小满坚定的信心，有些动摇了。

“您一定要相信我。”

“不是我不相信你，而是我对左岸没什么信心。”

“对左岸？”

顾小满皱起了眉头，有些听不明白周教授这话的意思，左岸一直表现很突出，她有什么不放心的。

“快二十年了，我一直以为我很了解我的儿子，可事实上，并不是这样的。”

“周教授……”

“所以我希望你帮我一个忙。”

“我帮你？”

这话听起来有些奇怪。

“是的。”

周教授回过头，看着不远处站在教室门口的左岸，目光又转向了小满。

“我可以同意你和左岸在一起，至少大学期间是这样的，但是……你必须随时向我说明左岸的情况，一些我和他爸爸不可能知道的事情。”

“你让我当奸细？”

突然，顾小满觉得这个话题有些不对劲。

“你怎么理解都好，这是条件。”

“可是周教授……”

不等顾小满说完，周教授打断了她。

“左岸是我和他爸爸的全部希望，我们不希望他的前途出一点偏差，不然我们将近二十年的努力就白费了。”

“我只能说，我可能……”

“你可以的，这件事最好不要告诉左岸，时间差不多了，我也该走了，有事你就打这个电话。”

周教授将一张名片塞在了顾小满的手中，然后转过身，向走廊边上的楼梯走去。

拿着名片，顾小满眉头紧皱，这算什么，原本她的目的是想让周教授相信她能和左岸一起进步，却没想到，竟然成了周教授的奸细？

“我妈说什么了？”左岸走了过来。

“没……没什么。”

顾小满将名片握在了手心里，她知道将刚才的谈话内容说出去，会让左岸和他母亲之间关系加剧恶化，可不告诉他，顾小满的心里又好像生了什么疙瘩。她真的要充当周教授的密探，以此来换取她和左岸在一起的自由吗？

“你怎么了？心不在焉的。”左岸半蹲下来，盯着顾小满低垂的眼眸。

“没有了，刚刚只是在想，放学之后去看沈晨阳，要买点什么？他应该还不能吃东西吧？想想他姐姐，我就头疼。”

“这个倒是。”

左岸向后一靠，倚在了墙壁上，双手托着后脑。

“好像有人很关心那个富二代啊……”

“怎么，你吃醋啊？”

小满噘着嘴巴，调侃着左岸，左岸耸了一下肩膀。

“才不会……”

“还嘴硬，明明就是吃醋了……人的眼睛，会暴露所有的心思，我看看有没有？”

顾小满调皮地踮起脚尖儿，近距离地盯着左岸的眼睛，想在其中找出什么破绽来。左岸的身体有些僵硬，尴尬，呼吸不畅，他的目光急速环顾了一下周围，趁小满不备，在她的唇上突然亲了一下，然后迈开大步，头也不回地向前飞奔而去。

“喂，你……”

顾小满羞涩地摸着嘴唇，脸一下子红了，自顾自地幸福了好一会儿，小满才开心地向前追去。

…………

放学后，顾小满、展越、左岸一起去了医院，沈晨阳已经醒来了，正在喝汤，小满探头朝病房里看了好几眼，没看到沈夕月的影子，才敢叫左岸和展越进了病房。

“别怕，我姐姐刀子嘴豆腐心，这会儿在医生办公室，研究怎么才能让我多活几天呢。”沈晨阳慵懒散漫地调侃着，好像他对自己能再活多久并不关心，可就是这种漠不关心的态度，让顾小满深深感觉出了沈晨阳对生命的无奈。

他不能改变什么，所以他很随性地活着，学校对他也很宽容。

“连TX医大的学霸都来看我了，真有面子。”沈晨阳瞥了左岸一眼，语气略带一点讽刺。

“这是我们买的水果。”

左岸没在意沈晨阳的话，将水果放在了桌子上。

“我以为你会很大方地将女朋友也送给我呢？”沈晨阳又追加了一句，左岸的脸色有些变了。

沈晨阳我行我素习惯了，说出的话自然也没那么中听，好在他处于病中，没人愿意和他计较。

展越站在一边，一副隔岸观火的表情，从进门到现在，没发过一句话。

顾小满不希望沈晨阳再这样针对左岸，只能赶紧转移话题。

“医生怎么说？”

“暂时死不了。”

他挑着眉毛笑着，说不出的戏谑。

顾小满白了他一眼，忍着没说出什么犀利反驳的话来。

“别用这种眼神看着我，出了院，我就要离开TX医科大了，或许明年春天，你们就得来我的墓地看我了，不用多，送束鲜花就可以。”

沈晨阳用双手托着后脑，眼睛瞄着顾小满，话慢条斯理地说出来，那语气别提多颓废，多无奈了。

这次心脏病发作，让他的病情加剧，参与打架的那些男生，也都吓得没再露头。沈夕月听从院长的建议，为弟弟办理了出国手续，在国外一家权威的医疗机构进行心脏监护，就好像院长说的，他这种病，说好的时候跟好人一样，说不好了，也许一夜之间，人就没了。

沈夕月不敢再赌，她会不惜一切代价挽留着她唯一的亲人。

据说这次出国的花费不小，对于已经积累不少财富的沈夕月，也是一个不小的数字。

曾经在顾小满的眼里，沈晨阳是一个让人讨厌、自鸣得意的富二代，现在他看起来是那么的孤单，散漫的眼神中隐含着多少对生命的眷顾。

顾小满很想帮他，却对此无能为力。

“这次，你不用再怕见到我了……”

他的声音再次响起，将小满的思绪拉了回来。

“我什么时候怕你了？”

“不是一直都是？”他很得意。

“随便你怎么想，什么时候走？”顾小满问。

“下周……”

“我们一起送你。”

知道沈晨阳要离开了，心里难免有些失落，何况这种分别，代表的可能是永远不见，顾小满的眼睛微红，移开了目光。

“别弄得好像赴刑场断头台一样，也许我没那么短命，过不了多久，我们还会相见的。”

“会的。”

顾小满闷声说出了这样的两个字，低下了头，鼻子里酸酸的，说不出的难过，那一瞬间，她怎么都止不住泪水了。

“时间差不多了，我们得先回去了，你保重。”

左岸握住了小满的手，拉着她就向病房的门外走，走出房门的一刻，小满的泪水无声滑落。

一直将小满拉出医院的大门，左岸都保持着沉默。

站在医院大门外的草坪上，小满深吸了一口气，擦了两下眼睛，回头凝望医院门口的那个巨大的红色十字，心情无比沉重。

现在她是医学院的一名学生，将来她会成为一名医生，如果可能，她要尽她所有的努力，挽救每一个生命。

仰望天上的白云，小满的心中有一个声音在呐喊着。

沈晨阳，你一定会好起来的！

她期待有一天，能和他的再次相见。

左岸站在小满的身边，轻轻地拍了一下她的肩膀，顾小满收回了目光。

“真希望他能好起来。”

“也许会有奇迹。”

“可奇迹是不容易出现的，不然怎么叫奇迹……”

小满将头靠在了左岸的肩头，再次看向了蓝天，那几朵白云已经变了形状，极力地撕扯着，却没法分开。

来看望沈晨阳的同学，都陆续离开了，展越最后一个出来的，他看起来也很沮丧。

“真没想到会这样……闹矛盾的时候，我还想揍他来着，现在……却不想让他走了。”展越站在了左岸的身边，双手插兜，用力地吸着鼻子，似乎可以缓解心中的悲伤。

“他会回来的。”

左岸的这句话，对未来寄予了某种希望，也代表了某种可能，顾小满渴望它能成为现实。

沈晨阳虽然平时顽劣，到处泡妞儿，成绩却一直很好，为人也大方，在大学里也有一定的知名度。临走的那天，送他的人很多，学校的门口都是人脑袋，不亚于新生入校的那一天，大家都在喊他的名字，让他早点回来。

“会的，会的，等我！”沈晨阳抱着囧妞宠物猪，回头用力地挥着手臂，丝毫看不出一点生病的迹象来。他一直在笑着，阳光将他的头发照射得格外闪亮。

顾小满站在人群的最前面，看着沈晨阳上了车，他举着宠物猪的前蹄，向顾小满摇动着。

“囧妞，和妈妈说再见！”

妈妈？

说不出当时有多尴尬，顾小满原本难过的心，被他弄得气急败坏，这么多人看着呢，她什么时候成了宠物猪囧妞的妈妈了。

囧妞好像很配合，冲着小满哼哼了两声，似乎有些难舍难分。

沈晨阳随后笑了，笑得很大声，一副旁若无人的样子。

沈夕月的黑色奔驰开了过来，她推开车门下了车，和司机聊了一会儿，目光看向了顾小满，仍旧是那副冷傲清高的表情，让人不易亲近。

和司机聊完之后，她迈开步子朝着小满走了过来。

莫名的，有一点畏惧，小满后退了一步。

沈夕月走到了小满的身前，停了下来。

“我弟弟说，一切都是他引起的，他无理取闹，故意刁难你，其实他没真的喜欢过你。”

“是吗……”

“是的，所以，我为我之前在医院里说过的话，向你道歉。”

沈夕月竟然向她道歉，顾小满有些意外。

“没关系，我也没往心里去。”

“希望你能祝福我弟弟，而不是因为他的胡闹，而记恨他。”

“当然不会。”小满用力地摇了一下头，她可没那么小心眼儿，既然沈晨阳这样和她姐姐说了，小满也觉得压力小了很多，心里一下子放轻松了。

沈夕月道歉之后，回到车上，发动了车子。

沈晨阳将囧妞搂紧。

“囧妞，走喽，跟爸爸一起去英国喽。”

无法理解沈晨阳的心态，临走还这么让人闹心。好在他和沈夕月解释清楚了，单凭这点，小满的心里释然一些。

在沈晨阳戏谑的话语中，轿车缓缓开离了校门，从那之后，大学几年时间里，再没有过沈晨阳的消息，没人知道他是生，还是死。

也许在某个春天，某个时刻，沈晨阳已经默默地离开了这个世界……没人来通知顾小满，让她有机会到他的坟墓前送上一束鲜花。

他走了，TX医科大学那些轰轰烈烈的日子也随之结束了，没了他，校园也变得寂寞了许多。

临床医学专业的学生们情绪低落了几天之后，沈晨阳三个字渐渐淡出了大家的生活。

太阳依旧灿烂，地球依旧转，学校依旧正常上课下课，课堂上，同学们还是你一声“到”，我一声“到”，互相“帮忙”。戴老花镜的教授始终也搞不清，谁来了，谁没来。

左岸的妈妈周教授半个月后离开了学校，临走的时候，还是一副忧心忡忡的表情，好像她的儿子不是谈什么恋爱，而是被心怀不轨的人贩子拐卖了。

在接下来的时间里，顾小满将每一分钟的时间都用在了刻苦钻研上，实验课，解剖课，她成了教授的新宠。

“顾小满做得很好。”

“不错，这个观点很新颖。”

“顾小满，你可以给大家做个示范。”

…………

从恐血晕倒，到现在成为临床医学解剖室的典范，顾小满创造了一个奇迹。

孙安宁的脸色总是倦倦的，虽然还能利用她特殊的身份和左岸分在一组，却越来越力不从心。每次教授称赞顾小满的时候，左岸都会投以会心的一笑，孙安宁也会因此犯下错误，一次给尸体做心脏手术，她失手捅破了尸体的左心房，教授暴跳如雷，说若是社会都是这样的医生，不如去当杀人犯。

全班都笑了，孙安宁的脸白白的。

顾小满能体会到孙安宁的心情，看到自己喜欢的男生对别的女生情意绵绵，换作是她，尸体的心脏早就没了。

左岸除了保留原来的习惯之外，还多了一个特别的嗜好，闲暇的时候潜入一所重点大学的物理专业教室听一位物理博士的课。顾小满跟在他的身后，时间久了，小满也成了这所大学的常客。

那种感觉十分刺激，两个人偷偷跑出学校，躲避开保安，混进另一所大学，随着人流进入教室，坐在最后一排，若无其事地上课，刚开始周围都是陌生的面孔，时间久了，也就都熟悉了。

最初，这位教物理学的教授将左岸和小满当成了本校的学生，时间久了，有人向老教授告密，说有两个外校学生混进来听课，每次都坐在最后一排。教授这才发现他的学生名单上并没有左岸这个人。

一连几天，教授都保持着沉默，偶尔还会叫最后面的男生起来回答问题，好在左岸每次都能对答如流，他似乎没什么借口刁难他们。

终于有一天，教授忍不住了，下课后，他叫住了左岸。

“你叫左岸？”

“是的，教授。”左岸镇定地回答，顾小满站在一边，觉察出来教授的异样，用手肘碰了左岸一下，可能要穿帮了。

“你是本校学生？”教授又问。

“是！”

“不是！”

顾小满回答是，左岸回答不是，教授望着两个人，突然笑了。

“为什么一定要来听我的物理课？”

“如果我这样来听课，妨碍了您……”

“不，你并没有妨碍我。”

老教授摇摇头，翻开了一个记录本，上面记录了左岸的表现，还有他回答过的问题，脸上没有任何不高兴的表情。

“你以后可以光明正大地来听课，我会给你办一个听课证。”

左岸对物理学的热情，让老教授十分欣赏，他给左岸开了绿灯，特许左岸在任何时候都可以来听他的课，不必偷偷摸摸的。

“我有一个课题在研究，如果你有时间，也可以来参加，利用周末的时间。”

老教授说完，看向了左岸身边的顾小满。

“这位女生是……”

“教授，我是左岸的女朋友！”小满将手一举，主动介绍自己的身份，以她每次来的表现，相信老教授并没有关注到她。

“一直在开小差的女生……”老教授轻笑着，说得顾小满有些不好意思了，跑出来听物理课，纯是为了陪左岸，坐在他的身边，顾小满翻看的都是医学书。

“能不能给她也办一个听课证……”

左岸的脸有些红了，对于这个非分的请求，他没什么把握。

“如果你能在十分钟内解开这道物理题，我就答应你。”

老教授将一张纸放在了桌子上，在上面出了一道题，似乎是一道难题，以左岸来听十几次课的记录来说，他没能力解出来。

左岸皱了一下眉头，竟然点了头。

老教授放下课本，坐了下来，左岸也坐了下来，拿起了笔，目光落在了那张纸上，他在思考。

顾小满看了一下时间，忐忑地等在一边。

一分钟过去了，左岸没有动，两分钟过去了，到了第三分钟的时候，他还保持着那个姿势，小满有些着急了。

至少得写几个字出来吧……

老教授的表情也有些失望，他觉得自己高估了眼前的男生。

到了第五分钟的时候，左岸的笔突然落了下去，一排排数字写在了上面，他几乎没有列式验算，数字如行云流水一般出现在了纸上，他写字的速度奇快，整整列了小半篇。

“好了。”

在第七分钟的时候，他放下了笔。

老教授吃惊不已，激动地拿起了那张纸向外走，快到教室门口的时候，他又停了下来，转向了左岸。

“明天，你们带照片来，两个听课证。”

竟然成功了，顾小满兴奋地跳了起来，想着那可能不算一道难题，所以左岸才能那么快答出来，不过他的心算能力实在太强大了，远远超乎了他的想象。

可后来顾小满才知道，那确实是一道难题，物理系好几个高才生都解不出来，左岸是个物理天才。

就这样，顾小满和左岸成了那所大学的常客，不必再偷偷摸摸的，也没人闲着无事去告状了，左岸学物理，顾小满就在他的身边开小差，看医学书，一些同学给他们两个人起了外号，物理小专家和他的甜白女友。

她是甜白吗？好像还缺了一个字，就是傻啊。

虽然左岸成功获得了特许，可有一个状况有点糟，老教授真的让左岸参加了他的课题，整个周末，左岸都被关在研究室里，顾小满只能用学习来打发时间。

“周六，八点，在图书馆等我，我一定回来。”这是左岸和顾小满的约定，可每次他都迟到，快到九点才急三火四地回来，图书馆几乎要关门了。

“教授可能看我不顺眼，故意让我见不着你。”顾小满打趣说。

“可能是，听说他不太喜欢女生，特别是上课开小差的女生。”

左岸调侃的话语，遭来顾小满一个白眼。

上个周末是这么度过的，这个周末也不例外。虽然每天都能看见，顾小满仍希望她和左岸好像连体婴一样，时刻不分离。

也许这就是恋爱女生的贪婪心态。

吃过晚饭，顾小满就去图书馆学习，已经八点半了，还不见左岸的影子，她将手里的医学典籍从头看到了尾。

当时钟指向九点的时候，顾小满托起了下巴，叹息了一声，左岸是一个彻头彻尾的物理迷，为了研究课题，连女朋友都不要了。

在小满失神发呆的时候，两张音乐会的票伸到了她的眼前，来回晃动着，小满回头一看，展越正一脸得意地看着她。

“这个月的月底，两张票，你和左岸一定要来。”

“哦。”

音乐会的时间是月底周六晚上的七点开始，小满没什么信心，不确定左岸能不能抽出时间了。这个课题已经研究一周多了，不知不觉中，左岸成了主力，老教授的得力助手。

“好像我们的女霸王被冷落了，怎么？左岸另有新欢了？”展越绕过椅子，坐了下来。

小满不悦地白了他一眼。

“才不是呢。”

“连续两个星期了，你都一个人在图书馆，一副被人抛弃的怨妇模样，我真怕你一条白绫……”

“你监视我？”小满瞪了展越一眼。

“我可没监视你，这是学校的图书馆，你能来，我也能来啊，怨妇心情不好，一眼就能看出来。”

“你烦不？”

“不烦！”

“我烦……特烦你。”

顾小满站了起来，转身就向图书馆外走，展越追了上来，将音乐会门票塞在了小满的手中。

“好，好，我烦，怎么那么烦。”

“这个月底的音乐会，左岸可能去不了了，不是他不支持你，是他有个课题要研究，抽不出时间来。”

小满将门票收好，替左岸向展越解释着。

“你来就行，他吗？随便……不过你们两个最近在搞什么，一下课就不见了影子，特别是左岸，什么课题这么重要，让他连陪女朋友的时间都没有了。”

“这是秘密。”

顾小满做了一个噤声的动作。

左岸在外校学习的事儿，没人知道，展越一向大嘴巴，告诉他，就等于告诉了全世界，小满可不能冒这个险。

“不说拉倒。”

展越并不关心左岸的事情，他笑了一下，凑近了小满，继续说：“不如这样，周末我来陪你？”

“展越，你也找个女朋友吧？王小雨，刘丹，都很喜欢你，还有……你们专业的系花儿，好像对你也有意思。”

“你啥时候开始当媒婆了。”

展越扳过小满的脸，左看看，右看看，小满将他的手打开。

“不开玩笑的。”

“我也没开玩笑，我不需要女朋友，有你足够了。”

“干吗又扯我身上了？”

顾小满实在没法和展越继续交谈下去了，他将书放回了书架，转身正要下楼的时候，左岸噔噔跑了上来，当他看到展越和小满在一起的时候，眉头皱了一下。

“我来晚了。”

“还差十分钟到九点，没晚。”

小满看了一下时间，纠正左岸的话，左岸有些尴尬。

“下次再提前十分钟。”

“二十分钟？”小满伸出了两根手指头，和左岸讲条件。

“好，二十分钟。”

左岸点了头，小满这才低头笑了起来。展越拿起书，走过去，往书架里一塞，双手插兜，晃晃荡荡地下楼去了。

左岸见展越走了，这才握住了小满的手，将她拉到了书架的后面，低声问。

“他一直在这里吗？”

“谁？”

“展越……”

“没有，才过来，送音乐会门票的。”小满扬起了手里的票。

“真的只是……送门票？”左岸将手臂支撑在书架上，低下头，凑近了小满的脸颊，声音稍稍有着酸味儿。

“你以为呢……”

“我以为……”

他的声音含糊不清，脸颊凑得更近了……直到他的气息扑在她的脸上，唇触碰到了她的鼻子，随后下移……

“左岸！”突然一个声音响了起来。

顾小满和左岸几乎相接的唇迅速分开，抬头看去的时间，孙安宁竟然站在书架的尽头，面无表情地看着他们。

“上次我看到的那本书找不到了，能帮我找找吗？”

她一边说，目光一边若无其事地在书架上搜索着，丝毫不觉得看到小满和左岸接吻的一幕有什么不妥。

没人可以做到这么坦然，孙安宁可以。

孙安宁曾经说过，一个男人不可能没有初恋，没有前女友，可不管他有多少过去，只要她能成为最后一个就可以，多么鲜明而又富有哲理的话啊，顾小满听了孙安宁这套理论之后，心里堵了好几天。

“什么书？”左岸问。

“哦，竟然在这里，找到了。”孙安宁从书架里抽出了一本书，一边翻看，一边和左岸说话。

“左岸，爸爸送了我两张音乐会的门票，听说有我们学校的摇滚乐队参加，有时间吗？一起去吧？”

“月底的？”左岸问。

“是啊，你不会刚好没空吗？”孙安宁无视顾小满的存在，和左岸聊着音乐会的事情。

“我约了……小满。”

左岸回答得不算顺畅，这种情况，这种事情，确实有些让人感到尴尬。孙安宁没太大意外，目光清淡地瞄向了顾小满。

“那就一起去吧。”

说实话，当时小满听了孙安宁最后这句话，很生气，她那种慢条斯理，轻描淡写，好像顾小满是她和左岸顺便带去的一样。

第十三章 我们只能一直往前

这算是左岸的求婚吗？顾小满的心狂跳着，这应该是所有热恋中的女孩子最想听到的一句话了，比海枯石烂的誓言还让人感动，一个男人愿意用婚姻承诺他的爱情，是最真诚的。

不吭声，不反驳，顾小满好像是个逆来顺受的受气包，她走上两步，轻蔑地看着孙安宁，开了口。

“四张票，你最好再找个人陪你，不然我和左岸出去玩，扔下你一个人回来，会担心的。”

顾小满反击的话语之后，孙安宁的脸果然变了，拿着书的手指在颤抖，眼底那丝骄傲和坦然消失了，取而代之的是愤怒。

“小满……”

左岸握住了小满的手。

这种时候，让两个势同水火的女生面对面，是绝对不明智的，左岸拉着她就向外楼梯口走。

“干吗拉我，是她先开始的。”顾小满甩着左岸的手。

“这里是图书馆。”

“图书馆怎么了？”

“先跟我出去。”

左岸一直将小满拉出了图书馆，站在空旷清冷的操场上，冷风袭来，也没能消淡小满心中的怒火。

她一把将左岸的手甩开了，第一次冲他发了脾气。

“她明知道我和你会去音乐会，却还那么问你，弄得好像我是第三者一样。”

“她可能没那个意思。”左岸解释着。

“没那个意思？你还袒护她？刚才没看到吗？我们在……她竟然还叫你的名字，让你找书？我不相信，她的眼睛瞎了！”

“小满……”左岸很词穷，也很着急，他紧握住了小满的手，希望小满不要和孙安宁闹别扭。

“我不可能每次都大方，看着她不管在什么情况下，都可以把你叫走，好像我是空气一样。左岸，我现在问你，到底她是你女朋友，还是我是？”

“当然你是……”

左岸蹙眉，握着小满的手更用力了，他看起来没那么轻松。

“如果我喜欢孙安宁，就不会和你在一起了，小满别闹。”

看着左岸因紧张而发红的脸庞，小满泄气了。

“可很多人觉得，她也是……”

将手从左岸的手心里挣脱出来，小满转过身，向宿舍飞奔而去。

左岸懊恼地站在操场上，脸色晦暗。

孙安宁走了出来，站在左岸的身后。

“她生气了？”

“没有。”

左岸提了一下肩头的书包，耷拉下脑袋，向男生宿舍走去，孙安宁皱着眉头，手里还拿着两张音乐会的门票。

顾小满一口气跑回了宿舍，直接躺下，盖上了被子，任谁和她说话都不理。

刘丹阴阳怪气地自语着：

“我算看出来了，爱情这个东西太可怕，一会儿让你变得幼稚，一会儿让你变成白痴，偶尔还会变成这样的疯子，蒙头大睡，时间久了，可以直接进精神病院了。”

“可是爱情也会让你变得幸福、甜蜜，好像一位公主，这点你不能否认。”周丽娜辩驳。

“至少目前我没看出来，庆幸那个折磨我的人还没有出现。”

刘丹拉上被子，头一蒙，也躺下来。

其实爱情到底是什么东西，谁都说不清，如果简单地解释成是荷尔蒙的作用，还没那么准确，作为正在经历爱情的顾小满，无法给爱情下个完整的定义，但她知道，她越来越在乎左岸，远远超过了暗恋时期的感觉。

躺下没过半个小时，顾小满就自动原谅左岸了。

理由是，左岸若对孙安宁冷若冰霜，置之不理，是不是有些不近情理？恋爱中的人就是那么矛盾，无法用既有的道理来解释。

可女生总有自己的小面子，顾小满也是这样。

天没亮，顾小满就起来了，困得眼皮都睁不开，也是打起精神跑出去。食堂才开门，她就第一个冲了进去，等她吃完了早餐，左岸也出现了，他远远看到顾小满，端着饭盒走过来。顾小满好像弹簧一样，在左岸坐下后，立刻弹射了起来。

“你吃完了？”左岸抬起头。

“嗯。”

小满只这样简单地回应了一声，迅速离开。

明明希望他追上来，脚下却走得飞快，出了食堂一看，身后连个人影都没有，小满倚在食堂的门上，还没站上一分钟，左岸跑了出来，嘴里还叼着半个馒头。

“你得……得让我吃饱啊……”

顾小满扭头一看，强忍着没笑出来，左岸竟然还拿了一个鸡蛋，他将鸡蛋皮剥开，咬了一口，又掏出了水瓶，这样不修边幅的样子，也是第一次看到。

“还生气？”他问。

“嗯。”

小满甩了一下马尾，向教室的方向走去，虽然心里很高兴，可脸上却矜持着，她要让左岸知道，她很在乎。

左岸跟在后面，吃完了鸡蛋，擦擦嘴。

“你打算一直这样和我说话？”

“嗯。”

一直走到教室的门口，顾小满也只是一个字回应，可进了教室之后，笑料就出来了。黑板上不知谁写了五个硕大的字“张蕾我爱你”。

张蕾是谁？临床医学大一的美人，川妹子，要臀有臀，要胸有胸，自然要腰也有腰了。至于脸吗？有点过分的妩媚，可完全符合男性对女性的审美观，所有男生喜欢她也不奇怪，可奇怪的是，光表白了，没落款。

谁干的？

据顾小满了解，临床医学专业，有一半的女生都喜欢左岸，原因很简单，他不但长得帅，身材一流，还是学霸，这样的男生总能吸引女生的眼球，张蕾也是其中一个。只可惜，左岸选择了顾小满，伤了一大堆女生的心。

张蕾进来时，低着头，红着脸，一声没吭坐下来，大家都在看着她。

到底是谁写了这几个字，顾小满很好奇，左岸却并不关心，他坐下来，一本本拿出书，可能是吃鸡蛋太快噎着了，又打开水瓶喝了不少水。

左岸就是这样的人，与他无关的，他毫不关心。

顾小满在左岸的身边坐下来，左岸碰了她的手肘一下。

“今天下课，别忘记带着听课证，别像上次一样，我进去了，你在外面。”

“嗯。”

顾小满又是这样一句回应，左岸皱了皱眉头，发现顾小满的精力在黑板那几个字上。

“人家追求女生，你也这么有兴趣？”

“嗯。”

左岸无语，瞪圆了眼睛。

上课铃声响了，免疫学的教授进来了，他回头看了一眼黑板上的字，很生气，将书啪的一声扔在了讲台上。

“这是谁写的？站出来！”

顾小满以为，教授这么生气，一定没人有胆子站出来，却没想到，吼一嗓子之后，一下子站起来七八个。

真是奇了，这么几个字，需要七八个人一起完成吗？显然其中有人浑水摸鱼。

接着又有个男生的屁股抬了几下，看看周围站起来的几个男生，终于鼓起勇气站了起来，队伍在壮大。

看到这种景象，顾小满终于明白了，这些站起来的男生，都是暗暗喜欢张蕾的，不敢表白，也不想放弃，让别人抢了先机，这五个字，给了他们一个机会，当然，其中必有一个是黑板上五个字的真实书写者，只可惜……鱼目混珠之后，真假难分。

这会儿，有人利用这个机会，开始要挟一直只肯说一个字的顾小满。

“你再不和我好好说话，我也站起来了？”左岸低低的声音从耳边传了过来，随后他的屁股慢慢离开了座位。

顾小满急了，一把将左岸拽住。

“你跟着乱什么？”

“不跟着乱，你能理我？”

“坐着。”

“还生气吗？”他笑了。

“生，不过你敢站起来，我也站！”

顾小满小声嘟囔了一句，左岸的头一低，差点笑出来，小满若是站起来，今天就有热闹看了。

免疫学教授看着站起来的男生，气得不知说什么好，嘴巴都要歪了，这群孩子心里都在想什么？学业，他们的眼里还有学业吗？

“叫你们回答问题，一个个的，恨不得人没在教室里；这种荒唐事儿，却站起来这么多，都坐下！”

一句低喝之后，坐下七个，还站着两个。

其中一个举了一下手。

“教授，真是我写的，我可以上去对笔迹。”

另一个争着说：“我练了好几天了，不信你看我的本子！”

“你们！坐下！”

教授一拍桌子，两个都坐下了，教室里响起一阵哄堂大笑。

其实到底是谁写的，已经不重要了，这些站起来的男生，张蕾觉得哪个好，只要点一下头，就有人会飞蛾扑火一样向她飞奔而去，今后都愿意肝脑涂地。

黑板上的字被擦掉了，可影响还在。下课之后，还有人在问到底是谁写的，应答的自然也不在少数，不乏跟着起哄的。

小小的插曲就这么过去了，小满一如既往地和左岸去校外上课，等他研究课题回来到图书馆找她，不是一起看书，就是出去吃一碗牛肉面，连牛肉面店的老板都跟他们混熟了，每次多给几片牛肉。

就这样，月底很快到了，摇滚音乐会到来了。

那天早上，据说展越起得很早，一早就和他的乐队出去了，都是盛装出发，神采奕奕。小满贪睡起来晚了，没赶上校门口最精彩的一幕，听说不亚于明星出场了，人山人海的。

那个周六，左岸早早从研究室回来了，拖着小满往学校外跑，刚拦住出租车，孙安宁就出现了。她一个人，没叫同伴，穿得很漂亮，头上还戴着一个蝴蝶结。

正如孙安宁之前说的，要和左岸一起去。

左岸很尴尬，拉着出租车门的手停在那里，不知如何是好，出租车司机有些不耐烦了。

“还上不上车？都遇到你们这样打车的，我不用赚钱了。”

“让她上车，这个时间不好打车。”

顾小满先开了口，左岸这才点点头。孙安宁一点都不客气，电灯泡的度数很足，她直接坐在了后座上，左岸绕到了前面，坐在了副驾驶座上。

和孙安宁肩并肩坐在一起，很别扭，小满将脸扭向窗口，孙安宁也扭向了另一边，两个人好像同级磁铁，互相排斥着。

左岸看了后视镜一眼，说了地址，司机开车。

音乐会在国际会议中心大剧院举行，门口人满为患，喜欢听摇滚的年轻人还真不少。左岸拉着顾小满找到了座位，坐下后才发现孙安宁竟然坐在左岸的身边，小满在另一边，原来这场音乐会，学校有一部分内部票，大家可能会坐在一起的，孙安宁又利用她的千金身份做了文章。

“我和你换座位。”

顾小满决定和左岸换座位，不给孙安宁任何机会。

左岸点点头，顾小满坐在了孙安宁的身边。

“好像刺猬一样。”孙安宁小声地嘟囔了一句。

“狗皮膏药。”

顾小满不甘示弱，回敬了一句，左岸赶紧递过来爆米花。

“吃吧。”

“不吃！”

小满将爆米花塞回了左岸的手里，今天晚上，她随时做好准备，和孙安宁死磕到底。

孙安宁鼓着腮帮子，看起来肺都要炸开了，好在有一个男生坐了过来，缠住了孙安宁，小满猜想，那家伙可能是孙安宁的爱慕者。

音乐会一开场，就十分劲爆，渐渐地，大家都将注意力放在了舞台上。

展越终于出场了，抱着他挚爱的吉他，一身银光闪闪，别提多帅气了。他的乐队成员，都特酷，一上来的姿势引来一片热烈的掌声。

展越是主唱，吉他在霓虹中摆动，嗓音带着说不出来的魔性，将全场都征服了。

只在那时，顾小满才清楚，展越的人生就该在舞台上。

展越说过，只要他走入摇滚，人生就是反叛，是否定，是颠覆，是推倒重来，是偏执狂，他的世界是不可征服的。

他站在台上，目光准确无误地找到顾小满，好像整个会场之下只一个观众，就是她。

左岸没吃爆米花，手一直握着顾小满。

而孙安宁被那个男生纠缠得很无奈，中途就离开了，也没和左岸打招呼，后来问及，好像是孙院长来接她回家了。

那次音乐会之后，展越出名了，红透了整个TX医科大学。学校以他为荣，他很快成为宣传部的部长，也是TX医科大学历届最年轻的宣传部部长，代表TX医科大学的对外形象，成了标杆性的人物。

OLE唱片公司和展越签约，他也是第一个没走出大学，就拿到丰厚薪水的人。

与此同时，爱慕展越的情书好像雪片一样飞来了，他的桌箱都塞满了。

“帮我选选，哪个女生好？”

展越将一沓情书放在了顾小满的眼前，让她充当军师，只要她觉得合适的，他就同意。

“你别臭屁了，这种事儿，哪里有这么选的？”顾小满白了展越一眼，别嘚瑟了好不好？找女朋友，凭的是感觉，不是随机选择。

展越半个屁股搭在桌子上，顾小满好奇地看着这些书信，展越还真有面子，厚厚的一大沓，十分壮观，做男人做到这个份儿上，太有面子了。

展越看起来也很得意，嘴里哼着歌，手里打着响指。

“除了你，看还缺谁？”

“噗！”

顾小满扑哧一声笑出来，这小子还想对号入座，他就这么有信心，女生都会给他写情书吗？

“我为什么给你写情书，让你这么臭美？”

“你怎么就不能？看看我，帅得自己都要晕倒了。”

“是不忍直视了。”

顾小满抿嘴笑着，她的心里已经有左岸，展越再帅，也打动不了她，何况兔子不吃窝边草，哪里有对自己哥们儿动心的。

顾小满拿出一封情书，不等看名字，里面就掉出了一张照片。

“嘿，还真心细，有照片啊。”

“差不多都有。”展越将一堆照片给小满看，没什么稀奇的，姑娘们怕展越漏掉自己，连照片都送上门了。

现在的女孩子太大胆了，照片里还有穿比基尼的，相比之下，小满倒追左岸，是小巫见大巫。

“这个长得不错，你考虑一下。”顾小满让展越看看，照片上的姑娘很可人，身材也不错，前凸后翘的。

“嗯，脸大。”展越竟然不满意。

“你的脸也不小，和她多般配啊，还挑剔？”

小满白了展越一眼，又换了一张。

“这个脸小，瓜子脸，怎么样？”

“眼睛小。”

“这个呢？”

“眼睛大。”

“你毛病真多啊。”

小满将情书都放下了，他今天不是来选女朋友的，是挑女人毛病的。

“别说这么多年的好朋友，我没提醒，个性可以有，毛病就不能有。”

“你不觉得我的毛病，就是个性吗？”

展越还是那副嬉皮笑脸的样子，顾小满将书信都放下，站了起来。

“我约了左岸吃饭，照片啊，你自己看吧，别挑花了眼。”

小满起身就走，展越还坐在桌子上，冲着小满的背影喊：

“你不帮我挑，我就随便选一个人！”

“随便。”

顾小满以为展越只是说说的，却没想到，他竟然真的随便选了一个，校外的女生，说不出来什么感觉，不是照片里最好看的，也不是身材最好的，一看就是很普通的女生，也许真是随便拿起一张就是她了。

也就是这样一个女朋友，和展越相处了没到一个月就分手了，分手原因不详。用顾小满的话来说，展越还是个毛孩子，懂什么爱情，给他一个天仙，他也不会珍惜。

没过多久，展越又处了第二个女朋友，也是没过多久，就分手了。小满彻底改变了对展越的看法，开始怀疑他的人生观了。

“花心，游戏人生。”

展越对此不以为然，他仍旧我行我素，唱歌，表演，学习，生活十分充实。

期末，大家都投入了紧张的学习中，左岸的物理研究课题也有了结果，他凭借独特的观察和理解，取得了重大的成功，获得了大奖。教授对左岸十分赏识，毫不吝啬地在重要研究人员一栏里写下了左岸的名字，他还邀请左岸参加颁奖仪式，但左岸拒绝了，对于他来说，这种荣誉太多了，左岸只想证明他在物理方面可以做得更好。

“为什么你不去？这是一个能证明你实力的机会，说明你的理想没有错，你有这个天分，佐伯父、伯母不敢阻拦你，何况你为了这个课题，每天起早贪黑的，那么辛苦，人都瘦了一圈……”

左岸将一块排骨塞在了喋喋不休的小满嘴里。

“吃吧，说这么多都凉了。”

“嗯嗯……”

顾小满吃了排骨还要说，左岸又夹了一块塞在了她的嘴里。

“我只想试试，没想过要改变什么，这样就行了。”

“不是的。”

小满将嘴里的排骨拿出来，鼓励左岸，让他不要放弃理想，难得有这样的好机会，正是改变的机会。她就不一样了，理想和现实差距越来越大，她不放弃也得放弃了。

左岸微笑着，他低着头，听着小满的话，知道小满是对的，可他没法下定决心，这种犹豫，也是因为他的父母。

“马上期末了，你复习得怎么样？”左岸转移了话题。

“头悬梁，锥刺股。”

顾小满整整大半个学期，都在努力，就是为了期末的这一刻，她一定给大家一个惊喜。

“这么努力？”左岸笑着。

“我欠人钱啊，不努力，要被追债的。”

“还以为你忘记了。”

“怎么会？”

顾小满怎么会忘记呢，她要拿出成绩，向周教授证明她的能力，也证明她是左岸合适的女朋友。

“等你的好成绩。”

“没问题。”

顾小满信心十足，可偏偏到了考试那天，出了一个让她十分懊恼的状况。试卷才发下来，她的胃就痛了起来，好像有把小刀子在里面一刀一刀地剜着。

“老师……”

顾小满只喊了一声老师，身子一歪，倒了下去。

诊断结果，顾小满食物中毒。

怎么会食物中毒的？顾小满努力回忆着，记不得吃了什么不好的东西，她躺在病床上，心好像被人一片片撕扯开了，试卷上的题她都会，只是没机会写上去。

“怎么会食物中毒？我们一起吃饭的。”

左岸满头大汗地跑去了医务室，顾小满正在抹着鼻子，展越已经在椅子上坐着了，歪着脑袋看着左岸。

“这就需要有人解释了。”

“你怎么在这里？”

左岸看了展越一眼，他和小满不在一个考场，考完试才知道小满出事了，展越是TX大学风云人物，消息自然比左岸灵通，知道小满食物中毒，第一时间出现了。

展越嘴角撇了一下，不再说话了。

小满哭得稀里哗啦的，本以为能拿到奖学金的，却考了零蛋。

“我也不知道，胃突然疼了……”

“没关系，不就是没成绩嘛。”左岸安慰着顾小满。

“我还不上你的钱了。”

小满噘着嘴巴，流着眼泪，避重就轻地喊着，她真正计较的是另外一件事，就是周教授的看法，可又不好说出来，只能憋着。

展越误会了，立刻生气地站了起来。

“左岸，你就这么对你女朋友？不就是钱吗？我替她还了。”展越将一叠钱掏出来，塞在了左岸的手里。

展越天生的臭脾气，根本听不出小满这话只是难过的借口，认定左岸爱钱胜过了爱小满，火冒三丈。

左岸看着手里的钱，态度意外的平和，他将钱又塞回了展越的手中。

“她欠的钱，她还。”

“我还不行吗？”展越变了脸。

“不行。”

左岸绕过展越，走到了小满的身边，询问她现在感觉怎么样了，故意忽略展越的存在。展越的脸青了，他将钱收了起来，推开医务室的门走了出去。

左岸坐在了小满的身边。

“我那么说，只是希望你能用心学习。”

“我只是觉得心里难受。”

小满的肚子还绞痛着，用力抓住了左岸的手。

还钱只是一个借口，顾小满心里想的远远比这个多。

“这次考不好，下次再考。”

“下次……”

下次当然还有机会，只是不知道还有人愿意相信她吗？

离开医务室之后，小满回想了一下，她确实吃了不该吃的东西，都是嘴馋惹的祸，导致她错失了一次表现的机会，不然拿到二等奖学金不成问题。

考试成绩出来后，左岸还是第一，遥遥领先，他好像一个传奇，既取得了研究课题的成功，又没有荒废学业。用他的话来说，他只有一个优点，就是记忆好，过目不忘，这为他争取了更多的时间思考。

第二名是孙安宁。孙安宁为了和左岸站在一个领奖台上，整个学期都在拼命苦读，她的近视更严重了，可皇天不负苦心人啊，连老天都愿意帮她，情敌突然胃痛退出考场，没了成绩，孙安宁幸灾乐祸了一个晚上，终于不用担心顾小满超过她了。

颁发奖学金那天，礼堂爆满，临床医学专业的学生都到了，顾小满坐在中间，不算补考成绩，她是本学期倒数第一。

左岸穿戴整齐走上了领奖台，和孙安宁肩并肩站着，摒弃私心，小满得承认，孙安宁和左岸站在一起的画面丝毫没有违和感，让人凭空会产生一番遐想，难怪有人会说孙安宁才适合左岸。

人丑不能怨父母，点背不能怨社会，喝水都能塞了牙缝儿，又能怪得了谁？顾小满尽量保持着平和的心态。

学校让左岸和孙安宁作为优秀学生代表讲话，左岸拿起了话筒，看着在场的所有同学，手里拿着演讲稿，竟然良久没有说话。

整个会场鸦雀无声，都盯着台上的左岸，大家都想知道，为什么学霸手里拿着稿子却不讲话。

台上的老师有点坐不住了，提醒左岸讲话。

“左岸同学，你可以讲了。”

“左岸……”孙安宁碰了左岸的手臂一下。

左岸好像神游了一圈才回来，轻咳了一声，将话筒拿了起来，他没有看手中的稿子，小满相信他已经倒背如流了。

左岸开口了，可说出的话，并不是手中稿件上的。

“我……”

第一次听左岸讲话竟然结巴了。

“我……只想说一句，不要气馁，还有机会。”

只是说了这样一句简单得不能再简单的一句话，左岸放下了话筒，大步走下了主席台。左岸的举动不但让学校的老师愣住了，连孙安宁也一点准备也没有，这次优秀学生代表讲话每人给了二十分钟的时间，他竟然放弃了。

左岸走下了讲台，挤进了人群，让小满身边的同学窜一个位置，然后很自然地坐在了小满的身边，目光直射领奖台。

“你干吗？”小满轻声问了一句。

“不干吗，想和你一样坐在这里听别人讲话。”

他微笑着，看着台上的孙安宁，孙安宁拿起了话筒，因为左岸突然离开，她变得心不在焉，手里的稿子打开，却不知从哪里说起。

两个优秀学生代表的演讲变成了一人的，颁奖大会很快就结束了。

左岸得了特等奖学金，他拿到钱之后的第一件事，给小满和自己分别买了一部手机，电话号码是他亲自选的，是个连号，末尾一个是“7”，一个是“8”。

“以后随时可以抓住你了，躲也躲不掉。”

“我什么时候才能还清你的钱？越欠越多。”小满拿着手机，有些发愁，那次打架欠左岸的钱，还无力偿还，买手机又欠，她目前已经债台高筑了。

“谁用你还了。”左岸摇摇头。

“那怎么行？我不还钱，人家还以为我找男朋友，是为了找一个长期饭票呢。为了撇清这个嫌疑，我一定得还你。”

“真的要还？”

“真的。”顾小满很坚定。

“如果你非要偿还不可，我有一个最快还钱的办法。”

“说说看。”

顾小满对这个最快还钱的办法颇感兴趣，难道能从天上掉人民币？若能那样可不错，以后可以一觉睡到太阳晒屁股，不劳而获了。

左岸微笑着，凑近了小满的耳朵，压低了声音。

“卖身给我……”

“你……好坏……”

顾小满挥手要打左岸，却被左岸顺势将整个人抱住，炽热的目光锁住了她。

“毕业之后，我们就结婚。”

“结婚？”

那是一个顾小满不敢相信的未来，结婚，生子，过着日出而作日落而息的生活，有最爱的人陪在身边……

这算是左岸的求婚吗？顾小满的心狂跳着，这应该是所有热恋中的女孩子最想听到的一句话了，比海枯石烂的誓言还让人感动，一个男人愿意用婚姻承诺他的爱情，是最真诚的。

“你妈不会同意的，她和左院长希望你继续深造。”

“结婚后，我们一起走。”

虽然距离毕业还很遥远，可左岸已经规划好了，他不会让这份爱情离他而去，他要牢牢守护好它。

“嗯。”

顾小满用力地点了一下头。

“我们一起出国。”

“一起生活。”

“一起逛超市。”

“一起做饭。”

“一起……”

依偎在左岸的怀中，顾小满设想着，他去哪里，她就去哪里，他留下，她也会留下，为了这份深深的眷恋，她一定会努力。

爱情就是这么微妙，甜蜜得让人会不顾一切。

期末的小小遗憾，并没有撼动顾小满和左岸的心，可顾小满期末没成绩的事实，却在左家和顾家引起了轩然大波。

期末散学后，左岸一早跑去火车站，买了两张火车票，计划和小满一起乘坐火车回家，连途中的零食都准备好了。可中午的时候，周教授突然打来了一个电话，随后一辆黑色轿车停在了校园门口，左岸连当面和小满说声“再见”的机会都没有，就匆匆离开了学校。

顾小满一直给左岸的手机打电话，提示都是对方已关机，那个暑假，从那天分开，她一面都没见过他。

左岸到底去了哪里？没人给她一个答案，她这个女朋友就这样被“搁置”了。

没有男朋友的假期是寂寞的，没人陪的旅程，也是痛苦的。

火车上，只有顾小满一个人，旁边的座位是空的，后来被一个肥胖的大妈占据了，她一坐下来，就喋喋不休地讲了一路，吐沫星子横飞。

火车到站后，小满逃一样冲下火车。

没精打采地回到了家门，小满连敲门的劲头都没有了。

开门的是爸爸顾建城，不知道是不是坏心情会传染，爸爸的脸色看起来也不怎么好，接过小满的行李，只是问了一下路上的情况，就进去了。

妈妈正在厨房里忙碌，乒乒乓乓地，做了小满最爱吃的饭菜。顾建城买了两瓶啤酒，一边吃菜，一边独自喝酒。

顾小满能感觉出来，家里的气氛不对。

“妈……怎么了？”

小满凑近了妈妈，想知道他们是不是又吵架了。

妈妈别扭地笑了一下，给小满夹菜。

“你别管了，吃饭吧，这些都是你爱吃的，妈妈知道你回来，专门跑去菜市场买的。”

“不能解释的内部战争？”小满偷偷地冲妈妈挤眼睛。

“什么战争？我和你妈妈啥都没有，都是因为你。”

顾建城便将一杯啤酒一口灌了下去，打了一个酒嗝儿，脸微微发红。

“我？”

小满干笑了一下说：“爸，我可是才进门啊。”

“你是不是和左岸在谈恋爱？”

“啊？”

小满愣了一下，夹起菜的筷子停住了，没想到爸爸会突然谈及这个话题，顾建城又沉闷地喝了一杯，妈妈不高兴地将筷子放下了。

“孩子才回来，提这个做什么？”

“怎么不提？我女儿这个学期全校倒数第一，人家左岸正着数第一，就算我不说，左院长也没给我好脸色看，你知道我是什么心情吗？好像热脸贴了人家的冷屁股，不知天高地厚地高攀了，高攀了，懂吗？”

顾建城又喝，妈妈急了，一把将酒杯抢了下来。

“什么高攀了？我们小满这么好，是他们家高攀我们了。说实话，我还没想让女儿找个书呆子呢，除了学习好，看着好像个木头一样，何况小孩子谈什么恋爱，都是闹着玩，毕业后各奔东西，家长跟着掺和什么？”

“不掺和，能行吗？”

爸爸和妈妈你一句，我一句，火药味儿越来越浓，小满终于听明白了，原来是她和左岸谈恋爱的事情闹开了，左院长没给爸爸好脸色看，爸爸有些受不住了。

关于倒数第一的成绩，小满没法解释，现在就算解释了，也没人相信她，左家已经表明了态度，坚决反对，连做间谍的机会也不给顾小满了。

左岸的消失，是左家安排的，和顾建城防备展越是一个道理。

近朱者赤，近墨者黑，谁不怕自己的孩子，被坏孩子带进了泥坑子挣扎不出来？

以往爸爸发脾气，小满都会扔下筷子离开，可这次，她没有。

“左院长跟爸说什么了？”

顾建城光顾着发泄心里的郁闷了，以为小满会生气离开，或者大声反驳，可她突然这么冷静地坐着，冷静地发问，让他有些猝不及防。

“也没说什么……”

“是啊，没说什么，抬头不见低头见的，大家会照顾一下面子。”

妈妈给小满夹菜，小满低下了头。

“没说什么，爸爸怎么会这么生气，明天我去见见他。”

“见什么见，吃饭。”

顾建城才不会让自己的女儿去见左院长，他受点闷气，发发火也就罢了，却不允许别人给他的女儿脸色看。

“你和左岸的事，拉倒吧，爸爸不同意。”

“小满，妈妈也是这个意思，能分，就趁早分吧。”

“我已经跟左院长说了，他家不同意，我也不同意，别总拿那种眼神看着我，我女儿考倒数第一，我也愿意，他儿子再厉害，我也不稀罕。”

顾建城又把酒杯抢了过去。

“我喝得好好的，你抢什么抢？”

“你喝多了，净胡说。”

“你看我刚才胡说了吗？你不是也同意。”顾建城又倒了一杯酒，叹息了一声，喝了下去，心情似乎还没好起来。

小满看着一桌子爱吃的菜，却什么味道都品尝不出来。

吃过了饭，小满为了让爸爸开心点儿，又陪他看了会儿电视，才回了房间。

小满房间的门一关，妈妈就用力地推了顾建城一把。

“让你晚点说，你就是忍不住，看看小满，一点精神头都没有。”

“早说，晚说，还不是一样要说，小满一向没心没肺的，几天就好了。”

“我觉得这孩子有心事。”妈妈很不安，觉得这次小满回来，性子都变了，平时一进门就嘻嘻哈哈的，这次连笑都没笑过一次。

“明天我休息，带她出去玩玩，顺便见见我的老朋友，还有他儿子，那小子有出息，研究生刚毕业，工作定在了一家外企，是经理，薪水很高。”

“你让小满相亲？”

“怎么，不行吗？早知道这样，我小时候连娃娃亲都给她定了。”

“你就有病吧。”

客厅里，妈妈数落着顾建城，顾建城坚持他的想法，左院长看不上他女儿，他女儿还非得找个更好的，研究生不行，就找博士生。

顾小满进了自己的房间后，无力地倚在门上，气馁地连头都没抬一下。

“怎么，叫霜打了？”

房间里传来了一个声音，小满赶紧抬头看去，发现展越躺在她的床上，跷着二郎腿，悠闲地往嘴里扔着瓜子，一边嗑，一边摇动着腿。

展越躺得十分自在，好像进来有一会儿了。

“喂，你怎么跑我房间里来了？”

小满冲过去，一把将展越的耳朵揪住，扯了起来，这若是让老爸看见了，还了得？不给展越定个流氓罪才怪。

“我耳朵，姑奶奶，扯掉了，马上掉了。”

展越告饶着，小满这才松开了他，跑到窗口，推开了窗户。

“还不出去？等我爸进来揍你？他现在心情可不咋好。”

“我一会儿就走，你急什么？”

展越没有马上离开的意思，在小满的房间里来回走着。

“你干吗啊你？在阳台里等着不行吗？”

“在阳台里等着？你爸看见了，能立马冲过来打断我的腿。他烦我，你又不是不知道，现在我脑袋从阳台一探出来，他的眼睛就瞪得溜圆。”

“一定是你贼眉鼠眼的，讨人烦。”

“我贼眉鼠眼？你仔细看看，我现在帅到让你睡不着觉。”展越指着自己的鼻子，那么多情书飞来，难道不能说明问题吗？

“自恋。”顾小满懒得理，俯身打开行李，收拾东西。

展越似乎没打算马上离开，他走到墙壁前，欣赏挂在墙壁上的一些照片，指着其中一张问：

“你这是几岁照的？七岁，还是八岁？”

“六岁。”小满低声回应了一句。

“还真是个小个子。”

“我个子小，关你什么事？你出去，赶紧的，不然我踹你出去。”小满推了展越一把，他一个趔趄后站直了身体，嘿嘿地笑了。

“听说左岸放你鸽子了，是不是真的？”

“你哪里听来的？”小满气得脸都红了，左岸突然消失的事，除了周丽娜和刘丹，没外人知道，展越这个家伙，不知使用了什么手段，能让周丽娜和刘丹出卖了她。

这种事儿，说出来，实在让小满窝火，脸红之后，又白了。

“还真是……”

展越指着小满，停顿了一下，随后缓和了语气。

“我以为她们跟我开玩笑的……如果知道是真的，就不问了。”

“你滚吧！”

小满将手里的东西扔在地上，一屁股坐在了椅子上，想到左岸消失后一个电话都打不通，想到刚进门爸爸喝闷酒的样子，想到方才爸爸和妈妈的那番话，小满的眼睛一红，眼泪瞬间掉了下来。

别人谈恋爱，她也谈恋爱，为什么她要谈得这么辛苦？

一见小满哭了，展越乱了手脚，抓耳挠腮的不知如何是好。

“当我没说，什么都没说，你别哭啊，我走，我滚，我滚了。”展越转身就向窗口走，还不等从窗户跳出去，门外就传来了敲门声。

“小满，妈妈能进来吗？”

一听是妈妈的声音，小满一下子跳了起来，回头看着窗口，展越也急了，这若真被抓住了，就小满爸爸那个臭脾气，还不将他扭送警察局，他到时候跳进黄河也洗不清了。

展越一翻身跳了出去，接着传来了“扑通”一声。

顾小满一惊，正要去阳台看看展越怎么样了，房门被推开了，妈妈进来了。

“妈妈进来和你聊聊。”

“聊什么？我没时间，不是，我现在不想聊，等明天，明天我跟你聊，现在你先出去。”小满用力推着妈妈，将她推出了房间，然后将房门锁上了。

“小满，你这孩子，妈妈怕你心情不好。”

“我心情不知多好。”

小满回应了一句，然后飞奔到了窗口，打开窗户，跑进了阳台，阳台里没人，她向隔壁看去，隔壁也没人，展越哪里去了？不会是……掉下去了吧？

顾小满觉得头皮一阵发麻，她紧走两步，抓住了阳台的栏杆向下一看，看到展越正从地上爬起来，一瘸一拐地向楼里走来。

顾小满想喊展越一声，可想想还是转过身跑回了房间，开了锁，飞奔了出去。

客厅里，顾建城和妻子见小满出来了，立刻站了起来，还不等开口说话，小满就穿上鞋推开防盗门冲了出去。

"她怎么了？"顾建城问。

"我怎么知道？就怪你，回来说那些废话有什么用？一个巴掌拍不响，怎么就怪小满一个人？看孩子刺激的，这样跑出去，万一出了什么事怎么办……"

此话一出，顾建城和妻子互相对望了一眼，两个人脸色一变，一齐冲向了房门。

一楼的楼梯口，小满气喘吁吁地跑下来，展越正忍痛向楼梯方向跳来，他哭丧着一张脸，想必摔得不轻。

"你干吗去了？"

"我掉下去了，我干吗去了？差点见阎王爷去了。"

"你第一次进我家阳台吗？摔不死，也笨死了。"

小满气得一拳打了过来，展越差点被打坐在了地上。

"姑奶奶，我这脚都要断了，你还打我？有没有人性啊。"展越吃痛地坐在了楼梯上，小心地抬了一下他的脚，脚踝已经肿了。

“我看看。”

小满俯身下来，检查着展越的脚，可能骨折了，动都动不了了。

“我没事儿，就是明天还得赔一楼的帆布凉搭，你千万别告诉我爸我是从你家阳台里掉下去的，不然我倒霉了，你也跑不了。”

“你还敢威胁我？”

小满就要揪展越的耳朵时，顾建城穿着拖鞋从楼梯上奔了才来。

“小满啊，小满，都是爸爸不好……你别想不开啊。”

小满妈妈也跑了下来，眼泪都急出来了，将小满弄得云里雾里的，当他们看到展越坐在楼梯口的时候，都愣住了。

“小满，你……”

“展越的脚扭了，我在楼上看到了，就跑下来看看，你们干吗啊？什么想不开？”小满噘着嘴巴，从爸爸和妈妈的表情可以判断出，他们一定没想什么好事情。

小满妈妈一听，恍然大悟一样，立刻改口。

“这不是嘛，听见有声音我们就下来看看，哎呀，展越，脚扭了，快让阿姨看看，用不用去医院。”

“我上楼叫老展下来。”顾建城穿着拖鞋又跑上去了，很快展越的爸爸下来了，他丈二和尚摸不着头脑，明明儿子在房间里的，什么时候跑楼下来了。

展越被送去了医院，诊断结果是骨折。

第十四章 左岸，我很想你

『左岸，我很想你。』

『左岸，为什么不接电话？』

『左岸，我知道你可能有事脱不开身，所以才不告而别，我不怪你。等你回来了，我们学校见吧，开学那天我会去图书馆仓库等你！想你的小满。』

展越骨折了，上海的演出推掉了，展越的父亲虽然还不太赞同儿子大学没毕业就搞音乐，却没像之前那么骂他不学无术了。许志友和毛永伟也先后返家来看望展越，三个家伙凑在一起，又可以和过去一样，胡作非为一通。

一早看过了展越，小满着急回家，许志友让小满留下来，陪着已经卧床的展越打扑克。

“小满，一起吧。”

“不了，爸爸让我陪他去见一个朋友，都答应好了的。”

“我听说了，小满要去相亲。”展越撇了一下嘴巴，讥讽地笑着。

顾小满一听展越的话，眼睛立刻瞪圆了。

“展越，你别胡说，我爸爸说是同学聚会，让我跟着帮忙的。”

“去吧，去了你就知道了。”

“展越，你是故意在他们两个面前让我难堪的吧？”

顾小满虽然很生气，心里却也有些怀疑，是不是爸爸藏了什么秘密，好像他的同学，也都带孩子的，最小的，也都二十四五了，可许志友和毛永伟在场，她只能硬着头皮坚持。

“展越你胡说什么，小满的男朋友不是书呆子左岸吗？我们老早就听说了，三年二班的同学几乎都知道了。”许志友碰了展越一下。

“人家放她鸽子了，八成没戏了。”

展越不知道是不是摔坏了脑子，说话很不中听，小满气得摔门而去，发誓她这一个假期都不来看展越了。

顾小满很后悔答应了爸爸，当她到了现场之后，才知道不幸被展越说中了，爸爸确实目的不纯。

有了开头就会没完没了。

顾小满因为被顾建城拉去“相亲”忙得不可开交，用她的话说，爸爸在积极备战，为她大量积攒储备物资，以防不时之需。

只不过这些物资都是顾建城相中的，虽然各有各的优点，却很难入顾小满的法眼，在她的眼里，没人有左岸那种可以让她心动的眼神，更没人有左岸那种让她欣赏的气质，他是这个世界上独一无二的人。

如果有一个男人，有女人对他的评价是这样的，他应该觉得骄傲。只是不知道左岸会不会这么想，抑或他觉得，小满真的只是他人生的一个插曲，欣赏他的女人不仅仅只有她一个。

和爸爸去看了第八个后备力量之后，爸爸的资源终于枯竭了，小满也解脱了。

假期的第三个周六，距离开学不远了，她身心轻松地走在楼下，踢着石子，到了超市前，扭头看去，超市的灯已经亮了，只是卖钢笔的位置没有他。

凭空地，那么亲密无间的一个男生，在小满的视线里消失了。

当夕阳最后一抹余晖消失在地平线的时候，小满已经站在了左岸家的楼下，她不知道为什么会走到这里来，一种思念的愁丝支配着她，抬起头时，已经可以看到左岸家的窗口了，那窗户里是黑的，没人。

盯着那扇窗户，小满呆呆地出神着，她希望出现奇迹，左岸会突然推开窗户冲她招手，会冲下来，给她一个拥抱。

站了几分钟后，小满收了目光，坐在了小区的椅子上，拿出了手机，摆弄着，又拨打了几次那个号码，对方还是处于关机的状态，她只能给他发短信。

“左岸，我很想你。”

“左岸，为什么不接电话？”

“左岸，我知道你可能有事脱不开身，所以才不告而别，我不怪你。等你回来了，我们学校见吧，开学那天我会去图书馆仓库等你！想你的小满。”

…………

发了这些信息后，仍没什么回应。顾小满想，只要左岸打开手机，会第一时间看到这些短信，开学那天，她一定会见到他的。

站起来，小满打算离开的时候，一个四十多岁的女人走了过来，站在了顾小满的面前。

“你是顾小满吧？”

小满看着眼前的女子，没有印象在哪里见过，可这个女人却好像认识她。

“我是左岸的小姨，住在这个小区最东边。”

“阿姨你好。”

小满礼貌地和左岸的小姨打招呼。

“我可不是第一次见到你了。”

左岸的小姨微笑着，态度倒是和蔼，一看就是有文化修养的人，她和周教授长得有几分像，却少了周教授脸上的那份冷傲。

“左岸出国了，和他爸爸一起出去的，大姐在出差，可能这个假期不会回来了，你别在这里等了。”

“我只是过来走走……”

小满想解释她不是来等左岸的，只是走着走着就走过来了，可左岸的小姨没给她解释的机会。

“你和左岸的事情，大姐跟我说了，我本不该插言的，可既然看到你了，有些话和你说一下也行。我姐对这件事持反对意见，姐夫也不同意，他们也不是没有道理，你们还太小，不够成熟，不知道自己在做什么，如果真因为谈恋爱影响了学业，将来都会后悔的。”

顾小满抿着嘴巴，没有回应左岸阿姨的话，左岸的阿姨好像也不打算就这么结束这次谈话，继续说：“左岸是个有出息的孩子，我们这些亲戚都看好他，他的压力也蛮大的，将来好了，没啥说的，万一不好，会被人笑话。”

“这个我知道。”小满终于回应了一句。

“就知道你不是糊涂孩子。”

左岸的阿姨说了这番话之后，抬脚要走，可想想又停下来。

“左岸走的时候没和你说吗？”

“他走的时候，我没见到。”

“哦……”

左岸的阿姨点点头。

“他的手机在我这里，一直忘了开机。”

“阿姨？”

小满吃惊地看着左岸的阿姨，眼看着她将左岸的手机从包里拿了出来，按了开机键，那一刻，小满的脸涨红了，内心涌起一种说不出的郁闷，她转过身，头也不回地向小区外跑去。

回到了家里，小满将自己关在了房间里，心里还堵着什么东西，闷不透气，拿出了手机，她按下了关机键，扔进了抽屉里。

开学那天，小满和展越一起坐了飞机。收入不菲的展越，有了更大的自由空间，用他的话来说，不被控制的人生，呼吸都是舒畅的。

“展越，有件事，我需要你帮忙。”

一听说有事要他帮忙，展越立刻表现出誓死为朋友的表情，很自豪，自称到关键时刻，还得他出面，甚至还不知道小满要求他帮什么忙，就夸下海口，不管什么事，他都愿意竭尽全力，哪怕上刀山下油锅。

“说吧，什么事？”展越问。

“没什么，等等再说吧。”

顾小满几乎冲口而出的念头，被展越这么一番自吹自擂，又刀山，又油锅的，打消了，她无法下定决心，是不是真的要这么做。直到她进入学校大门的一刻，才真的做了最后的决定。

学校的门口，顾小满看到了整个假期都没有见到的人，左岸，兴奋地正要冲过去的时候，一个场景让她停住了步子。左岸不是一个人，身边还有孙安宁，两个人有说有笑，毫无顾忌，开心的时候，孙安宁蹦跳到左岸的面前，面对面和他说话，孙安宁很开心，红光满面，细微的汗珠儿都反射着阳光的明媚。

小满手里的行李掉了下去，展越捡了起来，愤怒地看着走在前面的左岸和孙安宁，他一把握住了小满的手。

“你等了他一个暑假，他在做什么？和孙安宁开心了一个暑假，看他笑的，好像已经忘记了这个世界上还有一个女孩叫顾小满！”

展越拉着小满就向前走，小满执拗地不愿踏出一步。

她竟然害怕，害怕左岸看到她，害怕某个事实被曝光之后，她将失去一直不想失去的东西。

“左岸，左岸！”展越大声地喊了起来。

顾小满浑身一抖，僵持住了身体，一动不动地站在了校园的林荫路上，鼻腔好像堵了什么东西，喘不过气来。

左岸听见了喊声，停下来，转过身，看到了顾小满和展越。他很意外，是那种讽刺的表情，意外，就好像没有料到小满会在这里出现一样，这里是TX医科大学，顾小满是这里的学生，她在这里出现，应该是正常的吧？

左岸疾走两步，正要说什么，却被孙安宁抢了先。

“小满，好久不见了。”

“是啊，好久不见。”

顾小满看着左岸，眼睛湿润了，她想到了左岸小姨拿出手机，按下按键的一刻，短信蜂拥而来，直扑入左岸小姨的眼帘，相信左岸小姨看到这些短信一定相当吃惊，不知该笑她痴情，还是白痴。

“我和左岸刚从英国回来，带了些礼品，正要送到宿舍的，既然碰见你了，你就带回去吧，也有你一份。”

孙安宁把拎着的一个包塞在了小满的手里，小满机械地拿着，目光还看着左岸，眼神无比清冷，他竟然和孙安宁一起去了英国？玩得一定很开心，开心到忘记了顾小满的存在。

左岸还站在那里，脸上的笑容凝结了。

刚才他和孙安宁在一起，有说有笑的，见到小满就这样的一副表情吗？

爱情来的时候那么热烈，走的时候却无声无息，小满还没来得及品味其中的甜蜜，就这么失去了。

站在距离他不到十米的地方，小满竟然觉得那么遥远。

左岸，他就那么不愿和小满说一声再见吗？不愿在分手前吃最后一顿晚餐吗？在收了小满整整三年的暗恋日记后，他看不出一个女孩子内心的真挚和渴望吗？他们曾经的五年约定呢？他信誓旦旦的那些话语呢？

毕业之后就娶她，顾小满不相信那是左岸的谎言，声音好像还在耳边，连热度都没过，就翻篇了。

也许他还欠她一个解释。

顾小满的目光一直没从左岸的脸上移开过，她想在这张英俊的脸上看到内疚，看到羞愧，可惜她没能如愿，左岸的神情是迷茫的。

肩头突然一紧，展越搂住了小满的肩膀。

“我替小满说一句吧，左岸，她和你从今天开始，拜拜了，彻底结束，以后你走你的阳关道，她过她的独木桥，大家井水不犯河水，还有……也从这一刻开始，她是我的女朋友了，你，靠边站！”

展越很豪气地说完这句话后，拉着小满向前走去。

顾小满完全是机械地被展越拉走了，从左岸身边经过时，他还在看着她。她回头的一刻，在他眼中看到了熟悉的东西。

无论任何时刻，那种眼神，对小满来说，都极具震慑力。

一直被展越这样拖着，走进了校园，看不到左岸的身影时，小满才甩开展越的手。

“你干吗啊你？什么女朋友，谁是你女朋友？”

“作为你多年的好友，好邻居，好哥们儿，我这不是给你长脸呢吗？你看不出来啊，人家出双入对的，还一起去英国，一起聊天，要不要他们将结婚证拍在你眼前，你才能清醒过来啊？别看左岸是个书呆子，他狡猾得狠，他耍你呢。”

展越的话句句刺骨，小满屏住了呼吸，似乎这样就不用面对现实了，可事实就摆在那里，她不想面对，也得面对。

很多人都说，越是不爱说话的人，心里越鬼，越不好琢磨，左岸就是这种人吗？喜欢他那么多年，顾小满怎么都不肯相信，她看错了人。

耷拉着脑袋，回了宿舍，将孙安宁给的东西往桌子上一扔，就横着将自己扔在了床上，刘丹和周丽娜凑上来，大吃特吃。

“小满，你带来的，太够意思了。”

“不是我，是孙安宁。”

说到会办事儿，会说话，还得数孙安宁，人家跑了英国那么远，都不忘记给舍友带回礼品，可小满呢？郁闷了一个暑假，什么都没想起来带。

唉，人比人，不能比，顾小满觉得自己和孙安宁竟然差得那么远，论手段，也差了那么一大截。

一天就这样浪费掉了，图书馆成了小满最怕去的地方。

大学开学，开始迎接新生的各种仪式，刘丹和周丽娜都跑去凑热闹了，小满一个人窝在宿舍里埋头大睡，从太阳升起，一直睡到太阳落山，宿舍里的电话响了，顾小满昏昏沉沉地爬起来，饿得几乎要倒下了。她懒洋洋地拿起了电话，左岸的声音传了过来。

“我想见你。”

听到他的声音，顾小满立刻打了一个激灵，扭头向窗外看去，发现天已经暗了。

当你盼着想着的时候，他不出现，一旦你失望透顶的时候，他就奇迹般地出现了，而且频率远大于前。

“电话里说吧。”

顾小满的内心是矛盾的，她想出去，又怕出去被当面拒绝，好过这样默默地结束。

校园门口的一幕还刺痛着她的心，她失去了所有的信心，与其见面语无伦次，让人看透她输不起，还不如电话里说更冷静一些。

“十分钟，我在楼下等你。”电话挂断了，左岸还是那个脾气，想见你，就一定要见到。

小满拿着电话，呆站在门口，良久才将听筒拿下来，放回原处后，一头倒在了床上。

去，还是不去？

去了会怎样？不去又会怎样？她已经被折磨得没了力气，难道一定要当着左岸的面哭泣晕倒来显示她的虚弱和痛苦吗？

五分钟过去了，十分钟过去了，十五分钟过去了，小满仍旧保持着僵硬的姿势没有动。

松了口气，小满又开始昏昏欲睡了。

突然408宿舍的门外传来了一阵吵闹声，惊醒了小满，宿管的老师在呵斥着谁，她隐约好像听见了左岸的声音。

“顾小满，你出来！出来！”

“你这个同学怎么回事儿，学校有规定，男生不准进女生宿舍，赶紧出去。”

“顾小满，出来！”

左岸的声音嘶哑，带着愤怒。

他每喊一声，小满的脸颊就猛跳一下，好像有什么筋儿在牵动着她脸上的肌肉，用力扯着。她还趴在床上，头晕晕沉沉的，门外的声音小了，直至完全安静了下来，她缓缓起身，走到门口，拉开一条缝隙向外看去，走廊里很静，一个人都没有，好像刚刚只是她的幻觉而已。

也许真是幻觉吧，转过身关上门，小满的胃隐隐作痛起来，最终痛得好像刀子刺了一样。她蹲在门口，直不起腰来。

电话的铃声再次响起，吵得她心烦意乱，她站起来扶着床边回到床上，仰面躺下，电话铃声还在响，不肯停歇地吵闹着，小满踉跄起来，拿起了听筒，听到了展越的声音。

“小满，一起吃火锅，我请客！”

“来得正好，我要饿死了！”

…………

怎么跑去火锅店的，小满记不清了，只感觉饥肠辘辘，能吃下整个火锅店，展越要了不少好吃的，大大满足了小满亏空一天的胃。

吃饱了，小满感觉好了许多，昏昏欲睡的感觉也没有了，她有些分不清什么发生过，什么没发生过。

“说吧，在飞机上，想让我帮你什么？”展越问。

“你已经帮过了。”

小满喝了口清水，打了一个饱嗝。

“你真想让我当你的男朋友？”展越很兴奋，眼睛瞬间亮了，好像中了彩票一样。顾小满扭过头，瞪着他。

“租，懂吗？”

“租？”

展越懊恼地挠了一下头发，什么叫租啊。

“我需要一个假的男朋友，租你，多少钱一天？”

“我，无价。”展越牛气地拍了一下自己的胸膛，说不知多少女生喜欢他，倒追他呢，顾小满租得起吗？

“我租别人去。”

顾小满起身要走，展越拉住了她。

“可以打个八折。”

“多少钱？”小满瞪着眼睛。

“我告诉你，顾小满，我这辈子就是欠你的，不要钱了，随便用，我愿意牺牲我的男色，提供完美的一条龙服务，陪聊，陪玩，陪逛街，另外，还陪睡……”

“你想得美吧。”

小满在展越的脑瓜门上点了一下，什么叫好朋友、男闺蜜，就是除了占便宜，什么都肯干的家伙。

“全凭召唤。”展越打了一个立正，继续吃火锅，直到小满吃不动了，看看时间也不早了。

“作为顾小满同学新雇佣的男朋友兼保镖，我先走，您断后。”

展越前面带路，小满随后跟上，一起向学校里走去。

又是一年的盛夏夜，走在路上，让人不免想起过去那个盛夏夜的种种，好的，坏的，浪漫的，烦恼的，想着在大学里初见左岸的情景，想着他握着她的手在校园散步的情景，想着一起坐在教室里相视而笑的情景，想着躲避在图书馆仓库偷偷亲吻的情景，小满没法忘记，在心里深深地烙着。

抬起头，看着天空，星光点点，一颗流星滑过夜幕之后，小满的眼睛湿润了。

“小满……”

展越突然抓住了小满的手，拽了一下，小满这才看向了前方，左岸就站在距离她不到十米的杨树下，月光笼罩着他，他的五官镀着一层淡淡的银光，眼神懊恼，隐含着一种让人心痛的绝望。

他看着她，看着展越紧握小满的手。

小满试图将手挣脱出来，展越却牢牢地握着她。

“你怕什么？”

怕什么，小满说不出来，只是左岸的眼神，让她感到不安。

左岸一句话都没说，只是站在那里，随后转过身，向回走去，他的身影很落寞，可以用孤单来形容。

从左岸那次转身离开后，他再没来找过小满。

顾小满和左岸分手，展越上升为男友的事情，很快传遍了校园，在大家看来，是顾小满甩了左岸，选择了展越，没人知道其中到底发生了什么，连顾小满也不知道。

左岸没说过分手，小满也没说过，他们就这么各自分头走了各自的路。

说起来，挺奇怪的，左岸好像也没和孙安宁在一起，几次下课，看到孙安宁跑到左岸身边，左岸都保持着不远不近的距离，偶尔说话之后，就分开了，孙安宁看起来也没那么得意，至少在她的脸上，看不到和小满一样的幸福神情。

展越这个大嘴巴，到处说小满是他的女朋友，恨不得拿着大喇叭向全世界广播，这就是损友的作用，免费的都这么卖力，要是收费，小满这辈子别想脱身了。

“你累不累？”小满瞪着展越。

“一点都不累，为您服务，是我至高无上的荣誉。”

“连门口买地瓜的，都知道我是你女朋友，你够了吧你？”顾小满捏住展越的脸，用力扯着，这事儿是做给左岸看的，差不多就行了，展越能不能不要做得那么逼真，人尽皆知，过几天非传到她爸妈的耳朵里不可，到时候看谁死得难看。

展越满世界宣布小满是他的女友，惹得顾小满暴跳如雷，就差当头给展越一个闷棍了。此时捏住他的脸，狠命地拉扯着。

“姑奶奶，要毁容了，我下周还有演出……见不得人了，救命啊。”

展越用力拽开了小满的手，摸着红红的脸颊，懊恼极了。

“天下间，唯有女子和小人难养也，还真是这么个道理，租男友，不用你掏钱，做宣传，你不偷着乐，还掐我。”

“谢了。”

小满白了展越一眼，抓起书包就走，展越追上来。

“下周，我有演出，和几个摇滚歌手小聚一下，你去不去？”

“不去！”

“你是我女朋友啊。”

“假的。”

顾小满走得极快，展越只能无奈耸耸肩。

“我等你回信儿。”展越在小满的身后喊着。

“等着吧。”

小满头也不回地冲后面摇摇手。

不管做戏有多真，看起来有多热情，顾小满的目光仍关注着左岸，好像做了贼一样，偷偷地看一眼之后，心立刻变得乱乱的。左岸还和原来一样，独来独往，出没于图书馆、第二大学和课堂之间，只是他的身边再没了顾小满这个跟屁虫。

左岸买给小满的手机一直留着，却没有再用过，藏在柜子的底下……用不了多久，话费耗尽，号码也就被没收了，想想左岸选择号码的时候，那么认真，可惜才用上几天，就这么废了。

心里没了期盼，日子也就简单了。顾小满全身心扑在了学习上，那个期末，出乎所有人的意料，她在整个临床医学专业里，竟然排名第一，左岸第二，孙安宁已经被甩到了第五。

什么叫风水轮流转，多半就是这样了。

顾小满拿到了一等奖学金。

看到成绩单的时候，顾小满以为自己看错了，她超过孙安宁也就罢了，怎么能超越了左岸？在她的心里，左岸是不能被超过的，他的地位永远高高在上。

“你考了第一？”刘丹瞪圆了眼睛，好像看怪物一样看着顾小满。

“我的天呢，顾小满也能拿到一等奖学金，太阳从西面出来了。”周丽娜一副为什么她做不到的表情。

是的，太阳从西面出来了，破天荒的第一次，却不是最后一次，顾小满的学霸地位，从那时起就已经稳固了，原因只有一个，她失恋了。

别人失恋自暴自弃，顾小满失恋是一鼓作气。

期末的报告厅里，顾小满坐在了那个她认为神圣的、只有左岸能拥有的座位，而左岸坐在了她的身边，曾经这个位置上的佼佼者孙安宁成了观众。

小满应该感到自豪、高兴的，可她怎么也笑不出来。

“让你讲话呢。”左岸的声音在耳边响起，小满猛然回神，怔怔地看着左岸。这是这个学期，他跟她说的第一句话。

“顾小满，大家都等着你讲学习心得呢。”

老师催促着顾小满，小满恍惚地站起来，下面响起了一片热烈的掌声，气氛空前高昂。

“顾小满，加油！”

展越站了起来，挥动着手臂，不知何时，这家伙跑来了这个报告厅，作为顾小满名义上的男友，他出现在这里，合情合理，从某种程度上来说，展越有点过分“敬业”。

梁一舟用力给小满鼓掌，称赞顾小满是临床医学专业的一匹黑马，一个绝对的奇迹。

的确是奇迹，上学期还倒数第一，这学期就正数第一了。

拿着稿子，看着上面密密麻麻的文字，小满竟然一个字都念不出来，僵站了好一会儿，放下稿子。

“怎么不说话？”梁一舟很尴尬，低声问小满。

“不知道说什么。”顾小满回答。

“那就跟大家说说，你得到奖学金，打算怎么用？”

“还钱。”

顾小满说了“还钱”两个字，全场哄堂大笑，梁一舟的脸阴阴的，立刻起身向大家解释。

“顾小满第一次在这种场合讲话，有点怯场，大家不要笑，不要笑了，安静，安静一下。”

待笑声平复了之后，顾小满也转过了身，走下了演讲台，只有小满自己知道，她不是怯场，而是不知道该说什么。讲她的学习心得，她还不如告诉大家，失恋就是这么残酷，残酷得让她除了学习，不知道还能干什么。

走出礼堂，站在操场上，顾小满深吸了一口气，随后她扯开了嗓子，对着天空大声地喊着：

“我要还钱！”

顾小满约了左岸，更恰当的用词应该是“通知”，她会在离校前的最后一天，等在体育馆的侧门，还给她曾经欠他的钱。

那是颁奖后的第三天，期末的最后一天，按照学校的惯例，会组织五六个优秀的学生去本市的一家医院学习，学习的时间是七天，七天之后才能回家休假。梁一舟给小满看过名单，一共两女三男，她是其中之一，另一个女生是孙安宁，男生中没有左岸。

很奇怪，怎么会没有左岸呢？论成绩，他排在前面，论实践能力，也没几个男生能比得上他，可偏偏的，就是没左岸的名字。不过这样也好，没有左岸，小满能更自在一些。

“你早来了……”

不远处左岸跑了过来，他穿得还是那么休闲，两条大长腿，让他看起来好像个运动健将，满脸的阳光，似乎有用不完的力气，随着他的跑动，他的头发根根飞扬着，英俊的五官尤为分明。

他跑到了小满的身前停下来。

“才来一会儿。”顾小满撒谎了，她已经在这里站了半个小时了，不是左岸来晚了，而是她来早了。

“你的钱……数数。”小满从兜里掏出了钱，头也没抬地递给了左岸。

左岸的双手还插在兜里，没有接小满递出的钱。

小满等了一会儿，觉得奇怪，抬头看他时，发现左岸正专注地看着她，那眼神……

“你……”

只说出了一个“你”字，小满就被紧紧抱住了，随后而来的是左岸热烈的吻，好像狂风暴雨落在小满的唇上，让她一点准备也没有，甚至忘记了反抗。钱从她的手中脱出，一张张散落在草丛里。

顾小满没想通，为什么会在这种浪漫到不能再浪漫的时刻，她突然打了一个嗝，而且打得很响，左岸怔怔地看着她。

“对不起……”

为什么要说对不起，顾小满无暇思索，她推开了左岸，来不及想那些钞票该怎么处置，拔腿就跑。

在不能改变现实的情况下，一向勇往直前的顾小满选择了逃避。

“小满，等等，小满！”左岸在后面大声地喊着顾小满的名字，她却跑得更快了。

顾小满想跑，没人能追上，三年二班没有，TX医科大学也没有，左岸就更别想了。

顾小满一口气跑回了宿舍，推开门，倚在门上，呼呼地喘息着，她的脑袋里乱糟糟的，浮现的都是左岸刚才湿漉漉的吻。

“疯了？”

这确实是疯了，他们已经分手了，却还好像热恋中的情侣一样……

顾小满没办法解释左岸的行为，连自己的也不能理解了，她的原则呢？她的自尊呢？怎么会在那一刻荡然无存？

在爱情的面前，没人是清醒的，顾小满也一样。

展越去深圳演出了，临走的时候，给顾小满打了电话，让她等他回来，他有好东西要送给她。小满敷衍了几句，就挂了电话。

刘丹和周丽娜回家了，宿舍里突然空了下来，只剩下顾小满一个人，她孤零零地站在窗口，看着窗外。散学之后的校园，出奇地宁静、空旷，连只夜飞的鸟都看不见，曾经到处穿梭的夜猫也不见了踪影。

这个晚上，顾小满失眠了，她几乎整夜未睡。

第二天，闹铃还不等响，就被她关闭了。她爬起来，背上事先收拾好的行李包，耷拉着脑袋走出宿舍，锁上门，不知是不是阳光照射的缘故，才没走出几步，竟然困了，一连打了几个哈欠，腮帮子都酸痛了。

出了宿舍大楼，顾小满向学校门口走去，梁一舟老师提前通知过了，六点半，在学校门口集合，会有大巴来接他们五个去医院学习的学生。

到了指定的位置，大巴还没来，小满倚在校门口的柱子上，瞌睡虫找上门，歪着脑袋小憩，等了十几分钟，大巴开进了校门，停下来。

“是送学生去医院学习的巴士吗？”小满问。

“是啊。”司机应了一声，小满立刻跑过去，上车，在后面找了一个还算舒服的位置，包一放，闭上眼睛就呼呼大睡。

司机回头看了她一眼，禁不住笑了。

顾小满睡得实在太香了，无法确定时间过去了多久，只感觉座位晃了一下，恍惚睁了一下眼睛，大巴已经开出了校园。换了个姿势坐好，小满伸长脖子朝前看了一眼，只看到了孙安宁一个后脑勺，她又打了一个哈欠，脑袋一歪，抱着肩膀继续睡。

大约中午的时候，大巴开到了医院，小满也差不多睡饱了，人精神了许多。

梁一舟站了起来，拍了拍巴掌。

“这次学习，我不能全程跟随大家了，所以给你们指派了一位有经验的队长，他已经提前到了医院，这七天，大家都要听他的指挥，有什么问题，也可以请教他，他大家都认识了，无须我再做介绍了，好了，下车吧。”

梁一舟说完后，和司机打了一个招呼，先下了车，一辆黑色的轿车开过来，梁一舟上车离开了。

巴士停在了医院的停车场，孙安宁先下了车，其他三个男生随后跟上，小满最后一个下来。等她整理好背包时，孙安宁带着三个男生已经走出很远了，显然，孙安宁没打算等她。

背着行李包，顾小满追了上去，孙安宁回头轻蔑地看了她一眼。

“大家要注意一下团队精神，跟上步子，掉队，耽误事儿，可别说我提前没提醒你们。”

顾小满一怔，孙安宁这话很有针对性，是在指责她呢，听她傲慢的语气，这次梁一舟指派的小队长不是别人，就是她了。看来这七天的学习生活，顾小满得谨慎一点了，被孙安宁抓了把柄，还能有她的好果子吃吗？

“跟上。”

孙安宁不耐烦地收了目光，带着顾小满和三个男生进了医院，在医院的门口，导诊员让孙安宁带着大家先去十六楼的办公区，去主任室先见见主任。

医院的电梯很紧张，排了好长一条队，等了大约半个小时，才轮到顾小满他们进电梯。偏偏这个时候来了一个表情痛苦的中年女人，看样子是哪里不舒服，让保安特殊照顾一下她身体不好，她站不住，能不能先进电梯。

“可这都排队呢，您进来，就得下去一个。”保安很为难，解释电梯超重了，不能上了，中年女人双腿发抖，看着站立确实有点困难。

“我下来吧。”

顾小满从电梯里挤了出来，中年女人连声感谢，上了电梯，电梯门关闭的一刻，小满挥着手冲孙安宁喊：

“我爬楼梯，很快就到的，别着急。”

孙安宁撇着嘴冷笑着，顾小满举起的手慢慢落了下来，内心稍稍有些失落。

也许这就是小满不懂的人际关系，梁一舟给孙院长面子，让孙安宁当了队长，可实际上，孙安宁太不合适这个职务，想想她当年扭了脚，坐在地上哭的样子，就觉得好笑。坚强，果断，是和孙安宁半点不沾边的两个概念。还有她的心胸，太过狭窄，顾小满是为了帮助病人才下电梯的，至少孙安宁该给她一个笑脸吧。

没有笑脸，更没同情，只有电梯在缓缓上升着。

顾小满背着背包冲进了安全通道，十六楼虽不算特高，可想快速爬上去，也真够人受的。每到一层，小满都抱着幻想，跑过去看看能不能等到电梯，可次次电梯都是爆满，当她爬上十六楼的时候，已经满头大汗，上气不接下气了。

主任办公室在哪里？

顾小满转了一大圈，才看到主任办公室的门，伸手敲了一下，门开了，门里露出了一张让顾小满吃惊却又熟悉的面孔。

竟然是左岸？

至少有几秒钟的时间，顾小满处于呆滞之中，汗水从鼻尖上滚落下来。

几秒的时间里，顾小满的目光聚焦了。光圈内，只有左岸面部的清晰特写，浓眉，俊目，还有代表本人特色的高鼻梁，薄嘴唇；光圈之外的，其他的景物都是模糊不清的。

一个大大的问号在顾小满的脑袋里闪过，左岸怎么在这里？至少在学习成员的名单里没有他。

他是这次学习的队长？

无疑这是事实，梁一舟说队长已经提前来了，不是左岸还能是谁？看来刚才下车的时候，有人拿着鸡毛当令箭，吓唬她玩呢。

左岸看到顾小满一点都不吃惊，他早有准备。

“还不进来？”左岸一把抓住了小满的手臂，把她拉了进去，随后办公室的门关上了。

办公室里，孙安宁和其他三个男生都在了，坐电梯上来的就是不一样，脸不红，气不喘，双腿也不软，神情自若。相反，顾小满就不一样了，脸红脖子粗，气喘如牛，汗流浃背，双腿还在不停地发抖，这会儿，只想找个舒服的地上躺一会儿，显然这里不合适，长椅被孙安宁他们坐满了，她只能站着，左岸也站着。

办公室的正中间，落地窗下，一张红木的办公桌前，坐着一位神色和蔼的男人，看起来也不过五十岁，手里拿着笔，在桌面上轻轻地点击着。

顾小满整理了一下行李包，很有礼貌地鞠了一个躬：

“对不起，我来晚了，十六楼，有点高。”

“没关系，我听他们说了，你做得很好。”主任对小满能礼让病人的精神大加赞许，现在年轻人能这么有爱心的不多了。

主任的话，让孙安宁有些坐不住了，她的手指紧紧抓着背包，用力搓着，虽然脸上看不出来，但心里已经在着火了。

“其实没什么的，我体力好，多走几步没事，没事的。”顾小满摇着手，脸上实在笑不出来，这不是多走几步那么简单，她的腿都要断了。

主任夸奖完了顾小满，转向了左岸。

“左岸，刚才我已经和大家都说清楚，具体的细节就不重复了，你向顾小满好好说明一下，七天的时间虽然短，学习任务却很重，吃不消，也提前说一声，我可以另做安排，住宿的问题都安排好了，在员工宿舍。”

“好的。”

左岸点点头，主任让大家按照计划去各科室学习，有什么问题再来找他。

顾小满还没搞明白怎么回事儿，她还没站稳当呢，就从主任的办公室里退了出来，好不容易爬上来的，又要下到三楼，这么折腾，她有种要当众吐血的感觉，不带这么玩人的，就没一个人怜香惜玉吗？

电梯又是爆满，等下去，也可能没有空位，左岸带领大家选择走楼梯，顾小满腿如千钧，慢吞吞地走在后面。

“小满，我们六个人，两人一组，你和徐东一组，到泌尿科。”左岸一边走，一边回头向小满介绍着。

“泌尿科？”

顾小满以为自己听错了，为什么她要去泌尿科？整个医科大学的人都知道泌尿科是干吗的，女的还好，男的基本都是看那地方病的，至少是相关部位。

左岸的话才落，孙安宁还真会附和，扑哧笑出了声儿。顾小满顿时火了。

“你们呢？你们都去什么科？”

“我和左岸，急诊科。”孙安宁收敛了笑容，举起了手，自豪介绍自己要去学习的科室。众所周知，急诊科的工作虽然忙，却是最锻炼人的，每批来学习的学生，几乎打破脑袋都要去急诊科学习，可泌尿科，就没人感兴趣了。

“我和六子，呼吸内科。”另外两位男生介绍着。

呼吸内科也不错，很对专业路子，只有她和徐东，有点被人祸害的感觉。

顾小满抿着嘴唇，内心极为不平地瞥着左岸，很想知道，这次是孙院长托关系走的后门，还是左岸利用他职务之便，照顾了这位可爱的孙大千金。还说他和孙安宁没有关系，傻子都能看出来，两个人私下眉来眼去，心意早就相通了。

骗子，顾小满抹了一下嘴巴，对昨天体育馆外的那个吻深恶痛绝。

“三天调换一下。”左岸解释着。

“随便吧，谁让我学雷锋爬了楼梯，最后到的呢，好的都被人挑走了，坏的自然要留下来，泌尿科就泌尿科，说不定可以看到很多有趣的事呢？”顾小满漫不经心地扬起了下巴，一个台阶一个台阶地下着。

那种姿态和语气，让徐东笑弯了腰。

“佩服，佩服。”

“严肃点儿！”

左岸停住了步子，转过身羞恼地看着顾小满。

顾小满不服气地走上了两步，和左岸面对着面。

“别以为当了小小的队长就可以欺负人，明年等我再考个第一，你的队长，就是我的，到时候，我让你去妇产科，哼！”

男人去妇产科，多半也很尴尬吧，左岸的脸一阵白一阵红。

下巴一扬，顾小满蹬蹬地跑下楼去了。

左岸看着小满的背影，表情复杂，孙安宁轻笑了一声。

“还真野，她以为她侥幸拿了第一，还能次次第一吗？敢和你比？”

本是一句讨好的话，左岸却冷冷地看了她一眼，继续向楼下走去，孙安宁不悦地噘着嘴巴。

顾小满一口气跑到了一楼，到了楼下看到大门，才发现跑过头了，她又折返到了三楼，左岸已经吩咐其他人离开了，走廊里只剩下左岸一个人等在那里。

“你又晚了？”左岸对顾小满说。

“泌尿科的病，又不会很急，晚点，就晚点。”

“小满！”

“队长，教训够了吗？教训够了，请告诉我，泌尿科要往哪里走，我该去找谁。不然你带我去？”

小满只是嘲弄的一句，没想到左岸闷不出声地转过身，好像受气包一样，亲自带她去泌尿科了。

顾小满没想过要欺负左岸的，随口说的这句，不过是想刁难他一下，没想到左岸竟然答应了，带着小满去了泌尿科。

一路跟在左岸的身后，看着他来回摆动的两条大长腿，顾小满在想一个问题，他有没有反抗意识，反抗家庭，反抗学校，反抗被安排，甚至反抗她……

又或者左岸不屑于反抗，他用他的方式证明，他可以。

泌尿科在六楼东侧，赶到的时候，徐东已经在那里了，他正在翻看一些在院病人的病志，头都没抬一下，被分到这里，他好像也提不起什么兴致来。

接待小满的是一个女医生，看起来四十岁左右，眼睛有些浮肿、发红。从小满哭泣的经验来判断，这位女医生昨晚肯定哭过，还是在深更半夜。

一般情况下，这种眼睛浮肿的女人不能惹，她会把昨天晚上受的气，一股脑发泄在今天和她最接近的人身上，目前来看，顾小满有很大潜力成为这个女人的发泄目标。

“你是顾小满？跟我来。”

女医生瞥了小满一眼，带着她进了医生办公区，左岸转身离开了。

办公区，还有两个年轻的男医生，都低头忙碌着手头的工作。女医生走到她的办公桌前，把一沓病志放在了小满的面前。

“半个小时，看完这二十份，之后，我会分派你跟随医生巡检病房。”

“哦。”

不说话，总不会招惹是非吧，顾小满仅仅应了一声。

“你不想问问具体都要做什么吗？就这么‘哦’一声就可以了？你们这些医学院的学生，以为医院是观光的景区吗？只需要带着眼睛来就可以了？这里是工作的地方，不是你们来休闲度假的场所，拿出一点敬业精神好不好？要谨慎，要勤快，要主动……”

女医生的嘴巴好像机关枪一样，顾小满只看着她的嘴一张一合，一口气说了一大堆，险些上不来气了。

等女医生说完了，顾小满才敢开口。

“我具体要做什么？”

“具体做什么？还用问我吗？这里都写着呢，自己看！”

她用力一敲桌面，上面放着两张纸。

“先读这个，半个小时，必须看完，包括这些病志，真搞不懂，为什么每次学生来学习，都让我来管，烦！”

女医生说完了，转过身出去了，顾小满觉得浑身的毛孔都竖起来了，另外两个年轻的男医生扭头看着她，低声笑着。

有什么好笑的，没见过女疯子吗？她可是见得多了。

顾小满坐下来，拿起了说明文件，一行行地看着，看完了，又拿起了病志，唉，看这种东西，还真需要一点心理准备，实在太难以下眼了。

“一会儿，你跟我去巡检病房好了，记得拿着每个病人的病志。”一个年轻的男医生开口了。

“不用看完也行吗？”顾小满问了一句。

“去看病人之前，我会给你简单解释每个病人的情况，你光看病志也不行。”

男医生解释完了，顾小满终于相信了一个真理，同性之间是互相排斥的，特别是和一个心情不爽的女人在一起，绝对让你没好果子吃。

其间，那个女医生回来过一次，手机响了，她接通了一次，说话的声音很激动，想必昨天晚上的战争还没结束，一定要争出个高低上下来。

顾小满小心谨慎防备着，她只看了女医生一眼，立刻低头，假装专注于病志。

女医生打完电话，坐下来，托着额头没什么精神。

“这个女生交给我好了。”男医生主动请缨。

“谢谢了。”女医生没心情理会小满，恨不得赶紧将她甩出去。

顾小满感激地看了那个男医生一眼，这个世界，还是好人多啊。

跟着男医生巡检了病房之后，就是等一些化验单出来，去拿一下，似乎学习的任务没梁一舟说的那么繁重。

可是……

顾小满想得太简单了，真正让她不能忍受的，在后面呢。

晚餐一起到食堂吃饭，顾小满终于见到其他组的学生了。左岸已经打了饭，低头吃饭，孙安宁坐在他的身边，其他两个男生也在了，徐东端着饭盒过来，一屁股坐下，拍了拍身边的位置，让小满坐下。

在孙安宁戒备的目光下，顾小满坐下来，她今天看的病志实在太那个，让她食难下咽，饭菜只装了一点点。

“晚上会饿的。”左岸看了一眼小满的饭盒，低声提醒了一句。

“看一天了，能吃得下去才怪。”

左岸看了小满一眼，对她很是无奈，孙安宁撇嘴笑了一下。

“知道吗？七天的学习，有一天是要值夜班的，就是今天晚上。”

“值夜班？”

不等顾小满惊讶，徐东直接将嘴里的饭喷了出来，喷了另一个男生一脸。

“不是吧，徐东，你想死吗？吃饭，还是喷饭啊？恶心死了。”

“干吗今天值夜班啊，我还等着三天之后换班呢，你们知道泌尿科的办公室窗户对着什么吗？”

“什么啊？”那个男生问了一句，觉得徐东这个表情有点骇人。

“太平间啊……”徐东几乎是哭着说出来的。

…………

被徐东闹的，顾小满也没什么心情了，想着晚上该怎么办。听说太平间除了一个看门的老头儿，都是死的，医学院的一些尸体，大多数是从这里运过去的，医学院里的尸体是煮过的，可这里的却是……

徐东的脸一直都是白的，小满的也没好到哪里去。

该死的六子还故意讲太平间里的鬼故事。

“有个病人死了，值夜班的两个女护士用车子把他推到了太平间放好。刚返回到值班室，猛地看见那个死人竟然在沙发上坐着，‘你……你……你……’俩护士面如土色。这个时候，那个死人说话了，你们猜，他说什么？”

“什么？”

“别怕，小姐！我是回来找鞋子的，你们刚才不小心将我的鞋子弄丢了。”

“还有吗？”另一个男生还听得津津有味，徐东恨得牙根直痒，他是临床医学专业胆子最小的男生，和顾小满这种女汉子不能比，眼睛一红，哭了。

第十五章 工作在泌尿科

泌尿科有两个值班男医生，一个高，一个矮，高的窝在处置室里不出来，矮的在医生办公室坐着不吭声，用他们的话说，泌尿科没什么急病，值班只是动作需要。

看到徐东楚楚可怜的模样，顾小满实在看不下去了，她推了六子一把。

“死六子，欺负人啊，等一会儿把你推进太平间。”

“说啥呢？再说我还讲。”

六子平时就喜欢看这些邪乎的东西，让他讲一个晚上的鬼故事都不带重样的，顾小满确实惹不起，干脆端着饭盒走开了。

孙安宁始终没发一言，可她的眼睛却含着笑，想必听说泌尿科对面就是太平间，心里不是一般的爽吧。

听说过吗？人至贱则无敌，很多人都坚信这个，所以贱人就更多了，在顾小满的眼里，这个时候偷笑的，都绝非善类。

吃过晚饭，顾小满回宿舍睡了一小会儿，闹铃一响，她猛然睁开眼睛一看，天黑了，虽然一再磨蹭，还是硬着头皮去了泌尿科。

泌尿科有两个值班男医生，一个高，一个矮，高的窝在处置室里不出来，矮的在医生办公室坐着不吭声，用他们的话说，泌尿科没什么急病，值班只是动作需要。

先不说对面太平间有多恐怖，仅仅这位矮个子男医生的行为，就让人倍感惊悚。他走路脚下不带声儿的，如果不是门响，你基本不会知道他已经进来了。

“他呢？”站在小满的背后，男医生只说出了这么两个字，声音略带低沉，听得小满毛骨悚然，她扭过头，看着身后那张白白的脸，实在想不通这个世界是怎么了。男人越长越白，女人却越来越黑了，特别是穿着一身白大褂之后，仿佛硬生生一个白无常站在身后。

他怎么能……就没一点表情呢？顾小满捉摸不透，他是来值班的，还是来吓唬她的。

“徐东？”

“嗯。”

“对啊，徐东怎么没来？”

经他这么一提醒，顾小满才注意到，徐东一直没见踪影，那小子白天的时候，吓得腿肚子转筋了，这会儿说不定藏在哪里耍赖呢。

“晚上看着这个铃，要是响久了没人接，你得接了。”他说话嘴唇动作的幅度都不大，让小满觉得很不舒服。

“好，我记住了。”

男医生转身离开了，还是那么悄无声息，除了那声轻微的门响。

男医生一走，顾小满松了口气，继续看对面的大楼，那里就是传说中的太平间了，只有几个房间的灯是亮的，发着不太正常的微光。

会有僵尸吗？或者丧尸……

这种片子看久了，难免会胡思乱想。

“啪”，什么东西掉在了地上，连续跳了几下，顾小满转过身，看向了办公室的门外，好像是个红色的皮球，滚过去，看不到影子了。

顾小满走到门口，向外张望着，却什么都没看到，她纳闷地抓了一下头发，忍不住想到了六子讲的那个鬼故事，她立刻紧张起来，慢慢转过身。向房间里走的时候，突然有人轻拍了一下她的肩膀，顾小满一声惊呼大叫了出来。

“谁？”

顾小满自认胆大，可这种环境，也有些顶不住，她急速转身看向了身后，发现左岸满脸茫然地看着她。

“你在干吗？”

“你……你怎么来了？”顾小满伸长了脖子看了一下左岸的身后，那个红皮球又蹦了出来，停在了角落里。

“六子的故事，吓到你了吧？”

“谁说的，才没有，我看过的鬼故事比他多多了。”

吹嘘完后，顾小满又不安地看了一眼左岸的身后，奇怪，刚刚还在的红皮球又不见了，根本没见到有人走过……

“进去说话。”

顾小满拽住了左岸的手臂，将他拉进了办公室。

“你干吗来了？不是都值夜班吗？急诊不忙吗？”

“徐东一直在急诊赖着不肯走，我只能和他换个班。”左岸坐下来。

原来是徐东害怕，找左岸换了，作为队长，左岸不可能不答应。

“你不害怕？”顾小满问。

“怕什么？”

左岸笑了，他走到了窗口，看着对面的大楼。

“你想成为一名医生，就得习惯这个，每个医院里都有太平间，没什么可怕的，都是自己吓唬自己。”

顾小满虽然知道左岸说的是事实，可以她现在的资历，不可能做到什么都不在乎，就好像他说的，她需要时间，需要经历。

走廊里皮球的声音又响了起来，顾小满深吸了一口气，走到了门口，向外看着，发现墙角里蹲着一个小男孩，正看着红皮球在走廊里蹦跳着，这孩子孤零零的，身边没有大人。

“哪里来的孩子？”左岸从小满的身边走了过去，小满想拉住他，却已经来不及了，他大步走了过去。

“小朋友，你爸爸和妈妈呢？”

小男孩儿抬起头，脸上不知抹了什么，黑一块，红一块，乍一看，还真挺吓人的，他看了左岸好一会儿，才伸出手，指向了一间病房。

“在那里。”

听了孩子的话，顾小满终于松了口气，原来是病人的孩子，害得她吓得半死，看来左岸说得对，都是自己吓唬自己，哪里来的鬼。

左岸将皮球捡了回来，放在了小男孩的手里。

“太晚了，你玩皮球会影响其他病人休息的，我送你去找爸爸妈妈，好吗？”

“嗯。”

小男孩点点头。

左岸牵着孩子的手向病房走去，一高一矮两个人身影有着极大的落差，却显得那么和谐。这个场景，让顾小满看得神往，甚至有些浮想联翩。

要是将来……

要是有一天……

要是……

唉，要是还没分手就好了，小满叹息了一声。

就在小满专注于左岸的背影时，办公室里的铃声响了，男医生还没回来，顾小满只能接通。

“医生快来，我老公突然呼吸困难！”

显示是6006房间的4号病床，顾小满应了一声，探头出去，还是没见那个医生回来，她匆匆跑去处置室，敲了好一会儿的门，也没医生应答，不知道是睡死过去了，还是擅离职守。

顾小满急得不知如何是好，可病人呼吸困难，情况危急，她无暇思索，向6006病房跑去，刚好左岸从6008出来，看到小满紧张的表情，便拦住她问怎么了，顾小满描述了病人的情况，左岸让小满先去看看，他去拿仪器。

当顾小满出现在6006号病房时，病人已经出现休克的症状，脸色难看，床边站着的是病人的妻子，早已吓得魂飞魄散，一直哭泣，她见穿着白大褂的小满来了，好像见了救星一样，一把抓住了小满的手。

“医生，救救他……”

“我不是……”顾小满想告诉病人的妻子，她只是一个学生，不是医生，可看到女人期盼的眼神，实在说不出口。

顾小满检查了一下病人的状况，很糟糕，这个病床的病人，她白天的时候看过病例，是肾病。现在已经没了知觉。

又按了铃声，医生还是没来，小满脑袋里一片空白，急得团团转。

“救他，救他啊。”女人哀求着。

门外，左岸抬了仪器奔进来，喊着呆愣的顾小满。

“我刚才看过他的病例，很可能是休克性肾衰竭，你赶紧去找医生，让他拿药过来，我在这里守着。”左岸插上氧气管，塞进病人的鼻孔，开始调节设备。小满没敢做片刻停留，跑出去找大夫。

顾小满找遍了所有的办公室，最后在四楼的楼梯口发现了矮个子的男医生，当时他正在吸烟，听顾小满说6006号病房的人出事时，扔掉烟头冲了上去。

那天晚上，不但所有值班大夫都来了，连泌尿科主任医师也半夜赶来了医院。病人虽然没死，情况却很糟糕，半夜就推进了手术室。

手术室的灯一直亮着。

左岸和顾小满等在外面，对于左岸采取的抢救措施，没人做出评价，可谁都知道，他不具备救人的资格。

病人的妻子在手术外哭泣，担忧丈夫可能醒不过来了。

“他只是个学生，只是个学生……”

病人的儿子冲上来，连话都没说一句，直接给了左岸一拳，这一拳打得很重，左岸一个趔趄差点摔倒在地上。

“我爸要是死了，我让你全家陪葬！”

左岸的脸青了，嘴角流出了血。他慢慢站稳了身体，没吭一声，待小伙子又打来第二拳的时候，被顾小满推了出去。

“够了吧，那种情况，让我们见死不救吗？他已经尽力了。”

“可他不是大夫！”

“如果没有他，你父亲昨天晚上就不行了。”

话虽然是这么说的，可规则却不是这样玩的，你可以眼睁睁地看着一个人死去，却不可以让这个人死在你的手中，左岸就是犯了这个错误，他不会视而不见。

下午两点二十分，手术室的灯突然灭了，所有人都屏住了呼吸，等待着……

门缓缓地开了，主治医师走了出来，难过地摇了摇头，宣布病人死亡。

这个消息，好像晴天霹雳一样，让左岸无力地倚在了医院的墙壁上，他的脸色从来没有那么难看过。

“你杀了他，你还我爸！”病人的儿子在狂吼着，左岸却默默地转过身，向走廊的另一边走去。

顾小满仍不敢相信这是事实，直到病人被从手术室里推出来，蒙着白色的布单，推去她昨夜还害怕的地方，太平间。

左岸走了一段距离，停了下来，回头看着激动的病人家属，虽然有人拦截着，他们还是将愤怒的矛头指向了左岸，一声声谩骂，一声声指责，随后传来的是警笛的声音。警察在病人死后不到十分钟，出现在了医院。

调查结果显示左岸的抢救步骤没有错，但因为他不是值班大夫，拿不到药，不能给病人注射药剂，耽误了最佳救治时机，等医生赶来之后，已经晚了。

只是一针，打得及时，病人还有生的希望，可那不是左岸的错。

作为病人的家属，怎么也接受不了这个事实，他们悲痛欲绝，一定要讨一个说法出来，人死在医院，必须有人对此负责。

这是一次医疗事故，当天晚上值班的高个子医生心脏病突发，在处置室里晕倒，矮个子医生因为困倦，出去抽了一支烟，仅仅一支烟的时间，没了一条性命。

只在那时，小满才意识到医生的职业意味着什么。

晚餐的餐桌上，谁都没说话，顾小满一直低着头，左岸的位置是空的，他还在接受警察盘问。

“早知道我不换班好了。”徐东摇着头。

“徐东，你要是知道怎么抢救病人，会袖手旁观吗？”孙安宁问徐东。

“也许我不会……”

徐东在答案的前面加了“也许”两个字。

“你呢，六子？”孙安宁问六子。

“我只是一个学生。”

六子清楚自己的身份，他说他不会出手，那不是他的职责，当孙安宁转向顾小满的时候，顾小满端起饭盒走开了，她没办法正面回答孙安宁的问题，也不想回答。

处理结果，值班医生受到处罚，左岸是学生，虽然做法没违规，却违反了医院的规定，医院愿意承担这个责任，接受卫生部门的监督和处罚。

就像徐东说的那样，如果不是徐东和左岸换了班，如果不是左岸学习太好，有太多临床经验，他也不会出手的，事实证明左岸的诊断是对的，病人是休克性肾衰竭，他就错在不该出手救人。

应该与不应该，谁能来界定，连医院的院长都没法对当晚的情况做出是和否的判定，假若当时小满明白，能够看出症状，她一样也会出手。

这次事故，对左岸的触动很大，让他一直被动接受父母安排职业生涯的意愿，发生了改变。

在顾小满的眼里，左岸是个有思想的人，他一直没停止过思考，包括这次的医疗事故，他没为自己的行为后悔过。

关于学生插手抢救病人的事实，TX医科大学所有领导都去了学校，召开大会，严肃批评了梁一舟，并决定在以后的学习活动中，必须有导师跟随。

学习任务没有结束，学生们就都离开了医院。

巴士里，很安静，没人说话，左岸还坐在最前面，从离开医院到现在，他都沉默着，其间孙安宁给他递去了饼干，他只是摇摇头。

车一到站，六个人闷声下了车，回宿舍取行李，准备离开学校。

顾小满以最快的速度收拾好了行李包，冲出了宿舍，她没有直接离开学校，而是去了男生宿舍。

从下车到男生宿舍的楼下，顾小满只用了十分钟，相信左岸还没收拾完，时间还来得及。她呼呼喘了几口气，看向了三楼的302的窗口，虽然还没想好和他说什么，可她一定要单独见左岸一面。

在楼下等了大约十分钟，左岸还没下来，顾小满有些着急了，当看到六子从宿舍里慢悠悠地走了出来时，小满立刻迎了上来。

“六子！”

“小满，怎么还不走呢？再不走，整个学校就剩你一人了。”六子奇怪地看着小满。

“左岸有点儿东西在我这里，等会儿还给他。”顾小满找了一个听似合理的理由，防止六子又胡言乱语。

“别等了，他早就走了。”

“什么时候？”

“下了巴士，他和传达室的老师打声招呼就走了。顾小满，你不会因为医院的事，想劝他吧，我看你还是算了，那件事，谁摊上谁倒霉，不是劝就能劝的，我知道你和他的关系，可那都是过去了……”

“行了，我知道了。”

真不喜欢六子这张嘴，能给别人留有余地的时候，他总是下狠手，非揭穿你的心思不可。

六子看了一下时间，立刻慌里慌张地向外跑，他要是拦不住出租车，怕要错过火车了。

六子走后，小满站在男生宿舍的门口，又站了一会儿，才落寞转身离开了学校。

火车呼啸着向前开去，周围的景物在快速地后退着，顾小满坐在车厢里，托着下巴，面对着窗户发呆。

远山如黛，树木成林，蔓草青青，深褐浅绿相间的梯田，如波浪般层叠。梯田的中间，孤零零地立着一棵大树，高大，挺拔，茂盛。也就是因为它的高大挺拔茂盛，让它在田野里看起来那么突兀、孤单。

看到它，她想到了左岸，一个一直优秀，却也一直孤单着的男生，在那种孤单中，有着一股说不出的桀骜。

他现在在哪里？是不是一个人奔波在旅途中，连停下来歇口气都不肯。

“秀庄站到了，请下车的旅客做好准备。”

秀庄是一个小站，只停三分钟，火车减慢速度，停下来的一刻，顾小满突然站了起来，拎起行李包，冲了下去。

站在火车的站台上，顾小满微微喘息着，她不明白自己为什么要中途下车，为什么有家不回，任由着火车在她的眼前开了过去，她没有追赶，也没有紧张，而是慢慢转过身，向那片波浪似的梯田走去。

站在了那棵大树下，顾小满仰望着它，庞大的树冠笼罩着她，遮挡住了她头顶的所有阳光，投下来一片阴霾。

“顾小满，他没那么在乎你！没有！”

一个声音在大声地呼喊着，忘记，从你开始关注他的时候开始，就是个错误，你不过是他走过路途中的一根草，蹚过沙漠中的一粒沙。

顾小满用力地吸着气，眼睛已湿润。

小满买了票，登上下一趟火车时，已经很晚了，第二天早上才回到了家，因为有医院学习任务的安排，顾建城和妻子没再过多询问。

“小满，看爸爸和妈妈给你买了什么？”

一进门就有惊喜，小满的妈妈眯着眼睛，一副故作神秘的样子，顾建城也含蓄地笑着，手背在后面。

“别再给我看那些照片了，我不想见，一个都不见！”小满扔下了行李，心里烦躁急了，若爸爸再安排她去见什么老同学的儿子，她说不定能干出什么疯狂的事来，当众抽风，吐白沫，满地打滚儿，怎么吓人怎么来，让那些人以后听到顾小满的名字，都退避三舍。

顾建城和妻子对望了一眼，倍感无奈，只能把东西拿了出来，是一部手机。

“不是见人，是手机，妈妈给你买了一部手机，高兴不？”

看着爸爸掏出来的手机，小满瞬间愣住了，心里说不出是什么滋味儿，在学校的箱子底下，还放着一部……

“怎么了？是不是觉得这款不好？可以换的。”妈妈觉得小满的表情不对，忙解释着。

“高兴，太高兴了，谢谢爸和妈。”

小满接过了手机，顾建城和妻子松了口气，手机是红色的，很适合年轻的女孩子拿，号码也是顾建城和妻子亲自选的，作为女儿考第一的奖励。

“小满，妈买了你爱吃的橘子，你尝尝……”

妈妈转身要去拿水果盆，却脚下站立不稳，一个趔趄跌了出去，多亏顾小满站得并不远，一把扶住了她。

“妈，你怎么了？”

“没事，没事，可能最近葡萄园里忙，有点累了。”妈妈坐下来，脸白白的，顾建城开始抱怨。

“你妈就是这样，不舒服也不去医院，每次难受就自己胡乱找药吃。”

“吃了药，好用，就没事。”

“只是当时好用，过后还是这样，是不是血压低？到医院检查一下也不会耽误多长时间。”

“去去，就你明白。”

“不管你了，我去买瓶酒，给我女儿庆祝庆祝，中午多做几个菜。”

顾建城乐颠颠地出门去了，小满不放心地劝着妈妈。

“我放假了，也没什么事做，不如陪你去医院？”

“妈才不去，你要是真有空，就帮我去葡萄园忙乎忙乎，一大堆活儿呢，那些工人不看着，不出活儿。”

妈妈唠叨着葡萄园的老张，一天到晚就想偷懒，要不是有点技术，她真是不想用了。

“妈，你怎么跟黄世仁似的。”

“黄世仁也得活着。”

是的，黄世仁也得活着，妈妈这个黄世仁，心里装着的只是这个女儿，只要能让小满过得开心，她再苦再累也愿意。

这个假期仍旧是那么规律，到葡萄园帮忙，看书，睡觉，偶尔展越偷偷爬阳台，在阳台炫耀他得到的新奖牌，连毛永伟和许志友也时不时来展越家玩，和顾小满小聊一会儿，唯独不见的人，是左岸。

左岸好似一只单独奔跑在冰雪荒林里的狼，没有同伴，也不需要安慰，遇到困难和伤痛，一个人舔舐自愈，就是这份坚强，让他看起来更加孤独。

不管顾小满爱与不爱，想与不想，左岸都在那里，从来不曾真的拉近过距离。

分手后的这个假期，顾小满很安静，一个人躲在房间里想了很多，人在几天之间好像一下子变得成熟了，之后，她会早早起来，到葡萄园帮妈妈干活儿，晚上到武训馆当教练，教七八个小孩子练散打。

刚去武训馆第八天，顾小满遇到了一个熟人，左岸的小姨，她送孩子来武训馆学习，一进门，刚好小满从里面出来，两个人打了一个照面。

“顾小满？这么巧，你也在啊……”左岸的阿姨的表情有些尴尬，手里还牵着一个七八岁的男孩子，男孩子看起来很柔弱，与左岸有几分神似。

“我在这里教学生。”小满回答。

“哦……”

左岸的阿姨干笑了一下，低下头，拖着孩子匆匆进去了，好像有什么事，在故意躲着小满。

小满拿起毛巾擦了一下汗水，回头看着左岸的阿姨，她正在和馆长说话，馆长抚摸了一下男孩子的脑袋。

“我们这里最好的教练就是顾小满了，她已经八段银龙了，如果不是上大学，没有时间继续参加比赛，现在怎么也是金鹰级了。”

“哦哦，孩子只是初级，不用那么好的教练。”左岸的阿姨用眼角的余光瞥了顾小满一眼，让馆长给她介绍别的老师。

顾小满扔下毛巾，忍不住笑了，不会是因为左岸的那部手机吧？好像该感到尴尬的是她才是。不管左岸的阿姨为何躲躲闪闪的，顾小满都不想理会，她还有最后一节课，上完了就可以回家了。

“你的腿，腿要压下去，动作不标准，再来！”

顾小满指导着学生，左岸的阿姨一直坐在那里，时不时地向她看来，几次顾小满扭头看去，她又将目光移开了。

莫名其妙，小满一个高踢腿做示范，继续专注训练了。

晚上大约八点的时候，展越跑来了，带了不少零食、饮料，还有两个大热狗，中途休息的时候，他凑到了小满的身边，送上吃的和水。小满一边喝水，一边和展越闲聊着，左岸的阿姨似乎对展越很感兴趣，一直朝他瞄着。

“左岸的小姨，一直在看你。”小满低声提醒着展越，展越伸长了脖子，看了几眼，嘿嘿地笑起来。

“没办法，最近曝光率太高，人也太帅，不但是少女杀手，也让很多少妇拜倒在我的牛仔裤下。”

“别臭屁了。”

“说真的呢，你看她瞧我的样子，不是崇拜是什么？”展越自鸣得意的样子，真让小满忍不住想发笑，她怎么一点都看出来左岸的小姨在崇拜他。

把水塞给了展越，小满继续训练，因为一个孩子动作不准确，拖延了十分钟才下课，家长接走孩子后，小满换了衣服准备回家。

“小满，我有件事，想和你单独谈谈。”

“半个小时，超过半个小时我妈就着急的。”

小满拎着皮包走出了武训室，展越跟了出来。外面夜色正浓，星光点点，夜风迎面吹来，让人倍感清爽舒服。顾小满停住了步子，回头看着展越，方才这家伙还一副自命情圣的样子，现在竟然耷拉着脑袋，一副没精打采的模样。

“被霜打了？”小满低声问。

“小满，你说，我是不是不够好？”展越突然问了一句奇怪的话。

“谁说的？你不知道有多好，谁要是嫁给你，一定能幸福，十全好男人。”

小满一边喝水，一边低声夸着展越，好像他这样的好男人将来定是个模范丈夫，就看哪个女人能慧眼识真金了。

“那你为什么不喜欢我？”

“你又来了。”顾小满踢了他一脚，这话说多了，不觉得没意思吗？

“我喜欢你……”

“哦？想让我请你吃饭？别太贪心啊，我可不是摇滚明星，没那么多钱的，最多五十元，怎么样？”

“我说的是真的。”展越重申了一遍。

“我说的也是的，真请客。”

顾小满咯咯地笑着，展越好像生气，板着一张面孔，眼神看起来也十分严肃。

“顾小满……我说我喜欢你，你干吗不信啊？你看我像从精神病院里跑出来的吗？不像吧？那就对了，我很正常，绝对正常男人，你现在看着我，不准眨眼地看着我！”

展越让小满看着他，义正词严地说：“我现在再说一遍，我喜欢你，是真的喜欢，从第一次见到你到现在都喜欢，你信吗？如果你还不信，我……”

展越有些急了，眼睛发红，他以极快的速度在小满的脸上亲了一下。

“这下信了吧？”

突来的动作，让顾小满整个人都僵住了，眼珠子几乎都不转动了，显然，她被展越的举动惊到了。

这家伙竟然敢亲他，放肆，实在……

“小满？”展越轻轻地拍了小满的脸颊一下。

小满甩了一下头，回神过来，用手擦了一下脸颊，直接将一块毛巾扔在了展越的脸上。

“你干吗啊？”

“我没干吗啊，表白，你不信，我亲你一下，证明我说的是真的……”展越一副无辜的样子，脸还是红的。

“表什么白？我知道的……”

“不就是因为个人影不见的左岸吗？顾小满，我告诉你啊，我已经接受了唱片公司出国的安排，现在就差你一句话了，如果你还这样，我可要真放弃你了，走得远远的，走到一个让你再也看不到我，我也看不到你的地方，到那个时候，如果你再想来找我，我就远在天边了。”

展越说这番话的时候，虽然激动，却很有条理，他好像在描述一件发生了很久很久的事情，顾小满一直在忽略他，而他一直在努力，却也一直失望着。

“咳咳。”

小满抓起了水瓶，猛灌了一口，竟然呛到了，她使劲地咳嗽着。

“你出国，学业怎么办？”

顾小满避重就轻地换了话题，展越耷拉下了脑袋。

“你知道那不是我的理想，我考TX和你的目的一样。”

“我为了左岸。”

“我为了你。”

展越考TX不是因为和左岸较劲，心里不服吗？怎么会是为了她？顾小满一时没办法转过这个弯儿来，目光发怔地看着展越。

展越说出这四个字后，整个人显得轻松了许多，好像放下了一个重重的包袱。

“我可以留下来，当个药剂师，只要你愿意……”

“展越……等等……”

顾小满伸出了手，不想展越继续说下去，她需要时间思考刚才展越那番话。他说了两个重点，其一是，有唱片公司赞助他出国深造，这对展越来说，是一次绝好的机会，他可以实现他的理想，前途也一片光明，不会再有人说展越唱歌是不务正业了。其二，展越喜欢小满，喜欢了很久，也许比她喜欢左岸的时间还要长，假如她能同意，展越会为了她留下来，放弃唱片公司赞助的机会，这就意味着，他会自毁前程。

把这两个重点分析完毕，顾小满脑海中闪现的念头只有一个。

“出国，还用问吗？一定要出国。”

“顾小满！”

展越扔下毛巾大吼了出来，路过的人听见声音，都扭头过来，不知道发生了什么事儿，展越很生气，他在小满的眼睛里看到的只有友谊，她是真心想让他出国。

理想，前途，展越很想统统放弃，假如小满肯给他一次机会，他甘愿留下来做一个药剂师，过普通人平平淡淡的日子，可显然，他没办法得偿所愿。

展越很激动，他质问小满有心吗？几乎十年了，她就未曾有过一点点心动的感觉？还是她的眼里只有一个左岸？

“你不出国会后悔的。”

“我问你，我走了之后，你不会后悔吗？要后悔，现在还来得及，我走了，可能不会回来了。”

“你不回来，你爸不抽死你。”

顾小满扑哧笑了出来，展越无奈地摇摇头。

“好吧，被你打败了。”

展越气恼地停住了步子，坐在了马路牙子上，连连唉声叹气，他真拿顾小满没有办法，几乎到了抓狂的地步，友谊，她和他之间，真的只能有友谊。

顾小满蹲下来，坐在了展越的身边。

“说不定你出国了，会带个洋妞回来给我当嫂子也不一定呢。”

“不会让你失望的。”

展越白了顾小满一眼，然后用手指头点了一下她的脑门子。

“你就那么喜欢左岸？为了他，忽略其他在乎你的男生？你睁大眼睛仔细看看，随便从这条大街上拉来一个路人甲，都比他强。”

“你对他有偏见……”

顾小满嘟囔了一句，耷拉下了脑袋，展越一副恨铁不成钢的样子，懊恼站起来。

“你就在他一棵歪脖树上吊死吧！”

展越说完，转身大步向回走去，小满赶紧起身追了上去，可无论她怎么逗展越，展越都紧绷着一张脸，一直到家门口，他还是那么一脸冰霜。

拉开房门的一刻，展越突然转过身，调侃了一句：

“跟你爸说一声，阳台砌得要再高一点，不然挡不住我的，想过去，一迈腿的事。”他冲小满挤了挤眼睛。

几天前，顾建城嗔怪展越不怀好意爬阳台，打他女儿的主意，特意找了一个瓦匠，用水泥将阳台封上了，弄得两家之间黑乎乎的一片，用顾建城的话说叫“永绝后患”。

想到那堵墙，顾小满忍不住笑了起来，房门一开，展越缩了回去，顾建城从小满的身后探头出来，问小满刚才是不是和展越说话。

“爸，你以后不用担心了，展越要出国了，好几年不能回来了。”

“出国？”

顾建城有些吃惊，展越这个臭小子，也能出国？

小满绕过爸爸进了门，解释展越可能要出国深造了，将来回国，可就是天王巨星了，一般人想和他见面，还得预约呢。

“那废物小子，厉害了？”顾建城关上门，皱着眉头，一副不可置信的样子。

“爸，你也说了，人不可貌相，海水不可斗量的。”

顾小满脱掉了鞋子，顾建城的眉头还紧锁着，站在门口，想着什么。

当天晚上，顾建城失眠了，翻来覆去睡不着，小满的妈妈有些烦了，问他干吗不睡觉，害得她也睡不着了。

“我在想，这些年跟老展家做邻居，看着那小子长大，他好像除了学习差点儿外，也是不错的啊。”顾建城语气听起来，有些后悔了。

“我琢磨着，展越和小满，好像也挺合适的啊。”顾建城补充了一句。

“你又怎么了？不是特烦展越吗？”小满妈妈问。

“那是以前，知道吗？展越要出国深造了，将来回国，是，是什么天王什么星的，见面都得预约了。”

…………

第二天，顾建城找展越的父亲打听展越的情况，听说出国是真的，立刻当面把展越海夸了一顿，夸得展叔叔心花怒放，态度转变得实在太快，让顾小满有些无地自容。

一连几天，顾小满都没什么机会见到展越，到了第九天，他终于出现了，正如他说的，那道墙根本不算什么，他轻松地爬了过来，小满拉开了窗户，展越走过来，趴在窗口神秘兮兮地说：

“我答应唱片公司出国了。”

“恭喜。”小满微笑着。

“用不用这么着急赶我走啊。”

“早去早回啊。”

“唉，你还真无情，好吧，既然不能收获爱情，就收获事业吧，说不定还真能娶个外国妞儿回来。”

“大屁股？”

“大胸……”

…………

阳台里发出了一阵阵笑声，顾建城突然推开阳台的门，走了进来，和展越打了一个照面，展越立刻伸出手臂，做出了一副投降状。

“伯父，我什么都没干。”

顾建城瞪着一双眼睛，虽然不高兴，却没之前那么凶悍，抓起扫把要打人了。

“以后走门，别跟贼似的。”

说完，他拉开了阳台的门，让展越进来，展越受宠若惊地进了客厅，小满的妈妈又是水果，又是饮料，弄得小满都有些难为情了。

曾经老爸嘴里的“祸患”展越，成了多少美少女的梦中男神，小满和展越没能成为情侣，顾建城的肠子都要悔青了。

那段时间，邻里邻居，认识展越的，无不夸奖这小子有出息，一直觉得儿子不争气的展父，一改往日训斥的态度，满面红光，连开车的劲头都足了，只是当他听说展越要中途放弃继续读大学而感到烦恼，所谓鱼与熊掌不可兼得也，他不能阻止展越出国发展，最后也只能默认了展越的决定。

开学的第二天，展越办理了退学手续，成为TX医科大学唯一提前离开学校、转换职业生涯的人，他放弃了穿白大褂的机会，开始了专属于他的牛仔裤生活。

展越的人缘好，出国那天，来机场送行的同学很多，左岸也来了，站在人群中间，顾小满一眼就看到了他，虽然他和展越的关系一向不怎么融洽，可到分别的时刻，仍能从他的眼中读出不舍，还有一些沉思。

“左岸，我想和你聊聊。”展越走到了左岸的眼前，脸上已经没有了往日挑衅的神情。左岸点点头，随着他向机场的十号口走去，站在玻璃门前，展越突然举起了拳头……

顾小满吃惊地睁大了眼睛，这小子要出国了，还想干什么，一定要在分别之前，在机场上演同学血拼被抓吗？

就在顾小满要跑上去制止他们的时候，展越的拳头高举，却轻落，放在了左岸的肩头上，一点力量也没有。展越语重心长地说着什么，很无奈，左岸直挺挺地站在那里，一言不发，说完之后，展越微笑地伸开了双臂，让小满感到不可思议的一幕发生了，两个从高中时就互相不看好的男生相拥了。

阳光笼罩着他们，风景无限美好。

顾小满长长地松了口气，停住了步子，为他们的和解倍感欣慰，只是他们为什么要选择此刻，而不是相聚的时刻？

展越提着行李转身而去，走到入口的时候，还朝小满用力地挥动着手臂，那一刻，顾小满的鼻子是酸涩的，眼睛也湿润了。这次挥手之后，那个假期偷偷爬进她阳台，在她耳边抱怨，被他追得上气不接下气的男生离开了，她最好的朋友，最了解她的男闺蜜走了。

展越落寞转身，消失在了小满的视线之中。

机场送行的人逐渐散去了，有一些爱慕展越的女生在默默哭泣着。

左岸一直站在十号门前，仰望着天空，看着一架架飞机没入蓝天白云，才转过身看向了站在平台上的顾小满。

面对左岸的目光，小满的心头涌上一种似曾相识温馨的感觉。她不能否认，无法接受展越的原因，是因为有一个人一直占据着她的心。

左岸，她很想他……

虽然他就在眼前，可藏在心里的那份想念，想说出来却真的不易。

“左岸，车来了。”孙安宁走了过来，碰了左岸的手臂一下，左岸这才移开目光。

“你自己回去吧。”左岸的声音很轻。

孙安宁的脸色微愠，目光看向了不远处站立的顾小满，眼神中都是戒备和不满，她知道她先走之后的结果，左岸一定会和顾小满一起回去。

“我叫我爸开车来的，顺路。”

左岸皱起了眉头。

顾小满不明白自己为什么还站在那里，看着眼前的两个人，一个坚持要走，一个不肯走。孙安宁眼含幽怨地看着顾小满，小满垂下了目光，转过身，拦住了一辆出租车，说了地址之后，坐进了出租车。

出租车从左岸和孙安宁的身边开过去的时候，左岸还戳在那里，孙安宁拉了好几下，他仍没什么反应。

展越临走的时候，不知和左岸说了什么，对他的触动很大，出租车已经开出了很远，回头看时，他还站在那里，孙安宁等在他的身边。

有一种执着，只有孙安宁能够坚守，她手中的砝码一直紧握着，不曾松开过一次。

展越出国了，大学的生活仍旧不紧不慢地进行着，渐渐地他的名字淡出了大家的生活，偶尔能收到这家伙的越洋电话，电话里还是那么嬉皮，听不出一点成熟的味道来，当小满问他临走和左岸说了什么时，他除了哈哈大笑之外，什么都不肯说。

“不说就不说，反正我也不想知道。”

“男人的秘密，女人别猜……”

男人之间能有什么秘密，顾小满坚信和她没太大的关系，不然左岸怎么没来找她？挂断电话之后，她以最快的速度冲出宿舍，图书馆就在路边，她瞥目看了一眼，还是走了过去。

左岸的行踪有些飘忽不定，最夸张的几次，他竟然连课都没来上，一直被认定品学兼优的学霸开始逃课了。

孙安宁的情绪有些烦躁，她好像也在寻找左岸。

时间好像流水一样汩汩流淌，在躲躲闪闪、寻寻觅觅中度过，大三，大四，顾小满蝉联TX医科大学的一等奖学金，多篇论文获得医学专家的认可，在肾病的研究上，她花费了不少工夫，这都源于那次泌尿科肾衰竭的意外。

这两年，左岸的成绩不上不下，始终在小满的后面，有时候，顾小满怀疑左岸故意在谦让她，有一次她考试坐在左岸身后不远，看到左岸的试卷后面一道题是空白的，他写到那里，就停笔不写，直接交卷了。

不管那道题他会不会，每次结果出来，他和小满成绩只差了大约十分。

大五那一年，对于顾小满来说，是特别的一年，不仅仅因为大学所有课程都基本结束，大家要各奔东西去实习了，而是她和左岸曾经有一个约定……

落雨的季节，小满趴在宿舍的窗口，望着窗外的雨帘一阵阵发呆，学校已经给她定了实习单位，A市三甲医院，那是所有学生都梦寐以求的，她却一点兴奋的感觉都没有。刚刚得到消息，左岸已经准备到国外攻读博士，她再次要和他分开了。

“好大的雨啊，我的实习单位啊，还没着落，毕业论文怎么写啊，难道就因为我成绩差，没出路了吗？烦死了，我想跳楼！”刘丹一进门就在抱怨，她已经很努力，却还是挂科了，如果到了大七，她还不能改变现状，可能连毕业都成问题了。

她扔掉伞，坐下来，扭头看了顾小满一眼，懒洋洋地说了一句：

“左岸在楼下，找你……”

第十六章 没有一帆风顺的爱情

每个女人都会幻想着这一刻，有个男人向你求婚，不管是什么形式，什么样的语言，什么样的氛围，都会激动人心，何况现在面对顾小满的，是她没有放下的男人。虽然没有玫瑰花，没有钻戒，但那么真诚，他的眼中闪烁着炽热的火焰。

刘丹抱怨了一大通，末了才说左岸在楼下等她，这种急速转折，让人一下子没法回神过来，左岸竟然来了吗？

周丽娜听了刘丹的话，大发感慨，是不是到了毕业季，同学们都疯狂了，连前男友都开始找前女友了，会不会再续前缘啊？

“别胡说，要想继续，早就来找了，何必等到这个时候。”刘丹对此没什么信心。

“我觉得有戏，等着瞧吧。”

“神经……小满，别听她的。”

不管左岸来找是什么目的，小满都要面对左岸在楼下等待的事实。她低头看了一下身上的衣服，一连下了两天雨，天气凉，她一直穿着那身不太时尚的运动装，显得脸色也灰白了许多。

顾小满难掩心中的激动，她打开了衣柜，想换身看起来靓丽的衣服去见左岸，可当她手触碰到那条粉色连衣裙时，又不安地缩了回来。

左岸和她已经三年没什么故事了，每天她能看到的也不过是左岸的一个背影，她怎么可以因为他突然来找，就胡思乱想呢？

现在要实习了，分别在即，左岸找小满无非就是问事情，说几句话，或者是打算在毕业分别前夕归还她的日记本。她这样自作多情，又有什么意义？

顾小满劝自己放松下来，不要满怀着希望而去却失望而归，她不想再经历三年前的痛了。

轻轻关上了衣柜，顾小满拿起了雨伞，走到了门口，手刚放在门柄上，房门就被人从外面推开了，孙安宁出现了。

周丽娜和刘丹停止抱怨，扭头看来，对于孙安宁的突然出现，大家都感到意外。算起来，她两年多没走进这个宿舍了，她们几乎忘记了这一成员的存在。孙安宁的脸色有些疲惫，眼睛是红肿的，手里提着一个空行李包站在门口，目光冷漠地环视着房间，最后落在了顾小满的身上。

虽然只是短暂的一瞥，却也能感觉她眼神中隐含的愤怒。

“我来拿东西。”

孙安宁走到了衣柜前，打开锁，一件一件地往箱子里扔衣服，当小满的脚迈出房门的一刻，她停下了手上的动作。

“你什么都不能给他……”

随着孙安宁的话落，一个玻璃瓶从柜子里滚出来，掉在地上摔破了，里面散落很多满天星。她俯下身，捡起其中一颗，眼中闪着泪花儿。

十几年了，孙安宁很清楚她拥有的砝码是什么，可这个砝码带给她的，不过是个责任而已，没有爱情。

嗤，锋利的玻璃片割破了手指，血流了出来，孙安宁皱着眉头，虽然她试图掩饰，泪水还是滚落了下来。

刘丹拿来创可贴，却被孙安宁推开了。

“滚，滚开！”

孙安宁啜泣着，刘丹翻了一下白眼，小声嘟囔着，好心被当驴肝肺，早知道不管了。周丽娜坐在一边，对此无动于衷，嘲笑刘丹活该。

顾小满承认自己爱多管闲事，像孙安宁这样敏感、自以为是的女生，走到今天这一步，都是她自己造成的，不值得同情，可她还是忍不住，抢过刘丹手里的创可贴，抓住孙安宁的手，三下两下就缠好了。

“以为这样我就感激你了吗？顾小满，我从来没有……这么讨厌过一个人，就是你！”

“我也不怎么喜欢你。”

小满挑了一下嘴巴，转身推门而去，已经走出了很远，还能听见孙安宁摔东西的声音。

出了宿舍的大门，挑眸看去，雨雾蒙蒙，天地好像连接成了一片，空气中隐约能闻到泥草的香气。

左岸果然站在那里，黑色的雨伞遮挡着他的半张脸。他穿着一条蓝色的长裤，黑色皮鞋，地上的雨水积成了小河，他的裤脚已经湿了，看起来确实等了很久。

看见顾小满从宿舍里走出来，左岸抬起了头，除了那次在机场送展越之外，他们还没有这么直面相对过。他看起来成熟了许多，眼窝深陷，下巴有些许的胡茬儿。

三年了，从展越告诉左岸，他并非小满的男朋友到现在，整整三年的时间过去了，左岸一直没找过她，只是在暗处默默地关注着她，三年的时间不是空白的，他的心一直都被塞得满满的，三本日记几乎成了他每个夜晚必看的习惯。

“左岸，在你没能力保护她之前，别去打扰她，别让你的忧郁影响了她。”这是展越给左岸的警告。左岸的家庭，左岸身边的人，都不愿接受顾小满，他执意和顾小满走在一起，只会让已经平静的女孩儿再次陷入迷茫和困境之中，他能做的，就是守护和等待。

漫长难熬的三年过去了，毕业实习在即，左岸做了一个重要的决定，这个决定和小满有关，也和他的幸福有关。

她走过来了，荡起石板路上两边小河的一阵阵涟漪，他看过去，心潮难平。

“你找我……”

顾小满抬起头，想知道他和她三年后说的第一句话是什么，你好，还是什么其他的。他除了一把伞，没带任何东西，应该不是来归还日记本的。她在考虑是不是应该利用这个机会，将青春少女时的记忆拿回来。

左岸用黑如深潭的眼眸凝望着顾小满。他将伞擎高，遮在了小满的雨伞之上。

“带身份证了吗？”

为什么是身份证？

顾小满诧异地看着左岸，摸了一下衣兜，摇了摇头。

“要身份证做什么？”

“还记得我们之前的约定吗？”

五年之约，顾小满怎么会忘记？青涩的场景还在眼前，左岸竟然还记得吗？她以为他早就遗忘了。

“怎么突然提到这个？”

小满尴尬地垂下眼眸，希望能换个话题，一个不可能实现的誓言，为何要在此时说出来，也许藏在心头，留作回忆更好一些。

都说人生会有遗憾，这就是了吧？

“我们结婚。”

左岸突然握住了小满紧抓伞柄的手，目光热切地望着她。他一直没有忘记，也执着地在等待着这一刻，拥抱属于他的太阳花。

雨中，顾小满呆住了，不敢置信地看着站在眼前的左岸。

在顾小满质疑吃惊的目光中，左岸拿出了顾家和左家的户口本。三天前，他请假回了家，和父母第一次面对面进行了一次谈判，用他出国读博的要求换取一次他拿走户口本的机会，他告诉父亲和母亲，他要和顾小满结婚，一起出国。

那是一场激烈的家庭大战，周教授几乎歇斯底里。

“妈妈已经安排好了，你要和安宁一起走！不是顾小满！”

“因为我欠孙家的吗？”

左岸的反问，让周教授的脸色苍白，她没法回答。当年的意外，她也背负了强烈的负罪感，看着孙安心躺在池塘边的小小尸体，她深知儿子将来要面对的是什么，假若他能和孙安宁在一起，对他，对两家来说，都是好的。

十几年来，这件事一直压在周教授的心头，不但是左岸的包袱，也是她的。

“如果是因为当年的事，你们觉得我娶孙安宁，可以让你们安心，可以偿还孙家的债，我不会反对，但我可以明白地告诉你们，我不爱孙安宁。”

左岸拿出了衣兜里的钱包，从里面抽出了一张小小的照片，是孙安心死之前留下的，左岸用这个时时刻刻提醒自己，他有责任照顾孙家和孙安宁，他是罪人。

看到那张照片，周教授掩面低泣，左院长也脸色难看，他们没想到在左岸的心里，有这么大的阴影。

“我怕我会忘记……我曾经杀过人……”

“左岸！”

左院长把户口本拿了出来，重重地放在了左岸的面前，作为父亲，他不忍心再让儿子背负下去，一切该结束了。

周教授把孙安心的照片牢牢握在了手里。

“你走吧，照片不要再带着了。”

左岸拿走了家里的户口本，心情却是压抑和沉重的，随后他去了小满妈妈的葡萄园。那是一次很深入的谈话，持续了整整一个上午。小满妈妈很感动，也很高兴左岸对小满的真心，虽然她的心中有诸多不舍，却还是将户口本给了左岸，希望他能在国外好好照顾她的女儿。

“我没想过要小满有什么大富不贵、功成名就，只想她能得到幸福，能健康。”

“我能做到。”

…………

每个女人都会幻想着这一刻，有个男人向你求婚，不管是什么形式，什么样的语言，什么样的氛围，都会激动人心，何况现在面对顾小满的，是她没有放下的男人。虽然没有玫瑰花，没有钻戒，但那么真诚，他的眼中闪烁着炽热的火焰。

“我向学校申请了两个出国的名额，你和我……”

左岸准备好了一切，不管其他人能否接受，他都会带顾小满离开。

“嫁给我吧，小满。”耳边响彻着左岸嘶哑低沉的声音，带着些许的颤抖，感动着顾小满，让她顷刻间热泪盈眶。

这个时候，不知是哪里放了鞭炮，远远地，噼噼啪啪地传进了校园，喧闹的欢喜，伴随着午后沉醉的阳光，在心头轰轰烈烈地欢腾着。

“嗯……”

顾小满用力点了一下头，随后手中的雨伞脱落，激动地投进了左岸的怀抱。他的胸膛，依然是那么温暖、结实，久违的感觉回来了，游荡在心间。多少梦里，她这样依偎过；多少日夜，她这样期待过。面对这样的恳求，她怎么会拒绝？虽然远离了他三年，可她的心一直没走远过。

“我们结婚，马上办出国手续。”

“一起读博士？”

“一起生活。”

“我一点思想准备都没有。”

“不需准备什么，跟我走就行。”

“我回去拿身份证……”

顾小满激动地放开了左岸，转身要跑回去时，突然娇羞地停住步子，急速转身，踮起脚尖，在他的唇上飞速亲了一下，然后退后，脸变得滚烫。

他看着她，俊脸浮上一抹淡红。

“我等你。”

在左岸的目光中，顾小满拿着伞飞奔回了宿舍。

站在宿舍的门口，顾小满对着刘丹和周丽娜兴奋地大喊了出来。

“我要结婚了！”

小满相信那时那刻，她的眼睛一定是闪亮的，脸颊也是绯红的，血压升高到了极点。刘丹和周丽娜张大了嘴巴，夸张吃惊的表情，她此生难忘，而她最幸福的时光，也在那一刻凝结，真希望时间不要流逝，永远停留在那个温暖的中午，让她心中怀着的玫瑰花一直绽放在最美的状态。

孙安宁没有感到任何意外，她将行李箱合上，冷漠地提起后走了出去，空气中仍能感受到专属于她的那份冷傲。

“左岸向你求婚了？”

“你答应了？”

“噢，小满，你应该矜持一下，为什么他想甩就甩，想要就要啊！”

刘丹和周丽娜七嘴八舌地询问和抱怨着，顾小满只是淡淡笑着，左岸不曾离开过她，一直都没有，那种默默的守护，何尝不是她曾经也做过的。

换了衣柜里粉红色的连衣裙，穿了粉色的高跟鞋，顾小满嫩得好像出水的芙蓉，加上脸颊上的红艳，任谁都能看出那份幸福的感觉来，身份证拿在了手里，她的心几乎要跳出嗓子眼儿。

下午一点半的航班，飞机一落地，她会第一时间和左岸去民政局办手续，办了手续之后……她就是左岸的妻子了，一切好像做梦，却又那么真实。

出了宿舍，左岸还站在那里。雨停了，天晴了，一道彩虹挂在天空，用绚烂的色彩祝福着他们。

左岸深情地望着走过来的顾小满，单臂将她搂住，向校园外走去。

飞机在下午三点整落下，距离民政局关门还有两个小时，左岸拦住了一辆出租车，上车后，他看了一下时间，还来得及。

当顾小满和左岸站在民政局的大门口时，时间是三点五十分，她和他对望了一眼，携手向台阶上走去。

命运就是这样的，当你就要走向幸福的时候，幸福会突然离你而去，顾小满的幻想几乎要变成现实的时刻，手机响了。

打来电话的是她的爸爸顾建城，听完电话之后，身份证直接从手中脱落，顾小满晕红的脸一下子变得苍白无色，妈妈在葡萄园突然晕倒，被送进了医院。

顾小满就这么从幸福的巅峰跌到了谷底，即将开始的多彩生活，又变得暗淡无色。当她赶到医院的时候，妈妈正躺在病床上，她从来没那么虚弱过，消瘦苍白，病床那么大，她显得那么小。

顾建城守在床边，低垂着头，脑后平添了更多的白发。

呆愣在病房的门口，顾小满不敢相信眼睛看到的。开学前，妈妈还在厨房里煮她爱喝的汤，唠唠叨叨地叮嘱这、叮嘱那，才短短一个学期，她就倒下了。

主治大夫告诉小满，她妈妈得的是肾癌，癌细胞已经扩散转移了，连手术的希望都没有了。这位母亲一直在坚持，坚持到最终无法支撑的时候，倒下了，她还那么年轻，仅仅五十六岁，顾小满的世界瞬间崩塌了，泪水决堤般地滚落下来。

“医生，还有希望吗？一定还有办法的！”她抓住主治大夫的手臂，恳求着，希望他不要放弃。

主治大夫摇摇头。

“你也是学医的，这种情况，应该知道没有办法的，太晚了。”

大夫拉开了小满的手，让她花点时间陪陪母亲，剩下的日子不多了，有药物的支撑，最多也就能活半年而已。

顾小满的手从大夫的手臂上脱落下来，人已站立不稳。左岸扶着她坐下来，却一句话都说不出来。他是医学院的高才生，临床医学的经验比小满还丰富，在TX医科大学，他们研究过癌症，知道在这种情况下意味着什么，就像刚才大夫说的那样，唯一能做的只有那么多了。

“我对她的关心太少了……”

小满痛苦地自责着，妈妈早就觉得不舒服，她和爸爸要是有所察觉，也不会到了今天这个地步。

“这不怪你，小满。”左岸轻抚着小满的头发，小满低声啜泣着。

顾建城从病房里走出来，站在女儿的身边，告诉小满，她妈妈要见她和左岸。

“别让她看到你哭了，她还不知道她的病有这么重……”顾建城的声音哽咽，一切来得太突然，到现在他还不能相信这是真的。

“爸……”

小满用力地吸着鼻子，顾建城转过身，肩头耸动。

左岸拿出手帕，替小满擦干了泪水，两个人一起去了病房。

小满的妈妈看起来好像累了，见到小满和左岸后，笑得牵强。

“小满，左岸……”

她轻唤着他们，小满走过去，左岸站在了病床边，妈妈吃力地拿出了一个布包，里面是两件毛衣，虽然已经织完了，可收口因为匆忙显得有些粗糙。

“左岸，小满，很快入秋了，国外不知道冷不冷，我的手不知怎么没什么力气，织得毛糙，你爸……咳咳，我想让他帮我，可他太笨了……”

顾小满看着毛衣，怎么也忍不住泪水，急速转身的一刻，泪水再次滚落，左岸挡住了她。

“织得很好，比卖的都好。”

“我买的都是最好的毛线，可软了，你摸摸。”

小满的妈妈让左岸摸摸毛衣，穿在身上一定暖和，等过段时间出院了，她再多织几件，给他们邮到国外去。

“左岸，你一定得对我家小满好啊，她从小就没受过委屈，我和她爸一点苦都舍不得让她吃……”

那些叮嘱的话，让小满泪如雨下。她垂下头，默默走出了病房，一直走出了医院，站在医院的门口，失声痛哭。

左岸随后走了出来，轻轻地拍着小满的肩膀，小满转过身，扑进他的怀中。作为女儿，她现在唯一能做的，就是在妈妈最后的时光里陪着她，陪她走完最后一程，所以接下来的路，左岸要一个人走了。

“我不能离开她，不能……”顾小满紧抓着左岸的衣襟，摇着头。

“我陪你一起留下来。”

顾小满抬起泪眼看着左岸，她也希望在最无助、最痛苦的时候有他的陪伴，可她不能自私地留下他，左家虽然同意了他们结婚，却绝不允许左岸为了她毁了前程。他们的分别已经不远了。

夜幕沉落的时候，左岸仍没有离开，他一直留在小满身边，直到她的情绪平复下来。

一起买了吃的，送进病房，小满坐在妈妈身边和她聊天，妈妈一直追问什么时候的机票，定了去哪所大学。小满要是能学成博士回来，她这辈子也不白辛苦了，葡萄园那边今年收成特别好，等卖掉葡萄，就够小满出国一年的费用了。

“等你们的孩子出生了，妈带着，妈带孩子可好了。”小满的妈妈规划着未来，脸上显出兴奋的颜色来，可疼痛让她眉头紧蹙，她低声咒骂着，不是说肾有炎症吗？怎么这么疼，她到底什么时候才能出院啊。

大夫进来，给小满的妈妈打了针，她感觉舒服了一些，很快沉睡过去。

时间已经是夜里十一点多了，左岸要离开了，小满帮妈妈塞好被角，出去送他。

幽暗的夜色中，左岸陪着小满坐在医院的花园里，他拥着她的肩头，一起仰望着天空。

“左岸……”

“嗯……”他应着。

“你出国吧。”

左岸扭头看向了小满，眼中有不解之色。

“不是说好不走了吗？”

“我一个人留下就够了。”

顾小满摩挲着左岸细长骨感的手指，眼前浮现着他高一时弹奏钢琴的情形，她的暗恋也从那时开始。

爱一个人，就要给他自由，给他成功的机会。左岸不适合这样默默地守着一个女人。

“你的爸爸和妈妈，把毕生的精力都投注到了你的身上，可以说是孤注一掷，没留后退的余地，甚至同意我们结婚，也是因为不会影响你的学业。如果你就这么放弃了，他们会很伤心，很绝望，那份遗憾，是你今后做什么都弥补不了的，就算我们坚持，极力争取，留下来走到一起，也不会幸福的。”

“小满……”左岸的眼神黯淡，他没有信心说服父母，特别是母亲，更加不忍心让她难过。

“我以前很任性、固执，会因为一点小事和妈争执，和爸理论，一直享受着他们的骄纵，却从来没替他们着想过，我好后悔，真的后悔。如果有重来的机会，我一定会做一个听话的孩子……”

小满难过失声，左岸将她的头按在了胸前，他在沉思。

在妈妈住院的第三天，小满就向学校请了假，实习的事情彻底放弃了，而左岸，也在左院长和周教授的坚持下，要出国了。

身份证和户口本还放在桌子上，几乎要踏进那道门的时候，却停止了。

在那个大雨滂沱的夜晚，左岸跑到小满家的楼下，任由大雨倾泻而下，他大声地喊着小满的名字，顾小满从楼上跑下来，他几乎湿透了。

小满用伞遮在他的头上，左岸的脸上已经看不出是泪水还是雨水，他恳求小满要等他，他一定会回来的。

“我会回来的，会的……等我。”

他浑身湿漉漉地抱着她，亲吻着她的头发、脸颊、鼻子，当他的唇触碰到她唇瓣的一刻，彻底爆发，几近疯狂的吻预示即将开始的长久分别。

她迷失在他的吻中，雨伞脱落，大雨倾盆，好像他们的心情，狂烈，却无法感受晴朗。

当他的唇移开时，双臂紧拥着她。

“我们去登记吧。”

“等你回来……如果到了那时，你还觉得我是你的太阳花，我会穿上婚纱等你来。”

假若这是牵扯不断的缘分，又何必被一张证书牵绊？顾小满希望给左岸机会选择，在更广阔的世界里游弋过后，他会仔细想清楚，需不需要回到这个女人的身边来，她还是不是那朵吸引他的太阳花。

“不要送我……”

他恳求她不要出现在机场，让他不要在那么多人的面前流泪，他怕刚下定的决定又会动摇。

“留着我送你的手机……”

“我会给你写信……”

“抽时间，我回来看你……”

“一定要等我回来……”

在那些不舍的叮嘱中，他离开了，带着一身冷雨来，又顶着一身冷雨走。随着他身影的远去，小满感到前所未有的冰冷和孤单。

左岸在父母的安排下出国了，顾小满和左岸说好不送别的，不感受那种离别的场面，可她还是偷偷跑去了机场。站在机场的角落里，她看到了左岸，也看到了孙安宁，因为小满的临时退场，成就了孙安宁，那个名额给了她。

左岸进入安检的时候，仍回头看着，虽然他不希望小满出现，却仍怀着期盼。

飞机起飞了，高高地没入蓝天白云之中，顾小满飞奔在机场之外，大声地呼喊着。

“左岸，左岸！”

…………

她的思念随着飞机的羽翼，同他一起翱翔在蓝天，飞去国外，陪伴他每个苦读的日夜，他一定能看见，一定能感受……每时每刻都会存在。

走在异乡的路上，思念在那里；坐在陌生的咖啡厅里，思念在那里；寂寞孤寥的夜里，思念在那里；月光洒满的窗口，思念还在那里……

左岸，她真的爱他。

第十七章 无法承受之重

人无可选择地来到这个世界，又会无可选择地离开，一生到底有多长，没人能够说得清楚。有人来了，几天就去了；有人来了，长寿而归；剩下的人，还要坚强地活着。

又是一年的冬天，落叶，枯枝，冷风，飘雪，接踵而来。周末温度降低到了零下二十多度，大多数人都避在家里，喝着热茶，享受着专属冬日的家庭聚会，也有人冒着风雪，行走在冰雪覆盖的街头。

一家温馨的咖啡馆前，发生了六辆车连环追尾的事故，交通大堵塞，一辆出租车司机打开车门，大声地抱怨着，这一天都毁在这里了，后座上，一个穿着蓝色羽绒服的姑娘提着汤罐下车，塞给了司机一些钱，急匆匆向前跑去。

“姑娘，姑娘，你的包。”

司机懊恼地喊着。跑出很远的姑娘听见喊声，停住步子，扭过头，露出了一张冻得发红的脸蛋儿，睫毛上结了一层白霜，她又匆匆跑回来，接过皮包，连声感谢着司机，向医院的方向跑去。

半个小时后，她进入了医院，先去了护士站。

“顾小姐，你妈妈的状况不太好，疼痛加剧。”一名护士向她说明情况，并告诉她，妈妈剩下的日子不多了。

“我马上去看她。”

顾小满垂下眼眸，神情哀伤地走向了病房。站在病房外，她停下来，深吸口气，强挤出一点微笑。

距离左岸离开，已经数月，日子过得急躁，匆忙，毫无规律。妈妈的病情一度恶化，接受了化疗，头发几乎掉光的时候，她才知道自己得了什么病。她一时之间难以接受，觉得老天对她不公，她辛苦了大半生，甚至还没看到小满结婚，没能抱抱外孙，就要死了。

那段时间，妈妈的性情大变。她发病难受的时候，会摔东西，每次都是小满抱住她，她才平静下来。之后的一个月就很少说话了，疼得难忍时，便恳求大夫让她安静地死去。

那段时间，小满几乎天天以泪洗面，顾建城也瘦了一大圈。为了爸爸的身体，小满几乎将医院所有的事情都承担了下来，却终究没能挽回妈妈多一天的生命，半年后，妈妈扔下她和爸爸离开了。

人无可选择地来到这个世界，又会无可选择地离开，一生到底有多长，没人能够说得清楚。有人来了，几天就去了；有人来了，长寿而归；剩下的人，还要坚强地活着。

那是小满最难熬的日子，左岸一直没有来信，出国后，他便音讯皆无。小满独自躺在床上，感受着入冬的寒冷。

在妈妈去世后不到一个月，顾建城卖掉了现有的房子，搬去了郊区。尽管如此，顾建城仍旧没法从失去老伴的痛苦中解脱出来，他的记性变得很差。

“小满，爸爸的花镜哪里去了？怎么找不到了。”顾建城在客厅里喊着小满的名字，小满推门出去，看到爸爸的老花镜就放在茶几上，他却在一圈圈地寻找、抱怨着，如果是以往，一定是妈妈拿给他，再随口数落他几句，说他老糊涂了。

小满把老花镜递给了他，顾建城恍然地点点头。

“老糊涂了，老了。”

“我一周后，得去医院实习了，可能会回来晚些。”

“我知道了，你忙你的，别管我。”

顾建城虽然应着，眼睛却微红。以前妈妈虽然强势唠叨，却每天都会买菜回来，两个人一起在厨房忙碌，研究菜样，现在老伴走了，女儿又要工作，顾建城感到前所未有的孤单。

小满陪着爸爸看了一会儿电视，他说困了，低着头回房间了，这是一部顾建城和妻子没有看完的长播剧，如今电视剧还没播完，人却走了一个，勾起了他太多的回忆，他不想在小满的面前表现他的脆弱。

小满也回了房间，收拾仍旧凌乱的东西，当她看到压在箱底儿的手机时，失神地拿在了手里。妈妈生病期间，她忙得不可开交，根本无暇顾及这些，现在清闲下来了，才想到了左岸临走时说的话，他一直叮嘱她要留着这个手机……

手机很多年没用了，早就没电了，小满找到充电器，充电之后，刚打开，短信就蜂拥而来。

顾小满看着手机，泪水盈眶，左岸一直在默默地给这个号码充值，他给她选的号码还保留着。

左岸没有选择写信，而是发了短信。

“我到了牛津，身边跟着的人不是你，而是她。她好像一个影子，曾经在池塘边倒下，又在我的身边站起来，她时刻提醒我，那个小小的身躯在我的身边冷却，我犯下的错误，可能用一生都弥补不了……”

小满拿着手机看着左岸这条长长的短信，知道他口中的“她”是孙安宁，她还在左岸的身边，就好像在TX医科大学里一样，只要有机会，就会形影不离。

左岸很少跟人谈论孙安宁，就算和小满在一起时，也寥寥无几。可这条短信暴露了左岸心中太多的无奈，孙安宁手中一直掌控的砝码，志在将左岸拉近，却将他推得更远了。如果当年没有发生那次意外，孙安心还活着，也许左岸会接纳孙安宁，也可能爱上她，但有些阴影一旦形成，负罪中，又有多少是无奈，甚至憎恶。

孙安宁自认的砝码，却是一道隔开她和左岸的屏障。

“我没有给你写信，因为我知道，信不会到你的手中，并不是他们不够善良，而是他们坚守的东西，和我们不一样，留着手机，永远不要停机……”

永远不要停机，顾小满眼眸湿润，她没做到，可他做到了。

“小满，永远停留在失去的痛苦中，就会忽略很多身边包围你的幸福。我相信，即使妈妈离开了，她也希望你像过去一样，每天都活在快乐之中。我也希望，回国后，能看到你微笑的样子，期待我的太阳花，一直迎着阳光……”

“小满，今天去了一趟超市，看到一个中国女孩儿长得和你好像，我跟了她几条街，她把我当成了流氓，还报警了，好在我长得像个好人，他们相信了我……”

“小满，天冷了，这里下雪了，我穿了妈妈织的毛衣，好暖和，你呢？你也多穿点儿，我最近可能要闭关一段时间，书信会少了，但你一定要看。”

…………

一条条短信，让顾小满泪如雨下。

一条条短信翻看着，顾小满的手指微微颤抖，咽喉哽咽得发不出声来。他没忘记她，一直在大洋彼岸牵挂着她。左岸，曾经是她的梦，现在是她的寄托，她盼着他回来。

握着手机入睡，她做了一个梦，梦见妈妈的葡萄园里，葡萄已经成熟了，一串串坠在藤上，紫黑善良。在阳光笼罩的葡萄架下，妈妈正微笑着看着她，说她疲惫的时候，只要看到女儿的笑脸，就立刻精神了，所以小满要一直这样开心地笑下去。

梦中醒来，太阳已经高高升起，小满坐起，看了一眼手机，左岸有一条回复：

“笑着醒来……”

是的，她应该尝试笑着醒来，嘴角微微上挑，久违的微笑再次回到了小满的脸上。

“来电话了，来电话了。”妈妈买给她的手机大叫了起来，小满慌忙跳起，接通了电话，是中心医院打来的，让她早上十点去见院长，中心医院愿意接纳她这个“特殊”的实习生。

大六大七，为实习期，偶尔要回学校报到，整理毕业论文，顾小满有半年的空白期，这对她将来的毕业成绩有很大影响，中心医院在这个时候愿意接纳她，确实让人感到意外。

洗漱完毕，小满换了衣服走出卧室时，爸爸已经出门了，桌子上放着一碗粥和一段火腿。

简单吃了一口，匆匆出门，等顾小满到了公交车站时，站台上已经排了一条大长队，她看了一下时间，只能伸手打车。

九点三十六分时，出租车在中心医院二十层的建筑前停了下来。顾小满付钱下车，抬头看着鲜红如血的红色十字，深吸口气，大步走了进去。

接待顾小满的是中心医院的院长，也是左岸的爸爸。曾经的印象只是远远的一个身影，如今却是如此近的距离，她在打量他，他也在观察着这个让左岸差点脱缰的女孩儿。

“坐。”左院长指了指面前的椅子，让小满坐下。

“对于最近发生的事，我很难过，有什么需要帮忙的……”

“谢谢左院长关心，已经没事了。”

“没事就好。”

左院长坐下来，翻开了一个本子继续说：“一早，你爸爸来过。”

顾小满愣了一下，左院长将本子转过，推给了顾小满。

“中心医院今年的实习名额已经满了，岗位也安排完了，你迟了大半年的时间，确实不好安排，可考虑到你的实际情况，还有左岸的关系……”

“我不知道爸爸一早来跟您说了什么，但那绝不代表我的意思。”顾小满向左院长解释，左院长却打断了她。

“我叫人给你打电话，不是因为你爸爸来恳求过我，而是我想给你这个机会，作为你让左岸出国留学的答谢。”

答谢？顾小满愣住了。

左院长点点头。

“虽然左岸没明说，可作为父亲，我很了解他，他决定的事情，没人可以改变，除了你……所以……这个实习的机会，算我还给你的一个人情。”

还她的人情？左院长的话说得十分明确，这个人情还了，左家就不再欠她了，除了工作上的关系之外，她和左家再无牵挂，从某种角度来分析，这话一语双关，左家从骨子里就不愿接受顾小满。

“我看了一下你的成绩，三年多，年年都拿一等奖学金，很不错。只是我有一点担心，怕你只是成绩好，实践能力没那么强，万一我给你开了这个绿灯……”

“左院长的好意，我心领了。”

顾小满拿起了皮包，站了起来，看到小满转身要走，左院长生气地站了起来。

“顾小满，不要太倔强了，中心医院如果不要你，其他医院也不会要，没有实习经验，别说一流医院不会要你，三流的也不会。你要知道，现在的医院，能坐在主任医师的位置，至少要医学博士毕业才有机会，我可以留下你，但你必须听我的。”

左院长说的是事实，那些没有竞争实力的小医院，医生都要求至少研究生毕业了，何况这是本市最有实力的中心医院，她从这个门走出去，想走回来，就难了。

一个经过左岸抢救的病人，死于肾衰竭，让左岸背负了巨大的心灵创伤，至今，小满还不能忘记死者家属无助的眼神。

过去的半年里，妈妈也承受了肾癌的折磨，离开了她。

顾小满度过了无数个悲伤孤单的夜晚，她暗暗发誓，要成为一名优秀的泌尿科医生。

现在，假如她负气走出这道门，医生的职业生涯很可能就结束了。

面对这样的事实，顾小满不得不低下高傲的头颅，缓缓转过身，面对左院长。

“我可以做得很好。”

“拿出实力证明你吧。”

左院长把一个实习生的工作牌扔给了她。

机会是别人给的，但如何利用这个机会，达成自己的目的，凭借的却是实力。顾小满不会让左院长小看了她，更会让左岸以她为荣。

所有的实习科室，顾小满选择了其他实习生不愿来的泌尿科，开始了她毕生为之奋斗的职业生涯。

“又一个凭关系进来的。”

顾小满刚进入泌尿科的护士站，就听到了这样的一句话，轻蔑，鄙夷。几个小护士都低着头，虽然听不清是谁说的，却可以感觉出来，泌尿科并不欢迎她的到来。

“所有实习生都到会议室开会。”

一名男医生下了通知之后转身离开了，实习生都去了会议室，顾小满走在最后面，进入会议室后，坐在了最后一排的座位上。

主持会议的是一名三十开外的男主任医师，医学博士毕业，叫冷涛，在国外工作两年回国定居，在中心医院担任主任医师三年，有丰富的临床经验。据说他不但对手下的医生和实习生很严格，对自己也很苛刻，每天工作到很晚，为此他正和妻子处于冷战之中，家庭关系的不和谐，让他的性情更加冷酷，有点不近人情。

分配到泌尿科的实习生有十二名，十男，两女，另一名女生叫陈瑛，有一定的背景关系。据说来这里的实习生，一半以上是托关系进来的，顾小满的情况最特殊，虽然左院长没有发话，也没什么暗示，可大家猜测她能中途进入中心医院，后门一定很硬。可事实上，那不过是左院长偿还小满的一个“人情”而已，左院长根本没想特殊照顾这个让左家麻烦不断的女孩子。

“你们今天能坐在这里，参加本科室的实习工作，遵从的原则只有一条，能力……想让我满意、赞同你们，也只能用能力来说话。没有能力，实习期一结束，就请你们从这个门走出去，在座的十二个人，只能有两个留下。当然，也可能一个都留不下，中心医院要的是精英，不是窝囊废。家世、后台都不是你们留下的本事。”

冷涛环视着会议室里的人，气氛一度弄得很紧张，他走到了顾小满的身边，目光略显轻蔑。

“我们科室，从来没人能中途进来实习，你是第一个，不做一下自我介绍吗？”

在冷涛不友好的目光，顾小满站了起来。

“我叫顾小满，TX医科大学临床医学专业……”

不等小满介绍完自己，冷涛就打断了她。

“听说你得到了A市最好医院的实习资格，为什么没去？”

“我妈病了。”

“如果换作是我，我不会放弃那么好的机会。”冷涛的声音仍旧冰冷。

“可你不是我。”

顾小满不客气地回敬了冷主任，想象着这个男人该是一个多么注重个人前途、冷酷无情的人，就算他是泌尿科再好的医生，人格也是有所缺失的。

顾小满的反驳，让冷涛皱了一下眉头，神情尴尬。

“你知道我要的是什么？”

“能力！”顾小满果断地回答着冷涛的问话，他刚才已经强调得很清楚了，在这里没有能力，就意味着什么都不是。关于这点，她很赞同冷涛的话，医者不仅仅有一颗敬业的心就足够的，还需要有扎实的专业知识和经验。

冷涛的目光扫了小满一眼，让她坐下，然后开始分配工作。经过半年的时间，已经有一些人显露出了他的缺点，要根据实际情况进行调整。陈瑛因为表现一般，还犯了一个错误，由原来的岗位调换到手术室门外接送病患，谁都知道，那是手术室护士的工作。

陈瑛委屈地垂着头，冷涛转向了顾小满。

顾小满因为来得晚，一些部门不缺人，她暂时负责送遗体到太平间。冷涛的话刚说完，有人竟然笑出了声儿，无疑这是给顾小满的一个下马威，那算是什么工作，送死人而已，非但没有任何技术含量，还很恐怖。

冷涛承认，他的安排有点不近人情，顾小满看起来是个柔柔弱弱的女孩子，送遗体的活儿对她来说太残酷，所以冷涛说完之后，没有马上拍板，而是等着她激烈的反驳。可顾小满的反应让他倍感意外，她安静地坐在那里，没抗议一句。

曾经太平间是顾小满畏惧的地方，一个可以制造各种恐怖鬼故事的摇篮。可自从妈妈去世，看到她被推进太平间的一刻，顾小满心中的恐怖突然消散了，一颗溢满慈爱的心在那里停止了跳动，那份爱却还在延续着。

太平间里躺着的，是多少人的牵挂，送妈妈进去的那一天，她没有离开，一直待到夕阳西下……

“好了，散会。”

冷涛让所有实习生马上回到岗位，各尽其责，前一段时间的成绩仅仅是一个开始，下一个月的月初，还在这里开会，到时候再确定一下，有些人是否需要调整。

顾小满是最后一个走出会议室的，冷涛用奇怪的眼神看着她，直到她的背影消失在会议室的门口。

“冷主任，顾小满是左院长介绍进来的，您这么做……”

“在泌尿科没有人是特殊的，她这个时候，通过这种关系进来，能力会有多强？我不会派她去病房，更不会拿病患的性命做儿戏，如果她不能坚持，有情绪，可以申请主动离开，或找左院长告状，去其他科室。”

冷涛整理了文件，交给了助手，助手压低了声音：

“刚才，您的手机在办公室里一直响，好像是……嫂子打来的。”

“我会调静音的。”

冷涛显得有些无奈，助手只能闭了嘴，跟随着主任离开了会议室。

据说，冷主任的家庭矛盾已经由冷战上升到了离婚，冷主任为了躲避妻子，在医院里住了三四天，他的电话一直响，却一次都没接听过。不得不承认，他是个敬业的医生，可对家庭却是失职的。

散会后，所有实习生回到了自己的岗位上，不敢有一点怠慢，只有顾小满的工作看起来最轻松，要守着的不过是一辆推车。

可这一天注定是不平凡的一天，看似轻松的工作，到了顾小满的手里，就变得极其复杂，让她猝不及防，甚至有点惊魂动魄。

前半个小时，她还无聊地坐在椅子里，斜望着窗外，视线里，一只流浪猫在医院的院子里寻觅食物，喵喵地叫着，后半个小时后，电话铃声突然响了，有病人病危……

当顾小满赶过去的时候，场面让人心碎，刚刚去世的是一位年轻人，不过二十出头，甚至还没来得及实施抢救，便宣布死亡。主治大夫摇着头，去赶着给另一个病人做手术去了，年轻人的母亲跪在地上，已经哭不出声来，她不能接受这个事实。

这样的景象，让刚刚送走母亲的小满，心中再次泛起了悲伤的波澜。

“先送太平间吧。”一位男工作人员走上来。

“不，不，求求你们，救救他！”悲伤的母亲还在恳求着。

顾小满不忍多看她一眼，和另一名工作人员将遗体抬上了推车，盖上了白色的单子。可怜的女人还在拼命地恳求顾小满，不要带走她的儿子，巨大口罩的后面，小满只露着一双乌黑湿润的眼睛。

“如果能留下他，谁愿意让他去那个冰冷的地方。”

顾小满推开了女人的手，让她节哀顺变，女人的手滑落下来，哑然无声。

顾小满推着推车向外走去，穿过一个小花园向东，经过一条甬道，就是医院的太平间，一道铁门挡在那里，厚重阴森。

帮顾小满忙的只是医院的一名合同制的男工，每天来医院做的事情，就是帮忙抬遗体，跑跑腿，赚个生活费，所以这样的场面他见的多了，不以为然。

顾小满以为自己准备好了，却没想到推着这辆推床的时候，心情竟然这么沉重。她走得很慢，很累，甚至有些呼吸困难。

“我来吧。”男工知道小满是第一天来实习，能体谅到她此时的心情，低声抱怨，这哪里是女孩子能干的活儿。

“没关系的。”

顾小满强挤出了一个微笑，摇摇头。

“听说你是TX医科大学的高才生？太浪费了。”

“在医院里，任何一个工作环节，都需要有一名专业的医生在，我不干，也有别人来干，都一样的。”

“你还真想的开，死人还需要医生吗？他需要理容师。”男工开着玩笑，顾小满没再说话，一直默默地朝前走着。

从某种角度来说，顾小满算是太平间的工作人员，不算什么医生，和这位乐观的男工身份没什么区别。她能想象得到，一个月后，其他实习生都能拿出成绩给冷主任看，顾小满能拿出来的只是一个月内送了几具尸体，这个数字是多好，还是少好呢？冷涛的下马威，还真是让小满很头痛。

太平间的门打开了，看护管理员大爷叹息了一声。

“又来一个，填一下登记卡。”

根据规定，一般遗体只能在这里存放一天，家属要么带走处理，要么由医院直接送火葬场火化，特殊情况才可以停留更长时间。

填好了登记卡，管理员大爷将遗体的推车接了过去，到这里，小满的工作就算结束了，她要做的是等在太平间的门口，推着空车回去。

男工随着管理大爷进去了，小满拉过一把椅子坐下来，拿起大爷刚才看过的书翻了几眼，却怎么都看不进去，心里想着的都是那位母亲悲伤的目光。她忍不住向推车的方向看了一眼，却不经意发现推车上的死亡的年轻人手臂竟然垂落了下来，也许是管理大爷重新整理导致，或者是男工翻动遗体的时候掉出来的。

情况好像有些不对，到底哪里不对，顾小满又说不出来。她蹙眉站了起来，大喊了一声：

“等等！”

冰冷的存尸抽屉已经拉开了，冒着森冷的白烟。推车在顾小满的喊声中停住了，管理员大爷和男工都回头看向了顾小满，小满飞快走上去，一把扯下了白色的布单，盯着死者的脸。

“顾医生……”

男工很奇怪顾小满的反应，坚持要将布单盖上，一个死人有什么好看的。

顾小满将男工推开，手指放在了死者的脖子上，又扒了一下他的眼睛，整张脸都变了颜色。

“把他抬到地上！”

市中心医院的太平间里发生了一件震惊整个医院和新闻界的大事，听起来让人毛骨悚然，惊心动魄。中心医院的科室传扬了好几天，说是太平间里发生死人诈尸事件，确切地说，一个几乎要被冷冻的尸体复活了。

当时的状况是这样的：顾小满发现死者遗体的手臂垂落，觉得有异，让男工将尸体平放在了地上，叩击死者的右胸，进行全外心脏按压，甚至人工呼吸。看似疯狂的举动，竟然出现了奇迹，死者有了微弱的呼吸，手指能动，当时管理员大爷和男工吓得说不出话来，真以为诈尸了。

推车又从太平间被推出来，急匆匆回了急救室，医生经过一番急救，年轻人竟然清醒了！

悲伤的母亲接到信息后，赶回医院，看到清醒的儿子，当场给顾小满跪下，感激涕零。如果不是顾小满及时出手，她的儿子就算当时不死，也被冻死在太平间了。

后来经过男工和管理员大爷的渲染，再结合太平间里的诡异，一个十分完美的鬼故事产生了，而顾小满充当了鬼故事的女主角。

用顾小满的话来说，自从她放弃设计从医之后，她的路，都是这么奇葩走过来的，一个小小的鬼故事算得了什么。

顾小满没想过要当英雄，却偏偏在这个敏感的时刻被推了出来。相信她的举措，让科室里判断年轻人已经死亡的老医生处在了很尴尬的境地。

老医生极力向医院进行解释，那天他有一台手术必须马上做，手术室里的病人也很危及，而这个年轻人已经没了生命特征，心跳、脉搏全无，根本无须抢救，他认定他的处理没有任何错误，至于年轻人为什么后来活过来，他也没法做出合理的解释。

顾小满站在冷涛的办公室里，低着头，好像一个犯了错误的孩子，正要接受家长的训斥。她没按常规出牌，把一个确定已死的人从阎王殿拉了回来，事情已经过去七天了，年轻人已经出院离开，心怀感激的母亲，给医院送来了一面锦旗，这面锦旗不是表扬医院的，而是表扬一个实习医生，她叫顾小满。

这件事，引来了医院所有实习生嫉妒的目光，她一夜之间，成了中心医院的名人。

“你怎么确定，他可能还活着？”冷涛问。

“手臂……垂落。”

顾小满说得没什么信心，手臂垂落的原因有很多，刚刚死亡的人，身体还没僵硬，意外垂落并不稀奇。

“就因为这个？”冷涛好像有些失望。

顾小满抬起了眼眸，想知道冷涛今天叫她来，是想让她提前滚出医院，还是有什么其他的目的。她不觉得自己的行为有什么不妥，那是一个生命，值得她那么做。

“任何可以挽救生命的疑点，我都不想放过。我只是一个推送尸体的医生，有大把时间确定他是不是还有希望，我相信，在那种情况下，您也不会轻易放过的。”

顾小满的话，让冷涛沉默了，他在思考这番话的意义。眸光再次看向顾小满的时候，已经没了之前的冷漠。

“你想换一个工作岗位吗？也许我该把你调回来？”

“一个月的期限还没满，这么快换了，冷主任不怕他们指责你给我走了后门吗？”

“我不在乎别人说什么，但如果你想放弃……”

“我放弃。”

顾小满的回答直截了当，让冷涛眉头微蹙。他很震惊，也很意外，如果换作别人会不会欣然接受了呢？

顾小满离开了冷涛的办公室，陈瑛正站在门外，不知是不是在偷听。她凑上来，压低了声音对顾小满说：

“你成名人了，全市都知道顾小满这个名字了，患者的妈妈接受了记者采访，称赞了你的敬业精神，把你当作她儿子的救命恩人。”

“我知道了。”

面对这样的说辞，顾小满一点兴奋的感觉也没有。此时此刻，她因为这件事成了中心医院某些人攻击的目标，那名老医生手下的学生，都用鄙夷的眼光看着她。

“她充其量，就是侥幸罢了，不算什么英雄！”

这就是他们对顾小满救人事件的回应，他们坚信，在那种情况下，无论谁都会成为英雄，机会让顾小满展露了头角。

顾小满换了衣服，准备下班回家，刚出医院的大门，就被记者围住了。

“顾小满，能说一说当时的情况吗？那人推进太平间的时候，真的没死吗？”

“我想知道，你怎么顶着一个经验丰富医生的诊断结论，做出自己的判断的？”

“顾小满，说说你接到感谢锦旗时的心情吧？”

…………

蜂拥而来的采访声，让顾小满应接不暇，她连连退步，不得不跑回了医院，在大厅里一直坐着，到记者散去才回了家。

顾建城也看到新闻了，他很担心。

“你还没毕业呢，不要这么锋芒毕露。”

“爸，我没想出风头，可事情就这么发生了，难道您让我见死不救吗？老医生的诊断没错，我也没错，只是这种情况，突然发生，作为医生，没得选择。”

好事突然变成了坏事，让顾小满解释不清，她简单吃了一口，便回了房间，给左岸发了一条短信：

“有时候，见死不救不对，救人也不对，到底做什么样的医生，才是对的？”

很快，短信来了。

“问心无愧就好，还记得那个肾衰竭的病人，如果再给我一次机会，我还会救他。”

“你和我一样，为了某个想法，某个目标，撞了南墙，也要将南墙推倒。”

“不，小满，我不是那样的人，南墙一直在我面前，我从来没有逾越过。”

“现在也是吗？”

“我想冲过去，和你站在一起。”

“什么时候？”

“这个目标不远了。”

顾小满看着手机屏幕上一条条温馨的文字，不愉快如烟云般渐渐散去，她入睡时，还不肯松开手机，希望一早醒来，就能看到他的来信。

就在顾小满紧握手机入睡的时候，远在英国的左岸做了一个决定：他放弃了父母为他安排的大好“前途”，选择了一条他喜欢的路，那天孙安宁和左岸之间发生了激烈的争执。

顾小满进入甜美梦乡的时候，异国他乡，左岸度过了特别的一天，很难熬，很坚定。至于那天到底发生了什么，左岸没说过，顾小满也无从知道。

太阳再次升起，阳光普照的清晨，顾小满一个轱辘爬起来，第一时间打开了手机，欣喜地等待着左岸的短信。可她失望了，左岸没能像从前那样，给她一个早早的安慰。

“不要太忙了。”

顾小满对着手机自语了一句，然后把手机小心收好，新的一天又要开始了。

顾建城的精神状态好了很多，和小满聊得开心时，也能笑出声儿来。顾小满看着爸爸，在思索一个问题，他还不到六十岁，不可能这么孤单地生活下去，如果能遇到一个合适的女人，应该再找一个陪伴。

只是……这个家来了新的女主人，小满不知自己能接受多少。

太平间诈尸事件发生半个月后，生活恢复了平静。医院里的工作仍旧井然有序地进行着，实习生们没再排斥小满，却也没和她走得太近。

太平间的这次事故，医院里很多资历高的医生对顾小满的评价都很高。

“如果不是她观察细微，那个人没希望活下来。”

“事出得太尴尬，没必要再提了。”

左院长不赞同当众表扬顾小满。出了这样的事，医院已经备受舆论指责，一些医院已经开始将矛头指向中心医院了，家属对于老医生的诊治也提出了质疑。

“我也赞同。”冷涛同意左院长的决定。

于是这件事，就不了了之了。

顾小满戴着大口罩，推着推车。这是一位老年人的遗体，才去世不到半个小时，把推车交给管理员大爷的一刻，她长长地松了口气，一屁股坐在了门口的椅子上。

“家属还等着出现奇迹呢，指名让你送。”管理员大爷调侃着小满。

“我都成活神仙了。”

顾小满无奈地摇摇头，人死了就是死了，怎么可能起死回生？外面的人把那件事传神了，恨不得所有的死人都送来中心医院，让顾小满过过手。

她有些后悔，是不是应该接受冷主任的好意，换个岗位呢。看到这些没办法救治的冰冷的尸体，心情一整天都没法好起来。

午休的时间，食堂里熙熙攘攘的都是人，顾小满故意避开人群，独自坐在角落里，恨不得找个罩子将自己罩起来。偏偏陈瑛凑上来，屁股才落在座位上，便开始抱怨，她说她不过是犯了一个小小的错误，就被冷主任抓住不放，训斥了一个上午。

“他这是故意找我的麻烦，说话尖酸刻薄，你说说，他是不是更年期了？好像年龄还不到啊，哎，这种家庭不和谐的男人实在太可怕了，我真后悔来这家医院了，烦。”

“小心被人听到。”

顾小满只笑不语，陈瑛继续唠叨。

“听到怎么了？他还敢把我赶走吗？我可是……”

又有两个实习生凑上来，陈瑛的话题没变，继续议论冷涛，在大家眼里，泌尿科的这位主任等同于洪水猛兽。

“听说了吗？冷主任要离婚了。”

“他老婆的律师找到医院来了，冷主任的心情差到了极点，看来这婚离定了。”

“要是我，我也跟他离婚，什么东西啊，一天到晚找人麻烦……”

冷主任家变脾气暴增的说法，在实习生之间传扬开来，大家都倍加小心，谁也不愿意招惹这个冷酷的主任。

一个月后，进行了实习生岗位调整，顾小满被指派随冷主任进入手术室。表面看起来，这是一件大好事，到了重要的工作岗位，可私下里陈瑛他们却在提醒顾小满，她要倒霉了，冷涛将她安排在身边，是准备拿她开刀了，顾小满也信了。

“你死定了！”

陈瑛阴森森的一句话，让顾小满顿觉脊背一阵冷风吹来，身上的汗毛孔都炸开了，平白打了一个奇冷的寒战。推车还在那里放着，似乎下一个被推进太平间的人就是她了。

“顾小满，还不去准备！”冷涛从她的身边走过，阴沉地低喝了一声。顾小满立刻回神，片刻没敢停留，换衣服去了。

冷涛果然人如其姓，太冷，太苛刻。顾小满进入手术室的第一天，被他折腾得晕头转向。每天几乎都是三台手术，顾小满作为助手，时刻守在冷涛身边，不敢有一丝怠慢，一点小错误，都会遭到冷涛的白眼，一连两个月下来，她瘦了一大圈。

冷涛有很多经典训斥人的话，例如：你就这智商？还能干点什么？站不住，就躺着，躺下了，就不要站起来。……

虽然冷涛看起来不近人情，却没因为愤怒把顾小满的工作换掉，每天坚持带她进手术室，出入病房，一些特殊的病例，还会亲自讲解给小满听。

陈瑛把这种现象解释为黎明前的黑暗，暴风雨之前的安静。

终于有一天，顾小满弄丢了一个记录本，怎么都找不到了，冷涛好像火山喷发了一般，劈头盖脸训斥她，一点面子都不给。顾小满恨不得把手里的本子直接摔在他的脸上，这样的男人，难怪女人不能忍受。

后来记录本找到了，在冷涛自己的桌子上，可他没因此向小满道歉，绷着一张脸，没放晴过。

后来，冷涛离婚了，他的性情变得不可理喻，被称呼为泌尿科的暴君。

实习期一年半满了，顾小满关于肾脏疾病的论文拿了出来，冷涛非要看一眼，小满只能给了他。第二天，冷涛上班回来，话都没说一句，就把论文扔回给了她。

“下午实习生开会，别迟到了。”

只说了这样的一句话，冷涛就离开了。那时距离他离婚已经有一年了，他好像自始至终，都没缓过来。

下午召开了实习生总结大会，由各科室主任医师给出实习生评价，宣布中心医院要留下的实习生名单。这次会议关乎着每个实习生的命运，大家中午没怎么吃好，一个个忐忑不安地到场了，议论着留下的名额都有谁。

“遇到这样冷血的暴君主任，我是没什么希望了。顾小满，你也危险，看他昨天训斥你时的样子，就差一口把你吞了，骨头都不打算吐出来。”陈瑛咬牙切齿地说。

暴君主任虽然冷酷，专业知识却很强，经验也丰富，顾小满在满受“虐待”的同时，收获也不小。至于是否能留在中心医院，顾小满对此不抱太多希望，泌尿科的二十名实习生中，有一位是博士，论学历留下来的应该是他。

“我现在只想把毕业论文写好。”

顾小满把毕业论文塞回了皮包里。车票已经买好了，回学校进行毕业答辩之后，她就算正式毕业，步入社会了。

“心真宽啊。”

陈瑛摇摇头，陆陆续续的，与会人员都到场了，冷主任坐在靠边一点的位置。

中心医院这次接收的实习生一共有62位，实习期是两年整。经过两年的培养和观察，医院多次讨论研究决定聘用十位，其中六位是博士生，四位是研究生，泌尿科只留下了一名，不用猜也知道结果，被选中的应该是那位凤毛麟角的博士生吧。

顾小满坐在中间靠过道的位置，主持会议的是左院长。

会议的开始只是一些客套的开场白，随后重点说到了这次被医院聘用的实习生。有一个科室一个都没留，理由是：都不合适。他们科室需要的人才，会面向社会招聘。另外几个科室只留了一个，只有一个科室留下了两个，据小道消息，第二个名额是后门很硬的人。提到泌尿科的时候，顾小满身边坐着的男博士生信心十足，神气劲儿别提了。

“泌尿科今年被聘用的实习生是……”

会场里鸦雀无声，顾小满低着头，在思索离开医院之后她必须认真书写简历了，也许一些三流的医院愿意收留她。

“顾小满！”

当顾小满的名字被读出来时，她的思绪瞬间被打断了，一点准备都没有。从上午冷主任那张臭脸来看，根本就没希望，可现在……小满吃惊地抬起头，不敢相信左院长刚才念到的是她的名字。就在她质疑这个事实时，她身边的博士生愤怒地站了起来，大声抗议。

“这不公平！”

在很多人眼里，这个结论看起来确实有失公平，缺乏依据。顾小满是什么人？一个中途插入实习生队伍的小研究生，最初只是个在太平间推死人的，怎么可能轮到她，无疑，这其中有猫腻。

男博士满含怒火的目光投向了顾小满，好像她做了什么见不得光的事，是冷涛给了她特殊的待遇。

“哼，冷主任离婚了，她每天那么殷勤地跟着，能干什么好事儿？”

一个细小的声音在顾小满的身后响起，小满惊愕回头，接触到了陈瑛一双怨恨的眼神。

越了解你的朋友，往往就是越嫉妒你的人，你可以倒霉，却不能优秀，陈瑛心虚的同时，内心被嫉妒占满，为寻找心理的平衡，她昧着良心泼了顾小满一身脏水。随着她不负责任的一句话，所有实习生的眼中都闪现一丝轻蔑之光。

左院长把院里的评分标准拿了出来，顾小满的成绩是高分，无论是实践还是对待病人的态度，都符合一个优秀医生的标准，可没人相信那是真的，顾小满是通过左院长的关系介绍进来的，冷涛又处于那样的状况，任谁都会怀疑其中有很多水分。

“我怎么听说，顾小满是左院长儿子的女朋友，至少是前女友……”陈瑛的破锣敲响之后，不打算就此停住，她肆无忌惮地攻击顾小满。

“好像是这样的……”

“分手了吗？”

“真想不到，她是这样的人，先利用院长儿子的关系，现在又利用冷主任……”

实习生们在低声议论着，觉得这次聘任实习生的决定，水分太大，其中有太多不可告人的秘密。

对面种种质疑，冷涛站了起来，将文件往桌子上一摔。

“院里二十几位领导和十几位权威主任一起开会讨论做出的决定，不容置疑，不会因为流言蜚语随意改动这份聘任书。”

“我同意冷主任的观点，中心医院需要的是优秀的医生，顾小满进入医院实习一年半，比大家晚了半年，可取得的成绩是显著的，她挽救了两条生命，聘任书绝无水分。”一边坐着的庞主任很赞同冷主任的话，太平间那次事故已经证明了很多问题，稍微有点头脑的医生都明白，那意味着什么。

下面的议论声渐渐小了，左院长安抚着大家。

“看能力说话，向来是我们医院用人的标准，不然中心医院怎么可能和一流的医院竞争？今天被聘用的实习生，希望你们在今后的工作中再接再厉。没有被聘任的，也别气馁，经过努力，实力足够了，仍有机会来中心医院。”

左院长做了一番总结之后，宣布散会，他第一个走出了会议室，没多看顾小满一眼。顾小满有理由相信，左院长并不情愿顾小满是所有实习生中最优秀的一个，可事实偏偏出乎他的意料，这个被他认定没有有前途、配不上他儿子的女孩儿，总成绩名列前茅，看到这样的实习成绩，左院长确实吃了一惊，他也在暗暗思量，儿子的选择也许是对的。

左院长走后，冷涛合上文件，刚要离开，那个泌尿科实习的医学博士冲了上来，质问冷主任的决定，两人谈得很不愉快，发生了口角冲突，博士生的自尊受到了打击，扬言要告冷主任。

“随便你。”

冷主任扔下一份成绩单，警告这位博士生说：“会学习固然重要，可实践能力差，是你的硬伤。医院没留你，你应该自我反思，而不是来找我，或许你找你老师更合适一些。”

冷涛还有一台手术要做，他匆匆收拾了文件离开了。

博士生呆站在桌子前，沮丧地垂下了头。

拿到中心医院的聘任书，顾小满本该开心的，可她一点兴奋的感觉都找不到。

谣言传得满医院都是，有人说顾小满和左院长的儿子关系不简单，通过左院长拿到了这张任书；也有人说小满手段高明，对和妻子冷战的冷涛大献殷勤，导致他们离婚；甚至有更难听的说法，说顾小满已经和冷涛关系非同一般了，有人看到他们在值班室里苟且。

第十八章 放了你，希望你幸福

顾小满用奔跑告诉左岸，她不想放弃，可左岸却用停留告诉她，他累了，不想再跑了。

别人的脑袋里在想什么，没人能够控制。流言这种东西，一旦传出来，就收不回去，顾小满无力辩驳。

甩不掉如影随形的谣言，也放不下这张聘任书，顾小满只能拖着行李箱返回了学校。

顾小满的论文题目是《临床医学关于肾脏疾病和康复的研究》，其中关于肾小球足细胞特异方面的研究理论，让评委老师们又吃惊又高兴，顾小满的论文也成为那个年度最优秀的论文，她顺利毕业了。

毕业季，该来的都来了，唯独缺了左岸，连展越也中途回国凑了一下热闹。

毕业的情绪是复杂的，有人欢笑，有人哭泣，也有人郁郁寡欢。周丽娜定了在家乡的医院工作，刘丹却还没着落，她说大学读完，再找不到工作，就要回家种地了。

“不是说行行出状元吗？我种地，也是高级农民。”她苦笑着。

“是啊，行行出状元，怕的什么。”

大家凑在一起喝酒，聊天，抱怨，说大话，任性地大笑，哭泣，怕人生也就这么一次了。

在毕业的闹腾中，顾小满的手机传来了“滴”的一声，来了信息。她紧张地掏出来，还不等看，就被展越一把抢了过去。

“小满，我想你……”

展越对着屏幕大声地念了出来，随后哈哈大笑起来。

“左岸煽情了吗？”周丽娜调侃着。

“还给我！”

小满羞恼地跳起来，抢回了手机，脸红地盯着手机屏幕。看过短信之后，她脸上的羞涩渐渐褪去了，发来短信的确实是左岸，只是没展越说得没那么煽情，而是简短祝福小满顺利毕业的话。

等了这么久，就是这么简单的一句吗？

他到底在做什么？是不是真的忙到了连句暖心的话都没时间说？

展越干笑了一下，为刚才的玩笑感到抱歉，他端起酒杯要喝，却被顾小满一把抢了过去，随后一饮而尽，酒杯见底，展越的脸色变了。周围却响起了一片掌声，大家调侃，谈恋爱中的女人就是不一样，大洋彼岸的一个短信，就让顾小满酒量倍增。

那天晚上，顾小满喝了很多，几乎醉得不省人事，被展越背着送回了宿舍。

“书呆子就是这样的了，哪能像我？净挑你喜欢的说。”

展越临走时，还安慰着小满，看着顾小满沉沉睡去，他才离开了女生宿舍，坐当晚的飞机离开了这个城市。

顾小满不知道自己为什么会忧心，爱情让她失去了判断能力和理智。仅仅一个简单的短信，便胡思乱想了整整三天，几次拿出手机，想发个信息问问怎么回事儿，可编写好的短信又都无奈地删除了，该说什么呢？她的头脑中没有了合适的词汇，莫名觉得她和左岸的距离越来越远。他在疾步快走，顾小满拼了全力奔跑也追赶不上。

将行李快递回家，她思索了一天一夜，做出了一个决定，在上班前，去国外看看他。

买了机票，坐上飞机，倾听着飞机起飞的隆隆之声，看着渐渐远去的地面，顾小满的心才算平静了下来。窗外是洁白无瑕的云海，起伏连绵，望不到边际，阳光照射下的云海，冰雪般晶莹剔透，衬着深蓝的天，光影变幻，惹人无限遐想。

顾小满的思绪在飞舞，远远地飘扬到了他的身边，她想象着，和他相见的情景，激动，甜蜜，两个人相拥在这样一个特别的周末，配着美酒烛光，倾诉着思念……

想着这些，小满的脸发红滚烫，这次远途旅行，她决定改变她和左岸的关系，放下最后的矜持，把整个人都给他，约定一生。

飞机降落的一刻，顾小满几乎迫不及待了。

出租车司机询问顾小满去哪里，她拿出写着地址的字条，读出那个地址，脸上露出了欣慰的笑容，不出一个小时，她就能见到他了。

出租车司机按照地址找到了左岸就读的大学，然而让顾小满感到意外的是，左岸没有在这所大学里攻读博士，他半年前就中途退学了。

这是顾小满怎么都没有想到的，左岸在短信里只字未提此事。

站在异国他乡的茫茫人海中，她突然不知何去何从了。

拿出了手机，顾小满拼命地发着信息。

“你在哪里？”

一连发了好几条，才有了回应，可看到信息的内容，让顾小满没法接受。

“顾小满？”

“左岸，你在哪里？”

“真没想到，他竟然背着我一直用手机和你联系，你到底要纠缠左岸到什么时候？”

“你是谁？”

“左岸的女朋友，孙安宁。”

看到这样的回信，小满呆住了，左岸的手机怎么会在她的手里？

顾小满的手臂垂落，失望地倚在了一棵大树上，如果不是亲密的关系，孙安宁不可能拿到左岸的手机，她和左岸在一起。

无法回避的事实，打击得顾小满体无完肤，此时正值深秋，落叶翻飞，犹如她的心情，失落了一地。

一个皮肤黝黑的年轻人走了过来，打量了顾小满几眼，好像熟悉一般走上来，用英语问小满是不是左岸的朋友，顾小满诧异地点点头，年轻人解释，他见过小满的照片，在左岸的钱包里。

顾小满询问左岸现在在哪里，年轻人给了她一个地址，告诉小满，左岸走了之后，在外面租了房子，据说改读了其他大学，具体是什么大学就不知道了，大家分开有几个月了，都各自忙碌着。

拿到了地址，顾小满千恩万谢，她拦了一辆出租车，按照地址找了过去。

那是一栋很漂亮的房屋，独门的三层楼，白色的栅栏，院子里是修剪整齐的草坪和植被，门口还挂着一个漂亮的风铃，风吹过之后，发出悦耳的叮咚声，左岸也喜欢风铃吗？他没说过，在小满的印象里，他不喜欢这些累赘的小装饰。

这是一个不拥挤的街道，没什么行人，甚至看不到一条狗，清清冷冷的，让人实在难拾好心情。

小满下了出租车，走了上去，二楼的窗口，窗帘动了一下，房屋里有人。

阳光太刺眼，看不清窗后的人，会不会是左岸？

顾小满的心中涌起一阵阵异样的涟漪，手放在大门的门铃上，还不等按下去，房屋的门开了，一个熟悉的身影从里面走了出来，碎花的裙子，高挽的头发，随风而来的淡淡香气，出来的不是左岸，而是孙安宁。

几年不见，孙安宁变得更加妩媚了，优雅之中，透着迷人的女人味儿。不似小满这样，扎着马尾，一条牛仔裤，一双平底鞋，临时决定出门，未曾想过精心打扮，一路奔波，让她的脸色略显憔悴。

孙安宁走出来，情绪平和，目光温柔，可顾小满的心却因此瞬间冷了下来。

“怎么是你？”

怎么是她，为什么是她？

“刚才在窗口看到好像是你，还以为看错了，你怎么来了？”

孙安宁热情地迎了出来，一副他乡遇故知的模样抢过了小满的行李，嘘寒问暖，她打开了大门，等着小满进来。

小满站在门外，心隐隐的痛着。

“什么时候来的，怎么不提前打个招呼，我好让左岸去机场接你！”

孙安宁一副女主人的姿态自居：“我还没醒，左岸就出去了，说有点急事要处理，很晚才能回来，早知道你要来，我就不让他走了。”

轻描淡写的一番话，却好像钢针一样刺在小满的心头，暧昧流露在言语之间，她在暗示顾小满，她和左岸是一家人。

“这不是左岸的房……”

“也是我的。”孙安宁打断了小满的问话，回答了她。

小满猛然停住了步子，没办法再走近一步。

孙安宁转过身，清淡之中夹杂着冷漠。

“TX医科大学的同学，你是第一个来看我们的，进来吧，我给你倒点水喝，等左岸晚上回来，我们一起吃个晚饭。”

顾小满随着孙安宁恍惚地走了进来，在入口，她看到了一双男人的鞋子，还有挂在门口的衣服。

是误会吗?

越来越少的短信，越来越淡漠的语气，似乎许久之前，就有了征兆。

顾小满轻摇着头，极力寻找其中的破绽。谁都知道，从大学认识孙安宁那一天开始，孙安宁就好像影子一样跟随着左岸，无时无刻，寸步不离，是顾小满的退出，让孙安宁又抓住了机会，她怎么能放弃这么好的机会，所以孙安宁能出现在左岸的住处并不奇怪。

也许孙安宁和顾小满一样，都是来看望左岸的，不巧相遇，孙安宁想利用这个机会打击她。

顾小满观察着孙安宁，想从她的动作和言语间找到让自己安心的理由，可她失望了，孙安宁对这个房间很熟悉，每个房间，每个角落，每样东西的摆设。

“左岸有三部手机，这部很少用，最近放在我这里了，你经常和他通短信？”

“…………”

顾小满语塞，孙安宁微笑着。

“没关系，他和我之间没有秘密。”

孙安宁端了一杯咖啡走过来，放在了小满的面前。

顾小满沮丧到了极点，孙安宁无视小满的情绪，自顾自地介绍着她的生活，甚至有些得意。

咖啡很苦，喝到嘴里涩涩的，没放糖。

“不好意思，家里刚好没糖了，不如你等着，我出去买。”孙安宁的眼神里突闪一丝嘲弄。

“不用了，我见了左岸就走。”

“见他？要等很长时间了，不如这样，先参观一下我们的房间……”

孙安宁起身向楼梯上走，当发现小满没跟上来时，立刻停住步子，转过身过来，居高临下地看着顾小满。

“我和左岸半年前就住在一起了。”

不管孙安宁这句话是真是假，都具有足够的震慑力，顾小满从沙发里站了起来，难掩失态，孙安宁已经引燃了顾小满的爆点。

“接受不了？可也是事实，上来看看？”孙安宁欠揍地轻笑着。

“我什么都不想看。”

“你不看不等于什么都没发生。”

孙安宁问小满是不是怕了，专程跑来国外一趟，却发现男友和其他的女人同居了？爱情这种东西，是抵抗不了现实的。

“怕看到事实，就别上来。”

“我敢来，就没什么好怕的。”

顾小满站了起来，走向了孙安宁，孙安宁继续向楼上走去。

“你不了解左岸，看到的也只是他的表面。左岸从小到大，都被左伯父伯母照顾得很好，衣来伸手饭来张口，没独立过。在国内还好，出国之后，什么都不一样了，他不适应，也不知道该怎么做，是我一直陪在他的身边，支撑着他……”

“你说的左岸，不是我认识的那个。”顾小满冷声反驳。

“还是那句话，你不了解他，左岸没你想得那么坚强，出国后，他要面对选择，那种无助，沮丧，不是你能想象的，我还记得，那天下很大的雨……他突然来找我，浑身都湿透了，我帮他找毛巾，他却抱住了我，那天晚上之后，我们在一起了，单纯一个男人和一个女人，身体上的关系。我知道……我不是他想要的，甚至发生关系的时候，他还念着你的名字，可我不在乎，因为我爱他……”

“我要听左岸当面和我说。”顾小满泪崩，心堵了东西，声音颤抖得厉害。

“随便你，听他说，听我说，都是一样的，就算住几天，也无所谓，我们的家很大，有很多房间。”

上了二楼，孙安宁推开了一个房间的门，里面有一张双人床，被子还很凌乱，上面放着女人的睡衣，地上还有一个刚刚打开的行李，行李边上还露出一个半截的胸衣，紫色的蕾丝花边很精致。

“我们原计划明天出去旅游的，刚刚收拾了一些衣服，一会儿帮左岸收拾。”

孙安宁将房门大开，床头上，还放着一条女人的内裤。

顾小满的身体僵持了，虽然她极不愿意接受这个事实，可摆在眼前的事实已经不容置疑，床头是左岸的照片，他们真的生活在一起了。

“两个月前为了左岸，我做掉了一个孩子，在没完成学业之前，我们不打算要孩子……”

她和左岸住在一起了！

她怀孕过！

她为他拿掉了一个孩子！

她和他有着对未来的计划！

左岸变了！

一个个声音在耳边尖锐地呼喊着，叫嚣着……

顾小满的眼前一阵阵发黑，双腿不听使唤，如果不是扶住了墙壁，她会摔倒，会将最脆弱的一面展现在孙安宁的面前。

机械地转过身，顾小满想逃离这里，可孙安宁的声音在她的身后再次讥讽响起。

“左岸说过，他爱的是你，你还是幸运的……”

“不要说了！”

顾小满懊恼地喊了出来。现在左岸爱的是谁，还有意义吗？他已经和孙安宁在一起了，要为另一个女人负责了。

他们会有未来，可属于顾小满的未来在哪里？

有句话果然是对的，男人的身体不受感情的支配，再美的爱情，也经不起欲望的诱惑。

那段楼梯不长，却走得艰难，顾小满的眼里充斥着泪水。

“对不起……”

孙安宁的声音没刚才那么傲慢了，她解释着她和左岸的担忧，两个人都觉得对不起顾小满，半年的时间，不知该怎么开这个口。

顾小满不知自己还能说什么，她没法给他们送上祝福，至少现在不能。左岸曾经答应过她，一定会回来的，一定会让她穿上婚纱和他一起走进婚姻的殿堂，可分开才两年不到，他就背叛了这份誓言。

有些生活是顾小满不能懂的，她能一直坚持着，不动摇，可不是所有人都能像她一样，孤单地坚持下去。

“我已经是左岸的人了，一辈子都赌在了他的身上，不可能再接受其他男人，顾小满，我求你……”

听到孙安宁这样悲伤哀求的声音，顾小满没有同情，只有愤怒，她已经得到了左岸，还需要恳求另外一个女人吗？现在看来，失败的人是她顾小满，而不是孙安宁。

“你如愿以偿了，还求我？你这是在讽刺我吗？等了这么多年，最后只是一场空？”

“不是讽刺，是害怕，我很清楚，左岸为什么和我在一起，他睡在我的身边，在我的身体上寻找安慰，心里想着的人却是你……”

“不会再是我了……”

顾小满转过身去，大颗的泪珠儿从眼眶滚落，掉在地板上，碎裂开去。

走出了那个院子，站在了陌生的大街上，顾小满的视线一片模糊，头脑中空洞苍白，她什么都想不出，也回忆不回来，好像曾经的种种，没有经历过一般，左岸是她向往的一个泡沫，一个梦，泡沫碎了，梦醒了，什么都没有了。

仰望天空，顾小满后悔这样冲动跑来，如果她什么都不知道，或许可以多憧憬几年。

孙安宁目送着顾小满的身影离开了院子，溢满幸福感的脸变得阴郁，她的手指轻轻地碰了一下门口的那串风铃，叮叮咚咚的声音响起，好像清泉流过，却荡不起她心中的涟漪……

夕阳如血般半掩在地平线上，云彩的边缘镀了一层金灿灿的颜色，一片片，一朵朵布了半个天空。

顾小满站在清冷的街角，形单影只，她还抱有一点奢望，不想死心，她要等左岸回来，至少看他一眼才能离开。

夕阳最后一抹余晖消失的时候，左岸出现了。虽然距离很远，顾小满还是能一眼认出他来，就好像曾经无数次，他这样走过，单肩挎着一个背包，步履匆匆，头低垂着，不曾看过来一眼。

顾小满强忍着泪水，捂着嘴巴，防止自己控制不住大喊出来。

她还可以奔上去，投入他的怀抱吗？

她还可以像过去一样，在他的脸上印上一吻吗？

不可以，从某个时间节点开始，他们已经是两个世界的人了。

左岸走到了栅栏前，拿出了钥匙，要打开门的一刻，突然转过身，蹙眉向街角看来……

顾小满迅速退后，避开了左岸的视线，悲愤地咬着唇瓣，泪水断了线一样流下来，左岸看着空空的街角，转过身，打开了门，走了进去。

孙安宁从里面迎了出来，递给了左岸一杯水，左岸摇摇手，径直进屋去了。顾小满仅剩的一点希望都破灭了，左岸没任何吃惊的表情，看起来他已经习惯了这种生活，半年的相处，他适应了孙安宁的存在……

那扇门关上了，左岸和孙安宁的身影消失在门后，顾小满的目光低垂，无力地坐在街道边，任由来往行人用奇怪的目光望着她。

痛哭变成了抽泣，泪水在秋风中干涸，顾小满不知这样坐了多久，再次抬头仰望天空的时候，已经月悬夜幕，星辰璀璨了。

满怀希望而来，却失望而归。坐在出租车里，她看着那栋渐渐远去的建筑，目光已经淡然，再无表情。到了机场，买了最近一张机票回国了，而曾经左岸给她的那部手机却永远地留在了异国他乡的街头。

顾小满用奔跑告诉左岸，她不想放弃，可左岸却用停留告诉她，他累了，不想再跑了。

回到熟悉的家里，小满一连在房间里闷了两天，那些因思念写下却没发出的书信，一张张拿出，撕碎，如雪片般飘落在地上……

吱呀一声，门响了，顾建城探头进来，欲言又止，似乎有什么话要说，却不好开口。

“爸……”

顾小满擦了一下眼睛，掩饰凌乱的情绪，站了起来。

“小满，爸爸有事想和你商量一下……”

“行，我马上出来。”

小满点点头，顾建城出去了。

洗了脸，调整了心情，顾小满出了房间，顾建城拉着她的手，脸微微发红，他告诉小满，前天他去见了老同学，同学给他介绍了一个女人，在社区工作，人挺好的，老伴也是两年前去世了，他想征求小满的意见。

“爸想听听你的意见，你要是不同意……”顾建城尴尬极了，说话的时候，眼睛还瞥着墙壁上妻子的照片，眼中噙着浑浊的泪水。

“妈和我都不希望你一个人这么生活，我同意。”

“小满……”

顾建城很吃惊，他知道女儿和妻子的感情很深，一直放不下，定然会排斥他再婚，可他没有想到小满竟然同意了。顾建城倍感欣慰时却不知道，这个消息，对小满来说，是雪上加霜。

一周之后，顾小满在顾建城的安排下，见了那位阿姨。人确实不错，说话的声音很小，不似妈妈那么强势，长得也算漂亮，比妈妈的皮肤白了许多，顾建城对她很满意。

顾小满为了爸爸，很努力地改变心态，想接纳这位阿姨，可一想到要她取代妈妈的位置，成为顾家的新女主人，小满就难忍对妈妈的思念，为了不让爸爸感到尴尬，顾小满以上班太远为由，搬去了中心医院的单身宿舍。

没出几个月，爸爸再婚了。小满参加了婚礼，看到爸爸挽着另一个女人走过来的时候，小满才明白，她其实根本没准备好，也没那么坚强，孤单的感觉瞬间袭来，让她好像突然失去了一切，包括那个家。

没了左岸的消息，爸爸也有了新的生活，顾小满为了强迫自己忘掉这些烦恼，开始进修博士学位。

绯闻没有因为时间的流逝而停止，有人偷偷给卫生局写了检举信，状告冷涛徇私枉法，如果不是医院准备充分，冷涛的主任就当不成了。

虽然流言如猛虎般可怕，顾小满却很感激冷涛的坚持，他帮顾小满是无利可图的，至少目前看来，暴君主任没任何私心，只为工作兢兢业业。

“顾小满，冷主任叫你！”护士喊了一声，顾小满一个激灵站了起来，发现办公室里，从医生到护士，都在看着她。

在他们的眼里，顾小满走神，原因无外乎一个，男人……这个男人是谁？在同事们的眼里，就是冷涛。

“冷主任叫你去他的办公室。”小护士面对顾小满的时候，神情正常，转过身，立刻掩嘴偷笑。

关于顾小满和冷涛的绯闻，由原来的道听途说，成了大家公认的事实。他们不需脑补，直接脑洞大开，竟然还有人询问顾小满，什么时候和冷主任结婚，顾小满的肺几乎炸了。

在泌尿科，漂亮的小护士几乎都是单身狗，连三十岁的护士长也没着落，一直单着。知道大主任离婚了，不少护士的心里打了小九九，护士长也找各种借口接近冷主任，可谁都不如顾小满得宠，只要冷主任闲下来，就会叫顾小满到他的办公室去。

羡慕嫉妒恨，白眼冷眼一起涌来，大家觉得好机会都被这个新来的丫头抢了，太不公平。

因为冷主任的缘故，顾小满成了泌尿科的眼中钉。

在各种异常的目光中，小满急匆匆去了冷涛的办公室，站在门外，她才抬手敲了一下，冷涛便应声让她进去。

顾小满推门而入，站在了办公室的门口。

“过来坐。”冷涛没抬头。

“我站在这里好了。”

顾小满的坚持，让冷涛不悦地抬起眼眸。

“你站在那里，能看见这份文件吗？”

啪，文件扔在了桌子上，冷涛还是那么不近人情。顾小满走过去，把文件拿了起来，是一个病人的会诊材料，从其他医院转院过来的，现在还在重症监护室里，情况不容乐观。

“这个病人交给你负责。”

“我？”

小满把会诊材料拿在了手里，看了一眼，觉得责任重大，冷主任是不是太信任她了？

“怎么？有问题？”

“没有。”

顾小满转身刚要离开，冷涛叫住了她。

“医院里的流言蜚语，你听到了吧？关于你和我的……”

“啊？”

顾小满急速转身，脸一下子涨红了。人尽皆知的事情，她怎么可能没听说，只是装聋作哑罢了，冷涛也一直保持着漠视的态度，不以为然，怎么现在突然提起来了。

“这件事你怎么看？”冷涛问。

“我？我觉得……他们喜欢说，就让他们说好了，又不是真的，时间久了，没意思就不说了。”

“你真这么想的？”冷涛竟然笑了。

顾小满有些吃惊，他这种冷面的人，也会笑吗？关于流言蜚语，她不想得开，还能怎么样？难道要到处找人争辩解释吗？如果真那么做了，反而成了此地无银三百两。

“我比较容易想得开。”顾小满回答。

冷涛点点头，对她的这句回答很满意，随后问小满的学习情况。

“听说你在攻读博士？”

“我希望有资格，像冷主任这样，能为病人提供一套完整的治疗方案，而不是永远跟在您的身后。”

“学历不是最重要的。”

“可没有也不行。”

“……”

冷涛没有表示赞同，也没有否认，他看着顾小满，目光中有难以读懂的情绪。

顾小满拿着材料退了出去，回到泌尿科医生的大办公室时，她带着一名护士去了重症监护室，病人年纪不到四十，情况很糟糕，从这里走出去的机会不到百分之十，家属不愿放弃，冷主任也在想办法，尽量让这个病人站起来。

进行了一系列检查，病人的状况没什么改善，小满记录数据离开了监护室。

下午四点，顾小满随着冷主任去了手术室，和往常一样，小满查看手术前检查的各项指标，签字进行手术。

接受手术的是一位男士，他进入手术室后，没给顾小满任何提示，直接脱了个精光，顾小满一转身被他吓了一跳，赤条条的一个大男人，一点遮掩都没有，她手里的器具差点掉在了地上。

冷主任走过来，看了小满一眼，发现她神情尴尬，才转向了那个病人，吩咐身边的一个护士：

“让他到台上去，别站在这里。”

“过来，叫你呢。”

护士已经习惯了这种状况，从容地处理着。

还没开始手术，顾小满就已经满头大汗了。冷主任让她亲自给这个病人手术，那场手术持续了一个小时，虽然是一个小手术，却是顾小满从医以来的第一次手术，冷涛很有耐心，一直在手术台前指导，手术进行得很顺利。

当病患被推出手术室的时候，顾小满意外地看到了左岸的母亲周教授，听护士和周教授聊天才知道这个病人是周教授的表弟。

“顾小满？”周教授似乎没料到顾小满也在手术室里，见她走出来，稍稍有些吃惊。

顾小满不知道该和周教授聊些什么，曾经她们没有共同语言，现在左岸选择了孙安宁，她们之间就更没什么好说的了。

“手术很顺利。”

“你做的手术？”周教授有些不确信，表现得有些担忧。

“这种手术，按照规定，可以由我来做，如果周教授不放心，可以进行一次复查，我愿意承担任何责任。”

“不用了。”周教授脸上的肌肉牵动了一下，曾经在她眼里的野蛮女孩儿，如今成了一名医生，让她有些措手不及。

病患被家属和护士推走了，顾小满准备下一台手术，冷涛已经在催她了。

周教授仍旧站在手术室门口，没有急于离开。

“我想和你谈谈。”

“我现在没时间，还有手术。”顾小满戴上了口罩，只露出了一双乌黑的大眼睛，她转身进入手术室的时候，周教授开了口。

“小满，晚上下班我在医院门口等你。”

顾小满的步子停下，犹豫了片刻，还是点了头，然后走进了手术室。

一直到下午六点，顾小满才忙完，她去巡视了重症监护室的病人之后，才换了衣服走出了医院，周教授正站在车门口，等着她。

在商业中心的一家西餐厅里，周教授为小满点了一份牛排，问她喝不喝酒，小满摇了摇头。

“你变了。”周教授打量着顾小满，淘气的马尾没有了，换成了利落的丸子头，脸上的稚气褪尽，显出了成熟女人的韵味和气质。曾经那个十七岁的小丫头，变成了大姑娘，让她有些不敢相认了。

“人总是要变的。”顾小满微笑着。

不但她变了，左岸也变了，当大家走上社会之后，曾经的幻想、狂热、悸动，现在都渐渐趋于平淡，现实终究还是要面对的。

“左岸在国外……”

“我已经知道了。”小满垂下头，没人知道她已经去过了，也看到了，虽然时隔数月，那种情景还历历在目，心还是痛的。

“哦，我还以为你不知道呢，对这件事，我很抱歉。”

周教授喝了一口柠檬水，继续说：“孙安宁这孩子，是我从小看着长大的，好像亲生女儿一样，她和左岸一起出国，也是两家人的意思，可我知道，左岸的心里有你，他一直没放下过。”

“周教授……”

顾小满打断了周教授的话，她现在说这些还有意义吗？顾小满不会横插在左岸和孙安宁中间，充当无耻的第三者，左岸如果是个男人，就该担起对孙安宁的责任，不然连她也会唾弃他。

“左岸已经做出了选择，我尊重她。”

顾小满有些想通了，周教授请她出来，是想替儿子给出一个解释，可这个解释，并不是顾小满关心的。

苦恋那么多年，换来的不过是一声抱歉。

左岸啊，左岸，不管你在想什么，做了什么，她都愿意原谅他，可他为什么就是不肯面对她，和她当面说清楚他的困惑呢？即便他当初的感觉没有了，即便相见冷漠，她也愿意听他亲口把那句话说出来。

匆匆和周教授道别，顾小满离开了那家西餐厅。回望街市的霓虹，顾小满孤影而立。

中国的公交车，不到半夜，都不会清闲下来，小满好不容易挤上去了，人被夹在投票口和车门之间，有种汗血流干，瞬间变照片的感觉。

车一到站，顾小满就被从前门挤了下去，司机大声骂人，急速关门，她的皮包差点夹在车门里。

顾小满羞恼地朝车门踢了一脚，公交车呼啸而去，扬起一阵烟尘，她连连躲避，掩着鼻子转过身，向医院的方向走去。

回到了单身公寓的门口，顾小满还能闻到鼻腔里残留的公交尾气，抬头时，她意外地看到了一个人。父亲顾建城在公寓的门口来回踱着步子，算起来，距离父亲再婚有三个多月了，小满因为不习惯，久未回家，期间，顾建城打过几次电话，她都以工作忙为由推掉了。

顾建城转过身，也看到了伫立在不远处的小满，才松了口气。

“爸，你怎么来了？”小满走了上去。

“这都几点了，你怎么才回来？”顾建城很着急，抱怨着，电话打了好几个都不知道接，他要急死了。

“我手机没电了，刚才等公交车了。”

“以后不用挤公交车了，爸和你刘姨商量了一下，一周前给你买了辆车，才提出来，以后回家也方便了。”

顾建城在衣兜里摸索着，颤颤巍巍地掏出了一把钥匙，放在了小满的手里，解释着家里的钱不多，只能买十万左右的，等小满有钱，自己再换辆好的。

握着手里的车钥匙，顾小满鼻腔酸涩。妈妈没生病的时候，曾经承诺过，只要小满上班了，就给她买辆车，谁知车没买成，妈妈便走了。

“爸心粗，没想那么多，要不是你刘姨提醒，还糊涂着呢。昨天我把你妈的照片都重新挂回去了，你常回家吧，不要因为爸再婚了，就让你没了家。”

顾建城很自责，在他倍感孤单的时候，却忘记了女儿的处境。

“爸……”

小满扑进了顾建城的怀中，无声地啜泣着。

“爸老了，小满，回家看看吧。”

“嗯。”顾小满用力点着头，手心里紧紧地握着那把钥匙。

第二天，顾小满开车回了家，发现曾经被爸爸收藏起来的照片，又都挂在了墙壁上。刘阿姨的热情招呼中夹杂着小心翼翼的谨慎，生怕伤了小满的自尊。一桌子的饭菜，也是按照顾建城的提示，做了小满最爱吃的。

“我给小满买了衣服，也不知道合不合适，不合适，明天去换。”

刘荣拿出一条裙子在小满的身上比量着。

“谢谢，颜色我很喜欢，尺码也合适。”

为了缓和气氛，小满换了裙子给顾建城和刘荣看，顾建城看着女儿轻松的微笑，神情释然了许多，刘荣的眉头也舒展开了。顾建城很高兴，喝了一些酒，喝多了，就唠叨小满不回家的事。

“好了，周末我尽量回来。”顾小满安慰着爸爸。

“这才是我的好女儿。”

“医院的工作很忙的，现在重症监护室里还躺着一个，一会儿回去还得去检查一下。”

“嗯，得小心，一会儿吃完饭，早点回去。”

晚餐之后，顾小满没有马上离开，而是搬来了椅子，把墙壁上妈妈的照片一张张拿了下来。

摘下照片，拿在手里，小满凝神看着。妈妈已经走了快三年了，是时候重新开始了，她也一样，失去了左岸，要重新寻找属于自己的幸福，只是那份幸福在哪里？顾小满想象不出，还有谁能让她怦然心动。

城市的夜晚，霓虹璀璨，点亮了黑夜，驱赶了孤独。

独自驾车漫游在车河里，顾小满体会着放下之后的轻松，今天是七夕情人节，街头飘动的都是怒放的玫瑰，情侣们两两相依，互诉衷肠。

只是这些浪漫和她无关。

没有左岸的日子，一度那么茫然，走在这种熙熙攘攘之中，无法体会喧嚣中的快乐。

“嘭”一声闷响，一切来得太突然……

车才开了没几天，顾小满就肇事了。一个刹车踩下，还是撞了上去，待她回神过来，发现她追尾了一辆豪车，一辆豪华版的奔驰越野。

撞了豪车，意味着兜里的钞票，会像流水一样哗哗流淌出去，保险公司不会为小破车买这个账，赔偿的金额也有限。

她才工作了不到半年，把这辆车卖掉，都不够给人家赔偿的。

因为撞击时安全气囊没弹出，顾小满的头撞在了方向盘上，可她顾不得这点擦伤了，掐指一算，保险公司能赔偿多少，剩下的都得她自己掏腰包，她手里还有多少存款，卖掉车之后，还差多少，也许还得向爸爸开口，爸爸才帮她买了车，哪里还有能力赔偿这笔巨款。

卖萌，装可怜，不知道会不会博得车主的同情。

不知是不是所有的有钱人都会视金钱为粪土，饶过她这一次。

砰砰砰。

传来一阵猛烈敲车窗的声音。

从这架势来判断，有人很生气，祈祷被车主放过，是不可能了。

顾小满紧抓着方向盘，慢慢抬起头，看到了一个染了金发，嚣张的女人正站在她的车窗外，咬牙切齿地瞪着她，从这个愤怒的表情可以判断，她是豪车的主人，而且极其愤怒，好像一只爆发的狮子狗。

顾小满皱着眉头，推开车门，下了车。

“对不起啊，我刚才……”

“刚才是红灯，瞎了，还是没看到？车已经停了，你好意思直挺挺地撞上来，第一天开车吗？”女人瞄了一眼顾小满的车，鄙夷地哼了一声。

“临时牌照啊，新手？二货，睁大眼睛看看，这是什么车，倾家荡产吧你！”

二货？

这还是第一次有人敢这么叫她，顾小满一双黑眸羞恼地眯了起来，追豪车的尾，她可没说要赖账，就算卖车、卖房子也会赔，却不能让人这么羞辱不吭声。

嘭，顾小满不客气地在豪车的屁股上又踹了一脚，真不幸，后保险杠咔嚓一声掉在了地上。

都说撞豪车，是鸡蛋撞石头，现在看来，有点不实。豪车的大灯碎了，屁股瘪了，连保险杠都掉了，金发女抓狂了。

一连串的脏话从金发女的嘴中喷了出来，好像刚才不是撞了她的车屁股，而是撞了她的脑袋，言语极度歇斯底里。

“我撞了你的车，倾家荡产也赔你，你凭什么张嘴就骂人！”顾小满本觉得理亏，被这样一骂，彻底火了。

“哎呀，你还敢冲我厉害！我今天不教训你这个穷鬼……”

女人作势要扑上来，顾小满一个单手格挡，动作干净利落，女人不但没打着她，自己脚下一个趔趄，摔了出去，她四仰八叉地倒在地上，说有多狼狈就有多狼狈。

愤怒难平的金发女报警了。

交警来了，查看了一下现场，从一前一后两辆车来看，顾小满追尾豪车，负全责。

“她还打我！”

金发女一口咬定顾小满不但撞车，还动手打人，一定要追究到底，绝不轻饶，于是一次交通肇事案，变成了蓄意人身攻击。警察经过一番调查发现顾小满竟然是散打教练，这个事实成了对她极其不利的证据。

警察办公室里，马警官一边做笔录，一边无奈地看着顾小满，心想，你好好的干吗和有钱人过不去啊？人家是豪华奔驰越野，少说也二百多万，你个小破车，十万不到，还硬撑什么大瓣蒜？小胳膊扭不过大腿，谁都知道的道理，她还敢动手打人？

“顾医生，我妈多亏了你，才能提前出院，可公事归公事，我再感激你，也不能全替你说话啊，你到现在还没想通吗？”

顾小满沉默，马警官对此表示很无奈。

“人家好好地等红灯，被你追尾了，你应该做的是道歉，不是打人。谁给你这么大的底气？”

“她来打我，我只是挡了一下。”

“可事实是，她摔倒擦伤了，你什么事儿都没有。顾医生，我说句实话，你不看别的，看那车也该明白，说好话比动手强多了。”

“现在怎么办？”

“一会儿你说点好话儿，我也替你劝劝豪车女。”

马警官放下笔，刚站起来，门外一名警官推门进来，压低了声音对马警官说：“队长，刚才查了一下车的资料，那女的不是车主。”

“不是车主？刚才进门怎么没说？”

“车是她借的。”

“既然不是车主，让她靠边站，叫车主来。”

“正打电话呢，说一会儿就到。”

“如果她不是车主，就好办了。顾医生，一会儿车主来了，尽量说些好话。”

马警官让顾小满一定要压制火气，最好大事化小，小事化了，赔点钱，大家相安无事，顾小满点点头。

“我会注意的。”

不管怎么生气，都不能和钱过不去，几十万对于有钱人来说，是九牛一毛，可对顾小满来说，却是好几年的收入了，她要是再不服气，接下来的几年就得喝西北风了。

警察局里，金发女歪斜在桌子的一边，瞥着眼睛，一脸不屑。顾小满坐在桌子的另一边，神情焦虑。

“穷鬼……”金发女鄙夷的声音传来，小满已经无心和她计较，只想着这位车主有没有那么大度放她一马。

大约半个小时后，警察局的门被人推开了，一个男人走了进来。

金发女立刻兴冲冲地站了起来，喊了一声。

“杰克，你可算来了。”

杰克？车主是个外国人吗？

在金发女娇滴滴的一声之后，顾小满也起身，看向了警察局的大门，想着开口的第一句该怎么说，可当她转过身，看清走进来的男人时一下子愣住了，这人她竟然认识。

走进来的男人，身材高挑出众，皮肤白皙光洁，五官棱角分明，垂在额前的一缕发丝在灯光下泛着紫褐色的光泽，他身着名牌的西装，打着领带，目光看向顾小满时，含着熟悉的笑意。

他说过他会回来的，回来后一定会找她。七年后，他回来了，和她就这样不期而遇了。

“顾小满……”他轻唤着她的名字。

“沈晨阳？”她惊呼出来。

太意外了，车的主人竟然是沈晨阳？

金发女感觉出不对劲了，走上去噘着嘴巴问沈晨阳：

“你认识这个野蛮女人？”

“何止认识……还很了解。”

沈晨阳的话略含深意，片刻凝视之后，转向了马警官，解释着他的车暂时不用顾小姐赔偿，至于顾小姐的车，他会派人负责修理，所有花费，都先记账，等日后他和顾小姐慢慢算。

“没什么大事，案子暂时销了吧。”

马警官当然愿意把案子销了，可金发女听了这话，立刻瞪圆了眼睛，不理解沈晨阳为什么这么做。是顾小满撞上来的，造成追尾事故，责任十分明确，他们作为受害方，应该乘胜追击才是。

“什么？就这么饶了她？我，我呢？她动手打了我。”

“一会儿带你去医院，所有医疗费用我垫付……不过……”

沈晨阳笑呵呵地转向了顾小满，继续说：“最终还是算在你头上，一分都不能少。”

顾小满看着沈晨阳，不知说什么才好。他这算帮了她，还是要挟她？所有费用算起来，不是个小数目，他成了她的大债主。

金发女只是擦破了一点皮儿，故意喊疼是为了刁难顾小满，现在真张罗要送她去医院了，自然不情愿，扭扭捏捏地离开了警察局。

“你女朋友？”出了警察局，顾小满问沈晨阳。

“我说不是，你信吗？”沈晨阳从顾小满的眼中读出了肯定。

“你的眼光越来越差了。”

顾小满讥讽着沈晨阳，七年的时间够长了，足可以改变一个人，却不能改变富二代沈晨阳。

沈晨阳走到了一辆黑色轿车前，拉开了车门，微笑着等在车门边。

“相约不如偶遇，给个面子坐一会儿怎么样？”

“你不送女朋友？”

顾小满冲等在一边噘嘴赌气的金发女努了努嘴，暗示沈晨阳别顾此失彼，沈晨阳却摇了摇头。

“她哥会来接她。”

第十九章 医生的职业道德

手术室的灯一直亮着，戴着口罩的顾小满额头上都是汗水，孩子的情况很糟，随着手术的进行，血压在不断减弱。只有此时，顾小满才明白，她除了有一份救人的勇气之外，经验还不够。

果不其然，没过五分钟，一辆蓝色的轿车开了过来，车门一开，下来一个中年男人，连拉带拽地将金发女弄上了车，随后和沈晨阳打了一声招呼后开车离开了。

七年后和沈晨阳再聚，有些感觉不同了。虽然沈大公子还是那么漫不经心，却从他的神情和语气中感受到了一种莫名的沧桑，他告诉顾小满，出国后，在姐姐的支撑下，他一边读书，一边接受治疗，情况却没什么好转，心脏还和原来一样，有保质期。

“七年的时间，换来的不过是多一年的生命，对我来说也不过如此，出国接受治疗只是为了姐姐。”

难得一见，沈晨阳的脸上显出一抹淡淡的忧伤，他讲述了毫无意义的治疗过程，做了三次换心脏手术，没一次成功，他以为他没机会回来了。

无法想象，一次次遭受痛苦，一次次失败，对他来说，该是何等的打击，可他仍旧能笑出来，这让顾小满心生佩服。

那抹淡伤消散了，微笑再次浮现在沈晨阳的脸上。

“你和左岸……”

“他在国外，和孙安宁在一起了。”

顾小满垂下眼眸，餐具在盘子里漫无目的地动着，想着远在异国他乡的左岸此时在做什么？丰盛的晚餐之后，和孙安宁坐在一起看电视，抑或散步？房子的西面，有一个很漂亮的公园，她在那里时，便有红叶从公园里飘扬而来。

想到那个场景，顾小满的心还是酸的。

“孙安宁，那个苦瓜脸……”

沈晨阳怪笑了一声，顾小满立刻抬起眼眸，不悦地看着沈晨阳。虽然孙安宁并不讨喜，可她毕竟和左岸在一起了，以后是左岸的妻子，有关左岸的一切，顾小满都不愿听到别人的闲言碎语。

心里的那份执念，顾小满一直守护着。

“我这么帅，你看不见吗？当然前提是……别想我的心脏……哈哈。”沈晨阳转移了话题，开心地笑着，目光审视着顾小满，其中溢出的情感是复杂的。

“我马上二十八岁了，距离鲜活的保质期，还有三年零四个月，这三年零四个月，我想在我想待的地方安居下来，按照我的方式生活，如果心脏不能坚持三年零四个月，也满足了。”

“这个城市是你想待的地方？”顾小满问。

“是。”

“我还不知道，你有亲人在这里？”

“暂时没有。”

“那就是你姐姐的企业搬来了？”

“她还没这个打算，以后有可能。”

“我不太懂……”

顾小满没搞清楚沈晨阳的用意，从这些问题的回答来看，这座城市并不是他的最佳选择。

“有些事情不必搞明白，就好像有些问题没有答案一样，想多了也没结果，还不如不想。”

不知为何，顾小满总觉得沈晨阳话里有话，带着某些她不能理解的深意。或许他说得对，这座城市和其他城市确有不同，只是她没察觉而已。

吃过饭之后，沈晨阳开车送顾小满回了医院的公寓。

“一周之后，等车修好了，我亲自给你送回来。”

“钱……”

顾小满的脸微红，她才上班不久，囊中羞涩，不然一定会给沈晨阳一些钱，至少她的车不用他来修。

“我回去仔细算算，看你欠了我多少，用三年零四个月的时间，能不能还清，还不清就得等下辈子了，好像也不错……”

他微笑地发动了车子，轿车缓缓地开了出去。

用三年零四个月的时间偿还，顾小满不确信，她会不会有那么钱，下辈子，他们还有下辈子吗？

回到公寓换了衣服，顾小满去了医院的病房，想在睡前，再确认一下病患的情况。

夜晚的医院，除了夜间急诊有人之外，其他地方，都很安静，偶尔能看到一两个术后病人来回走动着。

巡视了一圈，顾小满转身出了病房，才走出几步，就听见走廊那边传来了一阵吵嚷声，两个护士跑过来，随后值班医生孟凡青疾步走来，脸色难看。

“家属呢？”孟凡青问。

“送来之后就跑了，听说是孩子的继母！”

“手术没家属签字不能做。”孟凡青的态度很坚决。

“孩子的下身血肉模糊，检查发现生殖器被切割了，如果不马上手术可能有生命危险。”

护士解释着孩子的状况，一分钟都不能多等了。

“至少得有医院领导签字。”孟凡青不敢承担这个责任，孩子的伤情她也看到了，搞不好手术室都出不来，这种情况，她绝不能实施手术，更不会拿自己的职业来冒险。

护士不知如何是好，如果等医院领导赶来签字后再手术，孩子就完了。

就在孟凡青给院领导打电话的时候，顾小满走了上来，吩咐护士。

“让手术室那边准备，手术。”

“顾医生，不签字不能手术，这是医院的规定，违反规定，出了事，谁来担这个责任？”孟凡青把电话放了下来，不满顾小满在这里指手画脚。今晚值班的医生是她，医院领导不来签字，就是不能做，孩子的继母都跑了，就算有责任，医院也好解释。

顾小满很清楚孟凡青的话没有错，违反规定，出了意外，医生承担不起，若孩子的继母返回，反咬一口，事情就变得麻烦了。

可以孩子目前的状况来看，不马上手术就来不及了，医院虽有规矩，可在生命的面前，必须尊重生命。

“马上准备，手术的责任我来担。”

“你？”

孟凡青讥讽地笑了出来，来中心医院之前，她就听说了一些关于顾小满的传闻，知道她胆大妄为，却没想到，她连自己都不会保护。

“顾医生，你愿意担这个责任，我不拦你，可想我插手，绝没可能，我会循规蹈矩，等领导来医院处理这件事。”

孟凡青嘴角一挑，轻蔑地转身离开了，将这一烂摊子扔给了顾小满。

下达手术通知后，护士谨慎地走过来，提醒着顾小满，从刚才检查孩子的伤情来看，为刀器所伤，有人故意伤害孩子，不是一般的病症。

“孩子这个时候死了，会有人承担法律责任，医院最多受到社会舆论谴责，可如果推进了手术室，没有责任人签字……”护士的暗示已经很清晰了。

“报警，马上手术。”

没人能阻止顾小满救人，孩子才七岁不到，有着强烈的求生欲望，如果是左岸在，他也一定会选择先救人。

受伤的孩子被推进了手术室，不到十分钟，警察出现在了中心医院，取证调查事情经过，初步判断继母可能是伤害儿童的犯罪嫌疑人。

半个小时后，左院长和冷主任赶到了医院，孟凡青第一时间向院长讲述了事情的经过。作为值班医生，她按照规章制度处理了这件事，但顾小满一意孤行，很可能会给医院带来严重的名誉损失。

“你做的没错，把手术单给我。”左院长向孟凡青索要手术单，孟凡青拿了过来，递给左院长，左院长看了一下后，竟拿起笔，在单子上签了字。

“院长？”

在孟凡青不解的目光中，冷涛走了过来，也在手术单上签上了自己的名字。

“手术已经得到了院领导的审批，出了什么事，由院方负责。”左院长将单子交还到了孟凡青的手上。

孟凡青呆愣在原地，一时之间什么都说不出来了。

“我去手术室。”

冷涛去了手术室。

手术室的灯一直亮着，戴着口罩的顾小满额头上都是汗水，孩子的情况很糟，随着手术的进行，血压在不断减弱。只有此时，顾小满才明白，她除了有一份救人的勇气之外，经验还不够。

手术室的门开了，冷涛穿戴整齐进来了，他走到了顾小满的身边，冲她摇了摇头，顾小满退后，手术由冷涛接替。

手术一直持续到天亮，左院长和孟凡青都等在门外，灯熄灭后，冷涛和顾小满从里面走了出来。

“手术很成功，孩子还很虚弱……”

左院长终于松了口气，孟凡青的脸色却很难看，她知道这台手术是冷主任帮了顾小满，不然单凭顾小满的能力，是没办法应付这种状况的。

孟凡青满心嫉妒和愤恨，顾小满何德何能，不但让左院长替她承担风险，还让冷主任冒险进入了手术室，有人好像得了天宠。

第二天早上八点，警察抓到了孩子的继母，继母承认了所有罪行，孩子的爸爸下午从外地赶回来，结算了医药费。

因为顾小满是主治医生，在孩子没苏醒之前，她不能离开医院。

坚持了两天一夜，孩子终于睁开了眼睛，顾小满也支撑不住了，冷涛让她回去休息，剩下的工作交给孟凡青就可以了。

“谢谢冷主任。”

顾小满由衷地感谢冷涛的帮助，不然她早已陷入了一种无法解释清楚的困境中了。

“我不能助长你的气焰表扬你，但必须承认，作为医生，你没错。”冷涛鼓励小满要坚持下去，只有这样的品格才能成为一个好医生。

冷涛打开了抽屉，拿出了三张电影票。

“朋友送的，你有兴趣可以叫人去看。”

为什么是三张电影票？这个数字好奇怪，一般送人电影票不是两张，或者四张吗？

“我还有一张，你叫两个朋友一起看吧。”冷涛把电影票交给了顾小满，然后低头继续看文件了。

顾小满接过电影票，从冷涛的办公室里退了出去。

回公寓的路上，顾小满更加坚定了自己的信念，不管发生了什么，她都不会见死不救，这个工作给她了生存的保障，也给了她一种无法推卸的责任，想通之后，她的心情越发明朗了。

在公寓的门口，顾小满看到了自己的车，沈晨阳面带微笑地站在车边。

“打了几个电话，都说你忙，这不，我亲自把车送回来了，你不打算请我进去喝口水吗？”

经沈晨阳这么一说，小满有些不好意思了。

“这几天一直在忙，家里应该没有饮料了。”

“白水也行。”

沈晨阳还是那么厚脸皮，顾小满没有办法，只能让他进了公寓。

中心医院的福利算是数一数二的，为单身的医生提供了居住的公寓，大约四十平，有厨房有卧室，还有简单的家具家电，条件虽然不如家里，住着还算舒服。可这样的环境对于富二代沈晨阳来说，却很恶劣。

“我这里只有速溶咖啡，你喝不喝得惯？”

“我不喝咖啡，白开水吧。”

“我差点忘记了……”

顾小满去厨房烧水，准备水果，没规律的生活让她手忙脚乱，好在沈晨阳没跟进来，不然一定糗死了。

沈晨阳打量着小满的房间，因为是临时住所，摆放的装饰并不多，墙壁上悬挂着一些顾小满在武馆教孩子功夫的照片，看起来英姿飒爽。他淡淡地笑着，当目光看向了柜台上的一个相框时，笑容凝结，照片里的人是左岸，单肩挎着一个背包，迎着阳光，惬意休闲，沈晨阳走过去，把照片扣在了柜台上。

顾小满端着水出来了，沈晨阳喝了一口，然后嚷嚷着好烫。

“平时被人侍候惯了吧，连喝水都不知冷热了。”顾小满讥笑着沈晨阳，沈晨阳翻了一下眼睛。

“我也是一个人住，没人侍候。”

“你姐姐放心？”

“别说的好像离开姐姐，我就不能活了，她要结婚了，哪能总围着我转？”沈晨阳耸耸肩，从他的表情可以看出，沈夕月要结婚了，让他轻松了许多。

“在我死之前，得实现几个心愿，其中一个就是姐姐的婚事，另外几个愿望要在这个城市里一一实现。”

顾小满想不出这个城市有什么特殊，又有什么让沈晨阳这样恋恋不舍，不过这话听起来有些凄凉，他做好了心理准备，要毫无遗憾地告别这个世界。

“我住的地方比你这里大多了，也很近，不如……你搬过去？我们两个凑在一起，还能热闹一点。”

“不正经。”小满白了沈晨阳一眼。

“诚心诚意。”

沈晨阳露出一口雪白的牙齿，笑得有些猥琐。

“房间的光线差了点儿，窗户再大一些更好，厨房太小，冰箱旧了，这台电视，还能用吗？”

沈晨阳走到电视前，按了一下按钮，没什么反应，看来只是个摆设。

“既然欠我钱暂时还不了，也不差一台电视的钱了，我明天叫人送过来一台，不用谢我，有利息的，你看怎么样？”

沈晨阳自顾自地说了好一会儿，发现小满没有什么回应，才转身看去。沙发里，小满歪靠在一边睡着了，疲惫写在她覆盖眼眸的长睫上。

顾小满一直到晚上九点多才醒来，她发现自己平躺在沙发里，身上盖着一条毯子。

沈晨阳不知何时已经离开了。

小满想打电话给沈晨阳，表达一下自己的歉意，可翻找了一下通讯录，竟没他的电话号码。

关于沈晨阳这个人，顾小满的了解并不多，他在她的眼里，就是一个富有的可怜家伙，单凭心脏病这一点，赚够了她的同情心。

肚子不听话地叫了起来，冰箱里好像只剩下一块面包了，都说单身狗的日子是一个人吃饱全家不饿，可有没有人想过，单身狗很有可能已经饿死了。

可当顾小满打开冰箱时，整个人愣住了，冰箱竟塞满了蔬菜、水果、牛奶、饮料，还有一大盒的比萨，冰箱门内贴着一张温馨纸条：

“比萨放在烤箱里烤烤就可以吃了，别太开心了，买这些东西的钱都算在你的账上。”

纸条的下面还画了一张笑脸。

看不出沈晨阳生活在养尊处优的环境里，竟这么心细，字条拿在手里，小满忍不住笑了。

人们常说，否极泰来，顾小满做梦也没想到，救了小男孩儿之后，鲜花和荣誉会接踵而来，第二天，她才推开科室的门，欢呼声便扑面而来。

“顾医生，中心医院上头版头条了，泌尿科出名了，一大早就接到了很多预约电话，都是外市慕名而来的，找你的。”

“找我？”

顾小满有点手足无措，她在泌尿科，算是有点儿知名度，可能让外市的人大老远慕名跑来看病，有点夸张了吧。

“记者昨天晚上采访了左院长，高度赞扬我们医院救死扶伤的精神，让全市的医院都向我们学习，为了这个，院长决定给我们科室的所有人这个月多发奖金，我们沾了顾医生的光了。”

“我们科室在医院一直不被看好，这次扬眉吐气了。”

…………

大家七嘴八舌地说着，顾小满总算听明白了，可这个荣誉她不敢独揽。

“哼。”

热烈的称赞中传来一个不和谐的声音，孟凡青站了起来，言语讥讽。

“果然是亲手带出来的得意高徒，和别人的待遇就是不一样。什么事都肯出面袒护，有荣誉了又甘愿退后，女人能把男人摆布得这样，手段不是一般的厉害，我孟凡青算是服了。”

孟凡青拿起了病志轻蔑地从顾小满的身边走过。虽然没有点名道姓，可刻薄尖酸的话语，任谁都能听出来，针对的是顾小满和冷涛。

“顾医生，该查病房了。”小杨护士出面解围，医生们陆续离开了办公室。

顾小满带着护士去巡房了。

医院的规定，当班医生每天早上，都要去病房查看术后病人的状况，顾小满一共巡视了七个病房，最后去了重症监护室。重症监护室里躺着的那个男孩儿，情况虽然稳定了，却仍需要二十四小时观察，监护记录显示，孩子的血压还很低。

查房时，刚巧孟凡青也在，还和孩子的父亲发生了争执，经过了解才清楚孟凡青的目的。孟凡青认为，孩子虽然是顾医生破例收治的，可当天晚上值班的医生是她，住院单上填写的主治医生也是她，所以接下来关于这个孩子的一切，理应由她接管。可她的做法遭到了孩子父亲的强烈反对。

“我不管那天值班医生是谁，单子上写的又是谁，我儿子的命是顾医生救的。”

孟凡青的脸别提多难看了，她这样坚持，也是希望医院和媒体关注一下她，却没想到遭到了家属的反对。

“我找你们院长去！”周先生愤怒离开了。

孟凡青尴尬地转身，刚好看到了顾小满，她气恼地走上来，病志直接摔在了小满的身上。

“给你风头，出吧！”

文件一张张散落在地上，孟凡青怒然离去。

顾小满淡然捡起地上的病志，走进了病房。

“患者虽然苏醒了，可体温一直偏高，心率低，血压也低。”

监护室的护士向顾小满汇报着孩子的情况。

“术后才三天，不会那么快稳定下来。”顾小满低头检查孩子的伤口，发现恢复得并不好，按理来说，这是不应该的。

“怎么会这样？”顾小满处理着伤口，倍感不解

监护室的护士左右看了一眼，压低了声音说。

“孟医生换了顾医生的医嘱……”

“什么时候？”

顾小满吃惊地抬起头，护士说昨天早上就换了。

“换掉了三样药。”

“冷主任知道吗？”

“孟医生说，病人是她的，不需申请。”

“这不是谁的病人问题，孟医生连手术室都没进，不了解情况，怎么敢随便换药？”

医嘱是小满和冷主任商量后定的，孟凡青太自鸣得意了吧？

“孟医生的医嘱，拿来我看看。”

“在这里。”

护士将医嘱单子交给了顾小满，顾小满蹙眉一看，觉得不妥，难怪孩子的状况没预期的好。

门外冷涛走了进来。

“医院已经决定，这个病人由顾医生全权负责。”

“知道了。”监护室的护士不敢再提孟医生了，听话地退后站在了一边。

冷主任从顾小满的手里拿过了孟凡青的医嘱看了一眼，扔在

了一边。

“顾医生，回去重新下医嘱，关于孟医生的事情，我会向左院长汇报。”

“我马上去。”

顾小满重新下了医嘱，却彻底得罪了孟凡青。

孟凡青不但遭到了病患家属的投诉，还被院长狠批了一顿，闹得里外不是人，肺都要气炸了，私底下，她更加诋毁顾小满，夸大了顾小满和冷涛的关系。

泌尿科的办公室里，和顾小满打招呼说话的人越来越多，孟凡青被冷落了。

护士小刘端来水果，送到顾小满面前，倚在桌子边和顾小满聊天。

“顾医生，听说了吗？咱们医院要来一个大人物了。”

“什么大人物？还能来明星吗？”

提及大人物，顾小满不觉想到了展越，在顾建城眼中的废物邻居小子，现在可了不得。不但出国深造，还被一个国际摇滚乐团看中，吸纳成为其中的一员，引起了不小的轰动。想再见展越，怕提前预约都排不上号了。

“听说是副院长！年轻多金，最重要的，还未婚！”

亢奋的声音好像打了鸡血一样此起彼伏。

“他投资了我们医院，要引进一批先进医疗设备，院部也扩大一倍，绝对大手笔。”

据说，这个神秘人物下周上任，芳心涌动的护士们，期待一次特别的邂逅。

“顾医生，你也是单身，要抓紧时间打扮一下啊，素颜是女人的硬伤。”

“我？”

顾小满笑了，她对这个大人物没什么兴趣。从上次出国回来后，她的心已趋于平静了，失去左岸，破碎初恋的梦，她已不再期待什么刻骨铭心的感情了。

“我把机会让给大家，保证这个大人物出现那天，我一定素面朝天，怎么样？”

“顾医生太无私了。”

晚上轮到顾小满值班，巡视病房后又做了一台手术。半夜饿了，她翻找出一盒方面，才泡上，护士小刘拎了一袋子便当跑了进来。

“牛肉饭来了，顾医生，你请大家吃牛肉饭，怎么自己还泡面啊。”

“我请客？”

顾小满以为自己听错了，她现在穷得一屁股账单，哪里有钱请科室值班的医生和护士吃牛肉饭啊。

这一盒少说也几十块啊，一共二十多个值班的，几百块就这么没了。

“送餐单上写的是你啊。”

“写着我？”顾小满发誓绝对没点过什么牛肉饭，会不会是谁送错了，万一送便当的发现错了，跑来追讨怎么办？

翻了一下衣兜，一共才二百多块。

怀着万分纠结的心情，顾小满打开便当，一看之后傻眼了。这份便当太丰盛，牛肉、蔬菜、水果，还带着一份汤。这是医院附近那家连锁饭店的便当，如果记得没错，是五十多元一份的。

一千多块？

顾小满的下巴都快掉汤里了。

又欠了一笔债，希望送餐的快递小哥回来追讨时，能容小满回去取钱。

吃饱喝足了，小满歪在了椅子里，等待被宰割一刻的到来。

等了大约半个小时，没等到送餐的人，却等来了一条短信。

“吃得开心吧？夜宵的钱算在你的账上，你欠我的越来越多了，怎么办呢？”

沈晨阳？

顾小满一个激灵跳了起来，夜宵是沈晨阳送的？该死的富二代是不是没什么其他的事可做了？

顾小满值班请客的事情传到了孟凡青的耳朵里，她立刻给顾小满冠了一个收买人心的罪名。

“新副院长到了，得管管院里的不良风气了，凭脸蛋儿倒贴主任，还小恩小惠拉拢人心，好好的一个泌尿科，闹得乌烟瘴气。”

孟凡青还实名给院部写了一封举报信。举报信的大体内容说的是中心医院榜样医生顾小满和医院里某位主任关系不正当，乱搞男女关系，凭此上位，还顺便提了一下顾小满为了封住同事的嘴，请吃请喝的问题。

因为是实名举报，院部不得不派人进行调查，据说负责调查这件事的是新上任的副院长。

多金帅哥的到来，让整个医院都沸腾了。

“我看到他了，看到了！来了！”小刘陶醉地倚在护士站边，兴奋地蹦跳着。

难以想象这位副院长会是个什么样的帅哥，让泌尿科的所有女单身狗们都眼冒桃花，犹如崇拜明星偶像一般。

“太帅了，两条大长腿，天呢，我要晕倒了。”

中心医院的新副院长上任，不少人去围观，他走进医院的气场也很大，甚至引来了记者。

顾小满因为被孟凡青实名举报，疲于应付，哪里还有心情去见什么大人物。如果换作曾经的她，孟凡青少不了一顿揍，可现在她必须心平气和，拿出证据证明孟凡青是污蔑。

“顾医生，调查组的人叫你过去。”院长助理通知顾小满去院部会议室。

医院临时组建了调查小组，调查组的组长就是新来的副院长，新官上任三把火，不知道他会不会利用这个机会拿顾小满开刀。

顾小满走出了办公室，迎面碰到了孟凡青。

“这次，看冷主任怎么袒护你？”孟凡青冷笑着。

“我不需要任何人的袒护。”

“不要装得清高，医院里谁不知道你和冷涛的关系，哼！”

孟凡青哼了一声，从顾小满的身边走了过去，顾小满深知脏水一旦泼下来，想立刻擦干净是不可能的。

孟凡青举报的两个罪名，都不是大问题，怎么处理就看这位副院长的了。

敲门进入会议室，里面已经坐了四个人，其中三个顾小满认识，一个是院管理办公室的蓝主任，另外两个是副主任。坐在中间的应该是新来的副院长，他低头正在看文件，发丝浓密乌黑，一缕从额角垂下来，迎着阳光透着淡淡的金色，他看起来很年轻，应该不过三十岁。

看完了文件，副院长抬起了头，熟悉的目光直射过来，眸中含着浅浅的笑意。

顾小满差点惊呼出来，怎么是沈晨阳？

坐在中间的年轻副院长正是沈晨阳，几天前，他还衣装随便，散漫得像个花花公子。现在却衣冠楚楚，和之前判若两人。

顾小满看着沈晨阳，沈晨阳也在看她，笑意一闪即逝，他扬起了手中的信。

“顾医生，知道为什么叫你来吗？”

顾小满沉默地点了一下头。

“看过内容吗？”沈晨阳继续问，那种语气平淡冷漠，好像他们之前并未相识一样。

顾小满暗暗生气，值班的牛肉饭分明是他买的，若不是他自作聪明，她怎么会被孟凡青倒打一耙？

“没有。”

顾小满摇摇头。

坐在一边的蓝主任轻咳了一声。

“其实同事之间请请客没什么的，花的都是自己的钱，警告一下就好了。只是顾医生和……咳咳，医院里闹得沸沸扬扬的也差不多一年了，影响不好。”

不知蓝主任是不是故意的，这样说，根本帮不了顾小满。

人一旦出名，就会招惹是非，顾小满最近抢了不少风头，蓝主任也看不顺眼了吧？

蓝主任等待副院长的回应，这位新副院长给医院掏了一大笔钱，又是国外知名大学毕业的，地位举足轻重，他不敢得罪。

沈晨阳眯着眼睛，审视着顾小满。

“既然同事之间互相请客是正常的。一个单身女人，和一个离婚男人之间有点暧昧，又有什么必要公开调查的呢？”

沈晨阳的一句话，让蓝主任语塞了。

“可影响不好。”蓝主任补充。

“实习的成绩最高，工作表现也不错，没什么重大错误，单纯谈个恋爱，会影响不好？”

沈晨阳这是替顾小满说话，还是坐实她和冷涛的关系？顾小满暗暗运气，她什么时候和冷涛谈恋爱了？

“沈副院长，以前冷主任没离婚的时候……”

不等蓝主任的话说完，沈晨阳便打断了他。

“你也说是以前，现在不是单身吗？医生就该专心于本职工作，搞这么无聊的花样出来，是不是工作太闲了？”

沈晨阳把举报信扔给了蓝主任，让他看着处理，别影响了医院的正常工作。

“我来中心医院，可不是处理这种鸡毛蒜皮的小事的。”

“是是。”

蓝主任很尴尬，调查小组是他要求组建的，为了讨好副院长，还特别让沈副院长当了调查组的组长，只是没想到，事情会这么不了了之了。

举报信的问题解决了，顾小满的心却紧绷着。沈晨阳和蓝主任一番对话耐人寻味，若是传出去，谣言会立刻成为事实，不知事件的男主角冷主任听了会做何感想？

“顾医生，会后到我办公室来一趟。”

沈晨阳把文件在桌子上戳了戳，坦然地从顾小满的身边走了过去，淡淡的古龙香水味儿钻入她的鼻孔，冲淡了萦绕在周身的消毒水味儿。

蓝主任紧跟在沈晨阳的身后。

“沈副院长，医院各科室的材料已经让人送到您的办公室了，还需要什么尽管给我打电话，院办公室这边做好了准备，加班加点应对副院长的检查。”

“加班加点？你们就是这么应对检查的？平时不用工作吗？”

沈晨阳的反问，让蓝主任的脸顷刻间变得通红，接下来拍马屁的话也说不出口了。

会议室的门关上了，顾小满这才慢慢抬起头，看着沈晨阳坐过的位置，他欠她一个合理的解释，就算他不找她，她也会亲自去问他。

十分钟后，顾小满出现在了沈晨阳的办公室里。

沈晨阳恢复了平素散漫的样子，西装敞开，领带松散，人慵懒地倚在椅子里，一只皮鞋搭在桌子边，漫不经心地看着手里的文件。

“到底怎么回事儿？你怎么……来了中心医院？几天前……”顾小满的耐心已被磨光了，几天前，他还和她见过，这家伙只字未提他要来中心医院的事。如果说这是沈氏在扩大家族企业，顾小满觉得理由牵强，以沈晨阳这样的身体状况，沈夕月最应该做的是到处找医生，而不是让他出来工作，还将大把的钱用来医院的建设。

无论怎么想，这都不会是沈夕月的主意。

在TX医科大学的时候，沈晨阳曾经卖力追求过顾小满，却以失败告终，所以顾小满有理由相信，沈晨阳这么做，是对她贼心不死。

面对顾小满质疑的目光，沈晨阳笑了。

“你不会觉得……我投资这家医院，是为了你吧？”

“我没办法不这么怀疑。”

“就算我否认，你也不相信了？”

“你真是……”

顾小满用力一拍桌子，沈晨阳怎么可以拿这种事当儿戏？他这种游戏人生的态度，什么时候才肯结束？

“先不回答这个问题，我们来谈谈这位冷主任……”沈晨阳翻开了手里的文件，自顾自地念着：“冷涛，耶鲁大学医学博士，从业八年，三十五岁？大了你差不多一旬，可以当你的叔叔了。离异……他为什么离婚？听说是因为工作忙，忽略了妻子，一个对家庭这么不负责任的人，怎么保证将来一定能对你好？”

“沈晨阳，不要把冷主任的私生活和我联系在一起，在做出这个结论之前，你应该先搞清楚，刚才的举报信是诬告。”

顾小满不喜欢沈晨阳的语气，她和冷涛仅仅是师徒关系。

“是不是诬告，我有能力判断，不需要你提醒。不过有一点我觉得很奇怪，左岸哪里去了？在我的印象里，他可是个不同的家伙，别说你已经厌恶了他？”

被反问之后，顾小满的脸白了。

“你来中心医院，就是为了看我笑话，让我难堪的？”

左岸两个字从沈晨阳的口中说出来，好像尖刀在心头狠狠地剜了一下，好痛……

“我没那么无聊，只是猜测，关心一下我的小学妹。”沈晨阳放下手里的文件，封面朝上，是冷涛的简历，医院里的谣言让他对这个人很感兴趣。

相比来说，沈晨阳更希望和顾小满在一起的人是左岸。

“左岸呢？”

沈晨阳把简历扣了过去，再次询问左岸的情况。

“在国外……”顾小满难过地垂下了眼眸。

“不会是不打算回来了吧？”沈晨阳的眉头一蹙。

“他和孙安宁在一起，回不回来都一样。”

“孙安宁？”

沈晨阳没料到结局会是这样的，他沉默了。但这种沉默只维持了片刻，他便大笑了出来。

“一直以为他的眼光很高，看起来也不过如此……”

“沈副院长，你叫我来，就是为了谈这个的吗？我要回去了，下午两点还有一个手术要做。”

顾小满站了起来。

沈晨阳觉察出了顾小满的沮丧和异样，他轻咳了一声，拿起了另一份文件，说明了一下现在的情况，虽然顾小满被举报的问题不大，可影响毕竟存在，医院不拿出一个合理的说法来，说不过去。

“泌尿科成立十年，收治了不少病人，积累了丰富的临床经验，却没有进行一次很全面的治疗整理和综合分析。这是一个缺憾，所以院方决定，把这个任务交给你，一个月之内，我要看到一份报告，关于泌尿科综合能力的评估，现状、发展、改进、包括一些重大典型性病例的综合分析，后者是重点。”

“一个月？”

顾小满不解地看着沈晨阳，他到底了不了解中心医院的实际情况？这家医院虽然是老资格医院，但医生的流动性较大，一些病例记录也不全，还有一些年头久了、损毁丢失的情况。想在一个月之内完成这份报告，就算加班加点也有难度，何况她还是新来不久的。

“有问题吗？”沈晨阳问。

“时间可能来不及。”顾小满回答。

“加班。”

沈晨阳还真不客气，一副法西斯的嘴脸，坦然得让人想揍他。

“新官上任三把火，先烧到了我。”

“随便你怎么想，我一个月之后，要看到你的报告，相信TX医科大学的高才生不会让我失望的。”

“我会尽力。”

顾小满把桌子上的文件拿了起来，转身要走的时候，沈晨阳叫住了她。

“忘记告诉你了，你的电视换了，一共花了六千七，先记账？还是马上还给我？”

“六千七？”

顾小满气恼地瞪视着沈晨阳，外面商场里一两千的电视有很多，他怎么换了一台那么贵的？

沈晨阳似乎料到了顾小满会是这样一幅表情，惬意地笑了起来。顾小满疾步走到了他的办公室桌前，用力拍了一下桌面。

“你怎么进去的？”

“我有钥匙……”沈晨阳伸出了手，手指上挂着一把钥匙，这是一把复制品。

“你趁着我睡着了……”

“别把话说得这么难听，我只是复制了你的钥匙，没对你做什么。”沈晨阳耸耸肩，表情有点儿邪恶。

顾小满鼓圆了腮帮子，突然出手向钥匙抓去。

沈晨阳手臂一缩，顾小满扑空了。

“注意一下形象，你可是女孩子，没结婚别学这么泼辣，小心嫁不出去。”

“沈晨阳，你过分了，这是小偷行为。”

“小偷？你见过小偷不偷东西，反而倒搭的吗？电视机算我送你的，这样总可以了吧？”

“还我钥匙。”

顾小满气得小脸通红，就在她要绕过桌子暴力强夺的时候，门外传来了敲门声。

“进来！”沈晨阳应了一声，办公室的门被人推开了。

顾小满赶紧退后，不敢乱来了。

门外，孟凡青走了进来，她警觉地看着顾小满，又看了看沈晨阳，表情略显狐疑。

孟凡青的嘴巴一向不好，若让她撞见刚才的场景，说不定会造出什么谣言来。顾小满决定暂且放弃那把钥匙了。

“我先回去了。”

她把文件卷成了一个卷，低下头从孟凡青的身边走了过去。

顾小满离开后，孟凡青还不甘心地回头看着，小满脸颊上的红晕她看得清清楚楚，果然是个绿茶，副院长才来，狐狸尾巴就藏不住了。

“孟医生坐。”

沈晨阳让孟凡青坐下来。

孟凡青坐下后，一直瞄着沈晨阳，无疑，这位多金的帅哥吸引了医院所有女性的目光，包括她的。

“沈副院长，您叫我……”

“知道随便诬告医院的医务人员是什么处分吗？”沈晨阳的声音冷冷的。

“这是有证据的。”孟凡青一愣，没想到副院长会这么说。

“证据是什么？一个离婚男人和一个单身女人的暧昧？一位加班医生请科室的同事吃便当？”

“这……”

有些事情经过大肆渲染之后写在纸上，是一种感觉，被精简之后口头说出来，又是另一种感觉。孟凡青不是傻子，怎么能听不出来，沈副院长在袒护顾小满。

“我这么做，是为了医院着想。”

“为医院着想？孟医生，你主治的七个病患，有三个投诉你职业操守有问题。对此，院方十分重视，也希望你能注意一下自己言行举止，如果证据确凿，院方会追究你相应的责任。”

“副院长？”

孟凡青的冷汗流了下来，本想在新院长上任之后，写举报信让顾小满难堪，却没想到石头砸在了自己的脚上。

孟凡青意识到她该找个台阶下了。

“如果是我没了解清楚事实，冤枉了顾医生，我会当面道歉的。”

面对孟凡青态度的大转变，沈晨阳没任何吃惊的表情，他让孟凡青先回到岗位工作，至于那封举报信，是否属实，还需进一步调查。

孟凡青离开了沈晨阳的办公室，回到科室之后，护士们还在议论关于这位新来的副院长。

“沈副院长真的没有女朋友啊。”

“没有，也轮不到你，有钱人的眼光都很刁的。”

“说不定王八看上绿豆了呢？”

刚开始大家只是在讨论沈晨阳的个人感情问题。渐渐的，话题发生了转移，有人对沈晨阳的经历产生了浓厚的兴趣，由这个话题延伸，得到了一些不确切的小道消息。

“据说沈副院长出国之前，就读于国内的一家知名医科大学。”

“哪家？”

“TX！”

“TX？好像顾医生也是TX医科大学的。”

说者无心，听者有意，孟凡青手上的动作停住了，耳朵也竖了起来。

“他们是同一个大学的？认识？”

“别扯了，小道消息怎么能信？沈副院长是斯坦福大学毕业的。”

不管消息是真是假，已经很深入了，再继续调查下去，很容易发现沈晨阳和顾小满的学长学妹关系，好在护士长打断了大家的议论。

“好了，兴奋劲儿也该过了吧，都去工作。”

小护士们立刻闭了嘴，各忙各的去了。

办公室里，只有孟凡青把刚才的话放在了心上。

下午手术结束后，顾小满查了一趟病房，做了记录之后，开始着手整理科室的病案材料。

正如档案室的管理员告诉顾小满的那样，这是一个烂摊子，不是一朝一夕就能整理好的，等数据都整理出来，分析报告得猴年马月才能完成了。

为了这批资料和报告，医院给顾小满单独安排了一间办公室，在十三楼走廊的尽头，虽然偏僻，却很安静。左院长还分给了顾小满两个帮手。可这两个帮手能做的也只是按照材料的内容分类整理一下，具体的工作还得顾小满完成。

看着泌尿科的一批批资料送进来，堆积如山。顾小满只是一眼，脑袋便大了，这也算工作？简直就是苦役。

“沈晨阳，算你狠。”

大学得罪过这家伙，现在他终于抓住了机会，变本加厉讨回去了。

从种种迹象看来，沈晨阳进入中心医院不是为了追求她的，而是来让她难堪的，撞车只是一个开端而已。

下班后，除了值班的医务人员，其他该走的都走了。

中心医院十三楼东是资料档案室，放置了一些陈旧器材，只有几个管理人员在岗，下班后，人一走，立刻显得冷冷清清，连走廊里的灯都显得格外阴暗。

上了一趟卫生间，顾小满找遍了十三楼，发现两个助手也离开了。

现在是晚上八点三十五分，距离午夜十二点还早，却有了午夜的幽静和诡谧。

回到办公室，顾小满开始整理文件，因为之前医院管理不正规，一些病例记录很粗略，有缺失，不乏一些错误的病志混杂在其中，这些数据对于做出权威的分析报告，作用微乎其微。

文件小山逐渐变小的时候，时间已经接近半夜十一点半了。

顾小满喝了口水，打开下一本卷宗的时候，隐隐听到走廊里传来了一阵脚步声。虽然脚步声很轻，却还是引起了她的注意。

这个时候谁会来十三楼？

如果是以前上大学的时候，顾小满首先想到的就是鬼。医院关于鬼的故事层出不穷，讲也讲不完的。可自从她当了医生有了太平间的工作经历之后，便不再相信什么鬼神的说法了。

脚步声越来越近，最终停在了门口。

顾小满拿起了桌面的文件夹，随时准备给门外的人致命一击，可让她感到意外的是，门开了之后，一杯奶茶伸了进来，接着是沈晨阳的脸。

“这么晚了，还不走？”

“副院长给我分了这么个重担，敢走吗？”顾小满没想到会是沈晨阳，他有心脏病，熬夜对他的健康没什么好处。

沈晨阳走了进来，把一杯奶茶放在了顾小满的桌子上，他的手里还有一杯，坐下后，他自顾自地喝了起来。

“我可没强制你加班。”

“等同于这样要求了。”顾小满白了沈晨阳一眼，工作压得紧了，还用提要求吗？

沈晨阳喝了两口奶茶，抬手看了一下时间。

“十二点了，医院距离公寓有一段距离，我送你。”

“你送我？”

顾小满忍不住撇嘴笑了一下，就凭他，除了个头够了，力气和体质都不行，万一出了什么意外，不一定谁保护谁呢。

“我差点忘记了，你算不上一个女人，不需要护送。”沈晨阳讥讽着。

“沈晨阳！”

顾小满的眼睛一瞪，抓起奶茶，猛喝了一口。

“你走你的，我走我的。”

喝光了奶茶之后，顾小满拿起了衣服穿上，向办公室外走去。

沈晨阳犹豫了一下，随后跟了出来。

“好吧，你护送我？”

“去死吧。”

“还是这么倔，难怪左岸……”

左岸两个字一出，顾小满立刻停住了步子，转过身冷视着沈晨阳。沈晨阳发现顾小满的神色变了，立刻告饶。

“算我说错话，请你吃夜宵怎么样？”

“没胃口。”

顾小满疾步走向了电梯，沈晨阳不远不近地跟在后面。

电梯的门打开的一刻，顾小满快速闪了进去，手指用力按压电梯的按钮，沈晨阳及时赶到，挤了进去。

“这么讨厌我？别误会，我来中心医院，不是为了追求你。”

“为了什么？”

“找一个可以让我安心的地方，实现理想。”

“呵，你也有理想？”顾小满不想打击沈晨阳，可讥讽的话还是冲口而出。一个开着豪车，随时更换女友，挥金如土的家伙，还有什么理想是实现不了的？

“我怎么就不能有理想，只是因为我要死了吗？”沈晨阳不同意顾小满的说法，他除了活不长之外，和其他人没什么区别。

幽闭的空间，让电梯里的气氛有些窒闷，顾小满盯着跳动的数字，只应了两个字。

“不是。”

“我发现你变了，和在TX大学的时候不一样了。”

“有什么不一样？没觉得。”

“大学时，你很阳光，什么事都往好处想。可现在呢，好像一个活了几个世纪的女僵尸，麻木不仁。”

“你才麻木不仁呢！”

顾小满不悦地看着沈晨阳，这个家伙怎么敢把这个字眼儿用在她的身上？她现在依旧阳光，只是发生的事情，让她没办法笑起来而已。

生活，感情，事业，她处于一个尴尬的过渡期。

“我猜一下，不知对不对，是不是左岸让你失去了信心？他对你始乱终弃了？让你放低了姿态？”

“你！”

顾小满的拳头紧握举起，沈晨阳下意识地后退了一步，脊背贴紧了电梯。

“君子动口不动手。”

“我说了，不准再提他。”顾小满的脸憋得通红。

“不让别人说，就说明你还在乎。”

“我没有，我忘记了！”顾小满拼命地摇头。

“撒谎。”

沈晨阳强迫小满看着他。

“你什么时候学会逃避了？什么时候这么怯懦了？既然还喜欢他，就去追，去抢！我相信孙安宁不是你的对手。”

“我没法确信，我去追了，去抢了，他的心还在我这里吗？”

顾小满把心里一直憋着的苦闷说了出来，沈晨阳沉默了，没再发出类似犀利的质问。

左岸是顾小满的禁区，不提他，顾小满是正常的，只要一说到这个名字，她立刻就会失态。

也许时间还不够久，顾小满需要更长的时间忘记心灵上的创痛。

沈晨阳的车停在医院的露天停车场里，颜色鲜红，一眼就能认出。从他选择车的颜色来看，他是一个活得高调又狂妄的人。

“我送你回去。”沈晨阳拿出了车钥匙。

“不用了，我想走走。”

顾小满转去了另一个方向，走上右街时，沈晨阳从后面追了上来。

小跑让他的呼吸有些困难，额头渗出细密的汗珠儿。顾小满放慢了步子，适应他的节奏。

“你这样跑来，不担心身体吗？”

“提前倒下，和在不久的将来倒下，没什么区别。”他舒展了一下手臂，用力吸气，似乎要汲取空气中的所有氧气一般。

“你不是有理想要实现吗？为了理想，也得保重身体。”

“你关心我？”沈晨阳的眼睛一亮。

“我关心我身边任何一个朋友。”

“我是其中之一，也很荣幸。”

沈晨阳的双臂有节奏地摇动着，他在享受这一刻的静谧。

时间已经是十二点多了，月亮躲进云层，虽有稀寥的星光，却不能让苍穹改变墨染一样的颜色。

通往单身公寓的小巷里，路灯坏了，光线越发不明，隐约有两个人影晃动着朝这个方向走，小满警觉地放慢了步子。

“我怎么觉得不对？”沈晨阳碰了顾小满的手肘一下，或许他们应该换条路走。

“你不是要请我吃夜宵吗？我们去……”

顾小满想和沈晨阳离开这条小巷，却已经晚了。

“站住！”

有人喊了一嗓子，随后脚步声杂乱响起，顾小满发现她和沈晨阳的前后退路都被挡住了，一共四个人，前面两个，后面两个，呈夹击之势，手里还握着匕首。

沈晨阳虽然身体不好，却很有男人样儿，一把将顾小满拉到了身后。

“多亏我送你了。”

“你是累赘，送还不如不送。”顾小满把沈晨阳从身前推开了，她拉开了架势。

四个年轻人走近了，手臂上的文身很狰狞，一看便是不良少年，专劫夜路行人。

“算了，破财消灾。”

沈晨阳掏出了钱包，拿出了所有钞票。富二代最不缺的就是钱，破财消灾，是他一贯的原则。

假如这几个歹徒知道今晚打劫的是个金主儿，一定会乐开了花，可惜他们遇到了顾小满。

沈晨阳的钱还不等拿出来，顾小满就出手了。

在大学的时候，沈晨阳就听说小满会点功夫，却没想到会这么好，四个体壮的家伙根本近不了她的身，连还手的机会都没有，只有挨打的份儿。

很快，两个的歹徒匕首脱手了，鼻子出血了，站也站不稳了。

“这女的会功夫！抓那个男的。”

“躲我后面！”

顾小满让沈晨阳避开歹徒，别乱动。

沈晨阳倍感自卑，堂堂一个大男人被女人保护，是一件尴尬的事。

打退了四个打劫的年轻人，顾小满再回头看时，沈晨阳已经坐在了地上，累得气喘吁吁，脸白得好像纸一样。

“以后能不能不要这么玩命？你可以，我不行……”沈晨阳看起来状况并不好。

顾小满把沈晨阳扶了起来，沈晨阳虽然想装着坚强，腿却在不自主地发抖，浑身感觉一点力气都没有了。

“哪里有女人这么打架的？”

“打架又不是男人的专属！”

“你还有理？”

沈晨阳连连翻了几下眼睛，气得说不出话来。

小巷不长，走得却很缓慢，回到医院宿舍之后，顾小满给沈晨阳热了一杯牛奶。沈晨阳喝了之后，还没什么好转，脸色仍苍白得可怕。

“我还是送你去医院吧。”顾小满很担心，沈晨阳却摇摇头。

“没什么大不了，休息一下就好。”

“你的脉象不正常……”

“我的脉象从来就没正常过，拿药给我，吃了会好的。”

沈晨阳指着他的西装，语气虽然调侃，却很虚弱。

顾小满在沈晨阳的西装里找出了一个药瓶，吃了药后，他的脸色缓和了许多，只是还没什么力气，和顾小满搭了几句话后，竟倚在沙发里入睡了。

心脏病发作吃药后，需要的就是安静和休息，顾小满没办法在这个时候把沈晨阳叫醒，只能任由他躺在沙发里。

因为一连几天加班，刚才又花费力气打架，顾小满这一夜睡得很沉，很昏。八点多才睁开眼睛，她盯着天花板想了好一会儿，才想到今天是周六，闹铃没响。

别人的周六可以休息，顾小满的周六还得拼搏，加班整理数据作报告，是她近期的头等任务。

匆匆起身，顾小满穿着睡衣冲出了房间，习惯了一个人生活，让她忘记了另一个人的存在，推开洗手间的门后，顾小满看到了沈晨阳，无可救药地尖叫了起来。

沈晨阳正赤着上身，麦子色的肌肤挂着水珠儿，他的手里正拿着一条毛巾。

“昨天溅得浑身是泥，借你的洗手间洗个澡，毛巾……也借用一下，我买新的给你。”沈晨阳的表情也很别扭，口齿有些不清。

顾小满的一双眼睛仍旧睁得奇大。

沈晨阳看了看她，又看了看自己，立刻拽来一条浴巾披在了身上。

“你，你要用洗手间吗？我让给你。”

沈晨阳低下头从顾小满的身边走了过去，临出门的时候才低声提醒着她：

“你的扣子……太低了……”

呃……

顾小满低下头，看着自己身前散开的睡衣领口，脸瞬间火辣滚烫，她急速进入洗手间，关上门，良久，心还怦怦地乱跳着。

今天发生的事情告诉了顾小满一个真理，不要试图留男人过夜，特别是沈晨阳这种脸皮极厚、嘴巴极黑的男人。如果再来早一点点，恐怕看到的就不是沈晨阳赤着的上身了，想着可能的情景，她的脸更红了。

“砰砰……”

洗手间的门外传来一阵敲门声，沈晨阳提醒顾小满，他还想用一下她的洗手间，让她速度尽量快一点。

这语气，好像这里是他的家？

第二十章

无法释然的结婚请帖

手捧花向小满飞来，她本能地伸出手，鲜花落入怀中，引来周围一阵羡慕的嘘声。都说婚礼上接到新娘的手捧花，下一个结婚的就是她。可顾小满不知道，她将来要嫁的人在哪里？

上班后，顾小满花了一整天的时间整理资料，晚上八点多时，总算理出了一点眉目。

正打算闭上眼睛休息一下时，叮的一声，电脑传来了提醒的声音。

一定是垃圾广告，总是这样出其不意地弹出，顾小满缓慢地睁开了眼睛看向了屏幕，发现那不是一则广告，而是一条娱乐新闻。

“摇滚天王展越国内巡回演出，全场爆满，警察维持秩序。”

展越?

顾小满兴奋地点开了新闻，看到了展越的照片，照片上，他抱着吉他，深情地唱着，下面是大标语，写着展越我爱你。

看到展越阳光爆棚的样子，顾小满忍不住笑了，这小子真的出息了，不再是曾经的那个扒墙头的男孩子了。

思绪又飘回了曾经的三年二班，小满丢了日记本，整整追了展越和许志友三条街，还扯烂了展越的裤子。算起来，已经好多年没见过展越了，不知道他还记不记她?

拿出了手机，顾小满翻出了展越的电话号码，这个号码是上次爸爸告诉她的，她却一直没打过。

手指从电话号码上扫过，她犹豫了一下还是放弃了。

左岸离开了，展越成了当红的娱乐明星，许志友和毛永伟毕业后合开了饭店。还有几个女生已经结婚生子了，只有她独自守着孤独。

她算成功的吗?

一个女人事业不管多辉煌，感情是空白的，都不算成功，她是个loser。

她不想让别人看到她的失败，她宁愿这样一个人静静地生活。

收拾了背包打算离开的时候，手机短信提示声响起，她打开一看，竟然是展越发来的。

“顾医生，约个时间见一面，给点面子。”

展越还是那么直接。

“什么时候？”顾小满回复。

“现在，我在中心医院的门外。”

他竟然在中心医院的门外，顾小满倍感意外。

“我马上出来。”

顾小满兴奋地拎起了皮包，奔出了医院，见到了展越，也见到了许志友和毛永伟，他们坐在展越的车里，冲她挥动着手臂。

“女霸王，快上车。”

“顾医生，出诊吗？我的心里有病！”许志友更胖了，从车里探身出来，费了不少力气，脸憋得通红。

“我们想你想得快成精神病了！哈哈。”毛永伟哈哈大笑着。

顾小满激动地看着眼前的三个人，时光好像瞬间流转了，又回到了纯真的高中时代，三剑客，依旧和当初一样痞气。

顾小满的眼睛湿润了。

“傻愣着做什么？上车。”

展越推开了副驾驶的门，冲小满打了一个响指，他穿着时髦，脚下是一双银灰色的皮鞋，还扎了一个艳红的领结，虽然看起来有些滑稽，却不失帅气。

“要等我抱你上来吗？”

“不用！”

顾小满上了车。

展越若无其事地吹了一声口哨，一脚大油门踩下去，轿车呼啸而出。

目的地是许志友和毛永伟的凯旋大饭店。名字很响亮，店面虽不大，却很有特色，吃客络绎不绝，饭菜酒水上来之后，自然是一番煽情的调侃，让人满满地回忆着三年二班的情景。

话说开了，嘴没了把门的，毛永伟一张脸喝得憨红，大声向顾小满说明展越当年的心情，言语含糊其词。

“小满，知道吗？你是展越的女神。”

“现在后悔了吧？看看展越，人生就是这么回事儿，一下子抓不住就丢了，丢了就找不回来了……”

许志友和毛永伟帮腔展越抱怨着，质问顾小满展越有什么不好，人仗义，诚恳。书呆子除了会读书，简直就是一无是处。

“左岸当初风光，展越现在更风光，十年河东十年河西啊。”

顾小满很尴尬，展越让许志友和毛永伟别说了，有些事情过去了，就是过去了。

“我都要结婚了，你们还提这个干吗？”展越咒骂了一句，从衣兜里掏出一张请帖塞在了小满的手里。

“安娜，俄罗斯人，贤惠，温柔，又漂亮。”展越的介绍很快速，好像在尽量回避什么一样，说完了，他拿起一杯啤酒，一口喝了下去。

“展越，干吗不让说啊？”许志友不服气，“已经没戏了，说说都不行吗？”

“要说，也是我自己说，不用借你们的臭嘴。”

展越爽朗地笑了一声，亲昵地搂住了小满的肩膀，双眼通红。

“小满，知道吗？我当年翻了七年的阳台，连命都不要了。为了什么？就是因为喜欢你。我报考了什么医科大学，一点兴趣都没有，还是为了你。那年出国进修，我跟你说什么来着，可你说，出国吧，出国对我有好处啊……于是我出国了，出国进修的那几年，我一直盼着你能打电话来，让我回来，只要你顾小满一个电话，我什么都可以放弃，可是你没有……左岸那小子，得到了我最想要的，却扔下你出国了，他凭什么，就凭那张冷冰冰的脸和牛气的成绩吗？你还傻乎乎地等他，左岸根本配不上你，你知道吗？”

展越情绪激愤。

安娜是展越巡回演出时认识的，女粉丝，她跟了展越七个国家，坚持不懈，这份真诚打动了他。

“我决定娶安娜，就是因为她好像当年的我！”

一杯杯地喝不过瘾，展越干脆举起了酒瓶子，说他这辈子唯一的遗憾，就是不能和顾小满打破邻居和朋友的关系，只差了一道墙。

“遗憾，谁的青春没有遗憾，是不是？”展越大喊着。

“是，干！”

许志友和展越碰了酒瓶子，大口地喝了起来。

这算遗憾吗?

也许就是因为这份遗憾，这份不能拥有，才能让他们的友谊长久。

没到十点，展越、许志友、毛永伟都喝醉了，到处都是酒瓶子，人也东倒西歪的，许志友的妻子给他们安排了房间，只剩下顾小满一个人坐在那里。

回到公寓的大楼前时，顾小满的手里还捏着张请帖，心里满满的都是祝福。她祝福展越和安娜，也祝福许志友和毛永伟。

正拿钥匙要开门时，一个细小的声音从角落里传了出来。

“顾小满……”

顾小满循声向光线不明的角落里看去，一个瘦弱的女人走了出来，穿着一条灰白色的裙子，乍一看，好像暗夜里的幽灵。

“孙安宁？”

“好久不见了。”

孙安宁走了过来，她看起来比上次在国外见到时还要瘦弱，几乎成了一把骨头，双颊突出，眼窝深陷，显得一双眼睛乌黑奇大。

“你怎么在这里？外面冷，快进来坐。”顾小满打开了房门，让孙安宁进去。

孙安宁跟着小满进了公寓。

进入宿舍后，顾小满一时有点发蒙，房间被沈晨阳收拾过了，该在原位的东西，不见了踪影。

“冷了吧，我给你热杯牛奶。”

顾小满让孙安宁稍等一下，然后去了厨房，进入厨房之后，她更加蒙了，旧烤箱和冰箱都被换掉了，连厨具都是新的。

热了牛奶端出来时，顾小满发现孙安宁正盯着沙发边的一件男人的西装发呆。西装是沈晨阳的，他走的时候没有带走。

孙安宁喝了牛奶，掏出了一张请帖。

“我这次来……是想告诉你，我要结婚了，这是请帖。”

刚刚收到展越的请帖，现在又来了一张，今天是发请帖的好日子吗？好像所有人都钟情在这一天让大家知道他们要结婚了。

看着递过来的鲜红请帖，顾小满怎么都伸不出手去，她要和左岸结婚了吗？

“放在这里吧。”顾小满的声音听起来冷冰冰的。

“你不想打开看看吗？”孙安宁苦笑了一下。

“有什么好看的。”

“我知道你不会祝福我，因为过去……我对你做得太过分。可我没否认过，你是个好人……”

一个人评价另一个人，如果只用了“好人”两个字，凭你怎么想，都不是恭维。

“都过去了，是不是好人，还能怎么样。”

顾小满不想继续这个话题，如果孙安宁是来打击她的，目的已经达到了。

“你还有机会。”

“我想放弃的，对于我来说，都不是机会。”

“顾小满，我能对你说一声对不起吗？”

“没必要，你没做错什么。”

顾小满对孙安宁仍有戒备，怨恨她的同时，也有些心虚，左岸算是孙安宁抢走的吗？或许是他自己心甘情愿一辈子禁锢其中。

喝了牛奶之后，孙安宁落寞地离开了，正如她落寞地来一样。

孙安宁送来的请帖仍放在茶几上，红色的封面，上面印着一个大大的金色喜字，鲜艳明丽，小满不曾打开过。

她崩溃得很彻底，隐藏在骨髓里的痛一下子倾泻了出来，泪水模糊了视线，耳边回荡的只有自己的哭声。

人们常说，真的放下了，就会面对，顾小满深知自己从未放下过。

用力挥动手臂，请帖被挥落在地，划入了沙发底下不见了踪影，可那份鲜红却牢牢地印在了顾小满的心底。

夜沉如水，顾小满不确定自己是睡了，还是清醒着，天亮的时候，她还维持着那个姿势，直到房门被人从外面拉开了。

沈晨阳出现了。

“起这么早？”

“我可能没睡。”顾小满木然地回应了一句。

“不眠铁金刚，厉害……”

沈晨阳走了进来，手里还拿着她公寓的钥匙。钥匙在晨光下闪着耀眼的光芒，直射在顾小满的脸颊上。

“沈晨阳！”

顾小满瞥见了钥匙，似乎找到了一个发泄的借口，她一下从沙发里跳了起来，冲过去，把钥匙抢了过来，随后一件西装被愤怒地甩在了沈晨阳的身上。

“我欠你的钱，早晚会还你，现在马上带着你的西装，还有你，从这里出去。”

“我是来修理水龙头的。”沈晨阳委屈地说。

“这是我的家，我愿意水龙头坏掉，就坏掉，你管得着吗？出去，马上出去，不然我对你不客气了。”

顾小满再次挥动了拳头，沈晨阳下意识地退后了一步，问顾小满是不是真的要动手，他的身体和心脏都承受不了的。

顾小满气馁了，放下拳头，沮丧地回到客厅一屁股坐了下来。

沈晨阳大言不惭地走了进来，进入洗手间后，叮叮当当地敲打着。突然一声惊呼传了出来，一股水柱从洗手间喷出。

“喂，你干什么？”小满大叫。

“爆了。”沈晨阳回应。

顾小满奔进了洗手间，吃惊地看着眼前的景象，沈晨阳正用身体堵着不断喷溅而出的水柱。

“你就这么修理的，董存瑞吗？”

“还不帮忙？”沈晨阳气急败坏地喊着。

顾小满想帮忙，却也不知道怎么帮才好，沈晨阳移开身体时，水柱喷出，她躲闪不及，也跟着湿透了。

“我以为我可以呢。”沈晨阳辩白着。

“你还以为你是男人呢。”

“我本来就是男人。”

“看不出……”

顾小满打电话叫来了修理工，水龙头很快修理好了。

花费了小半天的工夫才收拾好了房间，顾小满感到身心疲惫。

“顾小满，是不是该考虑一下结束单身了？”沈晨阳一边擦头发，一边对顾小满说。

“你想毛遂自荐吗？”

“想，但是不行。”

沈晨阳自知自己没这个实力。

“健康是硬指标，就算你委屈嫁给我，也会成寡妇的。”沈晨阳态度诚恳地对顾小满说，如果他可以，他一定会当仁不让。

一个人，明知道自己在不远的将来，甚至是几个月就会离开这个世界，还能坦然地笑，大概只有沈晨阳做得出来。

沈晨阳伪装的浮漫之后，装着满满的沉淀。

“我觉得冷涛不错。”

“是不错，专业技术好，有责任心，病患们都很信任他。”顾小满认同沈晨阳的话。

“不，不仅仅指这个。”

沈晨阳摇摇头，解释他刚才那句话的意思：“我想说的是，对于一个女人来说，他也算是一个好男人。”

“你不会是……给我介绍男朋友吧？”

“不是介绍，是参谋，除了离过婚之外，年龄稍稍大了一些之外，还都不错，符合我的要求。”

“你的要求？”

顾小满越听越觉得糊涂了，符合他的要求，有什么用？

作为同事、师长，冷涛确实不错，可作为丈夫、父亲，他却是不合格的。顾小满不知沈晨阳此话从何而来，如果是那些流言蜚语影响了他，他的大脑回路也够简单的。

这个话题没有必要进行下去了，顾小满拎起了皮包。

“我还有工作要做，你也该离开了。”

“钥匙被你抢回去了，离开就回不来了。”沈晨阳慵懒地歪斜在了沙发里，赖着不肯走。

“沈晨阳，这是我的宿舍，不是你的……你觉得……你，你在这里合适吗？我们孤男寡女的……”

“你怕什么？”

沈晨阳挑起了眼眸，告诉顾小满，假如她担心他会对她有什么想法，大可以放心。他的主治医生已经说过了，他的状况，犹如脆弱的蝼蚁，一点小小的刺激都承受不了，和女人上床发生关系，是绝对禁止的。

“我现在是废物，什么都做不了……”沈晨阳耸耸肩。

这是一个很伤自尊的话题，小满没想过要让沈晨阳难堪。

“我不是这个意思……”

“没关系，我习惯了，也许某个晚上，我闭上眼睛之后就不会再醒来了，你说说那会是一个什么情景，一个人，孤单地离开这个世界，只有阳光照在我的尸体上……”

沈晨阳双手交叉，说到死亡的情景，眼里浸透了一种晶亮的东西。

同情之心不可救药地泛滥着，顾小满拒绝的话再也无法出口，犹豫之后，她掏出了那把钥匙，扔在了茶几上。

“进出最好不要让同事看到，我不想听到那些人再制造谣言。”

钥匙重新回到了沈晨阳的手中，顾小满推门出去了。

就这样，沈晨阳成了顾小满公寓的常客，他每次来，都买很多好吃的，美其名曰记账，却从来没要过顾小满一分钱。

沈副院长来了中心医院，举措很多，大大改善了医院的现状，他还成立了一个医疗扶困中心，投放了一笔巨款，可以解决百姓看病难的问题。

沈夕月对弟弟的每个支持中，都盛满了深厚的爱。

沈晨阳的幽默感是与生俱来的，让你懊恼的同时，又让你忍俊不禁，渐渐地，顾小满不再介意他手里的那把钥匙了。

展越的婚礼在本市的五星级大酒店举行，除了请一些老同学外，来的几乎都是娱乐界的名流。

展父虽然不太喜欢儿子娶一个外国媳妇，可安娜的孝顺和温柔，让他无话可说。顾建城应邀也来参加了婚礼，看到展越的风光，心里说不出是什么滋味儿，总觉得好像谁抢了他的女婿一样。

“早知道，我不该拦着这小子的，哎！”顾建城烦闷地摇着头。

“老顾，小满的男朋友呢？我听说左岸……”展越的父亲打听小满的个人情况。

“早被小满甩了，我女儿眼光高。”

“哦，当初我还以为展越有机会呢，小满是个不错的女孩子，只可惜……你看不上我家小越。”展越的父亲故意拿话敲打顾建城。

顾建城干笑了一下，他当初确实瞧不起老展家来着，现在老展打他的脸，也是啪啪地响。

婚礼开始，进行曲中，展越携着安娜走来。

安娜是一个笑起来眼睛好像弯月，说话声音如黄莺般动听的俄罗斯女孩儿，在喧闹的欢笑声中，安娜扔出了她的手捧花。

“小满！”

手捧花向小满飞来，她本能地伸出手，鲜花落入怀中，引来周围一阵羡慕的嘘声。都说婚礼上接到新娘的手捧花，下一个结婚的就是她。可顾小满不知道，她将来要嫁的人在哪里？

婚礼进行曲中，展越最后看了顾小满一眼，伸开手臂将安娜拥住。

有人说，这是一种令人惋惜的错过，如果三年二班没有左岸，顾小满也没那么坚持，现在穿着婚纱站在展越身边的新娘应该是她。

也许是这样的，也许不是……

顾小满拿着手捧花，心很平静。

徒步穿过都市的繁华，走上一条熟悉的石板路，抬眼望去，尽头是曾经就读过的高中。那棵百年的老松树还立门口，在地面上投下了一个巨大的影子。她还记得，那个单肩背着书包的少年从这里走过，后面跟着目光羞涩的女生……

那个少年是左岸，那个女生就是她。

梦是从这里开始的，却不能在这里结束，她和他终还是分道扬镳了。

“我有点饿了，不如去吃点什么？”身后传来沈晨阳的声音。

“想吃什么？”

顾小满转过身，沈晨阳耸耸肩。

两个人选择了一家餐厅才坐下来，就碰到了一个熟人，左岸的小姨。

“刚才看着好像……没想到真是你。”

她主动走了过来，表面和顾小满餐厅巧遇打声招呼，实际是因为发现了顾小满身边多了一个男人。

“这是你的男朋友吧？”左岸的小姨打量着沈晨阳。

出乎顾小满的意料，沈晨阳表现得十分热情，还亲昵地握住小满的手，让她坐到里面去，外面的座位让给了左岸的小姨。

“还真是男朋友啊，你们吃，我不打扰了。”

左岸的小姨看起来很失望，甚至有些沮丧，她转过身，低下头匆匆离开了餐厅。

“莫名其妙，这个女人……”沈晨阳嘟囔了一句。

“你也很莫名其妙，好好的，握我的手干什么？”顾小满一把甩开了沈晨阳的手。

“我这不是帮你吗？”

“谁要你帮。”

顾小满白了沈晨阳一眼。

饭店里意外遇到左岸小姨，她奇怪的表情一直困惑着小满，她到底在失望什么呢？应该和她没什么关系吧？

大约半个月的时间里，顾小满遵循着同一种生活规律，宿舍到医院，医院到宿舍，单调乏味。同时，她也渐渐适应了沈晨阳的不定期造访，有时是清晨，有时是黄昏，偶尔半夜出现，进门后，倒在沙发里就睡。

泌尿科的数据基本整理完了，除了归纳总结之外，还录入了数据库，查询起来更加方便了。

“干得不错。”这是沈晨阳作为副院长对她的夸奖。

“作为一部工作的机器，你是合格的，可作为女人，你缺了点儿什么……”这是沈晨阳作为朋友给她的提醒。

“作为领导，你有权监督我的工作，可走出这个医院的门，你不但什么权利都没有，还得听我的话，不然钥匙是要收回的。”

顾小满对沈晨阳晃动着手指头，让他不要多管闲事，她的生活里缺什么，不缺什么，她很清楚。

“好吧。”

沈晨阳的回应也只是耸耸肩，对顾小满，他是一点办法都没有的。

顾小满把大量的时间花费在了医院的工作上，有人调侃她，是不是想当中心医院最年轻的主任医师。

“顾医生，这是近一个月的病案材料，还有一些患者现在还在院。”

助手把新的病案资料送了进来，整理完了这部分数据后就可以做分析报告了，恶魔般的任务就要结束了。

助手离开不久，冷涛出现了，通知她下班后，科室的人一起出去吃烤肉。

这种鸡毛蒜皮的小事，冷涛打个电话或派人来通知一声就行了，怎么亲自来了？

“不要迟到了，沈副院长也去。”冷涛又叮嘱了一句才转身离开了。

冷涛亲自来通知饭局，顾小满不敢不去。她本可以下班前轻松整理完的资料，却因为一个病案表耽搁了，这份病案表让顾小满很苦恼，查看了一下主治医生的名字，竟然是孟凡青。

孟凡青的事，顾小满不愿插手，只是这个病案表，却让她不能不理。

病志上填写的时间是上周三，距离现在不到四天。

患者年纪十三岁，诊断为腹泻，伴随周期性麻痹，周三直接转去了肠胃科，但患者主诉多饮，多尿，伴随说不清的恶心，因为之前少年的胃肠一直不好，所以家属也说不清怎么回事儿。

病案的记录有些潦草，后面附带着一个尿常规和血液报告。

孟凡青的做事风格一贯如此，小病在她的眼里不算病，她只在乎那些能体现她自身价值的重症。

可这并非一种普通的病，顾小满仔细分析了报告数据，越看越觉得不对，她又查找了一些医学资料，进行分析确认，怀疑这是一例远端肾小管酸中毒的特殊病例，这种病极其罕见，因为症状复杂表现多样，很容易被误诊。

没有更多的化验报告支持，顾小满无法确定她的判断是否正确。加上孟凡青对她一直有成见，想解决这个问题，没那么容易。

“小刘，你帮我查一下周东，三天前来泌尿科的病人，转去了肠胃科，现在出院了吗？”顾小满要先确定这个病人是不是已经好转了，如果好了，这件事就不用担心了。

“我马上查。”

十分钟后，小刘的电话打来了，她告诉顾小满，周东还在医院，病情没有好转。

“主治大夫是谁？”

“肠胃科的马医生。”

“好的，谢谢。”

顾小满放下了手里的病案资料，想打电话向冷涛说明一下情况。可想想又觉得不妥，万一真是孟凡青误诊，她直接向冷涛汇报，不但孟凡青会痛恨她，其他同事也会怀疑她的目的，毕竟孟凡青才举报了她不久。

顾小满深知这份怀疑的意义，孟凡青的前途就捏在她的手里。

整理了一下文件，顾小满决定去肠胃科看看这个孩子，确认一下自己的怀疑是否正确。

当顾小满出现在九楼肠胃科的时候，意外看到孟凡青也在。

孟凡青和肠胃科的一个女医生关系较好，利用休息时间，两个人聚在一起闲聊，东拉西扯的，都是一些无聊的话题。

当看到顾小满出现时，孟凡青的脸色不太好看。

“走到哪里，都能看到不想看的人。”孟凡青翻了一下白眼，继续和女医生聊天。

顾小满没理会孟凡青，直接去了周东的病房。

“她来这里做什么？”孟凡青看到顾小满进了肠胃科病房，觉得有些奇怪。

“可能是来看朋友的，不用理。”

“她这种人也有朋友？哼！”孟凡青讥讽地笑了一下，又和女医生聊了一会儿，便回科室了。

顾小满进入周东的病房，周东正在沉睡，周东的母亲正坐在病床边，没精打采的。

“好些了吗？”顾小满问。

“没有，还是口渴，恶心。”周母不认识顾小满，以为她是肠胃科的医生，便抱怨了起来。

“不是肠胃病吗？都住了三天医院了，还不见好，孩子一点精神都没有，耽误了不少课，老师打了好几次电话了，马上期末了。”

顾小满安慰了一下周东的母亲，列出了一些她怀疑的问题询问周母，周母一一回答。

“对对，这孩子十三了，自从肠胃不好之后，个子就不怎么长了。”

“我知道了。”

顾小满担忧地看了孩子一眼，匆匆回了泌尿科，决定还是先找孟凡青谈谈。

孟凡青没想到顾小满会来找她，从举报信到现在，两个人很长时间没说过话了。

顾小满开门见山地说了周东的病情，提出了质疑，希望孟凡青把孩子转回来，进行全面检查。

“远端肾小管酸中毒？你是不是学呆了？”

孟凡青听完立刻火了，觉得顾小满是故意找她的麻烦。

“顾小满，我举报了你，你生气，我能理解，可开这种玩笑，你够了吧。别忘记了，我的经验比你丰富，我给病人做手术的时候，你还什么都不是！”孟凡青痛恨地摔了那份病例，警告顾小满老实点儿，举报信没被受理，不等于事实不存在，她会抓住她的把柄的。

孟凡青和顾小满言辞不合，以有患者需要检查为借口，转身就走。

看着孟凡青激愤的背影，顾小满懊恼地叫住了她。

“孟凡青，能不能把我们的私人恩怨放一放，孩子需要进行骨骼检测。”

“顾小满，别以为冷涛关照你，副院长替你说话了，你就可以这样泼我的脏水，我还没无知到分不清胃肠疾病和肾病的份儿上，你还是管好自己吧，不要和冷主任好了，又打副院长的主意，哼。”

孟凡青扔下了这番尖酸刻薄的话，冷然地走了出去。

顾小满站在办公室桌前，肩头颤抖，脸色铁青。没想到自己的一片好心，竟然换来这样的结果，孟凡青太骄傲了。

让患者反复转科室是有风险的，假若是顾小满判断失误，不但得罪了孟凡青，可能会遭到病患家属的投诉，她必须小心谨慎对待这件事。

重新回到了座位上，顾小满平复了一下心情，想着找个什么机会给周东做一个骨骼测验，最好能征得周东主治医生的同意。

又打了一个电话，顾小满试图和马医生沟通这件事，可值班医生告诉顾小满，马医生因为晚上值班，一早回家休息了，要等到明天早上才能见到他，周东的医嘱暂时不能变动。

“好吧，我明天再找他。”

顾小满放下了电话，抬头看墙壁上的时钟，已经五点二十分了。

“我可以进来吗？”

虚掩的门被推开了，冷涛走了进来，他换了一套正统的米色西装，上衣兜口别着一支钢笔，颇显斯文。

“到点了，梁记停车位不多，坐我的车走。”

“其他人呢？”顾小满问。

“差不多都先走了，就剩你和我了。”

“哦。”

顾小满赶紧收拾了一下桌子上的文件，一边暗自寻思着，冷主任今天的表现有些让人难以理解。举报信的事才刚刚过去，谣言仍盛，他作为医院里的领导，应该避嫌才是，怎么会在一天之内出现在十三楼两次呢？

文件锁好了，顾小满拿起了皮包，跟着冷涛出了办公室。

下班高峰期，电梯一般都很忙，到了十三楼时，只剩下一两个人的位置了。挤进去后，就算顾小满想拉开和冷涛的距离避免尴尬，也得和他肩靠着肩。

电梯下了不到三层，竟然还有人中途拦截，死皮赖脸地挤了进来，硬生生地踩了门口的小护士一脚，小护士一声尖叫向后猛退，顾小满被人用力一撞，脚下站立不稳，扑在了冷涛的身上……

没有什么比现在的情况更难堪的了，冷涛手臂一伸，很自然地搂住了她的腰。

“你没事吧？”

“没事，没事……”

顾小满冲冷涛不好意思地笑了一下。冷涛的表情很自然，手仍擎在顾小满的腰间，将挤来的人阻隔在外。看似一个简单的动作，却包含了太多的深意。

电梯的门开开合合了七八次，好不容易挨到了一楼。

门一开，顾小满就冲了出去，大口地吸气。不知是因电梯里空间拥挤闭塞，还是冷涛眼神带给她的压力，她有种说不出的窒息。

“你是不是不舒服？”冷涛走上来，关切地看着小满。

“电梯里太挤了，有点缺氧。”顾小满别扭地笑了一下。

“你一定是平常加班太多了，这个时间，电梯一向这样。”

冷涛走进了停车场，按了一下遥控钥匙，一辆黑色的豪华版奥迪轿车的车灯闪了一下，那是冷主任新换的车，很酷。可奥迪轿车的这种酷，和旁边停靠的一辆奔驰越野相比，逊色了许多，这辆奔驰越野的车牌是88888，擦得铮亮，闪着耀眼的光芒。

这辆车不是别人的，正是中心医院新来的副院长沈晨阳的车。

沈晨阳做人一向张扬，被顾小满嘲笑之后，尽量压低了格调。

这辆车牌为88888的奔驰越野，是他所有座驾里最差的一辆了。

“滴滴！”

奔驰越野的喇叭响了两下，顾小满这才发现，沈晨阳本人就在车里。

冷涛打开了车门，让顾小满上车。

“沈副院长，你不是早早就下来了吗？怎么还没走？”冷涛也发现了沈晨阳，礼貌打着招呼。

“抽根烟。”沈晨阳的嘴角挑了一下，目光瞥过顾小满的脸很快移开了。

抽烟？

顾小满觉得沈晨阳这话说得奇怪，他因为身体不好，从来不吸烟的。

“我带小满一起过去，梁记的停车位不多。”冷涛向沈晨阳解释着。

“有人带就好。”

沈晨阳的目光直视着前方，表情有些僵硬，笑得也极不自然。

顾小满上了车，冷涛让她系好安全带，从沈晨阳的座驾前开了过去。

奔驰车的驾驶座上，沈晨阳的手指捏着下巴，目光好像在看冷涛，又好像没看，不知在想什么，车仍停在那里没动。

奥迪车开出停车场出口时，顾小满无聊地回望了一眼停车场，发现了一个让她感到十分懊恼的状况，孟凡青穿戴整齐地从医院里跑了出来，正向沈晨阳的奔驰车用力挥动着手臂。

“沈副院长，我来了，等等我！”

更让人吃惊的是，沈晨阳打开了车门，孟凡青上了车。

无疑，沈晨阳的老毛病又犯了，不管什么时候，车里都不会缺了女人，就算在中心医院这种地方，也能在平庸中翻出几个有姿色的来。

“怎么了？脸色这么差？”冷涛扭头过来，发现顾小满脸色不对，低声问了一句。

“没事，有只苍蝇……”顾小满回答。

“苍蝇？在哪里？”

冷涛赶紧放下车窗，可看了几眼，也没看到什么飞行的虫子。

“不是车里，在停车场……”

“是吗？”

冷涛皱起了眉头，眼中闪现一抹疑惑。

奥迪开出了医院，融入了车河之中，顾小满的心却不能平静。她无法解释刚才的心态，为什么看到孟凡青上了沈晨阳的车，心里会有不安？这是嫉妒吗？她嫉妒沈晨阳身边的女人。

“滴滴……”

一阵车辆鸣笛的声音把顾小满的思绪拉了回来，沈晨阳的奔驰车不知何时追了上来，和奥迪并驾齐驱了，车窗里，他眼角满是笑意，有美女同驾，让他的虚荣心得到了极大的满足。

孟凡青化了妆，面白唇红。相比顾小满的素颜，完全不同。

嗖，奔驰车加速了，在红灯之后冲了出去。

“沈副院长开车挺猛的。”冷涛干笑了一下，油门慢慢踩下，车继续向前开去。也许是年龄的关系，冷涛更显沉稳老练。

进入梁记，大家都各就各位了，不知是不是有人故意安排的，在冷主任的身边留了一个座位。顾小满不好故意避开，只能硬着头皮坐下来。而孟凡青则坐在了沈晨阳的对面。

沈晨阳给了顾小满一个十分友好的微笑。顾小满脸上的肌肉牵动了一下，回应的笑看不出一点真诚，相反，夹杂着些许的讥讽，沈晨阳的笑意更浓了。

“沈副院长，不如我们换个位置吧？”孟凡青提议着。

“不用了，这里很好。”

沈晨阳很会联络同事之间的感情，才一会儿工夫，就和大家熟悉了起来，几个女医生纷纷过来敬酒，欢迎沈副院长参加泌尿科的聚会。

“大家尽情喝，都算在我的账上。”沈晨阳不管怎么逢迎，始终滴酒不沾，一直以水代酒。

“沈副院长，我敬你一杯。”

孟凡青不肯放过讨好这位金主的机会，她倒了两杯啤酒，递给了沈晨阳一杯，随后便是磨破嘴皮子的劝酒话，各种拍马屁，恭维，听得顾小满起了一身鸡皮疙瘩。

“沈副院长，我先干为敬。”孟凡青举杯就喝，却被沈晨阳制止了。

“我不能喝酒。”

“差点忘记了，沈副院长是国外回来的，习惯喝红酒的。”

孟凡青又换了红酒。沈晨阳皱起了眉头，他有心脏病的事实，医院里没人知道，在座的所有人，只有顾小满知道他为什么不能喝酒。

因为孟凡青带头，其他几个女医生也纷纷上来敬酒，不依不饶，沈晨阳骑虎难下。喝也不是，不喝也不是。

几个男同事凑上来，起哄说哪有男人滴酒不沾的，那还算是爷们吗？沈副院长怎么说都已经功成名就，是时下响当当的人物，当着那么多女同事，必须做个表率给大家看看。

一杯酒，对沈晨阳的意义，完全是不同的。男人固有的骄傲，让他端起了酒杯，四面欢呼声响起，大家为沈副院长的勇气鼓掌。

顾小满脸上的肌肉一直紧绷着，冷声低喝了一句：

“沈副院长不想喝就不要劝了。”

“顾医生，你什么意思？沈副院长还没说话呢，怎么轮到你了？”

几乎是瞬间的，孟凡青就把矛头指向了顾小满。

其他几位敬酒的女医生也不高兴了，觉得顾小满不合群，大家都在劝酒，她却破坏气氛。

“你不会想替沈副院长顶酒吧？好啊，这酒，要么领导喝了，要么你喝，大家说好不好？”

起哄必然有人响应，掌声再次响起。孟凡青讪讪地笑着，今天的场面可不小，差不多来了二十几位医生，加上护士长，一人一杯，还不把顾小满灌到桌子底下去？

沈晨阳怎么会让顾小满替他挡酒，立刻举起酒杯。

“我可以喝，但不能多喝。”

顾小满柳眉微立，不明白沈晨阳为什么不顺着她的台阶下，还是孟凡青很特别，他需要表现得像个男人？

酒精的刺激，会让沈晨阳的心跳加速，如果达到一定的量，会提前让他的心脏无法承受负荷，崩溃，衰竭。

相信这一点，沈晨阳也清楚。

顾小满站了起来，冷静地宣布：“今天副院长的酒，我顶了！”

一把将沈晨阳手里的酒杯抢了过来，顾小满直接一饮而尽。

沈晨阳看着小满手里空空的酒杯，眉头皱起。

“谁让你替我喝的？”

“你姐！”

顾小满只说了这样的两个字，沈晨阳便沉默了。

一些人觉得逼着一个女医生喝酒没什么意思，都回座位吃烤肉去了，唯独孟凡青不依不饶的，非要和顾小满一较高下。

一连喝了三四杯，顾小满的脸涨红了。

“这杯酒，我祝副院长在中心医院工作顺利。”孟凡青又倒了一杯，递给了顾小满，她也喝了不少，有了些许醉意。

顾小满又喝了一杯后，冷涛蹙眉站了起来。

“烤肉还没吃一口呢，喝什么喝？”他压下了孟凡青的红酒瓶子，警告她别继续了，红酒不是这么喝的。

“我没关系。”孟凡青倔强地推开了冷涛，坚持要继续喝。

“做医生的应该知道，酒喝多了，伤身，还是多吃点吧。”冷涛不高兴地说。

孟凡青不知是喝糊涂了，还是忘记了举报信的事，竟口无遮拦冲撞了冷涛。

“冷主任这是心痛了？心痛了就该把她留在家里，别带出来啊。”

“你说什么？”冷涛没想到孟凡青敢不给她面子，说出这样以下犯上的话来，当众让他下不来台。

“还用我说吗？大家都知道的，是不是？”

孟凡青撇着嘴角，一副讥讽轻蔑的表情指着顾小满嚷嚷着：“顾医生凭什么能在所有佼佼者的角逐中脱颖而出？她又凭什么在这么短的时间内，和我平起平坐？得了那么多的先进？你们觉得没人捧，没人撑腰，可能吗？冷主任，你敢说你没袒护她吗？喜欢就直说出来，男未婚，女未嫁的，我们都会恭喜你们，可这样偷偷摸摸的，却让人看不顺眼！”

“孟凡青！”冷涛平素少言寡语，是个极爱面子的人，有些事情可以私下里传说，他全当不知道，可这样被公然说出来，直接激怒了他。

在酒精的刺激下，孟凡青提高了嗓门。

“冷主任，因为有你撑腰，顾小满有多嚣张，你知道吗？她今天中午竟然对我说，我负责的一个病患周东，误诊了？什么误诊？肠胃有毛病我会不知道吗？远端肾小管酸中毒？我看她的脑袋中毒了！顾小满，现在你敢不敢解释，你和冷主任到底是什么关系？你有没有借助他的关系，踩在我的头上作威作福！”

孟凡青的怒吼之后，所有人都看向了顾小满，好像她真的和冷涛做了什么见不得人的事一样。

顾小满的脸好像火烧了一样，冷涛的肩头在颤抖。

孟凡青虽然表现有些过激，言辞不经大脑，却说出一个大家一直疑惑的问题，顾小满和冷涛到底是什么关系？

面子对于冷涛来说重于一切，这种时候，他首先要做的就是保护好自己，绝不会承认，因为某种欣赏和爱慕，他独宠了这个学生。

至少等了一分钟，冷涛未发一言。

这种沉默对顾小满来具有极大的杀伤力，面对孟凡青咄咄逼人的质问，最该站出来解释的就是冷涛，可他偏偏选择了沉默。

重重地放下了酒杯，顾小满抓起了皮包，狼狈让她只能选择逃离。

就在顾小满转身要离开的一刻，手臂被人突然抓住了，接着一股劲力袭来，她被带入了一个宽阔的胸膛中，淡淡的古龙香水扑鼻而来，接着是湿漉漉的唇。

这种突来的拥吻，让全场震惊了，甚至能听见酒杯落地的破碎声。

顾小满惊愕地眨动着双眸，模糊的视线中，她看到了近在咫尺的五官，一双熟悉充满深情的眼睛，还有笔挺通往眉心的鼻梁。

是沈晨阳？

时间在那一刻绝对是停止的，周围静谧得好像空无一人，眩晕，窒息，顾小满说不清这是什么感觉，这个家伙竟然敢吻她？

许是久经情场，见过大风大浪，沈晨阳很自然地放开了顾小满，转向了大家，轻描淡写地解释着。

“我本来是不想让大家知道的，看来，是瞒不住了，顾小满是我女朋友……TX大学的时候我们就认识了。我平时很少喝酒，只要喝酒，她就替我挡着。没办法，女人要是坚持什么，男人怎么都改不了，大家能理解吧？”

沈晨阳慵懒地耸耸肩，握住了顾小满的手。

顾小满还处于惊魂未定的状态，人傻呆呆的，孟凡青端着酒杯，半晌说不出话来，冷涛的脸青了之后，隐隐泛着白色。

谣言不攻自破。

顾医生有这样一位多金、帅气的男朋友，冷主任就算再有魅力，也逊色了。

孟凡青的酒也醒了一半，深深感到自己犯了一个极大的错误，她再次搬起石头砸了自己的脚。

关于病患周东的事情，是孟凡青自己说出来的，成了餐桌上所有人最强烈的记忆，只要明天白大褂一穿，这事儿就得提到日程上来。

冷涛很懊恼，因为孟凡青这么一闹，他追求顾小满的计划被全盘打翻了，他决定明天对周东进行一次会诊，如果是孟凡青明明在有人提醒的情况下，还忽略误诊的事实，她一定要离开中心医院。

饭局还在继续着，气氛却没开始那么热烈了。

沈晨阳好像不舒服，呼吸困难，手指不听使唤地掉落餐具之后，他摇摇晃晃地站了起来，和大家说明了一下，握着顾小满的手向梁记外走。

顾小满没得选择，只能跟随沈晨阳离开。

坚持到了停车场，沈晨阳已经虚弱无力了，他打开了车门，把车钥匙扔给了顾小满后，便一头栽倒在了后车厢里。

“你怎么了？”

顾小满吃惊地奔了上去，询问他是不是哪里不舒服。

“心跳……我……”沈晨阳捂着左胸，额头都是冷汗。

“你不是没喝酒吗？”顾小满已然六神无主，赶紧翻找沈晨阳的药，他平时都是随身携带的。

“别乱翻，裤兜，你的手……”

沈晨阳擦了一把冷汗，使出全力把顾小满的手打开了，然后费力地摸出了裤兜里的药瓶，才打开盖子，手一抖，药片都倾倒了出来。

顾小满顾不得卫生不卫生了，捡起两片塞在了沈晨阳的口中，沈晨阳用力吞咽着。随后头垂下，不再动了。

“喂，沈晨阳……不行，我得送你去医院。”

顾小满发动了车子，向中心医院开去，却被沈晨阳叫住了。

“不用了，送我回住处，休息一下就好。”

“如果休息一下就好，还要医生做什么？”

“我就是医生，我知道怎么回事儿，送我回去，不然你下车……”沈晨阳固执地坚持着，顾小满只能又调转了车头，向回开去。

“我的地址。”

沈晨阳把手机扔给了顾小满，顾小满拿起看了一眼，屏幕上的图片写着一句话：“如果我昏迷了，请送我到这个地址，谢谢。”

为了他的心脏病，沈晨阳做好了完全的准备，他坚持一个原则，不会死在医院里。

车开了大约半个小时，到了沈晨阳的住处，是一处花园洋房，对于有钱人来说，这种建筑不算张扬，可在顾小满的眼里，却是一个很奢华的家。

正如沈晨阳说得那样，他的家大而空旷，一个人居住有些寂寞。

顾小满把沈晨阳拖到了床上，脱掉了鞋子，没好气地质问：

“是不是闻到酒的味道也不行？”

“不是。”

沈晨阳尴尬地指了指顾小满的嘴。虽然没说明原因，却已经暗示得很清楚了。

顾小满的脸一下子红了。

仅仅一个吻也能诱发他的心脏病？像他这种流连花丛，身经百战的家伙，不该这么青涩的，除非……蓦然地，顾小满瞪大了眼睛。

第二十一章 不愿停歇的心脏

茧是幼虫变成蛹之前吐出丝做成的壳，代表的是束缚、不自由。而蛹是幼体到成体的一种过渡状态，象征着新生和未来。

如果说刚才的吻是沈晨阳的初吻，无论如何，顾小满都不能相信。可从沈晨阳回馈给她眼神中的情绪，似乎又是真的。

“我有点累……”

沈晨阳让顾小满随便找些喝的，他先睡一会儿再说。药物的作用，让他安静了下来。

顾小满担心沈晨阳的病情，没敢马上离开，在他入睡之后，她参观了他的房间。沈晨阳房间的装饰很特别，一般人都会选择壁画，他却选择了蝴蝶标本，标本有成年的，有幼体幼虫，还有茧和蛹。

茧是幼虫变成蛹之前吐出丝做成的壳，代表的是束缚、不自由。而蛹是幼体到成体的一种过渡状态，象征着新生和未来。

沈晨阳是一个活在束缚和不自由之中，没有未来的人。

看着那些标本，顾小满的心境是复杂的，沈晨阳表面的散漫和慵懒的背后隐藏着别人不懂的隐痛。

顾小满离开沈晨阳的住处时，已经快十二点了。回到公寓之后，仍毫无睡意，她站在窗口，向外眺望，夜静寂消沉，如涂墨色，只有空中依稀的星光在流转攒动。地平线虽浑浊不清，仍能感觉出来一股活跃的力量正要喷薄而出。

破茧成蝶，那是一种说不出的渴望。

拉了一下衣襟，顾小满用力推开了窗口，清冷的空气扑面而来，她深深地吸一口，情绪瞬间被撩动，好像这样的夜，表面的安静中，有一丝波澜涌动无法平息。

待第一缕晨光照射进来的时候，顾小满已经穿好了衣服，拿着背包出门了。

“麻烦找一下沈总。”顾小满徒步走在熟悉的小巷里，拨打了沈夕月曾经留下的办公室电话，几经周折，电话才转到了沈总的手中。

“晨阳怎么样了？”沈夕月接通了电话，第一反应就是她的弟弟，她很紧张。

“他没什么大碍，很好，不知道沈总有没有时间？”

“有。”

沈夕月急切地回应了她，顾小满很意外。

“周六的火车，我中午能到……”

“不用坐火车，我会亲自来找你。”

“那，好吧。”

顾小满捏着手机，觉得沈夕月太主动了，她好像比她还急迫。

“小满，以后直接打我的手机就行，不管我多忙，都会接你的电话。”

这是一种很奇怪的特权，沈夕月却把它给了顾小满。

通话结束之后，顾小满的眉头仍紧锁着，说不出是什么感觉，怪怪的，好像沈夕月一直在等她的电话一样。

甩了一下头，小满收了手机，中心医院的大门已经呈现在眼前了。梁记的尴尬也随之浮现在脑海之中。

一夜之间，消息不胫而走，很多人都知道了，昨天晚上中心医院的大金主沈副院长当众亲了顾小满，他们的关系怎么样，还用问吗？

进入泌尿科，顾小满换了白大褂，刚拿起口罩，护士小刘就小跑着凑了上来。

“顾医生，有好事了。”

“什么好事？”

顾小满整理着袖口，戴上了口罩，今天有一台四个小时的手术要做，接下来还有一台，虽然简单，却怎么都两个小时，今天她要耗在手术室里了。哪里有心情关心什么好事。

顾小满表现出来的心不在焉，没能打消小刘要说出好事的兴奋劲儿，一双眼睛都闪着亮光。

“冷主任一早来，就组织了医院三位德高望重的主任医师，对周东进行会诊。”

“周东？”

听到这个名字，顾小满皱了一下眉头。

“对啊，就是那个周东，孟医生负责，又转去肠胃科的中学生。”

“我知道……”

顾小满有些失神，没料到冷主任的动作这么快。

对于顾小满来说，这确实是一件好事，不但可以解决她的烦恼，还能帮助周东确诊病情。

“会诊结果什么时候出来？”顾小满问。

“很快，给周东的化验开了绿灯。”小刘说，冷主任发话，谁敢不听。

“哦。”

顾小满点点头，没再对此事发表任何意见，而是让小刘通知一下手术室，让病患准备好，她马上就到。

“马上，顾医生。”

小刘走后，顾小满心里涌上一丝担忧。虽说孟凡青是自作自受，可中心医院这份工作得来不易，失去它，孟凡青的前途就毁了。

可事情已经上报到了院里，顾小满就算着急也不能解决什么问题，一切要等会诊结果出来，也许会有转机。

从八点进入手术室，一直到中午十二点手术室里的灯熄灭，顾小满才从里面走出来。站了整整四个小时，她双腿无力，口干舌燥。

家属冲了上来，询问情况。

“成功，成功。”顾小满安慰着他们。

“谢谢，谢谢顾医生。”

家属和患者一起去了病房。

顾小满摘掉了口罩，乘坐电梯回了科室。才推开办公室的门，就看到孟凡青脸色难看地坐在椅子里，一动不动，好像石化了一样。

“会诊结果出来了。”一个年轻的男医生告诉顾小满，周东刚刚被确诊为远端肾小管酸中毒。

事实证明，顾小满是对的。

冷涛向医院上交的报告是，问题性质很恶劣，孟凡青在有人质疑的情况下，仍一意孤行，不顾患者的生死，医德缺失，属于严重的渎职行为，经过讨论，大家一直认为她不合适在泌尿科继续工作下去。

在这件事上，冷涛一点情面都没给孟凡青留。

左院长针对这份报告召开了会议，沈晨阳也出席了，至于会议中，他们讨论了什么没人知道。

快下班的时候，结果出来了，经过院方的深思熟虑，大家一致认定孟凡青存在严重过错，应当承担相应的责任。但考虑到她的前途问题，院方很慎重，决定再给她一次机会，只是她的职位要做调整。

孟凡青由一位主治医生降为助理医生。

助理医生这个职位很虚的，好一点的医护人员也可以做。孟凡青要想再回到主治医生的岗位，必须经过无数考核，才能获得这样晋升的机会。

据小刘说，左院长和冷涛支持把孟凡青踢出中心医院，是沈晨阳在会议上提出了异议，才留下了她。

虽然不愿把事情做得那么决绝，可沈晨阳出面说情，顾小满的心里还是有些不舒服。

接到院方的处理结果后，很多同事远离了孟凡青，孟凡青也一直没有露面，她负责的病患都转到了其他医生手里。

快下班了，顾小满结束了最后一个手术。回到十三楼，想整理一下分析报告，可几次手指放在键盘上，都放弃了。

“小刘，看到孟医生了吗？”

顾小满给小刘打了电话，让她找找孟凡青。不管大家说她是猫哭耗子假慈悲也好，幸灾乐祸也好，她都要和孟凡青谈谈。

“接到院里的处理结果后，孟医生就不见了，不知去了哪里。”小刘解释着。

“找了吗？”

“找了，可能心情不好回家了吧。”

“哦。”

顾小满蹙眉放下了电话，看来今天见不到孟凡青了，但愿她能想得开，别做什么傻事。又烦闷地坐了一会儿之后，仍没什么思路，只能关了电脑，拿起皮包离开了办公室。

刚刚把钥匙从锁眼里拔出来，幽静的走廊尽头就传来了一声轻响，好像什么东西碎了，顾小满警觉地抬起头看了过去，发现摆放在地上的一盆花被人碰倒了。

“是孙助理吗？”

顾小满喊了一声，却没人应答。

一直走到了走廊的尽头也没发现什么人，顾小满只能打电话通知了医院保洁，才去了电梯间。

就在顾小满的脚迈进电梯间的一刻，从十三楼的安全出口里，孟凡青走了出来。她脸色苍白，表情木然，好像一具刚从泥土里爬出来的僵尸，毫无生气。

可一转眼，她又跑开了。

“孟医生？”

小满随后追了上去，却在楼梯拐角不见了孟凡青的身影。

“在找什么？”不远处响起了沈晨阳的声音。

顾小满转过身，看到了沈晨阳。

“你怎么来了？”顾小满问。

“你已经在我眼前走过去三趟了，不要这么无视我好不好，给点面子。”

“三趟？”

顾小满懊恼地拍了一下脑门，看来孟凡青的事情让她烦恼到了极点。

“肚子饿了，想吃点什么，女朋友？”

“谁是你女朋友？不饿。”

顾小满没什么胃口。

“在我没宣布有新的女朋友之前，你还得讲究一下，顾医生。”

“都怪你，整个医院都相信你的鬼话了。”顾小满抱怨了一句。

“我有那么差吗？好歹也是个黄金单身汉啊。”

“你还说？”

顾小满柳眉倒竖，沈晨阳赶紧转移话题。

“吃火锅吧，如果你觉得由我来请不好意思，那就你请好了，我可不是那么矫情的人。”

“想得美，你请客。”

顾小满掉转方向，向医院外走去，泌尿科的一个处置室内，一双眼睛透过玻璃凝视着她和沈晨阳。

医院的对面，有一家不错的火锅店。沈晨阳的胃口好像不错，一口气点了满满一桌子，她有些怀疑，他的胃到底能不能盛得下。

“你替孟凡青讲情了？”

“怎么？你不会真想对她赶尽杀绝，让她前途尽毁吧？”沈晨阳含糊地说。

“我有那么无聊吗？”

“其实对于孟凡青这种人，我的做法从来都是绝不留情，今天能在会议室里替她说情，留下她，是为了你。”

“为了我？”顾小满奇怪地看向沈晨阳，不明白他这话是什么意思。

沈晨阳微微一笑。

“我能猜透你的心思。”

“…………”

有种无言以对，却又感激不尽的情绪涌上来。

火锅里的肉片在翻滚着，顾小满夹了一片放在了嘴里，好烫。

“我周六约了你姐姐……”

“姐？”沈晨阳的筷子一松，虾丸掉了下去。

沈夕月在沈家的地位，代表的不仅仅是姐姐，还是一家之主。顾小满要去见她，在沈晨阳看来，是一件很隆重的事。

“你不会真的爱上……我了吧？”沈晨阳不确信地问。

顾小满没好气地瞪了他一眼。

“自恋啊。”

“还以为你能敷衍一下呢……说点假话，就那么难吗？”

“敷衍什么？你的假话一定听得太多了。”顾小满扑哧笑了出来。

“我怎么说都是个高富帅啊，有学历，又多金，人长……长得还过得去吧……就是心不太好。”

沈晨阳的嘴巴微微地撇着，抱怨的声音先高后低，渐渐有些听不清了，他的心里有着一份骄傲、一个秘密和一份期待。骄傲他一直都没放弃过，可秘密却深藏着，至于那份期待，沈晨阳不敢让它成为事实。

片刻沉默之后，沈晨阳又恢复了原本的精神头儿，他提醒顾小满。

“既然什么都没有，见她做什么？我姐沈夕月……想要东西，从来没失手过，别人躲还躲不及呢，你却要送上门去？”

“你想多了，她能在我的身上得什么？我们只是见面聊聊而已。”

“你不了解她。”

沈晨阳轻缓地摇着头，当年得知父母在飞机失事中丧生的消息后，姐姐沈夕月把自己关在房间里几天几夜不说话，如果不是沈晨阳心脏病发作，相信她还无法振作起来。可这种振作的背后又有谁知道藏着多少无奈和绝望？年轻的沈夕月担起了家的负担，打官司夺回父母的企业，照顾生病的弟弟，一种执念让她认定，不择手段有时候可以达到最完美的效果。

“她做的一切都是为了我，包括她结婚。”

结束单身不过是沈夕月满足弟弟沈晨阳的一个心愿而已，可沈晨阳的第二个心愿，是沈夕月帮不了的。

“我约你姐姐，其实只是……”

手机突然响了，顾小满拿出来一看，是医院打来的。

不会是术后的患者出了什么问题吧？

“稍等一下。”

顾小满接通了电话，那边传来了一个气喘吁吁的声音。

“顾医生，赶……赶紧回来，孟……孟医生要跳楼了！”

“什么？”顾小满觉得头皮一阵发麻。

“孟医生在六楼……要跳楼了！”

对方急切地重复着，顾小满的手一抖，手机差点脱手而出。

顾小满什么都顾不得了，包没拎、手机没拿便奔出了火锅店。

“你……你去哪里？”沈晨阳不知发生了什么事，只能结账追了出来。

沈晨阳想追上顾小满是不可能的，待他出了火锅店之后，顾小满的身影已经消失在了街道的尽头。

“你的……包，手机不要了！死丫头！”

沈晨阳懊恼地咒骂了一声，穿越马路，追去了医院。

顾小满到了医院后，发现医院的大院里聚集了不少值班人员和病患，大家的目光都盯着一个方向，六楼的窗口。有人报警了，议论声一片。

六楼泌尿科的窗口，孟凡青穿着白大褂坐在窗沿上，一双腿悬在空中，好像一缕挂在医院墙壁上的幽魂野鬼一样，长发披散着。虽然距离很远，顾小满仍能感到孟凡青深深的痛恨。

“孟凡青，快回去，什么都好商量。”

冷涛站在楼下，大声地冲孟凡青喊着。

孟凡青冷笑着，冷涛的示弱助长了她的气焰，她很开心有人怕了，她要用她的死换其他人的罪恶感。

孟凡青疯了。

中心医院的六楼，相当普通住宅的十楼，假如有人想不开从上面跳下来，必死无疑。一般的病房都加了铁栏杆做防护，可孟凡青所处的位置是医生办公室，那里的窗户是没有护栏的。

孟凡青的目光在楼下搜寻着，最终停留在走进医院的顾小满的身上。看到她的一刻，她突然冷笑了起来。

“我在等你，顾小满！”

凄厉悲愤的声音后，孟凡青的身体又向外移动了一下，下面发出了一阵惊呼之声。

“孟凡青，你能不能……先下来，我们谈谈……”

顾小满走上前几步，希望孟凡青不要冲动。

孟凡青俯视着下面，悲伤地摇着头。

“顾小满，你记住，永远都记住我的话，我今天的死，都是你造成的！是你！”

愤怒的吼声之后，医院临街传来了警笛的声音，孟凡青警觉地抬起头，冷笑一声后站了起来。

“谁也别想阻止我，别想！”

“啊！”

人群中不知谁受了惊吓，尖叫出来，惊恐的气氛弥漫了整个医院，甚至有人因为害怕低泣了起来。

六楼，孟凡青的脚滑了一下，掉落一片沙石，顾小满顿时心惊肉跳。

太平间的门开了，护工推着运送尸体的推床走出来，猝不及防地看到了这一幕，推床直接从手中脱出，溜进了草坪里。

看着那辆推床，顾小满急中生智，以极快的速度冲过去，抓住推床，还不等护工搞明白她的意图，她已经推着推床冲向了一楼的窗口。

“危险，顾医生。”

“不要过去……”

这么高，单凭一个人想救孟凡青是不可能的，大家都等警察和消防人员来，可孟凡青却跳了，一个很优雅的自由落体运动，她的身体直坠而下。

孟凡青坠落的一刻，顾小满也冲到了，孟凡青的腿落在了推床上，身体在推床的力量下，翻了一个跟斗，人从推床上滚落，砸在了顾小满的身上。

孟凡青倒下了，顾小满也倒下了。

围观的人都被眼前发生的景象吓呆了，只有冷涛还算冷静，事发之后，第一个奔了上去，检查顾小满的伤情，顾小满已经失去了意识，孟凡青的情况也不好，地上的血分不清是谁的，情况十分危急。

“还不过来帮忙！”冷涛回头喊着那些呆若木鸡的医生们，他们这才回神过来，抬着顾小满和孟凡青进入急救室急救。

医院的门口，沈晨阳提着顾小满的皮包跑了进来，当听到护工的议论后，手里的皮包直接掉在了地上。

警车来了，消防队的车也到了，中心医院的周围聚集了不明真相的围观群众。

左院长的车开进中心医院后，一群记者围了上来，询问当事人的情况，左院长不知该怎么回答，只敷衍了几句，便让保安把记者拦住了。

顾小满感觉自己的身体很轻，像鹅毛一样没有分量，模糊中，她好像看到了沈晨阳那双愤怒的眼睛，眼里含着泪水，克制着悲伤，他在说着什么，她一句都听不清。

周围的灯光很亮，很白，有人影在晃动，很杂乱。

在意识的一度空白后，她似乎清醒了，感觉自己孤零零地站在一条走廊里。那条走廊很长，很幽暗，墙壁上张贴着一些图片，她走上去仔细看着，很熟悉，好像很久之前，她曾来过这里。向前走了一段距离，出现了一条长椅，长椅上躺着一个女孩儿，女孩儿穿着校服，头发蓬乱，身体蜷缩着，眼睛盯着对面的一扇门。

循着女孩儿的目光看去，那扇门上写着“教导处”三个字。

教导处？这是高中吗？顾小满回头看去，发现躺在长椅里的女孩儿不是别人，正是她自己。

顾小满看着沉睡的女孩儿，又看了看自己，她想，她可能真的死了。

“你为什么睡在这里？”

老夫子走了过来，询问着长椅上的女孩儿，女孩儿一个激灵坐了起来，尴尬地理了一把蓬乱的头发。说了同样的话，她是来填报第一志愿的。

老夫子抱怨了几句开了门，顾小满跟着女孩儿走了进去，志愿表就放在桌子上，女孩儿拿起了笔。

一切似乎又回到了原点，假如这个时候，女孩儿填写的DH设计学院，她今后要走的路会完全不同。

女孩儿的眼睛好像黑曜石一样闪亮，充满了炽热的渴望。她盯着那张纸，手指兴奋地颤抖。

看到女孩儿流露出的眼神，顾小满知道，就算时间倒流一次，她的选择还是TX医科大学，还会跟随左岸的脚步。

女孩儿的笔落下了，TX医科大学几个字写在了上面，后面还勾选了“服从”。

场景逐渐模糊，飘远，当眼前的一切再次清晰起来时，她走进了教学楼，熟悉的三年二班，女孩儿独自坐在座位上，低着头，拿着一盒感冒药羞涩地笑着。而房门的外面，静默地站着一个男孩儿，单肩背着书包，头发在晨光下闪着光亮，是左岸。

顾小满转向了左岸，走近了他。

左岸的步子停留在教室的门口，目光热切地盯着教室里的女孩儿，看着她站起来，把感冒药放在了他的书桌里。那一刻她在左岸的脸上看到了欣慰的微笑。他真的曾经这样关注着她吗？

一幕幕，一场场，就这样在她眼前浮动着，亦真亦假，无法分辨。

操场上，女孩儿在奔跑，他就在她的身边，眼角的余光关注着她，在她突然倒下去的一刻冲了上去……

超市的门口，他消瘦的身影站在那里，一直望着顾家的方向。

TX医科大学的校门口，顾小满的身影远去时，他握紧了拳头兴奋地跳了起来。

她跟随着他，一直跟着，直到热泪盈眶。

不知道这是不是她弥留的最后期许，因为无法忘记，所以想象着那些从来没看到过的场景，给自己临别时一份安慰。

左岸，这是不是她对他的最后依恋?

渐渐地，那些关于他的影像再没出现过，取而代之的是另一个单薄的身影。他站在阳光下，静静地看着她，露出那抹曾经让她厌恶，现在却依赖的微笑，他是沈晨阳。

泪水从面颊上滑落，冰凉凉地落在耳朵里。一只大手紧握着她，炽热，有力，耳边是她熟悉的声音。

“小满，小满……”

顾小满吃力地睁开了眼睛，视线渐渐清晰，她看到了沈晨阳。

“我……我的手，怎么了？”顾小满动了一下，觉得左臂很沉重，无法抬起，双腿也好像灌了铅，一点力气都没有。

“你当自己是超人吗？那么高，也敢救人。算你命大，只是手臂骨折了，脑震荡，这样昏迷有半个月了。”

沈晨阳按着她的手，让她别动。

“我什么时候能下床？”顾小满问。

“怎么都要再躺一个星期。”

“还得一个星期？”

记忆在剧烈地撞击之后变得一片空白，她不记得自己中途清醒过，也不记得见过孟凡青，她会不会已经死了？

“孟凡青呢？”小满问。

“你还关心她？”沈晨阳不愿提及这个名字。

“放心，有你垫着，她死不了。”

“那就好。”小满松了口气，可沈晨阳接下来的话让她很不安，孟凡青的双腿腿骨多处断裂，很有可能这辈子都要在轮椅上度过了。

孟凡青在顾小满醒之前就醒过来了，一直沉默不语，据说其间她还问过小满的情况，神情木然得好像一具僵尸。

活着并不难，难的是要怎么活。相信孟凡青有更深的思考。

“小满，鸡……鸡汤来了。”

门外，顾建城拎着一个汤罐进来了，他听医生说，这几天小满就能清醒过来，激动得每天都在家煮鸡汤，这次终于没白煮。

沈晨阳很识相，找了个理由退了出去，给了他们父女单独谈话的空间。

顾建城凑上来，盛了鸡汤送到小满嘴边，顾小满勉强喝了一点。

“哎，你这孩子太傻了，从小就是。”

在顾建城的坚持下，小满又喝了几口汤，护士进来转达了沈晨阳的话。

“沈副院长有个重要会议要开，大约两个小时后回来，让顾医生别着急。”

顾小满的脸微微发红，才离开不过两个小时，沈晨阳有必要这么郑重其事地做交代吗？

护士出去后，顾建城立刻来了精神。

“这个沈副院长可真不错，从你受伤昏迷到现在，每天都来，我听说……”

“别听人瞎说。”顾小满打断了父亲的猜测。

“什么瞎说，有男朋友也不是什么丢人的事儿，只是你不该不告诉爸。如果不是来医院听说了，爸还蒙在鼓里呢。”

顾建城微笑着，任谁都能看出来，他对这个女婿十分满意。

大约一周的时间，顾建城都在变相打听沈晨阳的身份，知道沈晨阳是中心医院的副院长，年轻有为，多金正派，他几乎乐得合不拢嘴，这可是打着灯笼都找不到的好女婿。

“爸这次放心了，小满有眼光啊。”

“爸……”

“不要打断爸的话，这么好的年轻人，爸太满意了，等你好了，爸去见见他的家人，把日子就定下来吧，你也老大不小了。”

顾建城不给小满任何解释的机会，只想赶紧把这门亲事定下来。

偏偏这个时候，沈夕月来了。

也就是这次和沈夕月的谈话，改变了她和沈晨阳的命运，她决定把对左岸的执念放下，接纳沈晨阳。不管他是生，是死，也不管他距离她多远，她都会在最后的时刻留在他的身边。

“你想知道晨阳为什么不继续治疗，选择回国吗？为什么全国有那么多家医院不选，偏偏选了这家？我怎么可能放心他一个人留在这座城市里？可他执意如此，我没办法不答应他。”

片刻停顿后，沈夕月给了顾小满一个答案。

“一切都是为了你！”

沈晨阳的心愿，一个是他姐姐的婚姻，另一个竟然是她。

“他想在最后的时间里，留在你身边，什么都不想，什么都不要，只是默默地守护着，像朋友，又像亲人，小满，晨阳……在美国的治疗失败了。”

沈夕月哽咽了，弟弟的心脏进入了衰竭期。

顾小满震惊地看着沈夕月，她不愿相信那是真的。

“他所剩的日子不多了，我也想开了，与其怎么都留不住，不如就让他去做想做的事，哪怕只有一秒是快乐的，我都会给他。”

“心脏移植呢？不是说还有机会吗？”顾小满急切地问。

沈夕月摇了摇头，希望越大，失望就越大，他们和机会已经擦肩而过了多次。

接下来是几分钟的沉默，沈夕月拿起了一个苹果，心不在焉地削着，割到了手都浑然不觉。

鲜红的血流出来，她用力捏着，不知道是不是太疼了，她哭了。

沈夕月离开了，她虽然没要求小满做什么，却给了她一个沉甸甸的心事。

两个小时后，沈晨阳匆匆回来了，手里拿着一叠文件。

“一个小时后，还有个会议，开完了我得赶快回去休息。已经连续几天没好好睡觉了，吃不消了。”

他坐在椅子里，一边仔翻看文件，一边问：

“我住的地方远了点儿，能不能借你的公寓？先别说不行，你索性躺在这里也不能回去，空着房间太浪费，放心，我不会睡你的床，沙发就行……这么安静，没道理啊……”

他移开了文件，看向了顾小满，发现小满正怔怔地看着他。

“这么看着我？哪里不对劲吗？”

见小满没什么回应，沈晨阳不安地将文件放下，摸了一下她的额头，又检查了一下脉搏。

“不烧，脉搏还行……”

“沈晨阳，我们结婚吧……”

顾小满突然冒出了一句，声音很小，却很清晰。沈晨阳呆住了，片刻后，他机械地站了起来。

“我去开会了……”

沈晨阳的表情看起来很不自然。

“别走。”小满拉住了他的手臂，沈晨阳不得不停住了步子，却不肯面对她，肩头在微微颤抖。

“一会儿叫人给你安排做个脑部检查。”

“我很清醒。”

“你不清醒！不知道自己在说什么，休息吧。”沈晨阳扔下这句话，逃一样出了病房。

在病房的门外，他捂住了心脏。

走廊的深处，几缕阳光投射进来，在地面勾勒了窗棂的形状，随着医务人员和患者的来回走动，忽明忽暗着。

沈晨阳的心隐隐疼痛着。

假如他有健康的身体，刚才的一刻该是何等的幸福，可惜……

自从顾小满向沈晨阳求婚之后，他没再走进病房一步，每次出现，只是站在门外，交代护士几句便离开了。

顾小满平生第一次向人求婚，就这么被冷落了。

他在回避她。

三天后，顾小满能下床走动了，她去看了孟凡青。

孟凡青虚弱地躺在了病床上，双眼呆滞无光，守着她身边的是她的母亲，老人看起来很憔悴。

没有任何的语言交流，顾小满只在病房门口站了一会儿便离开了。

回去后，小满一直在思考一个问题，她应该救她吗？这样残破的人生并不是孟凡青想要的。

顾建城先为顾小满办理了出院手续，沈晨阳没有出现。

准备离开病房的时候，沈晨阳回来了。他手里拿着一个公文包，应该是刚开完会回来。

“顾叔叔，现在方便吗？我有话和你说。”沈晨阳对顾建城说。

“当然方便了。”

顾建城放下手里的东西，跟着沈晨阳出去了。

大约半个小时后，顾建城回来了，脸色不大好看，身后已看不到沈晨阳的身影了。

小满跟随爸爸离开了医院，车开之后，她问爸爸和沈晨阳都聊了什么，顾建城只是摇头，心事重重。

从医院到家里，折腾了整整一个小时。喝了刘阿姨煲的汤后，小满回房间睡了，醒来时天已经黑了，爸爸满面愁容地坐在她的床边。

“小满，别和沈先生来往了。”

“爸？”顾小满很诧异，爸爸怎么突然提到了这个。

“我都知道了，他有严重的心脏病。”

顾建城叹息了一声，中午沈晨阳说出这个事实后，他也很难接受，可事实终归是事实，他不能眼睁睁地看着女儿走进一条死胡同。

“沈先生告诉我的，他很坦诚。”

顾小满没想到，沈晨阳竟然会对爸爸和盘托出，毫不隐瞒。

“爸已经一把年纪了，不可能一直陪着你看着你。以后你生病、痛苦的时候，该有一个人替爸爸照顾你，沈晨阳不行。”

顾建城坚决地摇着头，只要他活着，这个婚事绝没可能。

阳光从窗帘的缝隙里投射进来，照在小满的手机上，她拨打了熟悉的号码，问了他一个问题：

“如果你有一颗健康的心脏，还会不会这样躲着我？”

“不会……可我没有一颗健康的心脏。”

沈晨阳的声音听着有一种莫名的伤感，也许他更宁愿顾小满什么都没说过，就让他这样默默地离开这个世界。

“也许还有机会。”

“机会是渺茫的。”

电话挂断了，顾小满能想象他现在有多难受，明明是一直期待和渴望的，却没办法接受。

顾小满无聊地在家养了整整七天，第八天她趁着父亲不在，偷偷溜出了家门，找了一家咖啡店享受午后时光，也就是在这家咖啡店里，她遇到了孙安宁。

孙安宁刚刚结婚，穿着一身红色的套装，在咖啡厅里很好辨认。陪伴在她身边的男人……顾小满皱起了眉头，那不是左岸，男人看起来不过三十出头，体态发胖，他亲昵地搂住了孙安宁的腰，低语着什么。

孙安宁也注意到了顾小满，可她只是瞥过来一眼，便急速将目光避开了，然后不耐烦地推开了身边的男人。

“怎么了？又生气？我不是什么都听你的了吗？”男人摊手抱怨着。

孙安宁阴着脸站起来，结账后匆匆出了咖啡厅，男人跟在后面，老婆老婆地叫着。

至少几分钟，顾小满处于茫然之中，她想到了孙安宁送的那张请帖，答案应该就在那上面。

打了一辆出租车，顾小满回了公寓，她找到了那张红色的请帖。

打开那张请帖后，小满的心痛楚地痉挛了起来，上面写着的新娘的确是孙安宁，可新郎不是左岸，是一个姓杨的男人。

请帖从顾小满的手中掉落了下去，她的呼吸停止了，心跳也听不到了，胸口不能承受地窒闷。

“左岸！”

公寓里，回荡着小满尖厉的声音。

他在哪里？这些年，顾小满忽略了什么？

她无力地瘫坐在沙发里，连房门开了，有人走进来都没察觉。

“小满……”

沈晨阳蹲下来，手轻轻地放在了她的头上。

顾小满缓缓抬起头，眼里还有没流干的泪水。

“他会给你一个答案的。”

“我不知道……不知道……”

顾小满摇着头，第一次，她对未来失去了信心。

满满的三本日记，承载了多少少女的懵懂和年少的轻狂，那些年那些事，她做过，哭过，匆匆走过。原本以为无怨无悔，却没想到是这么大的一个遗憾。

小满哭泣着，依偎着沈晨阳，好像一个孩子。

大约黄昏的时候，顾建城风尘仆仆地来了，小满已经睡了，沈晨阳解释着她的情况，有点发烧，不过没什么大碍。

这个黄昏很特别，顾建城和沈晨阳闲聊之后，竟难得达成了默契。小满醒来时，两人仍相谈甚欢。

“你给我爸下药了吗？”顾建城走后，小满奇怪地问沈晨阳。

“什么话？我不至于那么无耻，何况在你的身上，我连下药的成本都收不回来。”沈晨阳嘿嘿地笑着。

“你睡的时候，我查到了左岸的电话，他在法国，打给他吧。”

“左岸？”

思念如潮水泛滥时，没有勇气去面对，现在潮水已退，又有什么理由拨打这个电话呢？

打开请帖那一刻的伤心、愤怒都在大肆发泄后趋于平淡。

顾小满把沈晨阳的手机按了下去。

“为什么不打？”沈晨阳皱起了眉头。

“没有为什么。”

“小满，为了这个电话号码，我查了两个小时。”沈晨阳告诉小满，这个号码来之不易，如果她不打，他会替她打。

当沈晨阳执意要拨通那个电话时，小满制止了他。

“我和他的缘分，在那次我去美国之后就结束了。”

“你去找过他？”沈晨阳愣住了。

“是的。”

小满点了点头，对沈晨阳坦白了从未对人提及的往事，在她的心里，左岸的身影永远停留在他打开门扉的一刻。

“走，我带你去一个地方。”沈晨阳握住了她的手。

“去哪里？”

“去了就知道了。”

沈晨阳带着小满去了郊区的海边。

没像浪漫电影里演的那样，烛光、焰火、音乐，甚至没有一盏可以照明的灯，只有天空中的月亮和星星高悬着。

他和她坐在礁石上，他让她倾听海浪拍打礁石的声音，让她看飞溅而起的白色浪花，感受这份纯粹的大自然恩赐。

他说，他一直想带着一个女人在海边，这样默默地坐着，感受这一切。

“我是那个幸运的女人？”她看向了他。

“是不幸的。”

他的眼中闪着难以割舍的留恋。

“多点时间，多好……”

他对着大海祈祷，让他多留几天，他的时间不多了。

沈晨阳和顾小满就这样坐到了日出，冷了，从车里拿来毯子裹在身上，饿了吃零食。

当太阳从海面上蓬勃而出的时候，顾小满激动得站了起来，挥动着双臂，大声地呼喊着，好像生命在这一刻重生了。

太阳出来了，照射着她和沈晨阳的脸颊，她对着朝阳兴奋地狂喊着，他却越来越虚弱……

半个月后，小满的左臂恢复了。

上班那天，科室的人几乎都在，漫天飞舞的都是五彩的丝带。

“欢迎回来！”大家齐声喊着。

小满捂住了嘴巴，感动地看着她们。

“谢谢，谢谢。”

道谢声中，沈晨阳从他们中间走了出来，手里捧着一大束火红的玫瑰。

此时此刻，顾小满想到了曾经在TX医科大学里的场景，沈晨阳倾斜地倚在篮球架上，嘴里叼着一枝玫瑰花，轻佻地看着她。

“顾小满，你看我怎么样？”

“打算做我女朋友了？”

记得她的回应是，只要天不塌，地不陷，左岸还单身，她就不会改变。可现在呢？沈晨阳的坚持，让她的心里装满的已经不再是简单的感动。

沈晨阳凝望着她，一步步走了过来，顾小满伸出了手，手触碰到玫瑰的一刻，沈晨阳的眉头突然一皱，玫瑰花脱手而落，他倒了下去。

沈晨阳的心脏病发作了，这一次很严重，沈夕月闻讯赶来，把弟弟带走了，去了她所在的城市。

沈夕月早做好了准备，一支特殊的医疗队伍一直等待着这一天的到来。

“谢谢你，给他的这段时光……别跟来了，他说过，最后一刻，他一个人就可以了。”沈夕月放开了小满的手，让她好好工作，好好生活。

眼看着救护车的离去，顾小满已然泣不成声。

她知道，他要走了，在某个她醒来的清晨，沈夕月会来通知她沈晨阳离去的消息。

她不能这样等待他死亡的消息，她要去见他。

顾小满向医院请了假，决定去看沈晨阳，哪怕是最后一眼也好，只是她万万没想到，会在这个时候遇到左岸……

周五的下午，顾小满买了一张前往沈晨阳就医城市的飞机票，打算在最后的时光里陪伴着他。

安检队伍排得很长，她的心很焦虑。几个不懂事的小伙子插队进来，她有心斥责，却还是忍住了。

就是在这种彷徨的心态下，她看到了他。

左岸刚下飞机，穿着一件灰色的风衣，衣襟随着矫健的步伐飞扬着。左岸的生命里，大部分时间都在为既定目标拼搏，现在亦是如此，他一路行色匆匆，不会为任何事停留。

他就这样出现在了她的视线里，身上满是尘风，眼里沉淀着沧桑，曾经的那个单肩背包的少年，已不在了。

她和他之间的距离不到五十米。

“左岸，怎么不等我？”一个女人的声音响起，那是一个穿着牛仔裤的细腿洋妞儿。

自嘲地笑了一下，小满深吸了口气，这算不算意料中的场面，左岸没和孙安宁在一起，不等于这么多年没有女人。就好像展越一样，带着一个洋妞儿荣归故里。

顾小满转过身去，面向了安检口。

“等等，小满！”

左岸大步走了过来。

顾小满快速把机票和身份证给了安检员，拖着行李进了安检口。

左岸追了上来，却被安检员拦住了。

“对不起，先生，您的机票和身份证？”

左岸望着顾小满离去的背影，急迫地掏出了手机，手指颤抖地翻着通讯录，当他意识到不知该打给谁时，愤怒地扬起手，把手机摔在了地上。

手机粉身碎骨的响声，让周围的人惊愕不已，几名机场保安奔了过来，让左岸退后，不要妨碍机场正常秩序。

机场外，左岸看着缓缓升空的飞机，久久站立着。

飞机上，顾小满失神地看着窗外淹没机翼的白光，脑海里浮现的，都是刚刚看到的熟悉身影。为什么这么多年过去了，他的出现还能让她这么狼狈，好像炸弹一样，激荡了她内心的涟漪？

左岸这个名字，什么时候才能真的从她的记忆里抹去？

经过一番周折，顾小满终于找到了沈晨阳所在之处，是市郊一家私人医院，只有沈晨阳一个病人。

“我就知道，你会来的。”沈夕月没感到意外，从初见顾小满的那天开始，她就知道，没有什么可以阻止这个女人。

再见沈晨阳，他已躺在病床上，小满紧握了他的手。

“我……来了。”

她来了，他知道吗？

也许他知道，只是无法用肢体语言表达，甚至不能睁开眼睛看她一眼。

他说过，如果老天能再给他一次机会，他会……可老天没给他这个机会。

第二十二章 他永远守护着太阳花

有人说：世上最遥远的距离，不是生与死的距离，不是天各一方，而是我就站在你面前，你却不知道我爱你。

陪伴了沈晨阳一周，顾小满返回了自己的城市。

刚下飞机，电话便接踵而来，先是冷涛的电话，让顾小满准备一下，参加三天后省里的一次大病会诊，后面又有一些预约手术的电话，虽然医院在极力劝说病患安排别的医生，可患者家属坚持让顾医生来主刀，这种信任让小满很感动。

“顾医生，我们尽量把手术安排在明天，可下午有一个急诊，一定要找你亲自主刀，左院长的意思，尽量满足患者的要求。”

“好的，我马上到，让病人准备好。”

挂断电话，走出机场，医院的车已经等在外面，回了医院已经是中午了，简单吃了点东西，顾小满看了一下病例，这个手术没有难度。

“这个手术，科室的医生都可以做，可患者太信任你了。”护士长解释着。

“我理解家属的心情。”

穿上白大褂，戴上口罩，顾小满清洗好手，戴上了手套，一切准备完毕后，手术室的门开了。

走进来的人有些奇怪，竟然穿着衣服，一双黑色的皮鞋，灰色的西裤。

按照医院规矩，所有进入手术室等待手术的病人，不能穿任何衣服，这次应该是护士失职了。

“脱掉衣服。”顾小满继续戴手套。

病人慢条斯理地脱掉了外套，放在了一边。

“继续脱。”

病人又听话地拉掉了领带，放在了一边。

顾小满有些沉不住气了，这病人是泌尿系统有病，还是精神不正常？这样要脱到什么时候？

看了一下时间，距离手术还有五分钟。

“麻醉也需要时间，请配合一下。”

“都脱了？”身后的男人终于开口了，声音听着有些耳熟。

瞬间的，顾小满浑身的血都凝结了，手指僵麻得没了知觉，还没戴好的手套掉在了地上。

左岸就这样出现在了她的面前，好像在机场一样，没有任何征兆。

顾小满惊慌失措，口齿不灵，虽然有口罩遮挡了半张脸，却不能掩饰她一览无遗的窘迫。

无数个“怎么是他？”冲撞着她的脑仁儿。

片刻失态之后，顾小满立刻尴尬转过身，强行镇定心神，拿出了新的手套，费力地往手指上套着。

“你手术？”她问他。

“不。”他的回答很简单。

左岸还和原来一样，如果你不追问，他不会多回答一句。

虽然故作镇定地转过身，顾小满的心却乱成了一团，他来这里做什么？手术的可能性是零。叙旧？小满不觉得她和他之间还有什么旧好叙的。又或者是单纯来看看老同学？可时机地点又不合适。理由只剩下最后一个了，他的父亲是中心医院的院长，他回国是来看望左院长的，和她，不过是巧遇而已。

“左先生，院长叫你。”门外传来了一个男人的喊声。

“等等。”左岸回了一声。

果然，左岸是来看望左院长的。

“等手术完了，我来找你。”左岸拿起了领带和西装退了出去。

手术室的门关上了，隐约还能听见左岸和另一个男人的对话。

“去手术室有事吗？”

“没事，随便看看……”

…………

手术结束后，顾小满没直接回办公室，而是像做了贼一样在病人的病房串来串去，下班后，她离开了医院直接回了家。

可让顾小满感到尴尬的是，才到家门口，就听见爸爸在和周阿姨吵架的声音，她只能退了出去。

不能回家，她一个人独自在大街上闲逛，一个人喝咖啡，吃大排档，实在无处可去，便买了电影票去混午夜场。

一直熬到后半夜大约三点，才开着车回了医院的公寓。

人越担心什么，就偏偏来什么。顾小满自以为不会见到左岸了，却没想到左岸一直在公寓门口等她。

看到左岸站在路灯下，她整个人都僵住了。

“我等了你差不多十二个小时。”

“有事吗？”

小满的手揣在衣兜里，用力下压着，以此来掩饰身体的颤抖。他等了她十二个小时，刚好是她离开医院到回来的时间。

“你说得……好像不认识我了。”左岸向顾小满走来，脸上有她不能理解的愠怒。

顾小满下意识地后退着，脚踩在了马路牙子上，身体晃了晃，难掩狼狈。他停住了，眸中涌现了一丝痛楚。

“你在躲我？”

从前，顾小满的目光一直追随着一个男孩儿的身影，他一个回眸，可以让她一个晚上兴奋得睡不着。可现在，她却那么怕见他，久已尘封的心，不想再起波澜。

“有事，回家了。”顾小满解释。

“我去过你家了。”

“你？”

谎言被揭穿后，小满哑然了，她没想到左岸去家里找了她。

“你妈的事……”

左岸的表情，仿佛很多事，他才刚刚知道一样。

小满的母亲是在中心医院离开的，左院长一直陪到最后，左岸有理由不知道吗？

“还出国吗？”顾小满立刻转移了话题。

“不了。”

“在国内工作？还是……”

“国内工作，这座城市。”

“这座城市？”

顾小满被这句话震动了。

“这么多年的老同学，不请我进去坐坐吗？”左岸不自然地笑了。

“房间没收拾，怕你不习惯。”

“习惯。”

“现在太晚了……”

顾小满想找个咖啡店或者什么公开的场合面对左岸，或许那样的环境能让她表现得更自然一些。

“我知道附近有家咖啡店……”

“开门吧，我站得腿都酸了。”左岸并没打算去其他地方。

没有辩驳的理由，顾小满只能打开了房门。

自从沈晨阳生病之后，顾小满没什么心情打扫房间，东西摆放虽然还算整齐，却已落了一层灰，门口的衣架上还挂着沈晨阳的衣服。

左岸走进来，目光落在了门口衣架的衣服上。

“他也住在这儿？”左岸问。

“谁？”

顾小满知道左岸误会了，如果换作是其他人，她一定会解释和沈晨阳之间的关系，但对左岸，她不想解释。

左岸移开了目光，嘴角涌现一抹淡笑，这是他的招牌笑，不轻不重，不浓不淡，让你总觉得难以亲近。

“看起来，你过得不错。”

“还行吧，马马虎虎。”顾小满低下头，绕过了左岸，进了厨房。

“喝点什么？”小满问。

“茶。”他打量着摆放在柜台上的散打冠军奖牌，片刻发呆。

“茶？没了。”小满抓了一下头发。

“咖啡也行。”

“也没有。”

“水总有吧？”

“当然有。”

顾小满尴尬地打开了水龙头，“滴答”一滴水落下，摔碎在水槽里，停水了。

“水，也没了。”小满的脸红了。

左岸皱起了眉头，这里好像不太欢迎他。

顾小满打开了冰箱，冰箱里还剩几罐可乐，印象里，左岸不喝这种东西的。

“可乐……行吗？”

“不喝了。”左岸的眉头锁得更紧了。

“我出去买吧。”

顾小满关上了冰箱门，她告诉左岸，附近有家超市，二十四小时营业，什么都有，待她拿起皮包要出门时，左岸叫住了她。

“坐下来谈谈好吗？你知道我什么都不想喝。”

顾小满僵直着脊背，知道没法再回避左岸了，只能慢慢转过身面对了他。他的目光幽暗深邃，把她的一举一动都看在眼里，敏锐地观察着。

“就这么不想见到我？”他问。

“不是。”

顾小满否认。

“能坐下来说话吗？”左岸拍了拍沙发。

顾小满坐下来后，才发现了一个问题，茶几上还放着孙安宁的请帖，在灯光的照射下，烫金的字迹格外耀眼。

她看到了，他也看到了。

小满要把请帖拿走的时候，左岸已经抢先拿在了手里，打开请帖，看到上面的名字，他的目光微微一暗。

“她送来的？”左岸问。

“嗯。”

顾小满应了一声。

“你去了？她的婚礼？”左岸继续问。

“没有。”

“为什么没去？”左岸的声音有些冷，在他的印象里，顾小满是个心胸宽广的女孩子，即便过去和孙安宁有什么恩怨，也不会拒绝参加婚礼的，除非……有什么特别的理由。

“没时间。”

“觉得新郎应该是我吗？”

左岸的言辞犀利，一语刺中了顾小满的要害，他太了解她了。

顾小满很狼狈。

顾小满的狼狈，让左岸的脸色越发难看，他突然站起来，手一挥，请帖从茶几上飞落在了地上。

一贯斯文沉静的他好像变了一个人。

“你认为新郎应该是我吗？”

左岸质问顾小满，小满无言以对。

曾经顾小满是那么坚定不移地相信他，相信爱情，相信他们会有一个好的结局。可感觉不能欺骗眼睛，在两个人背道而驰的过程中，犯错的那个人何止顾小满一个。

在顾小满看到左岸走进白色的栅栏门，看到孙安宁的时候，那种没任何吃惊的表情是否代表了什么，还有门外挂着的风铃……

哈下腰，小满捡起了地上的请帖，扔在了旁边的纸篓里。

“我该扔了它的。”

“只是这样？”左岸突然抓住了小满的手臂，很用力，想通过这种力量向她证明，他想要的回应不该这么轻描淡写。

她缓缓迎上那双眼眸的一刻，坚持的心无力地松垮了下来。就算时隔多年，左岸对她的影响还在。少女时代的热情没因为时间的流逝而消淡过。

左岸审视着小满的眼睛，察觉到了她眼中的隐痛，他的手指抬起轻触了她的脸颊，她慌乱地起身，拉开了和他的距离，狼狈地收敛着被他搅乱的情绪。

“我答应了沈晨阳，等他康复就结婚……”

左岸眼中迸射的火花在顾小满的这句话后熄灭了，他的双手用力地交搓着。用一种失望，甚至怀疑的语气问她：

“你爱他？”

顾小满竟没办法马上回答他的问话，相信他也在这种迟疑中明白了什么。

左岸的眼睛红了，眼神散乱失措，在极力掩饰失控的情绪后，他突然起身大步向门口走去。

在门口，他滞留了几秒，看了一眼沈晨阳的衣服便推门而去。

顾小满以为左岸就这样走出了她的生命，两个人之间的关系也就此彻底结束了，可事情远远没有结束。这么多年，她对他来说的失踪，他对她来说的沉默，都渐渐浮出了水面。

不管生活有多糟糕，顾小满都相信太阳会照常升起，阳光依旧美好。

“顾医生，手术期间，你的手机响了好几遍了，一定是急事，我拿来给你。”顾小满刚出手术室的门，新来的实习医生小孙便跑过来，殷勤地把她的手机递过来。

顾小满接过了手机，小孙古灵精怪地站在了她的身边。

“是不是男朋友打来的？我听说顾医生的男朋友是高富帅啊。”

“你没事了？去看看6023的病人。”

“看了看了，我都去三遍了，病人都觉得我烦了。嘿嘿，顾医生，我还听说左院长家的公子是你前任啊……”

小满不悦地瞪了一下眼睛，小孙自知太八卦，可仍旧忍不住凑上来。

“我听说左院长的公子是海归博士啊，物理学顶尖的专家……前任都这么出色，可以想象顾医生有多优秀了。”

“你说什么？”

顾小满诧异地看着小孙，她说左岸是物理学的专家？左岸在国外攻读的不是医学博士吗？

“怎么了？”小孙摊了摊手臂，医院里的人都知道。

“没事……”

小满不想让小孙看出她的焦虑。她打发她离开后，打开了办公桌上的电脑，上网输入了左岸的名字，数据很快显示出来。左岸在离开的五年期间，取得诸多物理学成果，发表多篇震惊全世界的物理论文，其中关于量子计算、瞬间传输的理论占据了大半个屏幕。

他做到了，像他说的那样，向着太阳花一直走下去。

点开一个个标题，左岸的照片出现在电脑屏幕上，他的眼神还是那么波澜不惊。可昨天晚上，她却让他愤怒了……

手机再次响了起来，顾小满看了一眼，是展越打来的。

“顾小满，你怎么不接我的电话？一天啦，什么手术也该结束了。”

“刚才确实在……手术室里。”

“三年二班的一姐，周六高中同学聚会，来吧？大家都很想你，特别是我，坚定不移和你毗邻而居的大傻瓜。”

展越说话还是那副德行，在顾小满的面前，丝毫没有掩饰，痞气十足。

“我会去的。”

“顺带问一句，沈晨阳怎么样？”

“他不太好。”

顾小满叹息了一声，展越停顿了片刻，突然声音带了火气。

“都怪左岸，要不是那小子，怎么轮到沈晨阳……”

“我和他没有缘分。”

“什么缘分？缘分就是个屁，喂猪，猪都不吃。除了你，还有谁在坚持？我早就看出来了，他在耍你！当年要不是他答应了你，又出尔反尔，你怎么会一直等他，给沈晨阳那个病秧子创造了机会？我敢保证，没左岸这块绊脚石，你早就披上婚纱嫁给我了。”

展越愤愤不平地抱怨着，左岸在他的眼里，就是一个彻头彻尾的陈世美。

“这次聚会，我是主办人，没请左岸。我告诉其他人，谁都不准通知他，就当他没回国，省着他来了，坏了我们的好心情。”

“你们安排吧。”

“小满，你怎么不给我个赞啊。”

“给你什么赞？你几岁了？”

“嘿嘿。”

展越嘿嘿笑了几声之后，挂断了电话。之后沈夕月打来电话，告诉小满沈晨阳的病情还算稳定，只是人到现在也没清醒过来。小满答应沈夕月，过了这几天，争取请一次长假陪着沈晨阳，至少最后这段日子，她不会放弃他。

“谢谢你，小满……晨阳没有遗憾了。”沈夕月的声音哽咽着。

和沈夕月通过话之后，小满关了电脑，然后转向了窗口，双眼一度充满了茫然。

展越说到做到，三年二班的聚会真没邀请左岸来。

周六那天，展越早早来单身公寓接顾小满，到了会场的时候，还没来几个人。大约八点半的时候，该来的同学都来了，礼堂到处都是欢声笑语。

算起来大家毕业快十年了，变化都很大，一个个不再青春年少，少男少女都成了成熟的男人和女人。

班主任来了之后，全班37人，来了36人，唯独缺了左岸。

顾小满和左岸过往的一段感情，在昔日同学中间已经传开了，大家都知道顾小满暗恋学霸左岸，倒追成功，只可惜相处时间不长，便杀出来一个院长千金，惨遭抛弃。很多人认为，之所以没请左岸，是怕小满没法面对。

“我还记得，顾小满扯烂了展越的裤子，展越那天穿了蓝色内裤。场面那叫个惨啊，到现在我都不知道因为啥事，问展越，展越也不告诉我，只说顾小满是野丫头。”许志友扯着嗓门喊着。

“还能因为啥？因为顾小满想看男生内裤呗！”

“啊呸，有什么好看的。”

这个话题让聚会的气氛一下子活跃了起来，连班主任都想知道，为什么顾小满要死命地追展越和许志友，连人家的裤子都不放过。

“我知道原因！”

毛永伟拍案而起，不知道是不是因为他说的这句话，大家太感兴趣了，还是因为什么其他原因，瞬间整个礼堂变得安静了下来。

顾小满注意到了大家眼神的变化，确定这种气氛不是因为毛永伟的话，而是有个不请自来的人走进了礼堂。他穿着灰蓝色的西装，打着一条银色的领带……进门后，他驻步在礼堂之内，光洁的大理石地面映出了一道幽暗的身影。

“左岸？”

毛永伟张合了一下嘴巴，然后极力解释着：“我真没请他。”

“我也没……”许志友发誓。

展越的脸色别提多尴尬了，没请左岸这件事，班主任并不知道，是他利用私人关系秘密通知的。

三年二班出了几个了不起的人物，最出名的两位一个是摇滚明星，另一位就是物理学博士了，对班主任来说，她更喜欢一直品学兼优的左岸。

“你不是说左岸没回来吗？”班主任问展越。

“可能刚回国，哪里知道他的联系方式，呵呵。”

展越有点心虚，抛去小满这点个人恩怨，左岸对展越还是很够意思的，两个人曾经也是互相搂过肩膀，送过别的。在展越的眼里，左岸最大的问题就是不该喜欢顾小满。

所有人之中，最不安的人是顾小满。

“量子计算，国内学术界走在最前端的物理博士，受国家中科院特别邀请……学霸就是学霸，走到哪里都耀眼，不过有一点大家想不通……他怎么会成为物理学博士，我以为……”

每个人都对左岸的选择感到诧异，也对他取得的成绩十分钦佩。

左岸走了过来，坐在距离顾小满不到三米的地方，好像以前在三年二班时一样，斜四十五度，只能看到他一个侧影……

蓦然地，心中涌上一抹伤感，原来她和他的关系一直都是这样的，拉近只是片刻，仰望才是永久。

隐约地，顾小满好像听见有同学在采访左岸，从他高中时的一些事开始问，一直问到大学，问到出国，各种好奇，各种刨根。左岸难得话匣子打开，竟然坦然自若地一一回答。让小满感到尴尬的是，他们还问了左岸一个很私人的问题，他是不是真和顾小满有过一段。

“什么跟什么，喝酒！”展越站了起来，举起了酒杯。他想把这个问题遮掩过去，给小满一个台阶下，可左岸却开口了。

“也不是什么秘密，只是暂时分开。”

“哇，只是暂时分开，那么说……”

左岸的话，满足了所有人的好奇心。

顾小满的脸涨红了，没想到左岸会这么正面回答这个问题，回答得又那么暧昧。大学公告板里的暗恋日记，图书馆仓库里的吻，一个发誓要坚守的约定，虽已成为过去，却因为他的这句话，一下子涌进了顾小满的脑海。

“不提了，不提了，喝酒！”展越再次端起酒杯，同学们附和，开始畅饮。

左岸站了起来，端着酒杯走了过来，坐在了小满的身边，斜四十五度角的距离消除了。

“我都知道了。”左岸的声音富有节奏，清晰，用一贯的四个字形容最好——波澜不惊。

小满迎上了左岸的目光，他知道了什么？

“沈晨阳，你不该滥用你的同情心。”他说。

“那不是同情……”

“没人比我更了解你。”

“是吗？”

顾小满笑了，左岸了解她吗？从他们初见到上大学，一直都是顾小满在关注他，了解他，学霸左岸的目光总是清高、不屑一顾的。

左岸的声音低沉，缓慢。他告诉小满，有种感情叫同情，同情多了会让人迷惑，可同情不等于爱情，假若把同情当作爱情施舍出去，对于那个人也是不公平的。

“不管过去发生了什么，不管我们之间有多少误会，我这次回来是为了你，今后去还是留，也取决于你……”

左岸修长的手指交叉着，说话时目光看着前方，他的焦点似乎不在顾小满的身上，可说出的话，却一字一句撞击小满的心。

“我说过，我会回来。”

是的，他说过，所以他回来了。

“嘿，左岸，还记得吗？高二的时候，咱们两个坐前后桌……”张志凯端着酒杯走了过来。

张志凯过来后，不管左岸对他的话题是不是感兴趣，连拉带拽把他拖走了。

很快左岸被围住了，大家你一句我一句地采访着，各种问题好像炸弹一样轰炸着，左岸回答得心不在焉。

聚会结束后，小满回了医院公寓，一连几个晚上都处于失眠状态，偶尔睡着了，梦中也都是左岸的身影。她坐起来，翻开了抽屉，拿出一沓已经发黄的笔记，那是在三年二班时候，左岸给她的复习资料，她一直留到了现在。

一页页翻看，熟悉的字迹让小满的心犹如星星之火慢慢燎原，灼烧着她浑身的每个细胞。

灯是夜的陪托，身在其中，却感觉不到夜的幽凉。

嘭嘭嘭，一阵轻缓的敲门声响起，顾小满猛然从书桌上抬起头，理了一下蓬乱的长发，敲门声再次响起……

“等等……”

小满拉了一下衣服，打开了房门。

门外，左岸站在那里，晨露打湿了他的头发，衬着朝阳闪闪发亮。

“我习惯早起跑步，刚好……路过……”左岸解释着。

刚好路过？

顾小满看了一眼外面，医院的公寓正对着马路，这里并不适合晨练，他说他竟然从这里路过？

“忘带水了。”左岸拉了一下衣服的领子，没征得小满的同意，便闪身进去了。

小满的手握在门把上，僵持在门边，一时之间有些无措。

左岸拿了一瓶矿泉水大口地喝着，喝完之后，他倚在了电视边看着顾小满。

“研究所在等我的回复，一周的时间。”

“还要出国？”小满走过来，恍惚地坐在了沙发里。

“和出国差不多，去研究基地，可能……几年之内不会回来。”

“那么久？”小满笑得极不自然。

左岸不是晨跑路过了这里，而是专程来告诉顾小满这个消息的，研究所已经确定他是不二人选。

“为了证明自己，我已经走得太久了，累了。小满，给我一个停歇的理由，好吗？”

小满在左岸的眉间看到了疲惫，他确实走了很久，久得让人几乎淡忘了他的存在，在他筋疲力尽回头看时，等待他的人早已散去。

甚至当初那个痴恋他的小女生，身边也多了一个沈晨阳。

“我不知道该给你什么理由。”小满低声说。

“你知道的。”

左岸走上来，握住了小满的手，目光热切痛楚。

“我发过誓，一定要让你看到我的成功。可回国后，我却发现，那个成功……对我来说，一点都不重要，我失去的远比得到的多……”

“怎么会……大家都羡慕你，物理学博士。”

“如果这个代价是失去你……我宁可不要！”

左岸摇着头，这么多年来，他没放过任何一个可以改变命运的机会，打拼得很辛苦，又要防备父母的突袭检查，他一门心思地向前跑，跑了多远多久，自己都不记得了。

“我三天后，要去看沈晨阳……”

顾小满转移了话题，希望左岸明白，不管其中有多少误会，又发生过什么，她都不会放弃沈晨阳，左岸给她的孤独，是沈晨阳弥补的。

“又是他，为什么你一定要在我的面前提到他！”左岸愤怒地抓住了小满的手臂，一双眼睛充血赤红，含着心痛的泪水。

他希望能在小满的眼里找到希望，可他失望了。

用力将小满拉入了怀中，紧紧地搂着，左岸已泣不成声。

“我要做什么才能弥补，才能让我们和过去一样，小满，别离开我……别离开，别离开……”

他的手按压着她的脊背，他的唇在她的耳边。

“让我留在你的身边，我哪里也不想去，别去找他，别去……”

他的声音越来越低，唇触碰着小满的耳朵，带着麻酥酥的感觉搜寻着她的唇，久别的渴望和期待也在这一吻之间爆发了。

顾小满的脸红了，身体变得软绵无力。

“等等，左岸……”

“小满，我们结婚吧。”

“结婚？不……”

顾小满突然用力一推，左岸一个趔趄倒在了沙发边。

“我们完了，从我去美国，看着你走进那道白色的栅栏，走向孙安宁的那一刻，就完了……”顾小满的脸颊因羞涩而涨红着。

“美国？”左岸怔住了。

“我以为是误会，可你穿过那道栅栏，我什么都明白了。”

“你去了美国？”左岸有些吃惊。

“我见到了孙安宁。”

左岸沉默了，他的这种默认让小满更加坚定一个观点，左岸一直在赎罪，甚至以牺牲自己的感情为代价。

“我已经不爱你了，当初的……只是懵懂少女的一个梦，现在梦醒了，你也该离开了。”

泪水默默地吞在了咽喉里。

如果老天再给她一次机会，她一定不会让左岸出国，会恳求他留下来，也许一切都会不同了。

想到这里，顾小满强挤出一个微笑给了他。

“没有你的日子，我过得很好……所以没有我的日子，你也可以。”

“我明白了……”

左岸慌乱地躲避着目光，似乎有什么困扰着他，让他没办法释然放下，几次欲言又止后，他突然站起来，再没多说一句，转过身默默地向外走去。

他的背影看起来那么孤单无助，载满了不属于他那个年龄的沧桑。

大颗的泪水从小满的脸上滑落，心好像刀绞一般疼痛。

她没有开口叫他，任由他这样消失在门外的白光之中。

左岸走后，再没联系过顾小满。

每天下班回到宿舍，小满都会下意识看一下街角，确认左岸是否还站在那里。黄昏的街角空荡荡的，偶尔经过的是那位送杂货的大爷，左岸再没出现过。

三天后，顾小满安排好了手头的工作，向左院长说明了情况后，带着一颗矛盾的心去看了沈晨阳。

见到沈夕月后，她拿出了一个红色的戒指盒递给了顾小满。

“这是晨阳昏迷后，医生在他的身上发现的，戒指里还刻了你的名字。”沈夕月哽咽了，商场上叱咤风云的女强人哭了，一边说，一边抽泣着。

小满接过了戒指盒，轻轻打开，钻石折射的光照在了小满的脸上。沈晨阳虽然没答应她的求婚，却早就买了戒指……

小满把戒指戴在了无名指上。

弥留之际的沈晨阳醒来了，他见到小满后，冲她伸出了双臂。

“趁着我还有力气，抱一抱你。”

顾小满满含热泪地扑进了沈晨阳的怀中，他的双臂虽然虚弱，却仍用力地搂住了她的肩膀。

“我是不是……这个世界最幸福的人。”他调侃着，声音却虚弱得没什么力气。

“你会没事的，我等你好了，一起看海上日出。”

她伏在他的胸前，倾听着他的心跳，感受着这颗心脏的无力和垂死挣扎，他的手停留在她的发丝上，不舍地抚着。

“人总要死的……”

沈晨阳深深地眷顾着小满，闻着她身上的味道，生怕自己离开这个世界后，会遗忘得太多。

“时间慢点，再慢点，小满，我舍不得走，舍不得你……”

病房的门外，左岸高大的身影落寞地站在那里，看着脸色苍白的沈晨阳，还有依偎在他怀中的顾小满，似乎一切都有了答案。

左岸看着医院的窗外，一片金黄色的太阳花正盛开着，向着阳光，绽放着笑容，那种自强不息、欣欣向荣感染着他，他好像看到花丛之中，一个扎着马尾的女孩儿开心地奔跑着。

嘭的一声，花瓣儿纷落，鸟儿惊飞，她从花丛中跳了出来，黑发扬起，露出一双黑曜石一般闪亮的眼睛。

蓦然地，一抹笑容浮现在了左岸的脸上，嘴角噙着自信，他坚信那份感觉没变，坚信时间并没有拉远他和她的距离，只要他回头，她就在那里。

爱她，就给她想要的幸福，即使她的幸福，是他的不幸。

虽然步履仍沉重，左岸却没有停下来，他大步向医院外走去。

再见了，小满，再见了，他的最爱。不管他走到哪里，都会遥望着她，爱她到生命枯竭的最后一刻。

沈晨阳终于走到了生命的最后时刻，顾小满的泪水打湿了衣襟，她和沈夕月互相支撑着。

在所有希望几乎都破灭之时，沈晨阳的生命突然迎来了一丝曙光。

一个穿着西装的男人匆匆而来，他低声在沈夕月的耳边说了什么，沈夕月先是怔了一下，随后眼睛一亮，一把抓住了那个男人。

“是不是真的？”

“是的，要抓紧时间，机会只有百分之十不到，但可以试试。”

“试试，马上！”

沈夕月随着那个男人匆匆离开了。

顾小满不知道发生了什么事，问和那个男人一同来的人才知道，有人给沈晨阳捐赠心脏。

沈晨阳的血型属于稀少型，很难找到匹配的心脏，过去的十多年里，沈夕月一次次投入巨款，却一次次失望，血型不合，让她的弟弟一直在垂死的边缘挣扎着。

下午四点三十分，一颗心脏在二十几人的护送下，进入了沈家私人医院，心脏专家到位，沈晨阳被推进了手术室。

顾小满坐在手术室外的椅子上，看着手指上的戒指，钻石在灯光下闪着剔透的光芒。可以想象当时的场景，沈晨阳买戒指的时候精挑细选，铂金流畅的条线向两边迂回，一颗心被紧紧地捧在中间。

夕阳的最后一抹余晖消失在地平线上后，手术还没有结束，若不是有手机铃声响起，走廊里几乎听不到一点声音。

小满拿出了手机，是一个陌生来电。

这个时候，她现在哪里有心情接听陌生人的电话。按了挂断键后，她稍稍挺了一下脊背，长时间保持着一个姿势，腰部隐隐传来酸痛的感觉。

已经快七个小时了，手术还在进行中。

该死的手机又响了。

“接吧！”沈夕月提醒着顾小满。

又是那个陌生号码，连打了七八遍。

接通电话后，小满不客气地吼了一声：

“你打错了！”

“小满，我是左岸的母亲……”

沮丧，呜咽，还有悲伤的声音。

如果可能，顾小满宁愿一辈子不接听这个电话，一辈子不知道这个消息，那一刻，她浑身的血一下子被人抽干了，手指颤抖，手机掉落在了地上。

手机的电池从机体中分裂出来，周围再次陷入了死一样的沉静。

顾小满的视线浑浊了，看不到手术室的灯，感受不到空气里的温度，耳朵里尖锐的噪音轰鸣着，她感觉天旋地转。

“怎么……”

沈夕月走上来，只问了两个字，顾小满却一把推开她冲了出去，没捡手机，没拿皮包，好像一只没头的苍蝇乱撞着，奔跑的步履蹒跚不稳，待她跑到医院的门口时，竟然一头栽倒在地上，失去了知觉。

沈晨阳的手术成功了，但小满的心却沉落了。

虽然她不愿接受，也不愿醒来，可事实无法改变，左岸出了车祸。

就在顾小满守在沈晨阳病床边时，左岸的车和一个失控的货车迎面相撞了，车祸的场面十分惨烈，轿车扭曲变形，左岸被发现的时候，已处于脑死亡的状态。

那颗救活沈晨阳的心脏，是左岸的。

顾小满整整昏迷了七天，睁开眼睛时，她惊恐地看着周围，发现病房的墙壁是白的，医生的衣服是白的，地面也是白色的，甚至窗外的那些太阳花都成了一片素槁。

因为过度悲伤，让顾小满失去了对颜色的辨别能力，虽然医生说是暂时的，但什么时候能恢复，并没有确切的答复。

至今，顾小满也不相信左岸已经死了，她要亲自确认这个事实。

护士见不能阻止顾小满，只能打电话给了医生，待医生赶来后，顾小满已经离开了医院。

站在街头，繁华热闹的城市都失去了往日的色彩，车辆、楼房、橱窗甚至那些花哨的广告牌都蒙上了一层暗淡的灰色，她好像置身在另一个世界中，一切看起来都那么陌生。

坐了最早一班飞机，顾小满回到了熟悉的城市。

飞机降落在跑道上滑行着，顾小满的心随着机身的颠簸而震动着。周围的景色还是苍灰色的，空气中弥漫了一层雾气，她渐渐有些适应了。

下了飞机后，听到空乘人员在抱怨，小雨已经淅淅沥沥地下了好几天。

顾小满站在雨帘之中，望着天际洒落的雨滴，思绪变得不再受控制。曾经有一段时间她特别喜欢雨天，因为雨天左岸会停留在校门口等他的父母，也只有那个时候，她才有机会默默地陪着他。

可现在呢，雨中孤零零地只有她一个人，雨滴沉浸着沧桑，落向无底的深渊。

她伸出了手，任由冰凉的雨滴落在手心里……

机场的出租车总是供不应求，轮到顾小满的时候，雨下得更大了。

“去哪里？”司机发动了车子。

“去哪里？”顾小满失神地重复了一遍司机的话，司机有些不耐烦了，这大下雨天的，她是拿他寻开心吗？

在司机的抱怨声中，小满说出了左家的地址。

一个小时后，出租车停在了小区的门口。

下了车，踩了一个水坑都浑然不觉，看着熟悉的大门，顾小满的视线再次模糊了。

从大门到左岸家的楼下，不过一百米的距离，她却走得好艰难，站在他家楼下的时候，顾小满已经冷得浑身发抖，站立不稳了。

“小满？”一个声音在顾小满的身后响起，接着是急促的脚步声，有人蹚水走了过来。

顾小满转过身，看到了身后的女人，是左岸的小姨。左岸的小姨浑身上下也是黑白色的，包括手里擎着的那把碎花雨伞。

“你怎么站在这里？”她走上来，把伞遮在了小满的头上。

“我来找左岸。”小满的嘴唇是麻木的，说出的话也含糊不清。

“左岸？”左岸小姨的手抖了一下。

“不是给你打了电话吗？”

“让他出来见我！”

顾小满一把抓住了左岸小姨的手，左岸小姨这才发现小满是失常的。

褪了色的雨幕中，左岸小姨的眼中噙着泪水，低声啜泣了起来。

“他真的不在了……”

“你骗我！”

顾小满悲伤的声音被淹没在暴雨之中。

楼上的窗边，一个女人站在那里，一身素黑，神情凄然，正是左岸的母亲周教授。

天黑之后，雨才小了一些，却仍淅淅沥沥地滴落着。

左家客厅的墙壁上挂着左岸的遗像，周教授步履蹒跚地从卧室里搬出了一个纸箱子。

“我知道你会来的。”

手指从纸箱上抹过，周教授禁不住抽泣了起来。

“这是左岸的……”

她虚弱地垂坐下来，打开了纸箱子，里面是一些书籍，最上面是小满的三本日记，还有一些照片。

“他就这样走了……我甚至还没来得及和他多说一句话。”

周教授吃力地睁着眼睛，嗓音嘶哑得几乎难以发声。

“别人家的孩子都会走路说话了，他却连妈都喊得费劲，走路总是摔倒。我和他爸很着急，带他到处去看医生，甚至进行了长期的心理辅导。后来他上学了，别人家孩子成绩都很好，考了一百分到处炫耀，他却表现平平，还有一次不及格，我和他爸的学历都很高，是要脸面的人，为了让他表现突出，给他报了各种补习班……他终于没让我们失望，考了一百，拿了第一……”

周教授在喋喋不休地低语着。

“我明知道他不喜欢那么多课程，想和其他小朋友一样出去玩耍，却因为怕耽误学习，让他留在家里。我明知道他对物理机械感兴趣，却因为学机械工作不够好，不够体面，逼着他学医。我明知道他喜欢你，却……”

周教授已然控制不住情绪了。

“那不是他的错，我却想让他帮我减少心里的罪孽……”

周教授提到了左岸五岁时发生的事，关于孙安宁和孙安心姐妹。

当年的情景充斥着她的脑海，孙安心被误推下池塘后，左岸也跳了下去，两个孩子都不会水，在池塘里挣扎着。

“我听见呼救，跑到池塘边时，他和安心都在池塘里挣扎，作为母亲，我跳下去游向了左岸，他一直在喊，妈，救她，妈，救她，在我抱住他的时候，安心没入了水中。”

这个秘密一直埋在左岸的心里，他从来没说过。

“因为那件事，我一直希望他和安宁在一起……似乎只有这样，才能弥补我心里的罪孽，却从没想过，他的心里背负了什么，甚至在知道他喜欢上你后，极力地反对他……让他带着孙安宁一起出国。”

周教授终究没能如愿，左岸在长期的压抑之后，做出了自己的选择，不仅仅是爱情，还有他的事业。他明确告诉孙安宁，他可以和她结婚，但她不会得到幸福。孙安宁怀着一颗痛恨和沮丧的心离开了左岸。

“他给我打电话说要回来吃饭的，我和他爸把饭菜做好了等他回来，却没想到……医生说，救他的时候，他只交待了一句话，如果他死了，一定要把心脏捐给沈晨阳。”

左岸是学医的，深知这场车祸的惨烈，也知道他没希望活下来了，假若他的心脏能和沈晨阳的匹配，假如他能让沈晨阳站起来，假如能让顾小满得到幸福，让太阳花永远欢笑，他愿意献出他的一切。

左岸就这样走了，带着对顾小满无法割舍的爱离开了这个世界。

整个房间都是灰蒙蒙的，唯独左岸的照片，渲染着让顾小满心动的色彩，他的眼睛是黑的，唇是红的，领带是银灰色的，还有他的衣服，暗蓝中带着阳光的斑斓。

顾小满拿走了她的日记，还有左岸留下的那些照片，她离开了左家。

从左岸离开到现在，大约一个月的时间过去了，顾小满的世界仍是黑白色的。

沈晨阳经过几次康复治疗后出院了，却被禁止在康复期间乘坐任何交通工具，他知道心脏的来源后，急于要见顾小满，沈夕月只能给顾小满打了电话。

顾小满怀着复杂的心境来到了这个让她倍感矛盾的城市。在这里，有一个爱她的男人，在这里，也有挚爱过她的心。

有人说：世上最遥远的距离，不是生与死的距离，不是天各一方，而是我就站在你面前，你却不知道我爱你。

暗恋是一个很伟大的工程，也是一生需要坚持的事业。

顾小满的耳边不断地响起那些歌词。

每当你从我的窗口走过，

风吹着你乌黑的头发，

羞涩抬眸。

生怕你洞彻我的心思，却还想奢侈地多看你一眼。

你的微笑。

让我充满了勇气，直到这一刻，拥抱了只有两桌之隔的你。

（终）